父　マリアーノ・マルティ

母　レオノール・ペレス

ラファエル・マリーア・メンディーベ校長

JOSE MARTI

OBRAS ESCOGIDAS

ホセ・マルティ選集②

飛翔する思想

訳●青木康征
柳沼孝一郎

日本経済評論社

ホセ・マルティ選集　第2巻

目次

凡例

1　『ホセ・マルティ選集』全3巻は、JOSE MARTI, OBRAS ESCOGIDAS en tres tomos, primer tomo, 1978; segundo tomo, 1979; tercer tomo, 1981, Centro De Estudios Martianos の日本語訳である。ただし、翻訳にあたり発行元のマルティ研究所（Centro De Estudios Martianos）の協力を得て論文を絞り込んだ。

2　訳文において、＊1、＊2……および〔　〕内は、すべて訳者による注あるいは補足である。

3　原注は、本文中に（1）、（2）……で示した。

4　本選集の出版はスペイン教育文化省のグラシアン基金より一九九八年度の助成を受けた。

La realización de estos libros fue subvencionada en 1998 por el Programa "Baltasar Gracián" del Ministerio de Educación y Cultura de España.

グアテマラ地図

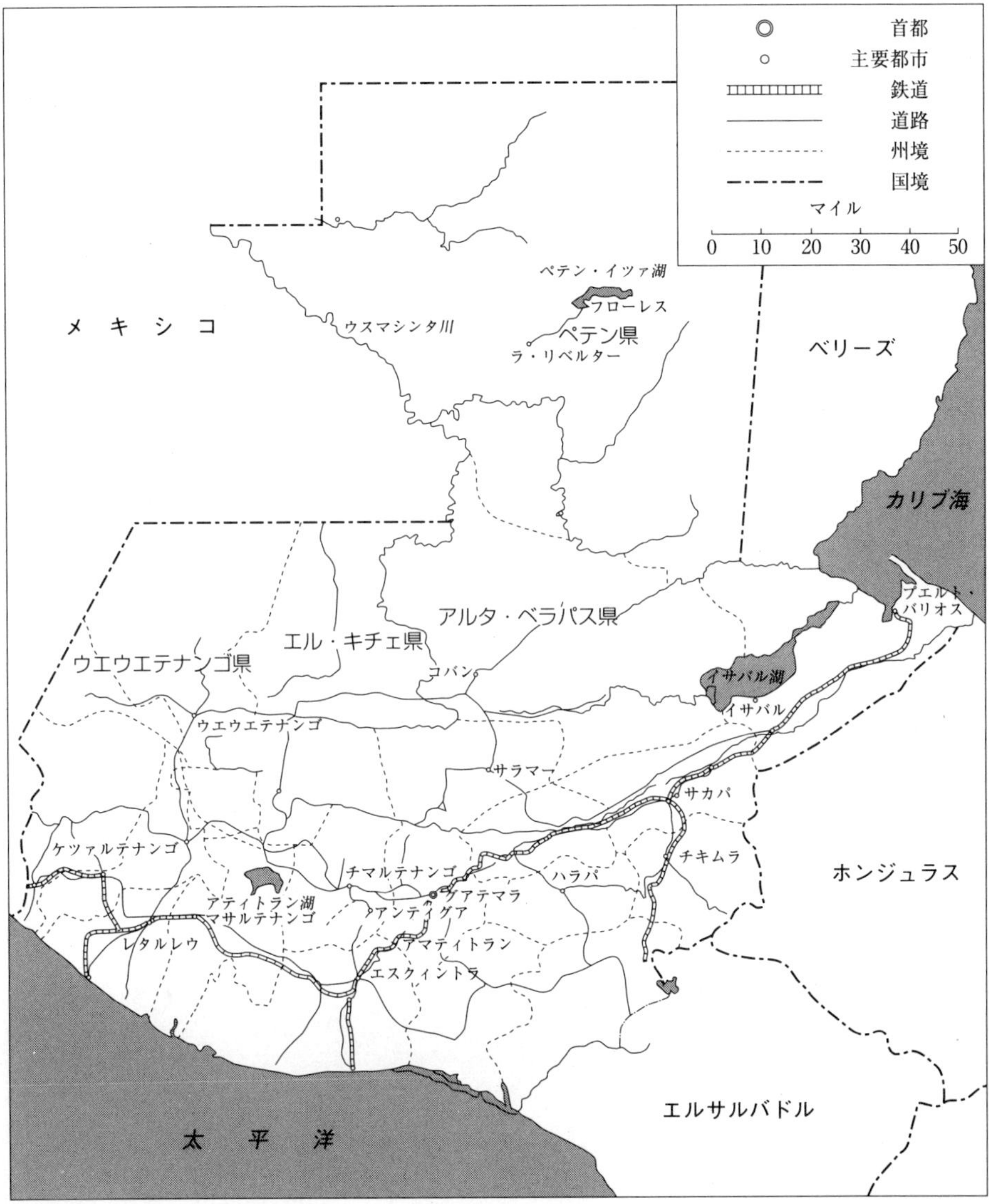

首都
主要都市
鉄道
道路
州境
国境
マイル
0 10 20 30 40 50
メ キ シ コ
ウスマシンタ川
ペテン・イツァ湖
フローレス
ペテン県
ラ・リベルター
ベリーズ
カリブ海
アルタ・ベラパス県
エル・キチェ県
ウエウエテナンゴ県
コバン
プエルト・バリオス
イサバル湖
イサバル
ウエウエテナンゴ
サラマー
サカパ
チキムラ
ケツァルテナンゴ
チマルテナンゴ
ハラパ
アティトラン湖
グアテマラ
マサルテナンゴ
アンティグア
レタルレウ
アマティトラン
エスクィントラ
ホンジュラス
エルサルバドル
太 平 洋

ホセ・マルティ選集　第2巻

第1章　自由と正義を求めて

キューバの政治犯収容所

一八六九年十月、当時十六歳であったホセ・マルティは国家反逆の容疑で逮捕され、翌年四月、懲役六年の有罪判決が確定した。事件とは、軍の兵員募集に応じた級友の行動をキューバにたいする裏切りだと記したマルティとその友フェルミン・バルデス・ドミンゲスが連署した書き付けが当局に押収されたためである。ハバナの政治犯収容所に送られたマルティは、六カ月間、採石場で強制労働に就いたあと、一八七一年一月、スペインへの国外退去処分となった。スペインに到着して数週間ののちに出版された本書において、マルティは、暴力と狂気が支配する収容所生活の実態を白日の下にさらし、このような利己的で圧制的な統治を是認しているスペイン本国の議員たちにむかって、彼らが犯している重大な過ちに気づき、正義が命じるがまま人間の心を取りもどし、国としての名誉と誇りを回復するよう訴えた。

I

無限の苦しみという題こそ、以下の文に付けるべきだった。

無限の苦しみ、と。なぜなら、収容所の苦しみほど、過酷で、これほど破壊的なものはないからだ。知性を圧殺し、心を干からびさせ、一生消えることのない心の傷を残すのだ。

収容所の苦しみは、一片の鉄とともに生まれ、夢や希望に満ちた神秘的な人の一生を我が物にし、胸が張り裂けるような悲しみを栄養にして太り、果ては、ありとあらゆる人々の熱い涙でぶよぶよになって回転してゆくのだ。

ダンテ[*1]は収容所で暮らしたことがなかった。

もし、あの地獄の丸天井が頭上に落ちてくるさまを自分の肌で感じたなら、あのような地獄を描くことはなかっただろう。感じたとおり文字にするだけで、もっと生々しい地獄になっただろう。

かりに全知全能の神がいるとして、その神が収容所のありさまを目にしたなら、片方の手で顔を覆い、あとの片手で神の否定にほかならないあの狂気の世界を奈落の底へ突き落としただろう。

だが、神はいます。善という観念のなかに、です。神は、ひとりひとりの誕生を見守り、すべての人に、その心の中に清らかな涙をひとつずつ置いてゆくのです。善が神なのです。涙は永遠に涸れることのない感情の泉なのです。

神はいます。ですから、ぼくが神の名において当地に来たのは、スペイン人の心の中にある、涙を閉じ込めているつめたいコップを壊すためです。

神はいます。もし、あなた方が、臆病なために無関心でいる哀れな自分自身と決別せず、ぼくを追い出すのなら、ぼくはあなた方を軽蔑するだけです。人を憎むなど、ぼくにはできないからです。ぼくの信じる神の名においてあなた方を憐れむだけです。

ぼくには、あなた方を憎むつもりも、呪うつもりもありません。

ぼくが人を憎むことになれば、そのような自分を憎むでしょう。

ぼくの信じる神が人を呪うことになれば、そのような神などぼくは認めないでしょう。

II

あれは何だったのでしょうか？

別《ナダ》に。

棍棒で叩かれ、踏んづけられ、追い立てられ、殴打を食らっていました。その同じ通りに面した、同じ家の、同じ窓ぎわで、その一カ月前、ぼくたちは母から祝福をうけていたのです。[*2] あれは何だったのでしょうか？

別に。

向こうで、腰まで水に浸かり、手にハンマーを持ち、両足に鎖を付け、何時間も作業していました。それと同じ時間、何日も前、ぼくたちは、日射しが強いとか、暑くてたまらないとか言って家の中にいたのです。あれは何だったのでしょうか？

別に。

目は朦朧《もうろう》となり、足を引きずり、呻《うめ》き声をあげ、傷だらけの軀で、棍棒と罵声にせかされて帰り道を歩いていました。その同じ通りを、何カ月も前、ぼくは、のんびり、なんの心配もなく、かわいい妹[*3]を両腕にかかえ、幸せに歩いていたのです。あれは何だったのでしょうか？

別に。

おぞましくも、すさまじく、痛ましい「別に」！

あれは、あなた方スペイン人がしたことです。

あれは、あなた方が賛成したことです。

あれは、あなた方が拍手喝采したことです。

ああ、罪深い「別に」を犯したことは、いくら後悔しても後悔しきれないでしょう！

目は唖然《あぜん》として見つめています。理性は我を失って動転しています。しかし、憐れみは、あなた方がしてしまったことも、いまもしていることも、事実ではないと言って認めようとしません。

あなた方は、野蛮人であるか、それとも、自分たちがなにをしているのかわかっていないか、のいずれかです。

いいですか。ぼくが思うに、あなた方は、自分たちがなにをしているのか、いまだにわかっていないのです。

いいですか。ぼくが思うに、この世にはいまも名誉というものがあり、当地のスペインは正義に背を向け、無関心で、海の向こうの醜悪で吐き気を催すようなスペインにそっくりだとはいえ、まだ、名誉を回復するため引き返すことができるのです。

引き返すのです。引き返して名誉を回復するのです。老人の足から、精神障害者の足から、少年の足から鎖を解くのです。棍棒を振りまわす哀れな人から棍棒を取り上げるのです。理性を失い、復讐の虜となって、神を、そして、あなた方を忘れてしまった人々からあなた方の名誉を回復するのです。すべてを拭い去るのです。なにもかも取り除くのです。そうすれば、鞭で打たれ、罵声を浴び、鎖が音を響かせても、いまだに人を憎むことのできない者に、あのつらかった苦しみの日々をいくらかなりとも忘れさせるでしょう。

III

黒いガウンをまとった男が二、三人、夜、到着し、海に浮ぶ巨大なエメラルドに集まった。

「黄金だ！　黄金だ！　黄金だ！」と男たちは一斉に叫んだ。そのあと、ガウンを脱ぎ、顔を見合わせ、骨と皮だけの手を取り、骸骨のような頭を上下させて挨拶を交わした。

「聞いてくれ」――ひとりが言った――「向こうの方、下では、絶望がサトウキビを抜いている。大地は一面骨だらけで、草一本生える隙間もないありさまだ。戦いは白熱して光を放ち、そのまぶしさに白人と黒人の顔の見分けもつかないほどだ。私は見たのだ。遠くの方から猛烈な勢いで破滅がやって来るのを。怒り狂った連中がわれわれの金庫を押さえているのだ。だから、私は闘うことにした。君らも闘うのだ。金庫はぐらぐらしている。われわれの腕が疲れ、力が尽きれば、取られてしまうぞ。向こうの方、遠くに、はるかかなたに新しい腕がある。新しい力がある。そこには誇りという弦があり、大抵、音を奏でる。そこには分裂した祖国という名があり、大抵、共振する。われわれが向こうへ行き、弦が音を響かせ、名が共振すれば、金庫は安泰だ。絶望した白人は召使いにすればいい。白人の死体は肥料になるだろう。生きている白人は大地を耕し、あぜ道を作るだろう。アフリカは富を与え、金庫は黄金で溢れるだろう。向こうに新しい腕がある。向こうに新しい力がある。行こう、向こうへ行こう」と。

「行こう、行こう」と、男たちはしわがれ声で言った。はじめの男が歌を歌い、ほかの男たちも一緒に歌った。


「国民は、なにも知らず、眠っている。

向こうに着けば、美しい歌を歌い、愛国心をゆさぶろう。

国民はこぞって叫ぶから。

だから、歌うのだ。

われわれの腕は疲れ、力が尽きてきた。向こうに新しい腕がある。向こうに新しい力がある。行こう、行こう、向こうへ」

男たちはひと塊りになるとすっと消え、血の蒸気となって空間を横切った。そして、名誉を纏《まと》い、眠っている国民の枕元に着くと、歌を歌った。
すると、人々の気高い心の弦はぴんと張った。そして、真っ赤な雲の合間から流れるリラの音に合わせて叫んだ。恍惚として「拒絶」を合唱したのだった。

国民はわけもわからず叫んだのです。あらゆる人々との連邦を夢みる人も、自由な分子の中にあっても自由な原子を夢みる人も、自分たちの力と独立の土台としてほかの人々の独立を尊重しようと夢みる人までもが、自分たちが求めた諸権利をほかの人々が求めることに反対し、これまで支持してきたキューバの独立を阻止することに賛成し、平和と道徳の代表として無差別戦争と人間性の忘却を聖別したのです。

我を忘れてしまったのです。まちがいなく後悔することになるということも、罪の代償を払わなければならなくなるということも、忘れてしまったのです。

自分たちのためには、昨日も、今日も、できるだけ多くの自由を求める一方、ほかの人々が自由を求めると、今日のこの日も、無差別戦争に拍手喝采し、抑えつけているのです。

このようなことは、すべきでなかったのです。

スペインは、額が血で染まっているかぎり、自由になることはありません。

スペインは、向こうでは襤褸《ぼろ》を着ています。襤褸は軀に食い込んでいます。スペインは物乞いをして襤褸を着ています。

名誉の名において、襤褸を脱がせるのです。

憐れみと正義の名において、襤褸を脱がせるのです。

醜悪な襤褸が心臓に達し、心臓にウジ虫がわくのが嫌なら、不名誉という死が迫ってくるのが嫌なら、着ている襤褸を剝ぎとるのです。

ひとつの響きのいい題目が、高らかにあなた方の耳元に響き、あなた方の脳に刻まれました。「挙国一致《インテグリダー・ナシオナル》!」[*4]と。すると、国民の広間の丸天井という丸天井は唱和したのです。「挙国一致!」「挙国一致!」と。

このようなことは、すべきでなかったのです。

知識が完璧なら、あるいは、理性に従えば、判断を誤ることはありませんが、判断を下す際、熟慮を重ね慎重を期したうえでなければ、一時の興奮に浮かれるという過ちを犯すことになります。

ある国民が、なぜ、これほど多くの犠牲を払っているのかも知らず、すなわち、バヤモ[*5]の女性たちが最初に火を放った建物は、つめたくなった親の死体が横たわり、自分の少女時代が微笑み、青春が花咲き、愛しいわが子が生まれた家だということも知らず、また、快楽と無気力のなかで育った国民が、なぜ、突如、かぐわしい香水の匂いに代えて野営地の悪臭を、家族との愉しい団欒に代えて当て所のない戦場の暮らしを、家庭の温もりに代えて森の寒さと沼地の泥を、気楽で安全な生活に代えて流浪と敵の追跡を、飢えに苦しみ、傷を負い、病魔と闘い、着るものもない生活を選んだか、このようなことをなにも知らず、なにもかも拒否するのは間違っています。このような国民に正義をおこなわないのは間違っています。自然な気持ちから自分たちも国をもちたいと表明するのは気高いことだといまも考え、自由になりたいと強く願う国民を、これほどまで徹底して痛めつけるのは間違っています。

あなた方は、この国民は鉄の手で喉を締めつけられ、胸を押さえつけられていたことを忘れています。この国民は何度も繰り返し要望するあまり声が涸れ、胸を押さえつけられながらも呻きつづけて忍耐が尽きたことを忘れています。この国民がどれほど服従してきたか忘れています。この国民がどれほど耐えてきたか忘れています。この国民がいま一度服従しようとしたとき、その努力は、ヴァルマセダ公爵[*6]の手によって流れたアウグスト・アランゴ議員[*7]の血とともに押し潰されたことを忘れています。

なにもかも忘れ、抑圧の爪を聖別するのは間違っています。なにも知ろうとしないものに、でなければ、実情をなにも知らないものに非難の刃を向けるのは間違っています。

なぜなら、あなた方は、なにも知らなかったからこそ、あのようなことをしてしまったのです。なにか知っていたうえでしたのなら、ぼくの目に留まり、ぼくの手に触れるからです。そのときでも、ぼくは言うでしょう。そのようなものは目に留まらず、さわらなかった、と。

ひとつの響きのいい題目が、高らかにあなた方の耳元に響き、あなた方の脳に刻まれました。「挙国一致！」と。すると、国民の広間の丸天井という丸天井は唱和したのです。「挙国一致！」「挙国一致！」と。

ああ！　あなた方が夢みたのは、そのように美しいものでもなければ、勇壮なものでもありません。あなた方は間違いなく夢をみているのです。いいですか。これからあなた方にお見せする絵をしっかりご覧になってください。あなた方がおこなってきたことを知っておののき震えないのなら、あなた方にお見せする挙国一致とやらの実態を知って身震いし呪いの声をあげないのなら、ぼくは、恥ずかしさのあまり、心を無くしてしまったこのスペインから目をそむけるでしょう。

ぼくは、あなた方に対し、あなた方の国が進んでいる道から飛び出るようにと言っているのではありません。そのようなことをすれば、あなた方の面目は丸つぶれになるからです。

ぼくは、あなた方に対し、あなた方には必要で失うわけにゆかないと考えるある国の独立を認めるようにと言っているのではありません。そのようなことをお願いするのは、ぼくの愚かさをさらけだすだけです。

ぼくは、あなた方に対し、ぼくの祖国のために無理とわかっている譲歩をしてほしいと言っているのではありません。あなた方には譲歩するものがないか、譲歩するものがあること自体が驚きであるため、そのような譲歩をお願いするのは馬鹿げたことだからです。

それでも、あなた方が口にする祖国の名誉とやらの名においてお願いしたいのは、あなた方が犯しているもっとも嘆かわしい過ちのいくつかを直してほしい、ということです。これをおこなうのは、正真正銘、誉れあることです。あなた方にお願いしたいのは、人としての心を取り戻してほしいということです。正義を愛する人になってほしいということです。とどまるところを知らず、酩酊状態のなか、毎日、あらたな血が流れるのが当り前になってしまった犯罪を是認せず、罪人にならないでほしい、ということです。

あなた方は、身の毛もよだつようなその実情は正義を愛する心や気高い感情をことごとく否定するものだということがわかっていないからこそ、あなた方は、真っ赤な雲が、上の方に神がおられると思い、恥ずかしくて上昇できないかのようにキューバの地表に重くのしかかっているのが見えないばかりか、それらの雲は、あなた方が夢みた甘い蜜の生活を叶えてくれる金鉱を手にしたとたんすべり落ちたため、そのあとを、息を切らし、髪をふり乱し、目をつりあげ、死にものぐるいで追いかけてゆく、黄金に取り憑かれた国民の狂気の蒸気とひとつになっているのが見えないからこそ、あなた方は、あなた方のためにだれよりも苦労を嘗め、だれよりも侮辱に耐え、だれよりも待ち続け、だれよりも従順であった人種を、あなた方との約束が守られなかったために、絶望、でなければ不信のあまり忍耐の緒が切れた人種を皆殺しにせよという考えに賛成し、署名したのではないでしょうか？　あなた方は、どうして、これほどまでに正義に背を向けるのですか？　どうして、これほどまでに残酷なのですか？

ぼくには、あなた方に対し、理性にしたがって公正に判断してほしいとお願いする気はもうありません。

ぼくがお願いするのは、涙を流している人々に痛みを感じてほしいということです。あなた方がもしかしてもう味わっている苦しみを、あなた方はまだ福音のなかの選ばれた人々でないのならこれから味わうことになる苦しみをうけている人々に、憐れみの心をもってほしいということです。

正常な脳にはとうてい理解できない挙国一致という領土的結合の名においてではなく、化け物と化した挙国一致という幻想の名においてではなく、真に誇りある結合、すなわち、なにがあろうとあなた方としてぜったいに壊すべきでなかった保護と愛の絆による結合の名において、善、すなわち、至上の神の名において、正義、すなわち、至上の真理の名においてあなた方にお願いするのは、収容所で苦しんでいる人々のことを憐んでほしいということです。正当な理由もなく、恥ずかしめられ、血だらけにされ、虫けら同然に扱われている人々の苦しみを和らげてほしいということです。

彼らの苦しみを和らげるなら、あなた方は誠実な人です。

彼らの苦しみを和らげないのなら、あなた方は人間の屑です。

彼らの苦しみを和らげることができるのなら、あなた方を尊敬します。

彼らの苦しみを和らげることができないのなら、あなた方の厚顔無恥と絶望的なまでの心の貧しさに同情するだけです。

IV

あなた方。この世でもっとも苛酷な犠牲に耐え、ほかに類のない残酷な仕打ちをうけている人種のために、正義についてなにひとつ考えたこともなければ、ひとことの真実も口にしたことのないあなた方。

あなた方。ある人は扇動的な言葉を吐き、ある人はそのような言葉に聞き惚れ、明白このうえない善の諸原則を、だれの心にも等しく宿る感情を悪の祭壇に捧げてしまったあなた方。自分たちの名誉のために呻くのです。犠牲者の前で涙を流すのです。土下座するのです。膝がすりへるまで、ばらばらになって地面に散らばっているあなた方の名誉を拾いにゆくのです。

これまで何年ものあいだ、あなた方は、なにをしてきたのですか?

いったい、なにをしてきたのですか?

一時、太陽はあなた方の領土から姿を隠すことがありませんでした。しかし、今では、かすかに一条の光が遠く離れた領土を照らすだけで、太陽さえ、あなた方の領土を照らすのを恥じているかのようです。

メキシコ、ペルー、ベネズエラ、ボリビア、ヌエバグラナダ、アンティル諸島。いずれの地も盛装してやって来て、あなた方の足に口づけし、あなた方の船が大西洋に付けた幅の広い航跡を黄金の絨毯に変えました。あなた方はすべての国の自由を破壊しました。国々はひとつになり、あらたな地球儀をひとつ、あらたな世界をひとつ、あなた方の王冠に載せました。

スペインはローマを髣髴《ほうふつ》させました。

カエサル*8が戻ってきて、領土を、栄光への渇きとむき出しの野望とともにあなた方の国民に分け与えたのです。

数世紀が過ぎました。

服従した国々は、北の大西洋を横断するあなた方の船のために黄金の道を付けました。あなた方の軍隊長は南の大西洋を横断して血糊の道を付けました。血まみれの沼に黒人の首が黒檀のように漂い、怒りが、嵐の前触れを告げる稲妻のように、熱《いき》り立つ腕をふりあげていました。

そして、ついに嵐が起こったのです。時間をかけてゆっくり準備されただけに、猛烈な勢いで容赦なくあなた方に襲いかかりました。

ベネズエラ、ボリビア、ヌエバグラナダ、メキシコ、ペルー、チリは、自分たちの自由の手綱を握っていたあなた方の手に嚙みつき、深手を負わせました。体力が衰え、疲労がたまり、痛めつけられたあなた方の口から「痛い」という悲鳴が漏れました。傷口に、一撃、また、一撃と、攻撃の刃が容赦なく浴びせられました。その結果、スペイン支配の首は、アメリカ大陸を転げ、平原を横切り、山を降り、川を下り、谷底に落ち、二度とはいあがることはありませんでした。

アンティル諸島は、ただ、アンティル諸島だけが、そのなかでもキューバは、あなた方の足もとにかしずき、傷口に口づけし、手を舐めました。そして、愛情深く、優しく、あなた方の無残な肩の上に載る新しい首を作ったのです。

あなた方が体力を回復するようキューバが尽くしているあいだも、あなた方は、キューバが差し出す腕の下をかいくぐって腕をのばし、心臓をさぐるや、えぐり出し、心臓に通じる道徳と科学の血管を破壊したのです。あなた方を介抱した褒賞としてキューバがなにがしかのものを求めると、あなた方は、手をひろげ、ぐにゃぐにゃになった心臓を見せ、高笑いして、キューバの顔めがけて投げつけました。

キューバは自分の胸をさわりました。すると、別の新しい心臓が力強く鼓動しているのを知りました。キューバは恥ずかしくて顔が真っ赤になり、その鼓動を鎮めたうえ、うつむき、待つことにしました。

そう、覚悟を決めたうえで待ったのです。心臓を防御する鉄の手首からは裏切りの爪だけが血を流させました。キューバがふたたび両手を出して褒賞を求めたとき、あなた方は、そのときも、血と肉の塊をとり出し、高笑いし、キューバの顔めがけて投げつけました。キューバは血が喉までかけのぼってゆくのを感じました。血は脳に達し、行き場を求めて逞しい胸へ向かいました。侮辱と屈辱で熱せられ、身体じゅうで煮えくりかえりました。そして、ついに爆発したのです。爆発したのです。爆発するようあなた方が仕向けたのです。あなた方の残虐さが血管を破裂させたのです。キューバの心を何度も蹂躙したからです。これ以上あなた方に蹂躙されるのに我慢ならなかったのです。

あなた方はそうなることを望んだのですから、そのとおりになってなにか合点のゆかないことがありますか？

あなた方の植民地支配の歴史をこのように総括するのはあなた方の名誉にかかわるというのなら、あなた方は、征服によって獲得したマントの切れはしを繋ぎ止めようとして必死になる代わりに、どうして、正義をおこなわないのですか？

こうしたことは、知らないはずはなく、当然、承知しておくべきことであり、現に、わかっている、知っているというのなら、あなた方は、あなた方が理解しているように、実行しなければおおきな苦しみをもたらすことから避けて通るわけにゆかない名誉の規定を、なぜ、実行しないのですか？

すべてが忘れ去られ、すべてが失われてしまえば、人間の愚かさに満ちた漠漠たる海で時間の神が何度か波をかき立て、ある国の恥辱を見つけたとしても、その恥辱に同情も憐れみも覚えることはないのです。

名誉はけがされることがあります。

正義は売り飛ばされることがあります。

踏みにじられないものは、なにもありません。

しかし、善の概念は、いついかなるときも生きつづけ、滅びることはぜったいにないのです。

この世の歴史から最初に消え失せるのがあなた方の国の名誉であってほしくないのなら、あなた方の国の名誉を救出することです。

名誉を救出するのです。あらゆる感情が失われても、他人の痛みを感じる心と、おのれの名誉を大切にする心が残っていれば、まだ国でいることができるのです。

V

これからお話するのは、悲しくて、恐ろしくて、痛ましい思い出です。悲しみのあまり消えたはずの記憶ですが、ぼくがいつも考えている観念に温められて思い出されるのです。

金色の髪と愛らしい瞳をした赤ん坊に乳をふくませたことがある女性よ。涙を流してください。

これまでの人生で神の似姿がやさしく額に触れるのを感じたことがある女性よ。涙を流してください。

これまで時間の書のページを自分本位に生きてきた人よ。涙を流してください。

若者よ、老人よ、母親よ、息子たちよ。来てください。涙を流してください。

ぼくの話を聞いて涙を流さないのなら、この国に付ける薬はありません。あなた方の魂に神のご慈悲がありますように。

話を聞いてください。そして、涙を流してください。

そして、あなた方。国政を担うあなた方、法と祖国を司るあなた方、国民の声の具現者、世論と国の厳正な代表であるあなた方。おのれの恥を悔いて呻くのです。土下座するのです。額に付いた染みがおおきくなって広がる前に、洗い落とすのです。でなければ、染みは顔じゅうに広がり、軀全体をだめにし、心臓をむしばむでしょう。

不名誉があなた方の記憶となり、意気地なしが、臆病が、そして嘲笑があなた方の悲しくも無惨な歴史になるのが嫌なら、呻くのです。額の染みを洗い落とすのです。

VI

一八七〇年四月五日[*9]であった。その数カ月前、ぼくは十七歳になっていた。祖国はぼくを母の腕から引き離し、宴会でのぼくの席を指さした。ぼくは祖国の手に口づけし、ぼくの誇りの涙で濡らした。祖国は去り、ぼくはひとりぼっちになった。

五日、祖国はこわい顔をして戻ってきた。ぼくの足に鎖を付け、奇妙な服を着せ、頭を丸刈りにし、手に持っていた心臓を差し出した。ぼくは自分の胸をさわった。みなぎっていた。脳をさわった。元気だった。目を開けた。輝いていた。ぼくは出された心臓をきっぱりと断った。ぼくは元気いっぱいだった。

祖国はぼくを抱きしめ、額に口づけした。そして、去っていった。そのとき、片方の手で空間を、あとひとつの手で採石場を指さした。

収容所、神。無限の苦しみや永遠の善と同様、ぼくにはとても身近な観念である。苦しみをうけるのは、たぶん、歓びを得るということなのだ。苦しみをうけるのは、われわれが作り出した物欲の生に別れを告げ、善なる生、唯一の真実の生のために生きるということなのだ。

どれほど多くの、さまざまな不思議な考えがぼくの頭の中を駆け巡ったことか! ぼくは、そのとき、はじめて、精神はどんなに苛酷な奴隷状態に置かれようと自由であることを知った。そのとき、はじめて、苦しみをうけるのは歓びを得ることだと知った。苦しみをうけるのは、歓びを得る以上のこと、真に生きるということなのだ。

ぼくのことなど、どうでもよい。ぼくと同じくらいの苦しみをうけた人もいれば、ぼくよりももっとひどい目にあった人がいるからだ。ぼくが当地に来たのは、ぼくのたたかいぶりや、ぼくが神と過ごした栄光の時間について個人的な自慢話をするためではない。当地にいるこのぼくは、最後まで外されなかった何千もの鎖のなかの、そして、いまも外されていない鎖のひとつにすぎないのだ。当地にいるこのぼくは、無数の血痕のなかの温かい血の一滴にすぎないのだ。数カ月前のぼくの幸せが母がしてくれる口づけであり、ぼくの栄光は勉強できる幸せであったとしても、また、そのときの不安は母に二度と口づけできないのではないかということであり、悲しみは学校へ行けなくなったことであったとしても、それがどうしたというのだろう？　そのような一喜一憂を平然と見遣る現在の心境は、ぼくがこれまで手にしたどんな栄光よりも価値がある。祖国のために苦しみをうけ、神のために生きる人は、この世でも、来世でも、真の栄光を手にするのだ。ぼくは自分の苦しみについて話しているが、ほかの人はぼくよりももっとひどい目にあっているため、自分のことを話してなにになるというのだろう？　ほかの人が血の涙を流しているときにただの涙を流す権利など、ぼくにあるというのだろうか？

まだ四月五日である。

ぼくの両手はポンプを動かす作業をすでに終えていた。父[*10]は格子のそばで呻き声をあげ、母と妹たち[*11]はぼくのために天に向かって涙声で祈りを唱えてくれた。ぼくの精神は、力強く、潑剌としていた。ほかの人たちが早く帰ってこないか待ち遠しかった。ほかの人たちとは、労働のなかでもこれ以上過酷なものはないという労働を共にすることになる仲間のことである。

彼らは、話によれば、日が昇るずっと前に出かけた。しかし、日はとっくに沈んでしまったというのに、まだ帰ってこなかった。もし太陽に情というものがあるとすれば、服にこびりつく血がふき出るとき、口から泡がふき出るとき、怒り狂った手が荒々しく棍棒を振りまわすとき、棍棒で叩かれて背中が湿原を吹きぬける一陣の風をうけたアシのように反りかえるとき、そのまぶしい光を灰色に変えるだろう。

採石場で作業してきた哀れな人たちがついに帰ってきた。帰ってはきたが、うなだれ、服はぼろぼろで、目は潤み、顔面蒼白で、表情に血の気がなかった。歩いていなかった。這っていた。言葉はなく、呻いていた。なにも見たくないようにみえた。ただ、悄然として痛々しく、弱々しい絶望的な眼差しをうつろに投げていた。ぼくは自分目を疑った。自分を疑った。夢をみているのだろうか？　それとも、この人たちはこの世のものではないのだろうか？　いや、夢ではない。ぼくがみた夢らしい光景も、彼らが生きていることも、本当のことだった。本当に帰ってきたのだ。壁にもたれて歩いていた。目は朦朧として、ダンテに出てくる死者が倒れるように自分の場所にくずれ落ちた。確かに帰ってきたのだ。なかに、だれよりも背中が曲がり、顔に血の気がなく、憔悴したひとりの男性[*12]がいた。髪は一本もなく、顔は骸骨のようで、胸がくぼみ、両足に石灰がこびりつき、額は雪でおおわれていた。「大丈夫ですか、ドン・ニコラス？」、ひとりの青年が声をかけた。青年はドン・ニコラスを見て、肩を貸した。「大丈夫だ。ありがとう。大丈夫だ」と、ドン・ニコラスは答えた。口元がかすかに動き、忍従の光が顔を照らした。「大丈夫」と言いながら、ドン・ニコラスは青年につかまった。そのあと、青年の肩からずり落ち、自分の場所に倒れた。

あの人はだれなんだろう？

徐々に苦悩が顔に表われた。穏やかな口元だった。服に血がこびりついていた。うっすら笑みを浮かべていた。

あの人はだれなんだろう？

白髪で、血がこびりついた服を着たその老人は、年齢は七十六歳、十年の収容所生活を宣告され、作業に就いていた。名前はニコラス・デル・カスティーリョである。ああ、なんと愚かなわが記憶よ。ここで、その人の深い苦しみを思い出させるとは！　ああ、真実とはなんと非情なものか。偽りも、誇張も、ぼくに許さないとは！　カイン[*13]のパレットにある地獄の色をすべて使っても、この人が味わった以上の、恐怖におののき震えあがる地獄を描くことはできないだろう。

あれから一年以上が過ぎた。新しい出来事がぼくの想像力を満たしている。現在のぼくの当て所のない生活は過去の悲しみを忘れさせるはずだった。過ぎ去った思い出、家族への熱い想い、真実の生への渇き、祖国への想い。これらすべてが頭のなかで沸騰し、ぼくの記憶を奪い、ぼくの理性を乱している。だが、ドン・ニコラス・デル・カスティーリョがうけた苦しみは、ぼく自身の苦しみとして、ぼくの中で永遠に生き続けるだろう。

心ある人は人類の受難史の第一ページにイエスの名をしるします。キューバの国民としてわたしたちの苦難史の最初の方のページにしるさねばならないのが、カスティーリョの名である。

偉大な観念には、皆、それに見合った偉大なナザレ人がいる。ドン・ニコラス・デル・カスティーリョはわたしたちのための偉大なナザレ人だった。カスティーリョには、イエスの場合と同じく、カイファア[*14]がいる。カスティーリョには、イエスの場合と同じく、ロンギーノ[*15]がいる。スペインにとって残念なことに、カスティーリョにはピラト[*16]のような悲しい勇気をふるう人物はいなかった。

ああ！　スペインがカスティーリョの皺だらけの足を痛めつける鎖を外さないのなら、スペインは、ぼくにとっては、恥辱にまみれて生の書から消し去られるだろう。死が永遠の恥辱に対する唯一の答えなのだ。目を覚ますのだ。国としての誇りに、かつてのカスティーリャの騎士精神に生命をふき込むのだ。目を覚ますのだ、生きるのだ。なぜなら、ペラーヨ[*17]の太陽は、いまや、老いて、疲れ果て、その光は、あらたな偉大な太陽と結びついて輝きを強めないかぎり、つぎの世代までもたないからだ。目を覚まし、いま一度、生きるのだ。スペインというライオンは、キューバに爪を立てたまま、眠ってしまった。キューバは蚤になってライオンの顔を、鼻を嚙み、頭に止まったのだ。ライオンは頭を振って蚤をおい払おうとするが、どうすることもできず、ただ吠えるだけである。蚤は百獣の王の至福の時間を台無しにしている。この蚤は饗宴でバルタサールに不意打ちを食わせるだろう。この蚤は、鈍感なスペイン政府にとって、現代の予言者、マネ、テセル、ファレス[*18]になるだろう。

スペインは再生するだろうか？　それはありえない。カスティーリョがいるからだ。スペインは自由でいることができるだろうか？　それはありえない。カスティーリョがいるからだ。スペインは歓喜にひたることができるだろうか？　それはありえない。カスティーリョがいるからだ。スペインが歓喜と再生と自由を望んでも、そのような願いとスペインの間に、めった打ちにされ、血だらけになったひとりの巨人が立ちふさがるだろう。その名はドン・ニコラス・デル・カスティーリョ、時間の書の七十六ページをうめた男性、スペインが当地で発展させようと願っている気高い原則や偉大な観念をことごとく否定する生き証人である。その白髪の頭を前にして、怖くて顔をそむけたり、ひややかに無視するなら、その人の心はむしばまれ、命はペストに冒されている。

ぼくはその人を見た。その日の夕暮、帰ってきたところを見た。悲しみの中でほほえむのを見た。ぼくはその人のところへ走っていった。いつものぼくの無邪気さはなにひとつ無くなっていなかった。黒帽はまだくしゃくしゃになっていなかった。その人は、ぼくがまだ元気潑溂なのを見ると、向こうでは囚人たちが「死の烙印」とうまく言い当てている帽子をかぶっているのを見ると、ぼくの方に手を伸ばし、いつも涙でうるんでいる瞳をぼくに向けて言った。「かわいそうに！」「かわいそうに！」と。

収容所時代のマルティ

ぼくは、どうすることもできない悲しみを

前にして覚える、あの、胸をしめつけるような思いで、心からかわいそうにと思う気持ちでその人を見つめていた。するとその人はシャツをかき上げ、ぼくに言った。

「見てごらん」と。

ぼくが見た光景を文字にすれば、血で綴ることになる。だが、血で書かれた真実もまた真実である。見ると、老人の背中は、ほぼ一面、一寸の余地もないほど傷だらけだった。血が出ているところもあれば、暗緑色の膿が出ているところもあった。症状がもっとも軽いところに真新しい傷があった。数えると三十三あった。

これでも、スペインは歓喜にひたり、再生し、自由を求めるのだろうか？　歓喜にひたることも、再生することも、自由であることも、ありえないのだ。カスティーリョがそこにいるかぎり、は。

ぼくはその傷を見た。だが、自分のことは、もしかしてつぎの日、自分も同じ目にあうのでないかといったことは思わなかった。いろんなことを同時に思った。祖国のこの農夫に、あらためて、いとしさを強く覚えた。この人を傷つけた人たちに深い憐れみを覚えた。これらの人がおのれの良心と向き合う姿を思うと、これら哀れな人に良心があればであるが、心が痛んだ。このような悲しい思いが激流となってぼくの心臓を横切り、喉のところで数珠つなぎになり、額のところで濃縮し、眼球でひしめきあった。ぎょっとして、瞬きひとつせず、仰天しているふたつの目がぼくの唯一の言葉だった。老人の髪を血で染める、神をも恐れぬ手があることにぼくはびっくりした。向こうでは、憎悪と奴隷根性と怨みと報復が渾然一体になっていることに驚いた。ぼくにとって、報復や憎悪は、いつのことかはわからないが、世界中にひろがったふたつの寓話だったからだ。憎悪や報復は、収容所で棍棒をふりまわす傭われの見張りなら持つことができる。見張りが浴びせる鞭が生ぬるいと厳しく責める哀れな所長なら持つことができる。だが、足に鎖が付けられても、背筋を伸ばし、おのれの良心の純粋さとおのれの主義主張にどこまでも忠実で、あの老人の背中のように自分たちの国の名誉と尊厳をずたずたにする哀れな人たちのだれよりも気高く、胸を張っている収容所の囚人であるキューバのひとりの若者の心には、入る余地のないものである。

このようなことをぼくは口にすべきでないのだ。人間はごくごく小さな原子であり、未来に希望をいだく人は、だれかの個人的行動に自らの基準を合わせる必要などないからだ。それでも、ぼくの頭は、今日ばかりはぼくの心を抑える気がない。ぼくの心は、感じ、話し、人間の本性を残しているからだ。

憎しみはカスティーリョももっていなかった。ぼくがじっと見つめていたあいだ、黙ったまま、恨みがましいことは何一つ口にしなかった。

結局、ぼくの方から口を開いた。

「これは、ここでなったのですか？　どうしてこんな目にあったのですか？　だれかに聞いたらええ」

「そうじゃなあ。話しても信じてもらえんじゃろ。知りたければ、だれかに聞いたらええ」

苦しみで結ばれる友情ほどすばやいものはない。ぼくがかぶっていた黒帽と、ぼくの足に巻きつく鎖が強い絆となって、ぼくはあの悲しみの中にいる人々とすぐに仲良しになった。彼らはドン・ニコラスの過去について話してくれた。収容所の看守のひとりも、のちに、同じ話をしてくれた。スペイン人の囚人たちも同じ話をしてくれた。

何日も前にドン・ニコラスは収容所に来た。

何日も前から、ドン・ニコラスは、朝の四時半になると、収容所から採石場までの一レグア[*19]は優にある道のりを歩いた。そして、太陽がとっぷり沈んだあと、十二時間にわたる作業を終え、午後六時、同じ道をふたたび歩いて帰った。

ある午後、ドン・ニコラスは傷だらけの手で石を掘った。監督に棍棒でいくら叩かれても、ぱっくり傷口があいた足では歩くことができなかったからである。

胸がはり裂けるような話である。同じような事はぼくにもあった。ぼくの場合、ぼくは歩いた。ぼくの場合、父はこらえきれず泣きだした。あの日はとてもつらかった！　その日、父はついにぼくに面会することができた。ぼくは傷ついた軀を父に見られないようにした。父は、鎖が皮膚を擦らないようにと、母が使っていた当て物を足に付けようとした。その日、父は、ぼくが収容所の広間をぶらついているのを見たあと、ぼくの軀を支え、走れるように、そう、走れるようにしていた二本の足が怪我して膿が出ているのを、痛めつけられてひしゃげているのを、血と泥が、膿と瘡蓋《かさぶた》が入りまじっているのを見つけたのだ。あの日ほどつらかった日はなかった！　父の目は変形した足にくぎづけになり、ぎょっとしてぼくを見つめ、人に見られないようにこっそり包帯を巻いてくれた。そのあと、ふたたびぼくを見つめた。そして、痛めつけられた足をやさしく抱きしめると、とうとう、泣き出してしまった！　父の涙がぼくの傷のうえに落ちた。ぼくは父に泣かないようにとお願いした。とぎれとぎれの悲痛なすり泣きになった。そのとき、作業を告げる鐘が鳴った。ぼくはだれかの太い腕に連れられて採石場へ向かい、父は、ひとり、ぼくの血で濡れた地面にひざまずいていた。ぼくは棍棒に追い立てられ、六時間分の作業としてぼくたちを待つ無数の箱へ向かった。あの日は本当につらい一日だった！　それでも、ぼくには人を憎む気持ちはいまもない。

ドン・ニコラスも同じだった。

そのような状態のなか、採石場から見張りがきて所長に話した。所長はドン・ニコラスに箱を運ぶよう命じ、ドン・ニコラスはぱっくり傷口があいた足で、どこへ行くのかと聞かれれば、返事である「死へ向かって」歩いていった。

採石場は、ひろびろしたところで、底までの距離は百バラ[*20]でおさまらない。採石場には、石ころが積み上げられてできた高い山が無数にある。白土や石灰をはじめ、ぼくたちが炉で作ったさまざまな石材の山がある。そうした山の上まで、幅の広い箱に入りきらないほどの石を載せて登るのだ。坂も、階段も、勾配はとても急である。坂と階段を合わせると、高さは百九十バラにもなった。山と山のあいだの通り道は狭い。曲がりくねったところや交差するところは、ときに、ひと一人が箱を担いでやっと通れるほどである。そうした狭くてくねくねしたところに石ころがしょっちゅう轟音をあげて落ちてくるため、のんびり歩いていられない。採石場では、気絶して倒れると、下へ放り投げられる。脱走した囚人が見張りに見つかって踏んづけられたときなど、ちょっとした衝撃で石ころがなだれのように落ちてくる。囚人が脱走したとき、箱からこぼれ落ちる石も危険だ。採石場では、山の底にいると、太陽に照りつけられて丸焦げになる。太陽が顔を見せないのは一日に二時間だけである。雨は一年を通してよく降る。ぼくたちは雨が降るのを心待ちにした。雨のシャワーを浴びてさっぱりするのと、三十分以上雨が降ると、雨宿りのため作業が中断され、しばしの休憩になるからだ。採石場では、見張りは監督の目を盗んでは囚人を虐待する。見張りは習慣になっていて好きなだけ棍棒で殴りつける。監督も棍棒で殴る。監督が棍棒を振りまわすのは、倒れているのは本当に気絶しているかどうか確かめるためである。このような乱暴なやり方で納得するのだ。こうしたことに加え、五十人の囚人が、青白い顔をして、やせこけた軀で、そのくせ早足で、鞭を打たれ、棍棒でこづかれ、怒鳴られ、朦朧とした状態で、黙々と動いている。囚人の軀に二重三重に巻きつく五十本の鎖の音、間断なく軀を打つ棍棒の音、棍棒を振りまわす罵声、棍棒で殴られた囚人の悲痛な沈黙。これらすべてが、飽くことなく、えんえんと繰り返されるのだ。来る日も来る日も、一時間また一時間、一日十二時間、繰り返されるのだ。このように、採石場の光景は、青白く、弱々しい。いかなる絵筆をもってしても、善のインスピレーションをうけようと、悪が乱舞するこの戦慄の光景をあますところなく描くのは不可能である。行き着くところ、すべてが単調である。犯罪も単調、いまわしいサン・ラサロ墓地の犯罪までも単調である。

「歩け！　歩くんだ！」

「運べ！　運ぶんだ！」

一歩進むごとに罵声が飛び、罵声のあとに棍棒がつづく。疲れた表情をすこしでも見せると、見張りが飛んでいって罵倒する。囚人が脱走し、つまずいて倒れると、見張りが踏んづけ、引きずりまわす。そこに監督が来て、鍛冶屋がハンマーを規則正しく上下させるように囚人の背中に鞭をあびせる。監督があびせる鞭は、その都度、哀れな囚人の背中をまっぷたつに裂いた。血が混じった泡が口から出て、脈拍が落ち、命が切れたと思われたとき、ほかの囚人ふたりと、おそらく痛めつけられた囚人の父親か兄弟、でなければ息子が囚人の頭と足をかかえて運び出し、山の上から下へ放り投げた。

地面に落下した軀を監督が踏んづけた。そのあと、山の上に登り、鞭をふりあげ、平然と言ってのけるのだ。

「とりあえずこのくらいにしておこう。午後が楽しみだ」、と。

このような拷問を、このようなもろもろの拷問を、あの日の午後、ドン・ニコラスはうけた。鞭が、一時間にわたって、気絶して地面に倒れているあの傷だらけの軀に規則正しく振りかざされては落ちた。監督はドン・ニコラスを殴り、サーベルで背中をつっつき、ぐったりしている老人のわき腹に鞘の先をつっこんだ。老人を蹴っ飛ばし、泥まみれにした。ドン・ニコラスは死人のように転がった。血の混じった泡が顔じゅうにひろがり、固まったとき、棍棒による痛めつけが終わった。ドン・ニコラスは山の下へ放り投げられた。これが憎しみを極限まで野蛮にしたものである。これが悪をとことん暴力化したものである。人間のもつ怒りや怨みは、ここまで、ここまで行き着くのか、といった感じである。しかも、これは、この収容所がキューバにある政治犯収容所であればこそ、スペインの議員たちが賛成する収容所であればこそ、可能なのである。

これだけではない。もっとある。もっと恐ろしいことが山ほどあるのだ。

監督の命令で囚人ふたりがぐったりしたドン・ニコラスの軀を担いで収容所に運んだ。収容所に着くと、医師のところへ連れてゆき、診察をうけさせた。

ドン・ニコラスの背中は傷だらけだった。白髪は、真っ赤に染まっていたところもあれば、泥まみれで真っ黒になっているところもあった。医師のまえで粗末なシャツがたくしあげられた。脈拍がないように医師には感じられた。傷があらわになった。医師は手を伸ばし、暴言を吐き、これくらいなら作業すれば治ると言った。不幸で哀れな男だ。ドン・ニコラスの顔と軀に付いていた泥という泥を自分の心に付けていたのだ。

ドン・ニコラスの目はまだ閉じたままだったが、作業を告げる朝の鐘が鳴った。この時刻ほど悲痛な時刻はない。大気に呻き声が充満し、鎖の音はひときわ悲しく響き、病人の嘆きは一段とおおきくなり、傷ついた軀はさらにうずき、棍棒は腫れあがった手や足をさらに無造作に殴りつけるのだ。この時刻は、一度でも、百度でも、その中に身を置き、肉体が味わう苦しみのなかでもっとも過酷な苦しみを味わい、人間であることの誇りが燦然《さんぜん》と額に輝き、心を満たすのを感じたことのある者には、ぜったいに忘れることのできない一瞬である。タールを塗ったちいさなキャンバス地の上で、幾晩となくぼくの枕もとに現れてはじっと座っていた母の幻影のように、収容所の固いキャンバス地の上で、生気のない目、声の出ない喉、動かない手足のカスティーリョが横たわっていた。

軀の状態がここまでくれば、おそらく人は安心するだろう。このような状態では作業に出るのは無理で、八十歳になろうとするこの老人は、ようやく何時間か、休息できるだろうと思うからだ。しかし、ここで喜ぶのは早い。あの施設はキューバの収容所であるということを、政府の施設であるということを、この国の国会議員たちが承認した政府によって果てしなく繰り返されているということを忘れているからだ。神を神とも思わない命令が出てドン・ニコラスの軀はゆっくりしていられなかった。地面に放り出され、車に乗せられたのだ。車が跳ねるたびにドン・ニコラスの軀は左右に転がり、頭は床板にはげしくぶつかった。車が跳ねるたびに軀の一部が木製の横板から飛び出した。このようにして、砂塵が舞いあがり、むっとするほど暑く、雨が降るとどろどろになる、あの不幸な収容所の囚人にとっておそろしい箱が待ちうける採石場へ運ばれていった。

ドン・ニコラスは荷台のなかで頭を打った。車が跳ねるたびに軀が飛び出した。ひとりの男性がなぶりものにされたのだ。哀れな人々である。あの人に神が宿っているのを知らないとは。

あの人こそ、あの人こそ、神なのです。あの人が神なのです。あの人があなた方の良心を粉々にしてしまうのです。といっても、あなた方に良心があるとすれば、です。あの人が神なのです。あの人があなた方の心臓を焼きつくすのです。といっても、あなた方が犯している悪の炎につつまれてまだ熔けていないとすれば、です。祖国のために命を捧げることは、善がそうであるように、無私の心という普遍的理念がそうであるように、神そのものなのです。あの人を棍棒で殴りなさい。傷つけなさい。あなた方は、殴りつけられただけ殴り返すにも、傷つけられただけやりかえすにも値しない哀れな人々です。ぼくは、ぼくの心の中にこの神を感じます。ぼくの中にこの神がいます。ぼくの中にいるこの神はあなた方を憐れんでいます。憎む以上に、軽蔑する以上に、憐れんでいます。

収容所の所長は、前日の午後、カスティーリョが帰ってきたことを知っていました。

収容所の所長は、その日の朝、カスティーリョに作業に出るよう命令を出していたのです。ぼくの神はこの所長を憐れんでいます。所長の名前はマリアーノ・ヒル・デ・パラーシオ[21]です。

恐ろしい旅はようやく終わった。ドン・ニコラスは地面に投げ出された。足はふらふらして軀を支えることができず、目は閉じたままだった。監督は死体のようなその軀を殴った。カスティーリョは、何度か殴られたあと、膝を曲げてその神々しい軀を起こそうとした。だが、両腕を後ろにひろげ、声にならない呻き声をあげ、ふたたび倒れ、地面を這った。

時刻は五時半だった。

ドン・ニコラスは山の下へ放り投げられた。太陽がやって来た。太陽はその炎で石を焦がした。雨が来た。雨水が地面にしみこんだ。午後の六時になった。この時刻になって囚人ふたりが山へ向かい、ドン・ニコラスを探した。ドン・ニコラスの軀は、太陽の炎で焦げ、雨がしみこんでいた。ドン・ニコラスは、朝早い時間からそこに横たわっていたのだ。

このようなことが、本当にあってよいのでしょうか？　このようなことがこれからもあってよいのでしょうか？　海外領土相はスペイン人です。このようなことが、向こう、キューバの収容所で起こっているのです。海外領土相は、今後はこのようなことがないよう改善すると発言するでしょう。なぜなら、このようなことを知ってそのままにしておくほど、いい加減な政府だとは思わないからです。

こうしたことが毎日、毎日、何日も繰り返されました。仲間たちは、ドン・ニコラスのために、禁止されていたのですが、こっそり、唯一の食物として少しばかりの砂糖水を与えましたが、それもままなりませんでした。ドン・ニコラスの背中は傷だらけで、背中といえるしろものではありませんでした。それでも、鞭を打たれながらも、何時間か作業に就いたのです。生き、作業したのです。神が、彼の中で、生き、作業したのです。

しかし、ついにだれかがこのことを報告しました。その人を喜ばせようとしたのでしょうが、おそらく、その人の眠っていた良心をびっくりさせたのでしょう。ドン・ニコラスには、数日間、作業に出ないように、傷口に膿の吸い出しを貼るようにとの命令が出ました。傷口は三十三カ所ありました。ドン・ニコラスはしばらく自分のベッドで横になっていました。一度、水がかけられ、軀をごしごし洗われました。

ドン・ニコラスはいまも健在です。収容所にいます。すくなくとも七カ月前、ぼくが収容所に行き、ドン・ニコラスに会ったときは元気でした。その後、どうなったかはわかりません。そのとき、ドン・ニコラスは元気で、作業に就いていました。最後にドン・ニコラスに会った早朝、ドン・ニコラスの手を握りしめる前に、新たな特別の罰が、新たなすさまじい暴虐がドン・ニコラスに牙をむいていたのでした。「なぜ、いま、こんなことが？」「なぜ、あのようなことが、あのとき、起こったのだろうか？」

尋ねると、スペイン人とキューバ人が話してくれた。

「義勇軍[*22]の話では、ドン・ニコラスは独立運動の活動家で、所長は義勇軍の連中を喜ばせたかったということだ」

と。

義勇軍とは挙国一致のことです。

収容所は政府の施設です。

所長の名はマリアーノ・ヒル・デ・パラーシオです。

勝利の歌を歌ってください。勝利を歌いなさい。議員の皆さん。

これが、あなた方のいう挙国一致の実態です。これが、あなた方が賛成し、あなた方が是認し、あなた方が声をひとつにして拍手喝采した統治の実態です。

拍手喝采してください。勝利の歌を歌ってください。

あなた方は、自分たちの名誉を守るために、勝利の歌を歌い、拍手喝采するのでしょ？

VII

「マルティ！」「マルティ！」、ある朝、ぼくを呼ぶ友の声がした。収容所での友だ。友人も政治犯として収容所送りになったのだ。いい友だった。その日は、ぼくと同じように、理由はわからなかったが、採石場ではなくタバコ工場で作業するよう命令されていた。「見ろ。あそこに子供がいるよ」

ぼくは目を凝らした。悲しいものをさんざん見てきたかわいそうなぼくの目！

本当だった。子供だった。身長はふつうの大人の肘のところに届くか届かないくらいだった。驚きと、物めずらしさが入り交じった目で、着せられたあの粗末きわまりない服を、両足に付いている奇妙な鉄の鎖を見つめていた。ぼくの心はその少年の心へ飛んでいった。ぼくの目は少年の目をじっと見ていた。ぼくの命を少年の命と取り替えてあげたかった。ぼくの腕は操作盤に張りついたままだった。少年の腕は、棍棒で殴られないかとびくびくしながら、貯水槽のポンプを動かしていた。

そのときまでぼくはなにもかも理解していた。なにもかもわかっていた。ぼくの身に起こったことがどれほど理不尽なことかわかっていた。だが、あの無垢な顔、あのきゃしゃな軀、あのあどけない澄んだ目を見て、理性はぼくの前から消えた。理性を見失った。ぼくの理性は、恐怖におののき、神の足もとで泣いていた。かわいそうなぼくの理性。何度、人のために涙したことか！

何時間か過ぎた。少年の顔に疲労の色が見えた。細い腕を重たそうに動かしていた。愛らしい紅頬も消えた。目から生気が消え、きゃしゃな脚から力が抜けていた。ぼくの悲しい心は涙を流した。

作業終了のときがきた。少年は喘ぎながら階段を昇っていった。自分のガレー船にたどり着くと、床に身を投げた。床は、ぼくたちに与えられた唯一の座席、疲れを癒す唯一の休息場、椅子、机、ベッド、涙がしみこんだ敷布、血でふやけた絵、待望の山小屋、痛めつけられ傷つけられた軀と痛みを訴える腫れあがった手足の唯一の避難場である。

ぼくはすぐに少年のところへ行った。ぼくに呪いの言葉を吐くことができれば、ぼくに憎むことができれば、そのとき、ぼくは呪っただろう、憎んだだろう。ぼくも床に座った。少年の頭を粗末な寝具[1]の上に置き、高ぶっている自分の気持ちが落ち着くのを待って、話しかけた。

「君って、いくつ？」

「十二です。セニョール」

「十二か。なのに、ここに連れてこられたの？　名前はなんというの？」

「リノ・フィゲレード」

「なにしたの？」

「何もしてないよ。セニョール。とうちゃん[2]とかあちゃんと一緒にいたんだ。そしたら、兵隊さんが来て、とうちゃんを連れてったんだ。それから、兵隊さんがまた来て、ぼくを捕まえたんだ」

「おかあさんはどうなったの？」

「かあちゃんも、連れてゆかれたよ」

「おとうさんも？」

「とうちゃんもだ。とうちゃんがどうなったか、わかんないよ。ぼく、何もしてないんだよ。なのに、どうしてこんなとこにいるの？　とうちゃんや、かあちゃんには、もう会えないの？」

もし、憤りが、苦しみが、胸が張り裂けるような悲しみが口を利けるとしたら、ぼくは、その哀れな少年に話しただろう。しかし、なにかはわからないが、誠実な人には心当たりがあるなにかが、ぼくのなかに潜んでいた忍従と悲しみをかきたてた。報復と怒りの炎をたきつけた。なにかわからないものがぼくの心に鉄の手を置き、目にたまる涙を乾かし、口から出ようとした言葉を凍らせた。

リノ・フィゲレードは十二歳だった。それでも、政府はこの少年に十年の収容所暮らしを宣告したのだ。

十二歳だぞ、リノ・フィゲレードは。なのに、政府は、少年の足に鎖をつけ、囚人のなかに送り込んだのだ。おそらく、勝利のしるしとして、町じゅう、さらし者にしたことだろう。

なんということだ。十二歳だぞ。

ものには限度があるということがわからないのか。恥ずかしいことだ、冷静に考えることができないとは。恥さらしだ。政府は、十二歳の少年に収容所送りを命じたとき、自分たちの誇りをどこかに置き忘れてしまったのだ。この少年に、残酷に、非情に、悪辣にふるまったとき、自分たちの誇りを、あらためて、完全に置き忘れてしまったのだ。だから、政府は引き返すのだ。いますぐ引き返し、今回、いや、これまで何度も粗末に扱われ、踏みにじられてきた自分たちの名誉を取り戻すのだ。

ぼくは人の不幸は語りたくないので個人名はあげないが、政府は、こうしたたぐいの話を耳にすれば、自分たちがしていることに驚き、いますぐ引き返すはずだ。

リノ・フィゲレードは十年の収容所暮らしを宣告された。だが、それで話が終わったわけでなかった。リノ・フィゲレードは、もう収容所に送られていた。もう収容所の囚人になっていた。足にからむ鎖が呻き声をあげていた。黒帽と忌まわしい服が光っていた。それでも十分でなかった。

十二歳の少年は、ただちに採石場に連れてゆかれなければならなかったのだ。採石場で鞭を打たれ、棍棒で殴られなければならなかったのだ。事実、そのようになった。少年の手は瓦礫で、背中は棍棒で、足は石灰でずたずたになり、傷だらけになった。

これからお話しするのは、そうしたある日の出来事です。少年は棍棒で殴られました。

つぎの日、少年は棍棒で殴られました。

つぎの日も。そのまたつぎの日も。

ハバナの収容所の棍棒は十二歳の少年の軀をずたずたにしました。このように挙国一致という題目は当地で魔法の弦を響かせたのです。その弦は、いまも、高らかに、強く響いています。

挙国一致の題目のもと、スペインは、かの地で名誉を失い、人に鞭を浴びせ、人の命を奪っているのです。

そして、当地では、感激し、偉大だと思い、はしゃいでいるのです。かの地で、人に鞭を浴びせ、あなた方の名誉を失墜させ、人々の命を奪っている挙国一致！　当地で感激してください。偉大と思ってください。はしゃいでください！

あなた方議員の皆さんは、響きのよい挙国一致という美しい題目につられて政府の行動を承認したとき、ドン・ニコラス・デル・カスティーリョやリノ・フィゲレードの話は聞いていなかったのです。このようなことは知らなかったのです。国は議員の皆さんの言葉で話されるのです。このようなことを知っていて、そのように話したとすれば、この国には誇りも真心もないということです。

ここまでお話ししたようなことは、ほかにもいくらでもあります。採石場は、リノ・フィゲレードにとって、殉教者としての生涯でもっとも苦しみの少ないところでした。話にはまだまだ先があるのです。

ある朝、リノの首は自分の頭を支えることができなかった。膝ががくがくした。肩の力が抜け、腕が垂れ下がった。わけのわからない病魔がリノの軀に入り、リノを、ドン・ニコラスを、多くの人を、そして、ぼくを守ってくれた不思議な精神をうち負かした。目のまわりに暗緑色の隈ができ、軀に赤い斑点が出た。声は呻き声になり、目は不快感を訴えていた。そのような苦しさのなかで、収容所で病気になった囚人はあらゆる闘いのなかでもっとも過酷な闘いに立ち向かうのである。リノは班長のところへ行き、言った。

「セニョール。ぼく、病気です。おしっこができないのです。体じゅう、斑点が出ているんです」、と。

「うるさい。行くんだ」と、班長は不機嫌に言った。「うるさい」と言って棍棒で殴りつけた。これが少年の訴えにたいする返事だった。

リノは、見つからないように、というのも、見つかっていればリノの歴史に血まみれのページがあと一ページ増えたわけだが、その日、リノは、いくらか余裕があっただれかの肩につかまって歩いた。いろんなことがある。どんなことでもある。永遠の正義も、永遠であるだけに計り知ることができないとはいえ、歩く。そして、まちがいなく、いつか停まることになる。リノは歩いた。リノは作業に就いた。しかし、斑点はついに全身をおおい、目は隈で見えにくくなり、膝はまっすぐにしていられなくなった。リノは病魔に負け、天然痘の症状が両足に現れた。天然痘は、リノに襲いかかるや、あっというまに、むさぼるように、そのおそろしいマントでリノをくるんでしまった。かわいそうなリノ！

このような状態になってはじめて、それもほかの者に伝染するのは好ましくないという身勝手な理由から、リノは病院へ運ばれた。収容所は生き地獄である。収容所の病院は別世界への玄関口であり、もう一つの生き地獄である。この地獄から抜け出すには、キューバの政治犯収容所は、ぼくたちに死の影がおおうよう要求するのだ。

リノのことは忘れられない。かわいそうで忘れることができない。コレラが収容所で猛威をふるったとき、ひとりの中国人が死人のような状態でようやく病院へ運ばれた。そのとき、同郷の囚人がその中国人の血管をつつくと、どす黒い血が出た。だが、血は血でも、固まっていた。そのときになって、そのときになってはじめて、その哀れな囚人は病人と宣言されたのだ。だが、その数分後、かわいそうに死んでしまった。

ぼくはその中国人の硬くなった両足を両手でさすった。ぼくの息で生き返らせたかった。だが、ぼくの腕をすり抜け、意識がないまま、目は開かず、声も出ないまま、コレラで死んでいった。このような状態になってはじめて、コレラ患者と判定されるのだ。

挙国一致という題目は、美しい、美しい夢物語です。でも、本当に美しいと思っているのですか、議員の皆さんは？

「マルティ！　マルティ！」、その数日後、先の友人がふたたび声をかけた。「あそこにいるのはリノじゃないか？　よく見るんだ。ほら」

ぼくは目を凝らした。じっと見た。そう、リノだ！　ある病人につかまっていた。うつむいていた。顔も、手も、足も、あばたで真っ黒になっていた。目はうつろで、胸はくぼみ、前かがみになっていた。ひとりになると、前へ後ろへと床を転げた。だれかにつかまっているときは、這いずるように歩いた。全身に発疹が出て、さまざまなかたちを作り、ひどく化膿して、膿が出ていた。リノはちょっと軀を動かしただけですぐに吐いた。リノの人生で最後のふんばりだと思われた。

そのような状態であった、リノは。だが、収容所の医師はリノは健康であると診断した。リノは自分の足で軀を支えることができなかった。うつむいたままであった。全身にあばたが出ていた。リノが天然痘に罹っているのはだれの目にも明らかだった。だれもがそう考えた。だが、医師の見立てではリノは健康であった。この医師の心は天然痘に罹っていたのだ。

こうして、この哀れな少年はそれまでの午後でもっともおそろしい午後を過ごした。収容所の医師はリノを健康だと診断して病院へ戻った。

数日後、ちいちゃくて、青白い顔をした、痛々しい軀が収容所の階段を昇っていた。うつろな目で、痛めつけられた手で、必死の思いで手すりにつかまっていた。鎖を留める紐が腰からずり落ちていた。苦しそうに、歯を食いしばって、一段一段、階段を昇っていった。

「ああ！」——両足がついにそろったとき、呻き声を漏らした。「ああ。とうちゃん！」と。そして、わあわあ泣き出した。

それでもリノは最後まで階段を昇った。ぼくはリノのあとを追って階段を昇っていった。リノの横に座り、リノの手をとった。着ていた粗末な服[3]をきちんと直した。ぼくは、リノと同じようにぼくも涙を流しているのを見られないよう、何度も顔をそらした。

かわいそうなリノ！

一カ月前の、足に付けられた鎖を珍しそうに動かしていた、あの、元気で、無邪気で、かわいい顔をした少年ではなかった。五月のように明るく、四月のようにみずみずしい、野に咲くバラではなかった。人生につきまとう永遠の苦悩であった。大勢の人に有罪を宣告する無言の警告であった。骨と皮だけの軀、大蛇が血液を送り込んで血管を膨らませて食欲を満たしたあと吐き出す残骸のようだった。

そのような状態でも、作業に就いた。そのような状態でも、翌日、罰を食らった。そのような状態でも、通りを歩いた。偉大な観念の記憶を不滅のものにし、おそらくあらかじめ定められていたと思われる何人かの人を元気づける不思議な精神がリノの生命力を強め、リノの血管に気力とあらたな命を与えていたのである。

ぼくがあの生きた幽霊の住み家である墓場を後にしたとき、リノはまだそこにいた。ぼくがスペインに送還されたとき、リノはまだいた。その後、偉大な遺体にふさわしい石の蓋がぼくの中で閉じた。だが、リノはぼくの記憶のなかで生きている。ぼくの手を握り、ぼくをやさしく抱きしめ、ぼくのまわりに戻ってきている。リノの姿は一瞬たりともぼくの記憶から消えることはない。

国が間違った方向へ進もうとするとき、臆病なためか、無関心なためか、国がよからぬ方向へ向かうのを許してしまうと、最後の気力が尽きると、最後の、いや、おそらく最初の気力が愚かにも沈黙すると、国民は多くの涙を流すことになる。自分たちの過ちを後悔しながら、人をののしり侮辱したように、自分たちがののしられ、侮辱され、滅びるのだ。

観念が酩酊状態の血に宿ることなど、ぜったいにありえない。

観念が犯罪を、犯罪の陰温さを赦すなど、ぜったいにありえない。

スペインの名誉については言わずもがなである。

リノ・フィゲレードが向こうにいます。収容所にいます。他方、当地では、ぼくの目の前に思い浮かぶ光景は、議員たちが興奮に酔いしれ、目隠ししたまま、ものすごい速さで、疲れを知らぬステップで、火刑場の赤赤と燃えあがる炎に照らし出されたネロ[*23]のように踊っています。そのおぞましい照明の中で、真っ赤な亡霊が、ひとり、耳をひき裂くような高笑いをしています。その額には「挙国一致」と書かれています。議員たちが踊っています。踊っています。議員たちの頭上で、亡霊は、片方の手にドン・ニコラス・デル・カスティーリョの血まみれの服をひっかけ、あとの手でリノ・フィゲレードの傷だらけの顔を指さしています。

どうぞ、踊ってください。踊りなさい。

VIII

いかに堪え難い苦しみといえど、なにか歓びを覚えることによって和らぐことがあるとすれば、そのような歓びとは、ただひとつ、ほかの人の苦しみを取り除いてあげることである。人を絶望の淵に沈め、苦しみを深め、堪え難くするものがあるとすれば、それは、間違いなく、自分には人の苦しみを和らげることができないと観念してしまうことである。

だれにでもわかるわけでもないこの苦しさ、その重苦しさがようやくわかるようになったとはいえ、いまもぼくを締めつけるこの苦しさが、ぼくの心を何度もおおい、キューバの収容所と呼ばれるあの暗澹たる時間のなかでつねにぼくをおおっていた。

ぼくがだれかの不運を癒すことができたとき、ぼくは、大抵、自分の不運を忘れている。ぼくが自分の古傷を思い出すのは、ただひとつ、ぼくのためにほかの人が苦しみをうけているときである。ぼくが苦しみをうけ、人の苦しみを和らげる歓びによって自分自身の苦しみを癒すことができないときは、ぼくは、前世でおおきな罪を犯し、不思議な世界巡礼の途中、過ちを悔い改めさせるため、この地に来たと思うことにしている。ぼくの悲しみが深いのと同じように、人に悲しみをもたらした人が味わう後悔の念は、苦く、耐え難いほどつらいものだろうと思うと、さらに気が滅入ってしまう。

邪悪な心を襲う嵐のことを考えると本当にこころが痛む。その盲目さに深い悲しみを覚える。だが、その悲しみも、これほどに悪辣で、組織的で、冷酷で、計画的で、思いつくやいなやすぐに実行される犯罪にたいする怒りに比べれば、ものの比ではない。

カスティーリョ、リノ・フィゲレード、デルガード、ファン・デ・ディオス・ソカラース、ラモン・ロドリゲス・アルバレス、黒人のトマースなど、大勢いる。皆、ぼくの心にしみこんだ黒い涙である。

かわいそうだった黒人のファン・デ・ディオス！　この人は、鎖を付けられるときも笑顔をふりまいた。ポンプ係に配置されたときも笑顔をふりまいた。笑顔で採石場へ向かった。だが、太陽が一世紀以上も照らしたあの背中が棍棒で叩かれて引き裂かれたときは、さすがに笑わなかった。この人の場合、精神に異常をきたし、知能は本能に席を譲り、感情だけで生きていた。目は大地や事物の姿をきちんと捉えたが、記憶はその生涯の最初と最後を乱暴にくっつけてしまった。長くて風変わりな話をした。そのような話のなかで、いつも、主人にはかぎりない尊敬の念をいだき、主人一家に示した愛情と忠誠に主人が信頼し感謝していたことを強調していた。一バラもあるおおきな地図を前にしてプエルトプリンシペにある広大な農園の境界線を指さしたかと思えば、自分の曾孫と大祖父を自分の父親と自分の息子という風に、間違うはずのない間柄の家族をいとも簡単に混同した。

フアン・デ・ディオスをもっとも傷つけ、なによりもおおきな苦しみを与えたのは、キューバ生まれの黒人のもつ、あの、やさしさに満ち、屈託のない、円満で、独特の笑顔を失うことであった。棍棒で殴られたとき、よみがえるのは自分の中に息づく昔の生活であった。棍棒で殴られたとき、ふだんは絶えない笑みが口元から消え、悲しそうな瞳にアフリカの怒りが猛然とぎらつき、おおきな手をぶるぶるふるわせながら作業道具を握った。

スペイン政府はキューバでひとりの精神障害者に有罪を宣告した。

スペイン政府はキューバで百歳を超えた黒人に有罪を宣告し、収容所送りに処した。収容所で鞭を浴び、収容所で作業するのを平然と見ていた。

スペイン政府がしたのだろうか、それとも、挙国一致がしたのだろうか。後者がしたと見る方がより正確だろう。なぜなら、これらふたつは同じものだと考える向きが強いが、ぼくの見るところ、スペインはこれらを別々のものとみなしているように思われるからである。

歌いなさい。スペイン政府がキューバでおこなっていることを熱狂的に支持する人々よ。拍手喝采しなさい。

IX

哀れだったのはフアン・デ・ディアスだけではない。黒人のトマースも！

ああ！　この少年のことを思い出すのは耐えられない。この少年のことを長々と話すことは控えたい。だが、筆をとめるわけにはゆかないのだ。少年の名を聞くと、一気に筆が進む。

少年は十一歳だった。黒人で、ボサール*[24]だった。

十一歳だぞ。なのに収容所暮らしだ。

ボサールだぞ。なのに、政治犯にされてしまったのだ。

ボサールだぞ。なのに、軍事委員会は政治犯と宣告したのだ。

なんという、哀れな人たちだ！　これらの人は、収容所所長は判決文に署名したのだ。自分たちが犯した犯罪のなかでもっとも野蛮な犯罪を隠蔽するためなら、一片の恥すら、持ち合わせていないのだ。

X

勝利の歌を歌いなさい、歌ってください、勝利を祝ってください、拍手喝采してください、議員の皆さん。

ラモン・ロドリゲス・アルバレスも、おおくの不幸な人々と同じく、涙を流した。

ラモン・ロドリゲス・アルバレス。十四歳で、収容所送りの宣告をうけた。

ラモン・ロドリゲス・アルバレス。政治犯として十年の収容所暮らしの宣告をうけた。

この少年は、リノ・フィゲレードと同じころに採石場へ行った。収容所に来たのはリノより一週間ほどあとだった。石と呻き声だけのあの地獄で、リノはこっそりラモンの荷を減らして自分の箱に入れた。あまりの重さにラモンがびっくりしたからである。へとへとになって死にそうになりながらも、傷だらけの肩をラモンに貸し、寄り添うようにして坂を登った。ときどき、ラモンの箱に石をすばやく入れた。作業が遅いと、ラモンのうえに野蛮な棍棒が落ちるからである。あるとき、ラモンは気絶した。リノは片手でさっと水をすくい、頭に箱を乗せたまま、片膝を折って友であるラモンの口と胸に水を垂らした。そのとき、見張りが通りがかり、見つかってしまった。見張りはふたりに襲いかかった。怒り狂った見張りの棍棒は容赦なく少年たちのうえに落ちた。気絶した軀と、まだしっかりした軀から血が流れ出た。その直後、リノの頭から箱がずり落ちた。リノの両腕が折れ、かわいそうな友の横にどさっと倒れた。

ラモンは十四歳だった。

リノは十二歳だった。

彼らふたりにひとりの大人が、怒りにまかせ、信じられないほど棍棒を振りあげていた。ひとつの国が、自分たちの息子が国の名誉をけがす恥ずかしい行為をしていることに、涙を流しています。

いつまでも拍手喝采してください、いつまでも歌を歌ってください、議員の皆さん。

繰り返しますが、あなた方は、自分たちの名誉のために、歌を歌い、拍手喝采したいのでしょう?

XI

向こう、採石場で、悲しくてしかたがない出来事として思い出されるのが、デルガードの自殺未遂事件である。デルガードは二十歳だった。その日は、デルガードがはじめて作業に出た日だった。その日、所長は作業の中止を命じていた。その日は、所長と、いまもその友人である挙国一致の題目にとって特別の日だったからである。しかし、作業がはじまって半時間がたったとき、デルガードは、一瞬の見張りの隙をついて、凛として、気高く、力強く、石を運び込んだ山のもっとも高いところに立った。そして、かぶっていた帽子を空に投げ、グアナボカオ刑務所から一緒にやってきた仲間に手をふって別れを告げたあと、八十バラの高さから身を投げたのだった。

デルガードは落下していった。落ちたところは、幸いにも、やわらかな山の上だった。頭蓋骨をおおっていた皮膚は三つになって彼の頭の上に落ちてきた。囚人のひとりで医師を自称する男が、茫然としている監督に向かって、手当てをしたいと申し出た。頭蓋骨にアルコールを何本も注入し、頭蓋骨と皮膚を強引に張り合わせ、ぼろぼろで泥だらけのシャツを裂いて作った包帯を頭に巻き付け、きつく縛った。そのあと、なんという幸運であろう、車で収容所の病院に運ばれた。

その日は、カバジェロ・デ・ローダス将軍[*25]の守護聖人の日だった。

不吉な前兆！　その日は血で幕を開けたのだ。

この事件は他言されなかった。収容所の外へは一言も漏れなかった。漏らせば厳罰に処すと、皆、脅かされたからである。医師たちも、司祭も、軍の係官も、デルガードのベッドから離れなかった。なぜ、つきっきりで看護したのだろうか？　なぜ、あれほど気をつかったのだろうか？　もしかして、あれは、彼らのよごれた良心が発した最初の叫びだったのだろうか？　いや、そうではない。関係部局からの非難と叱責を恐れたからである。

医師たちは黙々と作業した。そして、ついに勝利をおさめた。自殺を告発する書類の作成がはじまり、かたちばかりの証言をとっただけで略式裁判は終わった。すべてが闇に葬られた。まっくらな闇のなかに。

ぼくが収容所を出たとき、デルガードは、いつも、うつむき、いまにも死にそうな顔をして作業に就いていた。帽子をとると、頭に白くて太い筋が三本走っていた。

議場ではしゃぎなさい、拍手喝采しなさい。歌いなさい、議員の皆さん。

あなた方の誇りのために、あなた方の名誉のために、歌いなさい、拍手喝采しなさい。

XII

どれほど多くの人が命を落としたことだろう！

どれほど多くの息子たちが、夜、暗闇のなか、採石場へ向かい、自分たちの親の霊が眠っていると思われる山の上で涙を流したことか！

どれほど多くの母親が精神に異常をきたしたことか！

お母さん、お母さん！　あなたはぼくの心の中で生きています！

お母さんのことを思うと、いろんなことが浮んできます！　あなたのことを思うと、悲しみの波が出てきて、ぼくの頬を焦がすのです！

お母さん！　お母さん！　あなたが涙を流されたように、どれほど多くの母親が涙を流していることでしょう！

あなたの瞳から輝きが消えたように、どれほど多くの母親の瞳から輝きが消えたことでしょう！

お母さん！　お母さん！

その一方で、議員たちは拍手喝采しています。

ご覧なさい。ほら。

ぼくの前をご覧なさい。生きているようにみえる亡霊が、亡霊のようにみえる生きた人間が、胸が張り裂けるような沈黙の列をつくって行進しています。

ご覧なさい。ほら。

いま、コレラがうきうきして、満足げに、陽気に、不気味な声で笑いながら進んで行きます。ふりかざしているのは、死の鎌でなく、収容所の鞭です。肩にたくさんの鎖を掛けています。ときどき地獄のような音を響かせ、ばらばらに行進している集団から血がぽたぽた落ちています。いつも血です！　コレラは、今回、キューバの政治犯収容所で猛威をふるったのです。

ご覧なさい。ほら。

いま、雪をいただいた頭がやって来ます。頭を支えられない首が、うつむき、呻き声をあげています。膿のようなものが粗末な服に垂れています。足もとで太い鎖が鈍い音を響かせています。けれども、この人は笑みを浮かべています。いつも笑みを忘れないのです。この殉教者は、まさしく神です。神を殺めるとは、なんと哀れな国民でしょう！

ご覧なさい。ほら。

いま、醜悪で、きたならしい、地獄からの真っ赤な涙でできた天然痘が来ます。ぞっとするような声で笑っています。カジモド[*26]と同じく片目です。おおきなこぶの上に生きた軀をひとつ載せています。その軀を地面に放り投げ、そのまわりで飛び跳ね、踏んづけては空中に蹴っ飛ばし、背中で受けとめては放り投げ、そのまわりで踊っています。大声で叫んでいます。「リノ！　リノ！」と。そこで軀が動きだすと、鎖をくくりつけ、遠くへ、ほるか遠くへ、深いところへ、ずっと深いところへ、向こうの方、採石場と呼ばれている裂け目に押しやるのです。「リノ！　リノ！」と、何度も叫びながら遠ざかって行きます。そのたびに軀は起きあがり、そのうえに鞭がしなっています。リノは作業に就いているのです。いつも作業です！　そうです、リノの精神は神なのです。棍棒で神を殴るとは、なんとひどいことをする国民でしょう！

ご覧なさい。ほら。

いま、笑顔を見せ、笑いをふりまきながら、ひとつの大きな黒い口がやって来ます。その人には百年の年月が寄り添っています。記憶は脳のなかで翼をひろげ、はるか彼方へ飛んでいってしまいました。縮れ毛はいまでは白くなっています。笑顔を見せています。笑顔をふりまいています。

「旦那さま。どうして、わたしは生きているのですか？」

「旦那さま、旦那さま、なんと気味の悪い音でしょう！」と言って、鎖をがちゃがちゃさせました。

笑いなさい。笑いなさい。

神は涙を流しています。

神を泣かせる国民は、どれほど多くの涙を流すことになることか！

ご覧ください。ほら。

いま、採石場がやって来ます。巨大な塊です。飾り紐をいっぱい付けたたくさんの腕が押しています。ごろごろ回転しています。一回転するたびに、嘆き悲しむひとりの母親の絶望的な瞳が黒い円盤の中で光っては消えていきます。腕っぷしのよい男たちが笑いながら押しています。塊はごろごろ回転しながら進んで行きます。回転するたびに、肉体がひとつ粉々になり、鎖がぶつかり、涙が飛び散り、笑いながら押している男たちの首にかかっていきます。目は輝き、骨は砕け、涙が首にかかっています。塊はごろごろ回転して行きます。ああ！　この塊が回転を止めたとき、ずっしりした塊があなた方の上に重くのしかかり、あなた方は、どうもがいても、頭をもち上げることができないでしょう。ぜったいに！

憐れみの名において、名誉の名において、神の名において、回転してゆくその塊を止めるのです。止めるのです。あなた方のほうへ向かい、その途方もない重さであなた方を轢いてしまわないために、です。止めるのです、地面に無数の涙をまき散らして進んでゆくその塊を。殉教者たちの涙は蒸気になって天にのぼり、凝縮しています。その塊を止めなければ、天はあなた方のうえに崩れ落ちるでしょう。

醜悪なコレラ、雪を抱いた顔、おぞましい天然痘、大きな黒い口、岩の塊。これらすべてが、棺のなかで遺体がくっきり浮きあがるように、白い肌が黒いガウンに映えるように通過して行きます。重く、巨大で、息が詰まるような、真っ赤な大気につつまれて通過して行きます。血です、いつも血です！

どうぞ、ご覧ください。よく見てください。

スペインは自由になれないのです。

スペインはまだ額に多くの血をつけているからです。

どうぞ、皆さん。キューバにある政府がおこなっていることを承認しなさい。

どうぞ、祖国の親である皆さん。あなた方は、道徳が地に落ちても、正義を愛する心が一顧だにされなくても平気である、と、祖国の名においておっしゃいなさい。

そのとおりだとおっしゃいなさい。そのとおりだと断言しなさい。そのとおりだと賛成しなさい。それができるというのなら。


ラモンラミレス印刷所、マドリード、一八七一年

原注

（1）――安物の布地でできた袖付きのハーフコート。
（2）――キューバの農村での父親の呼称。
（3）――収容所での支給品。二バラの安毛布と、折々に上着一着。

訳注

＊1――Dante Alighieri, 1265-1321. イタリアの詩人。ここで取り上げられているのは長篇叙事詩『神曲』（地獄編）のこと。

＊2――姓名はレオノール・ペレス・イ・カブレラ（Leonor Pérez y Cabrera, 1828-1907）。カナリア諸島（スペイン）の出身。夫となるマリアーノ・マルティン・デ・ナバーロ（Mariano Martín de Navarro, 1815-87）とは一八四八年ハバナで知り合い、一八五二年二月七日、同市で結婚した。二人は市内パウラ通り十二番で新生活をはじめ、翌年一月二十八日、第一子ホセ・フリアン（José Julián）すなわち、ホセ・マルティが誕生する。

＊3――ここに登場する妹とは、一八五八年に生まれたカルメン（Carmen）のこと。

＊4――原語はIntegridad nacional. もともとはスペイン本国と新大陸の海外領土（colonias）は一体で分離・分割不能（indivisibilidad territorial）であるという国体観を表わした言葉であった。十九世紀前半にラテンアメリカの大半が独立してしまったあとは、キューバとプエルトリコの独立を阻止するためのスローガンとして提唱された。

＊5――バヤモ（Bayamo）市は、一八六八年十月二十日、独立派が制圧したが、翌六九年一月のはじめ、ヴァルマセダ公爵指揮の圧倒的兵力をほこる政府軍に包囲された。陥落を前にして、住民たちは、同月十二日、自宅に火を放った。政府軍は同月十六日、同市に入城した。

＊6――Blas de Villate y de las Heras, conde de Valmaseda, 1824-82. スペインの軍人。キューバ総督（在任一八七〇年十二月－七二年六月）などの要職を歴任したのち、一八八二年、スペインのカスティーリャ・ラ・ヌエバ軍司令官在任中、死去した。

＊7――Augusto Arango, 1830-69. キューバのカマグエイ州出身の反政府活動家。議員。一八六八年、独立戦争の当初、カマグエイ州の活動家らを指導し、翌六九年のグアイマロ攻略を指揮した。武装蜂起による政治混乱を収拾するため、スペイン側のドミンゴ・ドゥルセ将軍は、独立運動の指導者カルロス・マヌエル・デ・セスペデスと会見するため代表団を送り出したが、これとは別に、アランゴ議員は、スペイン当局との接触をいっさい拒否するカマグエイ州革命委員会の方針を無視して単独行動を起し、カマグエイ市へ向かい、スペイン軍司令官と交渉をつづけようとした。アランゴ議員は、武器を持たず、随伴者一名とともに出かけたが、市の入口で逮捕され、一八六九年一月二十六日、警察の手で殺害された。ふたりの遺体は街頭にさらされ、ドゥルセ将軍による平和的解決の芽は日の目

をみなかった。

＊8――Gaius Julius Caesar, B.C. 100-B.C. 44. 共和制末期ローマの政治家、将軍。シーザーのこと。

＊9――マルティは、一八六九年十月二十一日、国家にたいする背信容疑で逮捕され、翌年三月四日、軍事法廷で六年の懲役刑を宣告された。この判決は同年四月五日に確定し、ただちにサン・ラサロ政治犯収容所に送致された。囚人番号は百十三であった。

＊10――Mariano Martín de Navarro. スペインのバレンシアの生まれ。一八四八年、三十四歳のとき軍曹としてハバナに到着し、五二年、カナリア諸島出身のスペイン女性レオノールと結婚した。妻の両親の遺産を使って家族を連れてバレンシアに戻った（五二）が、ふたたびハバナ（インドゥストゥリア通り三十二番）に戻った。軍や警察の仕事に就いたが、長続きしなかった。その後、地方まわりの商いを経験したのち、ハナバナ地区駐在署員の職を得たが、持ち前の正義感のゆえか、ふたたび失職するなど、キューバでの暮らしは不安定でつましかった。

＊11――カルメン（愛称バレンシアーナ）、アメリア、アナのこと。妹にはほかに、のちに出生するアントニア、ドローレス（一八七五年死亡）がいる。

＊12――Nicolás del Castillo のこと。生没年不詳。

＊13――Cain. アダムとイブの長子で、弟アベルを殺したカイン（旧約聖書・創世記・第四章）を題材にしたバイロン（Lord Byron）の劇詩『カイン』（一八二一年作）の主人公。

＊14――Caifa. ユダヤの大祭司カイアファのこと。「あなたがたは何も分かっていない。一人の人間が民の代わりに死に、国民全体が滅びないで済む方が、あなたがたに好都合だとは考えないのか」（『ヨハネ』第十一章）と言って、イエスの逮捕を計画し、その後の裁判、および、処刑を指揮した。

＊15――Longino. 聖書のなかで登場するローマの百人隊長。イエスが十字架にかけられたあと、地震やさまざまな出来事が起こったのを見て、「本当に、この人は神の子だった」（『マタイ』第二十七章、『マルコ』第十五章、『ルカ』第二十三章）と言った。

＊16――Pontio Pilato（生没年不詳）. ローマの第五代ユダヤ総督（在任二六―三六）。就任当初はローマの威光を背景にして高圧的な反ユダヤ政策をとったが、イエスの裁判では、ユダヤ教徒の群衆の声に押され、イエスを十字架にかけた。

＊17――Pelayo, ? - 737. 西ゴート王国の貴族。アストゥーリアス王国の初代王（在位七一八―七三七）。イベリア半島に侵

攻したイスラム軍の捕虜になったが、脱走し、北部のアストゥーリアス地方の山中、コバドンガ（Covadonga）で住民から王に推挙されたのち、イスラム教徒と戦い、勝利をおさめた（七一八?、七二二?）。この戦いは国土回復運動（レコンキスタ）のはじまりを告げる戦いとして有名。

＊18――Baltasar. 旧約聖書《ダニエル書》（第五章）に出てくるベルテシャツァル王のこと。「ベルテシャツァル王よ、……あなたは、天に逆らって、……、金や銀、青銅、鉄、木や石で造った神々、見ることも聞くこともできず、何も知らないその神々を、ほめたたえておられます。だが、あなたの命と行動の一切を手中に握っておられる神を畏れ敬おうとはなさらない。そのために神は、あの手を遣わして文字を書かせたのです。さて、書かれた文字はこうです。メネ、メネ、テケル、そして、パルシン。意味はこうです。メネは数えるということで、すなわち、神はあなたの治世を数えて、それを終わらせられたのです。テケルは量を計ることで、すなわち、あなたは秤にかけられ、不足と見られました。パルシンは分けるということで、すなわち、あなたの王国は二分されて、メディアとペルシャに与えられるのです」と。

＊19――一レグア（legua）は約五・五キロメートル。

＊20――一バラ（vara）は約八十四センチメートル。

＊21――Mariano Gil de Palacio（生没年不詳）. マルティは、一八七一年一月十五日、ハバナ港を出たギプスコア丸でスペインへ強制送還された。同船の乗客のなかに収容所所長がいることを知ったマルティは、乗客の面前で所長を名指しして、その残虐な所業を告発した。

＊22――Cuerpos de Voluntarios のこと。十九世紀のはじめ、新大陸各地の植民地での独立運動や反スペイン活動をおこなう外国勢力に対抗するため、スペイン軍の支援組織として誕生した。十九世紀の後半、キューバで十年戦争がはじまると、義勇軍は軍事作戦に出る軍にかわって歩兵団と騎馬団を編成し、ハバナやサンティアゴなどの主要都市の治安維持にあたった。メンバーの大半はスペイン本国からの移住者で、指導者たちはキューバの上層階級である商工業者や大土地所有者であった。義勇軍は、スペイン支配を維持して得られる政治・経済的権益を守るため、これに反対する勢力を徹底的に弾圧した。

＊23――Nero Claudius Caesar Augustus Germanicus, 37-68. ローマ皇帝ネロ（在位五四－六八）のこと。

＊24――bozal. アフリカから運ばれてきたばかりの黒人奴隷のこと。

＊25――Antonio Caballero y Fernández de Rodas（生没年不詳）. スペインの軍人。一八六九年七月から七〇年十二月ま

で、キューバ総督を務めた。

＊26――Quasimodo. ビクトル・ユゴーの小説『ノートルダム・ド・パリ』（一八三一）に登場する醜い鐘つき男のこと。

青木康征・訳

栄光や勝利も義務を果たすよう促す刺激のひとつにすぎません。このことを実生活に即して言えば、権力とは正義に耳を傾ける意志、残忍な心や自尊心が繰り出すいかなる甘言にも動じない堅固な意志にほかならないのです。正義を愛する心が失せ、義務などどうでもよいとなれば、勝利や栄光にかわって不名誉が跋扈《ばっこ》し、権力は狂気と憎悪に満ちた道を歩むことになるのです。

キューバ革命を前にした共和制スペイン

一八七三年二月十一日、スペイン国王アマデオ一世は議会で退位宣言を行なった。これをうけて、スペイン上下両院は合同の国民議会を開き、共和制への移行案を、賛成二五八票、反対三二票で可決、承認した。議会のうごきを見守っていたマルティは、この日の午後、共和制移行のニュースを聞くや、下宿先の窓からキューバ国旗を掲げてその未来を祝った。しかし、共和制政府をうごかしてゆくはずの有力議員の口から、政治家としての主義主張とは別に、スペインの国益は守るとの発言に接し、衝撃を覚えた。これにひるむことなくマルティはただちにこの小冊子を書き上げ、キューバ国民が、なぜ、スペインからの独立を求めて戦っているか、その背景と経緯を、なにも承知していないスペイン国民に、とりわけ、議員たちに説き、国民の意志のうえに立脚する共和制政府であれば、同じく共和主義を信奉するキューバ国民の意志を尊重すべき、と訴えた。

善を愛する者として、勝利をおさめた共和制スペインに祝辞を送ります。今日は祝辞を送りますが、もし、ある共和制国家がほかの共和制国家を窒息死させるなら、念願の自由を手にしたある国民がほかの国民の自由を圧殺するなら、自由を自認する国が自由になりたいと訴えるほかの国を弾圧し服従させるなら、明日は呪いの言葉を送ります。圧制をほしいままにする自由が悲惨だとすれば、自由の名を騙《かた》る圧制は嫌悪し、震撼し、仰天すべきものです。[*1]

自由は額を血で染めた国民に豊かな実りをもたらすはずがありません。共和制スペインはスペインに幸福の時代を開きました。どうか、スペインを貶めている額の染みを洗い落としてください。もし、後悔と抑圧の道を歩むなら、国民の願いを理解せず無視する道を歩むなら、行く手は平穏でも無事でもありません。

自分の意志と異なるからといってほかの意志を圧殺する意志など、尊敬されるはずがありません。今日ある共和制スペインは、自由な投票のうえに、事を認識し理解したすえの投票のうえに、基本的諸権利を擁護する精神のうえに、自由の源である言論の自由のうえに存立しています。共和制スペインは、投票を通じて自分たちの意志を表明する国民におのれの意志を押しつけるというのでしょうか？　共和制スペインは、ある国が、国民の意志によって、それも、自由に表明された国民の総意によって決起した場合でも、その国民の総意をはねつけるというのでしょうか？

私には、共和制スペインの行動を予断をもって批判するつもりはありません。また、共和制スペインには勇気がないだろうとか、臆病だろうとか、決めてかかるつもりもありません。けれども、ひとつ、指摘したいことがあります。人間の行動は、つねに、不正義に走る傾向がある、と。ひとつ、覚えておいてほしいことがあります。不正義を行なえば尊敬されない、と。ひとつ、警告しておきたいことがあります。正義に背を向ければ必ず非難される、と。ひとつ、要望したいことがあります。人間としての誇りをぜったいにけがさないように、と。誇りのなかに、もちろん、国の誇りも含まれますが、国の誇りとて、人間としての誇りの内にあるのです。

共和主義を信奉して誕生したキューバは、スペイン政府のもとでは自分たちの名誉を守ることができないことがわかりました。スペイン政府は、キューバには誇りをもつ権利などないと、考えているからです。そこで、キューバは、誇りをもっていないため、なんとしても誇りをもちたくなり、手に入れようとした結果、犠牲と殉教の道を歩むことになりました。この道はスペインの共和主義者が何度も歩んだ道です。スペインの共和主義者が、あの、侮辱され、処刑され、弾圧され、蹂躙され、売り飛ばされた国民には、共和制スペイン自身が何度も決起したことで承認しているわけですが、決起する権利などないと考えるなら、私は、自分で自分の首を絞めるようなさもしい人々とは怒りをこめて決別するでしょう。キューバは、売り飛ばされ、支配者の意のままになっていました。キューバは、売り飛ばされ、圧制者の好きなように搾取されていました。このことは誕生した共和制スペインが何度も主張してきたことです。キューバの支配者は圧制者だと、勝利をおさめた共和制スペインは何度も告発してきました。共和制スペインは私に耳を貸しているのです。共和制スペインは私の言い分に賛成しているのです。

この闘いは、キューバにとって、愛する息子たちの死を、忌まわしかった繁栄を捨てることを意味しました。なぜなら、キューバの繁栄は奴隷になることで得ていた不名誉な富だったからです。キューバの堕落と引き換えにスペイン政府がめぐんだ富だったからです。キューバは、スペイン政府が授けるけがれた施し物の代わりに貧窮を選んだからです。誇りを求める奴隷の爆発を、キューバの凛とした意志を罰する人は、なんと哀れな人でしょう！

キューバは、要望し、嘆願し、喘ぎ、待ちました。そのようなキューバの願いを揶揄し、さらなる侮辱をもってキューバの期待に対応した人に、キューバを罰する権利が、どこにあるというのでしょうか？

傲慢な人は、どうぞ、よい機会ですから、名誉が傷つけられたと、おっしゃってください。名誉は正義を行なってのみ得られるということがわからないとは、哀れな人です。実業家の人は、どうぞ、よい機会ですから、いずれあなた方の手から滑り落ちる富という毒をしっかり守ってください。アンティル諸島がスペインから離れるのはよくないと思う人は、どうぞ、よい機会ですから、そのように努めてください。要するに、スペインは物欲によって精神が曇り、誤った観念にとりつかれ、異常なまでの自尊心のせいで、キューバが心底から求め獲得するものを拒否している、ということです。このことは理解できます。けれども、純な心があるべきところに、なぜ汚れた心があるのか、理解できません。

心豊かなキューバ人は喜んで貧窮を受け入れ、戦場は殉教者の血で肥沃な畑になりました。こうしてスペインは知ったのです。キューバの生者は死者を見て驚かなかったということを、決起したのは革命の帰結だということを、自由はあらたな祖国をひとつ見つけていたということを、キューバは、スペインにその気があったならスペイン領のままでいたとしても、スペインの意志にかかわらず、自由であったということを。

決起したキューバ国民は後ずさりしません。スペインがサグント[*2]に火を放ったように、キューバはバヤモ[*3]に火を放ちました。キューバはこの戦争を人間的なものにしようと望んだのですが、スペインが拒否したため、スペインの意志によって凄惨な戦争が続いています。キューバは、この四年間[*4]、休戦を求めず、一歩も引くそぶりも見せず、スペインの共和主義者が何度も自由を求めたように、抑圧からの自由、誇りある自由を求めて命を捧げています。誠実な共和主義者で、自分たちの利益のために行使した権利をほかの国民に認めるわけにゆかないと考える人など、はたして、いるでしょうか？

私の祖国は取消し不能の決議文を血で書いています。息子たちの死体の上で高らかに宣言しています。どこまでも独立を求めてゆく、と。そして、闘い、命を捧げています。命を捧げているのは、私の祖国の息子たちだけではありません。スペインの息子たちも同じです。共和制スペインは、スペイン人がほかの共和主義者と戦争して命を落としていることを知って驚かないのでしょうか？

共和制スペインは、スペインがあなた方の意志を、誠実な国民の意志を尊重するよう願ってきました。共和制スペインは、あなた方が求めたのと同じものを、それも、ひとりで求めているキューバの意志を尊重すべきです。なぜなら、キューバは、求めようにもひとりぼっちだったからです。ひとりで愛する息子を失っているからです。だれも勇気を出して助けようとしなかったからです。キューバは自分たちの力がどれほどのものか知っているからです。悲惨な出来事が詰まっている戦争は、いつの時代も、血染めのリボンになると知っているからです。自分たちを抑圧する人を愛せないからです。真新しい死体とくすぶっている残骸の上に友愛と平和の建物は建設されないからです。平和を踏みにじった人は平和を口にしないでください。血まみれの平和になるとわかっている人は、血が流れないようにしてください。

共和制スペインは征服権を否定しています。その征服権によってキューバはスペイン領になったのです。共和制スペインは抑圧する人々を断罪します。抑圧し、骨の髄まで搾取し、徹底的に迫害する権利をスペインはキューバにたいし、一貫して行使しているのです。

ですから、共和制スペインは、あなた方が否定する権利によって取得したものを所有することはできず、あなた方が断罪する一連の無法行為によって所有しているものを保持することはできないのです。

共和制スペインは、国民投票のうえに、国民の総意のうえに立脚しています。

キューバも同じです。キューバの総意は殉教者名簿となって表明されています。キューバの国民投票はキューバが行なっている革命です。国民が自分たちの願いを表す際、その願いを実現しようとして武器をとって立ち上がることほど確かな意志の表し方がほかにあるでしょうか？

キューバは共和制スペインが掲げたと同じ権利にもとづいて自分たちの独立を宣言したのであれば、共和制スペインは、キューバにたいし、自由になる権利を、あなた方が自由になるために行使したのと同じ権利を、どのような理由で拒むというのでしょうか？　共和制スペインは、自分で自分を否定するとでもいうのでしょうか？　共和制スペインは、どのような権限にもとづいて、ある国民の十全で自由で明白な意志が反映しない生を押しつけ、その運命を勝手に決めるというのでしょうか？

共和制スペイン大統領[*5]は、制憲議会が共和制を承認しなければ、共和派議員は下野して野党に戻り、国民の意志にしたがうと発言しました。このように国民の意志に全権を付与する人が、ほかの国民の意志に耳を傾けず、尊重せず、無視するとは、いったい、どういうことでしょうか？　共和制スペインの前では、キューバ人であることはもはや罪でなくなったのです。堕落と不名誉という、洗礼だけが洗い落としたわが愛する祖国に架せられた途方もない原罪はなくなったのです。

「スペイン領キューバ万歳！」と、国会議長になるはずの人物が唱え、議会はこの人物に唱和しました。選挙によって権力の座に就いたこれらの人々は、権力を手にしたとたん、選挙のもつ意味を否定したのです。マルトス氏[*6]のような発言をした人々は理性と正義を踏みにじったのです。感謝のこころを忘れたのです。とんでもないことです！　自由の名において、国民の意志を尊重するという名において、国民の最高意志の名において、法の名において、良心の名において、共和制スペインの名において、このようなことはあってならないのです！　キューバが望むのは、スペイン領キューバ万歳！　ではありません。キューバが望むのは、自由なキューバ万歳！　なのです。

キューバがスペインから独立すると決心しようと、スペインから独立して共和制国家になりたいといかに願おうと、スペインが共和制になる前に諸権利を求めて行動を起こしていようと、自由を勝ちとるためにどんなに犠牲をはらおうと、共和制スペインは、殉教という犠牲をはらって共和制キューバになってしまった国を力ずくでも繋ぎとめるというのでしょうか？

共和制スペインは、キューバの意志に反してでも、共和制キューバを統治しつづけたいのでしょうか？

ところで、いまでは次のような考えを口にする人がいるのではないでしょうか？　すなわち、キューバが求めている諸権利を認めれば、キューバの反乱活動はその時点で存在理由を失うのではないか、と。このようなお粗末な考えに私は憤りを禁じえません。私の反論が激しい口調になれば、非は、そのような言葉を誘発させた人にあります。スペインは、いまになってキューバに慈善を施そうというのですか？　これまで残虐のかぎりをつくしてきたスペインに慈善家になる権利があるでしょうか？　慈善家になるのは自分たちの名誉を取り戻すためだとしても、手遅れにならないうちに守るべきであった自分たちの名誉のために、キューバが自力で獲得してしまったことから、いまでは求める気もない施し物と引き換えに、キューバから自由を取り上げる権利など、スペインにあるでしょうか？　これまで何度も与えようとしなかったものを、いまになって受け取るようにとは、どういうことでしょうか？　キューバ革命のどこに、多くの血と悲しみをはらって獲得した諸権利を主人づらしたスペインの施し物として受け取る理由があるというのでしょうか？　スペインは、いま、植民地支配において犯した過ちの対価を払っているのです。犯した罪はあまりにも大きく、いまとなっては過ちをぬぐう権利はないのです。過ちの掟によってスペインは慈善家ぶることはできないのです。慈善家になる権利があったとすれば、それは、あの計りしれないほどの、あの数えきれないほどの醜悪な悪の数々を避けることができたときです。慈善家になる権利があったとすれば、それは、この戦争を続けるなかでスペインが少しでも人間的であったならば、です。スペインは、この戦争を、残酷で、神をも恐れぬ惨劇にしてしまったのです。

いまここで、私は、キューバはスペインから離れる決心をしたということを忘れ、キューバはこれ以上スペインに付き従うわけにゆかないと考えている、ということにしましょう。スペインとキューバを隔てる溝は、スペインの意志によって死体で埋め尽くされました。死体の上に愛も融和も育たないのです。赦すことを知らなかった人に赦しはないのです。キューバは、共和制スペインは死装束をまとって登場したとは思っていません。けれども、これまで味わった無数の処刑台と苦しみの日々を忘れるわけにゆかないのです。スペインは気がつくのが遅すぎたのです。時間の掟にしたがい罰をうけるのです。

共和制スペインは、スペインと不幸な島とのあいだにおおきな溝があることも、その島が、なぜ、はるか彼方へ行ってしまったか、そのわけも知っています。共和制スペインにも、私と同じように、死者のおそろしい声が聞こえています。共和制スペインは、キューバを保持するには、あらたな死体が山のように築かれることを、おびただしいまでの血が流れることを知っています。キューバの意志をねじ伏せ、押さえ込み、陵辱するには、自分たちの息子も命を落とすことになるのを知っています。それでも、共和制スペインは、自分たちの息子が、正義のためでなく、自分たちの名誉の自殺行為のために命を落としても構わないというのでしょうか？　そのようなことに同意するとは、とんでもないことです！　自分たちが求めたと同じ自由を求める人々の血を流させようとする人は、人間のくずです！　そのようなことをして幸福を、名誉を、栄誉を手にする権利を棄ててしまう人は、人間のくずです！

挙国一致[*7]という題目が唱えられています。大西洋に目を向ければ、これがいかに滑稽であるかわかります。このような題目を唱えて国民の愛国心を悪用する人々に、このような題目を唱えて国民を引きずりたぶらかす人々にむかって、敵意ある手はイギリス領となっているある地点を、厳正な手はフロリダを、辛ロの手は広大なルシタニアを指差すでしょう。

また、挙国一致と呼ばれる祖国とは、領土でできているわけではありません。祖国とは、抑圧を超えたところにあるもの、自由がなく、生命の躍動もない、烏合のような陸塊を超えたところにあるもの、力による領有を超えたところにあるものです。祖国とは、利害を共にするもの、伝統を同じくするもの、目的を同じくするもの、愛と希望がこのうえなく甘美に融合したものなのです。

だとすれば、キューバ人はスペイン人のような暮らし方をしていません。キューバ人の歴史はスペイン人のそれではありません。スペインにとって不滅の栄光であったものを、スペイン自身が、あなた方にとって途方もなく深い不幸にしてしまったのです。それぞれ異なった暮らしを営み、異なった国々と交際し、相反する習慣に喜びを感じています。両者のあいだには、共通の目標も、同一の目的も、両者を結びつける楽しい思い出もありません。キューバ人はスペイン人がもたらした悲しい出来事を苦々しく思っています。キューバはスペインの支配に反抗して不屈の精神で闘っているのです。このように、祖国をひとつにする共通の要素も共通の目的も欠如しているため、幽霊を呼び出そうとしても幽霊が出てくるはずはなく、そこで、人々をたぶらかす嘘をでっちあげ、挙国一致という題目を唱えるのです。国民と国民が結ばれるのは、ただ、兄弟愛と親愛の絆によってのみ、です。

スペインには、これまで一度たりとも、キューバと姉妹になろうという気はありませんでした。それが、いま、どのような理由で、キューバはスペインと姉妹でなければならないと考えるのでしょうか？　キューバをスペインに繋ぎ止めようとすれば、キューバにたいし、いまではかつてなく不名誉で嫌悪すべきものとなっている征服権を行使することになります。これを行使すれば、まちがいなく、犯罪者としての頭上に誠実な諸国民による非難の嵐がふりそそぐことになります。

キューバは、これまで何度も、スペインにたいし、いまになって認めるやも知れない諸権利を要望しました。しかし、スペインは、その都度、その気があれば与えることができたにもかかわらず、かたくなに与えようとしませんでした。であれば、今度は、キューバが、自分たちの息子のもっとも寛大な血をもって買い取った名誉を、不屈の精神となんぴとも崩すことのできない強靱な意志をもって、今日も、求めつづけている名誉を、スペインの遅すぎた施し物として受け取ることを拒否してなにがおかしいというのでしょうか？

スペインとキューバは、それぞれ異なった必要に迫られ、これ以上ないというほど相反する性格を有し、異なる国々に囲まれ、過去の残虐行為による深い亀裂で隔てられています。キューバにはスペインを愛する理由もなければ、スペインに付き従う意志もなく、スペインが加えてきた苦しみに憤るキューバであれば、本性からも、習慣からも、必要からも、伝統からも、愛がないことからも、別居状態にあり、喪と悲しみの思い出だけでつながっているふたつの国をひとつにしようとするのは、正気の沙汰でしょうか？

キューバが離反すれば祖国は瓦解してしまうと主張する人がいます。祖国とは、あの、利己的で、さもしい支配と搾取の観念だとすれば、そのとおりでしょう。しかし、だとしても、キューバのこのうえなく明確で強い意志に反してキューバを保持しようとすれば、スペインにとって、独立を求めて闘うキューバの意志はどこまでも堅固であるため、題目として唱える祖国とやらの名誉はぼろぼろになってしまうでしょう。抑圧は圧制者のすることです。抑圧は臆病者のすることです。共和制スペインには、圧制者にも、臆病者にもなる気は毛頭ないでしょう。このようなことで幾多の困難を乗り越えて気高く辿りついた勝利をドブに捨てることはないからです。苦労のすえに勝ち得た栄誉をこのようなかたちで汚すことはないからです。

キューバが一致団結して不屈の精神で行なっている闘いは独立を求める確固たる願望のあかしであり、キューバをスペインに繋ぎ止めているのは苦しみと悲しみの思い出であり、キューバはすばらしい響きをもつスペイン語をキューバの多くの貴い命で買い取ったスペインからの高い買い物だと考えているのであれば、この新生スペインは、共和制スペインという名の再生スペインは、なににもまして正義に反し、神をも恐れない、理不尽な抑圧という不名誉に身をまかすとでもいうのでしょうか？　これはおおきな誤ちであり、私は、共和制スペインはこのような愚かな行動はぜったいに取らないだろうと思います。

キューバには四十万人の黒人奴隷がいます。革命者たちはスペインに先駆けて奴隷の解放令[*8]を出しました。政府の政治犯収容所には十歳の黒人のボサール[*9]が、十一歳の少年[*10]が、八十歳の老人[*11]が、精神を病んだ百歳の黒人[*12]がいます。これらの人々は、街頭で鞭をうたれ、殴られて不具になり、生きながらに死んでいます。キューバではあやしいとにらまれた人が、政府の役人が、女性が銃殺されています。女性が暴行され、陵辱されています。祖国のために闘う人々は即刻処刑され、直ちに処刑するわけにゆかない人は時間をかけて卑劣な手口で殺害されています。反乱者の死体を八つ裂きにしたために収容所送りになった指揮官もいれば、裁判の席に不具になった革命者の身体の一部を並べたために赦免された指揮官もいます。おそろしいことは山ほどあるため、私は、共和制スペインにこうしたことを覚えておいてほしいという気持ちも、こうしたことを止めるようお願いするつもりもありません。このような残虐なことは無数にあり、改めるようにと指摘するのは共和制スペインの名誉を傷つけるからです。

だが、国と国との結合は、幸福と信頼にもとづき愛に満ちたものであるべきだとすれば、キューバとスペインの結合はもはや不可能であるということを、正義にもとづき愛国心から発した決断がいまこそ必要だということを示しています。なぜなら、純粋に理性にしたがって行動することによってのみ国の運命は決まり、どこまでも正義にしたがうことによってのみ、傲慢な人々に歪められ、野心ある人々に卑しめられ、邪悪な人々に踏みにじられ、キューバでの行ないによって幸福からおおきく見放された祖国の名誉は回復されるからです。

キューバは自らの権利として独立を求めています。キューバには、自分の中に感じる生命の躍動によって、キューバの息子たちの不屈の精神によって、キューバの豊かな大地によって、キューバの大地のもつ独自性によって、そして、なににもまして、これがすべての理由に勝るのですが、これはキューバ国民の確固たる総意であることから、キューバには独立する権利があるのです。

キューバを保持することは、スペインにとって、理性の忘却、義務の放棄、意志の押しつけ、名誉の喪失を意味するのであれば、こうした不首尾を犯さないかぎり保持できないのであれば、このような犠牲をはらってまでキューバの富を保持しようとする人など、尊敬に値するでしょうか？　人々に向かって、富のためなら名誉などどうでもよいと放言する人など、尊敬に値するでしょうか？

義務を果たすことだけが誉れあることであり、これみよがしに力を誇示するのが誉れでなくなったいま、共和制スペインは自らの不名誉に与《くみ》してはなりません。聡明で寛容な正義のうえにあなた方の政府の基盤を置くのです。ある国民を、その意志に反して、すべての権能のもとである人々の意志に反して統治してはならないのです。自分自身を敵にしないでください。名誉を大切にしてください。滑稽なまでの傲慢心にも、鼻もちならない自尊心にも、変装した野心にも騙されないでください。権利が、必然が、共和制諸国家が、高邁な共和主義思想が承認するように、キューバの独立を承認するのです。これは共和主義の当然の帰結であるのみならず、栄光のなかでもっとも誉れ高い栄光となるでしょう。ながいあいだ、優柔不断と臆病がスペインの手足を縛ってきました。いまこそ、スペインは偉大な国になる勇気を示すのです。

共和制スペイン政府はこの高潔な決意が国民に受け入れられるかどうか恐れているのでしょうか？　だとすれば、スペイン国民は共和主義者でないと告白することになります。

共和制スペイン政府には、国民にむかってこうすることが自分たちの真の名誉を守ることだと訴える気概がないのでしょうか？　だとすれば、共和制スペイン政府は、良心の声に従うよりも権力を好むということになります。

共和制スペイン政府は、私が考えるようには考えないのでしょうか？　だとすれば、共和制スペインは主権者である国民の意志を尊重しないだけでなく、共和制国家の理念を理解するにいたっていないということになります。

私は、共和制スペインは恐怖に負けるとは思っていません。しかし、かりに負けるようなことになれば、この、あなた方の権利放棄は、すべての権利の喪失への最初の一歩となるでしょう。

もし、共和制スペインが私が考えるように考えず、私が行動すべきだと思うように行動しないとすれば、共和制スペインは、新しい観念をどこまでもそして、純粋に、凛として伸ばしてゆくよりも、これまでの過ちの残影を大切にしたいということであり、無残にも色あせ傷ついた栄光にたいする愚かな自尊心に、なぜなら最後まで所有することができなかったからですが、所有すべきでなかったものを保持したいという欲望に共和制スペインの精神はいまだ惑わされていることを示しています。

もし、共和制スペインが私が考えるように考えるなら、抵抗にあおうともそれを乗り越えようとするなら、たとえその努力が報われなかったとしても、というのも、キューバの息子たちは力の論理の前にのみスペインに付き従うと宣言していることから、共和制スペインは、共和制キューバを制圧しようにも力の論理を押し立てるわけにゆかないため、キューバの独立を受け入れても、失うものはなにもないのです。なぜなら、キューバはすでにスペインの手から離れているからです。共和制スペインは領土を失うわけではないのです。なぜなら、キューバはすでに離反しているからです。共和制スペインは共和主義の理念をきちんと果たすのです。共和制スペインはキューバの生きる権利を承認するのです。それができないというのなら、自らの死を宣言することになります。キューバに自由を認めてください。自由を獲得した国民に国を治める権利を認めないような国に自由を享受する資格などありません。共和主義者の血が流れるのを止めさせてください。でなければ、抑圧者とも兄弟殺しの犯人ともなるでしょう。あなた方に付き従うつもりのない国を、栄光につつまれ確かな足取りで生きてゆくうえでスペインの保護も統治も必要としない国を、すでに喪失しているのですが、喪失したことを認めるのです。つまり、ひとつの権利と交換するのです。純真な血が流れるのを止めさせ、喪失した領土と引き換えに、人々の尊敬を、諸国民の称賛を、明日につづく確かな永遠の栄光を手に入れるのです。

共和主義の理想は宇宙であり、その理想のかたちとしてすべての国は、究極的には、ひとつの国として、神の属州として生きることになると考えるなら、自分たちと同じところへ向かおうとする人々の命を奪う権利など、共和制スペインにあるでしょうか？　そのような人々の血を流させて共和主義の理想を壊すことは、正義に反する以上に、残酷である以上に、不名誉なことでしょう。人類全体の権利を前にしたとき、スペインの権利とはなんでしょうか？　未来の神を前にしたとき、獰猛な支配欲とはなんでしょうか？　征服権によって獲得され、果てしなくつづき、つねに聖別されてきた抑圧の血で染まった権利とは、なんでしょうか？

キューバは自由になりたいと願っています。このことを、キューバは、ほかに類のない苦しみをもって、自分たちの血で美しい共和制キューバのために書いています。なぜなら、キューバは、若く、勇気があり、アメリカ大陸の血だからです。怖いからといって良心の声にしたがわない人は臆病者です。ある共和制国家の息を止める共和制国家は兄弟殺しの犯人ということになります。

キューバは自由になりたいと願っています。アメリカ大陸の南の国々が反動政府から自由を獲得した[*13]ように、スペインがフランスから、[*14]イタリアがオーストリアから、[*15]メキシコがナポレオンの野望から、[*16]合衆国がイギリスから、[*17]すべての国民が抑圧をはねのけて自由を獲得したように、キューバは、不退転の決意の法則によって、歴史の必然という法則によって、自分たちの独立を勝ち取るのです。

人々は言うでしょう。共和制スペインは、もはや、キューバの圧制者ではない、と。私も、共和制スペインはおそらく圧制者にならないだろうと思います。というのも、キューバはスペインよりも先に共和制国家に到達したのです。自由を愛する人々と殉教者たちが戦場へ出て獲得した共和制国家を、主人づらして授けようとする人々からどうして受け取らねばならないのでしょうか？

共和制スペインよ、名誉をけがさないでください。勝利を得たあなた方の理想を燃やしつづけてください。兄弟の命を奪わないでください。あなた方の息子の血をほかの息子たちの上に流させないでください。キューバの独立に反対しないでください。でければ、共和制スペインは、理性を失った、不名誉にまみれた共和制国家となるでしょう。自由を標榜する政府はうそ偽りの政府となるでしょう。

マドリード、一八七三年二月十五日印刷

訳注

＊1――一八七三年二月十一日、スペイン国王アマデオ一世（Amadeo I, 1845-90, 在位一八七〇―七三）は退位を宣言した。国権の最高機関となった国民議会（Asamblea Nacional）は共和制スペインへの移行を可決、承認した。

＊2――スペインのバレンシア地方の町。紀元前二一九年、ハンニバル将軍が率いるカルタゴ軍に八カ月にわたり包囲された末、降伏した。しかし、住民たちは町が敵の手に渡るのを嫌って火を放った。

＊3――キューバのバヤモ市。本書五一ページ、訳注5を参照。

＊4――今回の独立戦争は、四年前の一八六八年十月十日、〈ヤラの叫び〉をもってはじまった。本選集第三巻二〇三ページ、訳注1参照。

＊5――Estanislao Figueras, 1818-82. 共和制スペイン初代大統領（在任一八七三年二―九月）。

＊6――Cristino Martos, 1830-93. スペインの政治家。リベラル派の弁護士として活躍した後、政治の世界に入った。一八五四年の革命にかかわったあと、一八六六年の革命では死刑を宣告されたが、フランスに逃亡した。七月革命の勝利後、マドリード県議会議長に、その後、オカーニャ選出国会議員になった。アマデオ一世の退位による共和制への移行の際、国民議会議長に就任した。七四年のサガスタ政権では法相として入閣した。王政復古のあと、共和主義者として、ソリーリャ陣営に与した。

＊7――Integridad nacional のこと。本書五一ページ、訳注4を参照。

＊8――〈ヤラの叫び〉をもって樹立された戦時共和政府は、一八七〇年十二月二十五日、セスペデス大統領の名で奴隷制の完全廃止令を布告した。

＊9――マルティが著した「キューバの政治犯収容所」に登場する黒人のトマースを指していると思われる。もっとも同書では、トマースの年齢は十一歳になっている。

＊10――マルティが著した「キューバの政治犯収容所」に登場するリノ・フィゲレードを指していると思われる。もっとも同書では、リノの年齢は十二歳になっている。

＊11――マルティが著した「キューバの政治犯収容所」に登場するニコラス・デル・カスティーリョを指していると思われる。もっとも同書では、ニコラスの年齢は七十六歳になっている。

＊12――マルティが著した「キューバの政治犯収容所」に登場する黒人のファン・デ・ディオスを指していると思われる。

＊13――スペインアメリカがフェルナンド七世（在位一八〇九－二五）が統治するスペインから独立したことを指している。

＊14――スペインがナポレオン軍を相手にした独立戦争をたたかって勝利し、独立を回復したことを指している。

＊15――一八五九年六月、イタリア北部のガルダ湖畔のソルフェリーノでフランス＝サルディニア連合軍がオーストリア軍を撃破し、イタリア統一への動きが加速したことを指している。

＊16――ナポレオン三世がメキシコに送り込んだマキシミリアン大公を、一八六七年、フアレス軍が逮捕の末銃殺刑に処し、外国支配から脱却したことを指している。

＊17――北アメリカの十三州が、一七七六年イギリスからの独立を宣言し、一七八一年勝利を得たことを指している。

青木康征・訳

第2章　「われらのアメリカ」への巡礼

論壇

一九七一年一月から四年におよぶスペインの生活に終止符を打ったマルティは、一八七四年十二月旅先のパリを発ち、翌年一月リバプールからニューヨーク、ハバナ、ベラクルスと船旅をつづけたのち同年二月十日メキシコシティに着いた。駅には、再会をまちわびる家族のほか、こののち終生の友となるマヌエル・メルカードが出迎えた。メキシコでの二年間、マルティは「レビスタ・ウニベルサル」の記者として論説コーナー「論壇」を担当し、〈オレステス〉のペンネームで健筆をふるった。本論説において、マルティは、国民の教育向上にかかわる教育法案を支持するとともに、アメリカ大陸が自立してゆくために求められるのは、外から「与えられた暮らし」にただ習熟するのではなく、インディヘナとともに歩む、アメリカ大陸の本性に根ざした国づくりであると論じた。マルティの基本思想のひとつである〈われらのアメリカ〉の考えの原型が、このころ、すでに出来上がっていたことがわかる。

教育法案／信仰信条／義務教育

きのう、下院で、ひとつの美しいキャンペーンがはじまった。フアン・パラシオス下院議員が趣旨説明をおこなった教育法案は、この二年来、同議員が、調査、研究してきたものである。知力と想像力は本質的に別個のものである。思考力を養う教育は、想像力を損なうおそれがないとはいえないが、知力をつけるには必要で、効果がある。

本法案は、委員会でおおいに検討され、審議されたすえ、提案にこぎつけたものである。本法案は、おそらく、残念ではあるが、可決されないだろう。だが、いつまでも光を失わないだろう。

本法案は現在の教育のあり方を一変させるものである。現行制度が一変するということは、すなわち、一本、線が通るということである。教育の現場に激震が走るだろう。だが、この改革は、国のために必要であり、理論としても、また諸外国での実績に照らしても確かなものである。

私にはこの法案の欠陥をあげつらうつもりはない。欠陥はあると私も思う。しかし、それ以上に、多くの、それもすばらしい成果をもたらすからである。

本法案にはふたつの原則がある。個々の条文に異論があろうと、法案の柱であり土台となっているふたつの原則によって高く評価されるだろう。その二大原則とは、教育の無償化と義務教育である。いや、正確には、義務教育と教育の無償化である。教育における健全な強制は、教育の無償化もそうだが、より重要だからである。

義務教育の必要性をあらためて説く必要があるだろうか？ 「否」である。義務教育が必要だと説く国があるとすれば、それはドイツだけである。義務教育が必要だと説く人がいるとすれば、それはティベルギェン[*1]である。

どのような考えも、よい成果をもたらすものであれば、認められる。国民のすべてが文字がわかれば、すべての国民が投票に行くだろう。国民が無知でいることが政治的混乱の元凶であり、国民の意識と自覚が高まれば、まちがいなく、自由は正しく使われるようになる。インディオの人たちも、文字がわかれば、だれもがベニート・フアレス[*2]になることができる。だが、学校に行かなければ、精神は、活かされず、そのかぼそい体の中で、一生、眠りつづける。このようなことはあえて言うまでもないことである。それほどに義務教育は必要であり、有用なのである。信仰信条はなくなってしまったのではない。姿かたちが変わっただけである。カトリックのドグマに取って代わったのが理性にもとづく教育である。義務教育は新しいドグマによる信仰信条のひとつなのである。

いま、この問題からしばし離れ、ある事実を、正真正銘の事実をひとつ披露する。特にどうこういうほどのことでもないが、その意味するところは大と考える。私は、自分がカトリックの信仰信条をどのくらい覚えているか考えてみた。いろいろな宗教を頭の中でひっぱりだし、あれこれ思い出そうと努めたが、なにひとつ覚えていないことがわかった。編集局の同僚や、事務員、作業員、植字工にも聞いてみた。その結果に「ラ・ボス」紙[*3]は嘆息をもらすだろう。だが、メキシコを真に愛する人は満足するだろう。すなわち、「レビスタ・ウニベルサル」誌[*4]の社内にはカトリックの信仰信条を覚えている人はだれもいない、ということである。皆が知っているのは、いのちを育み、いのちを守るための信条、我々を再生させ、我々に活力を与える信条である。我々の自由な世紀のメシア、すなわち、労働という信条である。

これはこれで置いておく。さもないと、この論説を書きはじめた当初の考えから脱線して別の方向へ行ってしまうからである。

話は、義務教育についてであった。勇猛なプロシャが勝利をおさめた。勇猛さに知力が加わったからである。このことを大臣は議会に報告した。プロシャ国民は、ひとり残らず、読み書きができる、と。

そこで、われら八百万の国民に、くまなく、ビクトル・ユゴー[*5]の光を当てれば、どれほどおおきな力が我々に宿っているか、明らかになるのではないだろうか？　このことは、我々だけでなく、南のアメリカのすべての国民についても同様である。我々は、いまだ、十分にアメリカ大陸の人間になっていない。この大陸は、すべての分野において自分の言葉を持たねばならない。我々にあるのは、与えられた生活であり、よちよち歩きの文学である。アメリカ大陸にはヨーロッパ文学に精通した人はいる。しかし、アメリカ大陸について語る生粋の文学者はいない。アルプスの頂きを、我々のアルプスの高邁な岩山の頂きを飛翔する詩人を、ワシントン[*6]よりもボリーバル[*7]について語るに足る力量ある歴史家を持たねばならない。なぜなら、アメリカ大陸は飛躍であり、噴出であり、啓示であり、熱気だからである。ワシントンは冷静な英雄である。豪毅であるが、沈着である。崇高であるが、さめている。

新しい教育制度は我々になにをもたらすだろうか？　インディヘナの人たちは我々とは別の暮らしを営み、我々はフランス仕立ての生活を学んでいる。新しい教育制度が導入されれば、インディヘナの人たちは自然から学んでいるものを我々に教えてくれるだろう。その赤銅色の顔は新しい光で輝くだろう。教育を受け、自分がなにものであるか知るだろう。インディヘナの人たちが我々のところに来て、手に口づけしても、我々は恥と思わないだろう。我々のところに来て、手に口づけすれば、我々は誇りに思うだろう。

こうしたことは夢物語ではない。この法案によってもたらされる成果なのである。ここにいたるや、インディヘナの人たちにたいし、どのようにして子供を学校へ通わせるのか、という質問が出てくる。子供を学校に通わせなければ、刑務所に行くか、罰金を納めるか、二つに一つである。

慣習を尊重するのは正義のように聞こえる。しかし、進歩向上の最大の敵は慣習なのだ。同情は、ときに、進歩向上を妨げる一大要因となる。

「とはいうものの、田舎の人間には収入はないも同然だ。それでも罰金を納めるだろうか？」

「納めるとも。刑務所へ行けば、何日も仕事に出られず、大変だよ。だから、罰金を納める、ってわけだ。それも一回だけだ。罰金なんか二度と払うものか、ってね。というわけで、子供を学校へ通わせるよ。彼らのいちばん痛いところをつくのだ。稼ぎがなければやってゆけないからね」

教育法案についての話は尽きない。この法案に目を向けるたびに新しい考えが湧いてくる。とはいえ、本欄を担当する新米記者である私は、経験が教えるように、論説は簡潔にして要を得たものであるべしということを承知しているので、そのとおり実践する。本法案をめぐる議会での議論を追いながら、必要に応じ、次回以降、我々の意見を披露してゆきたい。

オレステス

「レビスタ・ウニベルサル」、メキシコ、一八七五年十月二十六日

訳注

＊1――Guillaume Tiberghien, 1819-1901. ベルギーの哲学者。クラウス主義者。ブリュッセル自由大学長（在任一八六八―七〇）。終生、学校教育の充実につとめた。教育に関する著作に『教育と哲学』（一八七三。スペイン語訳『義務教育論』一八七四）などがある。

＊2――Pablo Benito Juárez García, 1806-72. インディヘナ出身のメキシコ大統領（在任一八六四―六六）。

＊3――La Voz de México. 一八七〇年四月、カトリック系団体の機関紙として発刊されたメキシコの新聞。

＊4――La Revista Universal. 一八六七年八月創刊。七六年、再選をめざすレルド・デ・テハダ大統領を支持したため、ポルフィリオ・ディアス将軍を担ぐ〈トゥステペック計画〉が勝利したあと、七六年十一月、廃刊になった。

＊5――Victor Hugo, 1802-85. フランスの詩人、小説家、劇作家。『レ・ミゼラブル』の作者として有名。

＊6――George Washington, 1732-99. 合衆国初代大統領（在任一七八九―九七）。

＊7――Simón Bolívar, 1783-1830. ラテンアメリカの独立を指導したベネズエラの軍人。政治家。〈リベルタドール〉（解放者）の称号を与えられた。

青木康征・訳

賽《さい》は投げられた

マルティは一八七五年二月から七七年末までメキシコですごした。ときのメキシコは、ナポレオン三世の後ろ盾をうけたマキシミリアン皇帝による君主政が崩壊し、メキシコ「建国の父」と称されるベニート・フアレス大統領[*1]およびその後継者レルド・デ・テハダ大統領によって断行された「レフォルマ（改革）」の時代であった。しかし、政教分離や教会財産の国有化など、旧体制を打破し国内改革を大々的に進めたため、大地主、教会、軍人ら保守勢力は不満をつのらせていった。レルド・デ・テハダは七六年六月の大統領選挙で三選[*2]を果たしたが、これを契機に、保守派が支持するポルフィリオ・ディアス将軍は公然と反政府運動を展開した。内戦勃発を目前にして、マルティはペンをとり、崇高な大義もなく、民主的プロセスによらず、ただ力によって権力を簒奪しようするディアスの行動をつよく非難し、平和を築くための新たな真の革命を訴えた。

メキシコ　一八七六年十二月七日

やはり、本当なのか？　メキシコ人はふたたび殺しあいをするのか？　伝統が踏みにじられ、政府が倒され、一年にわたって祖国が血まみれになったのは、祖国をふたたび血で染め、この国の評判をさらに失墜させ、これまで成しえた発展や築き上げてきた信用をつぼみのうちに摘みとり、われわれにとって我慢ならない状態をさらに悪化させるためだったのか？

いったい何が軍を動かしているのだろうか？　誰が銃に弾を詰めるのだろうか？　妻の腕を引き、背嚢の上で手をたたき体を揺らしてはしゃぐ幼子を連れ、無表情に整然と戦場へ向かう屈強な男たちを死へ追いやるのは、誰なのだろうか？

誰がこの国に血を流させるのだろうか？　誰が人々からあらゆる愛を取り上げようとしているのだろうか？　それは、滴のように大地にしたたり、イダルゴ[*3]やモレーロス[*4]が戦ったときに殉教の精神に変貌をとげたアステカの高潔な血ではない。屈辱的な時代にあって、ひとりの尊大な独裁者によって汚され、神経質で強圧的なひとりの専制君主の意思によって踏みにじられた人間の尊厳ではない。スペインによる植民地支配という死の継ぎ木をうけた諸国民のためにヨルダンを征服するという大義のためでもなく、祖国の大地を踏みにじる侵略者を放逐するために男の胸を城壁に、強じんな腕を燃えさかる投げ槍を渾身の力をふりしぼって投げる腕に変えた神聖で愛国心に燃える時代でもない。独立を守る戦争でもなければ、大義を確立するためでも、良心を解き放つためでも、誇りを取り戻すためでもない。

起こっているのは、ある政治勢力が自分たちの首領《カウディーリョ》[*5]を何が何でも大統領の座に就けようとしているということであり、ある政治勢力が自分たちの首領をけしかけ、悪の道に走らせているということであり、暴徒と化した一群の人々が国をずたずたにしているだけのことである。

三万人が、おそらくそれ以上の人々が、まもなく殺しあいをするだろう。山を駆け、平原に散り、悲鳴と銃弾が飛び交うなか、人々の想いは馬のひずめでけ散らされ、人々は波のようにぶちあたり、泡となり、やがて血の海となってついえることだろう。そして、ごう音と、地獄の叫びが響きわたり、凄惨な殺りくと、真っ赤に染まった波がひいたあと、勝利の笑みをもらすひとりの男が、メキシコ人を台座にして満足そうにそびえ立つ銅像に姿をかえて、どすぐろい海に浮かびあがるというのだろうか？

不満が全都に充ちている。国民は非難の声をあげ、嘆き悲しんでいる。まもなく巨大な台座になるであろう自動装置と化した人々は憐れみの眼で迎えいれるのだ。銅像はなんのためなのか？　メキシコは、自由で、勤勉で、平和を愛する国である。このような争いにわたしたちはうんざりし、わたしたちはこのような軍国主義に怒り、このように祖国をないがしろにする行動に憤りを覚える。この国では、わたしたちは法律を整え、歩むべき道を、祖国を治めるための公正な道を模索しているところだ。法を尊ぶわれわれの気持ちは、真の愛とおなじく、無視され蹂躙されるまで法律を実感することはなかった。われわれひとりひとりが、敬おうとしなかったこの宗教の司祭なのである。ああ！　この宗教をふたたび取り戻したときは、もう二度と手放しはしまい。

革命が必要だ。自分たちの首領を大統領にするための革命ではない、あらゆる革命に反対する革命である。平和を愛するすべての人々が、一度だけ兵士になり、立ち上がるのだ。この人々が、そして、誰ひとりとして、二度と兵士にならないために！

そうしている間にも、いちどたりとも精神であることがなかった精神が、まもなく肉体でなくなるであろう肉体が、ひとりの男の意思を守ろうとする不幸な男たちが、妻を伴い、背嚢の上で体を揺らす幼子を連れ、戦場へ行軍している。

「エル・フェデラリスタ」、メキシコ、一八七六年十二月七日

訳注

＊1——Benito Juárez, 1806-72. 米墨戦争とも呼ばれる「メキシコ・アメリカ戦争」に大敗したメキシコは、広大な領土を失ったばかりでなく、米国の膨張主義の脅威のまえに政治危機に陥った。こうした危機的状況のなかで一八五四年に自由主義派政権が誕生し、のちに大統領に就任しメキシコ「建国の父」と言われるサポテカ族出身のベニート・フアレスを中心に自由主義的な一八五七年憲法が制定され、一八五九年には「レフォルマ法」が施行され、教会財産の国有化を規定するなど徹底した政教分離政策をとり、メキシコ近代化の基礎が築かれた。一方、米墨戦争の敗戦による財政破綻状態のなかで、メキシコ政府は対外債務とその利子払いを一時停止するモラトリアムを宣言、それと同時に一八六一年、フランス、イギリス、スペインの三国干渉連合軍はメキシコに進軍し、その後も残留したフランス軍は一八六三年にメキシコ市を占領、保守派を傘下においたナポレオン三世はオーストリア大公マキシミリアンをメキシコ皇帝に即位させた。いわゆるフランスの「メキシコ干渉」であるが、マキシミリアン皇帝は一八六七年に自由主義派によって処刑され、こうしてフランスのメキシコ干渉は幕を閉じ、以後、「レフォルマ」が断行された。

＊2——Porfirio Díaz, 1830-1915. メキシコ南部オアハカ州生まれ。米墨戦争（一八四六―四八）で国防軍に参加、フランス干渉戦争で武勲をたて軍人として頭角を現す。六七年と七一年の大統領選挙に立候補したが、いずれもベニート・フアレスに敗れる。その後、レルド・デ・テハダ政権期の一八七六年に武力によって実権を掌握し、以降、一九一〇年十一月にマデロによる「メキシコ革命」が勃発するまで三十五年間にわたって事実上の独裁体制（在任一八七七―八〇、一八八四―一九一一）をしき、積極的に外国資本を導入し輸出経済を発展させ、アシエンダ（大農園）からなる大土地所有制度を基盤とした未曾有の経済成長と近代化をなしとげた。一九一一年五月に国外へ逃れ、フランスで病死した。ディアス大統領の長期独裁体制の時代を「ポルフィリアート Porfiriato」という。

＊3——Miguel Hidalgo y Costilla, 1753-1811. メキシコ独立運動の指導者で「独立の父」として知られる。グアナフアト近郊のドローレス村の司祭。一八一〇年九月十六日、〈ドローレスの叫び〉をあげ、先住民とともに、スペインからの独立、租税撤廃、奴隷制の廃止、先住民共同体への土地返還など社会改革を唱えて蜂起した。その後、イダルゴ軍を危険視したクリオーリョが副王支持にまわり、イダルゴは捕えられ、一八一一年七月三十日に処刑された。九月十六日はメキシコの独立記念日になっている。

＊4——José María Morelos y Pavón, 1765-1815. メキシコ独立運動の指導者。イダルゴが院長をしていたバヤドリード（現在のモレリア）の神学校で学び、司祭となった。独立運動に立ち上がったイダルゴの右腕として、師の亡きあ

と、メキシコ南部を中心に独立運動を指導した。しかし、一八一五年に副王軍に逮捕され銃殺された。
＊5――「カウディーリョ」(caudillo)。独立後に多数輩出し、カリスマ性をそなえ、私兵などからなる軍隊を有する地方の政治的ボスであり、カウディーリョによる支配体制を「カウディリスモ caudillismo」という。ここでは、ポルフィリオ・ディアスをさす。

柳沼孝一郎・青木康征・訳

状　況

マルティは、一八七六年二月以降、レルド・デ・テハダ大統領が進める〈改革〉を支持する労働系新聞「エル・ソシアリスタ」や「エル・フェデラリスト」に寄稿するようになった。メキシコの政情はおおきく動いた。同年十一月十六日、政府軍はテコアック平原で反乱軍と戦火をまじえ、敗退した。同月二十日、レルド・デ・テハダ大統領は合衆国へ向かい、同月二十三日、ディアス将軍が首都に入った。マルティが勤める「レビスタ・ウニベルサル」紙は同月十九日号をもって廃刊になっていた。本稿において、マルティは、憲法を無視し、国民の諸権利を抑圧する「トゥステペック計画」の欺瞞性をはげしく非難し、告発した。

　容疑不明のまま、裁判所の令状もなく、身の回り品を準備する時間も与えられず、ひとことの説明もないまま、デルフィン・サンチェス[*1]、マヌエル・サンチェス・マルモル[*2]、ペドロ・サンタシリア[*3]、フェリペ・サンチェス・ソリス[*4]の諸氏は、逮捕され、ケレタロへ追放された。

　デルフィン・サンチェス氏とマヌエル・サンチェス・マルモル氏は、三日前、内務省の馬車で同地に着いた。数分後、州当局は二人を暗い建物の中に収容した。

　サンチェス・ソリス氏とサンタシリア氏は、現今の政治情勢とはまったくかかわりをもたず、静かにくつろいでいたところ、木曜日の午後十時半、逮捕され、金曜日の午前六時半、三名の衛兵に付き添われ、ケレタロからの馬車に乗せられた。

ところで、マヌエル・シエラ氏はどこにおられるのでしょうか、と、サンフランシスコ通りやプラテロス通りでいつも氏と挨拶をかわしていた人々が案じている。マヌエル・シエラ氏は、すでに逮捕され、ある特別の計らいをうけて――このことは確かである――グアナフアトへ追放された。

また、パチュカの市街と教会の塔を勇敢に死守した人物、勇敢な人を尊敬しないのは自分に勇気がないからであるが、勇気ある人々から尊敬をうけているイグナシオ・メンデス・モラ大佐は、どこにいるのだろうか？ メンデス・モラ大佐は、逮捕され、傷病兵のための病院へ送られた。大佐は、個室に入れられ、二日間、放りっぱなしにされた。大佐は床の上で眠り、腰かけるものも与えられなかった。三日目に許可が出て、マットレスが運び込まれた。

これが回復された自由である。これが保証された人権である。これが復活した憲法である。

トゥステペック計画[*5]は、地方自治を守るためのものであった。これが上から任命された自治体の姿である。

トゥステペック計画は、悪法によってふみにじられた新聞の権威を回復するためのものであった。それがいま、政府の「ディアリオ・オフィシアル」紙は、黙したまま、恥をさらしている。言論の自由は尊重されるだろうと、どうしても言えないからである。言えば、独裁者は言論の自由を保証しなければならなくなるからだ。

トゥステペック計画は、戒厳令を用意し、たとえ数回であろうとこれを実際に発動した政府を倒すためのものだった。それがいま、公道で旅行者の身元を調べ、献金を強要し、民間人を刑務所へ送り、誉れ高い軍人を地下牢に閉じ込め、サンフアンデウルアで自軍の将軍を逮捕し、商人を脅迫し、街頭で個人の財産を没収し、サンタ・アナ[*6]の時代から廃止されていた悪名高い搬入税を復活させ、おのれの利益や一族のため、自分たちの勝利に貢献した人々までも追放している。この十日間の政治を見ただけで、悪をよみがえらせるためにやって来たという誇張さえ、かすみ、ぼやけている。

国民は、ただ息をするだけで、思っていることを口にしてはいけないのだろうか？　少しでもよりよい政府を望むのは、国民の権利であり、義務である。この当たり前の権利を行使しただけで、国にとって有用な人々までも、かつてない厳罰に処すというのだろうか？

この国を愛し、トゥステペック計画がまかり通っている現状はよくないと思うのは罪なのだろうか？　なぜなら、この計画は、思想を、神聖このうえない家庭を、政治的諸権利を、個人の尊厳を、人間の良心を圧殺しているからである。

なにもかも踏みにじるのであれば、なにを回復させようというのだろうか？　この計画を言われるがままに賛美する意志だけを認めるのであれば、どのような自由を保証するというのだろうか？

当地で、ある商人が不満を述べた。商品を市内に搬入するたびに法外な税を課せられる、と。二日前、馬車の持ち主がわれわれのところに来て、馬車を徴発された、と不平を述べた。昨日、革命軍が民家に入り、馬小屋から馬を持ち出そうとした事件が起こった。小隊長の命令だということであった。このように、自由であるはずの市民は安心して外出することができず、商人は、献金責めにあい、当人には生計の源であり、社会生活にとって必要不可欠な経済活動をやめざるをえない状況にある。私有財産も、良心の自由も、言論の自由も、思想の自由も、これまで法律と常識が保証してきたようには保証されていないのだ。

ああ！　過ぎ去ったこれまでの時代は、ときに良心の自由を傷つけたとしても、今から見れば、なんとすばらしい時代だったのだろう！　われわれの民族のもつ短気で身勝手な気性から許しがたい背信行為と非難したあの権力の乱用など、今から見れば、なんとたわいないものだったのだろう！　権力の座を追われたあの圧制者は権威をどれほど大切にしたことか、そして、この計画は、権威をいかに踏みにじり、蔑み、ずたずたにしていることだろう！ この計画は、メキシコというわれわれの偉大なワシの自由な翼を、その鉄の翼をおのれの悪政の重さで畳むため、偶然と裏切りの翼に乗ってやって来たのだ！

市民は通りを歩くこともできず、商人は、商いの見通しが立たず、おのれの良心に恥じない決断をすることができずにいる。

良心があるとすれば、それはパロブランコ計画[*7]である。その人物は、すべての人の意志を自分ひとりのものにしてしまった。その人物は、人それぞれが持って生まれた、自分の人生について考え決定する権利を、自分ひとりのものにしてしまったのだ。

トゥステペック計画が手直しされた町の名は不吉な予兆だった！ ああ、この国の良心はどこへ行ってしまったのだろうか？ 向こうへ、三名の衛兵に付き添われ、ほこりまみれの乗合い馬車に乗って向かっている。向こうへ、ケレタロめざして向かっている。

「エル・フェデラリスト」、メキシコ、一八七六年十二月十日
「エル・ソシアリスタ」、メキシコ、一八七六年十二月十二日

訳注

*1――Delfín Sánchez, 1828-98. 実業家。スペイン生まれ。一八五六年ハバナ（キューバ）に移住したあと、六四年以降メキシコで暮らし、いくつかの鉄道会社を設立・経営した。九八年メキシコで死去した。

＊2――Manuel Sánchez Mármol, 1839–1912. メキシコのジャーナリスト。弁護士。出身地であるタバスコ州でジャーナリストとして活動したあと、一八七一年から国会議員を務めた。七六年、レルド・デ・テハダ大統領の再選に抗議して議会を去り、ホセ・マリア・イグレシアが主唱する政治運動に合流した。その後、タバスコ州最高裁判事を務めたあと、国会議員に復帰し（九二年）、第二回パンアメリカン会議（一九〇二年）ではメキシコ代表団の一員を務めた。

＊3――Pedro Santacilia Palacios, 1826–1910. キューバ生まれ。作家、政治家。一八三六年からスペインで教育を受け、四五年にキューバに戻った。五二年、新聞での政治活動が原因でスペインへ追放されたが、ニューヨークからニューオーリンズへわたり、同地で、独立戦争をつづけるキューバ人のために武器を調達した。また、国を追われたメキシコの自由主義者たちと交遊し、ベニート・ファレスと知り合った。ファレスが権力を掌握したあと、同大統領の秘書となり、その長女と結婚、メキシコに根をおろした。主な著作に『メキシコの文学運動』（六八年）、『ファレスとセサル・カントゥ』（八五年）などがある。

＊4――Felipe Sánchez Solís, 1816–82. メキシコの弁護士、教育者。国会議員。最高裁判所事務次官などを務めた。

＊5――Plan de Tuxtepec. メキシコのオアハカ州トゥステペック区オヒトゥラン（Ojitlán）村において、一八七六年一月一日、駐屯地司令と一部の軍人が署名して発表した十二項からなる宣言文。一八五七年憲法の遵守、共和国大統領、および、州知事の再選禁止、レルド・デ・テハダ大統領の退陣、本計画に賛同する州への支援、自由選挙の実施、地方自治体の権限の尊重、テハダ大統領派の責任追及、ポルフィリオ・ディアス将軍を祖国再生軍元帥として信認し、同将軍に財務、および国防に関する権限を委ね、同計画に敵対する者には死刑を科す、というもの。

＊6――Antonio López de Santa Anna, 1794–1876. メキシコの軍人。大統領。一八三三年から五三年まで断続的に十一回、大統領に就任した。三六年テキサスの反乱を鎮圧できず、四八年アメリカ合衆国との戦争に敗れ、カリフォルニアなどを割譲した。五三年には合衆国との国境地帯を売却したため、アユトラ革命によって失脚した。

＊7――ポルフィリオ・ディアス将軍は、一八七六年三月二十一日、パロブランコの地で「トゥステペック計画」を一部手直しした。その結果、政変後の大統領職は暫定的に最高裁判所長官が兼任することになったほか、今回の政治混乱で生じる費用と被害をレルド大統領とその一派に弁済させる項目が削除された。

青木康征・訳

外国人

レルド・デ・テハダ大統領を支持するマルティは、独裁者ディアス将軍から国外に出るよう通告されていた。本稿において、マルティは、独裁者からはもはや何も期待できないとしてメキシコを去る決意を表明した。そのなかで、思想を封じることは人間性の否定であり、自由はだれからも束縛されるものではないと述べ、ディアス将軍の政治をはげしく非難したうえ、自分は、いかなる地に身を置こうと、一人の市民として自由の抑圧者に立ち向かう権利があると宣言した。このあと、マルティは、一八七六年十二月二十九日、列車でメキシコシティからベラクルスへ向かい、翌年一月二日、〈フリアン・ペレス〉の名でエブロ号に乗船し、ハバナへ向かった。

各人、思うところを行動で示すべきである。思想と署名があるところ、思想と人間がある。だが、署名がなければ、ただの考えである。署名することによっておおくのものが得られる。署名された思想は約束となって実行を迫られ、その結果、人から尊敬されて精神は豊かになり、人間として強くなる。署名する人は、真実に親しみ、志操堅固になり、勇気を身につける。

おい、お前は、外国人のくせに、なぜ、ペンをとるのだ？　このような質問をするのは、お前は、なぜ、考えるのか、と尋ねるのと同じである。

思想は伝えるためにある。思想の本質は有用性にある。有用であるためには表現されねばならない。思想は芽であり、表現されて一人立ちする。思想は、自然に湧き出て、さわることのできないエーテルのようなその本質の命じるがまま、外へ、我々の外へ、上へ運ばれてゆく。思想は固体ではない。地表に落ちることはないからである。思想にはかたちもない。永遠の生命を得て、伝播し、拡散し、上昇するものだからである。こうしたことが思想の本性であれば、表現されてはじめてわかるものであれば、思想が存在するかどうかを確かめるには、表現されねばならない。であればこそ、思想が表現されるのを妨げる人とは、人間であることの基本的権利を侵害し、思想を否定し、自然の法則を踏みにじる人である。思想を哲学的に説明すれば、このようになる。

礼儀をわきまえるということについて言えば、相手が国であれば、個人に対するときよりもさらに気を配る必要がある。なぜなら、国は大勢の人々が集まって出来ているからである。礼儀をわきまえることは、上品な人にとっては宗教も同然であるが、それにも限度がある。礼儀として心得ておくべきは、節度をわきまえる、他家のことに嘴《くちばし》を容れない、騒ぎを起こしてせっかくの好意を無にしない、手ぶらで来てずうずうしくただ飯を食べないとかいったことである。

しかし、このような自制も、本人の良心と品性にしたがっておこなうべきものであり、人から命令されるものではない。人それぞれが自主的に守るべき義務であり、人に向かってこうこうせよと指図する権利など、だれにもないのである。

自分には自分の思うように指図する権利があると考える人は、このような考えを一笑に付すだろう。だが、そのような人でも、人を黙らせることはできないだろう。思想を封じることは、人間であることの発露であり人間を神に近づけ社会の規範であるかけがえのない良心の声を、すなわち人間であることを否定することにほかならないからだ。

意志とは、なんと偉大なものだろう！　人間であるという神秘は、なんと、力づよく、頼もしく、威風堂々として、美しいのだろう！ 人間は、人間になることができたとき、なんと大きな存在になるのだろう！ 人間の本性の中に、炎のように熱く燃え、山のように隆々としたものがたくさんあるのだ。太陽のような人が、火山のような人がいるのだ。ワシのように凝視し、星のように光り輝き、地球の内臓が、深遠なる海が、広大無辺の大地が感じるように感じる人がいるのだ！

世界のどの国民も、ひとしく、偉大で崇高なものを、空よりも無窮で、大地よりも広大で、星よりも明るく輝き、海よりも深いものを持っている。人間としての心である。心に響き合うこの力は、誠実な人々を、真に善良で直感的に兄弟と感じ、生まれながらに寛大で、悲しみを分かち合い、愛を深め合い、互いに肩車しながらより高いところから誇りが傷つきながらも雄々しく胸を張っている姿を見ようとする人々を引きつけ、結びつけるのだ。

この外国人は、この国のことをなにも知らないくせに、なにを持ってきたのだろうか？ 持ってきたのは憤怒である。これは強力な力である。持ってきたのは心の中の力である。この外国人は、栄達も、安寧も求めず、要領よくふるまうことも、打算で動くこともない。この外国人を乞食はおのれと同一視し、誠実な人はやさしく抱擁する。乞食には一片のパンを、誠実な人には愛の外套が与えられんことを。

憤怒。強力な力である。ひとりの人間が、人それぞれの、さまざまで、かけがえのない意志を踏みつけて君臨している。だれにも指図されるはずのない私の意志は、ひとりの尊大な意志に指図されている。自由そのものであるはずの私の精神は、自由に飛び跳ね思考するいっさいの権利があるにもかかわらず、抑えつけられている。私の心の血管は、勝利をおさめたひとりの目出度い騎馬人の満足げな笑いに妨げられ、止まっている。アメリカ大陸の大地に目を向ければ、私の姉妹であり、母であり、寒い日、尊敬と努力の褒美として私の唇に接吻し、その温もりで私を励ましてくれたアメリカ大陸の大地に目を向ければ、この大陸に生きる、自由であるはずの人々の群れが鞭をうたれてぐったりりして通りを進み、人間としての誇りは言葉を奪われて病に伏し、思想は罵声をあびて辱められている姿を見れば、だれにも指図されるはずのない凛とした意志は、生気のない奴隷に、追い立てられるがままの群れに、砂に、馬の牧草になり果てている姿を見れば、人々の意志が愚弄され、良心は忘れ去られ、個人の信仰信条が蹂躙され、法律は停止され、法律のもつ偽善そのものも専制的に蔑ろにされている姿を見れば、気高い声である良心は武者震いする。強力な力である憤怒が私を揺さぶり、我慢ならない恥ずかしさに私の魂は燃え、すべての人が屈辱に堪えているさまに私の頬は紅潮する。このとき、私は、人間が作ったすべての国家の上に君臨するある国家の心やさしき市民なのである。どこそこの国の人間だというだけで、兄弟愛に満ちたこの力のすべてが手に入るわけではない。この力は、人智を超えた、神の声なのである。人として逆らうことのできない超人間的な指令なのである。人間の精神と、おのれが信じる神の計り知れない精神とのあいだで結ばれた終身契約にもとづく義務なのである。

処世術よりも人間であることを！　忍従よりも憤怒を！　憤怒が私の力である。人間であることが私の愛である。であればこそ、太陽さえ顔を出すのを拒んだあの日の午後、黄昏のうす明かりのなか、あの、忘れることのできない布告を、ひとりの人間が、独断で、人々の王であると宣言したあの布告[*1]を読んだとき、私の胸はつぶれそうになった。そこで、この国に別れを告げる日が迫ったことから、私は、心を決めて憤怒のペンをとり、「状況」[*2]や、すでに活字になっているいくつかの小文や、そのほかの文を書いた。いのちの中に、いのちを超えて、人間としての誇りが雄々しくそそり立っているのだ。

これは私の文である。人を、私の兄弟を痛めつけ恥かしめる人間を糾弾する文は、すべて、私のものである。もしリオハ(1)があの三行連句の詩を書かなかったなら、私が書いただろう。

私はこの国の市民権を求めなかった。権力者の機嫌をもっと上手にとる気があれば、市民権はあった方がよかっただろう。私はメキシコに愛を語らなかった。感謝の言葉を述べるのは奴隷根性によるへつらいに、屈辱的なすり寄りに見えたからである。その人物の前から去る今、その人物からはなにも期待するものがない今、神聖このうえない規範を蔑ろにする暗黒政治を前にして、このような不幸を活かそうとも役立たせようともしない人物に苦言を述べることも、この国にとどまろうとも益ある日が期待できないため、今、私は、自分の権利を行使して、この苦しみのなかに身を置き、私の精神を帰化させることにする。帰化のための書類として、侵害された私の意志を、だれにもはばかることのない私の良心を提示する。良心こそ、万邦に通じる市民手帳である。

私はこの不幸を愛している。このすさまじい侵害に私の精神は高揚している。

このような説明は、私に説明せよと求めるような人のためにしているのではない。そのような人は説明するに値しないからである。相手に応じて対応の仕方は異なる。手と脚が同じかたちをしていないのは、それなりの理由があるからである。

このような説明をするのも、私は、メキシコに恩があるからだ。私は、メキシコで、愛され、元気づけてもらった。それだけに、私は、自分自身の慰めとなる評価をうける権利を大切にしたいのである。

であればこそ、私は、私を押しつぶそうとするいかなる圧力にも屈するわけにゆかない。だからこそ、ほかの人には苦しみのもととなるいっさいのものが私を押し、私を揺さぶるのである。

というわけで、当地においてであれ、いずこであれ、メキシコにおいても、いずこへ出かけようとも、広大な大地を巡礼する私の旅がつづくかぎり、私は、へつらいに対してはつねに外国人であり、危険に対してはつねに市民である。

ホセ・マルティ

「エル・フェデラリスタ」、メキシコ、一八七六年十二月十六日

青木康征・訳

原注

（1）——Francisco de Rioja Rodríguez, 1580/86-1659. スペインの詩人。

訳注

＊1——ポルフィリオ・ディアス将軍派が一八七六年一月十日に発表した「トゥステペック計画」のこと。同計画については、本書第2章所収「状況」の訳注5を参照。

＊2——本書第2章に収録されている。

ファウスト・テオドーロ・アルドゥレイ宛の書簡

一八八一年二月ニューヨークを発ったマルティは、同年三月、カラカスに着くや、まっさきにボリーバルの銅像を訪れた。カラカスでは、ファウスト・テオドーロ・アルドゥレイ氏が社主で編集長を務める「オピニオン・ナシオナル」紙の記者として知識人らと交遊を深めるかたわら、残してきた家族を想い、詩作にはげんだ。その結晶が詩集「イスマエリーリョ」である。また、雑誌「レビスタ・ベネソラーナ」の刊行に取り組んだ。その第二号に掲載されたベエズエラの碩学セシリオ・アコスタの死を悼むマルティの追悼文が時の大統領アントニオ・グスマン・ブランコの逆鱗にふれ、マルティはただちに同国を去ることにした。

友へ

私は、明日、ベネズエラを離れ、ニューヨークへ戻ります。急の旅立ちとなりましたので、出立する前に、私のようなものに声をかけてくださった当地の皆様方にご挨拶申し上げることも、この数日来、数々の心あたたまるお手紙や、丁重なる献辞、励ましのお言葉を頂戴したにもかかわらず、親しくご返事申し上げることもできなくなりました。当地には実に高邁な精神が鼓動していることを肌で感じました。皆様方のご厚情にたいし、心から感謝申し上げる次第です。皆様方の喜びが私の慰めに、皆様方の希望が私の喜びに、皆様方の悲しみが私の苦しみとなるでしょう。高きにしかと目を据えれば、イバラの道も、砂利の道も、旅人の心を乱すことはありません。熱く燃える理想と、その実現のために邁進する熱情は、いかなる逆境にあおうと、誠実な心の中で細ることはありません。私はアメリカ大陸の人間です。私がいま在るのはアメリカ大陸のおかげです。私は、アメリカ大陸のため、アメリカ大陸がおのれを知り、おのれを解き放ち、一日も早く国造りに邁進するよう、一身を捧げる所存です。アメリカ大陸はゆりかごです。その甘い唇に苦いグラスはなく、そのたくましい胸にヘビは牙を立てず、その忠実な息子はおのれのゆりかごを呪うことはしません。ベネズエラよ、私としてなにを為すべきか、申し付けてください。ベネズエラよ、私はあなたの息子のひとりです。

申すまでもありませんが、「レビスタ・ベネソラーナ」[*1]誌の刊行は中止となります。本誌に寄せられたお手紙や問い合わせには、この言葉をもって返答に替えさせていただきます。そして、本誌に掲載された小生の雑文のゆえではなく、本誌が掲げた主義主張のゆえに、貴国の新聞から、また、大勢の人々から過分のお誉めにあずかり、感謝に堪えません。ところで、謝礼の件ですが、私には頂戴する理由がありません。私には一銭たりとも受け取るつもりはなく、なんぴとも、私の名をもって受け取ることもありません。すでに払い込まれた購読料は、全額、本日、でなければ明日中にも返金される手筈になっています。この作業はある御仁にお願いしました。私の熱き想いは、私の考えに賛同してくださった皆様方に、忠実な息子を里子に出す親のように喜んでお譲りいたします。なぜなら、なんぴとも、おのれが想いを寄せるものを金銭に換えるような

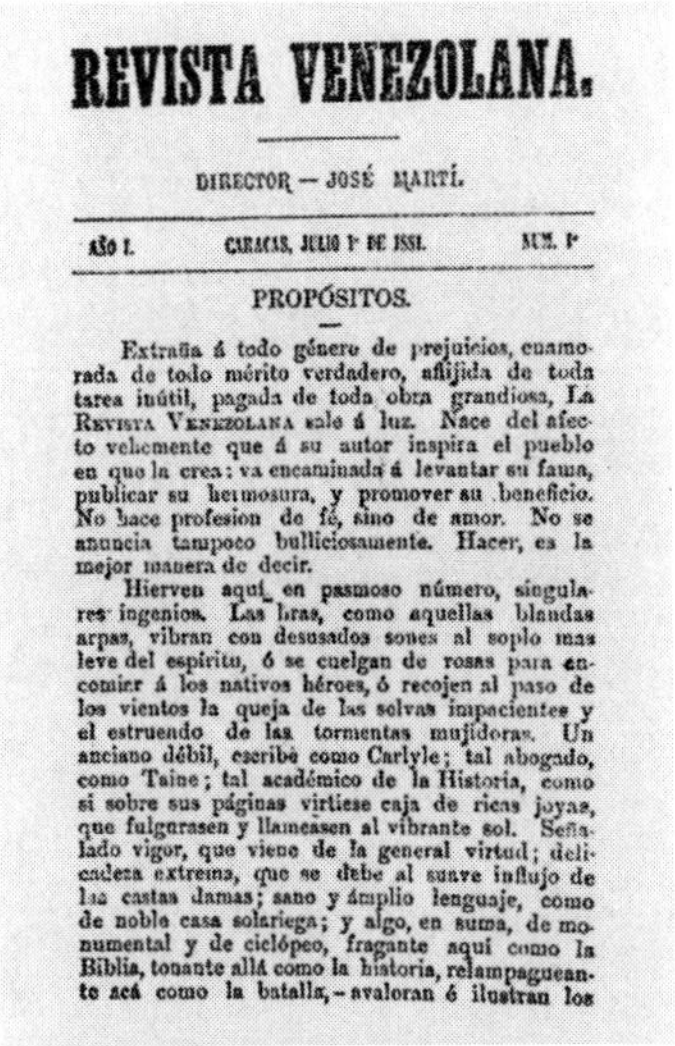
REVISTA VENEZOLANA.

DIRECTOR — JOSÉ MARTÍ.

AÑO I. CARACAS, JULIO 1º DE 1881. NUM. 1º

PROPÓSITOS.

Extraña á todo género de prejuicios, enamorada de todo mérito verdadero, afligida de toda tarea inútil, pagada de toda obra grandiosa, La Revista Venezolana sale á luz. Nace del afecto vehemente que á su autor inspira el pueblo en que la crea: va encaminada á levantar su fama, publicar su hermosura, y promover su beneficio. No hace profesion de fé, sino de amor. No se anuncia tampoco bulliciosamente. Hacer, es la mejor manera de decir.

Hierven aquí en pasmoso número, singulares ingenios. Las liras, como aquellas blandas arpas, vibran con desusados sones al soplo mas leve del espíritu, ó se cuelgan de rosas para encomiar á los nativos héroes, ó recojen al paso de los vientos la queja de las selvas impacientes y el estruendo de las tormentas mujidoras. Un anciano débil, escribe como Carlyle; tal abogado, como Taine; tal académico de la Historia, como si sobre sus páginas virtiese caja de ricas joyas, que fulgurasen y llameasen al vibrante sol. Señalado vigor, que viene de la general virtud; delicadeza extrema, que se debe al suave influjo de las castas damas; sano y ámplio lenguaje, como de noble casa solariega; y algo, en suma, de monumental y de ciclópeo, fragante aquí como la Biblia, tonante allá como la historia, relampagueante acá como la batalla, — avaloran é ilustran los

レビスタ・ベネソラーナ創刊号

ことはできないからです。ましてや、想いを寄せるのは愛するがゆえであれば、なおさらです。栄光の小箱であるこの気高い国に、私を兄弟として迎えてくださったこの国の皆様方に、そして、私には身に余るほどのご厚情をお寄せくださった貴殿に感謝しつつ、寂しさを込めて、お別れの言葉を申し上げます。

カラカスにて、一八八一年七月二十七日

ホセ・マルティ

ファウスト・テオドーロ・アルドゥレイ殿[*2]

訳注

＊1――マルティが編集する「レビスタ・ベネソラーナ」誌の創刊号は一八八一年七月一日、カラカスで刊行され、好評を博した。創刊号には、ベネズエラの独立の英雄、ミゲール・ペニャの生涯が掲載された。同月十五日に刊行された第二号において、マルティは、このときすでに死去していた碩学セシリオ・アコスタ（Cecilio Acosta, 1818-81）の追悼文を載せたが、故人を称える内容はグスマン・ブランコ大統領へのあてこすりと受け取られた。

＊2――Fausto Teodoro Aldrey, 1825-86. ベネズエラの新聞「ラ・オピニオン・ナシオナル」社主。

青木康征・訳

第3章　希望の光

グアテマラ

ポルフィリオ・ディアス独裁[*1]を嫌ってメキシコを去ったあと、マルティは一八七七年四月、グアテマラ市に着いた。同じキューバ人で師範学校の校長をしていたイサギーレと出会い、バリオス大統領[*2]とも知己を得た。キューバの独立に好感を寄せる大統領はマルティを歓迎し、グアテマラ大学文学部の教授に任用した。マルティはほぼ六カ月間にわたりグアテマラに滞在したが、師範学校の運営をめぐってイサギーレが解任されたことでマルティも辞職し、思い出多いグアテマラを去った。小冊子『グアテマラ』は一八七八年二月にメキシコで出版された。美しい自然、肥沃な大地、人情に厚く、希望にあふれる豊穣なグアテマラの魅力をあますところなく謳っている。

I

わたしは、なぜ、この本を書くのだろうか？

わたしがこの世に生を授かったとき、自然はわたしに言った、「愛しなさい！」と。そして、わたしの心は言った、「感謝しなさい！」と。そのときから、わたしは、善人も悪人も愛し、誠実であることを宗教にして、わたしに善を施してくれるすべての人を抱擁することにしている。

数カ月前、わたしはある美しい国に着いた。そのときのわたしは貧しく、知る人もなく、希望に胸はふくらんでいたが、心は沈んでいた。そのようなわたしを誠実で寛大なその国はやさしくつつみ、張りきっているわたしを打ちのめすこともせず、つましい巡礼者に愛の手を差しのべ、わたしを教師に、すなわち、創造者にしてくれた。わたしは差し出された手を握りしめた。

グアテマラは人情が厚く、豊穣で、誠実な国である。これはわたしの偽らざる思いである。

グアテマラは、わたしに仕事を――すなわち力を――、妻に家庭を、子供たちにゆりかごを、そして、アメリカ大陸によせるわたしの抑えがたい思いをぶつけるすばらしい場を与えてくれた。わたしは、由緒あるカルメン山の麓で、アンティグア[*3]の廃虚のなかで、アマティトラン湖の畔で、わたしたちはなぜ貧しいのか、どうすれば再生し、人々を驚かせることができるのか、その原因と方法について考えることにする。インディオの背からカカステと呼ばれる呪わしい籠を降ろし、その手に鋤を持たせ、眠っている精神を呼び起こすのだ。

こうすることで、わたしはお世話になった人々にお返しをしたい。そこで、凜として活気に満ち、もろもろの魅力あふれる思想が花開き、あまたの高貴な感情が息づくメキシコの地において、わたしは、グアテマラという国がいかに美しく、すばらしい国であり、友愛に満ちた豊饒な国であるか、感謝を込めてお話ししようと思う。グアテマラでは、労働は習性であり、徳は自然、慈愛は伝統、空は紺碧、大地は肥沃、女性は美麗にして、男性は善良そのものである。

愛すること、そして感謝すること。

II

アメリカ大陸では、好奇心の旺盛な人は、どこの国のだれが政権の座にあり、だれが政権の座から降りたか知りたくなると、時の経つのも忘れ、中央アメリカや南アメリカの新聞をひっくりかえす。だが、どこの国のなにが実り豊かで、どのような利益が得られ、どういうところがすばらしいかとなると、なにも知らない。それゆえ、グアテマラ王国の貴重な年代記を著した心やさしきファーロス神父[*4]が一八一〇年に述べた言葉は現在でも通用する。神父はつぎのように述べている。「驚くべきことであるが、この大陸が発見されて三世紀が過ぎたにもかかわらず、ついいましがた征服されたかのように、われわれの知らない地方や土地が限りなくある」と。なんということだ！　三百年かかって染みついた毒が消えるには、このあとさらに同じだけの年月が必要だとは！　この大陸を支配したスペインは、これほどにわれわれを、他人同士に、敵対者に、分裂させてしまったのだ。グアジャト川で採れる真珠もキューバの南方で採れる真珠も、ともに真珠であることには変わらず、テケンダマ山[*5]の雪もオリサバ山[*6]の頂の雪も同じ雪で、ブラボ川[*7]に流れる砂金も滔々《とうとう》と流れるポロチク川[*8]の砂金も同じ砂金であるにもかかわらず、である。

　インディオと白人《ブランコ》が合わさって新しい人間ができた。インディオの血を引いて生気があり、忍耐強く芸術心がある。またスペイン人の血をうけて頑固で大胆である。イギリス人は陰気で、スウェーデン人は厳めしく、ナポリ人は怠け者だとすれば、アメリカ大陸の息子はこの地に照りつける太陽と同じように熱く、この大地の自然と同じように寛容である。つまり、わたしたちは、スペイン人から剛気な気質、粘り強さ、筋金入りの自尊心を、浅黒い肌の人々から芸術を慈しむ心、比類なき誠実さ、柔和な心、独特の考え方をそれぞれ受け継ぐとともに、いまは幼虫――すばらしい幼虫である！――の状態にある新しい人種がもたらす無限の可能性をもっているのである。この幼虫はすばらしいチョウになるだろう。

　だが、互いに無関心のまま、敵対し、分裂していれば、わたしたちになにができるというのだろうか？　皆がひとつになり、眠ったままの羽根に新たな色づけをするにはどうすればよいのだろうか？　アメリカ大陸のすべての民をひとつの囲いの中に縛りつけるためなら、このようなことを思うのは初めてであるが、そのような鎖ならあってもよいのではないか！
ピサロ[*9]がペルーを征服したとき、アタワルパ[*10]はウアスカル[*11]と戦っていた。コルテス[*12]がクアウテモク[*13]を攻略できたのは、シコテンカトル[*14]がコルテスに手を貸したからである。アルバラード[*15]がグアテマラに侵入できたのも、キチェ族[*16]がスツトゥヒル族を包囲していたからにほかならなかった。このように、分裂はわたしたちの死を意味するのだ。であれば、いかに血のめぐりが悪い人でも、いかに勇気のない人でも、わたしたちは力を合わせなければ滅びるということくらい、あらためて言われなくてもわかるだろう。このことはだれもが繰り返し口にするが、実際問題としてその解決方法はとなるとだれも答えを示さない。生きるということは世の中のために善を行うということである。この世は時として牙をむく。そのときやさしくなだめるのだ。それで良心は休まる。人は、それぞれ、自分にできることをするのだ。

わたしは、火山がそびえ、肥沃な山地が連なり、悠然と川が流れる国からやって来た。イサバル山系一帯では金が採れ、広大なコスタ・クカ地方ではコーヒーの実――黄金にもまさる――がたわわに実る。その国では金色の穂をつけたトウモロコシと黄金色の小麦が同時に成長し、高く伸びたバナナの木は特大の房をつけ、優美なチマラペーニャ山の麓はありとあらゆる果物にあふれ、頼もしい鋤の鼓動に大地は素直に応える。風光明媚な大西洋岸ではさまざまな植物が育ち、肥沃な太平洋側では、ボルテール[*17]を元気づけ、モカも羨むコーヒーの木が、大地の懐に押し込まれていたかのようにいっせいに芽を吹く。メキシコでは青白いヌマスギだけだが、グアテマラでは大粒のトウモロコシ、薄紫色のサトウキビ、実のつまった美味な小麦、おばけのようなウチワサボテン、自生のゴムノキ、見事なフリホール豆がまたたく間に実を結び、渾然一体となって野を彩り、目を楽しませ、豊かな大地の明日を予言している。そのような国からわたしはやって来た。

この国をバトレス[18]は詩に詠み、マルーレ[19]は史書に著し、ゴジェナ[20]は絶妙無比の寓話にした。河川が調査され、鉄道が敷かれ、学校が建ち、インディオたちは書に親しんでいる。外国人が押し寄せ、短期間で富を築いている。この国は、素朴で驚異的で、すばらしくも賞賛に値する、芸術的であった革命によって自由を勝ち取った。この国は、知られざる国というより、おのれの胸に飛び込んでくる人に恵みを授ける愛に満ちた聖母である。わたしのなかには数多くの事実や美しい景観が脈打っている。それだけに、わたしは、この国の詩人や文士について、農夫や為政者について、耕作を待ちのぞむ大地について、学問にいそしむ若者について話さずにいられようか？

わたしは運命のいたずらによってばらばらになってしまったものをひとつにするために生きている。そこで、当地の人々に国境であるチアパス地方の向こうでなにが進展し、なにが有望であるか、お話ししようと思う。グアテマラは手を差しのべている。いまがそのときなのだ。

イサバルから近い将来北部地方へ伸びる広い街道を進んでゆく。なんとすばらしい眺めだろう！　西部地方のサトウキビ畑とコーヒー畑が広がっている。――遠く、川向こうに美しい盆地がひらけ、教会が林立し、見渡すかぎり広がる田園、澄みきった空気、上品で、堂々として、美麗な都市が見える。

プエルト、すなわち、繁栄をほこる港町プエルト・サン・ホセから快適な乗合馬車に乗って、あるいはやせ細った馬にまたがって来ると、山あいから絵に描いたような町が忽然と姿を見せる。近づくにつれ、周りの隆々たる山のあいだから美しい城が姿をあらわし、無数の塔が天に突き出し、清潔で広い道路がひらける。やがて古い建物がおりなす町並みを際だたせるまばゆいばかりの清潔さに旅人は感嘆する。

この美しい都市は、火山の噴火で激怒したアルモロンガ盆地から場所を転々としたのち、こののどかなバカス盆地に落ち着いた。いにしえの言い伝えなど意に介さなかった粗暴な征服者《コンキスタドール》たちには、大地がおのれを侮辱した人間に反旗をひるがえすなど思いも寄らなかった。病に伏していたサンティアゴ市は、突如、大水に襲われ、たちのぼる噴煙のなか、押し寄せる濁流にのまれて息絶え、この地を治める男まさりの女総督ベアトリス・デ・ラ・クエバ夫人[*21]もこのとき命を落とした。

近くに幻想的なパウチョイ盆地が広がっていた。水に恵まれ、石切場に近く、牧草もふんだんにあった。芥子粒のような可憐な花が咲きみだれ、ゆったりと川が流れ、休火山がそびえている。人々はこの盆地に難を逃れてやってきた。これほど澄みきった紺碧の空が天を覆い、これほど美味な空気を味わうことができる都がこの世にあっただろうか！　それが、突然、インディオたちの引きさくような悲鳴とともに、大地は激しく揺れ、鐘楼や教会が倒れ、丸天井がひび割れ、壮麗なカテドラルの土台は地表にむき出しになった。役人や棟梁たちは混乱を煽り、欲得に駆られ、都アンティグアをこの美しい平野に急ぎ移して建てたのが、いにしえのウタトラン王国[*22]の栄華をいまに伝える、ひときわ美しく、しっとりした趣きのあるこの白亜の都である。

久しく眠っていたこの都市は、いまのこの瞬間も変貌している。自由主義の旗の下、いざ進まん。政治面では、ボリビアの名誉を失墜させ、キトを窒息させ、詩情あふれるカウカ川をおびただしい人の血で染めたあの呪わしい植民地時代の遺制に身震いし、大胆な事業であれ経済改革であれ、偉大な考えにことごとく扉を閉ざした旧体制派からも、有用な思想に諸手を上げて扉を開く新参の現体制派からも要請され、本能に導かれるがまま、魂の墓所であった聖ドミンゴ修道院の回廊をとり壊し、強い焼酎と芳醇このうえないタバコ——富の源泉である——が集積する一大倉庫に変えた。また、大玉のキャベツ畑であったレコレクシオン教会の畑を接収し、溌剌とした知性が集う工業専門学校を建てた。かつてフランシスコ会修道士が逍遥した深閑とした長い回廊を、いまは、向学心に燃える活気にみちた若者が連れだって歩いている。これらの若者がやがて、ときがきてふる里に持ち帰るのは人々をがっかりさせる聖書の文言ではなく、歴史であり、化学の反応式であり、脱穀機や鋤の使い方であり、自然の驚異についての話である。新しい宗教を持って帰るのだ。罰や義務によって強制される徳ではなく、国を愛する心と自覚、それに労働に裏づけされた徳を持って帰るのである。

グアテマラには美しい教会がなんと多いのだろう！　虐げられた民衆の魂を救う唯一の神であった情け深い司祭たちが巨費を投じて急いで建立したのだ。聖フランシスコ教会はこのうえもなく美麗な正面と、巨大な身廊、塀というよりびくともしない城壁をもち、巨大な長方形のような教会が急な上り坂のうえにそびえ立っている。城砦以上に城砦らしいこの教会は、おのれに生命を与えた精神よりも長生きするよう運命づけられた巨大な工場のようである。建築上の奇跡である目をみはるようなこの広い身廊を、以前は、大勢の善男善女がわれさきに床にひざまずいたものだが、いまでは、祭りの日でもないかぎり、花の香りがただようなか、信心深い婦人がひとり、美しい聖母像にやさしい心の香水をささげ、ぬかずくだけである。

メルセーの聖母も大きな教会にまつられている。聖ドミンゴ教会の白壁は純白の修道服のように映え、広大で芸術的な趣きのあるカテドラルの中庭は威風堂々として、優美なレコレクシオン教会の美しい尖塔は天を突くようにそそり立っている。聖フランシスコ像は質素な修道士で、聖ドミンゴ像は穏やかな聖人である。メルセーの聖母像は威厳のある守護者で、レコレクシオン教会の聖母像は懺悔する美女である。遠く、北の方角にカルメン礼拝堂があり、手前、南の方角にカルバリオ礼拝堂がある。カルメン礼拝堂は苦悩のなかで隠遁する良心のように厳めしく、カルバリオ礼拝堂は十字架のキリストの足もとに伏すマリアのように悲嘆にくれて涙ぐんでいる。

はるか向こうのカルメン山に通じる山道を盛装した騎馬が、陽気な集団が、こわいもの知らずの学生たちが、にぎやかな職人たちが、腕白な子供たちが、小股で歩く黒い瞳の女性たちが行き交う。グアテマラにはモーロ人の女性も羨むほど美しい瞳をした女性がいる！　カルメン山には特別の祝祭日や縁日がある。そうした日、香しいコケの絨毯のうえに、にぎやかで、一寸の隙間もない、先へゆくほど細くなってゆく生きた絨毯が敷かれる。この動く絨毯とは、パリ風の絵柄や原色のマントを見せびらかして満悦する人々の織りなす絨毯である。——いきおい、山はバラの雨が降ったようになるが、雑然さも、厚化粧した果実も優雅な庭園の趣きを損なうことはけっしてない。

人気のない礼拝堂！　生者の住処というより死者の青山《せいざん》として作られた丸天井の下でペドロ神弟像がひとり涙を流し、神に捧げられたこの不思議な岩山の周りで子供たちが子鹿のように飛び跳ねている。ここには幸せに満ちた暮らしがあり、人々は笑い興じて、互いに愛称で呼び合っている。乙女は家の中からめかし込んだ男性に目くばせするが、男性は新しい春の帽子をかぶり美しく着飾った乙女に目もくれない。——そうしたなかでも、さりげない仕草が、行き交う会話のふしぶしに、交差する眼差しのなかに、駿馬に引かれた華やかな馬車がかきたてる騒音のなかに感じとられ、口元はゆるみ、心も微笑む。和やかなひととき、甘美な悦びが感じられる。文化が、心の安らぎが、家庭がある。

これがグアテマラの暮らしにみる魅力的な素顔なのである。無垢な愛、人情の厚さ、受け継がれてきた信頼感、誠実な家族。大いなる救いである。

政治の問題もこの国のやさしさをこわばらせることはない。この美しい空の下では、さもしくも、利己的にも、粗野にもなりようがない。外国人には人見知りもすれば、あれこれ問いただす。疑うこともある。だが、毛嫌いはしない。社交的な人なら、すぐにも美しくてやさしい女性の腕をとるだろう。農業で生きる人なら、実り豊かな土地を手にするにそう時間はかからないだろう。なにもかも新しく、成功はどこにでもある。労働者に、知識人に、善人に、グアテマラは、求められる前に自分の方から生きる喜びを与えてくれるのだ。アメリカ大陸の大地よ！　あまりにもぞんざいに扱われ、あまりにも美しい大地！　知られぬまま放置され、かくも優しく、かくもすばらしい大地がほかにあるだろうか！

祖国の日である九月十五日、*23 大勢の人がカルバリオ山へ向かう。この国もながいあいだ、受難の道を歩んだのだ！

はげ山を分かつように幅広い石段が山頂までつづき、山頂から市街が一望できる。いまはのどかで憩いの場となっているカルバリオ山は、カルメン山のような端正な山ではない。艶やかな教会、人波が続く石道、すれ違い、立ち止まり、互いにチチャ酒[*24]で乾杯し、礼儀正しく挨拶を交わしながら先を急ぐインディオの人たち。無造作に伐採され、けっして形のいい山とはいいがたいカルバリオ山であるが、独特の趣きがあり、カルメン山よりも、子供たちがふざけあう格好の遊び場になっていて、はるかににぎわっているようである。

カルバリオ山から幅広のゆったりした街路が延びている。どこまでもまっすぐで、行き止まりもなければ曲がっているところもない。アメリカ大陸の国でなければ、グアテマラの街並みはどうなっていただろう。左右対称はアメリカ大陸においてのみ生を有するのだ。アメリカ大陸では、いかに深い眠りにつこうと、原始的な生命が、知性の輝きが、大地の生気が他のいかなる価値や思想にもまして先行するからである。カルバリオ山から見渡す眺めであるが、殺風景な街路、邸宅、中庭を覆い塀を越えて生いしげる緑の茂み、オパールのなかに散りばめたエメラルドのように町の中央にはめ込まれたベレンとサンタ・クララの畑、風格のある中央広場、にぎわうビクトリア広場が見える。東の方角に劇場が、西の方角に工業専門学校と師範学校が見える。高いカルバリオ山から一本の美しい通りが中央広場まで走っている。右手にナツメヤシ、サボテン、ソロモンバラ、大きな黄色のダリア、見事な房をつけたブドウの樹、アローカリア[*25]が植わっているビクトリア広場がある。その先には活気に満ちた税関、開局されたばかりの電報局、てきぱきと仕事をさばく郵便局があり、その隣には瀟洒な倶楽部の会館、商品があふれる雑貨店や高級店舗がある。そのさらに先、通りの中ほどにパラシオ・イ・ムニシピオ広場があり、大統領官邸、所狭しと品物を並べた店、美しいカテドラルが四方を囲んでいる。カテドラルは古色蒼然として美しく、キューバの質素なカテドラル、メキシコ市の豪壮なカテドラル、プエブラ[*26]の華麗なカテドラルと同じように両脇に尖塔が配置されている。これらのカテドラルは、いずれも、フェリペ二世[*27]がことのほか気に入り、荘重な霊廟でもあるエル・エスコリアル修道院を建設したかのファン・デ・エレーラ[*28]の霊感によって設計されたものである。目抜き通りは六月三十日通りと呼ばれる。以前は国王《レアル》通りと呼ばれていたが、いまは国王が国王になるには許可を求めねばならない。幸いなことに、革命に反対する勢力は革命派が進めるほとんどの政策をつねに尊重している。それがいやなら消えるのみである。六月三十日通りと命名されたわけは、コミタンを後にした解放軍は伝説にうたわれる疾風怒濤の勢いでグアテマラ市へ向かって進軍し、輝かしいこの日、民衆の歓呼の嵐のなか、意気揚々と首都に入ったからである。解放軍は戦闘で幸運に恵まれ、勝利を収めても情け深かった。その日、国中が歓喜にわきかえり、大地は頭領《カウディーリョ》たちに勝利の冠をおくった。サン・ペドロ通りはごった返し、通りというより、さながら群衆で織った絨毯のようであった！　当初、三十三人がメキシコとの国境で戦いを始め、勝利を収めた。その後も勝利に勝利を重ね、勇壮な革命軍は勢力を増し、支援をうけ、祝福され、進軍し、継承者を失った専制君主の玉座に就いたのである。不思議な革命である。結果として急進的でありながら、信じられないほどの幸運に恵まれ、何事にも寛容であった。この革命は無用な血を流すことも、田畑を荒すこともなかった。見事な革命である。

そのときから栄光に満ちたこの通りは、八月の縁日ともなると、大勢の人が詰めかけ、身動きできないほどになる。通りの右側に、教会と、噴水をもつサン・セバスティアン広場がある。その先にはスモモの里であるひなびたホコテナンゴが陽の光をあびて光っている。スモモと同じくらいホコテ[*29]とコテが値打ちがあるこの町は馬車でごった返し、家畜市《フェリア》が開かれる。チアパスから運び込まれた馬がいななき、ホンジュラス産の子牛が走り回り、大きなブタが鼻をならし、かわいいヒツジがさかんに鳴いている。

家族で山の近くに家を借りている。ペタテと呼ばれる丈夫なゴザの上で、めかし込んだ紳士淑女が美味なピピアンを口に運び、冷肉の盛り合わせ、激辛のチョヒン[*30]を食べる。メキシコ産のチリトウガラシもつまむ。手ごろなビールも上等なブドウ酒も分け隔てなく楽しむ。デザートはロザリオである。艶やかな色の麦穂で繋がれた数珠はラパドゥーラ[*31]と呼ばれる上品な味の砂糖菓子である。時節は八月、ところはホコテナンゴとくれば、冷やしたトゥナ[*32]と甲乙つけがたい果汁たっぷりなホコティージョの実を口にしない人がいるだろうか？

和気あいあいとした宴から目を通りすぎる人の波に向けてみよう。女性はこのときとばかりとっておきの服で着飾り、父親は娘を、夫は妻を美しく飾りたてる。馬方は葦毛の馬を飾りたて、馬の首に祭りのロザリオを掛ける。手塩にかけた栗毛や焦げ茶の馬を自慢げに見せあうのだ！ ヨーロッパ製のイギリス鞍は不評で、メキシコ製の鞍がもてはやされる。この日が、馬車の、馬の、衣装の、帽子の使い始めである。なんと艶やかで、優雅で、愛らしいことか！ なんと整然として、品があり、凜としているのだろう！ マドリードの由緒あるオルタレサ通りを天下に知らしめる、あのサン・アントンの家畜市のようだ！

令夫人を伴って通りすぎる紳士はさる謹厳な大臣である。民衆はそんなことをまったく気にもとめず、大臣は人波にもまれ、ただの市井の人として流されている。

堂々とした馬にまたがった人物は、誰あろう、共和国大統領[*33]その人である。普段着姿で、ごくありふれた帽子をかぶっている。この人が目を凝らすときは考えごとをしているときである。話をやめているときはひとりごとを言っている。眼光鋭く、親分肌で、度胸がある。これぞと思うものに敢然と向かってゆく。だが、ここでは、人を押しのけることも、大統領だと言いふらすこともない。この人とて、静かにしている日なのである。

イギリス紳士然として大統領の横にいる老将軍は、文人にして軍人でもあり、歴戦の革命の闘士にして政治家でもある前大統領ミゲル・ガルシア・グラナドス[*34]である。この人が復讐の剣を手にしたのは六十歳のときであった。

何千人もの人がぞくぞくと家路をたどっている。舞いあがる砂ぼこりで夜の帳が降りたかのようだ。家の中から見やっていた乙女たちは愛らしい顔に麦わら帽を結わえ、帰途につく人々は、あいにくの雨のなかを、ほかの祭りのときのような疲れも見せず、晴れ晴れとした様子で家路についている。

グアテマラには不思議な魅力がある。辛辣だが陰湿ではなく、素っ気無いが苛立たせることはない。雑然としているが無秩序というわけではなく、騒々しいが疲れさせることはない。グアテマラの踊りの衣裳はけっして色あせることはない。美しい時節である八月、やわらかな月明りに照らされた銀色のしじまが、ときおりきらびやかな馬のひづめに破られる。グアテマラの月には好敵手がいる。メキシコの月だ。薄暗い夜空にひとり輝くときも、星も色あせるほど皓々と輝くときも、グアテマラの空にはなにか神秘的な言葉があり、ほかのどの空にもまして人生の崇高な目的と偉大な安らぎのために果てしなく広がっているようである。罰をくだす猛り狂った空ではなく、わたしたちに呼びかけるやさしい空である。


このような喜びを育んでいるのが労働である。グアテマラでぼろを纏った人は外国人である。その所説はともかく、偉大な財務総監であるコルベール[*35]は、グアテマラでは、商いの時間、店から店へ分厚い紙幣の束が流れているさまにさぞご満悦であろう。だが、有能な大臣が望むべきことは国の金庫を満たすことではない。金庫を満たすのは有効に使うためである。民の富を増やすことである。国民ひとりひとりの労働を守ることである。仕事に励んでいれば考えが妙な方向へ向かうことはない。安逸をむさぼることこそ革命の第一の敵である。

その仕事はある。仕事を求めてドイツ人やフランス人が、ベルギー人や合衆国人が、開発業者が進出を歓迎する内務省の門をくぐり、申請書を出し、許可を取得し、土地の払い下げをうけ、補助金を獲得し、利益をあげている。羽振りのいいある開発業者は、つい先年、山奥にコーヒーの木をぎっしり植えた人物である。いまでは大金持ちの農園主も、二、三年前はただの農夫であった。大地は富を産む偉大な母である。大地を耕すことが富への近道なのである。国の偉大さは国民のひとりひとりが自立することにかかっている。国民のひとりひとりが一片の土地を所有し、耕作できる国こそ、幸せな国なのである。

しかし、いかに丹誠こめてサラマーでブドウを育て、サン・アグスティンで小麦を栽培し、サン・ミゲル・ポチュータでコーヒーの木を植えたとしても、農作業が終わったからといって農具を放り出してグアテマラ市にくり出し、華やかこのうえない劇場でオペラと芝居にうつつをぬかすなら、どうなるだろう？　このような旅行者はグアテマラ市の劇場を見て、カトリックの寺院のなかでもとりわけ異端であるパリのマドレーヌ寺院を即座に思い起こし、別の旅行者は寺院のなかでもっとも寺院らしくないボルサ教会にたとえ、マドリードを知っている人なら壮麗な国会議事堂を思い出し、観察の鋭い旅人なら、有名な建築群を擁する由緒あるエクス・ラ・シャペル[*36]の劇場と好一対をなしていると断言するだろう。グアテマラ市の劇場は、建物の正面はギリシャ様式であるが、全体にほっそりして優美である。この美しい近代建築はグアテマラの誇りである。風にそよぐオレンジの木が植わっている広々とした広場にひっそりと立っている。その広場では、月の輝く夜、多くの恋する男女が愛をささやき、涼しげな木陰ではなんと生き生きとした人間模様がくり広げられていることか！　広場を家族づれがそぞろ歩いている。それも、グアテマラの舞台を——それも一度ならず——踏んだことのある有名な歌手を口をきわめて褒めながらである。——かの地では音楽の素養があることはあたりまえで、だれもが皆、音楽好きである。音楽がわかるため、生半可なものでは満足しないグアテマラへは心して公演旅行に出かけるべきである。

公演のある夜はとても活気がある。軽口が飛び交う。グアテマラの軽口ほど、相手にぐさっと突き刺さり、機知に富み、的を射て、いつまでも記憶に残るものはない。若者は麗しき乙女の家を訪れる。グアテマラには愛の伝道師である偉大なミシュレ[*37]が嘆いた男女を隔てる冷酷な垣根はない。気まじめな人は書物や旅行の話、世間話や思い出話を話題にし、劇場内は楽しげな人の輪でごった返す。通路はあちこち移動する人であふれ、いそがしく扇子が揺れ、甘い言葉が女性にかけられる。和やかな雰囲気のなか、だれからも笑みがこぼれる。妙なる音楽の調べと麗しき女性の眼差しに心満たされ、このあと、人々は朗らかに劇場を後にする。

しかし、グアテマラ市だけが美しいグアテマラの地なのだろうか？　古都アンティグアは？　活気に満ちたケサルテナンゴは？　発展の一途をたどるコバン、砂糖の産地であるエスクィントラ、火山で有名なアマティトラン、酷暑の地サラマー、実り豊かなウエウエテナンゴは？

グアテマラでは、廃虚の時代は終わり、国造りの時代に入っている！　町には、修道院のようなたたずまいも、無気力な表情も、病人のような感じもない。ポンプがうなる音に、生い茂るブドウ畑に、香しいコーヒー畑に青春の息吹と生命の躍動がみなぎっている。自由がこれらの扉を開けたのである。

以前は外国から来るものはすべてイサバル街道を通って運ばれたが、その中継地として栄えたサカパやチキムーラはいまはすっかりさびれている。その反対に、サン・ホセはなんとにぎわっていることか！　エスクィントラの周辺ではサトウキビ畑がどこまでも広がっている！　アマティトランではさまざまな作物が栽培されている！　開墾するには苦労も多いが、地味が肥沃で自然に恵まれた高地地方では、作物はなんとよく育つことか！　これらはいずれも太平洋側のことである。開発が遅れている大西洋側でも、大地はきわめて肥沃であるため、北部地方に通じる道路ができれば往時のにぎわいが期待される。

ケサルテナンゴは海の泡のように発展している。通りは曲がりくねっているが、市場は活気に満ちている。昔ながらの風情を残しつつ、近代的《モダン》な暮らしをしている。たくましく疲れを知らない。正午になると、そこかしこで小麦やトウモロコシが売られ、毛糸の店が立つ。掘りだされたばかりの新鮮なジャガイモを売り込む人もいれば、町の人口は三万五千人を数えると誇らしげに話す人や、今年は働き手が集まらなかったため、結局、数千アローバ*38ものコーヒーが収穫されずに残ってしまったとこぼす人もいる。レタルウレウ、ウエウエテナンゴ、トトニカパン、マサテナンゴ、サン・マルコスはコーヒー取引の中心である。寒冷地であるケサルテナンゴでは、一月の寒風が吹きつける朝、熱暑の海岸地方の作物と高地のものが同時に出回る。町には裕福なコーヒー園主が暮らし、裁判所と大学があり、罪人を更生させて有為な人間を創る刑務所が入念かつ急ピッチで建設されている。

そこは景勝の地である。町の盆地からはいつも煙を噴きあげている、インディオの人たちがシェラウと呼ぶケマダ山が見える。休火山の霊峰サンタ・マリア山も望める。さらにすばらしいことに、近くには皮膚科の医師にとって救いの場である温泉の町アルモロンガがある。

ケサルテナンゴは活気に満ち、大発展を遂げ、その輝かしい未来に期待がよせられている。

朝方の六時、乗合馬車はグアテマラ市を後にしてアンティグアへ向かう。後方にサン・ホセ城砦と残酷さなどみじんも感じさせない闘牛場が遠ざかってゆく。この闘牛場で、なんということか！　スペイン人闘牛士は殺し屋と呼ばれたことがある。牛をいなす技はたしかに華麗で、牛と戯れる技にも引き込まれるものがあり、牛に挑み、けしかけ、誘い込んで待ち構える姿は雄雄しく、たくみに牛をかわす技はじつに美しく、つねに勇気が求められる。とはいえ、傷つけるために傷つけるのは、そしてまた、いずれ大人になる子供たちや母親になる女性の心や目を麻痺させてしまうようなこの種の無益な血なまぐさい行為は、粋でも、愉しいことでも、華麗でもないというわけである。というわけで、獰猛な牛にもまして闘牛場でたたかうのは、女性の黒い瞳とテノーリオ*39きどりの男性の帽子であり、男女が目で楽しむのは、流される血ではなく、人形使いの気高さはなくとも残酷でない妙技なのである。

アンティグアへ向かうため、城砦と闘牛場を後にした。しばらくしてウニオンとリベルターを通り過ぎた。いずれも成長著しい新興の町で、元気なグアテマラの頼もしい息子たちである。

グアテマラにいると、エジプト人は、死者のためになぜピラミッドを建てたのか、なんとなくそのわけがわかる。死者を天国に送る方法は死者をできるだけ天に近づけることである。高いものは山のほかになく、ピラミッドがとりもなおさず高い山なのである。だが、偉大なファラオ王朝時代*40の豪華絢爛たる、大胆で、人間わざとは思えない企ても、アメリカ大陸の自然は、純白の煙を噴きあげる火山や、黄色い花が麓に咲きにおう火山湖でこともなげにあしらってしまうのだ！　わたしたちが先を急ぐこの街道に、湧水がこんこんと湧き出す色彩り豊かなこの街道に幸いあれ！　水色のツリガネソウ、極彩色のコンゴウインコ、紫色のフウリンソウ。ひび割れした幹に白いつる草がからみつき、黒ずんだ岩に寄生植物が生えている。――祖父が息をひきとり孫が生まれるように、バナナの木は枯れてまた芽を出す。イタリアでは芸術が絶えたあと墓地からふたたび芸術が生まれた。死は新たな生の始まりである。おのれの死をおもんばからない人がいるだろうか？　こうしたことがまだわからない人がいるだろうか？

わたしたちはこのうえなく美しい街道を辿ってようやく古都アンティグアに着いた。崩れ落ちた古い丸天井！　哀れを誘う倒壊した壁！　無惨に折れ曲がった廂《ひさし》！　荒れるがままの広いバルコニー！　甍《いらか》を争う通りに壁が長々と続いている。暗緑色の高い丸天井に別の丸天井が重なり、アイビーの植物が根を張り、ゆったりした並木道が静かに葉を茂らせ廃虚に涙している。

だが、このような死のなかにも大いなる生命が脈うっている。快楽に肺はむしばまれ、悲しみに心臓は膨れあがり、考えることに脳は疲れ、仕事で目は病み、悪臭を放つ不健康な都市に血液は毒されようと、――つねに形而上学である！――さまざまに姿をかえながら粛々と流れる清らかなせせらぎに、地元の芸術家であるフリアン・ペラーレスの手になる厳めしい容貌をしたネプチューン像に向かい合うように崩れ落ちた宮殿の壮麗な回廊にただようなんともいえない静けさのなかに、瘴気《しょうき》や病気に冒されるおそれのまったくない無尽蔵に在る澄みきった空気のなかに安らぎを覚えるのだ。花のじゅうたんを踏みながらアンティグアを訪れ、生きることに乾杯しながらアンティグアを後にする。確かに、ウチワサボテンは廃れ、アニリン染料は特産のコチニールカイガラムシ[*41]の息の根を止め、噴火の恐怖と貧しさのなか、あれほどにぎわいをみせた町は見る影もなくさびれている。だが、病人や詩人——詩人も癒されることのない病人である——にとって、芸術家や文士——文士もまた芸術家である——にとって、サラゴサ[*42]をしのばせる鉄柵がほどこされた高い窓、古都バリャドリー[*43]を思わせる大きな廂《ひさし》の家々、偉大で整然とした、さわやかな高原に位置するあの無垢な大地にはつねに新しい生命の躍動があるだろう。ひび割れた塔のすきまに咲きにおう水色の花の一輪一輪に、教会の身廊の残骸に翼を休める白ハトの一羽一羽に、清潔でさわやかでまっすぐにのびた通りを行き交う美しくて清楚で香しい女性の一人ひとりに、絵筆は多彩な色どりをつけ、竪琴は妙なる調べを奏でるのだ。古都を謳えば——黄色なすコケ！　そよぐ並木道！——、吟遊詩人は新たな詩を見いだすにちがいない。美しい詩を詠むには、目を外に、すなわち自然に、内に、つまり心に向けることである。

さて、磔になったキリスト像をひとつ買って帰るとしよう。この町で作られるキリスト像はとても出来がよく、ローマ教皇の私的礼拝堂にある十字架のキリスト像もこの町のものである。いよいよこの町に別れを告げ、彩り豊かな果物がいっぱい入った籠をかかえた、たくましくて愛らしいアンティグアの娘たちのあいだを抜け、遠くにアマティトラン湖を眺め、火山におののきながらつぎの町をめざすことにする。

エスクィントラはどうしたというのだろうか。わたしたちはこの町のことを忘れてしまったのだろうか。この町は古くからある町で、一度は壊滅したが、現在は、町自体もさることながら、町の周辺部が見直され、活気づいている。

この町には小柄なインディオの人たちが暮らしており、美味なサトウキビをかんで喉をうるおす人もいれば、白砂糖をかためて作ったテロンという角砂糖に目がない人、メキシコではピロンシージョと呼ばれるパネラ[*44]という丸い砂糖菓子を嗜好する人もいる。それもそのはずで、ここは砂糖の産地なのである。ヤシの木が茂り、サトウキビ畑が連なり、製糖工場、サトウキビの圧搾機、遠心分離機など、なんでもある。外国からサトウキビの栽培に詳しい技術者が呼び寄せられ、いくつものホテルが建設されている。新しい産業が人を呼び込んでいるのだ。粗末な家々のすぐとなりには、これまで見たことのない瀟洒な邸宅がつぎつぎに建てられている。仕事はいくらでもあり、札束が風のように舞っている。

一帯に活気がみなぎっているのが感じられる。とろけるように甘いパイナップルの皮をむきながら、輝かしい未来を想像してみる。今はまだ通りすがりの町にすぎないが、明日には、往来も栽培もさらに盛んになり、上品で快適な町になるだろう。

鞭が鳴り、軒を並べるホテルは旅行者たちでごった返す。わたしたちはたくましい馬に引かれた乗合馬車に乗り込み、サン・ホセをめざして出発した。わたしは、祖国キューバについて話したとき、花畑や果樹園がどこまでも果てしなく続くところはキューバのほかにはどこにもないと言ったことがあるが、グアテマラにも、同じようにどこまでも続く花畑がある。街道沿いは広大な牧場と大農園になっている。馬車がどんなに速く走ろうと、あたり一面に芥子粒のような可憐な花が咲き乱れる緑なす野に目を向けない人がいるだろうか？　わたしは、ユカタン地方の田園はこのうえもなく美しいと言ったことがあるが、グアテマラの田園もじつに清楚だ。その美しさは、いっぱいの花で飾った紺のスカートをはいた黒髪のインディオ女性のなかに、また、こざっぱりした服を着て、シュロの葉を編んでこさえたきらきら輝くソンブレロをかぶり、じつによく働く手をぴかぴかの農具に置いた農夫の姿に見てとれるであろう。

サン・ホセの町は湿気が高く、見たところ暮らしにくそうである。しかし、町では、現在、排水工事が急ピッチで進められ、湿気が解消されればもっと健康な町になるだろう。堅固で立派な防波堤は怒濤さかまく大海に挑んでいるかのようだ。船舶は大小にかかわらず安心して接岸することができ、事実、つぎつぎと入港している。傍目にも――グアテマラではどこもそうであるように、サン・ホセも急速に発展している――貨物を上回るほどのコーヒーが海外に送り出され、その代金が――じつに驚くべき富が！――国に入ってくるのだ。

鉄道の建設がはじまり、すばらしい電報局も完成し、世界各地からきた大小さまざまな船がひっきりなしに出入りしている。この活気ある港は今後ますますその名を高め、それにつれて必ずや発展することだろう。

他方、大西洋岸には、かつて繁栄を謳歌したイサバル港が怒りと悲しみのなかにある。ベリーズ――語源はウォリスであって、ウォレスではない――からやって来ると、カリブ族の人たちが暮らす魅惑的なリビングストンがやがて見えてくる。休憩を告げるホラガイが鳴ると、漁師たちはすばらしい速度で走る丸木舟を仕舞い、人々の心をひきよせる魅力的な女たちは家の片付けにとりかかる。だれかが新しく家を建てるときは皆で協力する。やがて旅行者はドゥルセ川の河口に広がる、まさに絶景というべき雄大な景観、荘厳な黄昏に、雄々と流れる大河を前にして息をのむ。この川よりも水量豊かな川といえば、われらがあのアマゾン川しかない。もっと澄みきった川といえば、わが祖国のアルメンダレス川[*45]のほかにあるまい。隆々とした高い山々が岸辺に迫り、川というより満満と水をたたえる湖のようで、川面を走るさざ波、飛び交う無数のハト、巨大な緑のカーテンが川面に口づけせんばかりに天から垂れさがり、水色の泡で縁取りされた川など、ほかのどこにあるというのだろう。籠のような形をした島々、抱きつくようにしだれるヤシの木、奇妙な岩に刻まれた不可解な碑文、おびただしい数の鳥、響きわたるこだま。何か、永遠なるもの、超越的なものが聞こえてくるようだ。

月のあかるい夜、イサバル港にたどり着いた。近くの河川が調査され、モタグア川に運河を開く計画が取りざたされている。上流のえも言われぬほど美しい山から金が出て、一攫千金を夢見て大勢の外国人が押し寄せている。

これらの開発事業によって仕事が生まれ、道路が新しくできれば、幸運に恵まれたサン・ホセのおかげで太平洋岸に奪われたかつての繁栄を大西洋岸の町もすぐにとり戻せると期待されている。

イサバルの近くに、小波でなく、大波が逆巻くドゥルセ湾がある。実に大きな潟で、地理学者はこの潟のことを記録し、詩人は謳い、旅行者は、いかに控えめな人であろうと、まちがいなく驚きの声をもらす。あたかも海のようである。鎖に繋がれているかのようにうめき荒れ狂うその姿は美しい。はげしく波を立て、船と戯れている。

後方にミコ山がそびえている。その切り立った山頂に立つと、広大な海を支配する天空の住人になったようだ。やがてキリグアが、ついでグアランが後方に消えてゆく。これらの地は勇猛な闘鶏がさかんで、香しいコーヒーを産し、人情の厚いところである。

グアテマラ街道をたどり、柵と柵のあいだを抜け、ごった返す街路を通り、沿道のそこかしこに枝もたわわに実るマメイ*46や、スモモ、アーモンド、カシューノキをもぎっては口に運びながら先を急ぐ。野生の果物が自生している。無数のマンゴの実が島のように浮かんで流れてゆくのをながめながら、一気に川を渡った。ひとりの魅力的な女性の旅人がかぶっていた美しいソンブレロを道中で摘んだばかりの可憐な赤い花で飾り、サカパの教会では、祈りの時を知らせ、祭りを祝う小太鼓とクラリネットに似たチリミアの妙なる音色を聞き、特産のチーズに舌鼓をうち、人々の小話に興じ、土地の女性の闊達さを旅行手帳に書き留めた。サカパの店が軒をならべにぎわいをみせた市がさびれ、今では閑散としているのは悲しかった。サカパの教会と広場に挨拶し、愛想のいい地元の馬引きに繁栄をほしいままにするコバンの話を聞いた。

コバンは、十五年前までは、村にあったものといえば、気紛れなインディオの人たち、肥沃な土地にすばらしい牧草、踊りや洗礼式や祭りに、また、人がたむろする酒場になくてはならないティンパノに似た民族楽器であるマリンバだけであった。

それが今では、先住民が暮らすのどかな町であるだけでなく、成り金のコーヒー園主や羽振りのいい農夫、働き者の外国人が住むにぎやかな町になっている。――好景気にわくコバンの評判が知れわたったからだ。富を生み出しているのはコーヒー*47であるが、いずれ牧畜も富をもたらすだろう。

この地に、意気さかんなフランス人や、野心的な合衆国人や有能なドイツ人が、厳めしいイギリス人までもが押しかけている。彼らに向かってコーヒーの木は、さわやかな午後の風にそよぎながら、誠実な人にうれしい言葉をかけている。仕事に精を出して雨露をしのぎ、欲ばらず誠実に、妻が焼くパンを、愛子のゆりかごを、子供たちの本を心の糧にして幸せを積み上げてゆくように、と。

土地の人は、サラマーの美味なブドウ――高名な鑑定家によれば、紫色と白の品種はフォンテンブローのブドウと肩を並べるという――について語り、メキシコからグアテマラへ移り住んだサラマー在住のインディオの家族について、この地方の植物がいかに豊富で、どれほど豊かな収穫をもたらすか、悪知恵の働くラディーノ*48と働き者のインディオが暮らすサン・クリストバルがどれほど活気あふれる美しい町であるか話してくれた。コバンのインディオは躍動感あふれる激しいリズムのサラバンダの踊りに興じ、その騒ぎと歓声をもの言わぬ聖人像がじっと見つめている。その一方で、コトンと呼ばれるまばゆいばかりの木綿の服を着たインディオの男性が、また、ひだスカートとゆったりしたウイピル*49を着て、三つ編みに結った長い髪を毛糸の組みひもで飾りたてたインディオの女性が、ひとりずつ、えんえんと回ってゆくカトリック教会の献金皿にお布施の五十センターボ貨を置いている。――貧しい民の貯えをどこまで吸いあげれば気がすむというのだ！

この地のインディオは奇妙な装身具をつけている。ひとつはロザリオのような首飾りで、飾りに貨幣を用いている。あとひとつはこの地独特の耳飾りで、国民の気高い特性を封じ、人々の心を歪めた忌まわしいカレーラ*50の時代の二レアル貨幣が飾りになっている。――あのような形で圧殺されてしまったあのすばらしい持ち味をよみがえらせる必要がある。

コバンには、いま美しい建物がある。現代的で優美な塔、有名な教会――スペイン人が建てた町には必ず教会と城砦がある――、刑務所、牢獄――厳めしい聖ドミンゴ修道院――である。

グアテマラ市からプエルト・デ・サン・ホセへ向かう道中、果物で有名なパリン山やサトウキビ栽培がさかんなエスクィントラへ向かう途中、かつてウチワサボテンが密生していたアマティトランに立ち寄り、昼食をとらない理由があるだろうか？　あの渓谷！　美しく耕された畑！　雄大な火山！　永遠にすばらしきものたち！

水は温かい。噴煙をあげるパカヤ山のもえたぎる熱が地底から噴き出ているようである。忘れられたウチワサボテンが悲しげに死に向かっている。だが、朽ち果てたウチワサボテンの上に、特産の甘いサトウキビと香しいコーヒーの木がジャスミンの花とともに誇らしげに背を伸ばしている。

上品な服、見事な馬、香辛料の詰まった袋、多くの学校。グアテマラに活気と美をもたらすこれらはなんの賜物であるか、いま、はっきりわかる！　なかんずく収入の面でいえば、大地の実りこそ、人々にとって一番確かな恵みなのである。

そこで、北はメキシコと、南はほかの兄弟国と国境を接するこの国の主要な産物にどのようなものがあるか、見ることにしよう。

その前にグアテマラのおもな県について少し触れておこう。いずれの県も広大で、生産性が高く、よく開墾されている。グアテマラ人は、皆、勤勉で、成功は、偶然や社会変革のせいでなく、努力の結果であると信じて疑わない。これがグアテマラが発展している秘密である。

上質の木材を産し、美味なカカオが実り、芳醇な香りのコーヒー豆が収穫されるのがレタルウレウ県である。マサテナンゴ県はコーヒーとサトウキビの産地で、商業の要地であるケサルテナンゴ県とは共存共栄の仲である。ケサルテナンゴ県では、すでに述べたように、土地が肥沃であるほか、ヒツジが飼育されている。ヒツジの飼育はまだ本格的ではないが、富の源泉になるにちがいない。荷役業者、輸出業者、織工たちの頑張りが期待される。サン・マルコス県は牧畜が盛んなところだ。一般的な作物のほかに、金色に輝く良質の小麦がとれ、栄養価の高いトウモロコシも栽培している。

そして、ソロラー県のあの湖はなんと美しいことだろう！　噴水の周りに白いハトが群れるように、湖の周りに農夫であるインディオの集落が点在している。湖を照らす朝の太陽は格別だということである！

豊かなエスクィントラ県の、どこまでも続く牧草地、のどかな農園、香しい果樹園を見たことのない人がいるだろうか？　この地では富がわたしたちを迎えてくれるのだ。元気いっぱいの子牛、まるまる太ったブタ、エスクィントラでは、なにもかもが、放置されたままの金の卵なのだ。この地のブタはふんだんに穫れるサツマイモとトウモロコシを食べて育つ。まずは農場を開くことだ。

アマティトラン県については、すでに述べたとおりであるが、塩分を含んだ水が湧き出て、このうえなく美しい盆地が広がる、信じられないほど肥沃なところである。

アンティグアがあるのがサカテペケス県である。出来たての巣の中で孵ったばかりの雛のように、多くの可愛いらしい集落が、さわやかなせせらぎと香しい気候に恵まれたこののどかな盆地を彩っている。きらきら光る緑の茂みに小鳥が羽を休めるように、見渡すかぎり一面に野菜畑が広がる緑の盆地に集落がある。豊かさを腕のなかにしっかり抱えている県である。

チマルテナンゴ県については、この地はアメリカ大陸の土地で、グアテマラの大地であると言えば、肥沃な土地であるということをあえて言う必要はあるまい。人の往来が盛んで、目下、発展中である。

県は全部で二十二を数える。すべての県について話せば長くなるので控えるが、全体として、どれほどのものを生産し、どれほどの将来性があり、どれほど値打ちがあるかについては、話せば話すほどうらやましいかぎりである。

とはいうものの、触れないわけにはゆかない県がひとつある。その名は詩的でさえある、アルタ・ベラパスという県である。この地の住民は、熱帯地方の人々と同じく、おっとりしているが、純朴で働き者である。豊かな牧草地に恵まれ、牧草は無尽蔵にあり、自然に育つ。このため、サラマーとコバンの人々にはこれまで見過ごされていた牧畜が有望視されている。確かにサラマーは、現地を訪れた人の話では焼けつくような不毛の地であるというが、周辺にはブドウ畑がはてしなく広がっている。すでにブドウの種蒔きを終えた畑がいくつもあり、みずみずしい葉を茂らせている。合衆国の業者がこの地にやって来て、巨額の資本を投じてブドウ酒造りに乗り出した。グアテマラ政府はつぎつぎと申請を受理し、土地を払い下げ、税金を免除し、積極的に人材を呼び、補助金を出して保護している。サラマーとコバンは好景気に沸き、現在でもすでに相当な数にのぼるが、外から訪れる人の数は日毎に増える一方だ。

また、コバンを流れるポロチク川の岸辺には雑貨店が軒を並べ、内陸の貿易港であるパンソスに通じる街道がのびている。砂金がとれるこの美しい川は雄大なイサバル湖に注いでいる。

グアテマラでは、ハンガリーのツイチー家が所有した領地よりも、スペインのオスナ家が所有する土地よりも、エルナン・コルテスがメキシコで所有した土地よりもはるかに広い土地を手に入れることができる。将来性豊かな緑なす原野が一カバリェリア*51当たり五十ペソで手に入るとなれば、購入しない人がいるだろうか？　アルタ・ベラパス県で家畜を飼えばすぐに成功すると信じられているが、そのとおりである。書物と書類を片付けて――書物は心の糧であるから片付けることはないが――犂と、柵囲いを作るための鉄線を持ってアルタ・ベラパス県へ出かけない人がいるだろうか？

――そう、そうだとも！　グアテマラには美味なコーヒーがある。血をたぎらせ、感情を奮い立たせ、睡魔を遠ざけ、血管の中をせわしげに跳ね回り、脳に炎と芳香を送って癒してくれるコーヒー。ウルアパンの名を高め、コリマの暮らしを支え、ハバを凛々しくするコーヒー。人を夢見心地にさせても凶暴にはさせないアメリカ大陸のハッシシ。紅茶の勝者。熱い甘露。香り高いコーヒーの木が、恋してふくらむ夢のように、風に吹かれて流れる雲のように、人情の厚いグアテマラの山地や高原地帯ですくすくと育っている。

コーヒーの栽培に適しているのは火山灰地である。灼熱の海岸地方でも寒冷な高地でもなく、グアテマラではボカ・コスタと呼ばれるところである。

自然の恵みをうけてコーヒーの木がどこよりも豊かに実る地方を公開すれば、その地へ出かける人は必ず報われるため、朗報だろう。その場所は太平洋側からさらに内陸に入った地方である。コーヒーが育つさまは、コスタ・クカでは夢を見ているようであり、サン・ミゲル・ポチュータではおとぎ話にでてくるようである。また、チマルテナンゴ高原では想像を絶するほどで、休火山のアマティトラン山の麓ではもはやこの世のものではない。ポチュータではコーヒー園がどんどん増えている。現地へ出かけ、木を植えれば、あとは待つだけで金持ちになれるからである。場所にもよるが二年か三年経てば、ごくまれに三年以上かかることもないことはないが、苦しくても辛抱して働けばやがて待望の収穫をむかえる。そのときは、いかに熟達した働き手といえども、絨毯のように大地にしきつめられたこのうえもなく豊かな実りを収穫し尽すことができない。

これはこの地方だけのことだろうか？　いや、そうではない！　グアテマラのいたるところがそうなのである。

グアテマラ政府が格安の価格で大々的に分譲に出し、購入希望が殺到しているこの豊かなコスタ・クカから広々とした海を臨むことができる。この地はチアパスとの国境にほど近いケサルテナンゴ県に位置し、幅三レグア[*52]は優にある肥沃な土地がえんえんと続いている。土地の価格は確かに一カバリェリア当たり五百ペソであるが、肥沃な土地がこの価格で払い下げられるというのはただでくれてやるも同然である。なぜなら、債券で購入すれば実際の支払い額は百ペソにつき六十もしくは六十五ペソという大幅の値引きが受けられるからである。これでも土地を購入しない人などいるだろうか？

その結果、今では、土地を購入したいと思う人に払い下げるための肝心の土地が不足している。そこで、グアテマラの現政府は妙案を思いついた。インディオたちの頭には許しがたいほどに劣悪な教育のせいで怠惰と利己的な所有観念が染みついているため、自分の土地を耕さないばかりか、ほかの人間が耕作するのも承知しない。精力的に国づくりにあたる政府はそこで、国の発展を願うがゆえに、インディオに土地を耕すよう義務づけたうえ、土地を利用しない場合にはほかの人間が耕作できる制度を導入した。怠惰な所有者がなんの努力もせず放置している土地について、政府は、国を豊かにしようという熱意から、このように土地を分割してほかの人に提供することにしたのである。――なぜなら、権力の行使は、善を行う場合にかぎり正当な行為だからである。あくまでもこの場合にかぎって、である。このことは、いつも、わたしが考えてきたことである。

土地を耕し、産業を興し、富を分配する、グアテマラの現政府は、自分でも気づいていない不思議な力に引きずられ、この考えで政治を行っている。一部の人だけの富は不正な富である。富は大勢の人々のものであらねばならない。富は投機家、すなわち、転売目的で土地を所有する人々のものでなく、自ら汗を流して真面目に働く人々のものでなければならない。小規模ながら土地所有者が大勢いる国は豊かである。豊かな国とは、ひとにぎりの人だけが富む国ではなく、国民のひとりひとりが富を少しずつ所有する国である。政治経済学からいっても、よき政治の観点からも、富を公正に分配することは国民を幸せにすることなのである。

すばらしい芽がいくつもある。そうした芽を見つけ、育んでゆくことだ。

広大な原野がある。種を播いて活かすのだ。

あまねく教育を授け、寡頭支配による中央集権制を払拭し、侵害もしくは無視されてきた国民の権利を回復させる、これらをグアテマラの現政府は提案し、約束している。道路に通行税を課し、その税収で学校を建てている。バリオス大統領は、よく、自分の警護隊に貧しいインディオやラディーノを登用している。貧しい農村から連れて来て、首都に新しくできた学校で教育を受けさせるためである。来たときは裸足であった彼らは、帰るときは小学校の教師になっている。バリオス大統領が呼び寄せたとき、貧しさのどん底にあった彼らがふる里に持って帰るのは学校であり、教師であり、指導員である。義務を果たし、感謝を忘れないように。

こうしたことをわたしはよく知っている。自分の目で見ているからだ。大統領と大臣は有用な人材を積極的に迎え入れ、産業を興し、栽培方法を改良し、機械を導入し、最新の情報を活かそうとしている。怠け者や放蕩者は金輪際お断りである。優秀な人材を積極的に登用している。グアテマラの農民には雨つゆをしのぐ家と口にする物がある。政府は、有能な人々が往々にしてだらしないところがあるグアテマラの農夫の模範となり、知性と活力を与えるよう願っている。国の再生。このことをグアテマラ政府は実行しているのである。

大地を耕し、産業を興し、富を分配すること。

現在、国土ならびに農地の分配にかかわる業務を所管するグアテマラ内務省を率いるのは、謹厳実直にして愛国の士であるドン・ホセ・バルベレーナ閣下である。人を誉めるのに臆面もなく最大級の賛辞をおくる人物である。大臣は、国の富が増えていることや、計画中の事業のこととなると能弁になる。なにごとについても説明をおこたらず、便宜を計らい、援助を惜しまれない。大臣のひととなりを知る機会に恵まれたが、それをきちんと伝える責任がわたしにはある。大臣はわが娘を愛するようにご自分が生をうけた国をこよなく愛され、愛娘の幸せを願う同じ気持ちで国のために身を挺しておられるということを。

この国の不幸な過去や、将来の見通しについて大臣と面談していたとき、わたしが知ったことは――これもうひとりの誠実な紳士であるドン・マヌエル・エレーラ勧業大臣から入手した情報であるが――グアテマラの高級ホテルの廊下を鉄道建設にあたる技師たちが闊歩し、別の技師団はモテウア湖を調査中で、さらに別の技師たちは水量豊かなポロチク川の砂州を除去する方法を検討しているという。

ゆったりした幅をもつ安全な道路が北部地方に延び、美しい都市と大西洋岸が結ばれるだろう。そうなれば、ドイツは香しいコーヒーに寄せる熱い想いを容易に叶えることができ、バナナとマンゴ、大粒のトウモロコシ、美味なチーズの産地として知られるサカパやチキムラの人々も、かつての繁栄を取り戻すだろう。

ということで、話は嫌が応にもこの至高の飲みもの、コーヒーに戻らざるをえない。

サカパ県で絶品の折り紙がつけられているのは、いまも昔も、「ケツァル鳥[*53]の山」に由来するケサルテペック産のコーヒーである。かくも美しい鳥が棲息するところに質の悪いコーヒーができるはずがあろうか？　この鳥は実に美しい。だれにもひれ伏すことがないからである。

コーヒーの生産はグアテマラ全土で盛んである。コスタ・クカにかぎっていえば、実をつけるまで苗木なら二年、種付けからだと三年かかる。ふつう、一本の木から四ポンドから五ポンドの豆が採れる。なかには六ポンドもの実をつける木も珍しくない。二万五千本の木を持っている人なら、年間に千キンタル[*54]のコーヒー豆を収穫するわけである。コーヒーの木は、暑い土地では寿命は短いが、暑くも寒くもない温暖な土地では枯れる心配はなく、寿命は長い。

海岸から内陸へ向かって巨大な段丘になっている。

コスタ・クカのほかに、とりわけ収穫量が多いところは、ボカ・コスタと呼ばれる一帯、すなわち、第一段丘から第二段丘にかけて広がる肥沃な高原地帯である。

コーヒーの栽培に適しているのは、ほかの土地より気温が二度は高く、景観がすばらしく、誇り高い人々が暮らすサン・マルコス地区である。

火山地帯に近い、アティトラン山地区と、パカヤ山のサンタ・マリア地区なども、コーヒーの栽培に適していると見なされている。

これらの地区につながっているのが、パトゥルル、美しいサンタ・ルシア、コツアマルウアパ、シキナラーがあるボカ・コスタ、そして、土壌がやわらかく耕作しやすく、いにしえのグアテマラの南部地方を美しく彩るその周辺地区である。

暑い土地だけでは十分でないかのように、温暖な土地でもコーヒーの栽培が行われている。温暖な土地では暑い土地と比べると生育に時間がかかるのは確かであるが、温暖な土地のコーヒーは、信頼できる生産者の味覚と言葉によれば、暑い土地のものより品質がよいということである。そのため、パカヤ山の噴火活動で揺れるアマティトランでも広く栽培されている。人間の感情と思考をかきたてる、火山のように刺激的な飲みものが火山地帯のそばで収穫されているとは、なんとすばらしいことだろう。ペタパでもよく育っている。グアヒニキラパでも栽培されているが、収穫量は落ちる。

アマティトランについては、この地にある、息をのむほど美しい湖のことや、滔々《とうとう》と流れるドゥルセ川が流れ込む雄大な湖のことは、すでに話したとおりである。グアテマラはまさに湖の国であるが、上述した湖に劣らず鮮明に記憶に値するのがアヤルサ湖である。この湖は火山のクレーターの上に広がっている。水は外から流れ込むのではなく、無数の泉から湧き出る湧水である。つまり、この湖は、ひとつ、もしくは二つの火山が噴火したあとに出現した自噴井と考えられる。

湖以上に愛すべきものは、どこまでも続く地平線、肥沃な平原、農作業にいそしむ大勢の人々といった周りに広がる大自然が織りなす情景である。この地の人々は、自ら自慢するだけあって本当によく働く。グアテマラ一の働き者、土地の言葉でいう頑張り屋《ボルンタリオ》である。

この湖については科学的解明が待たれるきわめて不思議なことがある。湖は長いところで三レグアから五レグアあり、測鉛を下ろすと水深はどんどん深くなってゆく。湖の底は傾斜のきつい漏斗の形になっている。岸から百五十バラ[*55]の地点までくると測鉛はもう湖底に届かない。

この地方の土地は、鍬をちょっと入れただけで、うれしくて飛び上がらんばかりに応えてくれる。逆らいもせず喜んで迎えてくれる。無為に過ごしてきたことに飽き、猛然と生きるのだ。鋤を入れさえすればなんでも実る。コーヒーを栽培すれば豊かな収穫をもたらす。青々とした牧草が一面に自生している。広大な原野が人恋しくうめき声をあげている。この地は、快適な街道をたどればグアテマラ市へは二十五レグア、太平洋岸へは二十レグアの位置にあり、輸送料は、諸費用込みで、湖の近辺からグアテマラ市まで一キンタル当たり四レアルである！

この地方で農園を開けば、とほうもなく大きなものになるだろう。広大な土地があり、働き手にもことかかない。農園はひとつと言わず、いくつも開かれるだろう。われわれも、シンシネイタス[*56]や、ワシントンや、わたしのギリシャ語の先生のように、書物や書類を置いて出かけようではないか。小麦を蒔き、家畜を飼い、サクランボを栽培するのだ。わたしのギリシャ語の先生は偉大な人だ。先生は、わたしたちを残して自分ひとり牢獄を出ていくとき、涙を流された。これらの人はすばらしい手本である。

ところで、あらゆるものが豊かに実るベラパス地方はどうなのだろうか？

グアランではコーヒーがよく育つ。有名な舟着場があるモタグア川は、生い茂ったコーヒーの木から散った白い花を浮かべて滔々と流れている。——大西洋沿岸の涼しいところでは、コーヒーも育つが、それ以上にサトウキビの栽培が盛んである。その生育ぶりは見事で、いずれ砂糖が輸出品になるであろう。この地方でサトウキビを栽培しているのは「プンテロ」と呼ばれる慎ましい砂糖技師である。かつてニューオーリンズ州の知事を務めた人、シンシナティ・シノその人である。

コバンの周辺の、県都から離れたところでも、栽培に適した条件に恵まれ、上質のコーヒーが栽培されている。おお、美味なるコーヒー、アメリカ大陸の豊かな恵みよ。人の流れとともに多くの善に混じってアメリカ大陸に渡った悪に代わってヨーロッパに渡るのだ！　愛情あふれる手紙を綴ったあのセビニェ夫人[*57]でさえ、これほどまろやかなコーヒーを味わったことがなかったにちがいない。

ボルテールによって口火がきられ古いヨーロッパが解体されてゆくなか、アメリカ大陸産の熱いコーヒーによって恐ろしい戦争の痛ましさがどれほど和んだことであろうか？

陰うつ《スプリーン》なイギリス人の、卑屈な中国人の隠れた親であるぬるい茶は玉座を奪われ、スペイン人や聖職者がこよなく愛した滋養豊かなココアも王冠と笏を失ったとはいえ、庶民のなかに、それも世界の各地に、ブフォ[*58]たちが出入りする華やかなカフェに出回っているパリの美味なババロアよりも、タバスコ[*59]か、グアテマラ産の甘美なココアを愛す人々がいる。

カカオの栽培は手間がかかるうえ、消費も落ちこんでいる。にもかかわらず、カカオを輸出しようと考える資本家や、きわめて栄養価の高いココアにたいするグアテマラ国内の根強い需要に応えようとする農園主は後を絶たない。ココアに砂糖はほとんど入れないが、この純白の手で入れるココアに砂糖は要るだろうか？

真面目に働いて成功したいと願う人には豊かな生活が約束されている。グアテマラで牧畜業を興せば必ず成功するだろう。家畜が不足する一方、需要は強いからである。安く買えて高値で売れる。需要の拡大に供給が追いつかないありさまである。家畜を飼えばどれだけの利益が得られることか！　家畜を国外に求めているほどだ。牧畜に投資すれば利益は百倍にもなるだろう。「ブタを飼えば、いや、飼うというより、なにもせずただ好きなだけえさを食べさせるだけで儲かる」と、ある大臣はわたしに話された。エスクィントラでも尋ねてみたが大臣がおっしゃったとおりであった。

やせ細った子牛は十七ペソから二十二ペソで売買され、これを大きく育てれば三十五ペソで売れる。よく肥えた牛ならなんと五十五ペソで取引される。

牧草なら国中どこにでもある！　サラマーにも、コバンにも、アヤルサにも、すばらしい牧草地が無尽蔵にある！

美しい県都をもつウエウエテナンゴ県はすばらしい牧草に恵まれている。ハラパやフティアパには良質の牧草が一面に育ち、投機家がこぞって押し寄せている。いいことである。成功は、これを求める人に与えられるべきだからである。自分で努力する以外に成功への王道はないのだ。

このことがわかっているからこそ、フランス人はグアランでコーヒーを栽培し、合衆国人はサラマーでブドウ酒を造り、イギリス人はイサバルで牧畜を営んでいるのだ。

切り口から見てしなやかで、やわらかくて、加工しやすそうな木はなんという名前なのだろうか？グアテマラ産の木材である。ひとりのグアテマラ人が彫り物を作っているところである。ああ！　ヨーロッパの彫刻家にグアテマラの木を知ってほしいものだ！　やわらかくて赤みがかったこの木材はウアチピリンという名で、有名なトルコ産のブルに十分に取って替わるだけの代物である。

木材についても、そのほかのアメリカ大陸産の産物についても、グアテマラは豊穣きわまりない恵みの母である。グアテマラには、縞目のあるマメ科のグラナディージョ、光沢のあるコクタン、黒い縞目がある硬いロンロン、ぜったいに反らないグアヤカン、漆のような光沢を放つスオウなどがある。ペテン地方にはマホガニーが大地を覆うようにふんだんにあり、スギは見飽きるほどある。

ペテン地方には、農夫の数よりも遺跡の方が多いのは確かだが、言葉では言い表わせないほど美しい湖、イツァ湖がある。湖の真ん中に浮かぶ小島には、家屋がぎっしり詰まった、小物入れのような、花が咲きにおう集落がある。

なんと多くの自然の恵みが利用されずに放置されていることだろう！

リュウゼツラン[*60]が育ち、森にはゴムノキ[*61]が生え、密林ではワタノキが花を咲かせている。

大西洋岸の農民は、細い小枝を敷き、その上に褐色のタバコの葉を並べて乾燥させている。この作業を念入りにくり返すことによって品質はよくなる。葉を巻いただけの巻きタバコは、グアテマラでは「トウモロコシの皮と紙巻き職人の」タバコと呼ばれ、ユカタン地方の「ホロチェス」と呼ばれる紙巻きタバコに押され気味だが、葉タバコの生産を自由にして保護すれば、近い将来、増大する需要をまかなうだけの生産が見込まれ、おいそれと手に入らず高価な外国産タバコを求める必要も必然的になくなるだろう。ある大農園《アシエンダ》でその試みが実施されている。働き者のわたしの実の兄弟も、もしタバコの栽培に通じていれば、喜んでこの地に来て生活を築き、グアテマラの産業と発展のために励むことだろう。

現在は放置されているが、ゴムノキからも大きな利益が得られるだろう。二、三日前、どこだったかは思い出せないが、「メキシコのゴムノキ」と題する記事を読んだが、まったく同感であった！

ゴムノキはマゲイ[*62]と同じくきわめて有用で、どこにでも繁茂していて、ほとんど知られていないが、栽培するにもまったく手がかからず、躍動するグアテマラの輝かしい未来に新たな道を切り開くだろう。

マゲイについてであるが、その用途はさまざまで、わたしは、収容所にいたとき、なにかの樹皮から採った繊維で作った米国製の服を着せられた。肌がこすれ、すり傷が絶えなかったが、それも祖国のためであった。マゲイの繊維で作った服なら、そのようなことはなかっただろう。

マゲイからはトニック剤、生薬の原料となる樹液、植物性飲料、ビネガー、バルサム[*63]、パルプや繊維などがとれる。国じゅうが働き、購買力もある。農民だけでなく、製造業者にとってもグアテマラは魅力ある国である。都市は、グアテマラの都市であることに変わりはないが、フランス風の都市に姿を変えつつある。都市の趣もおのずと洗練されてきている。以前は贅沢《ぜいたく》であったものがいまは求められている。ロザリオの祈りを唱えるだけの家父長制はもはや過去の遺物となり、代わって快適さを求める欲望が台頭している。メキシコ製の装身具や服地、安価な毛布、上等なカシミア製品、ソンブレロ、サラペ[*64]、艶やかな鞍、オニックス製品、合衆国製の織機などが飛ぶように売れている。あなた方は、何もせず、手をこまねいていていいのだろうか？　かつてアルバラードが支配した国で容易に富を築くことのできるさまざまな方法をわたしは挙げることができる。

ところで、鉱山技師たちはなにも調査しないのだろうか？　イサバル地方では金が採掘され、一山《ひとやま》当てようとベリーズやそのほかの地方へ多くの山師が殺到している。銀鉱山にいたっては、手つかずのままにあるというのがもっぱらの噂である。イギリス産の石炭が品薄の状況にあり、ビスカヤ産が高値でとまっているいま、思いきって石炭を探そうとする人はいないのだろうか？　石炭を探し当てれば、一財産を築くことができるのに。働けば、黒が黄色に変わるのだ。働くことによって奇跡は生まれるのである。

すばらしい、実にすばらしい国である。大地は豊かで、誠実で善良な国民が暮らし、しっかりした考えをもった人々によって治められている。だから豊かな国なのである。創造すること、発展すること、生きること。これがこの国の目標である。国民は邪魔立てしない。国民は清潔を愛し、質素を旨とし、勤勉である。生まれながらに芸術センスがあり、その感性が目覚めれば、美しいものをこよなく追い求めるだろう。

このような特性は長い植民地支配によっていくらか破壊された。だが、息をふきかえすだろう。誇りとはスポンジのようなものである。いくら押さえつけられても弾性は消滅しない。誇りが死滅するなどありえないのである。

グアテマラは国の発展を高らかに掲げ、そのための道を歩み、政治よりも農業に重きを置いている。善政こそがなによりの義務であり、さもしい政治は最大の悪政である。グアテマラ人は怠惰にもだらしなさにも染まっていない。わたしはあるラディーノを見て感じ入ったことがある。グアテマラの山奥でのこと、そのラディーノは、連れの息子がくずれた荷を積み直しているあいだ、遠心分離機のカタログを熱心に読んでいたのだ。怠け者のインディオは不満を訴えるが、政府は善良なインディオを大切にしている。それにしても、善良なインディオがなんと多いことか！　もちろん、旧弊に固まり、ときに悪に走るインディオがいるのも確かである。グアテマラのアンティグア地方には、とても清潔な集落がいくつもあり、誰もが敬服するインディオ出身の男性が町長を務めている。その町長は新聞を読み、フランス語が堪能で、自らの言動をもって徳を教え、荒れ野に学校を建て、これを維持している。

才覚ある農夫なら、腕のいい職人なら、商才のある事業家なら、グアテマラに来れば、流した汗にあまりあるほどの利益をもたらす土地を、温かい家庭を、幸せの土台を見つけるだろう。

有為な外国人は拒まれることはない。望まれ歓迎されるのだ。

この国は、崇高な目標を一日も早く達成しようと、経済がしっかりした国にしようと一生懸命である。国の発展に寄与するものは、なんであれ、歓迎される。広く人材を求め、応じてやって来る人を拒まない。グアテマラの家はハウハのように角砂糖でできていないが、グアテマラの砂糖には善心という蜜が入っていて、とても甘い。

グアテマラに芸術家はいないのだろうか？　画家はいないのだろうか？　音楽家は？　詩人はいないのだろうか？　アンティグアのヤシの木は、アマティトランのヤシの木は、火口に咲きにおう花は、エスクィントラの緑なすサトウキビ畑は、だれにも語りかけなかったのだろうか？　恋する乙女はむせび泣くことがなかったのだろうか？　歴史の語り部はいなかったのだろうか？　グアテマラ独特の粋な軽口は竪琴を見つけなかったのだろうか？

いいや、そのようなことはない！　人々に愛された詩人も、すぐれた画家もいる。すばらしい彫刻も製作されている。大地と同じく精神も耕されたのだ！

耕すのは大地だけで、精神は耕さないなどということなど、ありえるだろうか！

詩人について述べることにしよう。

偉大なる詩人ホセ・バトレスがこの世を去ったとき、高名な弁論家であるアルカラ・ガリアーノ[*65]は言った。「彼が患っていた病は生きるということだった」と。

ホセ・バトレスはグアテマラ市で生まれ、フランス語とイタリア語に通じ、百科全書派《アンシクロペディスト》[*66]やカスティ[*67]の著作に親しみ、剣をとり、リュートを奏で、凜とした人生を送り、若くして死んだ。バトレスは自分の詩が人に気に入られないのではといつも懸念していたが、彼の詩はいつまでも愛されるだろう。

スペイン人の弁論家の言うとおりである。高潔の士であったこの詩人は、つのる思いを勇気をふりしぼって韻を踏みつましく吐露した。バトレスは、ベッケル[*68]と同じように悩み、ハイネ[*69]と同じように愛に生き、ほんのわずかだけ謳った。謳いたいことがあまりにも少なかった。『抒情詩集』[*70]を書いた詩人と同じように、生きながら死んでいた。笑っていたが死んでいた。わたしたちは、『時計』の中にちりばめられたバトレスの含蓄ある言葉があれば、ドン・パブロについてのピカレスク的な描写があれば、ロペ[*71]や、ビジャビシオーサ[*72]や、イタリアの諷刺家たちがいなくなっても寂しくはない。ペペ・バトレスの詩はわたしたちの記憶からけっして消えはしない。マヌエル・アクーニャ[*73]とはいい友達になれたにちがいない。バトレスは、気高く、女性かと思わせるほど繊細で、観察力があり、内気で、感受性が強かった。世間に馴染めなかった。そこでだれも真似ができないような奇想天外な詩を作った。おお、気高き魂よ、世間に一矢を報いたのだ！　エルシーリャ[*74]が英雄詩を自由自在に操ったように、バトレスは諧謔に満ちた八行詩を得意とした。子音にとらわれず、ブレトン[*75]のようにあえて難解な子音を多用し、ブレトンのようにつねに子音をねじ伏せた。一言ですべてを言い表わすこともあれば、微に入り細をうがつこともある叙述、粋な表現の連射、空々しい羞恥や鼻持ちならぬ傲慢を、猫可愛がりの厳しさや滑稽な虚栄を諧謔する苦々しさ、骨董品とも死語ともなった勇気ある言い回し、さりげない引用ににじみ出る豊かな教養、洒落た落ち、含蓄豊かな警句、辛口の逸話、哲学的な見識、ワシのように急上昇し、ハトのようにむせび、リスのように動き回る変幻自在な筆致。

このような特性をもち、アメリカ大陸を研究する人々から不当に忘れ去られているこのグアテマラの詩人は、青白い顔をした、深遠で、強靱で、心の美しい、至高の、希有な人であった。

ホセ・バトレスは普段の会話でも緊張してしまい、ほとんど黙ったままだった。だれからも理解されず、自分の殻に閉じこもっていた。観察力に抜きん出ていたことから諷刺詩人になった。諷刺家になろうとしてなったわけではない。バトレスは諷刺作家として評価されているが、これは正当な評価とはいえない。あのリュートは喪服を着ていたのだ。鈴をつけていなかったのだ。バトレスはおのれの心の内を綴り、心のなかで口を開いた。だが、それを読むのは、その声を聞くのは苦痛であった。それは残酷なまでの絶望であり、諧謔のための諷刺もなければ、だれかが真似するようなバイロン[*76]的世界もなかった。エスプロンセーダ[*77]と対比されるが、それ以上である。バトレスを評価するには残された作品を読んでも仕方がない。残っているのはもっとも価値の低いものであり、数も少ない。宗教的嫌疑をかけられて処分されたものは読もうとしても不可能であるが、この種のものは出来がよく、数も多かった。バトレスという詩人は、本人が実際にとった行動や、実行したであろうことによって正しく評価されるべきである。ホセ・バトレスは美しいものを愛し、美なるものをあらゆる形で実践した。エレガントな人だと思われたいとつねに願い、優雅な話し方をし、上品に弁説するよう心がけた。バトレスが詩に描く砂漠は、焼けつくように乾ききった荒涼たる砂漠であった。火山は威風堂々とそびえる火山であった。恋に悩み、苦しみ、死を選んだひとりの男性を詠んだ。その短い詩はだれもが知っていて、だれもが称賛し、崇高で、深い味わいがあり、外国人までも口ずさむ。「君を想う」という詩である。

ホセ・バトレスは色恋ざたとしての恋愛を軽蔑し、恋愛を宗教のように尊んだ。世渡りが下手で、友情に厚かった。すぐれた音楽家で、深みのある話術に長け、勇敢な兵士であり、卓越した散文家にして偉大な詩人であった。

バトレスに墓はない。バトレスを誇りに思う人々の記憶のなかで安らかな眠りについている。

文をもって刻み、正して癒し、真似して讃え、おのれと闘い、清らかに愛せり。ここにバトレスの墓碑を捧げん。

わたしは、一年前、国外追放の悲しさを胸に秘めながらも、希望に胸をふくらませ、猛暑のイサバルから常春のグアテマラ市にやって来た。その途中、ヒカロという小さな村で、飾りたてた馬車を連ねた幸せいっぱいの新郎新婦の行列が通り過ぎるのを見たあと、あるラディーノの家に立ち寄った。話し好きで、ほら吹きで、物識りで、片目の男であった。片目というのはその男を語るうえで一番の特徴である。

男は錆びついた剣を見せてくれた。その剣で内戦のとき敵の首を切ったとか、グアテマラで「炎《フエゴ》」と呼ばれるトウモロコシの穂を切り落とすのだと話してくれた。どうしてフエゴと呼ぶかといえば、種を蒔いてからあっという間に芽を吹き、六十日で実がなるからだという。男は、また、サン・アグスティン周辺のティネコ族のインディオ――片目の男はこの人々が気に入らなかった――は粗野で反抗的で、自分たちのやり方に固執し、新しいものを頑に拒否し、悪徳司祭と敵対していると話してくれた。そのラディーノは、わたしが注文したささやかな卵焼きができるまでのあいだ、暇つぶしに、上手というより下手くそだが、きちんとした寓話を語りはじめた。

最初の四行でわたしは顔を上げ、つぎの四行でくぎづけになった。とても愛らしく、実に生き生きとしているのだ！　韻は斬新で、ときに唐突なところもあるが、つねに的確で、独創的なのだ！　自然がそのまま生きているのだ！　アメリカ大陸をなんとよく観察しているだろう！　なんといえばよいのだろう、インディオのピルパイ、解放奴隷のフェドロ[*78]、赤ら顔のラ・フォンテーヌ[*79]、気取り屋のサマニエゴ[*80]といったお決まりの寓話とはまったく違うのだ！

「そうこなっくちゃ」と、ラディーノはいった。「そういうふうにシカは耳の動きを止めるのさ。こいつのいうようなかっこでしっぽをふるんだ。罠はそういうふうに仕掛けるんだ。ぴょんぴょん飛び跳ねるシカの顔が目に浮かぶようだよ」

ああ、なんとすばらしい褒め言葉だろう！　このような賛辞は、願っても、めったにもらえないものだ。都会の人間が、田舎のことで、田舎の人から褒められるとは！

その寓話の作者はいまは亡きガルシア・ゴジェナである。ヘレミアス・ドカランサ[*81]やホセ・マリア・デ・カルデナスがキューバで実践したことをグアテマラで実践した人である。その作業とは、アメリカ大陸の寓話を作ること、わたしたちの欠点をアメリカ大陸の動物や植物を引き合いに出して正すこと、アメリカ大陸の本性に合った訓話を作り、アメリカ大陸の本性のなかからわたしたちが見習うべきものを見つけることであった。

諷刺詩を書けば悪漢をきどり、書簡体詩では厳格きわまりないというように、言葉を変幻自在に操った。まさに時代の寵児であったガルシア・ゴジェナの言葉にはいつもある意図が隠されている。言い回しは一様でなく、韻はときにやや明瞭さと正確さに欠けるところがあったが、大胆であった。

自然を愛し、自然を深く観察したガルシア・ゴジェナの寓話は、ときに単なる訓話を超え、絶妙無比の物語となり、ずしりと重みのある新しい金言となった。ゴジェナの寓話を読むと、木や鳥、花や果実に関する愉しい生きた知識が得られ、生きものの習性、愛の営み、特徴、特性を知ることができる。政治については手厳しく、道徳については現実的で、学問においては正確さを重んじ、創作では斬新さを追求し、文学を愛した。ガルシア・ゴジェナとはこのような人である。

師範学校の教育理念は、寛容にして柔軟、実学的でリベラルである。政治の分野で政府が行っている政策を教育の分野で実践している。学校には活気に満ちた家庭的雰囲気があり、学生たちは共同生活を体験しながら、良質の音楽に親しみ、議論し、歌曲を正確に唱い、すばらしい詩をたえず朗読している。善意と香しさにつつまれた家族のようなふれあい。この学校を設立し、はやくも伝道の成果をあげているのが、だれからも慕われているひとりのキューバ人であることをわたしは喜ばしく思う。その人はホセ・マリア・イサギーレである。

師範学校のつましい前舞台に、あるとき、きちんと身なりを整えたメスティーソの男子生徒が立った。すらりとした縮れ毛の生徒であった。その生徒はとても長い詩を唱った。当人は寓話といったが、それはその作者がそう称したからである。その詩は教訓詩と呼ぶだけの分量があった。確かに教訓めいた詩であったが、それ以上のものであった。その秘密は、このうえなく興味がそそられる、見事としかいいようがない表現方法にあった。独創的な筋立て、響きのよい十一音節、平易な音韻、韻よりも思想を重んじた大胆な句止め、さりげなく盛りこまれている巧みな教訓。これらがわたしを魅了してやまなかったものである。その詩は、いまや故人となったマティアス・デ・コルドバ修道士[*82]の、残念であるが、知られている唯一の作品、すなわち、『ライオンの寓話』である。――この詩だけでこの修道士は詩人である。その詩には、作者の穏やかな人柄、かぎりないやさしさ、古典の素養が如実に示されている。

中央アメリカで、心やさしいディエゲス兄弟[*83]を知らない人がいるだろうか？　フアンとマヌエルの兄弟はとても深い絆で結ばれているため、どの作品がどっちの作品かわからないほどである。異郷の地で想う祖国、なつかしい山々、子供のころに遊んだ川、大地に咲きみだれる花。夢、すなわち、心の中で咲く花。恋の、人生の、流浪の苦しみ。これらのすべてを双児のリュートで、借り物でも、通り一遍でも、前もって考えておいたものでもなく、素直で、甘く、純白の想いを響かせる。キジバトが夕暮れどきに鳴くようにディエゲス兄弟は唱った。ふたりの嗚咽は甘く、心を新たにさせてくれる。ふたりの希望は誠実で、元気を与えてくれる。ふたりの夢は叶えられうるもので、慰めを与えてくれる。わたしはふたりを信仰の詩人と呼んでいる。

グアテマラには、これまた故人であるが、ひとりの女流詩人がいる。バトレスの友人で、口はすこぶる達者であった。なにごとにも口をはさみ、出会った男性にはひとり残らず粋なあだ名をつけ、見つけた欠点には必ず一言注文をつけ、話術は洒脱であった。相手にぐいぐい入ってゆく才知、燃えるような熱い心、美しくてなめらかな文章、激情的で戦闘的な気性の持ち主。長きにわたりグアテマラ文学界の牽引者であり永遠の華。その人はマリア・ホセファ・ガルシア・グラナドス*84である。

女史は思いたつと新聞社に出かけ、声明を出し、論争を仕掛け、遠慮なく自説を主張した。散文でも韻文でもすらすらと筆が進んだ。思想においても、詩作においても、あふれんばかりの才能の持ち主であった。

女史の真面目な面は辛口な面ほど重要ではない。ガンジス川の川面を病を運ぶ風が吹きぬけた時代、ひそかに『コレラ会報』を発行し、モリエール*85のように医者たちを揶揄《やゆ》した。女史の手になる機知に富むグアテマラ独特の風刺詩は片時も手放すことはできない。そうした痛烈な風刺詩は辛味の利いた幕間劇であり、難解な——けっして低俗ではない——クロスワードパズルであるが、女史のおかげで研究し育成するに値する新しい文学ジャンルに引き上げられたのである。なぜなら彼女の詩にはつねに愛らしさが、ときにやさしさが、何度も深い叙情的表現、人物素描、アナクレオン風の詩、歌、祝婚歌、短詩、反論と再反論、大小さまざまな出来事についての時事論評がちりばめられている。これらすべてがこの女性の至高の個性であり、その並外れた精神力を生み、強靱な女性を作り、あの平易で優美な叙情詩リラを育てたのである。

中央アメリカの革命史を著した歴史家にマルーレがいる。この労作は現在グアテマラ政府の手であらためて印刷されている。本書には一八五二年までの出来事が叙述されている。

マルーレは敵対する党派の怒りを買い、迫害の手は当人の死後、その著作にまで及んだ。同書の最後の部分はとても評価が高かったが、日の目を見ることなく葬られた。当時、グアテマラではリベラルであることは大変なことであった。マルーレの書はまさにリベラルな書であった。

わたしがほんの子供であったころ、もうすでにハバナで、このグアテマラの知識人の明断な文体、歯切れのよい文章、中庸を得た思想がもてはやされ、マルーレは、ことあるたびに、文章の達人の誉れ高い散文家ホベジャーノス[*86]を髣髴《ほうふつ》させる文章を書くと評された。

のちになって、わたしはグアテマラの革命記念日をいくつか詩にする機会があり、大のアメリカ研究家であり、博覧強記の蔵書家にして見識豊かな蒐集家であるマリアーノ・パディジャ氏のすばらしい書庫に入り、心ゆくまで調べたことがあった。そのとき、いまでは遠い昔のことになってしまったが、情熱を傾け、やっとの思いで発行された一八一五年、一九年、二一年、二五年、三〇年度版の新聞を読んで驚いた。思想は力強く、身の丈に合った望み、純粋で節度ある論説、とりわけ言葉遣いは謙虚であった。当時の文筆家は、すなわち新聞記者たちは、なかには駆け出しの記者もいたであろうが、だれもが文章家で学者のような文を書いていたのである。

その折にマルーレを読み、わたしは思わず絶賛した。マルーレにはタキトゥス[*87]のようになろうという気はなかった。そうなる必要もなかった。見せかけの感情や怒りほど、嫌悪すべきものはないからである。だが、やむをえない党派色がいくらか認められるのを別にすれば、この大著には大仰な誇張も、変になれなれしいところもなく、歴史の叙述に求められる品性を保っている。マルーレは闘士としてでなく、観察者として叙述しているからである。——歴史の叙述はこのようでなければならない。歴史は検証であり判断であって、宣伝でも発揚でもないからだ。

当時、グアテマラで好んで読まれたのは、フランスで、ドルバック[*88]やダランベール[*89]の思想を取り込み、デムーラン[*90]やダントン[*91]とともに恐怖の時代に一大変革を準備し、成し遂げた書である。こうした書物が読まれるのが避けられない時代、マルーレもこの種のものを読んだのは確実で、そうした影響をうけたと思われる言い回しやフランス語が随所に見られる。これを別にすれば、マルーレの落ち着いた誠実な文体は、文学において、冷酷な批評の刃を、いかにして、熱くなることなく沈着冷静にふるうかを学ぶうえで有益な手本となるだろう。本書には昔風の香りがある。

グアテマラにかつて歴史家がいなかったわけではない。いまの時代にもいないことはない。洗練された作家も、感性豊かな若い詩人もいる。

古い時代に関して言えば、グアテマラには、太古の昔を扱った、素朴で、安心して読むことができ、やさしさに満ちた書、フアロス神父が豊富な史料に基づいて著したすぐれた書がある。神父はインディオのあいだでの英雄的な戦いをたんたんと綴り、修道士や伝道師、信徒会、聖像、兵士、修道院について詳しい記録を残している。

別の神父の手になるもうひとつの書がある。フアロス神父のものほど有名でなく、愉しさという点でも及ばないが、一読するに値する。その書はガルシア・ペラエス大司教[*92]の『回想録』である。謙虚な人として知られているが、頑固で、無愛想で、なにかと物議をかもした人であった。大司教は慈善を施していた。わたしとしてもこれを評価するにやぶさかでない。しかし、である。あるとき、ひとりの男性がお目どおりを願い出た。大司教はその男性が仕立て屋であると聞くと、神に仕える者にあるまじき口調で「なに、ただの男じゃないか。会うにおよばぬ」と返答したそうである。小柄で、ビスカヤ人らしく強情であった大司教は、気性が激しく、おのれの権利はがんとして譲らなかったが、じつに有能な人物ではあった。大司教をめぐる奇談は数えきれないほどある。大司教の着任式にはロバで行かねばならないにもかかわらず、——伝えられるところによれば——どうしても馬に乗ってゆくと我を張ったとか、あるときは喜劇のようであるが、人からいくら勧められても、なにをするにも、誰かが試したあとでないかぎりするのを拒んだとか、カテドラル内の霊廟で自分の棺を置く予定の場所に明かりとりの窓があるのを見て、そこからネコが闖入するのはかなわんといって場所を変えさせたとか、この種の逸話には枚挙にいとまがない。しかし、このようなことは別にして、大司教の書は、文章はたいしたことはなくとも、歴史の助言者として、綿密な内容、時代の様相、そして人々の考え方を知るうえできわめて価値があり、アメリカ大陸の叢書のひとつを飾るに十分値する。

まったくの書き下ろしではなく、新たに書かれた歴史書に関しては、現在、すぐれた文筆家が分担して作業を進めている。なかでも中心的な人は、法廷論争や新聞論評はもとより、リベラルな冊子、歴史教育、ふだんの活発な討論においても戦闘的な論客として定評のあるモントゥーファル博士[*93]である。博士はいま歴史の分野で奮闘されている。博士にはグアテマラ史の近代の叙述がゆだねられている。イグナシオ・ゴメス氏はあとひとつの重要な時代である現代を担当している。氏は高名な文士で、言語、ジャンルを問わぬ評論、詩に造詣が深く、ヨーロッパおよびアメリカ大陸の双方に通じ、熱っぽい口調で話し、書かれた文章はどっしりして、華麗である。また、詩才にめぐまれ、博学多識の人としてあまねく知られ、機知に富んだ言葉づかいと強烈な魅力をかねそなえたホセ・ミジャ[*94]氏は、いにしえのグアテマラ王国からグアテマラ総監領[*95]時代までの歴史と、カチケ族とキチェ族、それにストゥヒル族が土地と王女をめぐって争いを繰り返していた時代から、論客にして雄弁家であるバルンディア[*96]の熱烈な言葉が全盛期を迎え、弁護士コルドバ[*97]が精力的に活動し、思慮に富み妥協をゆるさないモリーナ[*98]によって植民支配の壁と隷従が倒された時代までを叙述する。

書籍について述べるならば、最近、出版されたある書についてふれないわけにゆかない。それは、わたしが山あいをめぐりながら馬の背で大急ぎで書きあげたこの冊子のために快く序文を書いてくださった人の作品で、書名は、『中央アメリカの詩壇』である。著者は、今、同書を校訂し、手直しをし、国を愛する気持ちで増補している。著者は卓越した大臣で、学究肌の文人、洗練された詩人でもある。その人物、ラモン・ウリアルテ[*99]についてはこれ以上述べないほうがよいだろう。わたしのために文を書いてくれたお返しだと受け取られかねないからである。

研究書や出版物が小冊子となって出版され、盛んに出回っている。美しい文体と確かな研究で知られるアントニオ・バトレス[*100]はすでに芸術に関するすばらしい研究を出版しており、文章の達人であるアグスティン・ゴメスは執政官制度史を史実にそって執筆している。刑事訴訟に関する陳述書を印刷し、それに対抗する多くの判例を盛り込んだ冊子まで出回っている。――歴史にその名を残すバルンディアの熱弁に導かれたあの一八二一年のような状況にはまだ至っていない。しかし、病に冒され憔悴した時代――人の心が人間の尊厳が眠っていた時代――から、自然の猛威以上の恐怖政治、すなわち、カレーラの冷酷な鞭によって打ちひしがれたあの時代から、噴火する火山と滔々と流れる川をもつこの国は急速に再生の道を歩んでいる。

すでに二冊の良書が出版されているころである。一つは心が和む美しい詩の本であり、あと一つは事実にもとづいた正確で、とても愉しい書である。前者は、牧歌的で、サッフォー風で、甘美な田園詩によって詩壇の寵児となったフランシスコ・ラインフィエスタの詩集である。この詩人には天性の音感があり、生粋のグアテマラ人[*101]の本能がそなわっている。言葉によって未知なるものを表現し、音節の強弱によって句を的確に区切る技術は賞賛に値する。わたしはこの詩人にサッフォー風の詩を一編、送ったことがある。すると、たちどころにベントゥーラ・デ・ラ・ベガ[*102]ばりの詩を二十編も返してきた。詩というものを本能的に心得ている詩人である。

あと一冊は、外見は何の変哲もない書物だが、きわめて重要で新しく出た本である。同じく回想録で、著者はミゲル・ガルシア・グラナドス将軍である。チェスの愛好者で、戦略家であり、シーザー[*103]の心酔者で、レヘンシア通りのカフェの常連。これがこのグアテマラの将軍の人物像である。将軍はグアテマラの独立期を生きぬいてきただけに、そのころ脚光をあびた人々を知っているどころか、ともに戦った仲であることから、こうした人物のことを、いろいろな話の合間に、正当な評価と快いやさしさを込めて描いている。本書は文人には愉しい読み物であり、軍人にとっては有益な書であろう。いくつかの章節は老成ラーラ*104と比べてもまったく遜色がないほどの出来栄えを見せている。

しかし、これらの書籍のなかで、山といえばアクルツィンゴ山の名が、火山といえばイスタシウァトル山*105の名が出てくるように、無気力のあとの覚醒のように、闇のあとの陽光のように、出版物と言えばいの一番に出て来るのが民法典である。民法典とはなんのことであろうか？　手許にある正義のことである。国民のだれもがわかるようにスペイン語で書かれている。この民法典の制定によって法律の解釈をもてあそぶ輩は滅び、有益このうえない諸原則が簡潔に示されているため、弁護士は占い師であることを止め、これからは司祭になる。この民法典には新しい時代に必要なものはすべて盛り込まれている。しかし、錯綜したもの、重複するもの、迷路のように複雑なもの、旧態然たるものはすべて排除されている。フエロ・フスゴの骨董品的法令、簡素な——上品であるが——アルフォンソ法典*106の規定、特定の地方のためのもので他の地方の実情にそぐわない法令集——ナヘラに向けて発せられた法律がアメリカ大陸でどうして機能するというのであろうか？——などがそうである。かつては名法の誉れ高かったトロ法*107の領主制に関する規定は廃止された。その先導役となったのは、高尚な形式、統一された表現、完璧なまでの方法を駆使して書かれたひとつの力強い報告書であるが、すべて、モントゥーファルの法律知識と改革への意欲によるものである。

なにもかも一気に手をつけるわけにゆかず、いまでは形骸化している制度が残存することになった。その一つが教会婚の制度である。婚姻は神の管轄であるためだが、人間界のことである民法上の効力をもつことになった。この結果、おかしいことに、精神界の裁判官である聖権と、俗界の裁判官である俗権は互いの領分を侵すことなく存立できるにもかかわらず、国教会にしたがうことになった。それでも、気の遠くなるような訴訟手続、法外な量刑、女性に認められていなかった人格、長すぎる未成年期間、原状回復を求める弁償、財貨の自由流通をさまたげる煩雑な手続きは撤廃された。迷路のように複雑怪奇で、いかに英知ある人をも窒息させるスペイン渡来の司法制度の瓦礫の上に光が差し込んだのである。

いまや女性にも人格がある。未成年者にも人格がある。後見人の役割は自分の財産づくりではない。裁判は迅速に行われ、刑罰は罪状に相応して下されるようになった。相続についての規定は明確化されるだろう。妊婦も証言する権利を有するようになった。カスティーリャ法[*108]の不在地主に関する条項はグアテマラに居住する人には適用されない。自分たちには自分たちの生活を営む権利があり、必要なものは自分たちで作るということである。——このような意図からこの民法典は編纂され、喜ばしいことに所期の目的を達している。この民法典は新しい時代に生きる法曹、および国民が支持し、サンチョ・リャマの持って回った表現と博学ペレスの難解きわまる深淵な学識に愛着を覚える旧時代の法曹が抵抗するなか公布された。

国民の権利の回復に努める政府の誇りである新しい民法典は、外国人から賞賛され、偽善者に噛みつかれ、グアテマラを愛する国民から熱烈に歓迎された。公布の日、正真正銘、美しいグアテマラの国旗に染め抜かれている白と青はひときわ色あざやかであった。こうして、グアテマラの紋章に、図柄は目には見えないが、ページを開いた一冊の書物が付け加えられたのである。その日、ケツァル鳥は眩いばかりに光り輝いていた。

アメリカ大陸の人々に共通する豊かな能力に恵まれた若者たちは、カレーラ時代に背負わされた鎖のマントをぬぎ捨て、大きく開かれた発展と労働の道を、足並みはまだそろっていないものの、まっしぐらに進んでいる。時代の書を我先に求め、ローラン[*109]に歴史を読み、文学書であればゴーティエ[*110]とミュッセ[*111]を愛読している。キネ[*112]、ミシュレ、ペレタン[*113]、シモン[*114]、プルードン[*115]はいまや一般書になりつつある。親しみのある学問が愛すべきものになりはじめているのだ。学問を愉しいものにすることは学問を普及させることである。未来の医師や弁護士は、また新米の医師や弁護士はパピニアヌス[*116]やヒッポクラテス[*117]の禿げた頭にオレンジの白い花で作った冠をかぶせている。莫々としながらもアメリカ大陸に寄せるグアテマラの若い知性をとらえ、マッタ[*118]、グレゴリオ・グティエレス[*119]、ロサノ[*120]、プリエト[*121]、パルマ[*122]に親しみを覚え、愛読している。

若者たちはいま熱心に研究会活動を行っている。わたしはメキシコの新聞社で彼らの機関誌である「エル・ポルベニール」と「エル・ペンサミエント」が机の上にあるのを見つけ、うれしく思った。前者は美を追求し、後者は科学的なものを対象にしている。前者は文学系で、後者は科学系である。——彼らは問題を提起し、議論し、規約を作り、投票によって人選し、集まりが好きで、夜間講演会を催している。言葉を鍛え、討論を重ね、社会との繋がりを深めることは、人を強くし、結びつきを強め、文化に一本筋を入れることになる。行動力は若さの象徴である。新聞は生まれたばかりであるが、目に見えてよくなっている。試験的に始まったものが、叱咤激励されていまでは相当な規模になっている。ついに、戦うことを知ったのである。目覚め、創造することを知ったのである。グアテマラには才能はありあまるほどあり、自由の恵みをうけ、短時間のうちに花開くであろう。明敏さ、旺盛な自立心、気高い衝動、凜とした心。これらをわたしは中央アメリカでもっとも大きな国の若者たちに認める。彼らの慈愛に満ちた善良な気質に、鋭い知性に、勤労精神に、希望に満ちた確かな未来にわたしは絶対的な信を置いている。

掲げる目的においてさらに突出し、会員にそうそうたる面々を揃え、組織団体として活発に活動しているのが経済振興会である。同会本部の陳列棚には彫像が並び、このうえなく美しい中庭があり、巨人像の円柱をもつルネサンス様式のサロンがある。この団体がコーヒーの木を植え、サトウキビの栽培を推奨し、農業の発展と学問の振興に努め、グアテマラを慈愛と富と美に満ちた国にするために役立ついっさいのものを研究している。――この団体は、何年も前から、都市の美化や、地方が取り入れる新しい考えに係わっている。農業、教育、芸術、文学、鉱山の振興にあたり、会議を開き、地方の実態を調査し、農産物を保護し、種苗を実験し、新聞を発行している。ある著名な化学者が代表を務め、地主、農夫、文士、著名な外国人が会員になっている。これまでに巨竜メガロニクスの大臼歯を発見して分類したり、日の目を見なかった良書を刊行し、ベラパス平原[*123]を調査し、作付けに失敗し危機的状況にある農民を保護している。

殖産興業――これが団体の仕事である。著名人によって支えられていたこの団体も現在は政府の補助をうけている。外部からの風あたりが強くなり、痛めつけられ、革命の嵐に翻弄されながらも、組織を守り、今日まで活動してきたことは国の誇りである。つい最近、ユーカリの栽培を奨励したが、ゴムノキとリュウゼツランを導入することはよもやないであろう！

芸術と経済振興会とは二人三脚の関係にある。経済振興会でなくして、だれが、あの有名なメルロの作品を、生き生きとした雌鳥やみずみずしい花々を描いた作品を大切に保存することができただろうか？　経済振興会でなくして、だれが、近隣諸国から、裕福なハバナから、そしてまた、芸術の国スペインから人が訪れては製作を依頼した、この評判高い彫刻家ブエナベントゥーラ・ラミーレス[*124]に理解ある温かい援助の手を差しのべただろうか？

グアテマラには、絵画においても、彫刻においても、名のある作家はいる。そればかりか、作家の数以上に豊かな才能に満ちている。

美しいカルバリオ礼拝堂の壁面を飾り、絵を解する人の目をくぎ付けにしてしまう、きわめて精緻な大壁画の作者の名はマヌエル・メルロである。独創的な着想、大胆な構図、巧みな配置、遠ざけ近づけたりして遠近感を出すのが持ち味である。全体に色調は暗く、デッサンは確かである。マヌエル・メルロは、柔らかい色調のポンタサ[*125]、写実的なカブレラ、[126] 神秘主義派のロサーレス、[127] 鋭敏なハジャーと比べてなんの遜色もない。

ポンタサはその画風から二つの時代に分かれる。第一期では、鈍い銅色、石のような陰影、硬い線の絵を描いていた。――三種類のくすんだ色と、未完成で、ほとんど直感に頼るだけの技法では、なにが出来たというのだろうか？　第二期では、聖ドミニコの慈愛に満ちた表情を描き、白装束に丹精込めてひだをつけ、仲間の会士を励まし、修道士への誘惑の様子を美しく描き、秘蹟の書をみつめる厳格な眼差しを修道士の瞳に表現した。このころは、多くの色を用い、技量も上達していた。愛に満ちたドミニコ会士たち――この人々はつねに善良である。アメリカ大陸にとっても、である――のポーランドでの死を描いた絵によって、わたしから言えば実力以上に名が先行してしまったころの粗末な遠近法、幼稚な構図、意味のない装飾から抜け出て、触れれば弾むかのようなしなやかな肉付き、いまにもひらめくような衣服のひだ、雲のようにほのかな陰影、細い輪郭、細密をきわめる精緻さが特徴の絵を描いた。当時の流行で、宗教画には付き物であった雑多な色による寓意的な装飾も用いているが、ポンタサは真に独創的で、とても繊細で、真摯このうえない画家である。

ポンタサはグアテマラ画壇の重鎮であったが、それによってバスコンセロス夫人の名声がくすむわけではない。夫人は稀有な画家である。それは夫人の天賦の才能のせいではなく、夫人は教えを乞う師にも道具にも恵まれなかったため、画法においても、構図においても、すべて、自分で編みださなければならなかった。つまり、夫人は色づかいの秘密、遠近法の秘密、とりわけ難しい人体の肉付きの秘密までも独力で探り当てたのである。

大胆な色づかいで知られるロサーレスはカルバリオ礼拝堂のために明るい色調の絵を何点か残した。他方、そのジャンルではだれも真似することができず、その右に出るものはいないといわれる肖像画専門の画家で、絵筆と鉛筆だけの確かな筆致で描くのはカブレラである。絵の背景は型通りで、服装は硬く、顔や手は磁器のように描かれている。だが、なんというデッサン力だろう！　見たまま、すぐにデッサンするのだ！　見ただけで適確に写しとるのである！　灰色の背景、細い線、ふっくらした肉付き、きちんと整えられた髪、何かを見据えた眼差し。カブレラが描いた肖像画を持っていない家がグアテマラにあるだろうか？　にもかかわらず、カブレラの墓標には、ある気高い詩人の手になる一遍の情熱的な詩のほかは、なにも刻まれていない！

聖フランシスコ教会には、いまは行方不明になっているが、聖フランシスコの生涯を描いた絵が何点かあった。トスタード[*128]やロペのように一瞬のうちに作品を仕上げたのは、多作をもって知られる驚異の画家ビジャルパンド[*129]である。ヨーロッパの画家といえばルーベンス[*130]の名が出てくるように、ビジャルパンドの絵はそれなりに美しく、出来の悪い作品はひとつもなく、あっというまに、王宮、貴族の館、修道院に飾られるようになった。ユカタン出身の詩人で忘れることのできない英雄はホセ・ペオン・コントレラス[*131]である。休むまもないほど多作で、興味ある画法はなんでも取り入れ、疲れを知らぬデッサン家、いとも簡単に色付けをやってのける色彩派の画家でもある。この画家にとって絵を描くことは夢をみるようなものであった。何事もあっというまに通り過ぎ、魂は一陣の風のようであった。

ひとりのりりしい若者は、開いた窓に目を凝らした。すると、そっと思わせぶりな手が伸び、褐色の、やわらかなその手は語りかけ、ほほ笑んだ。窓が閉じたあと、うす暗い月の光のもと、若者は何を見つめるだろう。若者はもうひとりの男に言った。「見てごらん。これはアンティグア生まれの彫刻家、フリアン・ペラーレスが彫ったのだ。キリストを彫らせれば、彼の右に出るものはいないね。彫りものにさわると、血が出てくるようだろ。ぼくの杖に彫ってあるのは彼女の顔だ。ペラーレスは彼女に会ったことはなく、ぼくが描いて送ったんだ。見てごらん。生きているようだろ」

相手の若者は言った。

「本当によくできているね。フリアン・ペラーレスで一番いいのは、コーヒーの木に彫ったわが国の英雄でかの有名なモラサン[*132]の肖像だとばかり思っていたんだが」

「スペインやフランスでは、キリスト像といえばペラーレスが彫ったもの、と決まっているんだ」

「君はシリーロ・ララの作品を見たことがあるかい？」

「ソラマメの粒に豊満なビーナスを彫ったり、オレンジの種に幼子イエスを彫ったという、あの、寡作で、一風変わった人で、思いきったことをするあの達人のこと？」

「それだけじゃないよ。カテドラルのために作っている聖ヨハネ像を見てごらん。片方の手で大地を指さし、別の手を高々と挙げ、天を見上げているんだ。まだ磨いていないから石のままだ。でも、巨大なひだはそれとなくわかるし、愛らしい頭部もはっきりしている。立っている姿は自然で、手はよくできているし、やっかいな頭の毛も精巧にできているよ」

「キリノ・カスターニョ[*133]はもっと有名だね」

「それはそうだ。エスキプラスにあるキリスト[*134]を製作したんだ。痛々しい表情、やせ細った体、リアルに表現され、広く信仰されているあの黒いキリストだ」

「ああ、エスキプラスか！　家畜市がひらかれる町だね」

「聖遺物がある大きな教会のあるところだ」

「あれはゴシック様式だそうだ」

「カテドラルより大きいんだ」

このような会話を交しながら、恋している男性とその友人は通りすぎていった。ふたりが話すには、一六四〇年、グアテマラに有名なアロンソ・デ・ラ・パス[*135]が現れ、木を彫り、数々の傑作を残した。その一つが、ナザレのキリスト像で、現在、美しいメルセー教会の宝物になっているという。

有名なカルバリオ[*136]礼拝堂にもピエダーの聖母像がある。この聖母を見ていると涙が出てくる。聖母も涙を流している。この聖像はビセンテ・エスパーニャの作品で、師と仰ぐホセ・ボラーニョスを凌ぐほど腕を磨いた人である。

聖ドミンゴ教会には、褐色の肌をした、笑みをうかべ、肉感的ですらある、美しいインディオの聖母像がある。とても人間味あふれる聖母像である。

どの教会にも魅了してやまない彫刻がある。そう言えば、わたしは、パリで、ラミーレスが作った小さな受胎のマリア像を喧嘩腰で取り合いしているところを目の当たりにしたことがある。聖母はいたくご満悦の様子であった。目にもあでやかな水色の衣服が波をうち、天にのぼってゆく大天使のようにほっそりした体をくねらせている像だった。それにしても、当時、ラミーレスの名前すら誰も知らなかったのに！　誠実そのもののラミーレスはそののち、名声を博したが、愛してやまない祖国で極貧のうちにこの世を去った。

バルセロナには、聖像作りの彫刻家の手になるラミーレスの複製がいくらでもある。昔も、現在も、グアテマラの職人の腕は落ちていない。木を掌握している。男性像でも、女性像でも、木で彫っている。

ひとりの哀れな男が、ある日、聖ドミンゴ像の前に立ち、言った。

「これは美しい。マグダレーナが涙を流しているようだ！」

ピエダーの聖母はマントにとても美しいひだをつけている。苦しみに悩むとき、このひだに救いを求めるにはカトリック教徒でなければならないのだろうか！

幸いにも、生きている聖母はいるのだ。

興味深いことに、グアテマラでは、音楽家は、アンドゥリーノ一族とか、サエンス一族とか、あるいはパディージャ某というように一族の名で呼ばれる。

今日のグアテマラの音楽には、軽快なワルツ、荘厳な賛美歌、哀愁のただよう歌曲に限定される。ややゆったりした楽句《フレージング》の区切り、物憂げな反復、抑制した甘さ、悲恋の調べがある。

グアテマラ国内でオロベソ、ノルマ、ポリオン[*137]を歌った最初の歌手はグアテマラ人である。壮大な「ミゼレーレ[*138]」を作曲したのは、マジョール教会で復活祭の聖木曜日に午前零時から日の出までの朝課の指揮者で、罪の重さに苦しみ悔い改める嗚咽、こみあげる良心の叫びの前に愛に満ちた赦しの歌を丸天井いっぱいに響かせる人、ベネディクト・サエンス[*139]である。

室内音楽には欠かせない楽器のひとつで、ヨーロッパに持ち込まれ、改良が加えられたものに手まわしオルガンがある。これを発明したのはグアテマラ人のファン・パディージャ神父である。神父は壮大な交響曲の構想中に他界した。

粗末な服を着て、人をからかい、元気がよく、一見してお腹を空かしていることがわかる、少年がいる。マドリードではグラヌハ（悪ガキ）、パリではギャミン、メキシコではセリジェロ（マッチ売り）、グアテマラではベンデフローレス（花売り）と呼ばれている。感性が鋭く、けっしてへこたれず、悪さはするが愛嬌があるのが特徴である。バトレスやディエゲスが生まれたこの国がどれほど本能として音楽を愛しているかといえば、これら愛嬌者の少年が劇場に入り、ごった返す通路で花束や駄菓子を売っているあいだ、曲目が心にしみ入るベルディ[*140]であろうと、蜜のように甘いベリーニ[*141]であろうと、難解なモーツァルト[*142]であろうと、勇壮な器楽演奏家のマイヤーベーヤ[*143]であろうと、曲をちょっと耳にしただけで、新作の「スパルティット」のなかで一番むずかしいアリアを、一番聞き取りにくいところを驚くほど正確に、鼻歌で歌いながら劇場から出てゆくのである。

そして、美しい劇場内では、聴衆の耳は厳しく、ちょっとしたミスでもあれば、ほとんどの人は譜面を知り尽くしているため、水をうったような沈黙が支配する。

かと思えば、カストゥロ・メンデスの「ペンサミエント」の優雅な調べが、アルディーティ[*144]の軽妙で見事なワルツが、レイバッハ[*145]の華やかな幻想曲が、ショパン[*146]の物悲しい調べや早いテンポのポロネーズが終わるか終わらないうちに嵐のような拍手がなりひびき、いつ果てるともなく続く。

グアテマラでは、芸術本能のなかに、まろやかな人間性のなかに、吹きすさぶ風の音のなかに、女性の物憂げな話し方のなかに音楽が流れている。

肥沃な大地に恵まれ、豊かな知性を備えたこの広大な国は、ごくひとにぎりの人々によって統治されていたその昔、どのような状況であったのだろうか！　貧弱な学校で教えられていたのは、カトリックの教え、フルリー[*147]、キリスト教道徳、賛美歌、それに、おまけとして、申し訳程度の読み書きであった。――わたしの使命は同情することとでも詩的に言うことでもない。わたしがすべきことは、事実をあるがままに述べることである。今ではどの村にも学校があり、教師の住宅は生徒の父母が自前で建てている。農夫は、なんとかしてわが子を学校にやろうと、やりくりして蓄えをしている。都市では高度な授業内容を誇る高等学校が増えている。大学教育は既にあらゆる学問分野に及んでいるが、さらに拡充しているところである。工科学校では軍隊式に数学がたたき込まれ、師範学校では理性にもとづく実践的教授法を身につけた主体性ある教師を養成している。広大な敷地をもつナシオナル高等学校では五百人の生徒が勉学に励んでおり、サン・フランシスコ学院でも充実した教育が行われている。男女の外国人教師が招聘され、教師たちはこぞって信仰の自由を説き、真に有用な知識が教えられ、合衆国やヨーロッパの最新の学説が紹介されている。

穂はグアテマラの知性の中で熟していたのだ。アメリカ大陸のかの地で実をつけるのは時間の問題であったのだ。

インディオ然として、裸足で、引っ込み思案で、もの怖じする少年や若者が人里はなれた奥地から学校にやってくる。そして短期間のうちに内的啓示をうけ、書に親しみながら品性を磨き、やがて、ぼさぼさの髪もすっきりし、むくんでいた足は細くなり、ごつごつした手はほっそりした手に、陰気な表情に代わって気品が感じられるようになり、猫背はしゃんとなり、伏し目がちであった目は明るくなってくる。虐げられていた幼虫が人間に生まれ変わったのである。

いずれ演壇を占拠するのは史書であり、農業書であり、フルート、ピアノであろう。重要な問題について考え、疑問を見つけ、調べ、検討し、ボリーバル*148について、愛国の士について、自分たちを育てる理想的な政治体制について、自分たちの——彼らが言っているのである——愛するグアテマラのかぎりない未来について議論している！わたしはこのような彼らを目の当りにして、彼らを励まし、応援している。——これらのなかから、いつの日か、傑出した人物が必ずや出てくるにちがいない。

広々とした美しい大学では、学部の改革を行ったばかりである。医学部を改革し、法学部のカリキュラムをリベラルなものに改め、基点、予測、展開、比較を研究する場として文学部を設置したところである。農業国であるコスタリカから、知性あふれるホンジュラスから、隣国のエルサルバドルから、温和なニカラグアから多くの留学生が来て、セントラル大学で学んでいる。

医学部の学生には実習用にすばらしい病院が併設されている。博愛精神においても、治療方法においても、清潔さにおいても、また、設備のすばらしさにおいても、ヨーロッパの最高レベルの病院にひけをとらない、とヨーロッパ人の旅行者は評価している。

広い廊下の端で法学部の学生が哲学的な問題について議論し、大講義室では優秀な教授陣が、学生たちの知識を深めるため力を注いでいる。

学生は勉学に燃えている。教師に、教科書に、参考書に議論をふっかけている。ボルテール的精神がある。よいことだ。頭ごなしに押しつけられることを拒否する。これもよいことだ。信じるために知識を求めている。真理を求めて経験を積んでいる。才能を確かなものにし、徳力をみがき、人をたくましくする方法である。

しかし、真の革命は地方で起こっている。普通教育によってフランスは救われたばかりである。三年前、わたしはフランスを訪れたが、そのとき、わたしは、ほとんどの人は信じなかったが、どのような反動が起ころうとフランスは勝利すると確信した。たしかに反動があった。だが、フランスは勝利した。

普通教育のおかげで対外的に尊敬され、国内的には平和であり続けている国がある。のどかな国スイスである。このうえなく厳格な普通教育はドイツに現在の偉大な力を与えた。

文字がわかるということは歩くことができるということである。文字が書けるということは向上できるということである。学校の教科書を通して読み書きという基本的な能力を身につけることによって、初めて、人は、足を、腕を、翼を手に入れるのである。そのあと、態勢を整えて宇宙へ羽ばたくのだ。最適な種の蒔き方を研究し、実施すべき有益な改善策を見つけ、実用的な発見を行い、革新のための処方せんを書き、不毛の土地を肥沃にする方法を模索するのだ。英雄の生涯を、戦争を引き起こすつまらない原因を、平和がもたらすすばらしい果実を知るのである。化学と農業を蒔くのだ。そうすれば、名誉と富という実が結ぶだろう。学校は、いうなれば精神の鍛冶場である。学校のない国など想像できるだろうか！　鍛えられていない精神など考えられるだろうか！

国を再生させるこの運動が始まって五年になる。自由主義政府が一貫して進めてきた一大事業である。バリオス大統領は、助けを求める哀れな母親には、ただちに、子供のためにベッドなり、服なり、本を与えている。都市でも、地方でも、工科学校でも、師範学校でも、あらゆるところで、である。バリオス大統領は、なにがよい政治かを考える前に、それがなんであるか、前もって知っている。そうすることが国民を救うことだと知っている。だからこそ、とくに意識してというのではなく、自然に、抑圧する人々に怒りを覚え、虐げられた人々に救いの手をさしのべるのである。

学校教育に多大の予算が充てられている。教師の俸給も悪くない。入港する船で体操器具や天体観測器具、書籍や叢書、標本など、教育に役立つものを積んでいない船はない。ナシオナル高等学校の門をくぐって中に入ると、楽団のすばらしい演奏が聞こえてくる。師範学校へ足を向ければ、そこはイスパノアメリカ[*149]を愛する気風をもったニューヨークの学校もある。人を育てるのだ。知的には物事をしっかり見つめることによって、道徳的には日々の修練によって。

革命が勝利し、希望に満ち満ちていた。国づくりの情熱がみなぎっていた。電信を敷き、鉄道建設の契約を結び、道路を開き、教師を招聘し、産業を援励し、学校を建設した。教育への情熱はいまも衰えていない。今後とも衰えることはないだろう。なぜなら、結果は手にとるように明らかで、その成果が後押ししているからである。新米の教師が遠く離れたふる里に帰るとき、どのような光景が待ちうけているのだろうか！　母親は髪をいつも以上に美しい三つ編みに結い、とっておきの珊瑚の飾りを首につける。インディオかラディーノの、見るからに善良そうな老人はとびきり真っ白の木綿のシャツを着て若き教師を優しく出迎えるのだ！　故郷をあとにしたときはぼろを纏っていたが、いまは、夢と、学習机と、楽器と、気品と、書物をたずさえて帰ってくる。故郷を去るときは粗野だった若者が見違えるほど洗練されて帰ってくる。ろくに口もきけなかったのが、雄弁になって帰ってくるのである。

以前は牛のことしか頭になかったが、いまは、将来のこと、大きな仕事、名誉や幸せなくらしを考えている。その若者は、手紙の代書人で、男女のあいだをとりもつ縁結びであり、誰からも尊敬される知識人で、公正な裁判官、頼れる村長、信頼される教師なのである。この若者の情熱によって、これからは家族の温もりを残して故郷をあとにしなくても、新しい人材が育ってゆくことだろう……。

この教師はほかのだれかが手本になって誕生した。この教師は自分に似た新しい人間を育てるだろう。教育とは樹木のようなものである。蒔かれたひとつの種子が大きくなり、いくつもに枝分かれしてゆくからである。教育の恵みをうけた人は、感謝のしるしに大樹となってこのような善を与える人々を雨や風から守ってほしい。学校という種を播く人は人間という実りを手にするであろう。

このように、つぎつぎと、巨大な子供のように、黄金の閃光のように、広々とした農地が、広大な農園が、形容しがたい孤独感が、希望が、発展が、栄光が、新しい芽がわたしたちの目の前を駆け抜けていった。新しく栽培がはじまったコーヒー、一つの時代を終えるサボテン、息をふきかえすカカオ、元気に鳴き声をあげる家畜、売り出される牧草地、歓迎される外国人、約束される富、学びの友である書籍。国民のひとりひとりが労働に励んでいる。国の富を増やし、輝かしい未来を約束する基盤である。

これまでよく知られなかったこの国は、骨董好きの修道院長の手になるインディヘナに関する回想録がある国、兄弟国のあいだの残酷な政治的怨念に起因して、先年、恐怖政治が行われた国、メキシコの隣国、潮騒とそよ風に恵まれたアメリカ大陸の中央部に位置する国、いまは亡きカレーラ大統領――ある司祭によればこの人物は父なる神の右に鎮座しているという――によって暗闇に置かれ、人を寄せつけない柵として死装束にくるまれた国、この国を知る友邦にとっては、遠くの知られざるどの兄弟国にも増して、あたらしく生まれ変わった国である。この国は、誠実で、勤勉で、発展中である。平和を愛し、魅力にあふれ、肥沃な大地に恵まれたアメリカ大陸の国である。この国は、偉大な国になろうと、一方の手に羊飼いの杖を、あと一つの手には書物を手にして国づくりに邁進している兄弟国である。希望に燃え、勉学にいそしみ、呼びかけている。国じゅうが喉をからし、水はふんだんにある。

未来は、この国のだれもが明日を信じていることにある。すべて一からのはじまりである。だれもが眠りから醒め、力を合わせる用意ができている。インディオの人たちはときに抵抗することもあるが、新しい輪のなかに入るだろう。わたしはインディオの人たちを愛している。この人々のためにわたしは励むつもりである。

ああ！　インディオの人たちよ。――この人たちを現在のような状況に追いやった人はまちがいなく罰を受けるだろう！　インディオの人々は、たとえ今日は足枷になっていようと、明日はこの若い国を引っぱってゆく人々なのである。この人たちを、生まれたときから人間であることを奪われてきたこの人々を人間にするのだ。荷を運ぶ家畜としてのみ育てられてきたこの人たちを国民にするのだ。ああ！　徳は眠り、人間としての本性は歪められ、天性の才能は輝きを失い、真の人間性が消えさろうとしている。――虐げられてきた植物は、手本となる新しい空気を、教育という灌水を必要としているのだ！　自由と知性は人間として生きてゆくための自然の環境なのである。

インディオの人たちはスペイン人の兵士を見て、その姿をコバンの巨大な球技場[150]の硬い石に刻んだ。学校をもち、崇高なる神をあがめ、塔を築き、星の動きを観測した。勇猛な戦士、秀でた幾何学者、繊細な機織り、勇敢な女性。われわれの裁判所よりはるかに威厳があり尊敬されていた元老院、強大な軍隊、人であふれる都市、輝かしい戦いの数々、ウタトウランの守護者たち、不屈のマム族、伝統を重んじるキチェ族、アラブ風でもホーマー風[151]でもある悲しい調子で偉大な師ウエンブ・カキクスに捧げる歌を涙して切々と歌いあげる歌い手たち、メキシコやキューバから移り住んだ人々、元気あふれる子供たち、身を焦がす恋人たち。このような人々が、額に垂らした前髪、ひび割れたマメだらけの足、うつろな眼差しで、すぐにひざまずいて口づけをし、奴隷のような心で、荷を背負い、ラバや牛の足取りで今、司祭に仕える、あらたな偶像を崇め、ぼろを纏い、輝かしい明日のためでなく日の糧を求めて、山や川を、平原や町を、谷や丘を越えてゆくのである。

インディオの人たちは忍耐強く、明敏な知性を有し、黙々と働き、生まれながらの、そのままですばらしい芸術家である。インディオの人たちのための師範学校のようなものができれば、どんなにすばらしい国になるだろう！　新しい伝道活動が求められている！

だが、伝道師がやってくるまでのあいだも、この隣国はなんとすばらしい発展を遂げていることだろう！　どれほどの穀物と織物が、いま、ケサルテナンゴで取引されていることだろう！　チマルテナンゴにはなんと多くの旅行者が訪れていることだろう！　サン・マルコスではどれほど農業生産が伸びていることだろう！　エスクィントラではサトウキビの生産がどれほど増えていることだろう！　アマティトランのあたりでは、湖が大地をいかに実り多い土地にしていることだろう！

つたないこの小冊子に最後までおつき合いくださった良識ある読者にお別れを告げるときが来た。願わくば、本書を通じて、グアテマラという国が、農業の分野でどれほど豊かな可能性を秘めているか、そして、あとひとつの大きな財産であるが、グアテマラの人々がいかに心優しい人たちであるか、その一端を知っていただければ、わたしとしてこれに勝る喜びはない！　グアテマラに渡ろうと思う人よ。グアテマラの大地はあなた方を招いていることを忘れないでください。富を夢見る開拓者たちよ。忘れないでください。グアテマラはあなた方を待っているということを。決断できずにいる人よ。グアテマラ政府が支援しているということを忘れないでください！　サラマーでは牧草が、コスタ・クカではコーヒーが、大西洋岸ではサトウキビがすくすく育っていることを記憶にとどめていてください！　家畜がどれほど不足しているかということを！　ブドウの栽培がいかに成功を収めているかということを！　新しく事業を興す人に、新しく農業に乗り出す人に、なにもかもすべて、成功が約束されているということを！

広い街道、恵み豊かな自然、善良な国民、国の発展にいそしむ政府、発展と富を求める欲求、アメリカ大陸の人間でキリスト教徒である女性、知的で情に厚い男性、古《いにしえ》からの芸術、強い上昇志向、風格のある都市、快適な気候、絵のように美しい町、安全で豊かな暮らし、めざましい発展。これらが、豊穣な大地に恵まれ、農業版カリフォルニアであるグアテマラがすべての人に提供するものである。

このささやかな書をもってグアテマラの大地にわたしの木を植えることができるとすれば、これにまさる喜びはない！

一八七八年、メキシコ、J・クンプリード印刷所

訳注

＊1――Porfirio Díaz, 1830-1915. 三十五年間にわたって独裁体制（一八七七―八〇、一八八四―一九一一）を敷いた。このかん、メキシコは外国資本を積極的に導入し、目ざましい経済発展と近代化をなしとげた。しかし急速な近代化は貧富の格差と社会的不公正を生み、その結果、政治の民主化を求める声が高まり、一九一〇年十一月にメキシコ革命が勃発、ディアス大統領は翌年、国外に逃れ、フランスで病死した。

＊2――Justo Rufino Barrios, 1835-85. 一八七三年にグアテマラ大統領に就任、教会領の国有化、学校の非宗教化など自由主義政策を展開し、道路や鉄道の建設、コーヒー栽培の振興にも尽力した。七六年には新憲法を公布、対外的には中央アメリカの統一を主張し、エルサルバドルとの戦いで戦死した。

＊3――アンティグア（Antigua）。グアテマラ南西部サカテペケス県の県都。アンティグア・グアテマラともいう。スペイン征服後間もない一五四二年に「グアテマラ総監領」の都として建設され、中央アメリカでもっとも美しい文化の中心として栄えたが、一七七三年の大地震で壊滅した。花びらを敷きつめた花のじゅうたんで道を飾るセマナ・サンタ（聖週間）の祭りでも知られ、ユネスコの世界遺産に指定されている。屋須弘平（岩手県出身）は一九〇〇年代に古都アンティグアに移り住み、写真店を営むかたわら、マヤ文化の研究家として大きな業績を残した。

＊4――Domingo Juarros, 1752-1828. グアテマラの聖職者。『グアテマラ市概史』二巻（一八〇九―一八）を著した。

＊5――コロンビアの首都サンタ・フェ・デ・ボゴタから東に二十キロの地にある落差百五十七メートルの滝がある山。

＊6――メキシコ中央部、ベラクルス州とプエブラ州との境にそびえる標高五千六百九十九メートルのメキシコ最高峰の火

山。別名シトゥラルテペトゥル Citlaltépetl（ナワトル語で〈星の山〉の意）。

＊7——米国とメキシコの国境を流れる川。グランデ川（Río Grande）とも呼ばれる。

＊8——グアテマラの川。

＊9——Francisco Pizarro, 1478-1541. スペイン人征服者（コンキスタドール）。インカ帝国が皇帝位をめぐって嫡子ウアスカル派と庶子アタワルパ派に二分されている状況に乗じて、一五三二年にインカ帝国を征服した。

＊10——Atahualpa, 1500?-33. インカ帝国最後の皇帝。一五三二年、アンデス山中のカハマルカでフランシスコ・ピサロと対面した直後、生け捕りになり、翌年、異母兄弟ウアスカル殺害の罪で処刑された。

＊11——Inti Cusi Huallpa Huâscar, 1491-1532. インカ皇帝。父ワイナカパックからアンデス北部のキト王国を授かったが、父の死後、異母兄弟のアタワルパと帝国の支配権をめぐって争い、アタワルパに殺害された。

＊12——Hernân Cortês, 1485-1547. スペインの征服者。一五二一年にクアウテモク王を捕らえ、アステカ王国を征服した。

＊13——Cuauhtêmoc（または Guatimozîn), 1495?-1525. アステカ王国最後の王。モクテスマ二世の死を受けて王位につき、コルテス軍に対し反攻を企てたが、捕らえられ、処刑された。メキシコ国民のあいだでは英雄とされる。

＊14——Xicotêncatl el Viejo, ?-1522. ティサトゥラン（Tizatlan）の王。トラスカラ（Tlaxcala）四王のひとり。アステカのスペイン軍との戦いでコルテスに協力し、テノチティトラン攻略に一役かった。その息子 Xicotêncatl el Joven（1484-1521）はスペイン軍反撃のためにアステカ軍との連合を唱えたが、テノチティトラン攻防戦で捕らえられ、処刑された。その壮絶な最期は『メキシコの歌』に詠まれている。

＊15——Pedro de Alvarado, 1485-1541. スペイン人征服者。コルテスの部下でメキシコ征服後、一五二三年にグアテマラ総監兼総督に任命され、翌年グアテマラ市を建設した。

＊16——キチェ族（quiché）はマヤ諸族のひとつ。グアテマラはマヤ系の先住民インディヘナが人口の六十パーセントを占める国であり、現在、二十三のエスニック集団がある。キチェ族は最大のエスニック集団で、ノーベル平和賞を受賞したリゴベルタ・メンチュウ（Rigoberta Menchû）はキチェ族の出身。マヤ諸族の起源神話と歴史伝承をキチェ語で綴った叙事詩に『ポポル・ブフ』がある。この神話の手稿は、インディヘナの人たちが木曜日と日曜日に開く定期市で知られるチチカステナンゴ（Chichicastenango）にあるサント・トマス教会に隣接されたドミニコ会修道院で発見された。

＊17——Voltaire, 1694-1778. 本名 François Marie Arouet. フランスの文学者、啓蒙思想家。その影響は全ヨーロッパに及

び、一八世紀は「ボルテールの世紀」とも呼ばれる。主な著作に『エディボス王』（一七一八）、『哲学書簡』（一七三四）、『ルイ一四世の世紀』（一七五一）、『カンディド』（一七五九）などがある。

＊18――José Batres Montúfar, 1809-44. グアテマラの前期ロマン主義派を代表する詩人。インディヘナの伝統文化を主題にし、『グアテマラの説話』『叙情詩』などがある。この詩集に「君を想いて」が収められている。

＊19――Alejandro Marure, 1806-51. グアテマラの作家、法律家。国会議員、サン・カルロス大学教授などを歴任。主な著作に『中央アメリカにおける革命小史――一八一一年～三四年』『中央アメリカの出来事――一八二一年～二四年』また『ニカラグア運河小史』などがある。

＊20――Rafael García Goyena, 1766-1823. グアテマラの法律家、寓話作家。エクアドルの生まれ。作品に『いくつかの寓話と詩』（一八二五）がある。

＊21――Beatriz de la Cueva, ?-1541. グアテマラの征服者ペドロ・デ・アルバラードの妻。メキシコで客死した夫の後を継いでグアテマラ総督になったが、その直後の火山の噴火による出水で死亡した。

＊22――十五世紀の中頃にスペイン人が侵入する以前、中央アメリカの高地にマヤ・キチェ族が築いた都市国家。

＊23――ナポレオンのスペイン本国支配によって、スペイン領アメリカにおける独立の機運が高まるなかで、一八二一年九月十五日、グアテマラはスペイン支配からの独立を宣言した。

＊24――チチャ（chicha）はトウモロコシを発酵させて造る酒。祭りや共同労働の際に飲用され、大地や山の精霊への捧げ物としても欠かせない。

＊25――アローカリア（araucaria）は南洋杉（ナンヨウスギ）の一種。

＊26――古くから“Puebla de los ângeles”（天使たちの街）と呼ばれたプエブラ（Puebla）は、メキシコ市とベラクルス港を結ぶ要衝として栄えた。「砂糖菓子の家」や「人形の家」など豪華絢爛な建造物が多く残され、ユネスコ「世界遺産」にも登録されている。

＊27――Felipe II el Prudente（フェリペ二世慎重王）, 1527-98. スペイン国王カルロス一世（神聖ローマ帝国皇帝カール五世）の息子。スペイン王（在位一五五六－九八）としてスペイン黄金時代を築く。シチリア、ナポリ、ネーデルランド等を相続、ポルトガル王も兼ねた。

＊28――Juan de Herrera, 1530-97. スペイン・ルネサンス時代の建築家。ミケランジェロなどから影響を受けながらイタリアで学び、のちにフェリペ二世に仕え、エル・エスコリアル建立に携わる。エル・エスコリアル（El Escorial）はスペインのマドリードの北西約五十キロにある、スペイン・ルネサンス建築を代表する王室修道院・離宮。聖ラウレンティウス（サン・ロレンソ）に捧げるため、一五六三年にフェリペ二世がローマのサン・ピエトロ大聖堂の建築を手がけたトレド（Juan Bautista de Toledo）に建設を命じ、以後はエレーラが引き継ぎ、一五八五年に完成した。

＊29——ホコテ（jocote）の学名は *Spondia Purpurea L.* スペインスモモのこと。

＊30——チョヒン（chojín）はラディッシュと豚肉のサラダ。

＊31——サトウキビの汁を煮詰めて乾燥させた砂糖菓子。

＊32——トゥナ（tuna）。ウチワサボテンの実。

＊33——バリオス（Rufino Barrios）大統領を指す。

＊34——Miguel García Granados, 1807-78. グアテマラの軍人、大統領（在任一八七一—七三）を歴任。バリオス大統領と同様に自由主義政策を推進。グアテマラからイエズス会宣教師を追放した。

＊35——Jean-Baptiste Colbert, 1619-83. フランスの政治家。宰相マザランに認められ、政府高官の職をえる。のちに財務長官フーケと対立、国王ルイ十四世に訴え失脚させ、国王の信をえて財務総監、のちに国務卿に任じられ、絶大な権力を掌握し、事実上の宰相としてルイ十四世を支えた。

＊36——ドイツの古都アーヘンのこと。カロリング・ルネサンスの中心で、カトリックの司教座をもつ宗教都市。カール大帝の王宮であり、廟朝として八〇〇年頃完成した。

＊37——Jules Michelet, 1798-1874. フランスの歴史家、作家。幼少の頃から秀才の誉れ高く、若くして大学教授に就任。ルイ・ナポレオンの即位に反対し失職、以後在野のまま著作活動を続け、全ヨーロッパの青年層に大きな影響を与える。『フランス史』十七巻、『フランス革命史』七巻のほかに散文詩集がある。

＊38——アローバ（arroba）は重量の単位。一アローバは四分の一キンタル、すなわち十一・五〇二キログラム（二十五ポンド）に相当。

＊39——スペインの劇作家ティルソ・デ・モリーナ（Tirso de Molina）の戯曲「セビリャの色事師と石の招客」の主人公ドン・ファン・テノーリオ（Don Juan Tenorio）、いわゆるドン・ファンのこと。

＊40——ファラオ（Pharaoh）は古代エジプトの国王の呼称。旧約聖書ではパロ。神王として天の神ホルスの化身、太陽神ラーの子とされ、神々と人間社会とを結ぶ存在として中央集権国家に君臨した。

＊41――コチニールカイガラムシは染料の原料となる。

＊42――サラゴサ（Zaragoza）はスペインのアラゴン地方の中心都市。マルティは一八七二年から七四年にかけてサラゴサ大学で勉学した。

＊43――バリャドリー（Valladolid）はスペインのカスティーリャ・レオン地方の中心都市で、十五―十六世紀初頭にカスティーリャ王国の都であった。

＊44――パネラ（panela）はサトウキビの汁を煮詰めて作った砂糖菓子。

＊45――キューバの首都ハバナを流れる川。

＊46――マメイ（mamey）は、熱帯アメリカ産のオトギリソウ科の高木で、果実は食用となる。

＊47――グアテマラは一八七〇年から八〇年代にかけて「安定の時代」を迎え、欧米市場に向けた資源開発による輸出経済の発展を背景に「近代化」が模索された。バリオス大統領は自由主義的改革を強力に推進し、十九世紀後半にはドイツ資本によるコーヒー産業が飛躍的に発展し、のちに米国資本によるバナナ栽培が主要輸出産業となった。

＊48――ラディーノ（ladino）は白人とインディオの混血メスティーソ（mestizo）を意味する。

＊49――ウイピル（huipil）はメキシコ南部、ユカタンおよびグアテマラのインディオ女性の刺繍の入った民族衣装。

＊50――Rafael Carrera, 1814-65. グアテマラの軍人、政治家。インディオの父親と黒人の母親の間に生まれる。グアテマラはメキシコのアグスティン・イトゥルビデ（Agustín Iturbide）によりメキシコ帝国に併合されたが、一八二三年の同帝国の崩壊を機に「中米諸州連合（Las Provincias Unidas de América Central）」を結成し、翌二四年に「中米連邦共和国（República Federal de Centroamérica）」に発展した。連邦内部の利害対立のなかで、カレーラは単独政府の創設に加わり、のちに大統領に就任（在位一八四四―四八および一八五一―六五）、その間、「グアテマラ共和国（República de Guatemala）」の完全独立（一八四七年三月）に貢献した。

＊51――caballería は土地面積の単位。国により異なるが約十三・五ヘクタール。

＊52――legua は長さの単位。国により異なるが一レグアは約五・五キロメートル。

＊53――絹のように光る長い尾からキヌバネドリ（絹羽鳥）とも呼ばれ、「自由の象徴」としてグアテマラの国鳥にもなっている。鳥類のなかでもっとも華麗な鳥といわれる。

＊54――quintal は重量の単位で国により異なるが一キンタルは百ポンド（四アローバ＝四十六キログラム）に相当。

＊55――vara は昔の長さの単位。一バラは八十三・五九センチメートルに相当。

＊56――Lucius Quinctius Cincinnatus, B.C. 519?–B.C. 439? 古代ローマの危急に際し農夫より召し出されて執政官となり十六日にして敵を破り、のちに農に帰ったと言われる半伝説的な英雄。
＊57――Marie de Rabutin-Chantal, Marquise de Sévigné, 1626–96. フランスの書簡文作家。娘へ宛てた母としての細やかな愛情に満ちた書簡類がとくに有名。死後、一七二六年になって、書簡集が刊行された。
＊58――ブフォ（bufo）。ホモ、道化役者。
＊59――メキシコ南東部、ユカタン半島の州名。オルメカ文化の中心で、タバスコソースの原産地でもある。
＊60――リュウゼツラン（龍舌蘭）。学名 *Agave americana L.* リュウゼツラン科の無茎の大型多年生植物。メキシコ原産で、百年目に開花するということから century plant とも呼ばれる。プルケなど発酵酒用の糖汁液がとれ、サイザルアサやヘネケンと同じく繊維もとれる。
＊61――観賞用のインドゴムノキはクワ科の常緑高木でインド、マレーシア原産。採取するパラゴムノキはトウダイグサ科の落葉高木でブラジル原産。
＊62――マゲイ（maguey）はメキシコ原産のリュウゼツラン科の多年草。厚い葉は建材用として、マゲイの茎からは糖汁液がとれ、テキーラの原料となる。
＊63――バルサム（balsam）は薬用・工業用芳香含油樹脂。香膏として皮膚病の治療など薬用のほか、レンズの接合剤として工業用にも用いられる。
＊64――サラペ（sarape）はメキシコで使用される多彩色で横縞模様の毛布地で作った肩掛け。防寒着としても使用される。同じような長方形の織物で襟穴のあるものはホロンゴやポンチョと呼ばれる。
＊65――Antonio Alcalā Galiano, 1789–1865. スペインの政治家、作家。一八二〇年、自由主義派のリエゴ・イ・ヌニェス将軍の蜂起に参加、自由主義政権で急進派として頭角をあらわす。のちに英国に亡命、スペイン文学の研究に没頭、帰国後、政界入りし、海軍大臣、勧業大臣を歴任する。主な著作に『ある老人の思い出』がある。
＊66――アンシクロペディスト（Encyclopēdistes）はフランスの「百科全書」（一七五一―八〇）の執筆、刊行に参加した二六四人のフランス啓蒙思想家の集団。「百科全書派」と呼ばれ、ボルテール、ルソー、ダランベールなど代表的な啓蒙思想家が動員された。
＊67――Giovanni Battista Casti, 1724–1803. イタリアの詩人、作家。詩集に『タルタル人の詩』（一七八三）、『おしゃべり鳥』（一八〇二）、短編集に『痛快小説』（一七九〇）などがある。

＊68——Gustavo Adolfo Bécquer, 1836-70. スペインの詩人、散文作家。セビリャに生まれる。ハイネに代表されるドイツ抒情詩とアンダルシア民謡の要素をスペイン詩に導入しようと試みる。ホフマンの影響がみられ、愛をテーマにした作品が多く、死後、『抒情詩集』（一八七一）として出版される。散文の作品に、書簡形式の『僧房便り』（一八六四）、スペイン内外の説話を集めた『伝説集』（一八六〇－六三年に発表）などがある。

＊69——Heinrich Heine, 1797-1856. ドイツの詩人。本名 Harry Heine。デュッセルドルフに生まれる。ナポレオンのフランス大革命の洗礼を受け、長じてジャーナリストになる。労作『ロマン派』（一八三六）と『ドイツ宗教・哲学史考』（一八三四）のなかで、ドイツ革命の必然性を描きだした。叙情詩集『歌の本』（一八二七）や長編叙事詩『ドイツ　冬物語』（一八四四）、諷刺詩『アッタ・トロル』（一八四七）などの作品があるが、日本では森鷗外の訳詩（一八八九）が初出とされる。

＊70——ベッケル（Gustavo Adolfo Bécquer）の作品 “Rimas”（抒情詩集）をいう。

＊71——Félix Lope de Vega Carpio, 1562-1635. スペインの詩人、劇作家。ロペ・デ・ベガとも呼ばれる。カルデロンと共に黄金世紀（Siglo de Oro）を代表する国民演劇コメディアの創始者。セルバンテスから「自然の怪物」と評された多作家で「スペインの不死鳥」あるいは「才能の不死鳥」と評される。

＊72——José de Villaviciosa, 1589-1658. スペインの詩人、弁護士。異端審問所書記および審問官を務めた。現存する唯一の作品は蝿と蟻の戦争を主題にした諧謔詩『ラ・モスケア』（一六一五）があるが、ロペ・デ・ベガの『ラ・ガトマキア』（一六三四）と甲乙つけがたい作品と見なされている。

＊73——Manuel Acuña, 1849-73. メキシコの詩人。「ネサワルコヨトゥル文学協会」の創始者。『詩集』『グロリア』『ロサリオへ』などの詩作のほかに、コメディアに『過去』がある。

＊74——Alonso de Ercilla y Zúñiga, 1533-94. スペインの軍人、詩人。裕福な貴族に生まれ、フェリペ王子（のちのフェリペ二世）の小姓としてヨーロッパの宮廷をめぐったのち、新大陸征服に参加、先住民アラウカーノ族との戦いの経験をもとに叙事詩『ラ・アラウカーナ』三部作（一五六九、七八、八九）を書き上げる。スペイン軍に激しく抵抗したアラウカーノ族を勇猛果敢な戦士として描いたこの作品は、ラテンアメリカ最初の叙事詩としてロペ・デ・ベガから高い評価を受けた。

＊75——Manuel Bretón de los Herreros, 1796-1873. スペインの劇作家、黄金世紀時代の喜劇コメディアの翻訳家。フランス文学の翻訳『マルセラか、それとも、三人のなかの誰かか』（一八三二）、『天然痘は老齢に』（一八二四）のほか

に『奢侈とひもじさ』（一八三七）『戦死でわかる女心』（一八三七）などがある。

＊76――George Gordon Noel Byron, 1788-1824. イギリス・ロマン派の詩人。偽善に満ちた社会への反骨精神で「リベラリズムの比類なき布教者」（ハイネ）ともいわれ、強烈な自我の英雄詩人として十九世紀ヨーロッパに多大な影響を与える。貴公子バイロンは長編物語詩『チャイルド・ハロルドの遍歴』（一八一二―一八）で文壇デビュー。情熱と行動の詩人は三十六歳で波瀾万丈の生涯をとじる。日本でも、森鷗外「於面影（おもかげ）」（一八八九）、北村透谷「楚囚之詩」（一八八九）などの邦訳で早くから紹介され、土井晩翠「東海遊子吟」（一九〇六）などがある。

＊77――José de Espronceda, 1808-42. スペインのロマン主義を代表する詩人。革命思想に傾倒し、若くして政治活動に参加、亡命を余儀なくされる。帰国後、急進的ジャーナリストとして活躍する一方、『抒情歌集』（一八四〇）を発表、詩人としての地位を確立。ドン・フアン伝説を主題にした長編物語詩『サラマンカの学生』（一八三九）、『悪魔現世』（未完）などロマン主義的な作品で知られる。

＊78――Fedro, B.C. 15?-A.D. 50? 古代ローマの寓話作家。奴隷としてローマに連れてこられる。ラテン語を独学で学び、イソップ物語をラテン語に翻訳、ギリシアの寓話作家イソップ（前六二〇？―五六〇？）の寓話を辛辣に批評する。

＊79――Jean de La Fontaine, 1621-95. フランスの詩人。一六六八年から九三年まで約二百四十編を順次発表、なかでも散文物語『プシシとキュピドンの愛』（一六六九）や『寓話詩』（一六六八、七八、九四）などで知られる。清澄で絵画的かつ音楽性に富む詩句は今日まで多くの子供たちにも愛唱されてきた。

＊80――Félix María Samaniego, 1745-1801. スペインの寓話作家。代表作『教訓寓話集』（一七八一―八四）はイソップやラ・フォンテーヌの百三十七編の寓話を集めた作品で、彼らの寓話詩を不滅なものにした。寓詩『蟬と蟻』、『牛乳売り』などが有名。

＊81――Jeremías Docaranza, 1812-82. 本名José María de Cárdenas y Rodríguez. キューバの作家、詩人。

＊82――Fray Matías de Córdoba, 1768-1828. ドミニコ会士、文人。スペイン植民地ヌエバ・エスパーニャ（現メキシコ）のチアパス地方ソコヌスコの中心都市タパチュラに生まれる（タパチュラには一八九七年に榎本武揚メキシコ殖民団一行が逗留した）。聖職者としての学問を修めるとともに、周囲から批判されながらもヨーロッパの近代思想に親しむ。一八二一年にメキシコが独立を宣言すると、同地方のコミタンの司祭であった彼はチアパスのスペインからの独立を宣言（八月二十八日）、メキシコに併合する派の先頭にたち、独立後は、教育や産業振興などグアテマラの発展のために貢献した。

＊83——Juan Dieguez Olaverri, 1813-66. グアテマラの詩人。弟は Manuel Dieguez Olaverri, 1821-61.

＊84——María Josefa García Granados, 1813-66. グアテマラの作家。愛称を「ペピータ」といい、親交が深かったホセ・バトレス・モントゥファルとの共作『ホセ・マリア・カスティーリャへの説教』はポルノまがいとして物議をかもした。同国大統領ミゲル・ガルシア・グラナドス（在位一八七一―七三）は実兄。

＊85——Molière, 1622-73. 本名 Jean-Baptiste Poquelin. フランスの代表的喜劇作家、俳優、演出家。王室御用室内装飾業者の長男としてパリに生まれる。演劇人として生涯をおくる。風俗の鋭い観察に基づく性格描写と風刺精神がモリエール劇の中核を成している。医者を徹底的に風刺した『病いは気から』（一六七三）など多くの作品を残した。

＊86——Gaspar Melchor de Jovellanos y Ramírez, 1744-1811. スペインの政治家、著述家。セビリャ、マドリードで裁判官を経て、カルロス三世時代に通商大臣に就任、カルロス四世時代の法務大臣就任中に、産業振興をめぐり啓蒙的改革を主張し宰相ゴドイと対立、追放、投獄される。のちに最高中央評議会に参加、対仏戦に従軍し、死去。詩『おしゃべり書簡』、悲劇『ペラヨ』、戯曲『誠実な罪人』（一七七四）、『カルロス三世讃歌』（一七八八）、『農地法に関する報告書』（一七九五）、『公民教育の一般計画』（一八〇九）などがある。

＊87——Colineus Tacitus, 55/56-116? ローマ帝政期の政治家、歴史家。ローマで役人となり地方行政の任にあたる。農業に関する歴史書で知られ、『ゲルマニア』『年代記』などの著作がある。

＊88——Paul Henri Dietrich, baron d'Holbach, 1723-89. 百科全書派の哲学者でフランスに帰化。フランス啓蒙期の急進的な唯物論者で徹底した無神論者。絶対主義者および教会と対立、著書『自然の体系』（一七七〇）の思想体系は「無神論の聖書（バイブル）」とも呼ばれる。

＊89——Jean Le Rond d'Alembert, 1717-83. フランスの数学者、哲学者。一七三九年の数学論文の公表以来、つぎつぎに業績を発表。四三年『動力学論』で「ダランベールの原理」を発表。ディドロ（Denis Diderot, 1713-84）らと『百科全書』三十五巻の編集にたずさわり、近代実証主義の礎石を築いた。

＊90——Lucie-Simplice-Benoît Camille Desmoulins, 1760-94. フランス革命期の政治家、ジャーナリスト。ルイ・ル・グラン学院卒業後、弁護士になる。革命勃発とともにジャーナリストとして活動し、民衆を扇動した。八月革命ののち、恐怖政治の緩和を要求したため、九四年四月、ダントン派とともに処刑された。

＊91——Georges Jacques Danton, 1759-94. フランス革命期の政治家。山岳派のひとり。八月革命によって王政が倒れ、ダントンは法務大臣に就任。同年秋、国民公会議員に当選。山岳派の指導者のひとりになる。山岳派の内部抗争が激

化するなか、恐怖政治の強化に反対したことがもとでロベスピエール派によって弾劾され、断頭台で処刑された。

＊92――Francisco de Paula García Peláez, 1785-1867. グアテマラ大司教。『グアテマラ王国記』（一八五一―五二年刊）を著した。

＊93――Lorenzo Montúfar, 1823-98. グアテマラの政治家。バリオス大統領のもと、グアテマラの近代化に貢献したが、大統領がソコヌスコ地方をメキシコに委譲したために、袂をわかった。主な著作に『将軍フランシスコ・モラサン伝』『中央アメリカ概史』などがある。

＊94――José Milla y Vidaurre, 1822-82. グアテマラの著述家。ペンネームは「サロメ・ヒル（Salome Jil）」。ジャーナリストとして活躍、カレーラ大統領の後押しもあって各種の公職に就く。小説『ドン・ボニファシオ』（一八六二）、『先遣都督の娘』（一八六六）、『ナザレ人』（一八六七）、『世界遍歴の旅』（一八七五）、『スペイン人による発見から独立までの中央アメリカの歴史』（一八七九）などの歴史小説がある。

＊95――グアテマラ総監領（Capitanía General de Guatemala）。アステカ王国を征服したエルナン・コルテスの部下のペドロ・デ・アルバラードらのスペイン人征服者がグアテマラに入り、一五四一年にはアンティグア市が建設され、グアテマラ総監領が設置された。一七七三年の大地震によってアンティグア市が壊滅的な被害を受けたため、七六年に総監領府はグアテマラ市に移された。

＊96――José Francisco Barrundia, 1784-1854. グアテマラの政治家。中央アメリカ地域のあらゆる独立運動にかかわり、中央アメリカ連邦の大統領（在任一八二九―三〇）などを歴任する。

＊97――José Francisco Córdoba, ?-1856. グアテマラの弁護士。メキシコによる併合に反対して一八二三年に中央アメリカ連邦の独立宣言書を起草した。

＊98――Pedro Molina, 1777-1854. グアテマラの医師、ジャーナリスト、作家。中央アメリカ連邦大統領（在任一八二三―二九／三〇）。

＊99――Ramón Uriarte（生没年不詳）. メキシコ駐在グアテマラ大使。

＊100――Antonio Batres, 1847-1930. グアテマラの著述家。グアテマラの歴史、言語を扱った随筆『インディオ―その歴史と文明』（一八九三）などがある。政治家としても活動し、外務大臣を歴任した。

＊101――白人とメスティーソの混血。

＊102――Ventura de la Vega, 1807-65. スペインの叙情詩人、劇作家。劇作家 Ricardo de la Vega（1839-1910）の父親。

ブエノス・アイレスに生まれ、幼少時にスペイン本国に渡る。フランスの劇作家デュマや神秘主義者サン・ビクトル・フーゴなどの影響を受ける。ブルジョア階級社会を風刺する作品が多く、『社交家』（一八四五）などがある。

＊103――ローマ皇帝で、著作に『ガリア戦記』がある。

＊104――Mariano José de Larra, 1809-37. スペインの文芸批評家、作家。独立戦争で父がナポレオン側に参加したためフランスに亡命、一八一八年に帰国。ジャーナリストとして活動し、「フィガロ」（Fígaro）のペンネームで政治、社会、演劇について精力的に批評活動を行う。戯曲『マシアス』（一八三四）、小説『病王ドン・エンリケの近侍』（一八三四）などがある。

＊105――Ixtacihuatl, 別名イスタシアトル（Iztaccíhuatl）. メキシコシティ東南東六十五キロメートルに位置し、標高五千二百八十六メートル、オリサバ山（シトラルテペトル五千六百九十九メートル）、ポポカテペトル山（五千四百五十二メートル）に次ぐメキシコ第三位の高峰。山名イスタシウァトルはアステカのナワトル語で「白い女」（雪をいただいた山頂が横臥した女性の姿に似ていることから）を意味する。

＊106――Alfonso X（1221-84）はレオン・カスティーリャ王（在位一二五二―八四）として文芸活動を保護振興したことから「賢王（Alfonso el Sabio）」の名で知られる。法典と史書の編纂も手がけ、のちのカスティーリャ法の基礎となるもっとも包括的かつ体系的な法典「七部法典（Las Siete Partidas）」などを編纂した。

＊107――トロ法（leyes de Toro）はカスティーリャのカトリック王フェルナンドの時代に議会で承認された（一五〇五）、長子相続制および財産相続権に関する一連の法典。

＊108――カスティーリャ法は十八世紀以降のスペインの共通法で、とりわけ植民地の法生活に多大な効力を発揮し、スペイン領アメリカにおいて民事、刑事、訴訟などの法領域はカスティーリャ法によって補充された。

＊109――Françis Laurent, 1811-87. ベルギーの歴史家、法律家。

＊110――Théophile Gautier, 1811-72. フランスの詩人、小説家。『モーパン嬢』（一八三五）、『カピテーヌ・フラカス』（一八六三）などの作品がある。「芸術至上主義」を唱えた。

＊111――Alfred de Musset, 1810-57. フランスのロマン派の詩人。詩集『スペインとイタリアの物語』（一八三〇）、『ロルラ』（一八三三）、『五月の夜』や『詩篇』（一八三五―三七）をはじめ、劇『戯れに恋はすまじ』（一八三四）、『ロレンザッチョ』（一八三四）のほか、長編小説『世紀児の告白』（一八三六）などがある。

＊112――Edgar Quinet, 1803-75. フランスの歴史家。パリ大学在学中にヘルダーの「歴史哲学」のフランス語訳を出し、

＊113——『現代ギリシアと古代世界の関係について』（一八三〇）、ランボーに影響を与えた叙事詩『アースベリュス』（一八三三）、ナポレオン三世帝政時代にスイスに亡命、その間に『大革命』二巻（一八六五）を著す。

＊114——Pierre Clement Eugêne Pelletan, 1813-84. フランスの小説家（文学者）、政治家。

＊115——Jules Simon, 1831-99. フランスの医師。パリの小児病院院長を務めた小児医学の権威。

＊116——Pierre Joseph Proudhon, 1809-65. フランスの社会主義思想家。『所有とは何か』（一八四〇）、『人類における秩序の創造』（一八四三）、『貧困の哲学——経済学的諸矛盾の体系』（一八四六）を著し、自治と自主管理を説く。「アナーキズム」の名付け親といわれる。

＊117——Aemilius Papinianus, 140?-213. ローマ帝国の法学者。最高最大のローマ法学者としてあがめられる。代表的著作に『質疑録』三十七巻、『解答録』十九巻がある。

＊118——Hippokratēs, B.C. 460-? 古代ギリシアの医学の大成者。父から医術を学び両親の死後コス島を離れ、各地で医療活動を行う。現存する七十編の『ヒッポクラテス全集』は前三世紀初めに編纂された。

＊119——Guillermo Matta, 1829-89. チリの詩人、政治家。下院副議長を務めたあと、大使としてヨーロッパに赴任。一八八九年に招集されたワシントンでの第一回パンアメリカン会議にチリ代表団の一員として参加した。

＊120——Gregorio Gutiêrrez Gonzâlez, 1826-72. コロンビアのロマン主義派の詩人。『フリアへ』や『アンティオキアのトウモロコシ栽培の想い出』（一八六二）などの作品がある。

＊121——Abigail Lozano, 1821-66. ベネズエラのロマン主義派を代表する詩人。『寂寥たる魂』（一八四五）、『殉教のとき』（一八四六）、『続・殉教のとき』（一八六四）などの作品がある。

＊122——Guillermo Prieto Pradillo, 1818-97. メキシコの政治家、詩人。自由主義者でベニート・フアレス政権の大蔵大臣、国会議員を務める。経済や歴史書のほかに、『市井の詩才』（一八八三）、『驚愕のだて男』（一八九三）、『ホセ・ソリージャ氏へ』『断片』『風景』などの作品がある。

＊123——José Joaquín Palma Lasso, 1844-1911. キューバのジャーナリスト、詩人。一八六八年十月十日のキューバ独立の蜂起に参加、のちに「クーバリブレ」紙を主宰する。十年戦争終結後、グアテマラ駐在キューバ領事を務め（一九〇二）、以後はグアテマラを第二の祖国にした。

＊124——ベラパス平原はグアテマラ北部アルタ・ベラパス（Alta Verapaz）県に広がる、ユカタン半島特有の石灰岩台地からなる大平原。

＊124——テキストでは Buenaventura Ramírez となっているが、Ventura Ramírez（生没年不詳）が正しいと思われる。

＊125——Mariano Pontaza（生没年不詳）. グアテマラの画家。

＊126——Francisco Cabrera, 1780-1845. グアテマラの画家。細密画と肖像画で有名。

＊127——Eduardo Rosales, 1836-73. スペインのロマン派画家。「イサベル一世カトリック女王の遺言書」（一八六四）、「オーストリア・ハプスブルク王家ファンのカルロス五世との謁見」（一八六九）、「ルクレシアの死」（一八七一）などの作品がある。

＊128——Alonso de Madrigal 別名 El Tostado, 1400-55. スペイン・ルネサンス期の碩学。サラマンカ大学教授を歴任、時のカルティーリャ王ファン二世（在位一四〇七–五四）に乞われて同王国審議院院長の要職に就いたのち、アビラ司教になる。豊かな学識を駆使して『注釈集』（一五〇六）や『告解大全』（一五一二）をはじめ数多くの著作を残したことから、多作家を評して「トスタード以上のもの書き」という表現が残っている。

＊129——Cristóbal de Villalpando, 1649-1714. メキシコを代表するバロック画家。メキシコ市、プエブラ、グアダラハラの大聖堂に、「キリストの変容」、「戦う教会と勝利の教会」、「サン・イグナシオとサン・フランシスコ・ハビエル」など多くの壁画を残す。

＊130——Peter Paul Rubens, 1577-1640. フランドルの画家。イタリアで古代彫刻や美学を学び、のちに宮廷画家となり、多くの祭壇画、神話画、寓意画を制作する。アントウェルペンのイエズス会教会天井装飾（一六二〇–二一）、フランス王ルイ十三世の母マリー・ド・メディシスのリュクサンブール宮殿の彼女の一代記（一六二二–二五）、イサベラ大公妃のための「聖体の秘跡の勝利」のタピストリー連作下絵（一六二七）など多くのバロック的絵画がある。

＊131——José Peón y Contreras, 1843-1907. メキシコの詩人、劇作家。ユカタン半島メリダの生まれ、医師。作品に「パレドンの十字架」（一八六〇）、「エロス」（一八六〇）、「ウシュマルの遺跡に捧げる」「気まぐれな女」（一八六八）などのほか、劇『王様の娘』（一八七六）、『エルナン・コルテスの恋』（一八七六）、『生か死か』（一八七九）、『心の弾み』（一八八三）などがある。

＊132——Francisco Morazán, 1792-1842. ホンジュラス生まれの軍人、政治家。一八二四–二七年、ホンジュラスの首長を務める。メキシコのスペインからの独立を機に一八二三年に中央アメリカ連邦が結成され、一八三〇年に中央アメリカ連邦大統領（在任一八三〇–三九）に就任。自由主義を旗印に諸改革を進めたが、保守派との戦いに敗れ亡命、

のちに反乱を試みるが逮捕され、銃殺される。

*133——Quirino Castaño, ?-1622. グアテマラの彫刻家。一五八〇年にグアテマラで結婚したが、イタリア生まれの説もある。

*134——クリスト・ネグロ（Cristo Negro）のこと。一五六五年にグアテマラ東部チキムラ（Chiquimula）県の聖地エスキプラス（Esquipulas）に出現し、奇跡を行ったとされる黒色のキリスト像。カスターニョ（Quirino Castaño）の作。「エスキプラスの主」とも呼ばれる。磔刑のキリストあるいは十字架を背負う、肌が暗黒色のキリスト像。土着宗教とカトリック教が混交した「黒いキリスト」信仰が広まり、現在ではエスキプラスの聖堂は年間百万人を超えるインディオやメスティソの参詣者で賑わう巡礼の地になっている。

*135——Alonso de la Paz y Toledo, 1665?-86? グアテマラの彫刻家。

*136——イエスが十字架刑に処せられたエルサレムの丘。名称（英語 Calvary, ラテン語 Calvaria）は丘の地形から「頭蓋骨」を意味する。

*137——オロベソ、ノルマ、ポリオンはいずれもベリーニ（Vicente Bellini, 1801-35）のオペラ《ノルマ》（Norma）（一八三一）に登場する人物。

*138——ミゼレーレ（miserere）は「主よ我を哀れみたまえ」で始まるダビデの詩編・楽曲。

*139——Benedicto Saenz（生没年不詳）. グアテマラの作曲家。祖父と同じくグアテマラ市のカテドラル内の礼拝堂付き音楽監督を務め、宗教曲の作曲に従事する。

*140——Giuseppe Verdi, 1813-1901. イタリアの作曲家。一八三九年にオペラ「オベルト」をスカラ座で発表。のちにシェークスピアの悲劇「オセロー」に基づいて「オテロ」（一八八七）を作曲、さらにデゥマの「椿姫」に共感して「ラ・トラビアータ」を作曲、常にイタリア・オペラ界を担う。

*141——Vincenzo Bellini, 1801-35. イタリアの作曲家。十九世紀初頭のイタリア・オペラの黄金時代を築いたひとり。《夢遊病の女》（一八三一）、《ノルマ》（一八三一）、《清教徒》（一八三五）などの歌劇を残した。

*142——Wolfgang Amadeus Mozart, 1756-91. 十八世紀古典派を代表するオーストリアの作曲家。「フィガロの結婚」、「ドン・ジョバンニ」、「魔笛」などのオペラ、「第三九番」、「四〇番」、「四一番」などの交響曲のほか、多くのピアノ協奏曲を作曲した。

*143——Jacob Liebmann Beer Meyerbeer, 1791-1864. ドイツの作曲家。パリを中心にしてグランド・オペラの作曲家とし

て活躍した。《悪魔のロベール》（一八三一年初演）、《ユグノー教徒》（同一八三六）、《予言者》（同一八四九）、《アフリカの女》（同一八六五）などの作品がある。

＊144――Luigi Arditi, 1822-1903. イタリアの作曲家。

＊145――Ignace Xavier Joseph Leybach, 1817-1891. フランスの作曲家。ピアノ演奏家でオルガン演奏家。「ピアノ・ノクターン第五番、作品五二」などの作品がある。

＊146――Fryderyk Franciszek（Frédéric François）Chopin, 1810-49. ポーランドの作曲家、ピアニスト。フランス人を父に、ポーランド人を母に、ワルシャワ近郊に生まれる。幼少時から独学でピアノ演奏の技術を身につける。ピアノ音楽の作曲家としての地位を不動のものにしたのちも、芸術家として常に美に対して厳しい完全主義者でありつづけた。

＊147――Claude Fleury, 1640-1723. フランスの道徳家。父親と同じ弁護士になったあと、司祭となる。ルイ十四世の庶子ベルマン侯の教育係、ルイ十五世の聴罪師。

＊148――Simón Bolívar, 1783-1830. 南アメリカ独立運動の指導者。「解放者」"El Livertador" と呼ばれた。ボリーバルの「ラテンアメリカ諸国の連帯」の構想はのちにホセ・マルティに継承され、「米州機構」に結実した。将軍ボリーバルを描いた小説に、ガルシア＝マルケス『迷宮の将軍』がある。

＊149――イスパノアメリカ（Hispanoamérica）。スペイン系アメリカ。ラテンアメリカのスペイン語圏諸国を指す。

＊150――球技（juego de pelota）は古代メソアメリカ文化圏に共通する文化要素のひとつ。天然ゴム製のボールで競技する神事。球技場は宇宙を表す神殿であった。

＊151――ホーマー（Homero）は紀元前九世紀ごろの古代ギリシアの叙情詩人。作品に「イリアス」、「オデュッセイヤ」などがある。

柳沼孝一郎・青木康征・訳

新しい法典

グアテマラでの暮らしがはじまって一カ月がすぎ、知性あふれるマルティの評判は知識人のあいだに広まっていった。そうしたころ、マルティは、ウリアルテを介して知遇を得た同国外務大臣ホアキン・マカールから新しく編纂された民法典について感想を求められた。本編は、一八七七年四月十一日付で提出されたマルティの論評である。アメリカ大陸は先住民の上に征服者であるスペインが接ぎ木されて誕生した混血の存在であると規定し、グアテマラが制定した今回の民法典は、残存する植民地時代の旧弊を排し、時代の要請に見合ったものと高く評価し、国づくりにいそしむグアテマラの清新な努力に敬意と祝意を表した。

アメリカ大陸本来の文明が有した威風堂々たる生の営みは征服によって途切れ、ヨーロッパ人の到来をうけてこれまでなかった新しい民が創造された。この民はエスパニョールではない。新しい酒は古い革袋を受けつけないからである。インディヘナでもない。破壊の文明が接ぎ木されたからである。これらふたつの要素は、相反する要素でありながら、共働し、形として混血の民が創造された。この民は、自由を回復するや、独自の生を発展させ、復興させている。すばらしい真理である。万物を司る偉大な精神は、それぞれの大陸において、その地に見合った容貌を見せるのである。というわけで、我々には、赤子のときにうけた傷の後遺症をかかえながらも、頼もしい活力が、たくましい向上心が、勇猛で芸術を愛するほかに類のない人種の果敢な飛翔がある。

たしかに、われらのアメリカが営む生には、すべて、好むと好まざるにかかわらず、征服者の文明の印が押されることになる。それでも、我々は征服者とは本質的に異質であり、気高い望みをいだいている点でより優れている。我々は傷を負っているものの、屈していない民の活力と創造力によってわれらのくらしを向上させ、発展させ、人々を驚かせるだろう。その作業は、もう、はじまっているのだ！

その一方で、この五十年、我々はほとんどなにもしていないではないかと、騒ぎたてる人々がいる！　このような人々こそ、我々が持っていた建設的要素を、ことごとく、三百年にわたって混乱させてきたのだ！　再生するため、せめて、我々を抹殺しようとして費やしたと同じだけの時間を与えてほしい。いや、それほどの時間など、我々には要らないのだ！

圧制の爪あとがどこよりも深く残っている国においても、完璧なまでに征服された結果、殉教者たちの犠牲によって植民支配は終わったと書き記したあとも、依然、征服状態にあるように見える国においても、精神は解き放たれ、理性を前面に押し立てる気高い習性は信仰という奴隷的習性を壊し、真理を求める問いかけはドグマに食らいつき、権威にすがるドグマは、批判に耐えることができず、滅びている。

新しい観念が道を開き、愛する祖国の祭壇に一冊の不滅の書を置いた。美しく堂々たる書である。国の民法典である。

これまで、祖国のために尽くした偉人やすばらしい功績をあげた人々が正当に報いられることがなかった。優れた知性の持ち主を評価せず、粗末に扱って悲しませていた。また、アメリカ大陸独自のくらしを古色蒼然たる法律で治め、アメリカ大陸とヨーロッパ生まれの国民のためにローマ法を操る弁護士が養成されていた。その結果、弁護士は、法律の前に身動きがとれず、その恵まれた能力を窒息させる煩雑な法律手続きから逃げ出すか、判例研究に憂き身をやつしておのれを恥ずかしめ、貶めていた。

新たな門出には、それに見合う新しいかたちが求められる。新しい国には新しい法典が必要である。円形の兜をかぶった歴代の国王が用いた法典[*1]も、アラブ人天文学者を友にした国王の法典[*2]も、経験の浅いモンタルボ[*3]では心細かった偉大な女王[*4]の善き意志も、質実な国王や傀儡の国王によって整理統合された法令集[*5]も、明解さを求める現代の要求の前に、分析する精神の前に、どこまでも否定し疑うことで真理を追求した十七世紀懐疑主義者の口をとおして教えられ、その後、花咲き、今世紀の息子たちがおしなべて鋭くも貪欲に浴びせる質問の前に無力であった。ここに我々の偉大さがある。理性で考える偉大さである。ギリシアでは芸術精神が主人であったように、我々の時代は分析する精神が主人になるだろう。この作業は続くだろう。だが、度を越すことはないだろう。揺るぎない肯定のときが来るだろう。我々は、つねに、確かめることによって肯定への道を歩む国民でいるだろう。若者よ、迷うことはない。頑迷な人よ、否定することはない。確かめ、信じるのだ。無知な人は妖精の声や、信じるべき神々を必要とした。このすばらしい時代、人は、皆、自分の考えをもっている。絶対君主は姿を消し、何人もの王からなる宇宙ができつつある。道のりは遠い。だが、未来は見えている。

このような真理を愛する人々の集合体である国が自分たちの意気込みを表現しようとしたとき、それはひとつのかたちになる。ひとつの社会体制が崩壊すれば、法体系も崩壊する。なぜなら、法体系が国を作っているからである。悪政をおこなっていた統治者が追放されれば、それまでの統治体制も消滅する。愛国心と国民の利益を入念に研究し、変化に対応した法律の整備が求められる。征服の時代に取って代わったいまの時代が、新しい政治的社会生活が、いまを律している関係はいまとは異なる時代の産物であることから、新しい、時代に見合った関係を求める声が、優れた人々を正当に評価し、明解さと簡明さを求める声がグアテマラに新しい民法典の制定を促したのである。とはいえ、法律を一から作ったわけではない。自然法があるからである。だが、自然法をそのまま適用するわけにゆかない。さまざまな関係が出来上がっているからである。

時代の申し子である民法典編纂委員会は、時代の中に身を置き、時代に即した法典を編纂した。委員会は法典に求められる要件をすべて満たした。統合性、現代性、具体性である。作業はあらゆる分野にわたり、すべてを網羅し、簡潔に規定し、恣意的に解釈される余地をなくした。

編纂委員会は、持てる学識を総動員して吟味し、比較した。だが、もの真似や追従には屈しなかった。あるべき民法典の基本概念として、法律の原拠をいにしえの法律から引き出す一方、自然法を尊重し、不要なものは見送り、無用なものは削除し、必要なものを付け加えた。高く評価されるべき点である。

我々の不安を取り除き、安心を求める我々の願いに、厳正に分析する我々の時代の要請に、鷹揚で荒削りなフエロ・フスゴ法典は、文章の優雅さをほこる七部法典は、曖昧模糊で権威主義的なトロ法はどこまで対応できたのだろうか？

従順な妻に夫は暴力をほしいままにしてよいのだろうか？　長子相続制が廃止されたいま、家産法は必要なのだろうか？　簡明さが求められる時代に修辞を駆使した表現は必要なのだろうか？　進歩と発展の時代に家長の権威を絶対視する必要があるのだろうか？　身分制度が廃止されたいま、爵位は必要なのだろうか？　ゴート族の鉄兜をかぶった骸骨には必要だろう。現代服をまとった骸骨には必要だろう。しかし、これらの骸骨が法廷に出ることは、もはやないのである。

編纂委員会は、過去にとらわれることも、未来の誘惑に負けることもなく、のびのびと作業を進めた。時代に先んじることなく、時代の中に身を置いた。完璧な法典を制定したわけではない。国は完璧な状態になっていないからである。国造りの途上にある国のための過渡的な法典を制定しただけである。必要なものはすべて前進させた。現時点で公正で、新たな社会が到来するときまで公正であり続けるためである。この法典には、後退を思わせる条文や、先取りを思わせる条文は、ひとつもない。このことは、この法典に目を通した者として、感動と敬意を込めて指摘したい。

新しい民法の下、改革はあらゆる分野に及んでいる。国は婦人にも権能を付与し、婦人に証言能力を認め、法律の遵守を義務づけることによってその法的人格を完全なものにしている。神の法が教える婦人の人格を地上の法は認めることができないというのだろうか？　新しい民法は、慣習に認められていた不合理な法的効力を否定し、二十一歳以上の国民を成人と認め、不在地主についても粗野な理論にもとづくスペイン法の規定を改正し、教会のドグマを損なわないかたちで時代に見合った法律婚に関する規定を設け、スペイン法では子の不本意であった庶子の出自を当然のことながら父親の責任とした。また、インディヘナの人々を未成年者扱いにする規定をためらうことなく廃止した。英断である。勇断である。また、財産の取得方法に関する規定を明確に定め、プリニウス[*6]の声をふさいだソフィストや文法学者たちによって蹂躙され堕落してしまったローマ時代の遺言書を検討し、七部法典やその後の法令集を精査しながら公正な規定を残し、いますぐに必要なものを採り入れ、自然法の考えを今日の実情に合わせる工夫を凝らした。その意味するところは、まさにこれ、正義の追求である。実定法を自然法に合わせることであった。

新法典は、明解であることを愛し、記憶による遺言を排除した。

新法典は、自由を愛し、買い戻し権を排除した。

新法典は、安全を求め、抵当権法を制定した。これは、フランスやスペインでおこなわれているように、不動産を担保にした今後の信用制度の基礎になると思われる。

新法典は、融資制度を改正し、契約を厳格にして契約当事者を救済した。

新法典は、すべての特権について、廃止するか、制限を加えた。高率の財産税を引き下げ、不動産取引の円滑化をめざしている。なにごとも自由、公正にしようというわけである。いますぐに規制を緩和することができないものや、あるべき公正なかたちにすることができないものについても、可能なかぎり、その方向へ向かって進むということである。

というわけで、これはすばらしい法典である。この法典を編纂した人々は、進歩を愛する立法者として、おのれの栄光を求める以上に国のために尽くすことに専心した。おのれの名声よりも国のために役立つことを望み、小さな栄光にとらわれず、別の、より大きな栄光を手にしたのである。この栄光を否定する人とは、彼らが手にした栄光をうらやむ人にほかならない。

この法典は、理念において近代的で、定義は明解、改革は穏当である。文章は力強くて風格がある。法思想家の模範であり、文人の喜びである。改正事由の説明は学識に満ち、揺るぎない見識に裏打ちされ、さわやかな読み心地の文学書である。

この法典の制定によって法の整備がひとつ終了しただけではない。独立革命が国民に約束したことが、ひとつ実行されたことを意味する。すなわち、国民に人格を返す、ということである。いま、それを実行したのである。この民法典は気高き国民にたいする統治者の敬意のしるしである。モントゥーファル氏[*7]はいみじくも言った。圧制を倒す武器を供与する人を圧制者とはいわない、と。

いま、国民のだれもが自分の権利を知っている。自らの行為によって法的に騙されることがあれば、それは自分の不注意のせいである。この法典を国民は大切にしなければいけない。わかりやすい言葉で書かれているからである。国民を悲惨な隷属から解放するからである。法律は国民のものになったのである。

法律は、これまで、これを求める人から逃げていた。人々は、条文のどこかに、なにか、落とし穴があるのではないかと疑心暗鬼になり、びくびくしながら契約を結んだ。いまでは、法律は、伏魔殿ではなく、透明である。いまでは、だれもが、どのような法律行為を起こすことができるか、どのような義務を負い、どのような対抗手段をとることができるか知っている。

国民は、この民法典の成立によって、いかなる権力の乱用にも対抗できる武器をひとつ手に入れた。もはや法律は一部の人のものではない。すべての国民の、かけがえのない財産である。

裁判の判決は揺るぎないものに、弁論は気高いものになるだろう。弁護士は品位を増し、権利はすべての人のものになり、確かなものとなる。法律は、自由である国民にとって明解でなければならない。法律は、自分自身が主人である国民にとって身近なものでなければならない。

一八二一年からこのかた、グアテマラがこのような大事業を成し遂げたのは、これがはじめてである。独立がついにかたちになったのだ！　新しい精神が法律となって受肉したのだ！　ついに念願がひとつ叶ったのだ！　ついに、アメリカ大陸の国民となり、自由な人間として共和政治をおこなっているのだ！　五十年かかって瓦礫を片づけたすえ、活気にみちた、栄えある国の土台が築かれたのである！

「エル・プログレソ」、グアテマラ、一八七七年四月二十二日

訳注

＊1――歴代のカスティーリャ王は、教会や貴族などにさまざまな特権を個別的に授与したため、王国の法体系に一貫性がなく混乱をきわめた。これらさまざまな特権を一体化して国王アルフォンソ三世（八六六－九一〇）の時代に編纂されたのが「フエロ・フスゴ法典」である。

＊2――カスティーリャ王アルフォンソ十世「賢王」（Alfonso X, el Sabio）の命で編纂された中世スペインを代表する法

典。

＊3――スペインの法学者モンタルボ（Alonso Díaz de Montalvo）がカトリック両王（Fernando el Católico, Isabel, la Católica）の命をうけて一四八三年に編纂したもの。「モンタルボの法令集」とも呼ばれる。既存の「フエロ・レアル」、「アルカラー法」を取り込んだもの。

＊4――カスティーリャ王国の法体系の混乱は「モンタルボの法令集」の登場によっても解消されず、女王イサベル（Isabel, la Católica, 1451-1504）は法令の統廃合の努力をさらに重ねるが、成果を見ることなく没した。女王は「遺言補足書」（一五〇四）のなかで、インディアス（新大陸）では正義にもとづく善政が行われるよう、夫フェルナンド王に託した（第八項）。

＊5――国王フェリペ二世（在位一五五六－九六）は、一五六七年に既存の法令集などを統合した「新編カスティーリャ王国法令集成」を完成させた。この法令集成は、国王フェリペ五世（在位一七〇〇－五五）の時代の一七三二年に増補された。さらに、カルロス四世（在位一八〇〇－二二）の時代、一八〇五年に「新々編カスティーリャ王国法令集成」が編纂された。

＊6――Gaius Plinius Secundus. ローマの将軍。軍事のほか、自然学等を研究。七九年八月、ヴェスヴィオ火山爆発の際、科学調査を試みたが、有毒ガスにより窒息死した。

＊7――Lorenzo Montúfar y Ribera Maestre, 1823-98. 政治家、文士。大学教授（ローマ法・スペイン民法）。リベラリスト。コスタリカで外務大臣、文部大臣、大学学長を務めた。グアテマラではバリオス大統領を積極的に支えたが、ソコヌスコ地方のメキシコ割譲を機に袂を分った。『フランシスコ・モラサン将軍伝』、『中央アメリカ概史』などの著作がある。

青木康征・訳

第４章　怪物の体内で

合衆国の印象

マルティは、一八八〇年一月十三日、マンハッタン島に着いた。しばらくして、友人の紹介で週刊誌「アワー」に記事を書くようになった。「合衆国の印象」と題した連載の第一作である本編において、マルティは、自由を謳歌し、ビジネスにはげむニューヨークのくらしぶりに感嘆する一方、この国の人びとは富への欲望があまりにも強く、人間として必要な精神的充実を何に見出すか、早くも危惧している。それでも、この時点では、このような心配も合衆国建国時にさかのぼる良質な要素によってカバーされるであろうと、いくぶん楽観視している。だが、こののち合衆国のもつさまざまな顔を知るにつれてこのような見方は後退するとともに、キューバの独立にとって合衆国が大きな脅威になっていることを確信する。

ついに、この国にやって来た。この国では、だれもが、自分の主人のようである。だれもが、自由に生きている。自由がこの国のくらしの土台であり、盾であり、本質である。この国では、だれもが、人間であることに誇りをもっている。だれもが、仕事に励み、文字が読める。だが、文字が読め、仕事に励むと同じほど、感じる心をもっているのだろうか？　この国の男性は、そのたくましさにおいて、すなわち、困難に立ち向かい、決して挫けず、希望を失わない点で、ほかのだれにも負けない。また、この国の女性は、われわれ南のアメリカの人間が愛する女性は、やさしく、上品で、すなおで、気丈である。この国では、女性も、男性がそうであるように、完璧なのだろうか？　この国の人々が商いに励む姿は壮観である。わたしはこれまでさまざまな国を見てきたが、とりわけて驚くようなことはなかった。しかし、この国は別である。着いたのは先日、夏のある日であった。のどをからして物を売る人の顔は、泉であり、火山であった。カバンをかかえ、チョッキがはだけたまま、ネクタイを乱してニューヨーク人が駆けてゆく。ここあそこで売り買いが行われ、ふきでる汗をものともせず商いをひとつ済ませては、先を急ぐ。街角でたむろする人はひとりもなく、ビルの扉は一瞬も休まず開け閉めし、だれひとりぼさっとしていないのに気がついた。その瞬間、わたしは、帽子をとり、この国に敬意を表した。と同時に、ヨーロッパの国々をおおう、怠惰で無為なくらしに永遠の別れを告げた。わたしは、がっしりした体格をしたスペイン人で三十六人もの子供をもうけたある老人の言葉を思い出した。「自分のパンをこねる者だけが、パンを食べる権利があるのじゃ。しっかりこねればこねるほど、パンは白くなる」と。だが、この国の人々は、いつの日か、必ずやってくる破滅から、地響きたてて崩れ落ちるおそろしい破局から救出されるために、必要不可欠な、高邁で気高い精神を求めることにも、仕事にたいするのと同じほど情熱を傾けているのだろうか？　逆境に遭遇したとき、精神の豊かさと知性の慰めという富でなくて、どのような富が未曾有の破局からこの国を救うというのだろうか？　物質的繁栄は、カルタゴの場合がそうであったように、繁栄の速度が急であればあるほど衰退するのも速い。富への欲求が知的な快楽への情熱によって緩和され洗練されないとすれば、人にたいするおもいやりが、偉大さを求める情熱が、犠牲と栄光が意味するものへの献身がなにもかもすべてを飲み込んでしまう獰猛なまでの物欲と対等に張り合いながら大きくならないとすれば、この国はどこへ行くのだろうか？　生きることの荷をおろし、人生の哀しみのなかで安らぎを覚えるに足る意味を何に見出すというのだろうか？　生きてゆくには確固たる根が必要である。知的な慰めを、芸術の悦びを、美しい心を、充実感をもたらす精神的な喜びがないとすれば、そのような人生は苦である。

わたしはこの国に心から感謝している。この国では、友人がいなければ、すぐに見つけることができる。仕事が

1880年代のニューヨーク

したいと本気で思う人は、いつでも、手を差しのべてくれる人に出会う。有用な思想は、この国では、それにぴったりの、快適で、申し分のない場を見つける。頭を働かせるのだ。これがすべてである。なにか有用なことを考えれば、どのような望みも叶えることができる。頭のわるい人や怠け者には扉は閉ざされている。労働の法則に忠実な人には生活は保証されている。

わたしは自主独立の精神といったものがない土地に生まれたため、子供のころ、この国ではいとも簡単に「独立独行《セルフ・メイド》の人」と呼ばれる人々の伝記を読んでは感動した。少年時代が終わる前のこと、英領ホンジュラスにいたときである[*1]が、わたしは、合衆国の南部のある裕福な一家が、逆境に見舞われて没落したあと、一生懸命働いて森を開き、ひろびろとした、実りおおい、見事なサトウキビ農園を経営する姿に出会って感動した。一家の父親は、合衆国の、ある大きな州の知事をつとめたことのある老技師であった。こころのうつくしい母親は質素な服を着て、口元に微笑みを、悲しみに耐える勇気のある人だけが浮かべるあの微笑みをいつも絶やさない最高の家庭婦人であった。ホットケーキ、手製のクッキー、搾りたてのミルク、甘いゼリーをいつも用意していた。婦人がわたしのところに来たとき、その微笑んだ上品な顔、きちんと整えられたカールした銀髪、しわのある手がおいしい食べものをいっぱいのせたお盆をもって近づいて来たとき、なんともいえない心地よさがわたしを満たし、思わず涙がこぼれた。子供たちは父親を手伝った。大地を耕し、サトウキビを収穫し、炭を焼き、あたらしいスイートホームを建てた。父親は、遠くの森へ、まずしい農夫が着る粗末な服を着て、朝早く、ほがらかに歌を口ずさみながら家畜を連れて出かけた。子供たちは、幼く、気立てがよく、躾がゆき届いていた。わたしは、ほかに類のないほど独特であるこの国について、学校を見ることによってその土台を、家庭生活を見ることによってその暮しを、劇場、クラブ、十四番通り、大小のパーティを見ることによってその娯楽の様子を調べることにしよう。よく晴れた日曜日には、美しい五番通りを降りてゆき、古びた教会へ行き、宣教師――平和の言葉である――がする政治や戦争の話を聞くことにしよう。さまざまなナンセンス、さまざまなすばらしい出来事、政治家たち――しっかりふんばらないと、おぞましい軍国主義の台頭、世論の蹂躙、政治道徳の退廃へと向かいかねないこの国の救い主――に会うことにしよう。また、男性のやさしい顔、女性の魅力的な顔、気紛れで感心できない馬鹿げたこと、自由のすばらしさ、偏見の悲惨さ、他の追随を許さない独創性、大西洋を越えてやってきたがらくたの陳腐な模倣、政治、風俗習慣、ビジネスにおける自由、流行に迎合する軽薄さを見ることにしよう。フランス人は言葉を駆使して名を求めるが、派出なことには興味を覚えない。この国の人々は、芸術を解する心をもちあわせていないため、ゲテモノに傾倒する。ヘレナ[*2]やガラテア[*3]のような甘美なものに悦びを覚えず、もっぱら、中国や日本の安っぽい骨董に凝っている。はっきりした審美眼があってこのような置き物を手に入れるのならまだしも、ただ、高価でエキゾチックな品を手当りしだい購入するというお粗末なものである。

ちらっと見ただけで、これ以上、なにを話すことができるだろうか？　印象深いものは多々ある。ブロードウェーの雑踏、午後のしずけさ、人々の性格、女性たちの関心事、われわれにはどうしても理解できないであろうホテル暮らし、同伴の男性に比べて身体的にも精神的にもたくましい夢みる乙女、百もの新聞に的確な言葉で原稿を書く思慮と才能にみちた老紳士、当地の人々が熱中するもの、当地での驚くべき運動、ある面では見事なまでに花開き、別の面——知的な愉しみ——では小児的で貧弱という、この、すばらしくもあり病んだ国、これほど着飾らなくとも十分に美しい女性たち、精神のゆたかさを求める努力をほとんどないがしろにして、財布の中身を増やすことに熱中しすぎる男性たち。このようなことがつぎつぎに口から出てきて、わたしの印象記になりはじめている。

大きさと数量。これが、この国での偉大さを測る尺度である。とはいえ、そのほかのものはどうでもよいというわけでもない。庶民層は、合衆国にあこがれて外国からどんどん人が流入してくるため、日毎にその数は増えている。しかし、このような人々とは同列にしてはならない真の合衆国人がいる。庶民層は、富への欲望が強く、この面で猛進する。しかし、真の合衆国人は、この国に活力と可能性をもたらす移住者に欠けているゆたかな知性、高邁な精神、合衆国の偉大さ、合衆国憲法が定める権利、由緒と誇りある名跡を護持している。新聞のコラムで、雑誌で、友人との会話のなかで、高潔な感情が、気高い精神が、寛容な思想が、精神的充実という発展が早急に望まれるこの国のために必死になって頑張っている。

その願いは達成されるだろう。だが、いまは、まだである。なぜなら、外国から流入してくる大勢の移住者が憎悪を、古傷を、精神的潰瘍を持ち込んでくるからである。徳を身につけるうえで、富の欲望ほど、手強い敵があるだろうか？　渇きをうったえ、飢えをあらわにし、彼の地では獰猛であったか無用であったかはともかく、悪習にそまった貧しい故国の残滓であるこれらオオカミの群れを、当地において、労働の力によって、善良で、平和を愛する、温和な人間へと導くには、この国は、どれほど偉大でなければならないことか！

最後に、一週間前のこと、風光明媚な湯治場であるケープメイからフィラデルフィアへ向かっていたときに起こった出来事についてお話ししよう。駅の近くで列車が脱線し、乗っていた車両が傾いた。事故そのものは大事にいたらなかったが、それでも、車内は、一瞬、パニック状態になった。乗客は、左右に揺れたかと思うと、前後に引っ張られ、全員、座っていた席から放り出された。婦人たちは、真っ青になり、死にそうな顔をしていた。男性は、わが身が第一とばかり、婦人たちをほったらかしにしていた。わたしは、ある婦人のほうへ走ってゆき、両手を差しのべた。その婦人は、お年を召しておられたが、上品な方で、感謝のまなざしでわたしを見つめ、手を伸ばされた。しかし、わたしの指の先が婦人のそれに触れようとした瞬間、婦人は、きっぱりと、驚いた表情でおっしゃったのである。

「手をつなぐなど、めっそうもありません！」「結構です」「結構です」と。

その婦人はピューリタンだったのだろうか？

「アワー」、ニューヨーク、一八八〇年七月十日

訳注

＊1――マルティは、一八六三年、木材取引で一山当てようとした父親に同行して英領ホンジュラス（ベリース）に出かけた。

＊2――古代ギリシア神話に登場する美女。ヘレネともいう。ゼウスとシダの娘で、スパルタ王メネラオスの妻。トロイア王子パリスのもとにはしった王妃を奪還するため、ギリシアの王侯がトロイアに出陣し、十年の包囲のすえ、木馬に兵を潜ませ、ついに敵を陥落させた（トロイア戦争）話で有名。

＊3——ギリシア神話に登場する、海のニンフ、ガラテイアのこと。

青木康征・訳

カール・マルクス死す（部分）

一八八三年三月十四日、ロンドンでマルクスは死去した。マルクスの死を悼んでニューヨークで開かれた追悼集会は、世界の各地で開かれたどの集会よりも規模が大きかったばかりか、合衆国の労働者が一堂に会したことでも画期的な意味をもった。マルティ自身がこの集会に参加したかどうかは確認されていないが、臨場感あふれるこの報告記事はまさにマルティの筆の力である。本編を書いた時点のマルティは、マルクスがめざした目的や意図については賛同しながらも、目的を達成するための方法について異を唱え、階級闘争を否定している。目的は手段を正当化しないということである。

御覧ください、この大ホールを。カール・マルクス[*1]が亡くなったのである。マルクスは弱い人々の側に付いたため、栄誉をかちえたのです。しかし、ものごとをうまくやる人とは、悪を指摘し、悪を撲滅しようとがむしゃらに突き進む人ではなく、悪を正すための穏やかな方法を教える人なのです。人を制すには、だれかが人をけしかけねばならないとはやりきれないことです。利益を得るには、人を搾取しなければならないとは腹立しいかぎりです。為すべきは、怒りが限界を越えて爆発する前に、搾取がなくなり、怒りが出口に向かって流れてゆく道をつけることです。ホールを御覧ください。中央には、炎の改革者であり、諸国民の団結者、疲れを知らぬ不屈の組織者であったマルクスの肖像が青葉に囲まれています。インターナショナルはマルクスが主導したものです。マルクスの死を悼み、さまざまな国の人が駆けつけました。数えきれないほど大勢の、たくましい腕をした労働者が集まっています。この人たちを見ると、心が和み、ほっとします。宝石よりも筋肉が、絹の服よりも誠実な顔があふれていま す。労働が人を美しくするのです。農夫や鍛冶職人や船乗りを見ると、心が洗われます。自然を相手に労働すると、自然のように美しくなるのです。

ニューヨークは猛烈な勢いで変貌しています。世界で耳目を引くものは、すべて、この都会に吸い寄せられてきます。ほかの地は人を追い出しますが、当地は追い出されてきた人に微笑みを送ります。このやさしさのゆえにこの国は力をつけたのです。マルクスは世界を新しい土台のうえに築く方法を研究し、眠っている人々を起こし、腐った柱を倒す方法を説きました。しかし、マルクスは、歴史でいえば国の胎内で、家族でいえば母の胎内で必要にして十分な発育期間を経ずに生まれた赤子は育ちにくいということを知らず、いくぶん急ぎ足で、ひとり、暗闇のなかを進んでゆきました。ホールにはマルクスの親しい友人たちが集まっています。マルクスは怒りに燃えるヨーロッパの労働者を指導した巨人です。しかし、それだけではありません。貧困の原因について、また、人間の運命について深く思いをめぐらし、人々のために尽くそうと熱く燃えた人でした。マルクスは自分のなかに在るものが人間だれにも在ると考えました。反逆する心、高邁なものをめざす心、たたかう心です。

ホールには、レコビッチ[*2]というジャーナリストがいます。この人物の話しぶりを御覧ください。上品で華麗なバクーニン[*3]を思い起こさせる風貌です。はじめ英語で話し、向きを変えるとドイツ語で話し、そのあとロシア語で話しています。ロシア人は、盛り上がり、座ったまま、「ダッ」「ダッ」と応じています。ロシア人は改革を鼓舞する人です。ですが、それだけです。ロシア人は人は好いのですが、短気で怒りっぽいため、新しい世界の土台を据える人ではありません。ロシア人は拍車であり、ときに眠りこけることがある良心を呼び覚ます声として申し分ありませんが、付けている拍車の鋼に建設用の槌の役目を求めるには無理があります。

スウィントン[*4]がいます。不正義を見ると我慢ならないこの老人はマルクスに山の重厚さとソクラテスの知を認めました。ドイツ人であるヨハン・モスト[*5]がいます。人も知る毒舌家で、策略家で、情け容赦なく相手を誹謗する人です。このような人々のスピーチを聞こうと大勢の人が詰めかけています。ホールに入りきれない人々が街頭にあふれています。人々は、手をつなぎ、グループになって唱っています。男性に混って女性も大勢います。壁に張ってある何枚もの大きなポスターに書かれているマルクスの言葉を、手をたたきながら何度も唱えています。フランス人であるミロー[*6]が気の利いたスピーチをしました。「自由は、フランスでは何度も踏みにじられたが、そのたびに一段と美しくなって立ち上がったのだ」と。ヨハン・モストのスピーチは過激でした。「人の生き血を吸う吸血鬼を退治してやると、わたしが剣をとったのは、イギリスの牢獄でマルクスの本を読んだときからである」と。マクガイア[*7]がスピーチしました。「これほど大勢の人々が、憎しみをもたず、一堂に会するのは喜ばしいかぎりである。世界中の労働者は、いまや、ただひとつの国に属している。労働者は、たがいに争うことなく、自分たちを抑圧する者に対抗して団結するのだ。悪名たかいパリのバスティーユの近くで、六千人ものフランスとイギリスの労働者が集まる光景を目にしたが、それは、まさに感動の一瞬であった」と。ボヘミアの男性[*8]がスピーチしました。また、新進気鋭の経済学者で、貧しい人々の味方としてだれからも愛され、当地でもイギリスでも有名なヘンリー・ジョージ[*9]の手紙が代読されました。万雷の拍手と熱狂的な歓声がわきあがるなか、額がひろく、トレド製の刃物[*10]のような目つきをした二人の男性が壇上にのぼり、ドイツ語と英語で、マルクスは労働界におけるもっとも気高い英雄にして最強の思想家として讃えるという集会をしめくくる決議文を読み上げると、人々は熱狂し、総立ちになりました。音楽が流れ、合唱が響きわたりました。だが、平和の響きという感じではありませんでした。

「ラ・ナシオン」、ブエノス・アイレス、一八八三年五月十三日、十六日

訳注

＊1——Karl Marx, 1818-83. ドイツの共産主義思想家。『資本論』（第一巻、一八六七）などを著した。

＊2——テキストでは Lecovitch と印字されているが、正しくは Sergius E. Echevitsch. ロシア系アメリカ人。社会主義労働党幹部。社会党機関紙「ニューヨーク・フォルクス・ツヴァイトゥング」の編集長。

＊3——Mikhail Bakunin, 1814-76. ロシアのアナーキズムの理論家。おもにロンドンで活動したが、一八六〇年に、一時、アメリカに滞在したことがある。

＊4——John Swinton, 1833-1901. アメリカ合衆国のジャーナリスト。ニューヨークの「サン」紙の論説主幹であった一八八〇年九月、マルクスにインタビュー（一八八〇年九月六日付掲載）した。八三年サン新聞社を退社、「ジョン・スウィントン・ペーパー」紙を発行した。自伝『闘いに生きる』（九四）がある。

＊5——Johann Joseph Most, 1846-1906. 一八八〇年ドイツ社会民主党を除名され、イギリスに渡ったのち、八三年合衆国に移住した。合衆国における指導的アナーキストのひとり。

＊6——Thèodore Millot（生没年不詳）. 一八八三年当時、合衆国の第一インターナショナルのセクション2の事務局長。

＊7——Peter J. McGuire, 1852-1906. アメリカ合衆国の労働運動の指導者。大工・指物工兄弟団委員長。アメリカ労働総同盟（AFL。一八八六年創立）の幹部。

＊8——Joseph Bunta（生没年不詳）. 第一インターナショナルのボヘミア支部の指導者のひとり。

＊9——Henry George, 1839-97. 合衆国の経済学者。『進歩と貧困』（一八七九）を著した。本書第4章に収録されている「ニューヨークのカトリック教徒の分裂」のなかにも関連記事がある。

＊10——スペイン中央部の都市トレドは、刀剣や甲冑などの生産でも知られていた。

青木康征・訳

新聞売りの少年

マルティのニューヨーク報告というべき〈素顔のアメリカ〉（ESCENAS NORTEAMERICANAS）は、一八八一年九月から一八九一年十二月まで「ラ・オピニオン・ナシオナル」（カラカス）、「エル・パルティード・リベラル」（メキシコ）、「ラ・ナシオン」（ブエノスアイレス）など、ラテンアメリカの有力紙に掲載され、その数は百九十本近くにのぼった。本編が書かれた一八八八年十月、マルティは〈ヤラの叫び〉二十周年を記念する集会で「わたしたちは、学校であり、鞭であり、現実であり、梁であり、慰めであります。わたしたちは人がわけ隔てるものを結びあわせています。わたしたちは祖国のための予備兵なのです」と述べ、満場の拍手を得た。一枚のスナップ写真に仕上がったこの小品に、ニューヨーク人のくらしの一端がゆっくり映し出されている。

ニューヨークに暮らすある父親は、五歳になる息子を連れ出しては、貧しい少年たちがたくましく生きている姿を子供に見せている。それにうってつけの場所として、夕刊が出る時刻になると、父と子は手をとり合い、パーク・ロー通りを通って中央郵便局がある一隅へ向かう。ここに新聞社の多くが集まっている。大理石のどっしりしたビルに社を構えるのが「ヘラルド」紙である。ビルは老朽化がめだち、まわりの新しいビルのあいだでくすんでいる。「ワールド」紙は、ユダヤ人であるピュリッツァー[*1]氏の手腕により、西部の資金にものをいわせて「ヘラルド」紙を引き離している。良質の読者を擁する「タイムズ」紙もある。花崗岩造りの新社屋は旧社屋の内側に建設された。輪転機も、編集部も、ただの一日たりとも場所替えしなかった。「トリビューン」紙が入っているレンガ造りの豪華なビルは、創立者であるホレス・グリーリー氏[*2]を象徴するかのように、というのも、氏は、生前、ジャーナリストのなかで随一の長身であったからであるが、ニューヨーク一の高さを誇る塔をもっている。「サン」紙は「トリビューン」紙の隣りの古ぼけたビルにあり、しゃがんで膝を嚙んでいる。この新聞は、シャンパンのように苦味があり、アリストファネス[*3]のように熱く、歯に衣を着せず、手厳しい。パーク・ロー通りは片方の端がブルックリン橋の起点になっていて、あとの片方はブロードウェーにつながっているため、一日中、人通りがたえず、出来た三角形のなかで中央郵便局と「ヘラルド」新聞社、それに、このオフィス地区にぽつんとまぎれこんだように、てっぺんに十字架をつけ周りが墓地になっているサン・パブロ教会が互いに顔を見せ合っている。教会の塀《へい》の前の中庭では、頭がつるつるになっても富を追い求める意気軒高な人々の行列に、死のマントを羽織った骨壺がひとつ、お供している。死はいつか必ずやってくる。それでも人生は乙なものである。死ぬときは「じゃ、また明日！」と言えばよい。「さようなら」はだめだ。パーク・ロー通りで目を惹きつけるのは、例の父親が息子に見せたいものとは、孤児の群れである。十二歳の少年もいれば、十歳の子もいる。その父親の息子と同い年である五歳の子もいる。大事な一レアル貨を握りしめ、歩道に列を作り、新聞が売り出される地下が開くのを待っているのだ！　階段を駆け降りてゆくときの足の速いこと！　前をゆく仲間の脚のあいだをくぐり抜けて飛んでゆくのだ！新聞を手に入れた子は持っていない子に分けている！　口では喧嘩しながら実際は助け合っているのだ！　だれでも、この子らの上に、財布の中身をすべて、空っぽにしたい気分になる。しかし、悲しいかな、現代のダナエ[*4]にはそうはいかない。財布の中身は黄金の雨にならず、天に向かってこぶしを振りあげるのだ。おお、神よ、これらの孤児のために父親を！　おお、神よ、これら裸足の子らのために靴を！　例の父親は息子に言った、「さあ、行っておいで」と。子供の瞳はやさしく、まだ文字が読めないにもかかわらず新聞を山のように買った。「お釣が一センターボ足りないときは『いいよ、どうぞ』って言うんだよね、お父さん？」と言った。このようにして大人になってゆくのである。貧乏人の中に数えられることはもちろん、貧乏人と付き合うのも恥と思うような、けちで、さもしい大人になるのではない。

　そして、市の高台に夜のとばりがおりるころ、同じ光景がくり返される。締め切り直前の記事が、最新のニュースが出る時刻である。人々はもう家に帰っている。どのヨットがレガッタを制したのだろうか？　どのチームが勝ったのだろうか？　最強のロングヒッターを擁するニューヨークのチームだろうか、それとも、空を見つめながら四角形の内野の外で構え、ダンサーのように猛然とダッシュし、稲妻のように飛んでくるボールを指の先でキャッチする全米一の外野手がいるシカゴのチームだろうか？　競馬はどの馬が勝ったのだろうか？　死が迫っていると伝えられる、あの、アポロのような肉体を誇るものの、内側は、炎につつまれて一気に燃えあがる枯れ木のように酒の飲みすぎでぼろぼろになっている怪力ボクサー、ジョン・サリヴァン[*5]の具合はどうだろうか？　当地の人々が熱中するのは、野球、ヨット、ボクシング、それに、競馬である。突然、当地で「エル」と呼ばれる高架鉄道の駅の下に少年たちが群がった。警官がふたり、警棒をふりあげて走ってきた。少年たちは、黙ったまま、一列に並んでいった。新聞の取次人は、街灯の下に千部が一しめになっている新聞を落とすと、そのうえにひざをつき、薄明かりのなかで部数を数えた。少年たちは、手をのばし、待ちきれなさそうに待っている。一レアルで新聞二十部を手にすると、「夕刊、夕刊！」と、大声をあげて駆けていった。裸足で、半ズボン姿で、上着はなく、帽子もかぶっていない。新聞は一部一レアルで売る。ここに、こころやさしき人がいる。買った部数の半分を友人に引き受けてもらっている。情け深い人に出会う。貝色の顔をしたその人は、破れたシャツとだぶだぶのズボンを着て、裸足で、悲しそうに見つめる小さな天使に、買ったばかりの十部のなかの二部を贈り物として返す。また、事業を営む人に出会う。金持ち然とした風采のその人は一ペソ分の新聞を買うのだ。これで、新聞の山は、すべて、売り切れだ。そのあと、少年は、贈り物としてただでもらった新聞を、今日の配分にありつけなかった仲間の少年に値引きして再販する。このようにして経済が営まれ、資本が勝利をおさめるのだ。順番を待つあいだ、ときに少年たちが歩道からはみだすことがある。すると、警官が警棒をふりかざして飛んでくる。それをみて、少年たちは蜘蛛の子を散らすように逃げてゆく。少年の裸の足は、電灯の放つ緑色の光をうけてきらきら輝きながら、大きな声で「夕刊、夕刊！」と叫ぶ声とともに夕闇のなかに消えていく。

「エル・エコノミスタ・アメリカーノ」、ニューヨーク、一八八八年十月

訳注

＊1——Joseph Pulitzer, 1847-1911. 合衆国のジャーナリスト、ニューヨーク・ワールド新聞社主。ハンガリー出身。南北戦争の兵士募集に応募して渡米。除隊後、セントルイスのドイツ語新聞で記者生活を送り、その後、ニューヨークに出た。一八八三年、廃刊寸前の「ニューヨーク・ワールド」紙を買い取り、同紙を一大新聞にした。ピュリッツァー賞の生みの親。

＊2——Horace Greeley, 1811-72. 合衆国のジャーナリスト、トリビューン新聞社主。ニューハンプシャー州の生まれ。地元新聞で印刷工として働き、文才を認められて記事を書きはじめた。一八四一年、ニューヨークで「トリビューン」紙、「ウィークリー・トリビューン」紙を発刊。熱心な奴隷制廃止論者。

＊3——Aristophanes, B.C. 445?-B.C. 385? 古代ギリシア、アッティカ古喜劇の三大作家のひとり。

＊4——Danae. ギリシア神話で、アルゴス王アピリトルクリシオスの娘。孫に殺されるという神託を恐れた父王によってダナエは青銅の部屋に閉じ込められたが、ゼウスは黄金の雨に身を変じて天窓から侵入してダナエと交わり、英雄ペルセウスが生まれる。

＊5――John Lawrence Sullivan, 1858–1918. アメリカ合衆国のヘビー級ボクサー。アイルランド移民の子としてボストンで生まれた。十七歳ですでに体重は二百ポンド（約九十一キロ）というめぐまれた体を生かし、一八七八年、余興のボクシング試合でノックアウト勝ちをして以来、プロボクサーの道を歩み、不敗のチャンピンとして人気と名声を勝ち得た。晩年はアルコール中毒と格闘した。

青木康征・訳

壮絶なドラマ

一八八六年五月一日、合衆国の労働者は八時間労働制の実施をもとめてシカゴで決起集会を開いた。集会は混乱なく終了したが、五月三日、労働者と警官隊は衝突し、労働者六名が死亡した。五月四日、ヘイマーケット広場で開かれた抗議集会を解散させようとした警官隊にむかって、一発のダイナマイト爆弾が投げられた。本編では、この事件の容疑者として逮捕され、有罪となり、絞首刑に処せられたアナーキストたちのプロフィールを中心にして、合衆国の労働者が置かれていた状況を解説しながら、マルティは、社会的不正義を正そうとして行動した労働者やアナーキストたちの心情に共感を覚えつつも、問題を解決する方法としての暴力の使用には与しなかった。

シカゴで起きた社会戦争／無政府状態と抑圧／事件と当事者たち／事件現場／激突／裁判／絞首台／葬儀

「ラ・ナシオン」紙編集長殿

社会正義はおそろしいものだと決めつけたり、社会正義の実現をめざす人々には無条件に共感を覚えるといったことは、危機のさなかにある国民の、また、その危機の実体を伝える者のとるべき態度ではない。真に自由のために尽くす人とは、たとえ自由の敵とみなされようとも、誤った行動によって自由を危うくする人々とは一線を画して自由を守る人である。自由を愛する気概が足りないと思われたくないというめめしい考えから悪習や犯罪を容認する人は、自由の擁護者の名に値しない。また、事件を憎み、嫌悪するあまり、社会的犯罪を生んだ時代背景にメスを入れず、事件を起こすにいたった切なる心情も斟酌せずに断罪する人は、許すことができない。

しめやかな葬列に送られ、悲しみに暮れる同志たちが見守るなか、シカゴで絞首刑に処せられた四人のアナーキスト[*1]と、あとひとり、絞首台で命を断つ代わりに、ふさふさした栗色の髪に隠していたダイナマイトで自殺した男性[*2]の棺が、花におおわれ、墓に入ったところである。

スト破りをした唯一の工場[*3]に押しかけた労働者のなかの六名が警察の実力行使によって死亡した。これに抗議して集会を開いた労働者たちを解散させようとした警官隊に向かって爆弾が投げられ、警官隊の前列が吹き飛ばされ、警官一名が即死、六名がのちに死亡、五十名が重傷を負った。この事件で、オレンジ大の爆弾を製造し、実際に爆弾を投げなかったとしても、投げるのをほう助した犯人、もしくは共犯として起訴された被告らにたいし、裁判長[*4]は、陪審員の評決をうけて、一人[*5]に十五年の懲役刑を、七人[*6]に絞首刑を言い渡した。

南北戦争以来、すなわち、ジョン・ブラウン[*7]が、ひとり、ハーパーズ・フェリーで事件を起こし、罪人として命を断った悲しい時代以来、この国が栄光の冠として強引にすすめた絞首台による死刑執行で、これほど、物議を醸《かも》し、注目を集めた事件はほかにない。

国中が、オオカミにも似た怒りをもって、職務に忠実な弁護士[*8]と、死刑囚のひとりに恋する女性[*9]、および、インディアンの母とスペイン人の父をもつひとりの妻[*10]によって七人が絞首台から救出されてなるものかと闘った。

この国は恐怖を覚えたのである。日増しに力をつけてゆく一般大衆に。いますぐにも団結しそうで、いったん団結すれば組合幹部の確執以外には抑えようのない労働者階級に。特権をもつ人ともたない人という、ヨーロッパを揺るがすふたつの階級のあいだの境が無くなってきていることに。この国は、謀議にも似た暗黙の合意のもと、被告らが信奉した狂信的思想のせいだけでなく、この国自身が犯した過ちが原因でもある本事件を利用しようと考えた。すなわち、被告らを見せしめにして、理性が治める国ではぜったいに勝利するはずのない哀れな徒党にではなく、手強い存在になってきた新興勢力に冷水を浴びせようとしたのである。この事件にたいする自由を愛する人々の自然な嫌悪感と、この国を自分たちのものだと考える専制的なアイルランド人が侵入者とみなすドイツ人やスラブ人を苦々しく思う気持ちとが合わさって、ひとつの戦争、それも後味の悪い偽善にみちた戦争となったこの裁判では、労働者は、被告らと同じ苦しみ、同じ絶望、同じ劣悪な労働条件、同じどん底の暮らしに喘いでいるにもかかわらず、感情に流され、非情にも特権階級の側に付いた。労働者が置かれている悲惨な状況をつねに目のあたりにして、シカゴのアナーキストたちは、問題を解決しようとはやるあまり、悟性を鈍らせてしまったのである。

ある人は恥ずかしさから、ある人はおそろしい報復をおそれ、すでに大工が絞首台を組み立てているときになって、被告らの助命を州知事[*11]に嘆願した。だが、老齢で気概に乏しい州知事は、おのれの命を賭けても危険にさらされている社会を守るべきだという特権階級の要請と甘言に屈した。

そのときまで、弁護士と、被告らの真の友人を別にすれば、証明されずに終わった容疑をかけられ、恐怖の王国を建設しようとした容疑で社会テロの犠牲になった被告らのために行動したのは、三人だけであった。ボストンの小説家ハウエルズ[*12]は、被告らの行動に理解を示したため、名声と友人を失った。思慮深く頑固な思想家アードラー[*13]は今世紀の悲しみのなかに新しい世界の夜明けを見た。そして、偏屈者のトゥレイン[*14]は、公園で餌をやりながら小鳥と戯れ、子供たちとおしゃべりして暮らした。

すでに、被告らは、壮絶なダンスに臨み、白い長衣を着て、宙をぐるぐる舞いして絶命した。

いまや、ストーブに火はなく、食料庫にパンはなく、社会制度に正義はなく、労働者を飢えから守る蓄えもなく、家を照らす光も希望も、火傷や病気を癒す軟膏もないまま、労働者たちは、人類への崇高な愛を身をもって示すのだと考え人類を救出するために啓示されたと信じた武器で自殺した青年のばらばらになった遺体をクルミの木の棺に入れた。この国は、富への信仰があまりにも強いため、歴史のしがらみがないにもかかわらず、君主制を敷く国のもつ不平等、不正義、暴力の極みに落ちてしまった。

ヨーロッパから移住してきた労働者たちは合衆国に革命理論を持ち込んだが、しょせん、打ち返す波とともに消える血の滴であった。合衆国には、広大な土地があり、共和政治のもと、到着したばかりでもパンを手に入れることができたばかりか、その一部を、老後に備えて蓄えることができたからである。

しかし、その後、諸悪の根源ともいうべき戦争が、そのいまいましい落とし子として権力と支配の習性が、巨大資本を生み出すもととなる信用制度が、おびただしい数の移住者の群れが、そして、戦争が終わったあと、生きてゆくために、また、血のにおいを嗅いでしまったがゆえに、うさんくさい仕事にも就く用意のある失業者の群れがこの国を支配することになった。

絵に描いたようなのどかな田園の暮らしから、この国は、君主制国家も同然の国になってしまった。

ヨーロッパから移住してきた人々は、怒りをあらたにしてこの国の悪を告発した。いずれの悪も、圧制を敷く故国に捨ててきたとばかり思っていたからである。

合衆国の労働者は、封建領主の強欲と不正義の餌食になっていることを知ると、自由が政治の場で勝利していると同じように、社会の場でも勝利させようとして怒りを爆発させた。

合衆国の国民は、流血の騒ぎによってではなく、選挙を通じて自分たちの要求を実現させる習慣を身につけていた。そのため、選挙は圧制を敷く手段のひとつになっている国に生まれ、合衆国で行われている高尚な政治のあり方は、故国の思想家が憤激し、英雄が歯ぎしりし、詩人が呪いをかける新種の権力の乱用以外のなにものでもないと考える人々を理解することも、容認することもできなかった。このように、政治を行う方法をめぐって本質的な違いがあるうえ、合衆国の支配権をめぐってはやくも人種間の軋轢や敵愾心が生じていたため、すべての労働者がこぞって賛同する方法と目的をかかげる強大な労働者政党がただちに結成される状況にはなかったものの、同じ苦しみを嘗める者同士として急速に結束を強めていった。それでも、虐げられた状況に置かれていた労働者が猛然と走りだすには、自由への信頼をなくした人々が誤ったかたちで正義を実現しようとして手を染めることになる武装闘争が無用のものとして封印されているなかで、本来の作業、すなわち、選挙を通して悪を除去して正義を実現させるという作業を中断するには、感情の爆発という自然の成りゆきであれ、なにか途方もない出来事が引き金になる必要があった。

開拓がはじまって日の浅い西部では、東部の文学や習慣にみられるような古い社会による新しい要素を縛る度合いは、東部に比べると弱い。華やかな東部の都会の暮らしはあわただしく、人間関係も疎遠であるが、西部の暮らしは質素で、人と人の関係は密である。西部では、発展がいちじるしく、邸宅や工場がつぎつぎに建設される一方、貧しい大衆が増大し、いかに働き者の労働者といえど飢えに苦しみ、いかに心やさしい労働者といえど迫害され、いかに有用な父親といえどわが子に幸せを与えることができないという社会の欠陥がだれの目にもはっきり露呈している。西部では、貧しさをかこつ労働者は、妻や子と一緒に、自分たちの貧しさの原因を解明し解決策を示す書物を読み、経営者は、巨大工場がせっせと利益を生んでいる様子をおのれの目で確かめて意を強くし、繁栄の原理に則して正義に反する方法と劣悪な労働条件を徹底させている。西部では、帝政国家からもたらされたドイツ製の、痛めつけられた、知的なパン種がハイネ[*15]の恐ろしい三重の呪いをかけながら労働者大衆を発酵させ、とりわけ、その中心都市であるシカゴで、労働者のなかの我慢しきれない人々は、労働者を支援する人々の熱い思いは、そして、経営者の厚顔無恥と無慈悲によって積もりつもった憤怒は、ひとつの、明確な表現を見つけたのだった。

海水が水蒸気となって上昇し、水蒸気が海にもどるように、なにごとも、偉大なものと卑小なものへ同時にひろがってゆく。自由を標榜する諸制度の産物としてシカゴで凝縮した生きるためのたたかいは、合衆国に、そして、世界に恐怖と希望をもたらす事件を引き起こしたが、それはまた、シカゴ独自の事情と事件を起こした人々の激情のせいで、シカゴの全市民を巻き込む、にがく、怒りにみちた事件になってしまった。

不正義にたいする憎しみは、不正義の代理人への憎しみになった。

積年の怒りが、牙をむいてなにもかもすべてを飲み込んでゆく溶岩のように、同情が嵩じて自分たちは天命をうけた人間だと思い込んだ人々のうえに人類の遺産として舞い降り、そこに個人的な恨みが加わってさらに拍車がかかり、同情を呼ぶ原因となった不正義をつづける人々に襲いかかったのである。人は、動きだすと止まることを知らない。痛みは、うずきだすと爆発する。言葉は、扇動しはじめると暴走する。虚栄は、頭をもたげると手に負えない。歩きだした希望の行きつく先は、勝利か、敗北である。「革命家にとって」――サン・ジュスト[*16]は言った――「休息できるところは、墓場だけだ！」と。

観念だけの人は、あらゆる観念が調和し愛が感情を統治する世界など、太陽に手を置き、時間の天頂で腰をおろして世界が沸騰するさまを見物する高邁な人にしか想像することができないということを知っている。人間を相手にしている人は、人間は花よりも団子を愛するとして、触るものしかわからず、表面しか見えず、危害を加えるものと求めるもの以外には関心がなく、頬にあたる風とか、もっともらしくとも、つねに真実とはかぎらないものの、おのれの憎悪や傲慢、あるいは欲望の邪魔をするものにのみ、こころ乱されるということを知っている。人の不幸にこころ痛める人は、いかに血のめぐりが鈍くても、労働者が、自分の妻や子が貧しさに苦しんでいる姿を前にしてつねに気も狂わんばかりの精神状態になっていても不思議でないという社会的貧困を目の当たりにすれば、おのれの頬がぶたれ、体が泥だらけにされ、両手が血だらけにされたかのように怒りがこみ上げ、理性をなくしてゆくのを感じるのである。

悪の正体がわかると、こころやさしき人は悪を正そうとする。その結果、平和的な方法では問題を解決することができないと思うや、力に訴えることになる。虐げられた人々への同情が、生傷をひっかくウジ虫のように、やさしいきこころを揺さぶった。

このことをデムーラン[*17]は言ったのではないだろうか？「自由を獲得するためなら、死人が山のように出たとして、それがどうしたというのだ？」と。

やさしさのゆえに自分を見失い、虚像に惑わされ、人気に浮かれ、痛めつけられて自制心を失い、愚かにも選挙など無力だと考え、新天地では理想の社会を建設できるという希望に冷静な判断力を無くし、怒りに燃える労働者大衆を扇動した被告たち。彼らは、選挙制度が生まれたばかりの国で育ち、眼前の光景に目を奪われ、支持者におのれの弱さを見せまいとして突っぱり、この自由な国では、人々が真に望む社会変革が実現しない理由があるとすれば、それは、ただ、そのような変革を望む人々の気持ちがひとつになっていないためだということがわからず、耐えることに疲れ、人類の共同生活[*18]を夢見て、平和的な方法では正義を実現させることはぜったいにできないと考えたのだった。

被告らは、自分たちは獣扱いされ、檻に入れられていると考えた。周りで大きくなってゆくものは、すべて、自分に危害を加えるものと映った。「娘は、十五時間働いて、賃金は十五セントだ」。「この冬は仕事にありつけなかった。組合に入っているからだ」と。

裁判長は、被告らに有罪判決を下した。

警官は、サージのフロックコートの威厳と権力をかさにきて、貧しい人々を、労働者を警棒でなぐり、命を奪った。

労働者は、飢えと寒さにふるえ、悪臭を放つ住宅で命をつないだ。

アメリカも、しょせん、ヨーロッパと同じではないか！

労働者は、自分たちは社会を動かす歯車のひとつにすぎないということも、自分たちが歯車でなくなるには社会の仕組みそのものが変わらなければならないということもわかっていなかった。追われているイノシシには、澄みきった青空に流れるのどかな音楽も、宇宙の歌声も、悠然とした宇宙の動きも聴こえない。闇のなか、幹に尻をうちつけ、追っ手の腹に牙を突き刺し、はらわたをずたずたにするだけだ。

日ごとにひどくなってゆく貧しさにうちひしがれたこの疲れた大衆は、不条理な貧しさにたいする怒りを鎮めようにも、上昇しなければならないと思想家が考える、あの、神聖で、神々しい境地をどこに見出すというのだろうか？　考えつく策は、すべて、試みた。在るのは、「人間が、おのれの状況とおのれを囲むいっさいのものにたいして挑む、真っ暗闇のなかの絶望的な戦争」とカーライル[*19]が呼んだ、あの、恐怖の王国である。

こうして、人間の生命が脊髄に、大地のそれが火山層に凝集するように、労働者の群れのなかから、背筋をぴんと伸ばし、炎を吐き、労働者の苦しみと絶望と涙がひとつにこねあげられてできた人間が出現した。

この人間は地獄からやって来たのだ。この人間が話す言葉は、地獄の言葉でなくて、なんであろうか？

この人間がする演説は、目で読んでも稲妻を放ち、噴煙を上げ、消化不良の食物と真っ赤な息を吐き出す。世界は腐っている、あたらしい世界を作るのだ！　雷鳴がとどろくシナイ山[*20]で作ったように、血の海と化した九三年[*21]のように、だ。「ダイナマイトで十人吹き飛ばすほうが、おなじ十人を、たとえば、工場でじわじわ餓死させるよりも意味があるのだ！」

「神々は喉が渇いておられる」という、モクテスマ[*22]の託宣がふたたび聞こえた。

一人の美男子が、頭の後ろに雲をたなびかせ、顔に太陽をいだいている自分の肖像画を描かせた。この青年は爆弾に囲まれて書斎机に座り、脚を組み、シガーに火をつけた。そして、木片を組み合わせておもちゃの家を作るように、抑圧の象徴であるシカゴに社会革命という爆弾が炸裂したとき花ひらくであろう正義にみちた社会について熱弁をふるった。

とはいえ、この連中がしたことと言えば、しょせん、演説、街頭集会、どこそこの地下室での軍事訓練、絶望する二千人の読者向けの競合する三種類の新聞の発行、最新の殺人兵器の宣伝にすぎなかった。自由をおもちゃにして虚栄からこのような活動を容認した人々は、こうした宣伝活動を行ううちに同情を通り越してしまった人々よりも罪は重いのだ！

労働者が自分たちの状況を改善しようとして行動を起こせば起こすほど、経営者は労働者との対決姿勢を強めていった。

労働者は思った。自分たちには、将来に備えて蓄えを持ち、いくらかなりともくつろぎのある清潔な住宅に住み、生まれてくる子供を安心して育てることができ、自分たちが不可欠的にかかわっている労働の果実がより平等に分配され、日中、妻を手伝って庭にバラの木を植えるための時間をもち、ニューヨークのような中に入ろうとすると吐き気を催すような小屋でなく、こざっぱりしたところで暮らす権利がある、と。こうしたことを機会をとらえてシカゴで要求すると、そのたびに、資本家は、結束し、労働者にとって肉であり、火であり、光である仕事を取り上げ、警棒をふりあげたくてうずうずしている警官を差し向けた。警官は、ときとして勇敢に抵抗して石を投げた労働者を、少年を死亡させた。結局、労働者は、飢えを選ぶか、それとも、怒りと屈辱と悔しさを胸に刻み、復讐を誓って職場に戻るしかなかった。

アナーキストたちは、ごく少数の仲間うちで活動していたが、年を追ってまとまりを見せ、グループが出来ていった。各グループに武闘派集団があった。アナーキストたちは三種類の新聞を発行した。それぞれの主張に強弱はあったが、社会革命の実現を標榜し、人類の名において現行の社会体制に宣戦を布告した。アナーキストたちは平和的な方法では根本的な社会変革を実現させることはできないと断定し、虐げられた人々を救出する聖なる武器としてダイナマイトの使用を勧め、その製造方法を伝授した。

アナーキストたちは陰に隠れてこっそり活動したわけではない。自分たちの敵と見なす人々の前で、自分たちは自由な人間であり反逆者であると宣言し、人類を解放するために戦争状態に入っていることを認めた。そのうえで、その強力な破壊力によって敵と対等の力が得られ、流れる血を節約できるとみた発明品を祝福し、通常の武器教本を書くように、氷の恐怖と悪魔の冷酷さをもって新しい武器の研究と製造を奨励した。そうした教本を読むと、もうもうとたちこめる煙のなかに骨の色をした輪が見える。真っ暗な部屋から死神が入ってきて、人の肋骨をかじり、爪をとがらせている。人がどれほど深い絶望の淵にいるかを知るには、平穏無事な暮らしの中で淡々と準備される恐怖と、何世紀にもわたる怒りを爆発させて立ち上がる恐怖のどちらがよりすさまじいか、知る必要がある。そのためには、祖国から、世の中から追放されて生きる必要がある。

毎日曜日、社会主義者の友人たちから合衆国大統領候補に推されたことのある合衆国生まれのパーソンズ[*23]が演説した。パーソンズは、人類がおのれの信じる唯一の神と考え、集まったセクトの仲間にむかって、人類を守るに足る気概をもつよう鼓舞した。飛び跳ねるように、鞭を打つように、ナイフをふりまわすように演説した。そのはげしい言葉に、いつも、我を忘れた。

パーソンズの妻は、情熱的なメスティーソで、その胸に労働者の苦しみがあいくちのように突き刺さった。いつも、パーソンズのあと、燃えるような演説をした。その調子は、伝えられるところでは、虐げられた人々の苦しみが、これほど、雄弁に、ありのまま、すなおに語られたことはなかったという。目は稲妻を放ち、口は機関銃となり、両手はこぶしを握っていた。そのあと、哀れな母親の悲しみを、甘く、せつない声で、涙の糸とともに語った。

「アルバイター・ツァイトゥング」紙の編集長であったシュピース[*24]は、霊安室から書き送っているかのように死のにおいがするひんやりした文を書いた。アナーキーについて論じ、アナーキーこそ、真に自由な生への入口であると説いた。七年にわたって自分の新聞でアナーキズムの基本原理について説明した。そのあと、革命の必要性について、さらには、「アラーム」紙におけるパーソンズと同じく、革命を実現させるための組織づくりについて論じた。

シュピースが説く思想は、どうみても、足場のない危なっかしい話である。現にいまある世界は、いったい、どうなるのだろうか？

シュピースの話に根拠がないことは理性に照らせば一目瞭然であるが、本人は平然としていた。ダイヤモンドをカットするように自分の流儀にこだわった。寂しがり屋のナルシストであったシュピースは、おのれの偉大さに驚嘆し、うっとりした。キリストを慕ってひとりの女性が十字架で首を吊ったように、明日、ひとりの乙女がシュピースがいる独房の格子で首を吊るとしよう。そのとき、シュピースは、イエスは人を救うのに忙しくてマグダレナを愛さなかったことを思い出し、その口からは冷たい言葉しか出ないだろう。

シュピースが愛用の燕尾服を脱いで労働者にむかって熱弁をふるうとき、話しているのは人間でなかった。遠くのほうで不気味にこだまする嵐のうなり声であった。肉のない言葉であった。ハリケーンでまっぷたつに折れた木のように聴衆の方に大きく体を傾けると、枝のあいだから氷のような風が吹き抜け、聴衆の上を通り過ぎる感じがした。

シュピースは、動揺する労働者の毛むくじゃらな胸に手をつっこむと、胸の奥にあるものを取り出し、当人の目の前でぶらぶらさせたと思うと、ぎゅっと絞り、内臓の臭いを嗅がせた。警察が実力行使をしてストライキ中の労働者を一人死亡させたとき、シュピースは、血相をかえ、移動演説台である馬車の屋根に上がった。すさまじい迫力のあるシュピースのかさかさした言葉は、すぐに光を放ち、炎の矢筒のように白熱した。そのあと、シュピースは、暗い通りを、ひとり、歩いていった。

シュピースに嫉妬するエンゲル[*25]は、アナーキズムを戦場に引っぱり出そうと躍起になっていた。自ら、軍団を組織し、地下室で、夜、「そのときのために」、弾丸の装塡から照準を合わせて心臓に命中させるまで、銃の扱いを一通り指南した。自分が発行する「アナーキスト」紙において、また、演説で、シュピースの考えを羨ましく思うがゆえにシュピースを優柔不断だと批判した。自分だけが、純粋で、堕落していなく、正論を述べているというわけである。シュピースにとって、アナーキーに勝るものはなく、人類はあらゆるものの平等な所有者と考えるアナーキーが唯一最高のものであった。

世界は独楽《こま》で、エンゲルが芯であった。世界はうまく回るだろう、「労働者が恥を知れば」独楽のように！

エンゲルは、それぞれのあいだを奔走し、それぞれの代表が一堂に会したアナーキスト全国大会に出席した。エンゲルはこの全国大会を腰抜けで裏切り者と非難した。なぜなら、「われわれが主張したにもかかわらず、大会に参加したわれわれ八十名が主張したにもかかわらず」、全国大会は、真の革命を、パーソンズがダイナマイトを「厳粛な物質」と呼び、労働者にむかって「欲しいものがあれば、ステート通りの店に入って手に入れよ。店は君たちのものだ。すべて、君たちのものだ」と演説した革命の実行を決議しなかったからである。エンゲルは、シュピースと同じく、「レーア・ウント・ヴェーア・フェライン」[*26]の会員であった。この協会は、警察の実力行使で大勢の労働者が犠牲になった事件を境に、労働者にむかって、武器をとれ、自衛のために武器をとれ、そして、度を越した対応はいつも事をあらぬ方向へ向かわせるように、新聞での主張に代えてスプリングフィールド銃をとるのだと扇動した。エンゲルは、本人自身、巨体の持ち主であったが、まさに、アナーキズムの太陽であり、「偉大な反逆者」、「自立者」であった。

では、リング[27]は、どのような人物だったのだろうか？　美男に生まれたリングは、はつらつとした青春のエネルギーの発散先である恋愛事にかまけることはなかった。障害者である父親と貧しい母親のあいだにドイツのある都市に生まれたリングは、いかに温厚な人でも憤慨して当然というほどの赤貧を味わった。父親は荷役で母親は洗濯婦であった。リングはタンホイザー[28]かローエングリン[29]かというほどの美男で、すらっとした体、魅力的な瞳、ふさふさした栗色の巻き毛をしていた。このような端正な容貌も、すさんだ世の中ではなんの役に立つというのだろう？　リングはおのれの将来を労働者のそれに見てしまった。あご髭が伸びはじめたころ、爆弾作りに取り組んでいた。絶望は、行き着くところまでゆくと、爆発して天に達するのだ！

リングはドイツから来たばかりだった。二十二歳であった。ほかの仲間には言葉であったものが、リングには行動であった。リングが、リングだけが爆弾を作った。なぜなら、衝動で行動する人はともかく、人間はものを為す動物であるため、エネルギーを発散させるだけであれ、人を殺傷するのも自然と考えたのである。

詩が好きで文才のあるシュワーブ[30]はシュピースの原稿作りを手伝い、弁舌がたつフィールデン[31]は、町から町へめぐり、来るべき革命の宣伝をしてまわった。フィッシャー[32]は運動を鼓舞し、ネーベ[33]は組織作りを担当した。そのかん、リングは、地下室で、のちに一人が裏切ることになるが、四人の仲間とともに、モスト[34]が自著『革命戦争の科学』で教える手順にしたがって爆弾を作った。シュピースが「アラーム」紙で助言するようにマスクを付け、死の球体にダイナマイトを詰め、まん中に導火線を通して奥の爆薬に届くようにした。そのあと、腕を組み、そのときを待った。

このように、シカゴのアナーキストたちは、ゆっくりした速度で、内部に嫉妬と確執をかかえ、決起のときをめぐって意見を異にし、厳粛な材料の入手にも、爆弾の作り手にも事欠きながら活動していた。そのため、ひとにぎりの戦闘的アナキーストが当てにした力とは、ただひとつ、アナーキズムに背を向けている労働者のなかにある、なにかのきっかけで爆発し、社会騒乱を起こしかねない怒りであった。労働者とて人間で、明日を信じているため、人を殺傷してもよいという世界観は自然が教える道理からみて受け入れるわけにゆかなかった。それでも、太陽の下で子供の顔を見るために一時間の休憩時間を要求しただけで虫けらのように銃弾を浴びせられ、赤いカーテンを左右に引くように額の血をぬぐいながら地獄の修羅場から立ち上がる時、怒りに燃える一群の哀れな人間が信奉する死の夢物語が翼をひろげ、煙を吐き、逃げまどう労働者のうえを旋回し、正義を求める死体を両脚でつかみ、悲しみにうちひしがれた労働者を地獄のオーロラで照らし、絶望の淵にいる労働者を灰色の雲のように包み込んだとして、なんの不思議もない。

法律は、アナーキストたちの活動を認めていたのではなかったか？　新聞は、正義を実現することによって彼らの怒りを鎮める代わりに、彼らを憎悪して過激な行動へ走らせ、有名にしてしまったのではないだろうか？　彼らの新聞は、無視されて怒りをつのらせ、罰せられないことで恐いもの知らずになり、大手をふって配付されていたのではないだろうか？　アナーキストたちは、人類は圧制の下で生きていると考え、自分たちは合衆国の独立宣言が説く義務を果たして圧制を倒し、代わりに、各人の生産物が等価で交換され、相互理解による争いのない政治が実現し、人種や宗教や性別にとらわれない理性にもとづく教育がおこなわれる自由にみちた共同生活をつくり出すことを願っていたのではなかったか？　アナーキストたちは、草原で眠るゾウの群れのように、労働者と同じ苦しみを覚え同じ叫び声をあげて立ち上がろうとしていたのではないだろうか？　力に訴える方法は、権利を要求するだけではどうにもならないとき、要求をなんとしても認めさせようとすれば、危険ではあるが、考えられうる方策ではないだろうか？　アナーキストたちの思いは、資本家が譲歩すれば和らいだであろうが、対決姿勢をとったため、銃とダイナマイトに変わってしまった。だが、彼らの行動は、労働者が置かれている悲惨な状況を目にして異常なまでに高揚し常軌を逸してしまったものの、正義と尊厳にみちた時代を招来させるという希望に聖油された、心底、純な同情から生まれたのではないだろうか？　人類救済の福音者であるパーソンズは、いちどは合衆国の大統領候補に推された人物ではなかったか？　シュピースは、アナーキズムの綱領を掲げて連邦議会の議席を求めて選挙に出たのではなかったか？　政党は、アナーキストたちが自分たちの考えを宣伝するのを妨げない代わりに、彼らの票を手に入れようとしたのではなかったか？　法律で認められている彼らの行動や主張が、なぜ、犯罪にあたるというのだろうか？　逆境に苦しむ労働者を武装させたのは、俗物が権力を手にするとおしなべてそうなるように、酔っぱらいの首切り人となった警察当局による血の祝宴ではなかったか？

合衆国に来たばかりのリングは、新参者特有の気負いから、シュピースのことを観念的で、優柔不断で、行動力がないとして嫌った。それでも、アナーキーの哲学者であるシュピースの洗練された知性には頭があがらなかった。他方、シュピースは教養人として破壊活動にも芸術性と偉大性を求めたため、意見を異にする一部のアナーキストはシュピースに反発し、リングが慕うエンゲルを自分たちの指導者と考えた。エンゲルは、全世界を相手に戦いを挑む自分に満足し、おのれの勇気を敵のそれに合わせて計った。

パーソンズは情熱にかけては自分に勝るとも劣らないエンゲルに嫉妬を覚え、雄弁で文学を愛するシュピースと組んだ。フィールデンは、故郷のロンドンで民衆の怒りが高まってゆくのを見て、利己愛からアナーキズムを禁止した祖国を想う気持ちから、合衆国でアナーキズムを広めることがイギリスの労働者階級に勝利をもたらすことになると信じていた。エンゲルは「ついに、そのときが来た」と言い、シュピースは「そのときが、本当に来たのだろうか？」と言った。リングは、粘土とニトログリセリンを細い木の棒で混ぜながら「そのときが来たかどうかは、爆弾が完成したとき、わかるだろう！」と言った。[*35]フィールデンは、痛めつけられ怒りに燃える労働者階級が合衆国の東海岸から西海岸まで、一斉に、労働時間を一日八時間にするよう要求して立ち上がるのを見るや、そのときまで労働者を抑圧する資本家への怒りと労働者を目の敵にして殺人行為に走る警察への憎悪だけで結ばれていた各グループを巡り、「そうだ、友人諸君。太陽の下で自分の息子や娘に会えないというのなら、そのときが来たのだ」と言って回った。

こうしたなか、貧しい人々の味方である春になった。寒さを恐れることもなく、暖かい陽の光に元気づけられ、冬のあいだの貯えで当座の餓えから解放された安堵から、全国に散らばる百万の労働者は、経営者にたいし、一日の労働時間が八時間を超えないよう要求することを決議した。労働者の要求が正当であるかどうか知りたい人は、ここにいらしてください。労働者が、棒きれで追い立てられる牛のように、とっぷり日が落ちた時刻に、粗末なわが家へ帰ってゆくところが見えませんか？　そして、太陽さえまだ眠りから覚めない時刻に、男性は寒さにふるえながら、女性は髪もとかずに青白い顔をして、家を出て、遠く離れた仕事場に向かうところが見えませんか？

虐げられ怒りが充満するシカゴでは、警官は騒乱に備えて武装した。挑発的態度をとれば労働者は向かってくると読んだからである。法律が求めるように冷静に対応するのではなく、憎悪にかられ、労働者を一刻もはやく決闘に引きずり込もうとしていた。

労働者は、ストライキという合法的手段によって自分たちの権利を守ることにしていたため、アナーキズムを説く死の弁士にも、警棒であざをつけられ、あるいは、拳銃で撃たれた傷口を押さえながらつぎはただではすまないぞと心に誓う労働者にも背を向けていた。

三月になった。工場は、疥癬《かいせん》に罹った犬を街頭に放り出すように、要求書を出しにいった労働者を解雇した。労働者は、労働騎士団*36の指令にしたがい、一斉に職場を放棄した。ブタ肉は、処理して腸づめにする作業員を失って腐り、家畜は、世話する者がいないため、いらつき、柵のなかで呻いていた。物音ひとつしない静けさのなか、巨人の列のように川を見守る穀物の荷揚げ機が、無言で、立っていた。このように沈黙が張りつめるなか、どの争議でも最後はいつも勝利する経営者の勝ちほこった幟のように、一筋の煙がマコーミック社のコンバインからのぼった。苦しい生活に耐えかね仲間を敵にしてしまった労働者が動かしていたのだ。煙は、黒いヘビのように、空にむかってのぼってゆき、螺旋《らせん》を描いたあと、青空の上でひざまずいた。

怒りがおさまらない三日目。どんよりした午後であった。黒い道と呼ばれるマコーミック社の工場へ通じる道はいきり立つ労働者でうまっていった。上着を肩にかけ、たちのぼる煙にこぶしをあげ、坂道をのぼっていった。人間は、神秘的な命令をうけ、危険の待ちうけるところへいつも出かけ、おのれの悲劇を掘ることに喜びを覚えるのだろうか？　その、不届き千万な工場は、餓えや寒さとたたかう労働者を屈服させるため、同じ苦しみにあえぐ犠牲者を手先に使っているのだ！　パンと石炭のためであるこのたたかいで、労働者は、権力の陰険な企みにはまり、仲間である同じ労働者を相手にたたかうというのだろうか？　世界を創るには、世界を搾取する連中にどうしても勝たなければならないのではないか！　そうだ、裏切り者がどんなつらをしているか、見てやろうじゃないか！夜のとばりがおりるころには、八千人の労働者が詰めかけていた。つるつるの岩の上で一団になって座っている人もあれば、曲がりくねった道を列をつくって歩いている人、殺風景な土地にらい患者の発疹のように点在する粗末な住宅を怒りをこめて指さす人もいた。

岩の上で演説していた弁士たちはその激しい言葉で群衆の心をとらえた。労働者の目がぎらつき、髭がふるえるのが見えた。演説していたのは、馬引きであり、鋳物工であり、大工であった。マコーミック社の工場から煙があがり、製粉所の上でたなびいていた。まもなく終業時間だ。やつらがどんなつらをして出てくるか、拝ませてもらおうじゃないか！　邪魔だ。どくんだ、そこの弁士。社会主義者め！

演説していた弁士は、激高する労働者の心臓の奥にある怒りを手で摑《つか》むと、本人の目の前に高々とかざし、虐げられた父親たちにむかって、パンをほしがる子供になにも与えられなくとも、子供の将来の幸せのため、勝利を勝ちとるまでたたかうのだ、と檄を飛ばしていた。それがシュピースだった。労働者は、はじめはシュピースを無視していたが、いつしかシュピースの周りに集まり、互いに顔を見合わせ、演説がまともであるのを認めると、共鳴し、「やつだ。やつの言うとおりだ。やつなら、おれたちに代わって工場と交渉できるぞ」と、歓声をあげた。しかし、そのとき、すでに、労働者は製粉所の終業を告げる鐘の音を耳にしていた。シュピースがなにを演説しようと、なんの意味があるというのだろう？　全員が、道ばたの石という石をひろうと、工場へ走っていった。ガラスは、一枚のこらず、粉々に飛び散った！　警官がひとり、制止しようとして押し倒された！　やつらはあそこにいるぞ。死人のように真っ青じゃないか！　カネに目がくらんで殺し屋の手先になりやがって！　石でも食らえ！　恐怖の虜《とりこ》となり製粉所でひと塊りになっていた労働者たちは幽霊のようであった。パトロールカーが一台、発砲しながら、投石の嵐のなか、坂をのぼってきた。警官がひとり、踏み台に身を乗り出して発砲していた。別の警官が運転席に座り、そのほかの警官は体を伏せて発砲していた。ひとりの騎馬警官が群衆を踏みつけるように蹴散らかして道を開けていた。警官隊はパトロールカーから飛び下りて戦闘態勢につくや、群衆にむかって発砲した。労働者は石を投げて無差別攻撃から身を守った。労働者は市内各所から駆けつけたパトロールカーに包囲されたが、それぞれ、自分の地区に逃げ込んだ。男性に劣らず、女性も怒りに燃えていた。労働者は、今回は敵に勝利を与えるものかと、その夜、一睡もせず、六名の遺体をひそかに埋葬した。

労働者のはらわたが煮えくりかえるのが見えないだろうか？　労働者とアナーキストたちが結びつくところが見えないだろうか？　シュピースが「アルバイター・ツァイトゥング」紙に過激な文を書く姿が見えないだろうか？　エンゲルが「ついにときが来た」と叫ぶ姿が見えないだろうか？　その数カ月前パトロールカーの警官に警棒で頭を殴られたリングが皮革のトランクに爆弾を入れるところが見えないだろうか？　警察の荒っぽい行動にたいする

労働者の憎しみが今回の無差別攻撃によってさらに深まるのが見えないだろうか？　「労働者諸君。武器をとれ」と、シュピースはある扇動的なビラに書いた。これを読んだ労働者は、だれもが、身震いした。「武器をとれ。これは人間としての権利だ。諸君を殺そうとするやつらと闘うのだ！」「明日の集会に集まろう」――アナーキストたちは合意していた――「やつらが攻撃してくれれば、それがどれほど高くつくか、思い知らせてやるのだ！」「シュピース、君の『アルバイター』紙に〈ルーエ〉と書くんだ」。ルーエとは、全員、武装せよ、という意味である。「アルバイター」紙の印刷機を使って、労働者にむかって、警察による人殺しに抗議するため、市長の許可を得てヘイマーケット広場で開かれる集会への参加を呼びかけるビラが印刷された。

集会には、労働者とその家族ら合わせて五万人が参加し、労働者の悲しみを分かち合いたいと申し出た人々の演説に耳を傾けた。演壇は、いつもと違って、広場の中央ではなく、暗いふたつの裏通りに通じる隅に設けられていた。集会を呼びかけるビラから「労働者諸君。武器をとれ」の文言を削除していたシュピースは、このときとばかり雄弁に警察の残虐行為を非難した。しかし、その口調は、聴衆を震撼させるものではなく、おどろくほど控えめで、めざす社会改革へ向けて労働者の士気を高めようというものであった。「この国は、いつからドイツになったのだろうか？　いつからロシアになったのだろうか？　それとも、いつからスペインになったというのだろうか？」と、シュピースは問いかけた。パーソンズは、ちょうど市長[*37]が集会を中断させるためでなく集会の様子を見にやって来たとき、この、大勢の聴衆が集まっている絶好の機会をとらえ、これまで一度も当局から取り締まりをうけたことがなかった自分の新聞の社説を朗読した。そして、フィールデンが強い口調で、死ぬ覚悟があるのなら、惨めな暮らしをして死ぬのも、敵とたたかって死ぬのも同じではないかと檄を飛ばすと、群衆は演壇に寄ってきた。そのとき、百八十名の警官隊が拳銃を抜いて坂をのぼってきた。警官隊は演壇にやって来て、群衆にむかって解散するよう命令した。労働者はすぐに従わなかった。「治安を乱すようなことをしたとでもいうのか？」と、フィールデンが馬車の屋根から飛びおりながら言った。そのとき、警官隊が発砲した。

　そのときである。空中をひらひら舞いながら一筋の赤い糸が警官隊の上に降りてゆくのが見えた。その直後、大地が揺れ、四フィートの穴が開いた。前の二列にいた警官が折り重なって倒れ、呻き声をあげていた。ひとりの瀕死の警官の叫び声が空を裂いた。警官隊は、人間わざとは思われないほどすばやく態勢を整えると、倒れている同僚を飛び越え、抵抗する労働者にむかって銃を乱射した。労働者は「おれたちは、逃げるのがやっとで、銃なんか、一発も撃っていない」とか、「おれたちには、抵抗する気なんか、なかった」と言い、警官の言い分は「やつらは無差別に発砲してきた」ということである。数分後、惨事があった広場の隅で目にしたのは、担架と火薬のにおい、それに、たちこめる煙だけであった。労働者は、ふたたび、玄関先や地下室に仲間の遺体を隠した。警官の方は、ひとりが広場で即死し、別のひとりは、傷口に手を突っ込んでいたが、その手を出し、妻にむかって最後の息をした。また、別のひとりは、立っていたが、足の先から頭のてっぺんまで穴だらけだった。ダイナマイトの破片がノミとなって体をスライスしたのだった。

　シカゴが、そして、合衆国が覚えた恐怖をどう表現すればよいだろうか？　人々はシュピースをロベスピエール[*38]と、エンゲルをマラー[*39]と、パーソンズをダントン[*40]と受けとめた、と言えばよいのだろうか？　とんでもない！　彼らは、タンヴィル[*41]、アンリオ[*42]、ショーメット[*43]のような極悪非道のならず者、いまある世界をまっ赤な側溝に葬り、彼らが考える世界のために市民を肥料にしようとした連中なのだ！　きのう、やつらが警官をひとり仕留めたように、われわれは、やつらを追いかけ、投げ縄でふん捕まえるのだ！　やつらの女房が裏切り者に腐った卵を投げたように、見つけ次第、銃をぶっ放してお返しするのだ！　やつらは地下室に――これは真実ではない――爆弾をわんさと隠しているんだ！　やつらの女房は――これも真実ではない――怒り狂って、パリの女性が爪で壁をひっかいて削った石灰で夫に火薬を作らせたように、鉛を溶かしているんだ！　われわれの敵であるウジ虫どもをたたきつぶすのだ！　あそこに、大恐怖政治のときのように、警察にアジトを密告した薬剤師の店を襲ってフラスコをめちゃめちゃにしたやつが、コルチカム酒[*44]の毒がまわってのら犬のように死にかけているぞ！　いますぐ、やっつけろ！　絞首台に送るのだ。やつらも、やつらの思想も！

シュピース、シュワーブ、フィッシャーは印刷所で逮捕された。印刷所で警察はシュピースに宛てたヨハン・モストの醜悪で吐き気を催すような手紙を見つけた。その手紙のなかで、モストはシュピースを親友とみなし、爆弾のことや「材料」について、また、自分のライバルで「ショビッチ[*45]のくそったれ新聞のどろ水をうまそうに飲みにゆく」大物パウルスについて述べていた。フィールデンは負傷して自宅から連行された。エンゲルとネーベも自宅にいたところを逮捕された。リングはいつもの地下室で逮捕された。警官が踏み込んでくるのを見て、警官の胸に拳銃を突きつけたが、とっくみあいになった。警官と、わめきちらすリングは、ネジや、たがねや、ボンベでいっぱいの部屋でくんずほぐれつの乱闘をくりひろげた。机から脚がなくなり、椅子の背もたれが飛び散った。リングが警官の首を絞め、息が止まりそうになったとき、別の警官がリングに襲いかかってリングの首を絞めた。イギリスの法律の名をけがそうとしたこの若者は、ほとんど英語が話せなかった！　その日一日で三百人が逮捕された。国中が震撼し、留置所は逮捕者であふれた。

で、裁判はどうなったのか、って？　ここまで述べてきたことは、すべて、事実であることが証明された。しかし、ディーガン警官[*46]殺害の容疑で起訴された八人のアナーキストについては、殺人の謀議をしたとか、そのような事実を隠ぺいしたという容疑は証明されなかった。証言したのは、当事者である警官たちと買収された四人のアナーキストであった。そのなかの一人は偽証罪で罰せられた。リングが作った爆弾は、その蓋を見るとヘイマーケット広場で使用された爆弾と似ているが、当のリングは、裁判記録によれば、事件の現場から遠く離れたところにいた。偽証罪に問われたのは、シュピースが導火線に火をつけようとしてマッチを擦るところを見たとか、リングは別のだれかと一緒に皮革のトランクを広場の近くの隅まで運んだとか、製粉所で労働者六人が死亡した夜、アナーキストたちは、エンゲルの要請をうけ、新たな攻撃に対抗して武装するため「アルバイター」紙にルーエという言葉を載せることに合意したとか、その合意がなされた場所にシュピースがいちじ同席したとか、シュピースの事務所に爆弾があるとか、どこそこのアジトには『革命戦争の科学』が山積みされていたなどと証言し、あとで撤回した男性であった。十分な証拠調べのすえに確定したことは、検察と弁護側の双方が喚問したすべての証人の話からも、爆弾を投げた犯人の正体は不明ということである。新たな出来事は、南軍の名高い将軍の兄弟であるパーソンズが、ある日、自ら法廷に出頭し、仲間たちと運命を共にしたことである。心を痛ましくした動きは、可憐なニーナ・ヴァン・ツァントという女性の悲劇であった。この女性は、シュピースの端正な容貌と人類愛の教理に魅せられ、死と隣り合わせているシュピースの妻になることを申し出た。そして、由緒ある家柄の出である母親の介添えを得て兄を代役にして囚人シュピースと結婚した。この女性は、毎日、格子の中にいるシュピースを慰めるため、書籍や花を欠かさず届ける一方、シュピースの弁護費用をねん出するため、自分の貯えをはたき、後悔する意志のない夫の簡潔な自伝を出版した。そして、驚くべきは、混血女性であるルーシー・パーソンズの怒涛の雄弁であった。この女性は、労働者が置かれた状況はこれに終止符を打とうとして提案された手段よりも百倍もすさまじいことを世間にわからせるため、全米各地をめぐった。あるところでは追い返され、あるところでは口笛で野次られ、別のあるところでは逮捕された。また、涙ぐむ労働者に励まされたこともあれば、つぎの日には、はじめは残酷な子供たちに、そのあと農夫たちに魔女扱いされて追い出された。裁判の結果はどうなったのか、って？　七人に絞首刑が、ネーベに懲役刑が言い渡された。殺人の容疑は証明されなかったが、殺人を特別謀議した罪と、法律によって宣伝することが認められている主義主張を新聞や法廷の場で述べたためであった。加えて、ニューヨークでは、国家転覆を直接そそのかした罪で十二カ月の懲役刑と二百五十ペソの罰金を言い渡された。

かりに犯罪の事実が証明されたとしても、およそ人を罰する者は、人を犯罪の道へ急がせた状況について、情状酌量の余地となる犯罪を決行するにいたった心情について、また、人を犯罪に走らせた動機について、思いめぐらすべきではないだろうか？　国は、医師と同じく、おのれの不手際によって凶暴になった病いを血抜きという過激な方法で処置する羽目にならないよう、病いがひどくなるのを防ぎ、病いを予見し、根っこから治癒しなければならないのだ。

ところで、七人はただちに死を迎えたわけではなかった。その年が過ぎた。連邦最高裁判所は、本件に不相応な審理ののち、死刑判決を支持した。その後、なにが起こったかといえば、後悔の念からか、恐怖からか、シカゴ当局はそれまで処罰を要求したのと同じ熱心さで慈悲を求め、労働組合はついに代表団をシカゴに派遣し、労働問題に過剰なまでの愛情を注いだ被告らのために動いた。こうした結果、事件を非難する声と、事件の誘因となった警察当局の残忍さをふまえたうえで、事件にかかわりあった被告らに同情する気持ちとが半々の状態になった。

合衆国の新聞は、サンフランシスコからニューヨークまで、どの新聞も事件を公正に報道しなかった。七人の被告を獰猛な野獣と決めつけ、連日、朝の食卓に、爆弾で死亡した警官の写真を、父親を失った家庭を、残された金髪の子供を、嘆き悲しむ未亡人の姿を届けた。死刑執行書に署名するのをためらう老齢の州知事はどうしたのか、って？　警察の敵である被告らを赦免するのは、被告らにまた事件を起こしてくださいと言うようなものだというのが警察の考えであれば、明日、被告らが怪物になって蜂起したとき、だれが、自分たちを守ってくれるのだろうか？　いま処罰しなければ、警察にたいし、これほど恩知らずなことがあるだろうか？　警察のある幹部は、母親と連れだって訪れ、涙で声が出ないまま減刑嘆願書に署名を求めるニーナ・ヴァン・ツァントにむかって「ノー」と叫んだ。その哀れな女性は悲痛な面持ちで警官のひとりひとりにパーソンズの自伝を渡そうとしたが、だれも受け取ろうとしなかった！

フェリクス・アドラーの嘆願書も、州の裁判官たちの要望書も、審理のずさんさと残酷さをあますところなく明らかにしたトランブルの意見書も効果がなかったのか、って？　刑務所は特別体制を敷き、満員の列車がシカゴを発着した。シュピースとフィールデン、それに、シュワーブは、それぞれの弁護士の勧めにより、州知事に手紙を送り、爆弾を闘争手段にするようなことは一度も考えたことはないと訴えた。ほかの被告は別だった。州知事に強気の手紙を送った。「自由を、さもなければ、死を。死をおそれるものではない」と。シニカルなシュピース、非情なエンゲル、悪魔的なパーソンズ。この人たちの命は助かるのか、って？　フィールデンとシュワーブは、おそらく、助かるだろう。なぜなら、起訴状ではふたりのことはほとんど触れられていないからであり、ふたりは高齢であるため、同じく高齢である州知事は同情するからだ。

被告らの弁護士、労働組合の幹部、被告の母親、妻、兄弟が、助命を求めて州知事のもとへ出かけた。会見はすすり泣きでなんども中断した。このときほど、実生活では、いかに言葉を労した雄弁術といえど、いかに空しいものであるか、思い知らされたことはなかった！　死を前にした言葉！　ある労働者は言った。「知事さん、あなたは七人のアナーキストを死に追いやるのですか？　アナーキストたちは爆弾で警官をひとり殺したとおっしゃいますが、裁判官はピンカートンのやつら[*47]を処罰しなかったじゃないですか。ある警官は、労働者の子供を、なにも抵抗しないのに撃ち殺したんですよ」と。無駄である。州知事は被告らを罰するだろう。国中が、みせしめとして、処刑するよう求めているからである。きのう、リングの独房に爆弾を四個も仕掛けたのはだれか、だって？　爆弾は独房の中で看守が発見した。この獰猛な男は、もしかして、この世の悪の象徴とみた刑務所を爆破して死ぬつもりだったのか、って？　オグレスビー知事は、最終的に、だれの命を助けるのか、って？

それは、リングではないだろう。リングの独房は、突然、爆発し、ぐらぐらと揺れ、シガーの煙のような一本の青い糸がのぼった！　リングが倒れていた。息はあった。体はずたずたになっていた。顔から血が噴き出し、血だらけのなかで両目が開いていた。リングはふさふさした髪に隠していたダイナマイトのカプセルを歯でくわえ、コンセントで導火線に火をつけ、あご鬚にぶら下げたのだ。看守たちはリングを乱暴に担ぐや、トイレの床に放り投げた。何かの塊りを洗い流したとき、ころがる肉片のあいだにとびちった喉仏があった。リングの髪からどくどくと血の固まりが噴き出ていた。それでもリングは書いた！　座らせるよう求めた！　そして、六時間後に死んだ。そのとき、すでに、フィールデンとシュワーブは減刑され、夫の運命を受け入れた女性たちは、荘厳なる女性たちは、希望が残されていた日々のように花束と果物を持ってではなく、灰のような真っ青な顔をして、おそろしいドアに最後のノックをしていた！

最初はフィッシャーの妻だった。白い唇に死が顔をのぞかせていた！

涙をこらえ、フィッシャーが出てくるのを待った。壮絶な抱擁から生きて帰ることができるだろうか？　このように、このようにして魂は肉体から離れるのだ！　フィッシャーは、妻にやさしくささやき、耳に蜜を注ぎ、体を起こして抱き寄せ、唇に、首すじに、背に接吻した。「さようなら」と言って妻を放すと、しっかりした足どりで、頭を垂れ、腕を組んで去っていった。つぎは、エンゲルである。エンゲルは、娘の最後の面会をどのように受けたのか、って？　娘も、エンゲルも、死ななかったことから、ふたりのあいだに愛があったのか、って？　そのとおり！　エンゲルは娘を愛していたのだ！　エンゲルの腕をかかえて連れ出した看守たちは、人は、運命にみちびかれるがまま、突如として大きく成長するように、娘を見送るエンゲルの最後のまなざしに光るものがあったことを思い出して身震いした。シュピースの母親は「さようなら、息子よ」と言って、シュピースにむかって両腕を伸ばしたまま、声をつまらせる息子から引き離された。「ああ、ニーナ、ニーナ」と、シュピースは、妻になれないまま未亡人となるニーナと最初で最後の抱擁をした。死の淵で、夢にみた接吻をうける壮絶な歓びのなかでニーナは花になり、花として震え、花びらとなって散った。

ニーナは気を失ったのではない。そうではなく、一瞬、生きる力と死の美しさを同時に味わったのだ。ニーナは、意識をとりもどしたオフェーリア[*48]のように、神妙に手をさしのべる看守のあいだをみずみずしいヒアシンスのように通り過ぎていった。なお、ルーシー・パーソンズは、子供たちを抱きしめ、はげしくわめき叫んだが、夫に別れを告げることが許されなかった。

すでに夜のとばりがおり、苔色の石灰で塗り固められた刑務所の廊下は暗かった。その暗がりのなか、銃を肩にかけた番兵の足音の上を、看守や新聞記者の話し声や笑い声の上を、ときおり割り込んでくる鍵束の音や、廊下に設置されたニューヨークのサン新聞社の電信機が、骸骨の歯のように、強弱ある人間の声を真似て、のろのろ、かたかた、がつがつ、休みなく響かせる音の上を、これらすべての音をつつみ込む沈黙を超えて、絞首台で最後の釘を打つ大工の金づちの音が聞こえた。廊下の突き当たりに絞首台があった。「よーし。いいロープだ。所長も確認済みだ！」「係りの者が奥の小屋に隠れていて、仕掛けのロープを引っ張るのさ」「仕掛けがしてある床は、地面から十フィートのところで留めてあるんだ」「いいや。材木は新品じゃない。ペンキを塗り直したのだ。綺麗にしたほうがいいからね。万事、上品でなくちゃ。上品に、な」「ああ。民兵の配置は万全だ。牢屋には、犬一匹、近づけないさ」。笑い声、タバコ、ブランデー、独房で目が覚めたままの囚人たちを息苦しくさせる煙。重苦しい、じっとりした空気がただようなか、裸電球がパチパチ音をたて、ちかちかしたあと、切れた。独房につづく手すりで、ネコが一匹、じっと絞首台を見つめていた……。そのとき、突然、朗朗として、力づよく、心にしみいるような声が、獰猛な野獣と思われた彼らのなかのひとりの声が、はじめはふらふらしていたが、まもなく張りのある声になり、そのあと澄んだ声に、最後は、この世の垢《あか》やしがらみからいまや解放されたと感じた人間のおだやかな声がエンゲルの独房で響いた。エンゲルは、忘我の境地で、魂を天に捧げるように両腕を高くふりあげ、ハインリヒ・ハイネの「シュレージェンの織工」を唱った。

くらい眼に　涙もみせず、
織に座って　歯をくいしばる
ドイツよ　おまえの経帷子《きようかたびら》を織ってやる
三重《みえ》の呪いを織り込んで
　織ってやる　織ってやる

ひとつの呪いは　神にやる
寒さと飢えにおののいてすがったのに
たのめど待てど　無慈悲にも
さんざんからかい　なぶりものにしやがった
　織ってやる　織ってやる

ひとつの呪いは　金持どもの王にやる
おれたちの不幸に目もくれず
残りの銭《ぜに》までしぼり取り
犬ころのように　射ち殺しやがる
　織ってやる　織ってやる

ひとつの呪いは　偽りの祖国にやる
はびこるものは　汚辱と冒瀆ばかり
花という花は　すぐくずれ
腐敗のなかに　蛆《うじ》がうごめく
　織ってやる　織ってやる

筬《おさ》はとび　機台《はただい》はうなる
夜も日もやすまず　織りに織る
ふるいドイツよ　おまえの経帷子を織ってやる
三重の呪いを織り込んで
　織ってやる　織ってやる*49

そのあと、すすり泣きながら倒れるように寝台のうえに座り込み、やつれた顔を手のひらにうめた。刑務所中が黙り込んだ。ある人は祈りを捧げるように、囚人たちは格子から顔をのぞかせ、新聞記者と看守たちはぎょっとして体をふるわせ、電信機は動きを止め、エンゲルに耳をすませていた。シュピースは中腰であった。パーソンズは、独房のなかで立ったまま、いまから空を飛ぶかのように両腕を広げていた。

夜が明けた。エンゲルは、死を宣告された人間特有の早口で、看守越しに活動家としての生涯で出会った愉しい出来事を話していた。シュピースは睡眠を十分にとって気力満々であった。フィッシャーは、夜、このほうが寝やすいといって脱いだ服をゆっくり着た。パーソンズは落ち着かず細切れに眠っただけで、のべつ幕無しに話していた。

「おい、フィッシャー。君は、どうして、そんなに落ちついていられるのだ？　君に死の合図をする役の所長は、涙を見せまいとして顔を真っ赤にして、猛獣のように刑務所のなかを往ったり来たりしているというのに！」「それは」――フィッシャーは看守のふるえる腕をぎゅっとつかみ、パーソンズを見つめながら答えた――「ぼくの死は、これまで自分がやってきた運動のために役立つからだ。ぼくの命より、労働者が幸せになってくれればいいんだ」「ぼくにたいする判決は、不当で、法律に違反し、正義に反しているからだ！」「おい、エンゲル。今、午前八時だ。あと二時間でおさらばだ。みんな、やさしい顔をして、愛想よく挨拶し、ネコまでかなしそうな声をあげているではないか。みんな、そっと話したり歩いているが、本当は、お前は、こわくて、血が凍りついているんじゃないかと思っているんだ。なのに、エンゲル！　どうして、からだがふるえないんだ？」「やっつけるべきだった連中にやられたからって、ふるえなくちゃならないのか？　この世界は狂っているよ。だから、おれはたたかったんだ。いまもたたかっているよ。死ぬのは、ちゃんとした世界を作るためだ。おれは司法によって殺されるが、それがどうしたというのだ？　おれたちのような、すごい運動をやった人間は、そのために死ねるってときに、命ごいなど、するか？　そんなのは願い下げだ。所長、妙な薬なんか、要らないよ。ポルトのワインをくれ！」そういって、エンゲルは、一杯、また一杯と、ワインを三杯、飲み干した……。シュピースは、脚を組み、「アルバイター・ツァイトゥング」紙に載せるため、この堕落にみちた文明のあとに続く幸せな世界を炎と骨の色で描いたときのように、長い手紙を書いた。その手紙を静かに読み返したあと、ゆっくり封筒に入れた。ときどきペンを置き、椅子の背にもたれ、ドイツの学生がするように夕バコの煙を輪にして吐き出した。おお、祖国よ。生命の根である汝は、人類へのおおきな愛のために汝を否定する者にも、さまざまな方法を使って、空気のように、光のように駆

アナーキストたちを待つ死刑台

けつけて慰めるのだ！　「じゃ、所長」――シュピースは言った――「ライン産のワインを一杯、いただこうか」と……。フィッシャーは、ドイツ人であるフィッシャーは、死刑執行のときであれ、宴会の席であれ、突然、目の前に幽霊が現れたかのように、居合わせた人々の口が、一瞬、止まり、重苦しい沈黙がただよいはじめたそのときである、フィッシャーは至福の笑みを満面に浮かべ、天にむかって〈ラ・マルセイエーズ〉を唱い出した……。パーソンズは大股で歩いて独房の大きさを測った。前方に巨大な観客席が広がり、靄《もや》のあいだから燦然と光り輝く天使たちが姿を見せ、パーソンズに、清めの天体となって世界を回るようにと予言者エリヤの炎の外套[*50]を差し出した。パーソンズは両手をのばして恵みの品を受け取ると、看守たちに自分の勝利を見せようと格子のほうにふりかえった。体を揺らし、まくしたて、拳をふりあげた。だが、いきりたつその言葉は、唇にぶつかり、浜辺で泡がさらさら流れもどる砂と溶け合って消えるように声にならなかった。

太陽は三人の独房を炎で満たした。陰鬱《いんうつ》な壁に囲まれた三人は、聖書の人物のように、炎につつまれているように見えた。そのとき、急に、音がして、人の動きがあわただしくなり、小声で不吉な囁きが交わされ、所長と看守が鉄格子の前に現れ、大気がわけもなく血の色に染まるなか、「時間だ」と告げた。三人は顔色を変えず、聞いた。

各自、独房から狭い廊下に出た。「大丈夫か?」「大丈夫だ!」互いに握手し、笑みを浮かべた。体が大きくなった。「行くぞ!」医師からすでに強心剤をもらっていた。シュピースとフィッシャーには新しい服が届いていた。エンゲルはウーステッドのスリッパを脱ごうとしなかった。独房では、すでに、ひとりずつ、判決文が読み上げられた。両手を後ろ手にして銀色の手錠がかけられ、両腕は革ひもで体にしばりつけられた。そのあと、キリスト教徒が洗礼をうける際に着る長衣のような白いガウンを頭からかぶった。屋外では、絞首台の前では、芝居小屋のように椅子が何列も並び、人が座っていた! 独房から廊下を通っていよいよ出てゆくのである。廊下の先に絞首台が設けられていた。所長が先に進んだ。真っ青な顔をしていた。囚人にはそれぞれ介添えが付いていた。シュピースはいかめしい足取りで進んだ。目は悲愴なまでに碧く、着ている死装束と同じ色である白髪をオールバックにして、額は威厳に満ちていた。シュピースのあと、がっしりした体つきのフィッシャーが力強く続いた。首のあたりの血管が盛りあがり、たくましい腕が長衣を通してはっきり見えた。そのあと、エンゲルが友人の家を訪ねるかのように進んだ。長衣が歩きにくいらしく、靴の踵ですそをはらっていた。パーソンズは、はたして死ぬことができるかどうかが気掛かりであるかのように、悠然と、迷いのない、しっかりした足取りで掉尾を飾った。廊下が終わり、仕掛けがしてある床に足を置いた。垂れ下がるロープ。しっかり前を見る顔。四つの死装束。

シュピースの表情は祈っているようだった。フィッシャーの表情には確固たる信念が、パーソンズにはまばゆいばかりの誇りが満ちていた。エンゲルは小咄を言って介添えを笑わせ、自分も大笑いしてのけぞった。ひとりずつ、紐で両脚が結わえられていった。そのあと、最初にシュピースの頭に、そのあと、フィッシャー、エンゲル、パーソンズに燭台消しのような頭巾がかぶせられていった。皆の顔が見えなくなるとき、シュピースの声が響きわたった。人々のこころにしみ入るような口調だった。「いま諸君らが封じようとしている声は、いつの日にか、いまわたしが口にするいかなる言葉よりも力づよいものになるだろう」[*51]と。フィッシャーは、介添えがエンゲルの世話をしているあいだに言った。「いま、わたしは最高に幸せだ」と。「アナーキズム万歳！」と叫んだのはエンゲルで、長衣の下から縛られた両手を所長の方に動かしていた。「わが愛する合衆国の紳士淑女の皆さん……」と、パーソンズが話し出した。そのとき、合図が出て、音がしたと思うと、床が落ちた。四つの肉体は同時に落下し、ぐるぐる回転し、ぶつかりあった。フィッシャーは、体を揺らして首のロープをほどこうとした。両脚を伸ばしたり、曲げたりしているうちに死んだ。エンゲルは、長衣が宙に舞い上がった状態で体を揺らし、胸は大波のように盛り上がったあと下降した。そして、息が絶えた。シュピースは、はげしく体を揺らし、大きな袋のようにぐるぐる回転しながら、ぶら下がり、体をかがめ、横上がりになり、額に膝がぶちあたった。片脚をあげ、両脚を伸ばし、両腕を揺らし、ばたついた。そして、最後に、喉がつぶれ、前のめりになり、観客に頭をふって挨拶しながら息が絶えた。

二日後、紫色のあざをつけた遺体の前には涙にくれる友人の列がとぎれなく続き、無数の人々が棺の足下にバラや千日紅を供えて敬意を表し、どの家の玄関口にも哀悼のしるしとして絹布でできた赤いバラが一輪飾られた。悲しみの二日間が過ぎたあと、シカゴが驚きの眼で目にしたのは、ひとりの気の狂った軍人が挑戦するかのように合衆国の国旗を振りながら進んだあと、葬送曲を演奏して進む楽隊につづいて、花環でおおわれたシュピースの棺が、花で作った象徴的な供物を運ぶ十四人の職工を従えたパーソンズの黒い棺が、ユリとカーネーションの大きな花環で飾られたフィッシャーの棺が、赤旗におおわれたエンゲルとリングの棺が、頭の先からつま足まで喪服につつまれた未亡人たちの車が、団体、労働組合、協会、合唱隊、議会、腕に喪章をつけた三百人の婦人団、真紅のバラを胸につけ、悲しみに沈み、帽子をとった六千人の労働者が進んでゆく光景であった。

墓地の丘の上で、二万五千人の理解者に囲まれ、殺風景な平原を支配する太陽の顔が見えない空の下、黒服に身をつつんだ弁護士であるブラック大佐は、青白い顔で、棺の上に手を置いて口を開いた。「真理とは何なのだろうか？」と問いかけると、重い沈黙のなか、悲しみにうちひしがれた婦人たちから、会衆から呻き声がもれた。「ナザレの人がこの世にもたらした真理とは何なのだろうか？　人間が自分の両腕で持ち上げ、死の代価をはらったとき、知るのだ。ここに眠る男たちは、無秩序と血と暴力に飢えた獰猛な野獣ではなく、平和を求める、やさしさにみちた人たちであり、この男たちを知り、その力づよく栄光にみちた生涯をまぢかに目にした人々にこぞって愛された人間である。この男たちが追い求めたアナーキズムとは、権力のない、秩序の国であった。この男たちの夢は、悲惨さも、隷属もない、新しい世界を創ることであった。この男たちの苦しみは、利己主義は平和的な手段によってはぜったいに正義に道を譲らないと信じてしまったことであった。これらの遺体にとって、絞首台は、おお、ナザレの十字架なのである！」と。

夕闇が人々をつつんでゆくなか、処刑された五名の遺体がマツの板から土の中に降りていったとき、もじゃもじゃの髭をした、いかめしく、苦渋にみちた人物から発したと思われる声が流れた。「わたしがここで告発したいのは、刑務所の所長という首切り人でもなければ、この男たちが絞首台で処刑されたことを、今日、自分たちの教会で神に感謝している人々でもなく、それは、シカゴの労働者だ。労働者は、自分たちのもっとも愛すべき五人の命が奪われるのを許したからだ！」と……。すでに日はとっぷり暮れ、気持ちのたかぶったこの男性をなだめる弁護士の手に促されるがまま、会衆は散会した。花も、旗も、死者も、悲しみにくれる人々も、真っ暗な闇のなかに消えていった。海鳴りのように、遠くで、家路につく人々の足音が聞こえた。町の入口で人々が競うように受け取ったその夜の「アルバイター・ツァイトゥング」紙は、つぎのように呼びかけていた。「友人諸君。われわれはたたかいに破れた。だが、いつの日にか、正義にみちた世界が実現するだろう。そのために、われわれは『ヘビのように賢く、ハトのように素直な人間になろう』[*52]」と。

「エル・パルティード・リベラル」、メキシコシティ、一八八七年十二月二十七日、二十八日、三十日

「ラ・ナシオン」、ブエノスアイレス、一八八八年一月一日

訳注

＊1——Albert R. Parsons, August Spies, George Engel, Adolph Fischer のこと。

＊2——Louis Lingg のこと。

＊3——Cyrus McCormick（一八〇四—八四）は、一八三一年、馬が牽引するコンバインを考案（三四年、特許取得）した。四七年、本拠をシカゴに移して以降、刈り取り作業の完全機械化へむけて技術改良を重ねるとともに、革新的な販売政策を導入し、七七年から八五年にかけて五万台を販売した。このためもあってシカゴは、当時、世界の小麦取引の中心となった。

＊4——Joseph Easton Gary, 1821-1906. ニューヨーク生まれ。大工をしたのち法律を修め、一八四四年、ミズーリ州で弁護士を開業した。五六年シカゴに移り、六三年クック郡上級裁判所判事に任命された。

＊5——Oscar Neebe のこと。

＊6——死刑判決を受けたのは、絞首台で死亡した四名と自殺した一名の合わせて五名のほか、Michael Schwab, Samuel Fielden の二名。

＊7——John Brown, 1800-59. 奴隷の解放が自分に課せられた天命と信じ、そのためのゲリラ闘争を行った。一八五六年、

カンザス準州のポタワトミーで奴隷制拡大派五名を殺害し、五八年、ミズーリ州で奴隷所有者一名を殺害、奴隷十一名を解放した。五九年十月十六日、バージニア州ハーパーズ・フェリーの陸軍弾薬庫を占拠したが、鎮圧され、同年十二月二日絞首刑に処せられた。裁判のなかでブラウンは「アメリカの奴隷制がいかに『邪悪で残虐で不正なる制度』であるかを弾劾」し、「絞首台に登る時ですら、犯罪者というよりは、シナイ山頂にて神から十戒を賜るモーゼのようなおもむきであったという。ブラウンの心のなかに、黒人奴隷制という原罪を拭い去るには、何らかの流血によって洗礼を施さなければならないとする決意が宿っていたのは、まちがいない。……リンカーンは奴隷制廃止には賛同してもブラウンの国家をゆさぶる反乱には賛成できない旨を表明したが、……北部には、……そんなブラウンを殉教者として熱烈に崇める方向も、確実に存在した。かくして、南部がブラウンを処刑した瞬間、連邦内部に最も重要な亀裂が入り、南北戦争は不可避のものとなった」（巽孝之『リンカーンの世紀―アメリカ大統領たちの文学思想史』青土社、二〇〇二年、四四－四五ページ）。

＊8――Captain William Perkins Black, 1842-1916. 合衆国の軍人。弁護士。ケンタッキー州生まれのイリノイ州育ち。南北戦争では、北軍兵士として軍功をあげ、陸軍第三七イリノイ連隊付き大佐に昇進した。戦争後、除隊し、シカゴで弁護士を開業した。ヘイマーケット事件の弁護活動はフォスター弁護士（William A. Foster）とふたりで行った。

＊9――Nina Stuart van Zandt, 1862?- 1936.

＊10――Lucy Eldine Parsons, 1853?-1942. 合衆国のアナーキスト。一八七年オースチン（テキサス州）でアルバート・R・パーソンズと結婚し、七三年シカゴへ移った。夫の死後も、筋金入りのアナーキストとして活動しつづけた。

＊11――Richard J. Ogelsby, 1824-99. イリノイ州の政界指導者のひとり。南北戦争では北軍に志願し、グラント将軍のもとで戦った。戦後、イリノイ州知事（一八六五－六九、一八七三）、合衆国上院議員（七三－七九）を務めたあと、三たび州知事になった。ヘイマーケット事件の裁判は、イリノイ州クック郡裁判所において一八八六年六月二十一日に始まり、同年八月十九日に結審し、判決が下された。その数年後、イリノイ州知事オルトゲルト（John Peter Altgeld）は、一八九三年六月二十六日、ヘイマーケット事件の裁判は偏向したものであり、事実に基づかないものであったことを認め、被告全員を無罪としたうえ、服役中のフィールデンとシュワーブを釈放した。

＊12――William Dean Howells, 1837-1920. 十九世紀アメリカン・リアリズムを代表する作家のひとり。批評家。「ニューヨーク・タイムズ」紙に送った一八八六年十一月四日付の手紙のなかで、ヘイマーケット事件の容疑者とされた八

名のアナーキストは裁判によって殺されたという考えを表明した。

＊13――Felix Adler, 1851-1933. 合衆国の社会改革者。ドイツ生まれ。五歳のとき、ユダヤ教聖職者（ラビ）である父親がニューヨークのユダヤ教会の聖職に就いたとき、家族とともに合衆国に移住した。倫理と道徳の高揚による社会改革をめざし、ニューヨークに「倫理文化協会」を創立（一八七六）したのをてはじめに同名の活動拠点を各地に広げたほか、幼児教育にも力を注いだ。

＊14――George Francis Train, 1829-1904. 合衆国の実業家、鉄道事業家、旅行家、作家。

＊15――Heinrich Heine, 1797-1856. ドイツの詩人。「三重の呪い」とは、詩〈シュレージェンの織工〉（一八四四）に出てくる。訳注49と関連。

＊16――Louis Antonie Léon de Saint-Just, 1767-94. フランス革命の指導者のひとり。ギロチンで断首された。

＊17――Lucie-Simplice-Benoît-Camille Desmoulins, 1760-94. フランス革命期の政治家。革命勃発とともにジャーナリストとして頭角をあらわした。九四年、公安委員会にたいし恐怖政治の緩和を求めたため、ダントン派とともに処刑された。

＊18――フランスの空想的主義者フーリエ（Charles Fourier, 1772-1837）が考えた共同生活による新社会建設計画（phalanstere）のこと。

＊19――Thomas Carlyle, 1795-1881. イギリスの歴史家、作家。スコットランドの生まれ。おもな著作に『フランス革命』（一八三七）、『英雄、英雄崇拝、歴史にみる英雄的なもの』（四一）などがある。

＊20――旧約聖書「出エジプト記」第十九章〈シナイ山に着く〉―第二十章〈十戒〉。

＊21――「血の海と化した九三年」とは一七九三年のこと。この年、フランス王ルイ十六世は一月二十一日に、王妃マリー・アントアネットは十月十六日に、それぞれギロチンによって処刑された。

＊22――Moctezuma II, 1466-1520. アステカ王国の王（在位一五〇二―二〇）。一五一九年、現在のベラクルス近辺に上陸したスペイン人征服者エルナン・コルテスをケツアルコアトルの帰来と受けとめ、都テノチティトランに迎え入れた。その後、コルテスの正体が明らかになり侵入者への反撃がはじまるなか、落命した。

＊23――Albert R. Parsons, 1848-87. 合衆国のアナーキスト運動の指導者のひとり。「アラーム（Alarm）」紙の編集発行人。

＊24――August Spies, 1855-87. 合衆国のアナーキスト運動の指導者のひとり。ドイツに生まれ、一八七二年合衆国に渡った。労働騎士団シカゴ支部員。社会主義労働党員。「アルバイター・ツァイトゥング（労働者新聞という意味）」の

編集発行人。

＊25――George Engel, 1836-87. 合衆国のアナーキスト運動の指導者のひとり。ドイツ生まれ。「アナーキスト」紙の編集発行人。

＊26――〈Lehr und Wehr Verein〉は、一八七五年、シカゴのドイツ系市民が中心になって設立された団体。会員の体力と教養の向上を活動目的に掲げたが、揃いのシャツと帽子を着用し、資本家や警察当局などと向かい合う政治団体としての側面も持っていた。

＊27――Louis Lingg, 1864-87. ドイツ生まれ。合衆国のアナーキスト。

＊28――中世ドイツの伝説上の騎士の名。この伝説をもとにして、ロバート・ワーグナーは作詩、作曲をして三幕のロマンオペラ「タンホイザー」を作った（一八四五）。

＊29――ロバート・ワーグナーが作詩（一八四五）、作曲した（四八）三幕のロマンオペラ「ローエングリン」に登場する騎士の名。

＊30――Michael Schwab, 1853-? ドイツ生まれ。合衆国のアナーキスト。一八七九年に合衆国に移住し、翌年シカゴに定住した。

＊31――Samuel Fielden, 1826-87. 合衆国のアナーキスト。イングランドで生まれ。一八六八年に合衆国に移住した。

＊32――Adolph Fischer, 1856-87. 合衆国のアナーキスト。ドイツで生まれ、十五歳のとき合衆国に移住した。

＊33――Oscar Neebe, 1850-? 合衆国のアナーキスト。ニューヨーク生まれのドイツ系アメリカ人。

＊34――Johann Joseph Most, 1846-1906. ドイツ生まれ。社会主義者、アナーキスト。ドイツ社会民主党を除名され、イギリスへわたったあと合衆国に移り（八三）、アナーキズムの指導者になる。

＊35――一八二九年にはじまり、八時間労働の法制化を求める合衆国での労働運動は一八八〇年代、労働者の急速な組織化を背景にして大きく進展する。そして、一八八六年五月一日の統一ストライキの成功により、八時間労働は労働者の権利として定着していった。この統一ストライキはさしたる混乱もなく終了したが、シカゴでは、スト破りをめぐる偶発的事件から、五月三日、警察当局との衝突を招き、翌五月四日にはヘイマーケット事件が発生することになった。

＊36――Knights of Labor. 一八六九年にフィラデルフィアの仕立て職人たちによって設立された労働組合。まもなく職種や人種などにとらわれない全国組織に発展し、八時間労働制などを求めて重要なスライキ闘争で勝利をおさめた。

だが、最盛期であった八六年、ミズーリ・パシフィック鉄道のストライキで敗北して以降、組合員ばなれと路線をめぐる内部対立を招き、アメリカ労働総同盟（ＡＦＬ）の出現もあって、組織の衰退は明白になり、一九〇〇年には事実上、解体していた。

＊37――Carter Henry Harrison, 1825-93. イリノイ州選出民主党下院議員（一八七五―七九）をへて、シカゴ市長（七九―八七、九三）を務めた。二度目の市長任期中、暗殺された。

＊38――Maximilien de Robespierre, 1758-94. フランス革命を指導したジャコバン党の指導者。エベール派やダントン派を粛清した。自らも、恐怖政治にたいする反動でギロチンで処刑された。

＊39――Jean-Paul Marat, 1743-93.「人民の友」紙を発行してフランス革命を指導した。モンターニュ派のリーダーのひとり。一七九三年、シャロット・コルデによって暗殺された。

＊40――Georges-Jacques Danton, 1759-94. フランス革命の指導者のひとり。ロベスピエール派による革命政府独裁が強化されるなか、逮捕され、ギロチンで処刑された。

＊41――Antoine Quentin Fouquier-Tinville, 1746-95. フランス革命における恐怖政治の中心的人物。革命裁判所検事として王妃マリー・アントアネット、ダントン、ロベスピエールなどをギロチンにかけた。恐怖政治にたいする反動で自らもギロチンで断首された。

＊42――François Henriot, 1761-94. フランス革命を動かした人物のひとり。ロベスピエールに心酔し、エベール派やダントン派を粛清した。恐怖政治にたいする反動により、自らも、ロベスピエールとともにギロチンで処刑された。

＊43――Pierre Gaspard Chaumette, 1763-94. フランスの革命で急進的サンキュロット派の指導者。ロペスピエールと対立し、エペール派とともにギロチンで処刑された。

＊44――テキストでは vino de colchydium となっているが、vino de colchicum の誤植と思われる。ユリ科の球根植物であるコルキカム（学名 colchicum automnale、別名イヌサフラン）の種子や鱗茎からコルヒチンと呼ばれる毒性成分を抽出できる。

＊45――Serge Schevitch（生没年不詳）. 合衆国の社会党のドイツ語機関紙「ニューヨーカー・フォルクスツァイトゥング（New Yorker Volkszeitung）」編集発行人。ショビッチとヘンリー・ジョージのふたりは、一八八七年十月末、ニューヨークのマイナーズ劇場で開かれた公開討論会に臨み、土地の国有化と土地利用に唯一課税すべしとのジョージの提言をめぐって熱い討論を交わした。この討論会の司会はサムエル・ゴンパースであった。

＊46――Mathias Degan. ヘイマーケット広場の爆発物破裂で即死した警官の名前。
＊47――ピンカートン探偵社（Pinkerton Detective Agency）。一八五〇年設立。銀行や商店などの警備を請け負ったほか、労働組合によるストライキ対策では経営者側の人間として力を発揮した。
＊48――シェークスピアの作品「ハムレット」に登場する女性。ハムレットの恋人。
＊49――井上正蔵訳『世界詩人選八　ハイネ詩集』（小沢書店、一九九六年）、二五六―二五九ページ所収。
＊50――旧約聖書「列王記下」、第二章第八節。
＊51――この言葉は、そのまま当人の墓碑に刻まれている。その文とは"There will come a time when our silence will be more powerful than the voices you are going to strangle today!"
＊52――新約聖書「マタイによる福音書」、第十章第十六節。

青木康征・訳

ニューヨークのカトリック教徒の分裂

本編において、マルティは、プロテスタント信者が国民の大半を占める合衆国でカトリック教会がどのようにして強大な力を持つにいたったか、その裏事情を明らかにしている。そのうえで、上司の命令に背いてまでもおのれの考えにしたがって行動したがゆえに職を解かれた司祭を支援して立ち上がった貧しい人々のなかに、一八八六年のニューヨーク市長選のときとおなじく、自由を愛する熱情がしっかり生きている姿を目の当たりにして、自由に敬意を表すとともに、自由のすばらしさをあらためて確認した。

「エル・パルティード・リベラル」紙編集長

いま合衆国で起こっている出来事のなかで、事の重大さと人々の関心を集めている点において、カトリック教会の上層部とニューヨークのカトリック教徒の争いにまさるものはない。両者の対立はことのほか深刻で、公正な観察者は驚き、はじめてつぎのように自問するのである。すなわち、カトリックの信仰は、自由である国において、国の安全を損なうことなく存続できるのだろうか、と。また、自由は、残念ながら人を支配する最強の道具となったカトリック教会を心の詩という教義本来の原始状態に引き戻すほど、十分に力強いのだろうか、と。突然の騒ぎによって、まさに！　問題の本質が白日の下にさらされた。ニューヨークでの熱い論争の結果、邪悪な教会は容赦なく罰せられ、慈悲と正義の教会が勝利することになるのだ。人々は知っている。教会の詩も力も、自由を脅かすことなく、現代でも存続できると。人々は感じている。カトリック教会が人を辱め奴隷にしている現状を目にすれば首をかしげるむきもないことはないが、カトリックの教義そのものには人を堕落させる力はなく、カトリック教会を堕落させているのは、教会の上層部が、教会の権威を悪用し、教会の利益を第一に考えて行う邪悪な助言と信仰が求める従順な服従を、ある意図のもと、わざと混同させている点にある、と。人々はわかっている。敬けんなカトリック教徒であることと合衆国を愛する誠実な国民であることは両立する、と。いつの時代でも、不正義にたいして肩を組んで団結し、灼熱の銀の翼をはばたかせて福音を飛翔させるのは、貧しい人、裸足の人、よるべのない人、漁師なのだ！ 真理は、いつの時代も、貧しい人に、不幸な人に、よりよく啓示されるのだ！ 一片のパンとコップ一杯の水は、けっして欺かないのだ！

いま、彼らに会ってきたところである。いっしょにベンチに座り、彼らのなかに入り、反社会的で専制的なある宗教がとっくに押しつぶしてしまったと思っていた人間がこの人々のなかで燦然と輝いている姿を見たところである。ああ！ 宗教は、高遠な理性の光で照らせば教義としてはつねに偽りであるが、詩としては永遠に真実なのだ！ 教義とは、つまるところ、自然がそうである真実の幼年期でなくて、何であろうか？ その素朴さとあどけなさのゆえに、人は、詩に恋するように、教義に恋するのである。であればこそ、確かさのまぎれもない芽であるがゆえに、詩を愛する人は、すっかり魅了され、教義の確かさを具体的に確かめようとしないのだ。

ああ、合衆国では、宗教は競いながら融合し、そのあいだから自然が、調和の冠と讃歌の衣をまとってひときわ美しく輝いている姿を見てほしいものだ！ 信仰をもつ人がなによりのより所にするのは、信仰そのものへの信頼、過ちを犯すはずがないという尊大なまでの思いである。信仰でもっとも堅固なのは、信仰を授かったなつかしき日々への、また、自分に信仰を授けた慈しみの手への愛である。このように、難なく分析することができ、素直に理解でき、心に響く力づよい詩によってひとつになることができる事柄で、人は、なぜ、いがみあうのだろうか？

いま、彼らに会ってきたところである。彼らの横に座り、彼らの前で、祖国を追われて以来、少しずつ怒りっぽくなっている自分をおだやかにしてきたところである。ある人は彼らが抗議行動を起こしたことを喜んだかもしれないが、わたしは彼らが団結したことが嬉しかった。彼らカトリック教徒は、あの労働者たちは、彼らアイルランド人は、何のために集まっていたのだろうか？　これまでの苦労のほどが察せられる白髪の婦人たちは、何のために集まっていたのだろうか？　信条はさまざまである上品な紳士諸氏が集まったのは、ただひとつ、貧しい人々の側に付いたために所属する教会の大司教から迫害された、ひとりの司祭に敬意を表すためであった。

ところは、クーパーユニオン、ウニオン・デ・クーペル、すなわち、かの偉大な老人[*1]が、おのれの人生で出会ったさまざまな苦難にほかの人も打ち克ってほしいとの願いから、私財を投じて設立した無料学校のホールである。実際の容貌はともかく、これほどの美男子がかつていただろうか！　ところはクーパーユニオンの一階ホールである。外は雨が降っていたが、なかは人で溢れていた。どの顔にも気品があった。むさくるしい人がいなかったわけではないが、だれもそのように見えなかった。六千人が、六千人のカトリック教徒が席につき、通路に立ち、扉をふさぎ、広いギャラリーをうめた。ついに、この人々の教会から「ソガース・アローン」[*2]が、「貧者の司祭」が、この二十二年間、貧しい人々のために、だれにも卑屈な思いをさせることなく助言を与えてきた司祭が、おのれの財産と給金を信徒に分け与えてきた司祭が、信徒の妻を誘惑することも信徒の娘を非行に走らせることもなかった司祭が、受持ちの貧民区につねに腕を広げている教会を建てた司祭が、信仰を利用して信徒を脅かしたことも、信徒の思想を曇らせたこともなければ、信徒の自由な精神を教会の世俗的で不純な利益のために盲目的に奉仕させたこともない司祭が、すなわち、マクグリン神父[*3]が追放されたのである！　神父は、住む家も、教会も奪われ、後任の神父によって寝室からも追い出された。神父の名前は懺悔室から消えた。憎しみをいだいたまま、いま、だれが、懺悔するというのだろうか？　追放の理由は、イエスが話したことを、アイルランドの教会がローマ教皇の承認を得て説いていることを、ミードの司教が自分の管区で宣教していることを、深遠な思索者バルメス[*4]が教会の真理としてローマ教皇[*5]に献策したことを話したからである。追放の理由は、土地は国のものでなければならない、国は一部の限られた人に土地を分配してはならないと発言したからである。追放の理由は、神父が、おのれの名声と権威をもって、おのれの知恵と徳をもって、おのれの助言と言葉をもって、秋の選挙で、不条理な貧困をなくす方法を法律に求めた活動的な職工や善良な思想家たちを支持したからである。神父を監督する大司教[*6]は神父から教区を取り上げ、ローマ教皇[*7]は、神父に服従を求めたうえ、ローマへ向かうよう命じたのである！

マクグリン神父が、二年前の選挙で演説台に立ち、クリーヴランド候補[*8]を誠実な人物として支持したとき、大司教は異を唱えなかった。なぜなら、同候補は、ニューヨークの教会が選挙協力を結んでいた、つまり、取引ができていた！政党の候補だったからである。大司教が推薦する候補を支持したマクグリン神父の行動は大司教には是と映ったが、そのときと同じ行動が、ひとりのカトリック司祭としておのれの政治信条にしたがって行動するということが、今回は大司教の機機嫌を損ねたのである。なぜなら、今回の行動は、カトリック教会を盾とし、カトリック教会を利用し、カトリック教会を建てた貧しい人々の正義を求める声とは敵対関係にある、富裕なプロテスタント教徒の利益を脅かしたからである。

カトリック教会はアイルランドからの移民の肩にのって合衆国にやってきた。カトリックの信仰は、ポーランドからの移民と同じく、アイルランド移民のあいだで地歩を固めていった。というのも、カトリックの司祭たちは、その昔、アイルランド独立の指導者だったからである。ノルマン人やイングランド人の征服民は、つねに、アイルランド人の宗教と国を同時に攻撃した。その結果、カトリックはいつしかアイルランド人の精神的祖国となった。とはいえ、そのカトリックとは、ローマ教皇ピウス七世[*9]にへつらう恩知らずな執事がイングランドのプロテスタント王ジョージ三世[*10]の玉座に捧げたあのカトリック、すなわち、アイルランドのカトリック教徒の不倶戴天の敵であるこの王に褒賞を願い出て、「アメリカのプロテスタント教徒の植民地は陛下に逆らって蜂起しましたが、カナダのカトリック教徒の植民地は陛下に忠誠を尽くしました」と指摘したあのカトリックではなく、騎士であり詩人でもあった司教たちが、贅沢三昧と傲慢な寡頭政治の諸悪に染まり、土地を寄進した諸侯を信仰の影響力を使って臣下や敵から守るという邪悪な約束をたずさえてローマからやってきた飢えた司祭たちを、アイルランドの平原と同じ緑の布に黄金のハープが刺繍された幟《のぼり》を立てて撃退したあのカトリックである。信仰を売りとばそうとした司祭たちはアイルランドの清廉な神学者の前に敗北したのだ。貧しい人々がいつも食事をさしだす司教たちが求めた紫の法衣とは、敬けんな農民が自由のために勇猛に戦う横で、讃美歌を唱い、征服民があびせる鉄をうけてできる紫の法衣だけだった。アイルランドのカトリック司祭は、アイルランドの枕、薬、詩、伝説、怒りであった。悲惨なくらしによって加速され、世代から世代へ、アイルランド移民のなかにカトリック司祭への愛がふくらんでいった。アイルランド人の詩、慰め、流浪のなかの祖国、故郷の香り、薬、枕である「ソガース・アローン」への親愛の念を捨てるくらいなら、おのれの心臓をパイプで焼きつくすほうがましだ！

　このようにして、カトリック教会は合衆国で急速に勢力を拡大していった。これはなんの驚きでも不思議でもない。国内でカトリックへの改宗が進んだわけでも、カトリックの中身が変わったためでもない。単に、移民の数が増えたからである。アイルランドからの移民が増えるにつれ、年度末におけるカトリック教徒の数は増加した。移民とともに司祭も来た。司祭は、移民の助言者であり、身近にある祖国であった。司祭とともに教会もやって来た。子供たちはカトリックの教えを受けて育ち、新しい世代が生まれた。合衆国のもつ気高い寛容の精神に助けられ、アイルランド人の寄進によってプロテスタント教徒の塔をしのぐほどの塔が建つようになった。合衆国のカトリックの土台を作ったのは、丸首の肌着とラシャの上着を着た男たちであり、大きな唇と手に火傷をおった可哀想な女たちであった。

この実り豊かな畑に粗暴で専制的な精神が入り込み、嘆かわしくもそのまま居座れば、教会に疫病と破滅をもたらさないわけがない。虚栄と華美が信仰のためにはじまった作業のあとに続いた。カトリック教会は教会の土台を作り発展の基礎を固めた貧しい人々を蔑ろにし、富裕な人々が暮らす大通りに壮大な教会を建て、成り上がりで教養のない人間によくある顕示欲というあさましい欲望を臆面もなく満たす一方、社会構造の点検と国家的再調整の時代に付きものの混乱を利用し、警戒心をつのらせる富裕階級の前に、信徒にたいする絶妙の影響力を駆使して貧しい人々による恐怖の攻勢にブレーキをかけることができる唯一の勢力として登場した。すなわち、カトリック教会は、信徒にたいし、正義は来世で成就するとの信仰を強化する一方、正義を現世で成就させようとする気持ちを冷まそうとしたのである。このようにして、プロテスタント教徒が多数を占めるこの要塞において、現在も富裕階級を形成するプロテスタント教徒は、カトリック教会の、影の、無言の、刎頸《ふんけい》の友であり、自分たちを火刑に処した宗教に感謝する身内であり、あまりにも不平等に所有する自分たちの富の防衛に助け舟を出してくれるがゆえに、カトリック教会との友好関係を大切にしている。皆、パリサイ人なのだ、占い師なのだ!

宗教のもつ神秘と危機の時代に乗じて、カトリック教会は、権力欲にとりつかれ、権力の源に目を向けた。それは君主国家においては君主であるが、合衆国では有権者の票である。こうして、カトリック教会は信徒の票を取引の道具にしたのである。アイルランドからの移民が激増した当時、民主党は選挙ではいつも敗北していた。自由主義者と思われるだけで落選した。アイルランド人移民は、市民権を手にいれるやいなや、民主党に票を投じた。こうして、民主党へのカトリックの影響力が増大するにつれ、民主党は、ニューヨークや、そのほかのアイルランド人が大勢居住する都市で勝利を収めていった。まもなくして、信徒の票を自由にできる教会と、教会の票を得て公職の蜜を吸おうとする人々は、たがいの力を測り、交換した。カトリック教会は、除々に、市役所、地方議会、州政府に自分たちの息がかかった従順な配下を持ち、土地の寄進や教会に有利な法律と交換するかたちで、影響力を行使できる信徒の票を売りはじめた。教会は、議員を当選させることも落選させることもできることを知ると、教会だけが受益者となる法律を制定するよう要求し、自由の名のもと、教会が自由にとって代わる手立てをすこしずつ提案していった。

こうしたことすべて、カトリック教会は、信仰にいささかの疑問もいだかない信徒のあいだで、所有する富を守るといって同盟を持ちかけた富裕階級のあいだで、そして、カトリックの票を切望する政治家のあいだで強大な存在になっていることを自覚して以降、臆面もなく押し進めた。邸宅が並ぶ地区に大理石のカテドラルを建て、その周りに慈善事業をおこなう建物を配し、おのれの力を誇示した。これらの建物は、貧しさがただようスラム地区でマクグリン神父が維持した建物とは大違いである！　教会の力によって奇跡が現れはじめた。急に顧客に恵まれる凡庸な弁護士、苦痛を訴える婦人に軟膏を処方するだけの脂ぎった医師、特別これといった理由もなく預金者の信頼を得る銀行家、もぎたてのリンゴのようにういういしい司祭としてイギリスから来て、裕福な家庭にむかって大司教にしたがうよう宣教する絹と蜜につつまれた枢機卿。粋をこらした豪華な病院や救貧院が建設された。大物の政治家までも、教会にたいし、選挙では中立を保つよう要望した。新聞も、新聞こそは真の司祭でなければならないにもかかわらず、腰が引けるか、主張をあいまいにし、大司教館のご機嫌をとり、ある新聞はカトリック教徒の読者を失うまいとして、別の新聞は、自分たちの特権を守る闘いの大切な友軍を力づけたい一心から、国民の自由を害する教会に拍手を送っているようである！「ソガース・アローン」の自然な影響力が利用され、アイルランド人の票が、法律から利益を引き出すため、教会と同じく票を売買の具にする政治家と結びついた大司教の眼鏡にかなうところへ運ばれた。こうして、合衆国におけるカトリック教会の力は、アイルランド移民の激増、政治家との癒着《ゆちゃく》、権利を主張する労働者階級への恐怖、ばらばらで弱体なプロテスタント勢力、宗教関係の事柄にたいする時代の無関心、カトリック教会の野望とその手法についての認識不足、そして、けばけばしく珍奇なものに悦に入る成り金の虚栄と下品さのおかげで、いや、これら以上に、なににも増して、カネを崇める祭壇でまさしく生まれたもの、すなわち、信徒にたいする教会の影響力こそ、生活の向上を求める民衆の前に立ちはだかる最大の堡塁であり、富裕階級の財産を防衛するうえでもっとも頼りになる胸壁とみなすさもしい考えによって、すさまじいほどに増大した。

しかし、合衆国では、人間にかかわるあらゆる問題が俎上に載せられては解決が図られ、理性を自由に働かせることによって悲惨と疑問を解決する時間が大幅に短縮されている。十八世紀の末、血の雨と言論の嵐、および、理性の激突のなかで夜明けを迎えた太陽は、十九世紀の末になって天頂点に達したようである。人々は共通の安全と名誉のために同意するもの以外のものに束縛されず、たがいを知り、認め合うことに決したように思われる。人々は、巨人が立ち上がろうとするときのように、つまずき、よろめき、破壊することがある。まぶしすぎて、ふらつき、目がみえなくなることもままある。思想を選り分ける大きなふるいがあり、藁《わら》は、みな、風に吹きとばされてしまう。人間は格段に強くなった。偽りの国は化けの皮がはがれ、ふるいにかけると、おべっか使いばかりが目につくだろう。しかし、自由が真に支配するところでは、われわれの本性が課すもののほかは、いかなる手かせ足かせもない。真に自由が謳歌する国では、自由な人間の理性に匹敵する玉座も、個人がいだくおのれの考えに勝る権威もないのだ！　人間を苦しめ矮小にするものは、すべて、法廷に召喚され、裁判を受けることになっている。人間の尊厳と相容れないものは、なんであれ、滅びるだろう。なんぴとも心の詩の翼を切り裂くことはできず、人間

矮小にするものは、排除されるだろう。人間を貶め、滅びたくなければ、自由と和合しなければならない。それができないのなら、死を覚悟することである。それゆえ、無くならないだろう。雲の行方を見つめる熱いまなざしは、永遠に、のもつ果てしない向上心と、

自由は、特権もそうであるが、一つの全体として獲得されるか、危険にさらされる。どれそれの自由が個別に獲得されたり、失われたりするのでもなければ、ほかの自由の運命と関係がないというわけでもない。であれば、合衆国のカトリック教会は不純な要素と高尚な要素を合わせ持っていることから、この国の良質な精神が不幸な人々の先頭にたち、その置かれている肉体的、精神的奴隷状態の改善に手を貸そうと決心したとき、カトリック教会は、奴隷主義者として、また、圧制者として法廷に召喚されることになる。権力は、悲惨と同様、結束する。悲惨の兄弟団があるように、圧制の兄弟団がある。

使徒の一群が通過するのが見えるようである。いまも記憶に鮮やかなのは、一八八六年秋のニューヨーク市長選でくりひろげられたすばらしい選挙運動の模様である。この選挙戦で、はじめて、労働者に、そして、労働者の不幸に心いためるやさしき人々に宿る改革の精神が力強く噴き出した。燃えるような人々がいた。そのような人々のなかで、もろもろの苦しみが炉のなかで溶けるように人類は浄められるのだ。無私の心で指揮する人が、人々のために悲しむ人が、光を放ちながら燃え尽きる人がいた！　その選挙では、結成されてわずか三年足らずの、やむをえない分裂や失敗を経験したある政党が、友人も、資金も、支援団体も、支持階層もないにもかかわらず、あと一歩で勝利を収めるところまで迫るという奇跡が起こった。なぜなら、その政党を動かしていたのは、選挙につきものの通り一遍の熱気ではなく、それまで美しい約束と甘い言葉をかけてくる政党に託しては裏切られていた救いへの確固たる決意だったからである。

そのときの力がどこから来たか、いまではわかっている。カリフォルニアからヘンリー・ジョージ[*11]が来たからで

あり、その著『進歩と貧困』の再版が出たからである。この本はキリスト教徒のあいだで聖書のように流布した。この本は現代の言葉で書かれたナザレ人の愛の書である。この本の目的は、人類は進歩したにもかかわらず、なぜ、貧困が増大しているか、その原因を解明することにある。著者の基本的な考えは、土地は国に属すべきだということであり、ここからすべての改革案が出てくる。土地は、土地を使用し土地をよりよくする人が所有する、土地を所有する人は、土地を使用する期間、国に地代を納め、地代は土地から得られる収益を上回ることはない、と。つまり、国に納める税金はこれを納めるに十分な収益を引き出す手段を国から受領する人が負い、税金を納める必要のない人は家計が安楽になり、貧しい人も、住宅と、知性をはぐくむにたる余裕を手に入れ、国民としての義務を理解し、子供を大切にすることになる、というわけである。

ジョージの本は、労働者にとっても、思想家にとっても、ひとつの啓示であった。自然科学におけるダーウィン[*12]の業績に匹敵するのは、われわれの時代のものとしては社会科学におけるジョージの業績のみである。ダーウィンの足跡は、政治においても、科学においても、詩にも見られる。これと同じように、英語が話されるところではどこでも、ジョージのすばらしい考えは冠たるものとして輝いている。ジョージは生まれながらに親であった。不幸な人を見ると、自分の頬が打たれる思いがした。ジョージのまわりに労働者の輪ができた。「教育なくして」――労働者たちに説いた――「貧困を克服することはできない!」と。投票が法律の源である国では、革命は投票のなかにある。権利は全力を尽くして勝ちとるべきである。しかし、愛は憎しみよりもさらに有用である。ニューヨークの労働者は、自分たちに力がついたと感じたとき、だれもが、カトリック教徒も、プロテスタント教徒も、ユダヤ教徒も、だれもが、アイルランド人も、ドイツ人も、ハンガリー人も、だれもが、共和党支持者も、民主党支持者も、ニューヨーク市長選挙では、はじめて、自分たちの意思と力をおもてに出し、ジョージを市長に推した。

結成されたのは、ひとつの政党ではなく、成長してゆくひとつの教会であった。あのような熱気は、ただ、宗教運動においてのみ見られるものだからである。一挙手一投足に超自然的な力を授かったようであった。どんなに演説しても声がかすれることはなく、睡魔に襲われることもなかった。だれもが、別の自分を発見したように活動していた。結婚したばかりのような深い歓びに満ちていた。資金集めも、選挙道具の調達も、集会の開催も、新聞の発行も、なにもかも、即席でおこなった。票を売り買いして甘い汁を吸っていた政治ブローカー、ごろつき、高利貸しの団体はおおいに警戒心をつのらせた。当てにしていた大量の票が、彼らの手からすべり落ち、光の世界に出たからである。「暮らしをよくしたければ、法律の中にその方法を探すのだ」と、政党は労働者に言っていた。その前は、労働者の行動を暴力的だとか無政府主義的だと批判した。そこで、労働者が問題の解決を法律に見出そうとして政党を結成すると、今度は、革命主義者だとか無政府主義者だと呼ばれた。新聞は労働者を孤立させ、富裕階級は支援を拒否した。特権階級を擁護する共和党議員は労働者を国家の敵と宣言し、民主党議員は自分たちの存在と影響力がもろに脅かされるのに恐怖を覚え、カトリック教会に助けを求めると、教会は共通の利益のために法律を運用するよう求めた。教会は、一体となって、教会を建設した労働者を攻撃した。民衆のための政治を支持したとしてひとりの司祭を罷免した大司教は、管区の教区司祭に回状を送り、民衆を売り渡す高利貸しやごろつきの政策を支持するよう命じた。たったひとりの教区司祭だけが、教区司祭のなかでもっとも誉れある司祭だけが、傑出したひとりの司祭だけが民衆を見捨てなかった。それがマクグリン神父である！

これは、どういうことなのだろうか？　すべての司祭の模範であるはずの大司教にはどれそれの政策を支持することができるというのであれば、大司教と同じ行動をある司祭がとったとして、それが、どうして、罪になるのだろうか？　神はいずれに味方するだろうか？　不幸な人々の権利を封じようとして権力者と手を組む人に味方するだろうか、それとも、権力者の怒りに怯むことなく、知性と徳において権力者のだれよりも優れ、紫の法衣にしばられることなく、貧しい人々のあいだに静かに入って座る人に味方するだろうか？

マクグリン神父と同じような、すばらしい司祭はほかにもいるようである。しかし、マクグリン神父を超える司祭はいない。話によれば、この高潔な司祭は、とても温和で、やさしく、司祭の知性にふれると、だれもが、なんのこだわりもなく、恩寵の来臨のドグマを受け入れるということである。話によれば、司祭は、高潔このうえなき人が奴隷のような肉体をしているのを見て、肉体に勝利した人が、どうしてただの人であるのか、どうしても理解できないと話したということである。また、この司祭にとっては、徳以上に望ましく美しいものはなく、徳以外のなにものも妻にしないということである。話によれば、この司祭は、不幸な人々を慰めるために、心をたくましく伸びやかにするために、希望と詩がもたらす心地よい状態を信仰という美によって高めるために、そして、教会の中で教会をいびつなものにしてしまった野心や圧制や世俗的欲望を退け、教会を建てたすべての人々に慈愛の精神が勝利するために生きているということである。また、話によれば、この司祭は、世人には仕えず、ただひとりの人だけに仕える人々に見られる不屈の闘志を持っているということである。

人間を窒息させたり弱くさせるものは、すべて、この司祭の目からみれば犯罪であった。神が人間にご自分の考えを押しつけるなどということはありえず、神でもないひとりの大司教が、だれかにたいし、自分の考えを述べるのを禁止するなど、ありえないことである。もし、ある司祭たちには、大司教の指示により、説教台から信徒にむかって、貧しい人々の敵に投票するよう命じることができるとすれば、どうして、ほかの司祭には、自由人としての権利にもとづき、祭壇の外で、信仰とはかかわりのない問題で信徒のために尽くそうとして、純然たる宗教上の権威を利用して信徒の良心に訴えるようなことはしないかたちで、貧しい人々に援助の手を差し伸べることが許されないのだろうか？　罪を犯しているのは、いずれのほうだろうか？　信仰上の権威を悪用し、神聖な説教台から、正義を築く代わりに道徳に反して正義を売る人々を支持する人だろうか、それとも、貧しい人々の隣にはただ苦しみしかないことを知っているがゆえに、これら貧しい人々を、教会の中では司祭として慰め、教会の外では市民として援助の手を差し伸べる人だろうか？

教区司祭は、たしかに、信仰にかんする事柄については、上司である大司教の指示に従わなければならない。しかし、政治的な見解や、純粋に経済問題や社会改革の事柄について、すなわち、信仰とかかわりのない事柄について、教区教会の運営のあり方とも、教区司祭にたいする大司教の権威が限定される信仰のあり方ともかかわりのない事柄について、教区司祭は、なぜ、大司教に絶対的に服従しなければならないのだろうか？　土地の国有化は、今日にもアイルランドのすべてのカトリック司祭が公けにすることである。土地の国有化は、ニューヨークでは、なぜ、カトリック教会として容認することのできないドグマでなければならないのだろうか？　それとも、教区司祭は、上司である大司教が、政治にかんして、いかなる権限もないにもかかわらず、命じる意見以外の意見を持つべきでなく、司祭は奴隷と変わらない存在にすぎず、不幸な人々のためにやさしく手を差し伸べるという出過ぎた真似は主の怒りにふれる不届き千万な行為とでもいうのだろうか？　教区司祭はおのれの祖国を持つことを諦めねばならないというのだろうか？

事件とは、ある信仰回状のなかで土地の所有について意見を述べたことのある大司教が、当人にはいかなる権限もないにもかかわらず、マクグリン神父にたいし、土地問題が論議される大衆集会に出席しないよう命令し、神父のほうは、大司教の命令に従わないのは司祭としての権利であり、人間としての義務であると考え、大司教の命令を無視したことから、大司教は教区のためにかぎりない愛を注いできた神父を、こともあろうに解任したということである。事件とは、神父が政治上の問題で信仰上の上司の命令に従わなかったことから、ローマ教皇は、神父にたいし、人間の姿をした徳にたいし、処分を受けるため、ローマに向かうよう命令したということである！　神父は、ローマへ向かう代わりに、服従の意を伝える書簡を教皇に送り、自分——教区でただひとりの高潔な司祭である神父！———を有罪に処し、司祭の法衣を取り上げるのは誤りであると述べた、ということである。

問題になっている、すばらしい光景が見られたのはこの場所である。権力は、当然のことながら、友人に事欠かない。カトリック教会の票で生きている人、教会の力を恐れている人、教会の推薦や支持をとりつけている人、教会を自分が所有する莫大な財産の擁護者とみている人、教会と同盟関係を保つことが利益にかなう新聞、これらのやからが大司教館のまわりを、陰に隠れて、満足して動き回っている。しかし、教区教会の信徒は、こぞって教会のベンチを立ち、マクグリン神父のいない懺悔室をムギワラギクで飾った。そして、敬愛してやまない「ソガース・アローン」を支援するために集まった信徒たちは、後任の司祭が姿をみせ、無神経に解散させようとすると、憤慨し、その司祭をホールから追い出して言った。「われわれは、マクグリン神父のために、大司教とたたかい、ローマ教皇ともたたかうのだ」「われわれの名にかけて、マクグリン神父を陥れようとする者は、だれであれ、ぜったいに許しはしない。われわれは神父を全面的に支援する」「この教会は、われわれが建てたのである。われわれをこの教会から追い出すというのなら、やってみるがよい」と。

貧しい人々のために尽くすこの神父は、だれを怒らせたというのだろうか？　信徒へのみせしめとして神父を処分するのは、信徒には、勉強するには公立の学校があり、宗教を学ぶには家庭もあれば自分たちの教会もあることから、教会学校を建てるのは不要だと神父が反対したためだろうか？　マクグリン神父は信徒であるカトリック教徒を愛した。カトリック教徒だけでなく、われわれ人間を愛したのだ！　集会では女性たちがだれよりも元気がよかった。ある女性が抗議文を書き、幹事が大司教のもとに届けた。がっしりした体格の職工たちが手で顔をおおってすすり泣いていた。マクグリン神父は、謙虚で、病気であった。だれにも会わず、だれとも口をきかなかった。妹のひとりが所有するちいさな家にこもっている。

しかし、ニューヨークのカトリック教徒は、怒りに燃え、大司教に抗議して行動を起こした。大集会を準備している。迫害をうけた司祭の一点のくもりもないやさしさを讃える一方、大司教管内の司教や副司教らの聖職者にあるまじき仕打ちを非難している。アイルランド人の心のすべてをぶっつけ、司祭にも公けの事柄について自由に考える権利があると主張し、大司教と、カネで買われた政治家のよごれた関係を告発し、神が啓示した真理と神の家の管理のほかには「ニューヨーク大司教は、信徒がいだく政治上の意見にかんしては、博物学者がアフリカの奥地で探している類人猿が持つ権限以上のものは持たない」と宣言し、アイルランドには、アイルランドのカトリック教徒がイングランドのプロテスタント王の王冠にたいしておこなった正当な抵抗運動を罰したため、生き恥をさらし、だれからも相手にされずに死去した大司教がいたことを思い起こさせた。そのうえで次のように言った。「われわれの良心の上に神がいる。なんぴとも、われわれの思想を摘むことはできず、われわれの考えにしたがってこの国を治める権利を奪うことはできない」、「信仰にかかわる事柄については、教会はわれわれの母である。しかし、信仰以外のことについては、わが国の憲法がわれわれの教会である」、「大司教よ。この問題から手を引くのだ！」と。

これまで一度たりとも、秋のジョージ候補の選挙戦のときでも、これほどの熱気はなかった。ここにいるカトリック教徒たちが、熱い言葉で、各自、おのれの政治信条にしたがって意見を述べるいっさいの自由があると宣言したとき、ホールは大きな歓声にどよめいた。

われわれの慰めであり、その知性において説教台の誉れであり、その慈愛においてニューヨークの星であったマクグリン神父を、われわれの誇りにして喜びであり、自らが手本となってやさしい言葉で信仰のもついっさいの真理と美を教えてくれた高潔なマクグリン神父を、おのれの全財産をわれわれのために使い、われわれが渡した給金を、すべて、われわれのために捧げ、受持った貧しい人々の地区から一日として離れることのなかったマクグリン神父を、神父自身が建てた教会から追放し、われわれの願いを聞き入れず、神父が祈りの部屋に留まることを一日たりとも許さず、神父を虐げ、その一方では、教会の保護のもと、ひとりの悪らつな銀行家をカナダへ連れ出したドウシー司教は教会から全幅の信頼を得るというのだろうか？　大司教は、ローマ教皇にたいし、われわれの信仰の誉れであるマクグリン神父を不当にも処分するよう求め、他方では、後悔はしたものの、あの、したい放題のカトリック教徒であったハイメ・マックマスター[*13]の葬儀に出るというのだろうか？　この人物は、ハイエナのように目をぎらつかせ、自由を愛する国民をさげすみ、その毒のある言葉で奴隷所有者や国王に味方して一生を送ったのである。「神よ。われらの信仰が軽んじられないよう、市民の権利を損なう司祭たちに服従しなくてもよいよう、そのかぎりなき慈悲により、カトリックの教えであり、われらの心のささえであった、われらが敬愛するソガース・アローンを見捨て給うことのないよう、われらを守りたまえ！」

このような熱気につつまれてカトリック教徒の抗議集会は終わった。どれほどの陰謀と癒着の関係が、国の危険が明らかになったことだろう！　カトリック教会は、その影響力をカネで買い、信徒の票をカネで売っているのだろうか？　マクグリン神父は教会の怒りを買ったのだろうか？　教会は、教区司祭にたいし、教会と票を売買する人々の利益に貢献するほかは、政治的権利を行使するのを禁止するというのだろうか？　教会の圧制的なやり方に憤りを覚え、このうえなくやさしいイエスの教えにすなおに従う人を、破滅させ、辱めるのだろうか？　人間であることと、カトリック教徒であることは両立しないのだろうか？　このあたらしい漁師たちが教えるところから、それが可能であることがわかる！　おお、イエスよ！　あなたは、この争いのなか、もしかして、どこかにおられたのですか？　金持ちの泥棒に同行してカナダへ行かれていたのですか、それとも、マクグリン神父が耐えながら待つ粗末な家におられたのですか？

「エル・パルティード・リベラル」、メキシコ、一八八七年二月九日
「ラ・ナシオン」、ブエノスアイレス、一八八七年四月十四日

訳注

＊1——Peter Cooper, 1791-1883. 合衆国の実業家、発明家。労働者の教育のための無料の教育施設として私財を投じてクーパー会館を建設した。

＊2——Sogarth Aroon. ゲール語で「貧者の司祭」という意味。

＊3——Edward McGlynn, 1837-1900. ニューヨーク生まれのアイルランド系カトリック司祭。同市の聖ステファン教会の主任司祭。土地の国家所有を唱える経済学者ヘンリー・ジョージと親交をむすび、一八八六年のニューヨーク市長選で同候補を支持したため、教区司祭の職を解かれたうえ、翌年、ローマ教皇レオ十三世の召喚命令に従わなかったため破門処分をうけた。この異状事態は、一八九一年、ローマ教皇庁が破門を取り消し、マクグリン神父がローマに出向くことで決着した。その後、神父はニューハーグ（ニューヨーク州）の聖マリー教会に異動し同地で没した。

＊4——Jaime Lucíano Balmes, 1810-48. スペインの哲学者、政論家。おもな著作に『ヨーロッパ文明におけるカトリシズムとプロテスタンティズムの比較』（一八四四）、『哲学の基礎』（四六）、『哲学入門』（四七）などがある。

＊5——ローマ教皇レオ十三世（在位一八七八—一九〇三）。

＊6——Michael Augustine Corrigan, 1839-1900. 第三代ニューヨーク大司教（在任一八八五—一九〇〇）。アイルランド移民の子。一八八六年のニューヨーク市長選ではカトリック教会とは相容れない主義主張を唱えるヘンリ・ジョージ候補に敵対し、同候補を支持するマクグリン神父とするどく対立した。

＊7——ローマ教皇ピウス九世（在位一八四六—七八）のこと。

＊8——Stephen Grover Cleveland, 1837-1908. 合衆国第二十二代、二十四代大統領（在任一八八五—八九、九三—九七）。

＊9——ローマ教皇ピウス七世（在位一八〇〇—二三）。

＊10——George III. 合衆国が独立を宣言したときのイギリス国王（在位一七六〇—一八二〇）。

＊11——Henry George, 1939–97. 合衆国の経済学者、社会改革者。主著に『進歩と貧困』（一八七七）がある。一八八六年のニューヨーク市長選では、マクグリン神父などの支援を得て、エイブラム・ヒューイット（Abram Hewitt）、セオドア・ルーズベルト（Theodore Roosevelt）の両候補を相手に善戦した。

＊12——Charles Robert Dawin, 1809–82. イギリスの自然科学者。進化論を発表した。主著は『種の起源』（一八五九）。

＊13——James Alphonsus MacMaster, 1820–86. カトリック系雑誌「ザ・ニューヨーク・フリーマンズ・ジャーナル」の編集発行人。保守派のカトリック主義者。

青木康征・訳

第5章　第二の独立宣言を

合衆国の実像

一八九一年、マルティの生活は急転する。原稿書きや外国の領事業務などから離れ、キューバの独立のために邁進した。年末にはフロリダを訪問し、〈クラブ〉を作って独自に活動する亡命キューバ人たちと話し合った。こうした活動の成果として、翌一八九二年四月八日、キューバの独立を願うすべての人々を迎え入れる〈キューバ革命党〉がニューヨークで結成され、マルティは代表に選出された。これに先立つ三月十四日には党の機関紙たる「パトリア」が創刊された。本編もそのひとつであるが、事実上すべての記事がおのれの手になる同紙を通じて、マルティは、その華やかさで自分たち亡命者の目を眩ませ、キューバの独立を阻害する合衆国の実像を解き明かしながら、来るべき「正当で必要な戦争」への態勢を固めていった。

われらのアメリカに合衆国の本当の姿を知らせる必要がある。合衆国にはよいところなどなにもないと決めつけたり、合衆国の欠点をわざと誇張するとか、合衆国の欠点を隠したり、欠点を長所として喧伝するようなことはしてはならない。人種というものは、もともと存在しないのだ。在るのはさまざまな人間のタイプである。それぞれが暮らす土地の風土や歴史にしたがって習性や細部の形態が異なるだけで、人間として本質的なところは同じである。浅はかでうわっつらしか見ない人は、人間の心の深層にまで入ったことがないため、人は、だれしも、同じ坩堝の中でうごめいている姿を公正無私な高所から見たこともなければ、人は、だれしも、心の中では気高い無私の心とおぞましい憎しみがつねに葛藤していることに気づかない。そこで、サクソン人の利己主義者とラテン人の利己主義者のあいだに、寛大なサクソン人と寛大なラテン人のあいだに、サクソン人の官僚主義者とラテン人の官僚主義者のあいだに本質的な違いを見つけたと言っては悦に入る。ラテン人にも、サクソン人にも、ひとしく、欠点もあれば長所もある。違うのは、相異なる出自からくる独自の色合いである。似かよった人間であるイギリス人とオランダ人、およびドイツ人から成る国では、建国当初から貴族と平民のあいだにはっきりした垣根があるうえ、貪欲と虚栄にはしる貴族階級にみなぎる権利意識と、自己犠牲にたいするいかんともしがたい敵意によって、流血の大惨事にいたるほどの混乱が生じても、互いの政治的習性や多様な要素がひとつに融け合うことはない。この国では、先住民は征服民族の必要から生き残り、おびえ、ばらばらに暮らし、その社会的進出は、いまなお、ヨーロッパ人から成る無知な特権階級によって閉ざされている。何世紀にもわたって海や雪と格闘し、自由を守るため、つねに勇敢にたたかってきた若者が作った北の国と、熱帯地方の、安楽で、太陽が照りつける島国が同じであるはずがない。この国では、海賊の支配も同然の統治のもと、戦いに明け暮れた後進的なあるヨーロッパの腹をすかした腫瘍というべき粗野で教養のない種族の子孫は、その反逆的気質のゆえに安直に迎合する人々とは分裂しながらおのれの利益のために暮らし、アフリカ出身の人々は、逞しくて素直、でなければ、怠惰で恨みがましく、悲惨だった奴隷時代と崇高な戦いを経てかつて彼らを売り買いした人々と暮らしを共にし、崇高な戦いで命を落とした仲間のおかげで、きのうまで鞭をあびせて踊るよう命じた人々と対等に挨拶を送っている。サクソン人とラテン人のあいだに違いがあるかどうかを見るには、そのための比較をするには、両者を同じ土俵に乗せる必要がある。かつて黒人奴隷を擁したアメリカ連合の南部諸州の住民に特徴的に認められる性格は、傲慢、怠惰、非情、貧困であるが、このような性格は、奴隷制が存続していれば、キューバの住民のそれと同じであろう。合衆国についてであるが、すでに開拓が完了したか、そのように思われるその国土について、合衆国は、どこをとっても、皆、同じだとか、ひとしく自由が保証されているとか、国づくりが完了しているなどと話すのは途方もない無知のなせるわざであり、その軽薄さは子供じみていて処罰に値する。このような合衆国像は幻想であり、でっち上げである。ダコタの地で汗水ながして逞しく国づくりに励む人々が住む小屋と、東部の、裕福で、特権的な上流階級が暮らす官能的で不正義にみちた都市のあいだには、世界がひとつ、すっぽり入る。石造りの邸宅が並び、貴族的自由があふれる北のスケネクタディと、南のピーターズバーグの陰気な高架鉄道駅のあいだには、北の、清潔で社交性ゆたかな人々と、南の、短気で、貧しく、粗野で、無愛想で、陰気で、樽に腰掛けて談義にふける怠惰な雑貨店主のあいだには、これまた別の国がひとつ入る。誠実な人であれば目に留まるだろうが、まさに、共同生活がはじまって三世紀が経ち、独立してからも一世紀が経過したいまも、合衆国誕生の元となった起源と性向を異にする諸要素はひとつに融け合うことがないばかりか、無理がある共同生活のせいで当初の違いは増幅し際立つようになり、人工的な連邦制度のせいで腕力が支配するぎすぎすした関係になっている。だれもが認めるすばらしさのなかの欠点をつっつき、ここあそこに染みがあるといってこの国の偉大さを丸ごと否定したり、太陽から黒点をひとつ取り除く人のように予言者ぶってこの国をあれこれ批判するのは小人のすることであり、ねたみであり、非生産的で、有害である。合衆国を観察する自分は、推測でなく、確かなこととして述べる。すなわち、この国では、結束へ向かう要因は、強まる代わりに緩くなっていると、人種にかかわる問題は、解決に向かう代わりに再生産されていると、地域エゴは、国

PATRIA.

NUESTRAS IDEAS.

パトリア創刊号

の政策のなかで調整される代わりに国を分裂させ不和を生み出していると、民主主義は、強化されて君主政治のもつ憎悪と悲惨からこの国を解放する代わりに、堕落して弱体化し、憎悪と悲惨が不気味によみがえっている、と。こうしたことを伝えず黙する人は義務を果たしていない。真実を知り、真実を広めるという人間としての義務を果たしていない。アメリカ大陸の栄光と平和はこの大陸独自の諸要素をあるがままに伸ばせば確保されると単純に考える人は、善きアメリカ大陸の人間としての義務を果たしていない。スペイン起源の国が、無知ゆえに、あるいは幻惑されて、でなければ性急な国づくりにとらわれ、華やかな衣装と甘い話にとびつき、有害で自分たちのものでない文明に追従する物欲だけの哀れな属国にならないように導くという、われらのアメリカの息子としての義務を果たしていない。われらのアメリカは、合衆国の真の姿をぜったい知らねばならないのだ。

欠点は、自分のものであれば当然のこと、自分のものでなくても、同じく改めるべきである。長所は、自分にはないからといって高嶺の花と諦める必要はない。だが、どこそこの国のようにしっかりした国になろうとする際、羨ましく思うその国に安全と秩序をもたらした方法、すなわち、自らが努力し自分たちの国の自由を自分たちの国の諸要素が求めるかたちに合わせるという方法でないやり方で事にあたるのであれば、それは、筋の通らない無理な注文であり、怠け者のする浅はかな望みである。ある国では、合衆国へのあこがれから、理解はできるが思慮にかけると言わざるを得ない発展願望があまりにも強いため、思想は、樹木と同様、大きく育って実をつけるには深く根を張るための土壌を必要とするということや、生まれたばかりの赤子のやわらかな頬に髭ともみあげをつければ大人になるというわけでもないということに気がつかない。このようにして出来るのは化け物であり、国民ではない。自分の力で生きるのだ。自分で汗をかくのだ。ある国では、目に余るほどのヤンキーかぶれがあれやこれやの悦びの無邪気な表現になっている。これは、ちょうど、どこかの家庭の内実を、でなければ、家の中で祈りをとなえている人や、いま息をひきとろうとしている人の心の内を、サロンをとびかう笑い声や室内を飾る豪華な家具から、パーティのテーブルの上に置かれたシャンパンやカーネーションから判断するようなものである。自分で悩むのだ。自分のからだでひもじさを知るのだ。からだを動かして働くのだ。人を愛するのだ、見返りを求めずに。これぞと決心して、一所懸命、勉強するのだ。貧しい人とともに寝ずの番につくのだ。哀れな人といっしょに涙を流すのだ。富のおぞましさを憎むのだ。宮殿で、都市で、学校の広間で、玄関先で、碧玉と黄金で飾られた貴賓席で、寒々とした何もない屋根裏で暮らすのだ。そうすれば、権力的で貪欲な国について、この国の肥大してゆく物欲について真実味ある考えを述べることができるだろう。また、第二帝国の文学的ダンディズムの骨と皮だけの生き残りや無関心を装う仮面の下にすばらしい生命が鼓動していても不思議でない、見かけは懐疑的である国では、土着のものを粗末にするのが流行で、外国製のズボンと思想に心酔し、外国かぶれよろしく街をかっ歩するのが最高に粋なことと考えている。別のある国では、軽薄な上流趣味として金髪のものを自分たち本来のものとして臆面もなく愛し、つましい混血の出であることを隠している。ありていにいえば、いつの時代でも、だれかを不義の子だと責める人は自分自身がそうだと言いふらしていることに、不倫した女性をこれみよがしにののしる女性は自分自身が不倫したことがあると公言していることに気がつかない。原因はどうあれ、すなわち、自由の渇望であれ、自由への恐怖であれ、精神の怠慢であれ、幼稚な貴族趣味であれ、政治的理想主義であれ、経験不足からくる無邪気さであれ、われらのアメリカにとって必要にして急を要することは、ラテン的なものであれ、サクソン的なものであれ、合衆国にかんするすべての真実をわれらのアメリカの前に明らかにすることであり、国づくりに励むいまの時代、自分たちのものをわけもなく粗末にしてそっぽを向き、外国のものに過度に心酔して自分を弱くしないよう努めることである。ほかのどの国よりも敵意が希薄な要素からできている国で三世紀にわたって共和政治を実行してきた息子たちが建てた合衆国が、たったひとつの戦争で、すなわち、奴隷制の廃止をめぐる戦争というより、北と南が覇権を争った戦争であった南北戦争で失った人の数は、同じ時間の長さの中で、同じ人口を擁する、メキシコからチリまで、独立を勝ち取ったスペインアメリカのすべての国が、栄光にかがやく一群の人々の演説と民衆の本能だけを頼りに、スペイン支配が残した神権政治への怒りがうず巻き、長期にわたって奴隷状態におしこめられた結果である無気力と不信感がおおう地方の暮らしを新世界の精華にまで引き上げるという、当然のことながら時間のかかる作業のなかで失った人数を上回るのである。いま、てんびんの一方にプラス面を、他方にマイナス面を置くとすれば、合衆国の性格は、独立以降、下降し、いまではかつてないほどに人間味をなくし生気を欠いている。他方、スペインアメリカの性格は、幾多の混乱や困難があったものの、言葉だけの聖職者、経験のない知識人、無知、でなければ粗野なインディヘナから成るばらばらであった状態から浮上しはじめたころに比べれば、いまは、まちがいなく発展していると判断するのは正しく、正確な社会認識である。さて、合衆国の実情を知るための手助けとして、また、事実だけがもつ厳正無比の力をもって、合衆国の国情と国民性にかんする無節操で行き過ぎたものであるだけに有害である合衆国礼賛主義を正す材料として、「パトリア」紙は、本日号より「合衆国ノート」を常設欄として設ける。本欄では、合衆国の有力新聞に掲載された記事を、いかなる論評も加えず、内容を改変することもせず、ただ、翻訳して掲載する。対象となる記事は、どの国にも起こり、軽薄な人だけが興味本位で目を向ける犯罪や事件にかんするものではなく、われらのアメリカにとって有益なふたつの真実、すなわち、合衆国のもつ、冷酷で、不平等で、退廃的な性格を表すもの、および、スペインアメリカの国民のものとされているが、暴力、不和、不道徳、無秩序は、合衆国においても、つねに、存在しているということを示すものである。

「パトリア」、ニューヨーク、一八九四年三月二十三日

青木康征・訳

ディアス大統領は欧米資本や技術を誘致し産業開発を進めた。なかでも米国資本は石油や鉱山資源を独占し、鉱物、綿花、砂糖、コーヒーなどメキシコの主要産物を大量に米国に輸送する、米国市場に直結した鉄道建設が急がれた。特定の産物に特化したモノカルチャー輸出経済は急成長をとげたが、一方で大土地所有制が進行し、多くの「土地なし農民」が生まれた。ディアス大統領は「哀れなメキシコよ、米国にあまりに近く、神からあまりに遠い」と嘆いたが、米墨通商条約はメキシコには利益をもたらさず、米国の余剰生産物を市場に吐き出させるだけ、というマルティの鋭い指摘は示唆的である。

米墨通商条約

ここ数年において、パナマ地峡の開削をめぐる論争を別にすれば、現在、合衆国とメキシコの間で検討されている通商条約ほど、われわれラテンアメリカ諸国にとって重要な出来事はない。この条約が意味するものは、単にメキシコだけのものでないからである。メキシコは、自らの力で、また先住民インディヘナの向上があいまって発展している。学問研究にいそしみ、あらゆるものを吸収しようとするメキシコの人々の知性が躍動するさまを、また、行く末を案じる母親に厳しく育てられ、独立当初の熱気が一段落したあとも、国を富まそうとひたすら邁進するさまを目の当たりにして、だれもが、アメリカ大陸の人間であれば、この国に心から親しみを覚えるのである。この条約は合衆国と貿易するラテンアメリカのすべての国にかかわる条約である。いま問題にするのは条約そのものではなく、条約のうしろにあるものである。ここでは政治上の危険について言及するつもりはない。愛国心は時には熱狂であるが、今回のメキシコの場合がそうであるように、慎重であること以上に、警戒することである。ここでは、われわれにとってきわめて重要な点に絞って、すなわち、われわれの利害に直接かかわるものを明らかにするという見地から、経済面での問題点について述べる。問題点を指摘するだけで十分であろう。なぜなら、メキシコとの通商条約はまだ素案にすぎないからである。それでもこの条約案によって直接打撃をうけるのは砂糖生産者であると有力紙によって明らかにされたことで、一躍脚光をあびることになった。この条約案は合衆国の上院議会が公表したもので、両国間の綿密な討議を経て合意され次第、法案化されることになっている。

条約案のなかで第一条、第二条、第六条、第七条、第八条が特に重要である。第一条では、当条約の発効中、合衆国において無税扱いとされるメキシコ産品のリストが、第二条ではメキシコにおいて無税とされる合衆国産品のリストがそれぞれ明記されている。また、第六条では、無税扱いで輸入された商品が当該国内で消費される場合、当該国内での流通段階での課税は行わないと規定され、第七条では、無税扱いで輸入される商品が、国内に滞留することなく他国で消費される場合、当該国内での流通段階で課税する権利を相互に認めている。そして第八条では、本条約の発効に向け、それぞれの国の憲法の規定に合わせて関連法案を整備するなど、必要な作業を済ませ、批准書の交換にいたる期間を一二カ月と設定している。

米墨両国が互いに無税扱いで輸入することになる品目のリストを見れば、この条約案がいかに大がかりなものであるか一目瞭然であろう。

合衆国は自国の港湾もしくは国境を経由して流入するメキシコ産の産品についてすべて、関税を免除するというものである。というのも、メキシコの物産で免税の対象にならないものは、事実上、ないからである。ここで特筆すべきはこの条約案の作成にかかわったメキシコ側の先見性であろう。というのも、免税の対象品目の中には、いまはごく少量の生産にとどまっているものの、この条約のおかげで近い将来、発展し、その重要性が見直されるにちがいない商品が含まれているからである。免税の対象となる品目は、生きた動物類、大麦、天然真珠を除く真珠類、牛肉、コーヒー、卵、合衆国では主にパルプの原料となるアフリカハネガヤ[*1]などのイネ科の植物のほか、あらゆる種類の花卉類と果実類がある。これらの商品は両国の大西洋側を結ぶ鉄道が敷設されれば大々的に取引が見込まれる品目である。そのほか、なめし加工されていないヤギ革、すべての種類のサイザルアサ[*2]および麻に代わる繊維類、革紐、なめし加工されていない皮革類、アンゴラヤギの生皮、驢馬《ロバ》の皮、インドゴム、メキシコ産の高級インジゴ[*3]、イクスタイルと呼ばれる用途の広いタンピコ産繊維、ヤラッパ[*4]、染料用材、すべての穀類、染料用の昆虫類、蜂蜜、ヤシ油、ココヤシ油、水銀、強壮薬用サルトリイバラのエキスとこれに類する滋養液、未加工の麦ワラ、精製水準十六番以下の砂糖、オランダ紙の色紙、未加工の葉タバコ、メキシコ国内で収穫されるすべての豆野菜類、建築用材（未製材または植林用の樹木も含む）などがあげられる。木材が免税品目に入っているのは重要である。メキシコ沿岸地方には造船用材となる上質の木材が豊富にあるが、合衆国では、造船コストがあまりにも高騰しているため、船舶の建造は国内の造船所に限定するとの法律を維持するのは事実上不可能になっており、国内の要望に応えてこれが撤廃される可能性があるからである。

このような利益の見返りに、メキシコは、保護貿易という合衆国の誤った政策と偽りの利益によって多血症患者と化した国内市場の重荷となっている鉄鋼製品に、魔法のように瞬く間に町を建設し、密林を開き、山を切り崩し、蛇や猛獣が徘徊する原野に鉄道を敷くために必要ないっさいの商品に、自国の市場を開放するのである。メキシコは、来訪する新しい住民に国内で生産するわずかばかりの食料を提供するだけで、この規定によって無税で流入する合衆国商品で、魔法のひと吹きのように国を一つ作ることができるのである。免税品目のリストは膨大で、いくら紙面があっても足りない。国土のすみずみに鋤《すき》を入れ、種を蒔《ま》き、収穫を待つあいだ農民を養い、川の流れを変えて干拓し、山という山に分け入り豊かな鉱物資源を開発するために必要な一切合切が無税でメキシコに流入すると言えば、ほかに何を言う必要があるだろう。

本条約案をざっと見てわかることは、メキシコが手にする利益は、ユカタン半島産のサイザルアサがそうであるように、いくつかの品目については利益はすぐに見えるものの、全体としては、目の前の利益というより将来の利益、現実の利害というより名目上の利益である。なぜなら、現在、合衆国においても、ヨーロッパでも有利な条件でしっかり市場を確保しているメキシコの第一次産品は、今日明日というように短時間で増産するわけにゆかないからである。メキシコ産の砂糖は、高性能の機械を導入しないかぎり品質の向上も生産量の増大も望めず、新しい機械が効果を発揮するのは、おそらく、本条約が失効する直前の数年だけのことだからである。今年のようにコーヒー豆の需要が減少した年でも、メキシコ産のコーヒーは、その香りとまろやかさのおかげで消費は落ちず、当条約によって有利になる要因は何ひとつない。というのも、米国に輸入されるコーヒーはこれまでもすべて免税になっているからである。概してメキシコの産物にとって、輸入量を早急に増大させるためには、輸送手段である鉄道を敷き、生産のための労働力を増やす必要がある。鉄道は現在工事が進んでいるが、労働力は簡単には増えないのである。

逆に、合衆国は、現在、不安定でリスクが高まっている株式投資に運用されている余剰資金を、だれの目にもその低迷ぶりが明らかになりはじめた証券市場から引き上げ、農産物の高収益性ときわめて安い資金コストによる高い利率での運用にただちに取りかかり、国内にだぶつく大量の在庫をさばくための一大市場を我がものにすることで、生産過剰を解消するとともに、いずれヨーロッパの商品と競争するためまだまだ必要と産業界が考える保護貿易体制を協力して維持することになる。つまり、合衆国は、国内市場の重荷を解き、余剰資金を最高の条件で運用し、ここ数年のうちにあらたに手に入れる市場を活用して保護貿易体制の必然の帰結である生産過剰に起因する失業という深刻きわまりない問題の解決を図るとともに、隣国へは、無税で、国ごと、町ごと、持ち込むのである。

以上がこの条約が当該両国にもたらす利益であり直近の帰結である。メキシコは合衆国が大口の消費者となる産品を将来大々的に生産するための生産財を手にし、合衆国は、条約発効のその日から、現在は不利な条件で運用されているだぶついた資金を有利な条件で運用することができ、販路のない過剰在庫をかかえて身動きできない国内産業に格好の市場を与えて荷を軽くさせ、条約の規定によって許可を得る必要もなければなんの障害もなく、隣国に都市を建設できるのである。

アメリカ大陸の他の国々に関して言えば、ある国は困難な状況にあるがゆえに――おそらく最も利害がからむ国であろう！――、別の国は、無関心や情報不足から、また怠惰な暮らしをしているため、この条約案の重大さにいまだ気づいていないようである。いずれ、どの国もこの条約の意味を自分の肌で感じることになるだろう。キューバは砂糖産業――保護・育成すべきタバコ産業はしばらく横に置く――に大きく依存している。キューバは高率の輸出入税を払って海路で合衆国に砂糖を輸出している。現代人は一服の紫煙でどれほど豊かな気分を味わうことができるか、よく知られている。タバコについてはメキシコはキューバ産のような上質のタバコは作れないかも知れない。しかし、砂糖であれば、キューバ産に劣らず上質のものが生産できる。建設中の鉄道が完成し、国境で待たされることも妨害されることもなくメキシコの砂糖産地と米国市場が直結すれば、そして、低廉な機械、肥沃な土地、確かな販路をてこにして大規模な製糖工場[*5]が当然のように建設されれば、数年後にメキシコは一大砂糖生産国になるだろう。その結果、大量の砂糖が合衆国に流入することになったとき、ルイジアナ州や同じような砂糖生産州が抵抗を試みても虚しい結果に終わるだろう。なぜなら、多数利益を主張する人たちは、ある期間、メキシコとの自由貿易を徹底的に利用しようと目論み、単一栽培を維持しようとする少数利益の抗議の声をかき消してしまうからである。現在明らかになっているデータから、今後得られるデータから遠くないと思われる将来、輸出入税を払って合衆国に海上輸送されるであろうキューバ産の砂糖は、輸出税および輸入税が免除されて鉄道で米国に搬入される同品質のメキシコ産の砂糖とどうして競争することができるというのだろうか？　仮に関税の面で対等になった場合でも、である。単一作物に国の命運を託す国はいつか自分で自分の命を絶つことになる。メキシコが常に生き残ることができるのも、あらゆる作物を栽培しているからにほかならない。他方、サトウキビやコーヒーなど単一作物の栽培を優先している国は、一時的なブームに乗ることはないものの、産物が多岐にわたり、均衡のある安定した収入のある国に比べ、より深刻により頻繁に苦しむことになる。

メキシコは中央アメリカおよび南アメリカ諸国が生産するものはすべて生産し、その多様な産物をさらに拡大しうる広大な国土を有し、メキシコとは同種の産品を生産し合衆国がメキシコに与えるような関税の引き下げに浴しないアメリカ大陸の国がこれからも所有することのない生産手段を大々的に導入することになる。合衆国がメキシコに特別に付与する免税措置を考慮に入れないとしても、また、その見込みは皆無であるが仮に合衆国がメキシコと締結する同様の条約を他のアメリカ大陸の国々と締結したとしても、同種の産物が米国市場への売り込み競争をすれば、輸送コスト、作物の鮮度、需要にかなった入荷の点で、米国に最も近接した国が優位を占めることになろう。

本条約を一読すると以上の点が指摘できよう。もっともらしい意図や称賛に値する目的の裏に怪しげな理由がないかどうか、いつも疑ってかかる習性があり、時には核心を突くことがあるのだが、合衆国を代表するニューヨークの有力紙「サン」、および、ワシントンでは「サン」に劣らぬ影響力をもつ他の新聞は次のように報じている。すなわち、国家歳入のほとんどを関税収入でまかなっているメキシコ政府にとって本条約はまったく利益をもたらさず、同国政府は米国企業による鉄道建設のための補助金の支給を一時的に停止する必要に迫られる、その結果、補助金が打ちきられた鉄道建設は工事の中止、もしくは断念を余儀なくされ、そのあとは、これまで補助金を受けていない合衆国の巨大企業が米国鉄道界の大物の手による資金援助を受けて工事を引き継ぐことになり、その利権に、この条約の起草者ではないにしろ発案者であるグラント将軍[*6]が深くかかわっていると。もっともらしいが、このような風聞にアメリカ大陸のすべての国に大きな影響を及ぼし、きわめて重要で大がかりであるこの条約案がふりまわされることはない。ある出来事に、歴史に根ざし、いつまでも消失することなく、時間が経つにつれて肥大し大きくなってゆく理由が存在するとき、その場かぎりのとりとめもない事情にことの説明を求める必要などまったくないからである。

本条約が意味するところをよくよく考えていただきたい。

「ラ・アメリカ」、ニューヨーク、一八八三年三月

訳注

＊1——別名エスパルト（esparto）。学名 *Stipa tenacissima L. Spanish grass* ともいう。スペイン・北アフリカ原産のイネ科の植物で、ロープや籠などの材料となる。

＊2——サイザルアサ（sisal）はエネケン（henequên）とも呼ばれる中央アメリカ原産のリュウゼツラン（龍舌蘭）の一種で、葉から採れる植物繊維はロープ、敷物、コーヒーや穀物袋などに利用される。サイザルアサの名称は、メキシコ・ユカタン州に位置するシサル（Sisal）が同繊維の積出港であったことに由来する。

＊3——染料となる青藍《せいらん》をいう。植物のアイ（indigo plant）でもあり、大青《たいせい》（Chinese indigo）やインド藍（Indian indigo）などがある。

＊4——ヤラッパ（jalapa）はヒルガオ類の植物で、メキシコ・ベラクルス州の州都ハラパ（Jalapa）の地名に由来する。

＊5——サトウキビを栽培し砂糖に加工する製糖工場はメキシコなどではインヘニオ（ingenio）、ブラジルではエンジェー

ニョと呼ばれ、植民地経済の一端を担った黒人奴隷の労働力に依存する奴隷制社会でもあった。なかでも、黒人奴隷制砂糖プランテーションの中心地として繁栄をほしいままにしたキューバの「トリニダード」と「ロス・インヘニオス盆地」は、ユネスコの世界遺産にもなっている。

＊6――Ulysses Simpson Grant, 1822-85. アメリカ合衆国第十八代大統領（在任一八六九―七七）。陸軍士官学校卒業後、メキシコ戦争に従軍、南北戦争で武勲をあげ北軍総司令官、後に陸軍長官に任命され、一八六九年に大統領に就任。収賄汚職事件が原因で政界を引退、その後、鉄道会社社長に就任、八五年死去。世界一周旅行の途中に日本を訪問し（一八七九）、琉球問題について日中間の調停を試みている。ディアス大統領のメキシコ政財界に強い影響力を有したといわれ、日本とメキシコの通商関係を樹立させるための日墨修好通商条約（一八八八）はグラント将軍の提言と仲介によるものである。

青木康征・柳沼孝一郎・訳

米国のなかのメキシコ
――メキシコに関わるもろもろの出来事

メキシコは一八八〇年代、ディアス大統領の長期政権の下で飛躍的な経済発展を遂げた。だが開発が急がれたメキシコ北部地帯は人口過疎に悩んでいた。一方、「北方の巨人」米国では膨張主義が台頭し、メキシコの領土併合構想が浮上していた。モンロー主義の使者でもある米国初代公使ポインセットはメキシコ北部地帯を買収しようと奔走した。しかしこの併合は実体をともなわず非現実的であるという見方があった一方、合衆国に保護を求めるメキシコ諸州の実情が報じられ、メキシコ政府の意志に構うことなく行動すれば、多くのメキシコ人民は米国の併合に協力を惜しまないというまことしやかな議論が交わされた。本論はこのような動きにたいするマルティの警鐘である。

一八八七年六月二十三日　ニューヨークにて

「エル・パルティード・リベラル」紙編集長殿

ここ数日というもの、さながらメキシコデーである。メキシコは近く自国にふさわしい宮殿をワシントンに建設するらしいとか、メキシコと合衆国の貿易は、新たに調印された郵便協定によって、合衆国内と同様に、ブラボ川[*1]の向こう岸に手紙や小包を送ることができることから急増するだろうとか、発展中のインディオであるフアレスの令嬢がホワイト・ハウスで歓待されたとか、カリフォルニア征服の際にメキシコのインディオたちがなめた辛酸を美しくも情愛を込めて小説『ラモナ』にしたヘレン・ハント・ジャクソン[*2]の熱烈な女性ファン数名が女史の墓参りをしたとか、「アメリカ併合連盟[*3]」の幹部らがカティング大佐[*4]の話を聞こうと薄暗い会議室に集まり、おぞましい話が交わされたとか、サンタ・フェのインディオが作る玉虫色の陶器がとても素晴らしく、有望な産業になるかも知れないとか、良心的な雑誌『アメリカン・マガジン』に、グアダルーペ村と同地に奉られている聖母マリア[*5]への信仰と伝説を落ち着いた筆致で伝える記事が掲載されたとか、美しい自然描写で知られる著名な作家チャールズ・ダッドリー・ウォーナー[*6]はトルーカ[*7]、パツクァロ[*8]、モレリア[*9]への旅の模様を『ハーパーズ・マガジン』誌に冷ややかに綴っているとか。これらすべてについて報告したい。初めに不愉快なものから片づけることにして、薄暗い会議室に移動する。およそ、一国を知るには、その国が呈するさまざまな様相や表現を、その国を形づくるもろもろの要素、傾向、使徒、詩人、盗賊を！　知る必要がある！

この種の企てをするのはこうと決まっているのだが、ニューヨークのさる一流ホテルの会議室に「アメリカ併合連盟」の幹部と各支部の代表が一堂に会した。会合の目的は、連盟として動員できる兵力を確認すること、カナダの併合主義派の各州からのいわくありげな代表たちに連盟の力を示すこと、それに、「メキシコ北部占領開発会社」の社長であるカティング大佐に敬意を表すためであった。議長は弁護士として名高いW・ギボンズ大佐[*10]が務め、カナダ人も多く出席していた。連盟にとって緊急の課題は「メキシコか、ホンジュラスか、キューバで内戦が勃発すれば、機を逸せず行動し、軍を編成すること」であった。しかし、会議の席にホンジュラス人も、キューバ人も、メキシコ人もいなかった。「その時は近い。もう目の前に来ている」と社長は言った。「ホンジュラスも、ですか？」と新顔の代表が質問すると、「勿論です。バーンの地図をご覧なさい！　ホンジュラスには鉱山がたくさんありますから」「われわれのことを見くびらないでいただきたい」と、ある代表が発言し、「われわれのうしろには、あるべきものが控えていますから。ウォーカー[*11]は三十年前、われわれよりも少ない人数で始めたのです！　われわれとしてはウォーカーの二の舞を演じないことです」と述べて士気を鼓舞した。

「併合連盟」は九年前に結成され、現在、合衆国のいくつかの州にその数一万を超える「いつでも行動できる」会員がおり、ある報告によれば「頼もしい仲間」が「血気に逸らないようなだめるのに一苦労している。というのも、いまはまだ勝手に行動するときではないからだ」ということである。数多くある支部の代表がそれぞれ報告書を読み上げた。これらの報告と議論から分かることは、この会議に出席した人々は皆、どんな健康な木にも生える毒キノコのように多くの人口を擁する強国にいつの時代にもはびこる、戦争や略奪に飢えたいかつい悪党を信頼しているということである。連盟の会員は命令があればただちに馳せ参じることを旨《むね》としている。その数は足りないどころか余っているということである。この組織は予備兵で構成された軍隊である。

この会議にはカナダの南部および東部全域から派遣された特別の代表たちが、それも一応のレベルの人々が参加した。すなわち、そのなかの二名はカナダ自治領国会の下院議員であった。われわれはこうした連盟の動きを、少なくとも問題をカナダに限ったとしても、大したことでないと、軽くあしらってよいのだろうか？　いま民主党は、カナダとの関係を決定し、同国の代表と協議に入るための臨時党大会を開き、民主党系新聞である「サン」と「ワールド」は、民主党にたいし、他紙のひんしゅくを買うのを承知でカナダの併合を党の綱領にするよう求めているのである。ニュー・ブランズウィックにはイギリス人であることを望む市民はだれもなく、マニトーバは全市をあげて併合に賛成していると下院議員のひとりが言った。

「ところで、メキシコはなぜ併合しないのか？」とある日刊紙が「サン」紙に質問した。「メキシコはわれわれのすぐ隣の国であり、カナダ自治領と同じく併合すればいいではないか」と。

「メキシコには手を出すべきではない」と「サン」紙は答えた。「というのも、メキシコの併合は一筋縄ではゆかず、実質がともなわず、憎しみを生むだけだからだ。そのうえ、われわれにとってやっかいな荷物になりかねない。メキシコは、社会制度も、言語も、人種も、われわれのそれとは異なり、うまく統合できないだろう。しかし、カナダは、われわれと同様イギリス人から生まれ、われわれと同様英語を話し、われわれと同様わが国と一緒になることを望んでいる」と。これと同じことを会議の席上、カナダ人の代表も述べていた。彼らは自分の名前でなく、番号で呼ばれていた。祖国の政府から売国奴の汚名をかけられないためである。

ところで、メキシコの併合案は、きわめて重要な事柄であるにもかかわらず、カティング大佐の出席の前では影が薄かった。代表たちはささやいていた。「カティング大佐がお見えになったのは併合連盟とメキシコ北部占領開発会社を合併させるためだ」「そうだ。そのために見えられたのだ。作業はだいぶ進んでいる。両者は近く総会を開くことになるだろう」「場所は？」「ナイアガラの滝だ」「ああ、カナダとの国境の？」「それで、最初に何が討議されるのだろうか？　カナダの件だろうか、それともメキシコについてだろうか？」。

このような的を射た当然の話が交わされるなか、会議に臨んだカティング大佐は、耳を澄ます聴衆に向かって、侵略会社のためのいい口実になると考えたのであろう、自分がかつてメキシコで捕虜になったときのことにさりげなく触れて憎悪をかきたてようとしたあと、「会社軍」の組織について説明していった。カティング大佐の話は次のような内容であり、新聞がこぞって報じていることである。すなわち、開発会社が擁する兵士は合衆国の複数の州に分散しており、その多くはメキシコと地理的に近い南部の諸州に居住していること、その数はすでに一万五千に達し、いつでも招集に応じる態勢にあること、開発会社の狙いはメキシコの北部諸州、とりわけソノラ、カリフォルニア、チワワ、コアウイラを奪取することにあり、「兵士」は冒険にはうってつけの、この種の仕事に手を染めたことのある、屈強で、恐怖などまったく意に介さない人々だということである。つまり、現実にはあり得ない話をしたということである。なんとかわが子を真っ当な道につかせようとした母親を息子が殺すという事件が先日ニューヨークで発生したが、その若者のように、ヌエボ・レオン州とタマウリパス州は合衆国の傘下に入る用意ができているとか、メキシコ政府を崩壊させれば多くのメキシコ人は、「北」を憎みながらも侵略に協力するだろうという、いつもながらの妄想を語ったのである。近々、総会に先立って準備会議がニューオリンズで開催される予定である。

総会が予定されているナイアガラの滝のホテルはすでに選定済みで、カティング大佐の身の廻りのことも手配済みである。われわれとして今すぐにすべきことは、これら物騒な輩がどこかで頭をもたげたとき、合衆国の世論が無関心であったり支持に回ったりせず、良心にしたがってブレーキをかけるよう、メキシコにとって有利な事柄はなんでも伝え広めることである。行動によって、でなければ利害関係や無関心から敵対する側に回りかねない人々がメキシコに敬意をいだくよう、あらゆる機会をとらえ、それも急いで行動することである。リンカーンを研究する歴史家たちは、こうした輩が、国境に住む人々の不安を年を追うごとにかき立て、挑発し、一度ならず行動を起こし、ついには、自分たちが鞭とも先兵ともなって南北戦争を引き起こした、といま語っているのではないだろうか？　毒矢はただの矢にすぎない。だが、殺傷能力がある。毒矢がなんたるかを知り、毒矢に備えるのは当然のことである。

グアダルーペの聖母について『アメリカン・マガジン』誌に文を載せている人物はこの種の懸念を増大させるような人ではない。著者のアーサー・ハワード・ノールは彫像のなかに黒子《ほくろ》を探すような人でなく、本来そうあるべきようにメキシコ人のことを現在の姿から判断せず、これまでの歴史のなかでとらえ、メキシコのよき観察者となっている。

グアダルーペ村はノールにとって「首都の周辺でもっとも興味ある村」のようである。グアダルーペ聖堂の聖具納室を見てフォルトゥーニ[*12]の「司教館」を思い出し、ファン・ディエゴ[*13]の不思議な体験を頭から否定せず丁寧に伝えている。岩が大きくふくれあがっていったという話であり、ファン・ディエゴが司教館にたどり着くと、マントに包んでいた花々が聖母の姿を描いていたという話である。また、グアダルーペの聖母がレメディオの聖母と激しく争って手にした数々の勝利についても述べている。死者の日[*14]、墓地が花で覆われるなか、サンタ・アナ[*15]の墓には妻が捧げた花環が一つあったと語っている。そして「賭事《かけごと》という悪習が国じゅう」で蔓延《まんえん》していると苦言を呈しつつも、メキシコ人が賭事をするのは、金を儲ける以上に勝負の醍醐味を味わい娯楽として楽しむためであり、命を張って勝負するだけの度胸があると公言するためだと観察している。

それにしても、これとまったく趣を異にするのが、当地では文壇の権威として闊歩するチャールズ・ダッドリー・ウォーナーが、トルーカ、パツクァロ、モレリアを巡って著した表面的で虚栄に満ちた旅行記である。たしかになんぴともウォーナーほど見事に、目にした自然の美しさを語ることはできず、刻々と変わってゆく夕陽のえも言われぬ光景をみずみずしい色合いで再現することもできないだろう。ウォーナーは洗練された個性派の作家で、自然をしなやかに描写する点ではジョン・バローズと双璧をなし、コンコード[*16]の世捨て人ソロー[*17]と同じく自然を好む作家である。しかし、ウォーナーには悲嘆にくれる隠遁者のあの強烈なまでの情熱はなく、フランス人芸術家特有の優雅さと、色彩と美に対する繊細で熱烈な欲求があるだけである。

両者の文体に違いがあるように、身体的にも両者は異なる。ソローは、痩《や》せこけて、ひょろひょろである。一点をじっと見つめるような悲しげな眼差《まなざ》し、ごわごわでぼさぼさの頭、ラケダイモン人[*18]のように平たい上唇。口は嘆きが漏れ出ないよう硬く閉じ、顎《あご》の先に薄い髭《ひげ》を生やしている。他方、ウォーナーは、身だしなみが上品で趣味がよい。上を向いた大きな鼻、細い眉毛《まゆげ》、きりっとした目、形のいい額、豊かな髪の毛を真ん中でふたつに分け、使徒のような顎髭《あごひげ》を生やしている。自分の庭の葉の一枚一枚まで熟知している。アラビア人といっしょに馬に乗り、美しい景色を求めてレバントへ、ナイル川へ出かけた。そのあと、モレリアを訪れ、叫ぶのである――「これほど美しいものは見たことがない！」と。しかし、ウォーナーには人に向かって文を書く資格はない。人を愛することを知らないからである。

ウォーナーは細かいところまでしっかり観察する。しかし、愛情を込めて見ないのなら、何の役に立つというのだろうか？　まばゆく光り輝く湖、美しく耕された畑、透けるような薄いベールに身を包んだ乙女のような山々に響きわたる祈りの声。ウォーナーは自分が好きなものを見事に描いて見せる。しかし、このことは大したことではない。大切なのは、自分の好みでないものに対していやな気持ちを抑え、どうしても好きになれないものをも、あたかも好きであるかのようにその姿をありのままに描くことである。なにもかもすべてが善であることはなく、目にする悪を避けて通るべきでもない。なぜなら、国は化粧品で成長するものでもなければ、その国の美しいところをただうっとり眺めていれば育つというものでもないからである。すべてを公平に扱い、悪があればその原因理由を知ることである。外見からでなく、その根底にまで掘り下げて調べなければならない。一国を外見だけで判断し、その醜悪なところを愛情と理性をもって見ることもせず、その原因理由を知ろうともしなければどうなるだろうか。ウォーナーよ、国民は家路につく労働者のようなものである。外見は石炭や泥でまみれていようと、心はすばらしい徳で満ちているのだ。

ウォーナーは自然を理解している。しかし、狭量な作家で、インドの逸話で象の足にしがみついてこれが象のすべてだと言った男のように自分の人種から抜け出ることができない。人種は人それぞれの性格に影響を及ぼすだけで、人種を超えたところにさまざまな人種を融合しひとつにする人間としての本質がある。皇帝には思想がある。エマソン[*19]のように高所から全体を見る人々である。しかし、配下の少尉たちは自分の隊のことだけに奔走し、何事もおのれの隊に合わせて判断しようとする。

ウォーナーがそうである。ウォーナーは自然を理解している。しかし、人間については、相手が変わるとなにも分からなくなってしまう。惜しむらくはその文体で、どこに出かけようと、その都度新たな気持ちで、正確に、生き生きと描くのである！

トルーカはウォーナーにとって清潔このうえない町で、この点で合衆国のどの都市よりも好ましかった。市場にあるエジプト式円柱や、化粧タイルで覆われた丸屋根をもつ礼拝堂はオリエントを連想させた。見事なまでに美しく耕やされた平野を目にして驚嘆し、いつもながらの賛辞を送る。「メキシコで農業にこれほど愛情が注がれているとは思いもよらなかった」と。町を一望する丘の上から眺める夕陽は「この世でもっとも美しい景色のひとつ」だそうである。ウォーナーはモレリアへの旅があまりにも時間がかかることにいらつき、トルーカへの旅では、その昔、そのあたりに盗賊が横行したことに思いをめぐらしながら道中を楽しんだ。「このあたりのメキシコ人は、国民に支持されていると思ったのか、強盗をはたらいては単調な生活に変化を付けていた」と述べている。これでは、あたかも、合衆国の地方では、メキシコの地方がそうであったように周囲から孤絶した原始的状況に置かれていたときも強盗が存在しなかったようであり、また、合衆国において、文明がこれほどまでに発展しているにもかかわらず、教養ある人々が途方もない脱法行為を犯していることは、メキシコの場合は戦争による必然の帰結であり、生きるすべを欠き、見張る人もいない荒野で行われたロマネスクな強盗よりもはるかに広範に蔓延し弁解の余地のない腐敗を隠しているようであり、さらにまた、メキシコでは、生きるすべがどこにでもある現在でも、盗賊が横行しているようである！

そして、いよいよモレリアに着くのであるが、その前にウィニピスコイー湖よりも、でなければ有名なジョージ湖よりも美しいと映ったクイツェオ湖を目におさめ、メキシコのインディオはコルテスが到着した当時のように暮らしをしていると書き留めている。これでは、まるで、ハンプトンやカーライルの学校[*20]はともかくとして、北アメリカのインディオよりも悲惨な目に遭った人々がいるようであり、あたかも、絶望も悪習も彼らの苦しみを和らげなかったようであり、ヘレン・ハント・ジャクソンがインディオの虐待に抗議して今世紀を「破廉恥の世紀」と呼ばなかったようであり、北アメリカのインディオのなかからフアレスのような人物が出現したようである！

モレリアに着いたウォーナーは町の様子をバラ色に綴っている。おだやかな夜の調べと、甘い香りをただよわせる空気を自分流に味わっている。目に見えない花たちがダンスしながら牛を取り巻き、おとなしくさせている。町全体がジャスミンの木のようである。美しく簡素なモレリアには秩序があり、すばらしい学校がある。図書室には昔ながらの無用の書籍が多く、あたらしい時代のものはない。花たちがウォーナーを案内する。ウォーナの手にかかれば、モレリアは人々に向かって、この町で気力を取り戻すよう呼びかけているようである。つぎつぎと現れる景色にうっとり見とれるウォーナーの文にそこはかとない哀感がある。花たちは案内はするが、ウォーナーにスペイン語を教えない。なぜなら、「カルサード」を「日陰の場所」と訳しているからである。それでも、その石畳道のことを神々しくも豪壮な丸天井と描写し、絵のなかに、おとなしくなった牛が通るのを見ようと花たちが白い壁越しに顔をのぞかせているのを見つけて安心する。やがて優美な水道橋を通ってアラメダ公園へ向かう。水道橋のアーチから垣間見える景色の前にローマの田園風景はすべて無粋なものになる。詩的な忘我の境地のなか、庭園であり森であるこの散歩道にかなうものは何もないのだ。ここあそこに散在する農家は、カーネーションに囲まれ、木々には葉が生い茂り、その葉音に悲しみは癒される。ここにはペルシャの詩人が愛する落ち着いた静けさがあるのだ。にもかかわらず、この男は、無粋にも、公園のベンチが荒れ放題になっていると語るのである！

この先は読む必要はない。この町でオカンポ[*21]が暮らしたことを知らない人間がこの町の品定めをしようというのだから！　この町の人々を判断する気があっても、ラヨン[*22]がこの町のどこで戦ったか尋ねようとしないから！　ウォーナーは、この町の住民はメスティソであるとか、外国人が正義を勝ち取るには判事に賄賂を贈らなければならないとか、恋人たちは、中央公園の隅でたむろすることに比べれば、潔いとは言わないまでも行儀いいのであるが、窓越しに手真似で想いを伝えるとか、はじめて目にしたためウォーナーにはメキシコ独特の犯罪だと映ったのだが、恋する男は世話係の女中を手なずけて相手の部屋で話をするとか、ある合衆国人は、かつて選挙のとき、投票のために休む従業員に代って当人が投票に行くことを許されたとか、カーニバル一色に彩られた広場の祭りのなかに「貧弱な脚をした若者、堕落した文明のくず、気力もなければ明日の当てもない輩」を目にしたと述べている。

ウォーナーこそ、エル・シッドの時代のように、その髭を引っぱってやるべきだろう！　貧弱な脚でも、逞《たくま》しい脚と同じく人を勇敢にするのだ！

メキシコの文明は後退していない、前進しているのだ！

一握りの栄光に満ちた人々が、将来は光の柱となるであろう腕で毒蛇が蠢《うごめ》く篭の上に国を興したのだ！　何人かの聖別された人々と何百万という無気力な人々との、裏切りによってわが身を守った特権階級との壮烈な闘いだったのだ！　メキシコが十分に力を蓄え、自由であると宣言したとき、どのような国を受け継いだのであろうか？この国は貧弱な脚と何冊かのフランスの書物から生まれたのだ！　合衆国は、独立して以降、衰退し、いまの位置で踏ん張っているが、メキシコは、合衆国以上に努力し、ここまで発展したのだ！　ウォーナーよ、小言はこれで終わりにする。ウォーナーについてこれ以上述べるのは、モーロ人を槍で突き殺すのと同じだから。貧弱な脚よ！何人ものダビデ[*23]が多くのゴリアテ[*24]を倒したのである。ボリーバルの体重は愛用の剣《つるぎ》と同じだった。ミゲル・イダルゴの体重は百三十ポンドそこそこだった。貧弱な脚が「五月五日」を成功させたのだ。貧弱な脚よ！　以前、ある旅行者がアカプルコからメキシコ市までの道中で連れていた案内人がそれであった。その旅行者はかなりの大金を腰に巻きつけていたが、金を盗まれることなく旅を終えた。案内役を務めたのは、まさに、痩《や》せぎすで歳が若く、知力に欠けた脚の長い男性であった。その一行にまるまると太った一人のフランス人が加わった。この男は案内人をさんざんこづいたりからかった末、意気地なしと思い、サーベルを振り回して勇気があるかどうか挑発した。すると、若者は、突然、馬の列から男にむかって飛びかかった。そのあまりの素早さに、だれの目にも、とりわけそのフランス人には巨人のように映った。若者を目にした途端、サーベルを隠したが、若者の目は炎のように燃えていたため、そのまま旅をつづけるよう命じることが出来ず、一戦交えることになった。このフランス人にとって若者は「貧弱な脚！」には見えなかったのだ。このような旅行者が我が家に帰ったあとでくだす判断は正確ではないもの の、当地では徐々にであるがメキシコについての国レベルの判断が出来つつある。メキシコは、いまの悪い時期、だれの敵にもならないよう望んでいることだろう。

「エル・パルティード・リベラル」、メキシコ、一八八七年七月七日

訳注

＊1――Benito Juárez, 1806–72. サポテカ族出身の大統領。メキシコ「建国の父」と呼ばれる。一八五七年憲法の制定、「レフォルマ法」の施行、政教分離政策などメキシコ近代化の基礎を築いた。

＊2――Helen Hunt Jackson, 1830–85. 合衆国の作家。ネイティブアメリカン（北米先住民）の権利を擁護して闘った。代表作に『ラモナ』（一八八四）がある。マルティは同書をスペイン語に翻訳し、出版している（一八八八）。

＊3――「アメリカ併合同盟」は米国製品のための市場と資本投資先を拡大する目的で、米国に隣接する地域の併合をめざして一八七八年に設立された。

＊4――Colonel Francis Cutting, 1828–92.

＊5――スペインによって征服されて間もない一五三一年十二月九日、インディヘナのファン・ディエゴがテペヤックの丘

を歩いていると聖母マリアが現れ、その地に聖母を祀る礼拝堂を建てるよう告げた。ところがスペイン人司祭は取り合ってくれない。しばらくしてまた聖母が現れ、その証拠にと冬に咲くはずのないバラの花を差し出した。ディエゴはポンチョにくるんで司祭のもとに走った。そしてバラの包みを開けると、マントの中にマリアの像が浮かび上がった。こうして「グアダルーペの聖母の奇跡」が生まれ、その丘にグアダルーペ聖堂（Basílica de Guadalupe）が建立された。グアダルーペの聖母（Virgen de Guadalupe）はメキシコのみならず、ラテンアメリカの守護聖母になっている。

＊6――Charles Dudley Warner, 1829–1900. マーク・トウェーン（Mark Twain, 1835–1910）と共作で小説『鍍金《めっき》時代』（一八七三）を著す。題名に由来するこの時代は、「きんぴか時代」あるいは「金箔時代」とも呼ばれる。南北戦争後の米国は農業中心から工業化・商業化の傾向を強め、空前の繁栄に狂喜し、国民は一攫千金の夢に狂奔した。一方、経済の急成長のかげで、政財界の癒着、政治腐敗、社会不正が蔓延していった。繁栄と腐敗が背中合わせの時代風潮をユーモラスに批判するとともに、米国の明るい未来を信じて疑うことのないこの時代の楽観主義を描いた同小説は、南北戦争後の米国社会を知る貴重な文献にもなっている。

＊7――メキシコ州の州都。正式名はトルーカ・デ・レルド（Toluca de Lerdo）。トルーカ山麓の肥沃な地に位置し、農牧畜業のほか、繊維、自動車工業も盛ん。

＊8――Pátzcuaro はメキシコ中西部、ミチョアカン州の州都モレリアの西約五十キロメートルに位置する美しい湖。ポレペチャ語で「水の神々の花園」を意味し、死者の霊はその楽園で永遠の悦びが得られるという。湖上のハニツオ島、ハラクロア島はタラスコ族の居住地となっており、チョウが羽をひろげた姿に似た「マリポーサ」と呼ばれる独特のすくい網を操る漁でも知られる。

＊9――Morelia はミチョアカン州の州都。クイツェオ湖とパツクァロ湖の間の肥沃な地に位置する。スペイン植民地時代はバリャドリードと呼ばれ、メキシコの「独立の父」イダルゴ神父が院長を務めるサン・ニコラス学院など、文化の中心地であった。同学院で学び、のちにイダルゴ神父の志を継いだ独立の志士モレロス（José María Morelos y Pavón）神父を讃え、生誕地バリャドリードはのちに「モレリア」と改名された。

＊10――Colonel George Gibbonns, 1842–1904.

＊11――William Walker, 1824–60. 米国テネシー州出身の冒険家で傭兵。一八五五年にニカラグアの内戦に参加、五六年にニカラグア大統領に就任、失脚後、六〇年にホンジェラスで逮捕、銃殺された。

＊12――Mariano Fortuny, 1838-74.「スペインの画家。カタルーニャの生まれ。代表的作品に「テトゥアンの戦い」(一八六二―六四)、「司教館」(一八六八―七〇) などがある。

＊13――フアン・ディエゴについては訳注5を参照。

＊14――「万霊節 (All Souls' day)」のことで、メキシコでは十一月二日を「死者の日 (Día de muertos)」と呼び、日本のお盆を思わせる祭礼が営まれる。この日、あの世から霊が戻ってくると信じられ、墓を花々で飾り、食物を供え、ろうそくをともしたりして死者の霊に祈りながら過ごす。街頭では砂糖菓子の「しゃれこうべ」や「死者のパン」が売り出される。

＊15――Antonio López de Santa Anna, 1794-1876. メキシコの軍人、大統領。イダルゴ神父の独立期に軍人となり、イトゥルビデ軍に加わり独立を達成、のちに大統領に就任。一八三六年テキサスの反乱鎮圧に失敗、四八年米墨戦争の結果、米国に国土の半分を割譲、五三年には国境地帯を売却するにいたって失脚した。

＊16――コンコード (Concord) は米ボストンの北西約三十キロメートルに位置し、近隣のレキシントンとともに独立革命の発端となった都市で、史跡が多いことで知られる。十九世紀中頃にはエマソン、ソロー、ホーソーン、オルコット父娘らの文化人が暮らし、彼らが眠るスリーピー・ホロー墓地があり、ソローの『ウォールデン』で有名なウォールデン湖がある。

＊17――Henry David Thoreau, 1817-62. 合衆国の思想家。マサチューセッツ州コンコードに生まれる。エマソンの強い影響を受け、故郷で教職を辞職後、ウォールデン湖畔の小屋で独居生活を始める。個人の精神をすべてに優先させ、自然のなかで深遠に生きる観念を著書『ウォールデン』(一八五四) に著す。社会運動にも強い関心を示し、奴隷解放論を唱え、メキシコ戦争参加を拒み、税の支払いに応じないために投獄された。その経験をもとに書いた『市民の反抗』(一八四九) は不服従運動の原点としてキング牧師などに読みつがれた。

＊18――スパルタ人ともいう。Zeus の子でスパルタの建設者ラケダイモンに由来。

＊19――Ralph Waldo Emerson, 1803-82. 米国ルネサンス期を代表する思想家。牧師の子としてボストンに生まれ、大学卒業後、牧師になるが、聖職者の日常に懐疑をつのらせ、辞職し、ヨーロッパの旅にでる。帰国後、コンコードに移り住み、思想家として初の著書『自然』(一八三六) を著す。自然界は無限であり、彼方へ向かって現在を越えつづけていくというトランセンデンタリズム (超越主義)、いわゆるエマソン思想を築きあげる。

＊20――ハンプトン学校 (the Hampton Normal and Agricultural Institute) は合衆国の教育家アームストロング

(Samuel Chapman Armstrong, 1839-93) が一八六八年、バージニア州に開校したネイティブアメリカンのための教育施設。また、本書で「カーライル学校」の名で登場する学校は「カーリスル学校 (Carlisle Indian Industrial School) のことと思われる。同校は元軍人であるプラット (Richard Henry Pratt, 1840-1924) によって一八七九年、ペンシルバニア州に開設された。

*21——Melchor Ocampo, 1814-61. メキシコの理論家、政治家。ミチョアカン州知事（一八四六－四八）、アユトラ革命の参加を契機に政界入りし、改革推進者のフアレスとともに近代国家をめざす「レフォルマ法」の制定に貢献する。外務・大蔵・内務担当大臣（一八五八－六〇）就任中の一八五九年、米国の圧力により、テワンテペック地峡の通行自由化を米国に認める「マクレーン・オカンポ条約」の締結を余儀なくされ、のちに保守派によって暗殺される。

*22——Ignacio López Rayón, 1773-1833. メキシコの弁護士。メキシコの独立運動の指導者イダルゴ神父の軍にいち早く加わった。モレリアのサン・ニコラス学院で学んだことがある。

*23——ダビデ (David) はイスラエル・ユダ複合王国の王（前九九七年頃－前九六六年頃）。ユダのベツレヘムのエッサイの子。羊飼いの少年ダビデはのちにイスラエル王サウルに仕え、ペリシテ人の勇士ゴリアテを倒して認められ、武将として頭角を現す。

*24——ゴリアテ (Goliath) はペリシテ人の巨人戦士。ダビデの投石によって殺される。

青木康征・柳沼孝一郎・訳

ワシントン国際会議

いわゆる第一回パンアメリカン会議は、一八八九年十月二日、ワシントンで開会した。会議の目的はラテンアメリカをアメリカ合衆国の勢力下に置くことに他ならず、マルティはラテンアメリカが「第二の独立宣言をするとき」と警鐘をならした。と同時に、会議を主宰する合衆国の内部には、大統領の座を狙う国務長官ジェームズ・G・ブレインの政治的野心にたいする冷ややかな目もあれば、保護貿易派と自由貿易派の対立や政党の思惑などもあって、国内は一枚岩でないことを明らかにして、〈われらのアメリカ〉は結束を乱さず、毅然と行動すれば、自分たちの独立を守ることができると訴えた。

ニューヨーク　一八八九年十一月二日

「ラ・ナシオン」紙編集長

I

「パンアメリカ諸国」と呼ぶ新聞もあれば、「クレーの夢」[*1]と伝える新聞もある。また、「正当な影響力」とか「いまは時期尚早」と論じる新聞もあれば、「南のアメリカへ汽船を」とか、「明白な運命」[*2]と主張する新聞もある。

ほかにも、「湾はもはや我らの手に」、「何のための会議！」、「補助金漁り」、「言葉よりも成果を」、「ブレイン会議[*3]」、「パンアメリカ諸国の散歩」、「ブレイン伝説」と評する新聞もある。各国代表団の散歩は終わり、いよいよ会議[*4]の幕があがろうとしている。ラテンアメリカにとって、独立して以来、いまほど、自分たちの見識が問われ、用心を怠らず、綿密に調査して真相を明らかにする必要のある案件はない。この国際会議は、売り先のない大量の商品をかかえる強大な合衆国が、ラテンアメリカへの進出を決意し、ヨーロッパと自由で有益な貿易を営む弱小なラテンアメリカ諸国に呼びかけて反ヨーロッパ同盟を結成し、合衆国以外の国との貿易を閉ざそうというものである。スペインアメリカは独力でスペインの圧制から抜け出したが、今回の会議が開催されるにいたる経緯や事情、また、会議にかかわるさまざまな要素を精査すれば、わたしは、真実であるがゆえにつぎのように言わざるをえない。すなわち、スペインアメリカにとって、まさに第二の独立宣言をするときが来た、と。

これほどの重大事については、根拠もなく警戒警報を出すことは、見て見ぬふりをすることと同様、犯罪にあたる。また、目にしたことを誇張したり歪曲することはもちろん、黙すことも許されない。人が危険を察知するのは、危険が頭上に迫ったときではなく、危険を未然に防ぐことができるあいだである。国を治めるうえで重要なことは、事実関係を明らかにして備えることである。スペインアメリカ諸国は、時間はあり怖れることはない、一致結束して毅然たる行動をとることによってのみ、今後の発展にとって致命的となりかねない不安や混乱からきっぱり解放されるだろう。だが、かりに、どこかの意気地のない国なり、浅はかな国が片棒を担ぐようなことがあれば、ラテンアメリカは、強大で野望に燃える隣国がつねに公言してはばからない膨張政策のなかに取り込まれるだろう。この隣国がラテンアメリカのために力を貸そうとしたことは一度もなかった。この国がラテンアメリカに目を向けるのは、パナマの場合が示すようにわれわれの発展を妨害するためであり、メキシコ、ニカラグア、サントドミンゴ、ハイチ、キューバで行なったようにわれわれの領土を奪うためであり、コロンビアで行なったようにわれわれを脅迫して合衆国以外の国と貿易させないようにするためであり、今回がそうであるが、国内にだぶつく商品をわれわれに押しつけ、合衆国の支配下に入るよう強要するためである。

一国の本性を知るには、その国の根まで掘り下げて調べる必要がある。外面では見えない根の部分を見れば、一見唐突に見える変わり身も、高邁な精神と獰猛な性格が共棲していることも驚くに値しないことがわかる。兄弟国を救出するためなら雪山のかなたへも国民を派遣するとか、山と築かれた犠牲者の光に照らされて人類が救済の道に導かれる日まで、一丸となって、死を前にして笑みをうかべながら命を捧げるといった人間味あり心に響く自由は、この国には、一度も、無邪気で屈託のない建国当初においてさえ、なかった。この国は、商人であるオランダ人と利己主義者であるドイツ人、それに、権力者であるイギリス人が、貴族的結合というパン種とともにこねあげられて出来た国である。この国の人々は、ある一群の人々を彼らがそのようにさせていたのだが無知な人間と決めつけ、自分自身はきっぱり拒否したくせに、自分たちの奴隷にすることが犯罪だとは考えなかった。

ヨークタウンの戦いに出陣したフランス馬の口の泡がまだ乾ききらないとき[*5]、この国は、アメリカ大陸は中立を守るという口実のもと、自分たちの独立を支援するために駆けつけた人々[*6]が独立しようとしたとき、頑なに支援するのを渋った。その後、史上もっとも平等な世紀において、この国は、地理的優位をふりかざし、きのうの友邦を向こうにまわし、自由な大陸で生活向上という中立的活動の保護権を争った。支援してほしかったときに支援せず、必要としないときに進出してくるこの国は、彼らの歴史を作った人々がまだ存命であるとき、彼らがイギリスと戦ったときと同じ自由と誇りを旗印にしてある勇敢な人々が感動的な戦いをくりひろげる光景を目の当たりにした。そして、独力で自由の身となった南のアメリカが、友情を深める会議[*7]に合衆国を招いたとき、この国はその意を酌もうとしなかった。そればかりか、西半球ではヨーロッパのいかなる君主も奴隷を所有することはできないと宣言した[*8]その口で、南のアメリカの軍勢にたいし、メキシコ湾に浮かぶわれらのアメリカの島々[*9]をヨーロッパの君主の手から救出する計画を断念するよう求めたのである。北アメリカの十三州は、さまざまな要素からなるスペインアメリカと同様、苦難のすえに統一を達成するやいなや、南のアメリカにとって領土的にも精神的にも必要であり可能である――当時も、現在もそうである――結束が強化されるのを嫌い、ラテンアメリカの玄関にして衛所として自然が配置した島々の独立を阻止したのだった。この国は、森のやさしさと国民の逞しさと聡明さを保持しつつも、きびしい現実に負け、奴隷のための領土を求めて隣国[*10]と戦争に入った。合衆国の友邦であるその隣国では、自由を信奉する一群の人々が残存するヨーロッパの植民地の毒された土地に自由――彼らを攻撃することになる国の信条――を打ち立てようとして決起し、混乱状態に陥っていた。その混乱に乗じ、生爪をはぐようにして狙い定めた土地を奪いとったのである。[*11]この国は、森のやさしさと森にくらす国民の徳と知性を保持しつつも、国家的調整が必要となったとき、善良で憂い顔の指導者である木こりのリンカーンが登場し、統一を守ることに貢献した武装黒人のはけ口として、この国にあこがれ心酔する少年少女が、自由を求めて、マドリードから来た軍人を恐れず、まもなくリンカーンの死を悼む半旗を掲げる国を買収するよう助言する扇動者の言葉に本気で耳を傾けた。この国は、彼らを脅かすフランスが支配するメキシコ[*12]へ兵を送り、グランデ川からパナマ地峡までを戦利品にして凱旋すると申し出た仲介者に通行書を下付した。北のアメリカは、建国の当初から、これらの土地を領有することを夢みてきた。ジェファーソン[*13]は「これほど適切なものはない」と言い、アダムズ[*14]は「運命で結ばれた十三州」、クレーは「予言された姿」、ウェブスター[*15]は「北の偉大な光」と言い、サムナー[*16]の言葉では「結果は自明、貿易は利益をもたらす」、よく知られているスーアード[*17]の言葉では「大陸は、すべて、端から端まで汝らのもの」、エヴェレット[*18]の言葉では「大陸はひとつ」、ダグラス[*19]の言葉では「商業的結合」、インガルス[*20]の言葉では「海峡から極まで」「必然的帰結」となり、ブレインに言わせれば「キューバから黄熱病を根絶しなければならない」のである。この大陸の領有を夢み、その実現を確信して成長してきた根っから獰猛な国が、ヨーロッパにたいする嫉妬から、また、世界国家への野望に燃え、今後の国威伸張に不可欠な保証として、国威と豊かな生活を保つうえで維持し拡大しなければならないと考える偽りの生産活動のための独占的市場を獲得しようとしてこのような考えに行き着いたとすれば、われわれは、冷静に議論を尽くし、これに対抗する勢力を迅速かつ手際よく育成し、同じ危惧をいだくすべての国と率直かつ早急に連係し、あらゆる方策を講じてこれを阻止しなければならない。自由を愛する国にたいする親愛の念は、その国が自由に背を向けないかぎり、われわれの国の自由を危険に陥れないかぎり、終わることはない。

個人的な出来事や友好的な事例があるとはいえ、この大陸に存在するふたつのアメリカの関係について、これまでの歴史経緯や現在の状況を、そして、姿かたちは変わっても中身はいささかも変わらない合衆国の性格を検証したすえに到達する結論がこのようなものだとしても、だからといって、合衆国には、ふたつのアメリカにかかわる事柄にかんしては攻撃的で獰猛な意見のほかはなにもないと決めつけてはならない。具体的案件であるこの会議についても、利害を異にする関係者が参加していることからも、強硬派の結集とか決起と見るべきではなく、公的にも私的にも利害関係をもつ諸勢力による共同行為と見るべきであり、会議の行方を決めるのは、抵抗するか服従するか国益をかけたイスパノアメリカ諸国の行動であり、既得権益をめぐる合衆国の国内業界の動向であり、新聞の論調である。新聞にも、それぞれ与《くみ》する党派や必要に応じて真正面から論陣をはる新聞もあれば、老練で慎重な新聞、主体性を放棄した日和見的な新聞、憤慨し糾弾する新聞もある。ブレインが行なった開会演説についても、客人の前で恥をかかせるべきではないという配慮から演説はランズダウン侯爵[*21]とヘンリー・クレーの主張を混ぜ合わせただけの帝国風ごった煮にすぎないといった論評はなかったが、儀礼上の休戦期間が明けたいま、新聞の論調にも当然あってしかるべき差異が見うけられる。このように、合衆国とラテンアメリカの諸国が時代錯誤の同盟を結ぶという愚挙に赤面する向きもあれば、このような同盟によって既得権益を失う国内業界の反発もあれば、世論や見識のある新聞という反対勢力もある。というわけで、この会議については合衆国の内部にさまざまな意見があり、どれそれの意見がすべてであるかのように、ものごとを一括りにして論じるのは正しくない。合衆国では、大陸膨張主義が、とりわけ、権力の座にある人々のあいだで大手をふっているのは確かである。しかし、舞台のそでで駒を巧みに操るひとりの政治家が、資金に事欠かない企業に市場を育てるといった手間のかかる作業を免除して望みどおりの市場を与える一方、イギリスを先祖代々の敵とみなす国民感情を満足させ、もって自分は票田であるアイルランド人の歓心を買おうとしていることに怒りを覚える人々がいることも確かである。そこで、この会議は、そもそもどのような経緯から生まれ、だれの手によって開かれることになったのか、そのときどきの合衆国の国内事情とどのような関係になっているのか、そしてまた、合衆国の現今の国内事情と、この会議にかかわって会議を動かしている人々の思惑からみて、この会議はどのようなシロモノになるか、調べてみる必要がある。

この種の国際会議を開こうという考えが生まれたのは、チリ＝ペルー紛争[*22]のなかで合衆国国務長官ブレインがとった政策はチリにたいして軟弱であったと、明白な証拠をあげてベルモット議員が糾弾したときにさかのぼる。ブレイン長官はペルーとしては常識からも国家の威信からも受け入れることのできない提案を行ない、ペルーの主体性を奪ってしまった。かたちとしてはいつの時代でも身内の争い以上に厄介である部外者による介入になってしまったうえ、問題の提案にはランドロー社の利権がからんでいた。合衆国の国務長官が、民間企業の私設代理人を務めていたのだった。ブレイン長官が代理人として他人の家に入り、「権限もなく、常識にも反して」出した指示は、後任である共和党のフリーリングハイゼン国務長官[*23]の手で反故にされた。共和党のブレイン長官は自分には実行する気のない約束や利権という毒のある約束をしてペルーを当惑させ、同国の立場を弱める一方、チリには、ブレインが関知しない介入を無視する権利を与えた。こうして、合衆国には、傭兵という汚名のほか、アメリカ大陸の主権の侵犯者という烙印が押された。高潔な政治家はおのれの徳と能力によって確固たる名声を保ち、これみよがしの演技に走ったり無用の冒険をする必要はない。しかし、権威や能力に欠ける政治家は、自分に力があることを示そうとして有力者と組んで策を労したり、奇抜な行動に出て人々の歓心を買おうとする。このような俗物の行動に注意する必要がある。このような政治家の行動を見れば、俗物がなにを求めているかがわかる。生産過剰に苦しむ産業界は、すでに国の支援を受けているが、輸出商品を輸送する商船を建造するための補助金を政府に求めた。海運業界は、政党が手許不如意に陥ると、返済を条件にしてまとまった金額を融通しているため、自分たちの要望が聞き入れられるのは確実と考えた。事実、要望は内輪で承認された。パナマ運河については、運河を開削できなかった人々は「老衰したヨーロッパ」が運河を開くのを妨害し、「老衰したヨーロッパ」がスエズ運河で執ったやり方を真似して、だれかが工事を開始したあとを自分たちが完成することにした。そして、グアノ肥料[*24]を扱うランドロー社は合衆国国務長官を私設代理人にしてしまった。このように、この会議の背後には、ひとりの頭のきれる大統領候補の公私にわたる思惑、政党を動かす産業界の突き上げ、合衆国に一貫して流れる大陸膨張主義、および、その膨張主義を政情が乱れ弱体な国で実行しようという策動が重なりあっているのである。

国際会議を開くアイデアはブレイン長官から出たとしても、それが実現するにいたった動因として、合衆国への憧れ、表面に現れない利害関係、斬新で奇抜なものは俗物の目にはつねにまばゆく映るという魔術がある。

とはいえ、この種の会議を開く数少ない理由があまりにも見え透いたものであったため、合衆国は、ブレインの提案に感謝すべきであったかもしれないが、問題がおおく、その必要はないとして却下した。ギトー[*25]による狙撃事件によってブレインは国務長官の職を辞した。ブレインが所属する共和党は、ブレインのペルー介入には反発したが、その後三年も経過しないうちに、政治色を抑えた友好調査団をラテンアメリカに派遣し、合衆国との貿易がなぜ一方通行にとどまり、合衆国との友好関係が冷えているのか、原因を調べることにした。この調査旅行のなかで国際会議を開く案が話題にのぼり、帰国後、調査団は合衆国政府と上院に会議の開催を申し入れたのである。

合衆国との友好関係が冷えている原因として、調査団は、ラテンアメリカ市場について研究もしなければ要望に応えようともしない合衆国実業界の無知と傲慢、ヨーロッパが積極的である信用の供与に合衆国が冷淡であること、ヨーロッパによる合衆国商標の偽造、銀行ならびに共通の度量衡制度の不在、「相互に譲歩すれば撤廃可能な」「法外な率の」関税、さまざまな課徴金、煩雑な通関手続き、「なかんずく海上交通路の欠如」を指摘した。

原因はこのようなものであった。事実、これらの原因がすべてであった。調査団が帰国したとき、民主党が政権についていた。民主党は、党指導者*26の強力な指導力により、大方の所属議員の意向に反し、生産費を引き下げるという正攻法によって輸出を伸ばすという政策をかろうじて維持していた。このことから、民主党議員が当時も発言し、いまも述懐するように、国際会議を開催する考えは民主党から出たものではないと考えられる。民主党がこの計画の音頭をとったことは一度もなかった。合衆国の物価と生産費を引き下げることによって自由であるラテンアメリカ諸国との友好を深めることが本来あるべき姿と考えていたからである。とはいえ、いずれの政党にとっても、明らかに国威の伸張と航海権の拡大に寄与する政策に異を唱えるのはむずかしい。また、民主党議員にはこの計画に隠された不透明な構図を暴露する考えはなかった。なぜなら、市場を求める製造業界や、政党の如何にかかわらず自分たちの利益を擁護する議員に気前よく献金する海運業界は、経済政策をめぐっておおきく分裂していた民主党のなかに決定的な支持層を見つけていたからである。改革の旗をふるクリーヴランド大統領の指導力が強まるにつれ、共和・民主両党の保護貿易派の議員は結束を強め、共通の利益で結ばれた強力な議員連盟を作り、その最後の一押によってクリーヴランドを民主党次期大統領候補の座から引きずり下ろした。産業界の苦境は、国際会議を無謀として退けた一八八一年以降、深刻さを増し、合衆国の上下両院が会議の開催を承認した一八八八年の時点では会議の開催はこれまでになく当然で有益なものと評価された。こうして会議の開催が決定したのである。このように、保護貿易派の思惑とひとりの狡猾な大統領候補の政治戦略が一致して生まれたこの計画は、そののち、国を挙げての、すなわち、合衆国の両政党が合意した計画という体裁を整えた。ひとりの大統領候補の政治的利害と、この政治家を支える産業界の経済的利害というふたつの要因が明らかになったところで、いまひとつ問うべきは、もしかして、この会議の背後には、あとひとつ別の利害関係があったのではないか、すなわち、この計画がもまれていくなかで中身を拡大させ、上述した大統領候補のまさに執念とあいまって、極度に政治化させた背後には、成長過程にある国で起こった内戦に加え、ラテンアメリカの国々のあいだの足の引っ張り合いによって、自分たちを勢力下に置こうとする意図と力をあらわにしているこの国にたいする用心を怠ったことが領土拡張と世界支配の野望を現実の政治テーブルに載せてしまったのではないか、ということである。

保護貿易派の資金力によってクリーヴランドは大統領の座を追われた。共和党の大物議員たちは保護貿易の恩恵に浴す業界を公然と擁護した。羊毛業界は選挙では共和党に多額の献金をした。そのため、共和党は羊毛の関税引き下げを思いとどまらざるをえなくなった。鉛業界はメキシコ産の鉛に国境を閉ざすよう求めて共和党に献金した。製糖業界も同じであった。銅業界も同様であった。皮革業界は新たな輸入税を課すよう求めた。国際会議を開催する考えはどこにもなかった。製造業界にはラテンアメリカ市場が約束され、得体の知れない関税や「必然的帰結」がそれとなく囁かれた。牧畜業界や鉱山業界には外国産品に国内市場を開放することはないと約束された。スペインアメリカが合衆国商品を購入すれば、その分、彼らの産品を購入するといった話は消えてしまったか、合衆国からさらに多くの商品を購入させるあらたな方法が話題にのぼった。「必然的帰結」、「クレーの夢」、「明白な運命」、「パナマ運河か、ニカラグア運河か、それとも、両方か。いずれにせよ、ふたつとも我らのものである」、「メキシコ湾の要所であるハイチのサン・ニコラス半島はいまや我らのものである」。なにがなんでも政権を維持しようとして約束をばらまき、双方をつなぎとめてきた政党が勝利した。

しかし、いざ会議の開催が決まると、製造業界の利害と牧畜業界や鉱山業界のそれは衝突することになった。保護貿易派である製造業界にラテンアメリカの市場を約束しようとすれば、ラテンアメリカからの一次産品の輸入を自由にしなければならず、同じ保護貿易派である鉱山業界や牧畜業界が求めるように国内市場を閉ざすことができないことがはっきりした。共和党は、次の総選挙では鉱山業界や牧畜業界の支持を失って政権を手放すか、それとも、腕力を使ってかたちだけの条約を締結したという実績を示してこれら業界の支持をつなぎとめるかというジレンマに陥った。そこで、政権を維持するため、党としての全体的利益をひとつにして国内業界の要望に応えうる方策を探すことにした。このようにして、ひとりの大統領候補の思惑から、合衆国のラテンアメリカへの膨張の幕けが告げられることになったのである。

会議の議題は、一見したところ、穏当なものであるが、これまで述べてきたことを撤回する必要はない。なぜなら、合衆国とラテンアメリカ諸国との関係について協議するこの会議の意味を知るには、これまでの両者の関係はもとより、ラテンアメリカ諸国が一堂に会す、まさにいまのこの時点において合衆国がラテンアメリカにたいし公然と行なっている外交攻勢や政治工作と切り離して考えることはできず、現今の関係から見て今後の関係がどのようなものになるか、そして、そのような関係はなんのためのものなのか、という点についても、考えなければならないからである。今回の会議で計画されている友好関係の本質と目的について考えたのち、そのような友好関係が、ふたつのアメリカのいずれにとって都合がよいのか、ふたつのアメリカの平和と共通の生活にとってどうしても必要であるのかどうか、自由な立場にたったうえの自然な友人同士でいることの方が、自分たちの家の土台を固める代わりに、尊大で、ある面で子供じみた見栄のために世界を向こうにまわすよりも、求めるものも国を構成する要素も異なり、獰猛な計画をいだく国に付き従う合唱団員になるよりも賢明ではないか、独力で、それも合衆国とは遠く離れていればいるほど首尾よく国を興すことができたわれわれは、自分たちの主権を、支援すべき理由が十分にありながら一度も支援しなかった国のために手放さなければならないのだろうか、同盟を押しつける圧力が高まり、われわれの虚栄と自尊心が煽《あお》られる前に、国の構成も目的も異にする攻撃的な国とは存在理由のない同盟を結ばず、凛として生きてゆくと、全世界にむかってはっきり表明すべきではないのだろうか、考えるべきである。そこで、まず、今回の会議を当事者として動かしている要素について、ついで、この会議を外部から動かしている要素について考察することにする。この作業を行なうことによって、アメリカ大陸の国々の中で、人類の永遠で普遍の願望である自由を自分たちだけの特権とみなしはじめ、自国の自由を主張してほかの国の自由を奪おうとする国に、われわれへの保護権と支配権を、勧告というかたちであれ、承認する可能性が高いかどうか、それとも、アメリカ大陸への支配欲を露骨に表明し、現時点で展開している領土拡張の動きと、強大な影響力の行使にほかならない一連の行動のなかにはっきり宣言され、今回がその最初である企てにたいし、理性と、いま現在確保している安全を十二分に生かし、自分たちは主人を持たないことにするという最終意志を表明する国が、本来そうあるべきだが、すべての国がそうでないとすれば、どれほどの数にのぼるか、そしてその数は、恐れる理由はただひとつしかないと考えられるが、いまここで譲歩し、合衆国の支配権を認め、自分たちの国民のあいだを、さながら奴隷の頭を踏みつぶすように傍若無人に巡行するジュガノート[*27]の山車の前にひざまずく国よりも多いかどうか、予測できるだろう。

ニューヨークの「サン」紙は、昨日、つぎのように述べた。「ジュガノートに踏みつぶされたくなければ、山車に乗るべきである」と。もっとよいのは、山車が巡行しないよう、道を閉ざすことではないだろうか？

そのために知恵があるのだ。頭を使って力を制すのだ。テキサスの人々は山車に乗ることにした。その結果、背中に火がつき、気の狂ったキツネのように、死体となった家族らを残し、裸足で、空腹をかかえ、山を出る羽目になってしまったのだ。

II

議題をざっと見るかぎり、これまで述べてきたような警戒は無用のように思われる。会議を招集するにあたって示された八項目にわたる提案の第一項と第八項において、ラテンアメリカ諸国の利益が全体として盛り込まれているからである。いずれも、ラテンアメリカの国々が、独立時の残がいの後片づけを終えたあと、それぞれ要望してきた事柄である。残る六項目についてであるが、一つは、船舶の建造にかんしてである。この件で、われらのアメリカは援助を求めて国際会議を開くようなことはしなかった。なぜなら、ベネズエラは、物資を輸送するときは、その都度、アメリカ合衆国の船舶にたいし、支払うべき代金を支払っているからである。中央アメリカも、独立してまだ日が浅いにもかかわらず、同様である。メキシコは、合衆国が苦境に陥っている自国の業者のことを考えなかったとき、二つの金髪の海運会社に資金を投入して経営を助けた。いずれの国も、すでに学習済みのことをどこかの国に教えを乞う理由など、持ち合わせていない。あと一つの項目は建設的な提案である。友好国のあいだでは、煩雑で面倒な手続きは不要であり、貿易書類や通関書類を統一することは、いずれの国にとっても好ましいことである。度量衡の統一、商標の登録制度、著作権の保護、犯罪者の引渡しにかんする取り決めについても同様である。

また、通貨の統一についても案ずることはない。貿易の促進に役立つものは、いかなるものであれ、国家間の友好を深め、反目や疑念の種をひとつ取り除くからである。定率の減価方式なり基準価格制度が導入され、各国がばらばらに鋳造している銀貨に相対的な固定相場を設けることが合意されれば、健全で望ましい貿易をさまたげる通貨変動という要因が解消されるとともに、量目の少ない銀貨には、それだけで、名目通貨である紙幣に認めている価値を認めないということもなくなるからである。また、仲裁委員会を設けるということも妙案であろう。だが、それは、ニューヨークの「ヘラルド」紙が報じるような懸念がないとすれば、である。同紙は根拠のないことを記事にするような新聞ではない。同紙によれば、いまはアメリカ大陸を合衆国の保護領にしようと考える時期ではなく、状況が十分に熟したとき、すなわち、アメリカ海軍がヨーロッパとの戦争から勝者として意気揚々と帰還し、成功が約束されたときこそ「あるべき姿」を実現させるときであり、「いまは時期尚早」だということである。仲裁委員会の設置は妙案であろう。だが、それは、近隣諸国との紛争について、合衆国は仲裁委員会による解決を真に願っていることの証しとして、今月中にも、サン・ニコラス半島の合衆国への割譲を拒否する正統政府を放逐しようとして同半島の割譲を申し出た反対派に行なっている武器供与を停止し、両派に和解を勧めるならば、である。仲裁委員会の設置は妙案であろう。だが、それは、アメリカ大陸の基本的な諸問題、すなわち、解決が間に合わなければ近いうちに表出するであろうが、めざすものが世界のいずれの国とも異なり、この大陸においてはわれらのアメリカのそれと真っ向から対立する合衆国にかかわる諸問題が、メキシコではコルテスに[28]、グアテマラではアルバラード[29]に勝利を与えたあの驚異によって、でなければ、金力や幻覚術によって、小羊の合唱に反対して勇気ある子馬や哀れな子鹿が投ずる票以上の票を一頭のライオンが手にするのではないかと懸念され、それが確実視されるような仲裁委員会の裁定にゆだねられるようなことはないとすれば、である。仲裁委員会の設置は妙案であろう。だが、それは、未成年でありながら、寛大な兄弟国にむかって、自由を奪われたままの兄弟国から手を引くように、その国は自分の獲物であると指図して認めさせた共和国が、完全に成人したあとも、おのれの欲望を仲裁委員会の裁定にゆだねるならば、である。

アメリカ大陸には、一方には、自分で自分の戴冠式を行ない、地理的状況を盾に自分たちはこの大陸を治める権利があると公言し、ある島に手をのばし、別の島を買収する一方、議会、新聞、教会、パーティ、そして、国際会議を通して、アメリカ大陸の北半分は、すべて、自分たちのものであり、パナマ地峡の以南にも帝国権が認められるべきだと公言する国がある。他方には、北のアメリカとは起源も目的も異にする国々がある。これらの国は、日に日に多忙になり、警戒心がゆるんでいる。立ちむかうべき真の敵はおのれのなかにある野心であり、今日喜んで提供するものを、明日、力ずくで取り上げる手間ひまを省こうとしてこれらの国を招く隣国の野望である。アメリカ大陸の国々は自分たちの命を唯一の敵に預けるべきだろうか、それとも、われわれは、隣国から服従するよう求められる前に、隣国が、同じ大陸に位置するという理由から、品位あり、能力に恵まれ、正義を愛し、隣国と同じく繁栄し自由を愛する国々に襲いかかるという暴挙に出る前に、隣国が国の内外での学習を通じておのれの野心を抑えるなり自らの見識を高めるまでのあいだ、時間を稼ぎ、国を植民し、結束し、だれからも真に信頼され尊敬される国になるべきではないだろうか？

関税を相互に撤廃するという提案についてであるが、これによって各国の商品が自由に行き来するのであれば、案ずることはなかろう。だが、関税を相互に撤廃すると口にしただけで話は暗礁に乗り上げてしまうだろう。なぜなら、これは、ある国にだぶつく商品をさばくために、あらたに、それも、急いで十五の国を作ることを意味するからである。苦境に陥っているその国は、自国の利益のために、他の国々が営々と築いてきたものをすべて、でなければ、そのほとんどすべてを棄てよ、と迫っているからである。合衆国の商品を関税ゼロで受け入れるということは、合衆国は世界の工場としてあらゆる商品を生産するだけに、各国は、自国の関税収入を一挙にどぶに捨てることになる一方、合衆国だけは、これまでとほぼ変わらない関税収入を確保しつづけることを意味する。なぜなら、ラテンアメリカ諸国から合衆国に輸出される商品のなかで、価格が高額で課税対象になるような品目は、五点を超えないからである。また、ラテンアメリカ諸国に、政治的服従を求めず、資金の前貸しを行ない、信用を供与し、安価で良質な商品を供給する国々を閉め出し、操業中の鉱山や、利益が確実に得られる国以外には信用を供与せず、政治的服従までも求める国の高価で品質の劣る商品を購入することを約束させることは、事前合意による条項からじて可能であるとしても、信義に反し、恩知らずというものであろう。

われわれには、青年期のまっさかりの時期に、合衆国が世界を相手にはじめようとする戦争に同盟軍として加わる理由がどこにあるというのだろうか？　合衆国は、なぜ、アメリカ大陸の共和国との問題でヨーロッパと争い、自由である国々に自国の植民地体制を持ち込もうとするのだろうか？　合衆国は、自分の家から追い出そうとしている人間がどんどん流入しているにもかかわらず、なぜ、これほど他人の家に入りたがるのだろうか？　合衆国は、この会議において、なぜ、ラテンアメリカのすべての国と互恵条約を結ぼうとするのだろうか？　一方には、ある互恵条約[*30]が、メキシコとの条約のことであるが、双方に有益なかたちで両国政府のあいだで合意されているにもかかわらず、何年ものあいだ、合衆国の議会の承認が得られず、店晒しになっているのである。これは、国益を損なうかたちで、同条約によって被害を受ける個々の業界が反対しているからである。

合衆国は、一八八三年、同国の調査団が国際会議を招集しようとしたとき、国内の羊毛生産者の要望に応えて南アメリカ産の羊毛に門戸を閉ざしたのではなかっただろうか？　合衆国の上院は、いますぐにも、アメリカ大陸の産品を関税ゼロで受け入れるよう求める国際会議と真っ向から衝突してでも、アメリカ大陸の産品を閉め出す国の商品を優先して購入するよう求めて招集した諸国から流入する絨毯用の羊毛の関税を引き上げたいのではないだろうか？　財務省は、ラテンアメリカ諸国の代表団がケンタッキーでもてなしをうけているさなか、メキシコ産の鉛の輸入を禁止するに等しいほどの関税を課すことを承認したのではないだろうか？　関税ゼロによる合衆国商品のメキシコへの流入について話し合うため、メキシコを招いたという。しかし、この計画はすでに合意されており、合衆国の議会の承認を待つだけなのである。合衆国西部の牧場経営者は、彼らが選挙応援をして政権をとらせた政党に海運業者が働きかけ、食肉を西部から鉄道で輸送するよりも安い価格で、それも国の資金を使って南アメリカから生きた牛や食肉を東部に運んでくることに反対しているのではないだろうか？　銅の輸出国であるチリが、なぜ、招かれたのだろうか？　合衆国の銅業界は、共和党議員にさかんに献金して外国産の銅を国内に入れないよう要望しているのではないだろうか？　製糖業者についていえば、彼らが共和党を政権の座に就けたのは、外国産砂糖に門戸を閉ざす以外に、どのような意図があったというのだろうか？

共和党政府は、関係業界が立ち行くように計らってくれると期待して応援した保護貿易派の支持を失ってもよいというのだろうか？　そのような犠牲は無意味である。なぜなら、連邦議会は企業の手の中にあり、政府が脱走しようものなら、集中砲火をあびせるだろう。でないとすれば、共和党政府は、ラテンアメリカ諸国の利益となる譲歩をいずれ取り戻すというあやふやな期待のもと、ラテンアメリカ諸国をある意図のもとに招集し、遵守するつもりのない条約、すなわち、共和党を政権の座に就かせた業界が受け入れないことが事前にわかっている条約を結ぼうとでもいうのだろうか？　それとも、この国際会議では、政治の手練手管を駆使し、合衆国の繁栄ぶりに圧倒されてふるえている諸国と裏取引をして、アメリカ大陸にたいして合衆国がふりかざす帝国権に根拠をあたえる勧告をとりつければ十分、とでも考えているのだろうか？　それとも、共和党政府は、柔軟な思考をもち、いずれ機が熟すまで待つことにして、とりあえず、この会議では、一般的合意と、かたちばかりの取り決めをとりつけ、それを、市場を求める保護貿易派や対外膨張を意気込むこの国の前に、アメリカ大陸が最終的に合衆国の保護領になるまでの過程での第一回配当として提示するため、これら諸国を利用しようとでもいうのだろうか？「アメリカ大陸を保護領にするという大事業は、窮屈な執務室に納まった一介の閣僚にできることではなく、合衆国大統領という権力と権威があればこそ可能な芸当である」、これは「ヘラルド」紙の論説である。

「それゆえ、この国際会議は、われわれの見るところ、しょせん、単なる茶番劇、ひとりのカリスマ性のある政治家による花火ショー、次期大統領選に向けて仕組まれた華やかな選挙運動の域を出ないであろう」、「ブレインは自分を応援して現在の地位に就かせた海運業界を満足させようとしているのであり」――「イブニング・ポスト」

紙は述べている――「海運業界への補助金の交付を提言するなんらかの勧告が出されれば、あとは月光のおこぼれとして、各国間の友愛が唱われ、仲裁委員会にかんする美しい作文が出来れば、会議は御用済みとなるだろう。なぜなら、海運業界が望むとおりの役目を果たしたからである」と。「結局、この会議は、商船建造のための補助金漁りの場に終わるだろう」と、「タイムズ」紙は述べている。「合衆国がお膳立てしたこの一大芝居は、国の信用を傷つける滑稽きわまりない茶番劇である」、「見識と良識ある国というわが国の評判に傷がつくのではないだろうか？」と、フィラデルフィアの「ヘラルド」紙は危惧している。また、ニューヨークの「ヘラルド」紙はつぎのように論評している。「ブレインにとって最高の自己宣伝の場である！」、と。

であればこそ、われわれは、この国際会議はできるだけ早く閉会すべきだということに気づくだろう。その間、合衆国政府は、サン・ニコラス半島の領有化を、そして、もしかすると、ダグラス長官が進めている交渉が成功すればであるが、ハイチの保護領化も宣言するかも知れない。ダグラス長官は、否定されていない噂によれば、なんとしてもサントドミンゴを合衆国の保護領にせよと指示されているからである。パーマー長官[*31]は、キューバを購入する話をひそかにマドリードで行なっている。ミズナー長官[*32]は、メキシコは憤慨するが、コスタリカをけしかけ、一方でメキシコと、他方ではコロンビアと対立させている。合衆国の企業はホンジュラスを手中におさめている。われわれの関知するところではないが、ホンジュラス人は、自国の富として、自分たちの共同経営者を保護するために必要とされる以上の富を所有しているのだろうか？[*33] 政府が発行する新聞のトップが名うての併合主義者であってよいのだろうか？　運河がもたらす利益、つまり、経済発展を期待してニカラグアとコスタリカはワシントンに追従している。コスタリカには大統領の座をめざす人物がいる。その人物は中央アメリカの団結よりも合衆国への併合を望んでいる。コロンビアの大統領が今回の会議とその計画に寄せる友情ほど、きわだったものはない。ベネズエラは、合衆国がカナダから追い出すことのできないイギリスをガイアナから追い出してくれるよう願う一方、ある領土の領有権がアメリカ大陸のある国に属することを、アメリカ大陸の別の国が代償を求めずに承認してくれるよう熱い期待を寄せている。その別の国とは、いまのこの瞬間、アメリカ大陸のある国から、この地域の宝石でありメキシコ湾の要所である領土を奪おうとして戦争をしかけている国であり、チップマンなる人物が合衆国のあらたな州としてニカラグアに星条旗がひるがえるときがきたと演説したとき、下院で拍手がなり響いた国である。

「サン」紙はつぎのように述べている。「われわれは、アラスカを購入し、いまこそ、氷河の大地からパナマ地峡まで、大西洋岸から太平洋岸まで、アメリカ大陸の北半分をすべて、星条旗のもとに統合することにしたと世界にむかって宣言すべきである」と。「ヘラルド」紙は報じている。「アメリカ大陸の南半分を合衆国の保護領にしようという考えは、ヘンリー・クレーの脳裏から離れない最重要事項になった」と。「メール・アンド・エキスプレス」紙は、一面ではハリソン大統領と、ほかの面ではブレインと親密な関係にあるが、ブレインのことを「アメリカ魂の偉大な推進者ヘンリー・クレーの後継者」と呼んでいる。「われわれは、これらの国の繁栄のために協力するだけである」と「トリビューーン」紙は述べている。また、同紙はほかの場所で別の思惑について言及し、「そうしたものが、議会で両政党が慎重に審議したうえで決定した全体計画の最終ゴールとなるだろう」と。「ヘラルド」紙は論じている。「そうした方向へ動くには、まだ準備が整っていない」「ブレインは時代を五十年も先行している」と。ならば、成長するのだ、アメリカ大陸の国々よ。問題の五十年が経過する前に！

ところで、新聞の論調をていねいに読めば、ある基本的な姿勢があることに気づく。その姿勢とは、その昔、ピサロ[*34]がアメリカ大陸にキリスト教を持ち込んだように、現代のアメリカ大陸に鉄道文明を持ち込む企てについて、これは道義的によくないとか、追いはぎのすることだと――かりにそうだとして――断罪する者がだれもいないように、いかに正論をかかげる新聞といえど、今回の企てには正面切って反対していないという、その歯切れのわるさである。新聞にたいする苦言は、つきつめて言えば、ものごとがもたらす結果にまで踏み込まないということである。なぜなら、実際にハイチで起こったことで言えば、民主党は、民主党なりの節度があるとはいえ、共和党と同じ征服政策をはじめたという事実を、ルイジアナの買収[*35]を手始めに、ジェファーソン大統領のもと、征服政策を進めたのは、まぎれもなく民主党であったという事実を忘れているからである。新聞は、世論に耳を傾け、世論に従うだけで、世論を導くことはしない。たとえ国を富ますものであろうと、ある種の主張にたいしては真正面から反対すべきである。そのくせ、テキサスの併合について言えば、デーナ[*36]や、ジャンヴィエル[*37]が、また、リンカーンの伝記作家たちがこれは犯罪であったと無邪気に言ってのけたように、終わってから犯罪だと批判する新聞に事欠かない。犯罪になってしまってから嘆くよりも、そうなる前に防止する方がはるかによいにもかかわらず、である。とはいえ、新聞について指摘すべきこと、指摘するに値することがある。すなわち、新聞による確かな見通しでは、この会議で要請されている主権の放棄にはいずれの国も難色を示していること、貿易問題については最終合意に達しないということである。また、互恵政策にかんしてであるが、アメリカ大陸の諸国を招集した当事国も遵守が義務づけられることから、互恵条項については、選挙対策か、なにかの隠れた目的があって、合衆国はラテンアメリカ諸国の方が互恵条項を嫌っているかのように策動しているということである。「タイムズ」、「ポスト」、「ラック」、「ハーパー」、「アドヴァタイザー」、「ヘラルド」の各紙は、この国際会議を、しゃぼん玉とか、見え透いた茶番劇と見ている。ラテンアメリカの各国は、世界をむこうにまわす同盟に入るよう求められ、その旗をふる政党の顔をたてて会同したが、当の政党は、そのような同盟に加わることもできなければ、それぞれの同盟国に求めることを、自分自身は、自分の命と引き換えにしないかぎり、実行することができないのである。

ブレイン自身、大統領選へのイメージを高めるには、会議は成功したという体裁さえ整えば、あとは、はじまったばかりだといって取り繕うことができ、アダムズからカティングへと引き継がれてきた理念に火をつければ十分で、会議を開いたという事実だけで、この理念は、目の弱い人が光線で目が眩むように、確実に前進したと思わせることができたと見ている。だが、そのブレインも、苦境にあえぐ産業界はこの会議に能力以上のものを期待していることに不安を覚えている。現在の保護貿易政策のもとでは、貿易にかんするかぎり、どうすることもできないにもかかわらず、である。そこで、ブレインは、今日はだれかの口を通して、明日は新聞を通じて、会議に期待できるものは、目に見えるものとしては、いずれ実現するであろう統合のための地ならしにとどまるが、これは準備のための合意というより、合意のための抵抗だと弁明するだろう。このように、誇りは、自分自身に誇りを抱くがゆえに、攻撃相手となる国にもないはずはないと考え、勇気をもって行動する高潔な人を好敵手とみなすのである。相手に誇りがなければ得する場合でも、誇りがあってほしいと願うのである。

この国際会議は、無意味な会合か、大統領選に向けたアドバルーン、さもなければ、補助金獲得のための茶番劇以外のなにものでもないというのが衆目の一致するところである。こうした結果になるよう、アメリカ大陸の独立国に期待されている。いずれの国も、独立のありがたみを知っているがゆえに、おのれの命と引き換えでないかぎり、主権を手放すわけにゆかないと考えるからである。メキシコ湾の島々は、ひざまずいて新しい主人の前に進み出るのだろうか？　中央アメリカは、運河で心臓を裂かれてまっぷたつになってよいのだろうか、それとも、中央アメリカと同じ利益、同じ運命、同じ人種からなる国であるメキシコを北で圧迫する外国の支援をうけ、メキシコにたいする南の敵としてその国と手を組むのだろうか？　コロンビアは、自国の主権を抵当に入れるのだろうか、売り飛ばすのだろうか？　地峡部に暮らす自由な人々は、ジュガノートのために障碍物を片付け、テキサスのメキシコ人と同じように山車に乗るのだろうか？　ヨーロッパのある国に対抗するための支援を期待し、ムラ的な発想の持ち主であればそれもやむをえないが、ベネズエラは、蜃気楼のような進歩を夢みて、合衆国とは深くて緊密な利害関係にあるとはいえ、アメリカ大陸の全域に支配をのばすと広言し、事実、目の前で実行している強大このうえない外国の膨張政策に手を貸すのだろうか？　それとも、合衆国にたいする賛美は、『ラ・テレ』[*38]に登場する農家の娘のように、窮地に陥った子牛を助けるというところまで行き着く運命になっているのだろうか？

若さゆえの無鉄砲からか、勉強不足のゆえか、このような盲目的な賛美こそがアメリカ大陸に支配の教義がひろまる最大の呼び水となっている。このような、よそものの教義など、アメリカ大陸には不必要である。なぜなら、アメリカ大陸は、何世紀も前に、自由な幼年期に入るはるか前に、地球上でもっとも長期にわたって強大であった国を独力で追い出し、自分たちの力と能力を認めさせたのである。アメリカ大陸に支配を拡げるためにモンローやカニング[*39]が唱える教義は、アメリカ大陸への外国の支配を阻止し、アメリカ大陸の自由を保証するためのものだろうか？　この教義は、ある外国を排除して別の外国を呼び込むために唱えられるのではないだろうか？　この国は、われわれとは性格も、関心事も、目的も異なるにもかかわらず、よそ者の衣服を脱ぎ、代わりに自由の衣をまとうものの、その実は、われわれから自由を奪ってしまうのではないだろうか。すなわち、このよそ者とともに、借款、運河、鉄道といった毒がもたらされるのではないだろうか？　また、北にカナダを、南にガイアナとベリーズを擁し、スペインには命じて封じ込め、スペインから独立したアメリカ大陸の国を自らの玄関先に戻ることを許可したこの国は、モンロー宣言をアメリカ大陸の弱小国にぜがひでも押しつけようというのだろうか？

アメリカ大陸の国々は、なぜ、スペインをこわがるのだろうか？　スペインは、アンティル諸島の住民を絶滅させることはありえても、アメリカ大陸の外にいるのである。スペインは精神的にもアメリカ大陸を取り戻すことはできないのである。ラテンアメリカの国々は、世界の他の国と同様、スペインの先を進んでいるからである。貿易面でも同様である。アメリカ大陸の主食は干しブドウでもオリーブの実でもない。スペインがアメリカ大陸になんらかの影響をおよぼすことがあるとすれば、人種と感情の面で恐怖なり不快感を与えるか、合衆国のアメリカ大陸への進出を再度呼び込むことである。だが、アメリカ大陸の成人した国々には合衆国の進出に対抗するための能力も意志もある。共通の敵の進出を抑えるために心をひとつにして団結するのだ。アメリカ大陸の国々は、兄弟同士である国々と縁切りして、自国を危険にさらすとでもいうのだろうか？　なぜなら、アメリカ大陸の国々は、自由に背を向けてスペインに付くかわりに、キューバがスペインから自由を回復するのを支援したからである。キューバ船を襲い、銃弾をあびせてキューバ人の命を奪い、死体一体につき二百ペソの値段をつけたスペインに対抗して自由を愛する心を示すことができたからである。それとも、アメリカ大陸の国々は、盲目の像、堕落の極みだというのだろうか？

合衆国にたいする賛美の念とは、人類共通の財産である自由を求めて、安全で広大な手つかずの大地にさまざまな国から移住してきた、自由を信奉するたくましい人々が築いた繁栄にたいするものであり、これはこれで正当であるとしても、その国がカネと力にものをいわせて新種の専制政治を作り出そうとすれば、そのような、自由を殺める犯罪を不問に付すわけにゆかない。また、その国と比べてより不利な条件のもとで、その国に追いつき、上回ることができた国には、その国に服す必要はない。さらにまた、アメリカ大陸の自由である国々には、その国に依頼して不都合な外国勢力を追いはらってもらう必要もない。その国は、武力を行使してメキシコからフランスを排除するために駆けつけたが、それは、メキシコを統治していたフランスが、合衆国南部の、いまもラテン気質を保つ反乱州と同盟を結び、合衆国の安全を脅かしていたときのことであり、それは、おそらく、世界の力の均衡が乱れたことから、イギリスの台頭を阻止するための柵を設けるためだったのだろう。その国は、自国の利益のために、自由であった国からヨーロッパ出の外国勢力を放逐したうえ、犯罪的な戦争を行ない、領土を奪ったまま、いまだに返還していないのである。ウォーカー[*40]は合衆国のためにニカラグアへ飛び、ロペス[*41]は合衆国のためにキューバへ向かった。領土拡張の口実となる奴隷がいなくなったいま、併合のための同盟をめざす活動が進行している。アレンはキューバの併合を支援する話をしている。ダグラスはハイチとサントドミンゴの併合を画策している。パーマーは、マドリードで、キューバが譲渡される可能性を探っている。アンティル諸島では、買収された中央アメリカの新聞がワシントンをバックにした併合話を煽っている。小アンティル諸島では、合衆国の新聞は併合派の動きをたえず報道している。合衆国政府は、コロンビアにたいし、地峡部にたいする合衆国の支配権を承認するように、また、コロンビアが自国の領土について他国と交渉する権限を奪い取ろうとさかんに動いている。合衆国はハイチで内戦を扇動し、サン・ニコラス半島を手に入れた。「クレーの夢」は実現したと見る人もいれば、それには、あと半世紀待つ必要があると考える人もいる。スペインアメリカ生まれのある人々は、このような動きを援助すべきだと考えている。

この国際会議は、世界の力の均衡の要であるスペインアメリカの独立を、どの国が、力と知恵を駆使して守り通すか、それぞれの国の名誉が問われる場となるだろう。本性と目的を異にするふたつの世界が存在するアメリカ大陸において、恐怖からか、幻惑されてか、奴隷の習性からか、あるいは、見返りの利益に魅せられてか、どの国が戦線から離脱し、どの国が、残る国籍の家族に尊敬の念を抱かせ、見識をもって対応し、現今の出来事から明らかになっているように大陸支配を夢みて成長してきた国の野望を抑えるうえで不可欠な力を、その力はいまでは残り少ないが、発揮するか、明らかになるだろう。この国際会議は、過剰生産から脱出するための市場を求める欲望が、予言されていたこととして遠方の弱小国を保護領にしようとする気運が、行動を起こすに必要な物理的な力が、そして、ひとりの強腕政治家の野望が、それぞれ、その頂点に達したなかで開かれるのである。

「ラ・ナシオン」、ブエノス・アイレス、一八八九年十二月十九、二十日

訳注

＊1――Henry Clay, 1777-1852. 合衆国第六代大統領アダムズ政権の国務長官（在任一八二五―二九）。アメリカンシステムの主論者。保護貿易主義者。

＊2――「マニフェスト・デスティニー」。過去にしばられず未来に向かって誕生した合衆国は、大国になることが運命づけられているという主張。一八三九年にオサリバン（John L. O'Sullivan）が唱えた。

＊3――James Gillespie Blaine, 1830-93. 合衆国第二十代大統領ガーフィールド政権の国務長官（一八八一年）。再三にわたって大統領選に出馬した、カリスマ性をもった共和党の大物議員。合衆国のラテンアメリカへの進出を画策し、ハリソン政権の国務長官として、第一回パンアメリカ会議（一八八九―九〇）を主宰した。

＊4――いわゆる第一回パンアメリカン会議は、一八八九年十月二日、ワシントンで開会した。このあと各国代表団は合衆国政府の案内により国内各地を視察したのち、同年十月十九日から翌年四月十九日まで、断続的にワシントンで会議を続けた。会議には、合衆国を含め、十九カ国が参加した。サントドミンゴは、招請されたが、参加しなかった。

＊5――イギリスからの独立を宣言した合衆国は、ワシントンの指揮のもと、一七七七年、サラトガの戦いに勝利した。翌一七七八年、フランスは合衆国を承認し、米仏同盟を結んでイギリスに宣戦を布告した。一七八一年、ヨークタウンの戦いで、イギリス軍は米仏連合軍に包囲されて降伏し、独立戦争の大勢は決した。合衆国の独立運動には、フランスの自由主義者ラファイエット（一七五七―一八三四）、空想的社会主義者サン・シモン、ポーランドの愛国者コシューシコなどのヨーロッパ人が義勇兵として参加した。

＊6――合衆国の独立を支援するため、スペインは、一七七九年、フランスと同盟してイギリスに参戦した。ラテンアメリカの人間としては、カラカス生まれのフランシスコ・デ・ミランダ（一七五〇―一八一六）が、一七八〇年、合衆国の独立のために戦った。

＊7――ラテンアメリカの独立運動の指導者のひとり、シモン・ボリーバル（一七八三―一八三〇）の提唱により一八二六年に開催されたパナマ会議のこと。

＊8――合衆国第五代大統領モンロー（James Monroe, 1758-1831, 在任一八一七―二五）が一八二三年に発した「モンロー宣言」のこと。

＊9――キューバのこと。

＊10――メキシコのこと。

＊11――合衆国は、一八四四年、すでにメキシコから独立宣言していたテキサス共和国とのあいだで併合条約を調印し、翌年、合衆国上下両院はテキサスの併合と準州昇格を承認した。このため、メキシコは合衆国と国交を断絶し、翌四六年、戦争状態に突入した。二年にわたる戦争のすえ、メキシコは敗北し（四八年）、テキサスのみならず、カリフォルニアやオレゴンなど、北部方面の広大な国土を合衆国に割譲する羽目になった（グアダルーペ・イダルゴ条約）。

＊12――メキシコでは、一八五四年の革命で臨時大統領に就任したフアレスは、憲法を制定し、聖職者の財産を没収するほか、対外債務の支払停止を行った。これにたいし、フランス、イギリス、スペインは、六二年、メキシコへ共同出兵した。イギリスとフランスはまもなく撤兵したが、フランスは干渉を続行した。六四年、ナポレオン三世はオーストリアのマクシミリアン大公を皇帝としてメキシコに送り込んだ。その後、フランス軍は抵抗するゲリラ勢力と合衆国の圧力により六七年に撤退、同年、マクシミリアン大公は捕らえられ、銃殺刑に処せられた。

＊13――Thomas Jefferson, 1743-1826. 合衆国第三代大統領（在任一八〇一―〇九）。

＊14――John Quincy Adams, 1767-1848. 合衆国第六代大統領（在任一八二五―二九）。同第二代大統領の子。一八一七年からモンロー大統領のもとで国務長官を務め、モンロー宣言の発表におおきな役割を果たした。

＊15――Daniel Webster, 1782-1852. 当初はニューイングランドの海運業者の立場から自由貿易を唱え、フェデラリスト党下院議員となる。その後、上院議員として熱烈な保護関税論者となり、ハリソン、タイラー、フィルモア各大統領のもとで国務長官を務めた。

＊16――Charles Sumner, 1811-74. 合衆国の上院議員。

＊17――William Henry Seward, 1801-72. 共和党の上院議員。合衆国第十六代大統領リンカーン政権の国務長官（在任一八六一―六五）として、フランスにたいし、モンロー宣言にしたがい、メキシコから撤退するよう求めた。また、つぎの同十七代大統領ジョンソン政権の国務長官（在任一八六五―六九）も務め、領土拡張主義者として、六七年、ロシアからアラスカを購入したが、デンマーク領西インド諸島の二島（ミッドウェー諸島）の購入については上院の承認が得られなかった。

＊18――Edward Everett, 1794-1865. 合衆国の議会人。共和党。

＊19――Stephen Arnold Douglas, 1813-61. 合衆国の上院議員。一八五八年のイリノイ州選出上院議員選挙では対立候補で

あったリンカーンを破って勝利した。合衆国へのキューバ併合論者。

＊20――John James Ingalls, 1833-1900. 合衆国のジャーナリスト、法律家。上院議員。

＊21――Henry Charles Keith Petty-Fitzmaurice, Marquis Lansdowne, 1845-1927. ランズダウン侯爵家第五代当主。ロンドンに生まれる。カナダ総督（在任一八八三―一八八八）、インド総督、陸軍大臣、外務大臣などの要職を歴任したのち、アイルランドで死去した。

＊22――火薬や肥料の原料である硝石やグアノなどの資源をめぐる、チリ対ボリビアおよびペルーの戦争（一八七九―一八八三）のこと。太平洋戦争（Guerra del Pacífico）と呼ばれる。

＊23――Frederick Theodore Frelinghuysen, 1817-85. 合衆国第二十一代大統領アーサー政権の国務長官（在任一八八一―一八八五）。

＊24――熱帯地方の海岸や島に群生する海鳥の糞尿が堆積したもの。十九世紀中ごろから窒素肥料として国際商品となった。

＊25――Charles Julius Guitteau, 1841-82. 殺人犯。一八八一年七月二日、バルチモア・アンド・ポトマック駅のホームで合衆国第二十代大統領ガーフィールド（James A. Garfield, 1831-81, 在任一八八一）を狙撃（同年九月十九日死亡）した。公判中、ギトーは歌をうたったりわめくなどして裁判の進行をさまたげ、弁護士は被告の精神異常を理由に無罪を主張したが、裁判の結果、有罪（絞首刑）となり、一八八二年六月三十日、刑が執行された。マルティは、この事件について何度もペンをとり、ガーフィールド大統領の高潔さを讃え、犯人の残虐非道ぶりをつよく非難した。

＊26――Stephen Grover Cleveland, 1837-1908. 合衆国第二十二代大統領（在任一八八五―一八八九）、同第二十四代大統領（在任一八九三―一八九七）。民主党。

＊27――サンスクリット語で「世界の帝王」を意味する。インドで神クリシュナを乗せた十六輪車の山車が大勢の男性に引かれて寺院に入る神事に由来する。現代では、圧倒的な力をもつものを意味し、ここでは、猛威をみせる合衆国を指している。

＊28――Hernán Cortés, 1485-1547. スペインの征服者。一五二一年、メキシコ中央高原の都ティノティトランを擁すアステカ（メキシコ）王国を征服した。

＊29――Pedro de Alvarado, 1485?-1541. スペインの征服者。コルテスの部下。一五二四年、グアテマラを征服した。

＊30――合衆国がメキシコと合意した通商条約の内容などについては、本書「米墨通商条約」を参照。

＊31――Thomas Witherell Palmer, 1830-1913. ミシガン州選出合衆国上院議員。共和党。スペイン駐在大使（在任一八八九―九〇）を務めた。

＊32――Lancing Bond Mizner, 1825-93. 合衆国の外交官として、一八八九年から九〇年にかけてコスタリカ、エルサルバドル、グアテマラ、ニカラグアの各国を飛び回った。

＊33――ホンジュラスに進出する合衆国人については、本書に所収されている「ホンジュラスと外国人たち」を参照。

＊34――Francisco Pizarro, 1475-1541. スペインの征服者。一五三二年、アンデス山中のカハマルカで、インカ皇帝アタワルパを生け捕りにし、翌三三年、インカ帝国の都クスコに入城し、同帝国を征服した。

＊35――フランスからルイジアナを買収した。

＊36――Charles Anderson Dana, 1819-97. 合衆国のジャーナリスト、新聞編集人。一八四一年、ニューヨークの「ヘラルド」紙に入社した。六八年には「サン」紙を買い取り、人間味あふれる新聞報道をこころがけた。ニューヨークに来て日の浅いマルティに「サン」紙にも寄稿するよう求めた。自らの生い立ちのゆえか、特権階級に敵対し、労働者階級を擁護する姿勢を貫いた。

＊37――Thomas Allibone Janvier, 1849-1913. 合衆国のジャーナリスト、作家。一八七一―八〇年のあいだ新聞編集に従事したあと、文筆活動に入る。『メキシカンガイド』（八一）、『アステカの財宝館』（九〇）、『古代メキシコ短編集』（九一）などのメキシコ関係のほか、オールドニューヨークを愛し、ワシントンスクエアに漂うボヘミアン的情緒を愛した。『オールドニューヨークにて』（九四）、『ニューヨークのオランダ屋敷』（一九〇三）などの著作がある。

＊38――La Terre. フランスの作家エミール・ゾラ（Emile Zola, 1840-1902）の『テレーズ・ラカン』（一八六七）のこと。

＊39――George Canning, 1770-1827. イギリスのトーリー党の政治家。一八二七年に首相。

＊40――William Henry Talbot Walker, 1824-64. アメリカ合衆国の冒険的改革扇動家。一八五五年、ニカラグアに侵攻し、同国の大統領になる（在任一八五六―七）。

＊41――Narciso López, 1797-1857. ベネズエラ生まれのスペイン軍人。一八四九年と五一年、合衆国の南部人からなる傭兵を率いてキューバに侵攻し、同島を合衆国に併合しようとしたが、いずれもスペイン軍に撃破され、一八五一年九月一日、ハバナで処刑された。ロペスの仲間はその後もキューバ侵攻計画を立てたが、成果なく終わった。

青木康征・訳

母なるアメリカ

ワシントン国際会議はクリスマス休会に入り、各国代表団はニューヨークに移動した。この機会をとらえ、一八八九年十二月十九日、同地で一行を歓迎する夜会が「イスパノアメリカ文学協会」によって催された。この演説において、マルティは、さまざまな理由や事情から合衆国に在住するキューバ人の思いを代弁して、リンカーンが生まれた国がいかに偉大であろうとも、「フアレスが生まれたアメリカの方がより偉大」であると前置きしたうえで、北の合衆国の自由とは別の、真の自由のためにたたかいつづけてきたアメリカ大陸のため、そしてまた、キューバの独立のため、困難な外交交渉に臨んでいる各国代表を慰めるとともに激励した。

紳士、淑女の皆さん

記念すべき今宵の喜びをなんと言い表わせばよいか、思いはちぢに乱れて舞うだけで、なかなか言葉が出てきません。牢獄で、鉄格子をはさんで母親と再会した息子に、いったい、なにを話せというのでしょうか？　言葉では十分に言い表わすことができないとはいえ、その言葉すら、ほとんど出てこないのです。言葉では無理だと観念したからではありません。胸の奥から嬉しさがつぎつぎにこみ上げてくるからです。さまざまな思い出が、希望が、夢が大波のように押し寄せてくるからです。わたしの口から出る言葉は制御のきかないものになるでしょう。まわりを見渡しますと、ご列席の各国代表団の皆様方のなかに、わたしたちが愛してやまないアメリカ大陸の人々を見出します。代表団の皆様方をお迎えするため、秘密の指令をうけ、男性はさらに身長が伸び、女性は一段と美しさを増したように見受けます。陰鬱で、鉛のようであった空気は、いままさに飛び立とうとするワシの影のように、頭に羽根飾りをつけて進む人の影のように身をふるわせ、青白い顔をして、刀傷を負い、悲嘆に暮れ、胸に突き刺さった剣を抜き取る力さえなかった大地は、ベーノン山の入口に立ち、火山のような南の英雄[*1]に称賛の手をさしのべる寛大このうえない北の戦士[*2]の影のように勢いづいているのを感じます。いま、わたしは、こみあげてくる万感の思いを、わが身を国旗でくるむように、ひとつまとまりあるものにしようとするのですが、それもままならず、ただただ支離滅裂な言葉を、地に足がつかない調子はずれの讃歌を口にするだけです。われらのアメリカの家にお越しくださった、わたしたちの母親を歓迎し、息子と娘の名において、これが最善のかたちと信じつつ、わたしたちの心を、すべて、アメリカ大陸の国民の代表であられる皆様に捧げる次第です。

だれもが自由を享受できるこの国に、わたしたちの信念や愛着の念が、わたしたちの習慣や仕事がいかに深く根をおろしていようと、冷血な魔法の力によってわたしたちの心がいかにふやけたものになっていようと、わたしたちは、いまここにご列席の代表団の皆様がわたしたちを訪ねてくださると知ってからというもの、わたしたちの家は思っていた以上に明るく、わたしたちの足取りは思っていた以上に力づよいものであったように、わたしたちは、人間として、思っていた以上に若く、寛大で、わたしたちが獲得していたものは思っていた以上に大きく確かなものであったように思われて、水のきれた花瓶にふたたび花が咲くような心持ちになったことを、今宵の、この嘘をつく必要のない席で否定する人がはたしておられるでしょうか？　そして、わたしたちの妻がありのまま話してくれるならば、その話とは、その誠実な瞳で話すこととは、何人かの妖精がこれまでになく楽しげに雪の上を飛び跳ね、真っ暗な異郷の地に暮らすわたしたちの心の奥で眠っていた何かが、突如、目を覚まし、かわいいカナリアが一羽、この数日来、寒さをものとせず、われらのアメリカの祝い事を彩るにはいかなる花もじゅうぶんに上品でも清楚でもないように思われたため、紐やリボンをくわえて窓を出たり入ったりしていたということではないでしょうか？　その通りです。わたしたちがこの国に住みつくことになった経緯は、人さまざまで、嵐に巻き込まれたためもあれば、伝説を追い求めたためであり、ビジネスのためもあれば、この地においていまだ書物になっていない一八一〇年の詩[*3]の最後の章句を書こうと決心したためであり、ふたつのブルーの瞳の虜になり幸せのすみかと決めたからです。しかし、この国がいかに偉大であろうと、リンカーンが生まれたアメリカが自由な人々のためにいかに聖別されていようと、わたしたちにとっては、これはだれにも否定されることもなければ、だれの気分も害すこともない、胸の奥にしまってある秘密ですが、ファレス[*4]が生まれたアメリカの方がより偉大です。なぜなら、より痛々しいからであり、われらのアメリカだから、です。

　自由を求めて燃えあがる灼熱の炎のなかから、使徒たちの時代、北のアメリカは誕生しました。光まばゆい冠をつけた新しい人々は、他のいかなる冠にも頭を垂れる気はありませんでした。権力に狂奔する偉大な共和国が槍と外交術を駆使して作りあげた帝国において人々の理性を縛りつけていた枷《かせ》は、小さな共同生活が寄り集まってできた国のいたるところで、理性の発露の前にこなごなに砕けてしまいました。ささやかな自足の生活から近代的な諸権利が生まれ、長期にわたる戦闘のなかで自由を尊ぶ気風が醸成され、隷属した繁栄よりも自立した洞窟の暮らしを選択したのでした。自分は共和国を建設するために移住してきたのだと、ある男性は、イギリス国王にむかって、帽子もとらず、平民言葉で伝えました。メイフラワー号の四十一人は、妻子をともなって海に乗り出し、船室にあったカシの木の机の上に自分たちの社会を建設しました。彼らはマスケット銃を積み込んでいました。銃は農作物を守るためでした。食料となる小麦は、自分たちで大地を耕し、収穫しました。圧制者のいない国、魂の圧制者のいない国、これが彼らが求めた国でした。フェルト帽にブルゾン姿の、厳格で完徳主義者である清教徒が移住してきました。この人たちは華美を忌み嫌いました。華美は人を誤らせるからです。チョッキと半ズボン姿のクエーカー教徒が移住してきました。この人たちは、木を倒し、学校を建てました。カトリック教徒も移住してきました。信仰のゆえに迫害をうけた彼らは、なんぴとも、信仰する宗教によって迫害されることのない国を建てました。上質の毛織服と羽根飾りの付いた帽子をかぶった騎士が移住してきました。奴隷にむかって命令するその習性には、おのれの自由を守る気概と自尊心が混じりあっていました。船に乗って売却用の奴隷が、魔女を火あぶりにかける狂信者が、教育にまったく関心のない総督がやってきました。移住者のなかには、大学卒業者や学者が、神秘主義者であるスウェーデン人や精悍なドイツ人が、気さくなユグノー人や高慢なスコットランド人が、また、経済観念の発達したオランダ人もいました。移住者たちは、鋤、種子、織機、ハープ、聖書、書籍を持ってきました。自分の手で家を建て、主人と使用人が同じ家で暮らしました。自然を相手に格闘する勇敢な開拓者にとって疲れが癒されるのは、ボンネットとエプロン姿の一家の老婦人が、やさしい瞳で、お盆に手製のクッキーを載せて運んでくるのを目にするときでした。そのとき、娘のひとりは賛美歌の本を開き、別の娘はプサルテリウムかクラビコードを弾きはじめました。学校の勉強は暗記が主で、むち打ちの罰がありました。雪を踏んで通うことがなによりの勉強でした。頬を風にうたれながら、ふたりずつになって歩いてゆきました。男性は皮の上着のうえに猟銃をかつぎ、女性はフランネルの服を着て祈禱書を持ち、新しく赴任してきた牧師の説教を聞きに出かけました。牧師は、信仰という個人的な事柄への知事の介入を認めませんでした。開拓者たちは、自分たちで判事を選び、自分たちで判事を弾劾しました。関係のない部外者が口出すことはなく、権限は、住民が全員で共有し、これぞと見込んだ人物に託しました。開拓者たちは、議員も、知事も、自分たちで選びました。知事が議会を召集することに難色を示せば、「自由な市民」は知事を飛び越して議会を召集しました。北アメリカの森で無口な開拓者が狩りしたのは人間とオオカミでした。猟師が安眠できたのは、切り倒したばかりの木か、死んだインディアンを枕にして寝るときでした。

南部の館では、すべて、メヌエットであり燭台でした。主人を乗せた馬車が着くと、黒人の合唱が出迎え、銀の杯に上等のマデラ酒が注がれました。それでも、移住者たちは国王から特許状でなく、独立証明書を受け取ったのです。共和国になる前の植民地では、生活することが、すべて、自由を求める火種でした。イギリス国王は植民地の独立を認めるかわりに植民地が嫌う税を課したため、植民地はイギリス国王にむかって国王が付けていたのと同じ手袋を投げつけたのです。移住者たちは、自分たちの英雄の戸口に馬を連れてゆくとともに、のちに彼らは支援するのを断るのですが、外部からの援助を受け入れました。*5 このようにして自由を勝ち得たわけですが、その自由は、イギリス国王と同じく貴族的で、党派的で、レースの袖口とビロードの天蓋をもち、人類全体のためというより地域的で、その後、百年経たずして担いでいた輿を一気に放り出すことになる人々を奴隷にして築かれた不安定なものでした。そして、奴隷が解放され、百万人の鎖が大地に落ちたときの轟音と舞い上がる土ぼこりのなかから、手に斧を持ち、柔和な瞳をしたきこりが登場したのです！　戦争のなかで国の箍《たが》がゆるみ、貪欲と傲慢が大手をふって闊歩しました。この国を構成するさまざまな要素が、戦争で勢いづき、ふたたび姿を現わしたのです。奴隷に被いかぶさって死んだ騎士の横で、おのれの上にはいかなる主人も、おのれの下にはいかなる召し使いも認めず、穀物が大地にたいして、愛が人の心にたいして行う征服以外の征服を認めないピルグリムファーザーズと、利に聡く、盗人で、獲物を求めて森に入り、欲望のおもむくまま、腕力のおよぶかぎり、どこまでも進んでゆく、孤独で、ヒョウとワシだけが仲間である無頼漢が、この国の、そして、世界の指導権を争うことになるのです。

さて、いろいろありましたが、さまざまな困難を乗り越えてきた人々の栄光を称えるため、騒乱と流血にまみれたわれらのアメリカの始まりについて記憶をあらたにしないわけがどこにあるというのでしょうか？　記憶を正しくすることについては、とりわけ今日はこれまでになく必要なことですが、過ぎ去った昔のことであり、いまあらためて持ち出すこともないとお考えになる向きもあろうかと存じますが、これによって、わたしたちの栄光が、わたしたちが勝ち得た独立の栄光が危険にさらされるとか、その価値が下がるということはありません。北のアメリカは鍬とともに始まりましたが、スペインアメリカは猟犬とともに始まりました。安酒をあおり、異教徒への憎しみとともに成長し、鎧かぶとに身を固め、銃を手にした兵士たちは狂信的な戦いをくりひろげ、富におぼれるがままに衰退するモーロ人を瀟洒な楼閣から放逐したあと、綿の胸当てを付けたインディオに襲いかかったのです。船は家督相続の権利をもたない貧しい二、三男坊を、荒くれ者を、腹をすかした学士や聖職者を満載していました。人々は、銃、盾、槍、股当て、面兜、猟犬を持ってきました。ゆく先々で、剣をふりまわし、国王陛下のものだと称して土地を占拠し、黄金の神殿を略奪しました。コルテス[*6]はモクテスマ[*7]を王宮に呼び寄せ、王宮内で捕虜にしました。コルテスが王宮に入ることができたのは、モクテスマが鷹揚《おうよう》であったためか、慎重であったためです。心の素直な女王アナカオナ[*8]はオバンド[*9]のために宴を催しました。自国の庭を、愉しい踊りを、娘たちを見てもらおうという心遣いでした。しかし、オバンドの兵士たちは、変装した服の下に隠し持っていた剣を抜き、女王の土地を奪ってしまったのです。征服者《コンキスタドーレス》はインディオ内部の分裂や反目を利用して侵入しました。コルテスはアステカ族とタスカルテカ族の反目に乗じてクアウテモク[*10]が乗る丸木舟を捕獲し、アルバラード[*11]はキチェ族とストゥヒル族が争うなか、グアテマラを征服し、ケサーダ[*12]はトゥンハ族とボゴタ族の反目を利用してコロンビアに侵入しました。ピサロ[*13]はアタウァルパ[*14]派とウアスカル[*15]派の争いに乗じてペルーに侵入し、勇敢であった最後のインディオの胸に燃えあがる神殿の明かりに照らされた異端審問所の赤い旗を打ち込んだのでした。女性は陵辱されました。道路は、インディオが自由であったとき、歌を唄いながら通っていましたが、スペイン人に征服されたあとは、牧草をはみながら進む牛とともに歩くか、オオカミが人間に化けたと嘆きながら涙をうかべて歩くことになりました。エンコメンデーロ[*16]が口にする食料はインディオが耕して作ったものです。インディオは香りを失った花のように倒れてゆきました。インディオの死体で鉱脈の穴が塞がれました。司祭は教会への寄付をくすねておのれの懐をあたため、騎士は、外出すれば、王旗をかがり火台にくべて燃やすか、副王[17]と聴訴官[18]の対立や総督[19]同士の嫉妬による争いに加担して、首をはねられました。騎乗の主人にはふたりのインディオとふたりの下男が付き添っていました。副王、総督、市会議員は本国によって任命され、市会[20]は、牛に焼き印を押す焼きごてで命令書に押印しました。市長は行状が悪い総督には町の出入りを禁じ、議員には議場に入る際に十字を切るよう命じ、通りで馬を走らせたインディオには鞭打ち二十五回の罰を科しました。子供たちは闘牛や盗賊の懸賞金のはり紙を見て文字を覚え、存在と概念を究める学校では「無用の長物」が教えられました。通りに人だかりができるのは、布告を触れまわる役人のあとを付いてゆくときか、どこかの女性と聴訴官の醜聞をひそひそ話すときでした。でなければ、ポルトガル人が火あぶりの刑に処されるのを見にゆくときでした。百本の槍とマスケット銃が先頭をゆき、そのあとを白い十字架を持ったドミニコ会士が、ついで、統治杖と剣を持ち、金糸で縁取りされた小マントを着た議員が続きました。何人かの男性が遺骨を納める長もちを担ぎ、両側に松明をしたがえて進んでゆきました。罪人の首には縄がかけられ、かぶっている頭巾に罪状が記されていました。強情にも罪を認めない罪人がかぶる三角の頭巾には悪魔の絵が描かれていました。そのあと、市のお歴々、司教、司祭団が続きました。教会の内陣には、玉座が二脚、大ろうそくのあかりに照らし出され、そのあいだに黒い祭壇が置かれていました。火あぶりの刑は教会の外で執行され、夜はダンスが催されました。誇りある騎士は、ただ名誉だけを誇りとも、よりどころにして、ふりかかる恥辱をはらそうとしました。そのたびに、今日はカラカスで、明日はキトで、つぎはソコーロでコムネーロとともに血まみれになって命を落とし、コチャバンバでは、流血の争いのすえ、自分たちで議員を選ぶ権利をかち取り、パラグアイでは、あのあっぱれなアルテアーガ[21]のことですが、処刑台のうえで、幸せに顔を輝かせ、おのれの信念を唱えながら絶命しました。また、ある騎士は、チンボラーソ山のふもとで息をひきとるとき、「すべての人種にむかって、誇りを忘れないように」と激励したのでした！　スペイン人兵士とのあいだに生まれた最初のクリオーリョ、すなわち、マリンチェの息子[*22]は反逆しました。フアン・デ・メナの娘は父親の死を悼んで着ていた喪服を脱ぎ、宝石をちりばめた晴れ着に着替えました。その日は、人類にとって誉れある日、アルテアーガが命を落とした日だったからです！突如、地球は動きを止め、耳をすまし、驚嘆し、畏敬のまなざしを向けています。いったい、なにが起こったのでしょうか？　トルケマーダ[*23]がかぶる血に染まった頭巾の下から血がぽたぽた垂れるなか、剣を手にして、救出された大陸が姿を見せたのです！　アメリカ大陸のすべての国民が、一斉に、自由になったのだ、と宣言しています。きらびやかな軍勢を率いるボリーバルの姿が見えます。火山は、轟音をあげ、あたり一帯を揺るがせ、ボリーバルにむかって歓呼を送り、紹介しています。アメリカ大陸よ、全員、乗馬せよ！　星という星はこうこうとまたたき、平原から平原へ、山から山へ、救国の軍勢の進む音が夜のしじまにこだましています。メキシコの司祭[*24]がインディオに話しかけながら進んでいます。ベネズエラのインディオは、口で槍をくわえ、身を隠すものがなにもない空の下、川を渡りました。チリのロト[*25]は、ペルーのチョロ[*26]と腕を組んで進みました。黒人は、解放された奴隷が使っていたフリジア帽をかぶり、唄を歌いながら水色の旗のあとに続きました。ガウチョ[*27]の軍団が、ポンチョと乗馬服姿で飾りを付けた槍をひるがえし、勝利めざして駆けてゆきました。プエンチェ族[*28]は、髪をさんばらにして、羽根の付いた槍を頭上にふりかざし、馬で駆けてゆきました。息をふきかえしたアラウコ族[*29]は、先端に色あでやかな羽根を付けた竹槍を持ち、馬に乗って全速力で駆けてゆきました。戦士の化粧をしたアラウコ族は、先端にぐとき、彼方の雪の上に、山の鶏冠であり革命の王冠であるサン・マルティン[*30]が、軍隊カッパに身をつつみ、アンデス越えを敢行する姿が見えます。アメリカ大陸は、どこへ行くのでしょうか？　だれが、ひとつにまとめて導いてゆくのでしょうか？　アメリカ大陸は、ひとつになって、ひとつの国として立ち上がるのです。ひとつになって戦うのです。ひとつになって勝利を勝ちとるのです！

なぜなら、わたしたちは、もろもろの毒素を、皆、有益な樹液に変えてしまったのです！　これほど多くの対立と不幸のなかから、これほど短時間のうちに、これほど寛大で堅固な国が創られたことはかつてないことです。わたしたちは掃きだめでしたが、坩堝になりはじめています。毒ヘビの上に国を建てたのです。アルバラードの槍を壊し、鉄道を敷いたのです。異端者を火あぶりに処した広場に図書館を建てたのです。その昔、異端審問所にかかわった役人の数と同じほど、多くの学校をもっています。わたしたちに出来なかったことがあるのは、それをするだけの時間がなかったからです。わたしたちの血のなかにある、祖先が残した不純物をとり除くのに時間がとられたからです。教会施設でありながら信仰に背くところがあった伝道村《ミシオン》では、いまは、むき出しになった壁だけが残り、フクロウが片目をのぞかせ、トカゲが憂鬱そうにはいずっています。凍りついたままの人種と廃虚となった修道院、野蛮人が乗り回した馬のあいだから新しいアメリカ大陸の人間が誕生し、世界の若者にむかって、アメリカ大陸の野にテントを張るよう、招いています。一群の使徒たちが勝利したのです。わたしたちは、自由な国として誕生したとき、書物を目の前に置いたため、居残ったスペイン人とびくつき怖じけづく先住民、それにアフリカ人と混血の民がひとつにこねあげられて出来た、多様で、ほかに類のないこの国を統治するには、統治が自然で実りゆたかなものであるためには、国づくりのために立ち上がったすべての要素を一つの塊として、自然のなかに書かれている最高の方法にしたがって掌握すべきであったにもかかわらず、それを怠ったのですが、それがどうしたというのでしょうか？　大学がある都市と封建的な地方の争いがあったとして、どうしたというのでしょうか？　軽薄な侯爵がメスティーソの職人にむかって敵意にみちた蔑みの言葉をかけたとして、どうしたというのでしょうか？　アントニオ・デ・ナリーニョ[*31]と聖イグチオ・デ・ロヨラ[*32]のあいだに陰湿で執拗な確執があったとして、どうしたというのでしょうか？　能力に恵まれ疲れを知らないわれらのアメリカは、なにもかもすべてを克服し、日一日、その軍旗をより高く掲げています。われらのアメリカは、わたしたちの自然が奏でる音楽と美によって創造され、わたしたちの心に豊かさを、わたしたちの理性に山頂の静けさと高貴さを与える調和にみちた芸術的である大地の力によって、自然がかもしだす秩序と偉大さによってわたしたちの国のはじまりを襲った無秩序と裏切りにみちた混血を癒してくれた積年の努力によって、そして、地方的でもなければ、特定の人種のためのものでも、党派的でもなく、その最盛期にわたしたちの共和国に渡来し、そののち、昇華し、篩《ふるい》にかけられたあと、人々の脳裏から消えてしまった人間味ゆたかで広がってゆく自由のおかげで、なにもかもすべて、日々、わたしたちのものにしています。自由は、誠実な努力と忠実な願い、誠実な友情を実らす準備がすっかり出来ているわたしたちの国以外に、これほどゆったりした居場所を見出すことは、おそらく、ないでしょう。願わくば、いつの日にか、その熱い炎でわたくしの唇に印をつけてほしいものです!

額にいばらの冠をつけ溶岩の言葉をもって生まれた、あの恨みにみち混乱したアメリカ大陸から、わたしたちは、勇気をふるい、なかばほどけた猿ぐつわをかまされながらも、英雄的であるとともに勤勉、開放的であるとともに用心しながら、一方でボリーバルと、他方でハーバート・スペンサー*33と腕を組み、今日のアメリカ大陸にたどり着いたのです。このアメリカ大陸は、つまらない猜疑心にかられることもなければ、浅はかにものを信じ込むこともなく、すべての人種を、なんのこだわりもなく、わが家に招いています。なぜなら、このアメリカ大陸は、ブエノスアイレスを防衛し*34、カリャオで抵抗戦を行なったアメリカであることを、セロ・デ・ラス・カンパナス*35を経験し、ヌエバ・トロヤのアメリカであることを知っているからです。このようなアメリカ大陸の未来を、オオカミの貪欲さも司祭の支配もない自由がみなぎる平和のなかに人間の欲望や憎悪を融かしてしまう未来を選びとらない人がいるでしょうか? このようなすばらしい未来を選ばず、結束をさらに強める代わりに、ばらばらになり、近隣であるためか、富への羨望からか、動物界が、天体が、そして、歴史が示す真理に背をむけ、奴隷になると申し出て、主人のあとに従い、お皿に大金を落としてくれるのを願いながら物乞いのくらしをするとでもいうのでしょうか? 永続するのは、自明のことですが、ただひとつ、自らの手でつくり出す富、自らの手で獲得する自由なのです!

このことを疑う人はわれらのアメリカを知らない人です。リバダービア[*36]は、つねに白ネクタイをしていたこの人物は、わたしたちの国はしっかり生きぬいてゆくだろうと言いました。事実、わたしたちの国はしっかり生きています。わたしたちが必死の努力をしたからです。われらのアメリカも、また、王宮も建て、抑圧されている世界から有益な余り物を集めています。森を手なずけ、森に書物と新聞を、街と鉄道を運んでいます。われらのアメリカは額に太陽をうけ、無人であった土地にはいくつもの都市が冠をつけて姿を見せています。国づくりを進めてゆく困難のなかで国を構成する諸要素がふたたび表面におどり出たとき、そのとき、国を統治し、国の安全を守るのは、自立したクリオーリョなのです。騎士の拍車を押さえ、鐙《あぶみ》を押さえて主人の足を入れ、主人が高く見えるようにと仕える鞭の跡を付けたインディオではありません。

それだけに、わたしたちは、この地で、われらのアメリカに誇りを感じて暮らしています。われらのアメリカのために奉仕し、われらのアメリカを称えるためです。わたしたちは、将来の奴隷としてでもなく、この国の発展ぶりにただ驚嘆して暮らしているわけではありません。われらのアメリカが、値打ちどおりに評価され、誉めてきた苦しみに見合うだけの尊敬を受けるよう、努めるための意思と能力をもって暮らしています。ですから、われらのアメリカを知らない人々が、まさに無知であるがゆえに、わたしたちに正面から戦争を仕掛けてくるとすれば、それは名誉なことです。なぜなら、わたしたちの国は、全精力を賭けて発展の歩みを速めてきたからであり、わたしたちの額にしるされている、戦争に加わったときの印を王冠としてためらうことなく見せることができるからです。この国は――たしかに、わたしたちは、わたしたちの息子たちの住処でない地から遠く距離を隔てて届く、わたしたちの同胞がくりひろげるたたかいに、また、わたしたちの同胞が抱く熱き思いにたいし、直接的に関わることも、日々気概をあらたにするにも欠けるとはいえ――その豊かさをもって、その魅力的な生活でもって、その臆病な心から、わたしたちの気力を萎えさせ、わたしたちのたたかう心と熱情を消しさろうと企んでいますが、それは、無駄です。忘れることなど無縁のところで、死の危険のないところで、わたしたちは、われらのアメリカを、光として、聖なるパンとして大切にしています。人を堕落させる富への欲望も、革新的な新しい思想も、わたしたちから、われらのアメリカを取り上げることはできないのです！　わたしたちは、わたしたちの心情を、ありのまま、今宵、お越しくださったすばらしい代表団の皆様方にお見せしようではありませんか！　わたしたちは、誇りと忠誠心をもって、われらのアメリカを大切にしています。この国のものにたしかに感嘆したとしても、この国のものを老眼鏡も近視用の眼鏡も使わず有用かつ誠実に研究したとしても、わたしたちのものにたいする、熱く、やすらぎとなる、神聖な愛が弱まるわけではありません。わたしたちは、さもしい根性に駆られ、平安のない心に善があるとすればですが、自然と人間性がわたしたちに命じることに背を向けることもありません。代表団の皆様、わたしたちはふたたび目にすることはないかもしれませんが、皆様方が、それぞれ、ご自分の浜にお戻りになった節は、どうか、わたしたちの心意気を嘉《よ》しとされ、わたしたちの主人であり、道しるべである、われらのアメリカにお伝えくださるようお願い申し上げます。「母なるアメリカよ、わたしたちは彼の地で兄弟を見つけました！　母なるアメリカよ、彼の地に、あなたの息子たちがいますよ！」と。

訳注

＊1——ラテンアメリカの独立運動の指導者のひとり、シモン・ボリーバルのこと。

＊2——合衆国第六代大統領エイブラハム・リンカーンのこと。

＊3——ラテンアメリカの独立運動のこと。

＊4——Benito Juárez, 1806-72. インディヘナ出身のメキシコ大統領（在任一八六三—六七）。

＊5――合衆国はイギリスから独立する際、ヨーロッパやラテンアメリカから義勇兵などの支援をうけたが、ラテンアメリカがスペインから独立する際は援助しなかったばかりか、独立後にラテンアメリカが開催したパナマ会議にも、モンロー宣言を理由にして参加しなかったことを指す。本書第5章所収「ワシントン国際会議」を参照。

＊6――Hernán Cortés, 1485-1547. スペインの征服者。一五二一年、アステカ王国を征服した。

＊7――Moctezuma II, 1466-1520. アステカ王国の王（在位一五〇二―二〇）。

＊8――コロンブスがその歴史的航海（一四九二―三年）でエスパニューラ島（現在、ドミニカ共和国とハイチ共和国がある島）に到着した当時、島内のハラグア地方を治めていた先住民部族の首長ベエチオの妹のこと。捕らえられ、スペインに移送される途中、非業の死をとげた兄に代わって領内を治めたが、乱入したスペイン人の手によって縛り首にあい命を落とした。

＊9――Nicolás de Ovando, 1451?-1511. 一五〇二年、総督としてエスパニョーラ島に渡り、島の統治にあたったが、国王フェルナンド（Fernando el Católico）に評価されず、更迭された（〇九）。

＊10――Cuautémoc（Guatimozin）, 1496/1502-1525. アステカ王国最期の王。モクテスマ二世の死を受けて王位につき、コルテスにたいし軍事反抗を企てたが捕らえられ、処刑された。

＊11――Pedro de Alvarado, 1485?-1541. スペインの征服者。コルテスの部下。一五二四年、グアテマラを征服した。

＊12――Gonzalo Jiménez de Quesada, 1509-79. スペインの征服者。ピサロの部下。チブチャ（コロンビア）を征服した。

＊13――Francisco Pizarro, 1475-1541. スペインの征服者。一五三三年、インカ帝国を征服した。

＊14――Atahualpa, 1502?-33. インカ帝国皇帝。一五三二年、アンデス山中のカハマルカの地でピサロと対面した直後、捕虜となり、翌年、異母兄ウアスカル殺害の罪で処刑された。

＊15――Inti Cusi Huallpa Huáscar, 1491?-1532. インカ皇帝。父ワイナカパックから北部のキト王国を授かった。父の死後、帝国の支配権をめぐって異母弟のアタワルパと争い、彼に殺害された。

＊16――エンコミエンダ（encomienda）の保有者のこと。コルテスやピサロに付いて征服に出かけたスペイン人たちは、征服が成功した場合、報賞として戦利品である金や銀の延べ棒の配分を受けたほか、征服地の先住民のキリスト教化が義務づけられる一方、その対価としてそれぞれに委託（エンコミエンダ）される一定数の先住民の労働力を運用する権利が授与された。

＊17――スペインは新大陸〈インディアス〉を統治するため、北のヌエバ・エスパーニャ（メキシコ）と南のペルー（リ

マ）にそれぞれ副王を配置した。後年、ヌエバ・グラナダ（ボゴタ、一七三九）、リオ・デ・ラ・プラータ（ブエノスアイレス、一七七七）にも副王が赴任した。副王には国王と同じ権能が付与された。

＊18――oidor(es). スペイン本国がラテンアメリカの各地に設置した地方統治機関アウディエンシア（司法行政院）の役人のこと。

＊19――gobemador(es). スペイン本国がラテンアメリカの各地に設置した行政単位としての総督領の長のこと。

＊20――cabildo. スペイン統治時代、都市のスペイン人住民が行なっていた議員制自治行政組織（市会）のこと。

＊21――テキストでは Arteaga となっているが、Antequera が正しい。単なる誤植か、マルティ自身の思い違いのいずれかである。本書第6章所収「シモン・ボリーバルを偲んで」訳注4を参照。

＊22――アステカ王国の征服者コルテスとマリンチェ（一五一九年、タバスコで土地の首長から恭順のしるしとしてコルテスに差し出された乙女のひとり。ドニャ・マリーナとも呼ばれる）のあいだに生まれた息子マルティンは、長じて二代目オアハカ盆地の侯爵として父親の跡を継いだが、一五二八年、反逆罪の容疑で逮捕され、本国に送還された。

＊23――Tomás de Torquemada, 1420-98. スペイン人ドミニコ会士。異端審問所総監。狂信的な異端取締官の代名詞となっている。

＊24――メキシコの独立運動を指導したイダルゴ司祭のこと。

＊25――先住民族にたいするベネズエラでの呼称。

＊26――先住民族にたいするペルーでの呼称。

＊27――アルゼンチンの大草原パンパで暮らす牛追いたちのこと。

＊28――チリの高地に暮らす先住民族のひとつ。

＊29――チリの先住民族のひとつ。

＊30――José de San Martín. ラテンアメリカの独立運動を指導した中心人物のひとり。その人物像と行動については、本書第6章所収「サン・マルティン」を参照。

＊31――Antonio de Nariño, 1765-1823. コロンビアの独立運動を指導したクリオーリョ。啓蒙主義者。

＊32――San Ignacio de Loyola, 1491-1556. イエズス会の創立者のひとり。同会初代代表。スペイン人。

＊33――Herbert Spencer, 1820-1903. イギリスの哲学者、社会学者。進化論を哲学、心理学、社会学に応用した。おもな著作に『社会静学』（一八五一）、『総合哲学体系』（六二―九三）などがある。

＊34――南アメリカへの進出をくわだてるイギリスは、一八〇六年、南アフリカのケープ植民地から艦隊をブエノスアイレスへ派遣した。同艦隊は同市への武力制圧に成功したが、それも一時的で、同年、クリオーリョ中心の抵抗軍に敗北した。翌年、イギリスは、同市を再征服するため、ふたたび艦隊を送り、モンテビデオを攻略したものの、ブエノスアイレスの制圧には失敗した。ブエノスアイレス市民は、スペイン本国に頼らず自分たちの力で外国勢力を撃退したことで自信を深め、スペインからの独立のあゆみを速めることになった。

＊35――メキシコは一八六七年六月十九日、ケレタロ市のカンパナスの丘で、ナポレオン三世の傀儡であるハプスブルク家のマクシミリアン大公を保守派の将軍二名とともに銃殺刑に処し、独立を回復した。

＊36――Bernardino Rivadavia, 1780-1845. ブエノスアイレス生まれのクリオーリョ。ヨーロッパの自由主義思想で独立後のアルゼンチンを指導した政治家のひとり。初代大統領（在任一八二六―二七）。

青木康征・訳

われらのアメリカ

迫りくる北方の巨人の脅威に出自と構成要素を共通にするラテンアメリカの国々は一丸となって備えよ、という緊迫した文ではじまるこの論文は、〈われらのアメリカ〉であるラテンアメリカと〈あとひとつのアメリカ〉である合衆国それぞれの本質を捉えた作品としてもっとも重要で、よく知られ、マルティの考えの神髄をあらわすものである。スペインから独立したラテンアメリカが進める国づくりの道は、ヨーロッパやアメリカ合衆国などを手本にした模倣・追従ではなく、自分たちの土地独自の諸要素を調和させた創造でなければならないと訴える。

虚栄にひたる村人にとっては自分の村が全世界である。それゆえ、自分が村長になるとか、自分から恋人を奪った男が痛い目にあうとか、さもなければ、金庫の中が増えれば、この世は万々歳で、七レグア[*1]の靴を履いた巨人が自分を踏みつぶそうとして迫っていることや、宇宙では、彗星と彗星が、眠ったまま、すべてを飲み込むような戦争をくりひろげていることなど、知る由もない。われらのアメリカに残るムラ的なものよ。目を覚ますのだ。ハンカチを敷いて眠っているときではない。フアン・デ・カステリャーノス[*2]が描く勇者のように、武器を枕にして眠るのだ。思想という武器に勝る武器はない。思想で固めた塹壕は石の塹壕より堅固なのだ。

思想の雲海を突き破る船など、どこにもない。世界を前にして時を得て燃えあがる強靱な思想には、最後の審判に登場する神秘の御旗のように、機甲師団をも押しとどめる力があるのだ。いまだ他人同士でいる国民よ。ともに闘う仲間としていますぐ知り合うのだ。欲の皮が張って土地の取り合いをしたり、粗末な家に暮らすわが身に我慢ならず、大きな屋敷に暮らす兄弟を妬んで争っているふたり。仲直りして、ふりあげた拳をひとつにするのだ。悪しき風習にしたがって決闘をおこない、自分に流れるのと同じ血で染まった剣を突きつけ、争いの原因とはおよそかけはなれた法外な土地をおのれのものにする者よ。国民から泥棒と言われたくなければ、奪った土地を返すのだ。高潔な人よ。踏みにじられたおのれの名誉を回復する際、食らった拳骨ひとつが幾らとばかり、金銭で解決するのはやめるのだ。われわれは、もはや、ただ空中にそよぎ、枝の先に花をつけ、気まぐれな太陽のもと、ざわめいてはきしみ、嵐がくればなぎ倒されるという、木の葉のような国民でいることは許されないのだ。木という木は横一列に並び、七レグアの靴を履いて迫ってくる巨人に立ち向かうのだ。点呼をとり、団結するのだ。アンデスの地底に眠る鉱脈のように、がっしり隊列を組んで進むのだ。

意気地なしとは、ただひとつ、勇気のない人間のことである。自分の国を信じない者は意気地なしである。こうした連中は、自分に勇気がないため、ほかの人にも勇気がないと思っている。きゃしゃで、爪を塗り、腕輪をはめたマドリードかパリ育ちの腕では大木に登ることはできない。そこで、こんな木はだれも登れやしないと、へらず口をたたく。自分たちを育ててきた祖国の屋台骨をむしばむこのような害ある虫は、船に乗せて送り還すことだ。生まれがパリならトルトーニ[*3]の店のシャーベットになるがいい。マドリードの生まれならプラド通り[*4]の街灯になるがいい。こうした輩は、大工の息子でありながら、父親が大工であるのを恥と思っているのだ！　われらのアメリカの生まれであれば、自分がインディオの前掛けをしていることから、自分を産んだ母親がインディオであることを恥と思い、なんという恩知らずであろう！　母親が病気になっても、なんとも思わず、放ったらかしにするのだ。男とは、どのような人間を指すのだろうか？　病気の母親の世話をし、病気が治るよう心を痛める人のことだろうか、それとも、母親を人目につかないところで働かせ、そのすねをかじり、腐った土地にしがみつき、安ネクタイをしめ、おのれの出自を呪い、紙の背広の背に〈裏切り者〉と書かれた紙をつけて町をぶらつく人のことだろうか？　インディオとともに生きぬく運命にある上昇中のわれらのアメリカにいるこのような連中！　自分たちと生を共にすべきインディオを血の海に沈める下降中の北アメリカの軍隊に銃を求めるこれら脱走者たち！　男として生まれながら、男らしい仕事をしようという気概のない、意気地のない男たち！　このような輩のために、この地を開拓したワシントンは、イギリス人が攻めてきたからといって、敵方に駆け込み、敵と一緒に暮らそうとしただろうか？　名誉というものを「信じない」このような連中が異国の地で名誉をはずかしめているそのさまは、フランス革命を信奉しない連中が、踊り、舌をなめながら、下手なrr《エレ》の発音をしているのと同じである！

人として誇りに思う祖国として、痛々しいわれらのアメリカの共和国に勝る国がほかにあるだろうか？　われらのアメリカは、寡黙なインディオのなかから、書物と燭台の壮絶な闘いのなかから、百名にのぼる使徒たちの血に染まった腕のうえに建設された。これほど多種多様な要素から、これほど短時間のあいだに、これほど堅固で発展した国ができたことはかつてないことである。自分には文才があるとか、弁が立つからと言って、国は自分の踏み台になるべきだと考える傲慢な人は、自分が名士としてペルシア馬を走らせ、シャンパン三昧の生活を送ることが出来ないのは新生国家の森のせいだと腹を立て、この国は役立たずでどうしようもないと罵倒する。役立たずなのは、おのれにふさわしいかたちと中身を模索する新生国家ではなく、ほかに類がないほど特異で独特の要素から成り立つ新生国家を、四世紀におよぶ合衆国の実証的自由主義によって、はたまた、十九世紀もの長きにわたるフランス王制につながる法体系によって統治しようと企てた人々である。ハミルトン[*5]ばりの布告をひとつ出せばリャネーロ[*6]の馬がおとなしくなるわけでもなければ、シェイエス[*7]ばりの題目をひとつ唱えればインディオの凝固した血が流れだすわけでもない。土地の本性に即して統治してこそ、善き統治ができるのだ。であれば、アメリカ大陸を統治する優れた治者とは、ドイツ人やフランス人がいかに統治されているかについて通暁している人ではなく、自分たちの国がどのような諸要素から成り立っているかを知り、これら諸要素をひとつに束ねたうえで、国民のひとりひとりがおのれを知り、おのれの能力を発揮し、国民の勤労の成果として豊かな実りをつける国、国民のだれしもがおのれの命をかけて守ろうとする国に自然が授けたまう恵みを国民のすべてが享受するというあの願わしい状態へ、土地に根ざした方法と制度を用いて導く術を心得ている人である。統治は国のなかから生まれるのである。国を統治する精神は土地の精神でなければならない。統治のかたちは土地独自の構成と合致しなければならない。統治とは、国を構成する諸要素の調和にほかならないのだ。

であればこそ、アメリカ大陸では、輸入書は土着の人間に敗れ、土着の人間は机上の識者に勝ち、土着のメスティーソは外来であるクリオーリョに勝ったのである。文明と野蛮の闘いではなく[*8]、借り物の知識と土地本来のものとの闘いなのである。土着の人間は、善人で、優れた知性を敬い、尊ぶ。しかし、優れた知性が、土着の人間が善人であるのを幸いにして彼らを貶め、蔑み、虐げるなら、こうしたことは土着の人間には許しがたいことであるため、優れた知性が彼らの心を踏みつけ害を与えると、すぐさま腕力をもって思い知らせる。アメリカ大陸の圧制者は、ないがしろにされていた土地の諸要素と手を組むことによって権力の座に就いたが、これらの要素を裏切ったとたん、権力の座からすべり落ちた。いずれの共和国も、圧制のなかから国を構成する真の諸要素が何であるかを知り、これらをひとつにまとめる統治のかたちを見つけるとともに、国を治める能力も身につけた。統治者とは、新生国家においては創造者である。

学問のある要素と学問のない要素から成り立つ新生国家では、学問のある要素が統治の術を会得しなければ、学問のない要素が腕力を用いて統治し、問題の解決にあたる。学問のない民衆は、怠惰なうえ、知的な事柄には不得手であるため、自分たちをうまく統治してほしいと願う。だが、託した統治に満足できないと、これを拒否し、自分たちで統治する。アメリカ大陸に統治術の根本、すなわち、国を構成する諸要素を解き明かす術を教える大学がないとすれば、大学からどうして統治者が輩出するというのだろうか？　若者はヤンキー製かフランス製のメガネをかけて社会に巣立ち、おのれの知識の及ばない民衆を治めることになる。統治術の根本について心得のない者は政治の世界に入るべきでない。コンクールの賞は、弁論の巧みさに与えられるのではなく、国を構成する諸要素にかんする優れた研究に贈られるべきである。新聞も、大学も、アカデミアも、国を構成する真の諸要素にかんする研究を奨励すべきである。これら諸要素を正しく知る必要がある。真実の解明をおろそかにしたまま作業にあたれば、最後は、未解明の真実に足をすくわれ、墓穴を掘ることになる。真実は未解明であるあいだも成長し、真実にもとづかない建物を倒すからである。問題の奥にある諸要素を知ったうえで解決にあたれば、これを知らずに解決にあたるより作業ははかどる。土地の人間は、怒りと腕力によって書物による積年の統治を倒した。国の求めに確《しか》と応える統治が行われなかったからである。知ることは解決することである。国を知り、確かな知識にもとづいて統治することが、国を圧制から守る唯一の方法である。ヨーロッパの大学はアメリカ大陸の大学に道を譲ることだ。アメリカ大陸の歴史、とりわけ、インカ時代以降の歴史を詳しく学ぶ必要がある。そのために、ギリシアの軍政官の歴史が省かれてもやむを得ない。われらのギリシアがわれらのものでないギリシアに優先するからだ。われわれにとってより必要だからである。自国の政治家が外国人政治家に取って代わることだ。われわれの国に世界を接ぎ木するのである。台木はわれわれの国でなければならない。敗残の似非学者は口をつぐむことだ。人として誇りに思う祖国として、痛々しいわれらのアメリカの共和国に勝る国がほかにあるだろうか？

ロザリオを足に巻き付け、白い頭と、インディオとクリオーリョの肌をした軀を持って、われわれは元気よく登場した。われわれは聖母マリアの御旗を掲げて自由の征服に乗り出した。メキシコではひとりの司祭[*9]と数人の軍人、それに、ひとりの女性がインディオの肩のうえに共和国を建てた。スペイン人の教会参事は僧服の陰でフランス製の自由を何人かの頼もしい学士に教え、教えをうけた彼らはスペインに反抗する中央アメリカの指揮をあるスペイン人将軍に委ねた。北ではベネズエラ人が、南ではアルゼンチン人[*10]が王党派の軍服の胸に太陽を付け、つぎつぎに国民を蜂起させた。二人の英雄が対峙し、大陸がまさに揺れようとしたとき、偉大であることではだれにもひけをとらない一方が轡《くつわ》をかえした。英雄的精神は、平和時になると、戦時ほど偉大でないため、さらに珍しいものになる。名誉の死をとげることは秩序立てて思索するよりも容易く、人々が熱く燃え、一丸となった感情をうけて統治することは、戦いが済んだあとの、尊大で、外国渡来の、でなければ野心的なさまざまな思想を統御するよりも容易い。それゆえ、戦いのあいだおとなしくしていた諸勢力は、ネコ特有の狡猾さをもって、また、現実のきびしさもあって、われらのメスティーソアメリカの粗野このうえない地方においても、裸足とパリ製の背広が共棲する都市においても、理性と自由を実践する有能な官史に支えられいつも国旗をかかげている建物を切りくずしていった。植民地時代の遺制は共和国の民主的な国づくりを妨げ、ネクタイ姿の都市は乗馬靴をはいた地方を玄関先に置き去りにした。書物にしたがって独立をなしとげた救済者たちは救世主の声から解き放たれ、土地の精神にしたがって勝利をおさめた革命は、土地の精神に背いた統治を、土地の精神をないがしろにした統治を行ってはならないということを理解しなかった。その結果、アメリカ大陸は、専制的で邪悪な植民者から受け継いだ、ばらばらで互いに敵意を抱く諸要素と、現実に根ざしていないために論理ある統治として結実しない輸入の思想や制度のあいだの乖離を無くそうとして、これまでも、そして、現在も苦しんでいる。人間として理性を働かす権利を否定した支配者によって三世紀ものあいだ分裂していたこの大陸は、自分たちの救出に協力した無知な人々に目を向けることも耳を傾けることもせず、理性による統治をおし進めた。だが、その理性は、すべての人のための、だれにもわかる理性ではなく、地方の人の理性をないがしろにした、一部の人のための、大学で講義される理性であった。独立で問われるのは、かたちがどのように変わったかということではなく、精神がどのように変わったかということである。

抑圧されていた人々と共同戦線を張り、抑圧者の利益と支配に真正面から斬り込んでゆく制度を確立すべきであった。ヒョウは、銃声にひるんでも、夜になると獲物に戻ってくる。死ぬときは、目から炎を出し、爪は宙をかく。近づいてくる足音は聞こえない。ビロードの爪をたてて近づくからだ。獲物が気づいたときは遅いのだ。植民地時代の遺制は共和国のなかに生き続けた。われらのアメリカは、首都が傲慢であったこと、さげすまれていた農民が勝利に盲目的に酔いしれたこと、自分たちに無縁な思想や制度を過度に輸入したこと、先住民にたいして横柄で尊大な態度をとったこと、など、いくつもの大きな過ちを犯した。しかし、植民地時代の遺制と対決し、払うべき犠牲は払うという必死の努力によって救われつつある。ヒョウは、木の後ろで、曲がり角で、身をかがめて待ちかまえている。だが、爪は宙をかき、目から炎を出して死ぬだろう。

アルゼンチン人のリバダービア[*11]が予告したように「これらの国は生きぬいてゆくだろう」。リバダービアは激動の時代に品位で対応するという過ちを犯した。山刀に絹の鞘は似合わず、槍で手に入れた国では槍を手放すわけにゆかないからだ。人々は、激怒して、イトゥルビーデ[*12]が開く会議の入口に立ち、「金髪の男を皇帝にせよ」と要求した。これらの国は生きぬいてゆくだろう。なぜなら、静謐な調和にみちた自然に感化され、光ある大陸では極端に走らず節度をわきまえる才覚が支配的になり、前世代がどっぷり漬かっていた手探りで理想の共同生活を追い求めた学習に代わってヨーロッパとおなじく事物を批判的に学習していることから、アメリカ大陸では、いまの時代、真の人したいまの時代、現実に根ざした人間が誕生しはじめているからである。アメリカ大陸では、いまの時代、現実に根ざした人間が誕生しはじめているからである。

われわれは、陸上選手の胸とやさ男の手をもち、子供の額をした妖怪であった。われわれは、イギリス製のズボン、パリ製のシャツ、北アメリカ製の上着、スペイン製の帽子を身につけた仮面であった。インディオは、無言で、われわれを遠巻きにして山へ向かい、山頂でわが子に洗礼を授けていた。黒人は、遠くから眺めるような存在で、夜、波と獣のあいだで、ひとり、だれにも知られず、心の音楽を唄っていた。創造者である農民は、怒りに燃え、自分たちをさげすむ都市とその住民に反逆した。われわれは、草履をはきバンダナをつけて誕生した国のなかの肩章であり盛服であった。もし、天才がいたなら、愛情ふかい心で、創造者として、力強く、バンダナと盛服の仲をとりもち、インディオを目覚めさせ、黒人に十分な居場所を用意し、自由を、これを求めて立ち上がり勝利した人々の体格に合わせたことだろう。われわれに残されたのは、聴訴官であり、将軍であり、法律屋であり、司祭であった。純粋無垢な若者は、意気に燃え、希望に満ちた計画を打ち出して実行したが、ことごとく挫折の憂き目にあった。土着民は、本能のおもむくまま、勝利に酔いしれ、黄金の杖を無視した。ヨーロッパ製の書物も、ヤンキー製の書物も、イスパノアメリカの謎を解く鍵を与えてくれなかった。憎しみがあらわになり、年を追うごとに国は衰退していった。無用な憎しみに燃え、書物は剣と、理性は燭台と、都市は地方と対立し、国がおおきく揺れることもあれば、都市階級が支配勢力として台頭し分裂することもあった。そして、疲れ果てたあと、それとは気づかぬまま、愛を知りはじめた。国民は、立ったまま、互いに挨拶をかわした。「自分たちは何者なのだろうか」と、互いに尋ね、互いの身上を話した。コヒマール[*13]でなにか問題が発生しても、答えを求めてダンチヒへ行く必要はなくなった。燕尾服はまだフランス製だが、思想はアメリカ大陸のものになりはじめている。アメリカ大陸の若者は、シャツを肘までたくしあげ、両手でパンをこね、汗という酵母でふくらませている。若者は、われわれは外国のものを模倣しすぎたことを、模倣から脱却する道は創造することだと知っている。創造すること、これが、いまの世代の通行証である。酒はバナナが原料だ。酸っぱくても、われわれの酒だ。統治のかたちは土地の要素に合致したものでなければならないということが、絶対的な観念は、かたちで失敗しないためには、相対的なかたちを採らねばならないということが、自由は、これが実現するには、真正で十全でなければならないということが、国は、すべての人に腕をひろげ、すべての人とともに前進しなければ滅ぶということを知っている。内なるヒョウは、隙があれば入ってくる。外のヒョウも、同じである。将軍は、進軍する際は、騎馬隊の速度を歩兵のそれに合わさなければならない。歩兵の進みが遅くて後方に遅れてしまうと、騎馬隊は敵に包囲されてしまうからである。統治とは戦略である。国民は互いに批判しながら生きるのだ。批判は健康のもとである。とはいえ、考えはひとつ、心もひとつでなければならない。虐げられた人々のところに降り、抱きあげ、すくい上げるのだ！　アメリカ大陸の凝固した血を心の炎で解凍するのだ！　先住民の血を掻きたて、揺さぶり、血管を走らせるのだ！　アメリカ大陸の新しい人間は、立ち上がり、働く者の元気な目で、国民として互いに挨拶を交わすのだ！　自然をじかに観察することから自前の政治家が現れる。書物を読むのは、応用するためであり、模倣するためではない。経済学者は問題をその根元から研究するのだ。弁士は口を控え、劇作家は土着の人間を舞台に登場させ、アカデミアは現実的な問題について論じ、詩はソリーリャ[*14]風の無駄な長髪を切り、真っ赤な胴着を大木にかけるのだ。華やかで高尚であった散文は思想を身につけはじめている。統治者たる者は、インディオの国では、インディオのことを学ぶのだ。

アメリカ大陸はさまざまな危険を乗り越えて今に至っている。いくつかの国ではタコがおおいかぶさって眠っている。ある国は、均衡の法則にしたがい、早足で海にざぶざぶ入り、失われた世紀を取り戻そうと必死になっている。ある国は、フアレス[*15]がラバの荷車で移動していたことを忘れ、風の車を用意し、風船玉を御者にしている。ある国では、自由を毒す華美が軽薄な人々を堕落させ、外国に扉を開けている。ある国では、独立が脅かされ、英雄的精神が高揚し、軍国的性格を強めている。ある国は、隣国とはげしい戦争を行うなか、自分自身を滅ぼしかねない軍隊を育てている。だが、このような危険とは別の危険に、われらのアメリカは、おそらく晒されている。その危険とは、われわれの内部から生じるのではなく、起源においても、方法においても、めざすものにおいても、アメリカ大陸を構成するふたつの要素のあいだに認められる違いから生じるものである。旺盛な企業精神をもち、われらのアメリカについて何も知らず、われらのアメリカを軽んじる強国が、近い将来、親密な関係を求めて近づいてくるだろう。独力で、銃と法にもとづいて国を作りあげたこの強国が愛すのは、強い国、それも強い国だけであれば、北のアメリカが野望へ向かって一気に走り出す日は、いまは、その国に流れている血のなかでもっとも良質な血が優勢を占めているため、もしかして遠のいているかもしれない。しかし、報復的で粗野な民衆と征服の伝統、それに、ある有能な指導者の思惑とがひとつになってそうなる日は、そうした事態をもっとも恐れる者の目にはまぢかに迫っている。このため、相手を刺激しないかたちでつねに毅然とした態度をとりながら、そのような事態に備える一方、そうならないようにするために、そして、北のアメリカが、国としての誇りから、全世界が注視するなか、自己顕示欲から子供じみた挑発を仕掛けず、われらのアメリカにあってはならない内輪もめにも動じないだけの自制心を身に付けるため、われわれとしてただちにすべきことは、われらのアメリカが何者であるかということを、われわれの考えと目的はひとつであるということを、われわれは窒息死してしまうような過去を短時間で克服したことを、われわれに付いている血痕は破滅とたたかう手から流れた建設のための血であり、われわれの支配者が血管をひっかいたときに流れた血であるということを分からせることである。われらのアメリカについてなにも知らない強大このうえない隣国が軽率な行動に出ることが、われわれの最大の危険なのである。この国が進出してくる日は近い。それだけに、この国がわれらのアメリカを軽くみることのないよう、われらのアメリカを分からせる必要がある。それも遅すぎないうちに、である。この国は、おそらく無知のゆえに、われらのアメリカに触手を伸ばしてくるだろう。だが、われらのアメリカについて知るべきことを知れば、そのときは、尊敬の念から考えを改めるだろう。人間のもつもっとも良いところを信じ、もっとも悪いところは考えないことだ。良いところを評価し、おもてに現れる悪いところを正すのだ。でなければ、悪がのさばる。国民は、各自、さらし首をつるす柱をもつのだ。一本は、無用の憎悪を煽《あお》る者のために。あと一本は、言うべきときに真実を語らない者のために、である。

人種間の憎悪というものは存在しない。人種というものが存在しないからである。軟弱な思想家、書斎にこもったままの思想家は書物をもとに人種を分類しては整理し直す。しかし、ものごとをありのままに見る旅人や心やさしき観察者は、自然界のどこを見回しても、人種間の憎悪を見出すことはなく、自然界で際立っているのは、人を愛する心とどろどろした欲望のあいだでゆれる人間としての普遍性である。体つきや肌の色はさまざまであろうと、鼓動する心臓は、ひとつで、同じである。人種間の対立や憎悪を助長し煽る人は、人類にたいする罪を犯すことになる。とはいえ、国が出来上がってゆくなかで、隣国同士であっても、考え方や習慣において、発展と所有のあり方において、虚栄や物欲のあり方において、それぞれ、独自の性向が形成されてゆく。そうした性向が、危険要因としてとどまっている状態から、国内に政治不安が起こるなどが原因となって蓄積されていたものが一気に噴出することがありうるとすれば、強国から息も絶え絶えの国と宣告された孤立状態にある小国には重大な脅威の種にならないわけがない。考えることは有用である。この大陸にある金髪の国のことを、われわれの言語を話さず、われわれが見るように家庭を見ず、その政治上の欠点はわれわれのものとは同じでなく異質で、黄色の人間と小麦色の人間を軽蔑し、繁栄しているとはいえその繁栄は確かでなく、歴史の恩恵に恵まれず英雄的な経緯を経て共和国への道をたどった国々を友愛の目で見ないからといって、その慇懃無礼さを生来のどうにもならない欠点と見なすべきではない。同じように、その国の問題となる事柄についても、その実情を包み隠さず明らかにする一方、将来の和合に向けてなすべき研究を進め、アメリカ大陸の心を、着実に、それも早急にひとつにすることが出来れば、解決することは可能である。いまや声をひとつにした歌声が響きわたり、いまの世代は、勤労にいそしむアメリカ大陸を背に負い、実直な親たちが施肥した道を進み、グラン・セミ[*16]は、ブラボ川からマゼラン海峡まで、コンドルの背に乗り、この大陸のロマンチックな国々に、海に浮かぶ悲しい島々に、新しいアメリカ大陸の種子を播いているのだ！

「レビスタ・イルストラーダ」、ニューヨーク、一八九一年一月一日
「エル・パルティード・リベラル」、メキシコ、一八九一年一月三十一日

訳注

＊1――一レグアは約五・五キロメートル。

＊2――Juan de Castellanos, 1522-1607. インディアス（アメリカ大陸）の年代記作者。一五三七年、ティエラ・フィルメ（ベネズエラの海岸地帯）に渡り、同地域の植民活動に加わった。のちに、宗門に入り、スペイン人の活動を記録した。作品に『インディアス名士讃歌』、『ヌエボ・レイノ・デ・グラナダ史』（一五六九－九二）がある。

＊3――イタリア人トルトーニが、一七九八年、パリで開いたアイスクリーム店の名前。

＊4――マドリードを代表する通りのひとつ。プラド美術館もその並びにある。

＊5――Alexander Hamilton, 1755?-1804. 合衆国の政治家。強力な中央政府の確立を主張し、合衆国憲法の制定に尽力した。また、ワシントン政権の財務長官として連邦政府の財政基盤を確立した。主な著作に『フェデラリスト』（一七八七－八八）がある。

＊6――ベネズエラの平原（ジャーノ）の住民のこと。

＊7――Emmanuel Joseph Sieyès, 1748-1836. フランスの政治家。聖職者。啓蒙思想の影響をうけ、旧体制下の身分制を批判した。その著『第三身分とは何か』（一七八九）はフランス革命への道をひらくうえでおおきな役割を果たした。革命後、政府の要職を歴任し、激動の時代を切り抜けていったが、ナポレオン没落後の王制復古期に亡命を余

儀なくされた。

＊8――アルゼンチンの政治家、大統領（在任一八六八―七四）、文筆家であるサルミエント（Domingo Faustino Sarmiento, 1811-88）は、自著『ファクンド―文明と野蛮』（一八四五）において、アルゼンチンが後進国であるのはスペイン時代の遺制やガウチョといった野蛮な人間が残存しているためであり、国を発展させるには、ヨーロッパから人、学問、技術などを積極的に取り入れ、文明化を進めるべきだと説いた。

＊9――メキシコの独立運動を指導したイダルゴ神父（Miguel Hidalgo y Costilla, 1753-1811）のこと。イダルゴ州ドローレス村の司祭。一八一〇年九月十六日、〈ドローレスの叫び〉をあげ、先住民とともにスペインからの独立運動を開始した。

＊10――ラテンアメリカの独立運動の指導者である北のシモン・ボリーバル（Simón Bolívar, 1783-1830）と南のサン・マルティン（José de San Martín, 1778-1850）のこと。ふたりは、一八二二年、エクアドルのグアヤキルで会談したあと、サン・マルティンはペルーの解放をボリーバルにゆだねて退去した。

＊11――Bernardino Rivadavia, 1780-1845. アルゼンチンの政治家。一八〇六年にブエノスアイレスに侵入したイギリス軍と戦った。その後もブエノスアイレスの独立運動を指導し、二六年、リオ・デ・ラ・プラタ諸州連合の初代大統領に就いた。しかし、翌二七年、中央集権派と連邦派の争いのなかで失脚した。

＊12――Agustín de Iturbide, 1783-1824. ヌエバ・エスパーニャ（メキシコ）副王軍の軍人。当初、イダルゴ神父が主導する独立運動に加担しなかったが、情勢の変化から、一八二〇年の〈イグアラ憲章〉を御旗にして独立運動を取り込み、メキシコの独立（二一年八月二十四日）に導いた。独立後、帝政を敷き、自ら皇帝アグスティン一世と名乗った。しかし、共和派によって国外に追放され、再入国したところを逮捕され、反逆者として銃殺刑に処せられた。

＊13――コヒマール（Cojímar）はキューバの地名で、メキシコ湾に面する漁港。ダンチヒはバルト海にのぞむポーランド最大の貿易港グダニスクのドイツ語名。一八八一年九月十日、ロシア皇帝アレクサンドル三世はダンチヒでドイツ皇帝ヴィルヘルム一世と会談し、ドイツ宰相ビスマルクが唱えるように、社会主義運動と対決するため、両帝国が協調することを約した。マルティはこの会談の模様を記事し、ニューヨーク発同月十六日付でカラカスの「ラ・オピニオン・ナシオナル」紙（掲載は同年十月五日）に送った。

＊14――José Zorrilla y Moral, 1817-93. ロマン主義を代表するスペインの劇作家。作品としては『ドン・フアン・テノーリオ』（一八四四）が特に有名。

＊15――Benito Juárez, 1806–72. メキシコの先住民出身の大統領。一八五四年のアユタラ革命によって革命評議会が樹立されたとき、司法長官として〈フアレス法〉（一八五五）を制定して軍人や教会の特権を廃止し、五八年には、革命を継続するため、自ら臨時政府を樹立した。〈レフォルマ法〉（五九）によって教会と国家の分離をはかったうえ、教会財産の国有化、法律婚制度や戸籍法の創設など、保守勢力と対決しながら国づくりを進めた。

＊16――Gran Semi. コロンブス前の時代からカリブ海諸島で信仰されていた土着神のひとつ。

青木康征・訳

アメリカ大陸通貨会議

一八九一年一月七日から同年四月八日まで、ワシントンでアメリカ大陸通貨会議が開かれた。本編は、この会議にウルグアイ政府代表として参加し、会議の報告書起草委員を務めたマルティが、会議が終了したのち、同会議の意義などについて述べたものである。このなかで、マルティは、合衆国が会議の冒頭、それまで提案してきたアメリカ大陸での貿易に共通銀貨を導入する案を取り下げるにいたった国内事情について解説したうえ、ラテンアメリカ諸国に触手を伸ばそうとする合衆国の脅威にたいし、一致協力して備えるよう、呼びかけた。この国際会議を主宰した合衆国国務長官ブレインの思惑をくじき、迫りくる合衆国の足音を遠ざけることは、〈われらのアメリカ〉の生きる道であり、独立をめざすキューバにとって不可欠の策なのである。

一八八八年五月二十四日、合衆国大統領*1は、アメリカ大陸の各国、および太平洋に浮かぶハワイ王国に向け、合衆国上下両院の名でワシントンで開催される国際会議の招請状を発送した。会議の議題はいくつかあるが、そのひとつが「アメリカ諸国間の貿易において関係各国に使用が義務づけられる共通銀貨の創設について」であった。

一八九〇年四月七日、合衆国も参加したワシントン国際会議は、国際通貨同盟の結成を勧告するとともに、その土台として、関係国のあいだで使用される重量と純度を同じくする一種類、もしくは数種類の国際通貨を鋳造すること、および、同通貨の種類、流通量、名目価格、ならびに、他の金属との関係について協議する通貨会議をワシントンで開催することを勧告した。

ワシントンで開かれたアメリカ大陸通貨会議において、合衆国代表団は「銀貨の自由鋳造法案にかんする合衆国下院の見解を見きわめるため」一ヵ月の休会を要請した。そして、休会明けの一八九一年三月二十三日、合衆国代表団は、会議の席上、アメリカ大陸の各国に流通が義務づけられる共通銀貨の創設は夢物語であり、世界の他の列強の同意が得られないかぎり実現は不可能であると言明し、通貨としては固定相場による金貨と銀貨の併用が望ましいと述べた。同代表団は、また、アメリカ大陸の各国、および同会議に参加したハワイ王国にたいし、ともに協力してヨーロッパの列強を世界通貨会議に招請するよう要請したのである。

この国際通貨会議から、アメリカ大陸にとって、どのような教訓が得られるのだろうか？　この通貨会議は、アメリカ大陸会議の合意にもとづき、一八八八年、合衆国の音頭によって共通銀貨の創設について協議するために開かれたにもかかわらず、合衆国は、一八九一年になって、共通銀貨の創設は夢物語だと表明したのである。

ものごとで大切なのは、姿かたちではなく、ものごとを動かす意図・目的である。意図・目的が重要であって、外見ではない。政治の世界では本心は見えない。政治とは、国を持続して発展させるため、国内のさまざまな、もしくは、対立する諸要素をひとつにまとめながら、他国の公然たる敵意やうさんくさい友情の押し売りから国を守る術のことである。ある国が誘いをかけてくれば、そこに隠されている意図を探る必要がある。どの国も自国の利益を損なうようなことはしないからだ。このことから導き出されることは、ある国がなにかを仕掛けるのは、それが自国の利益に合致するからだということである。双方に利益がなければ、手を組んではならない。でなければ、手を組んでも不仲に終わるからだ。いまなお国づくりの真っ只中にある未成年の国にとって、ありあまるほどの在庫品を解消する策のひとつとして、また、爆発寸前の状態にある勢力に出口をつけようとして誘いをかけてくる強大で攻撃的な国と手を組むには、危険がつきまとう。一国が進める政治的行動には、その国の性格、経済事情、政党の利害関係、政治指導者の思惑といった諸要素が絡みあっている。ある国から手を組もうと誘われたとき、無知で舞い上がってしまう政治家はただちに応じるだろう。理想に胸をふくらます青年政治家は事情を吟味しないで歓迎し、売国奴か精神異常の政治家はこれを恩恵として拝受し、身にあまる光栄とばかり感激するだろう。しかし、心の奥で祖国の苦悩を感じる政治家は用心を怠らず、先を見通すことのできる政治家であれば、誘いをかける国と誘いをかけられる国、それぞれの性格がどのような要素から成り立っているか、これまでの生い立ちと習性が共通していることから手を組むよう前もって運命づけられているかどうか、調査し、確かめるだろう。また、誘いをかける国の内部にある獰猛な諸要素が、目論みどおりの同盟が結ばれたとき、誘われた国に危険をもたらすかたちで勢力を増すおそれがあるかどうか、これが不明なら、誘いをかけてきた時点において、誘いをかける国の政治勢力が、政党の利害関係が、また、国民の利害関係がどのような状況になっているのか、調査するだろう。こうしたことを調査しないで決断する政治家や、こうしたことをなにも知らずに手を組もうとはやる政治家は、あるいは、甘い言葉とまばゆいばかりの外観に魅せられて手を組むよう勧告する政治家や、井の中の蛙の浅はかさから手を組むよう主張する政治家はアメリカ大陸を不幸にするだろう。この国際通貨会議は、どのような経緯で提唱され、開催されることになったのだろうか？　合衆国の対外政策は、内政のひとつ、すなわち、政党の野望を実現させるための道具のひとつにすぎないのだろうか、そうではないのだろうか？　なにかの教訓を合衆国はイスパノアメリカに与えたのだろうか、それとも、与えなかったのだろうか？　そうした教訓を、イスパノアメリカは聞き流すべきだろうか、それとも、活用すべきなのだろうか？

いずれの国も、国を構成する諸要素に見合って成長し、他国に働きかける。他国と手を組んだときも、自国で優勢を占める要素に見合って行動する。これは自明の理である。空腹を訴える馬の前に、平原が、牧草がすくすく育つかぐわしい平原が姿を見せれば、馬は、牧草に身を投げ、頭の奥まで潜らせる。邪魔立てする者がいれば、激怒し、嚙みつくだろう。

二羽のコンドルなり二頭のヒツジが手を組むときの危険は、一羽のコンドルと一頭のヒツジが手を組むときよりも少ない。幼いコンドルたちは雛としてじゃれ合ったり喧嘩ごっこして遊ぶものの、大人のコンドルが獲物を横取りしようとすれば、獲物を守ることができないばかりか、そうはさせじとばかり一緒に駆けつけることもないだろう。先を見通すことは、国づくりを進め、国を統治するうえで絶対に必要である。統治するとは、先を見通すことにほかならない。ある国と手を組む前に、どのような害なり、利益が、その国を構成する諸要素から自然とやって来るか、見きわめる必要がある。

相手となる国が外から見るほど偉大であるかどうか、また、一刻も早く手を組もうとはやる国、あるいは、先方の国情を調べようとしない国を魅惑してしまう先方の偉大さとは、その国のもつ高尚な性質を損ない、その国を賛美する国の安全を脅かす性質のおかげで築かれたのではないかどうか、確かめる必要がある。それだけでなく、その国の偉大さが、かりに、本物で、しっかり根を張ったもので、永続的で、正義にのっとり、有用で、紳士的であるとしても、その偉大さは、相手となる国とは異なった環境のもと、異なったかたちで生きている自分たちが自分たちの方法によって、すなわち、唯一、実現可能な方法によって達成できるものとは別種類のもので、自分たちとは別の方法によって得られたものであるかも知れないからである。手を組んでともに生きてゆくには、考えや習慣が共通していなければならない。国と国とが手を組んで暮らしてゆくには、生きる目的が共通しているだけでは不十分である。生き方も、共通していなければならない。でなければ、めざす目的の違いから憎みあうことになるように、方法の違いがもとで、争い、さげすみ、憎みあうことになるからである。方法が共通でない国と国は、たとえ同じ目的を共有しようと、共通の目的を共通の方法で実現させるわけにゆかないため、手を組むことはできないのである。

合衆国の実情に目を向け観察している人は、自分に正直であろうとすれば、つぎのように言わざるをえない。これを否定する人とは、合衆国の実情に目を向けることも観察もしない人であるか、私的な利益のために目を開けようとも、観察しようともしない人だけである。そのこととは、すなわち、合衆国では、今日、貴族の二、三男であれ、ピューリタンのブルジョアであれ、かつての反骨精神に満ちた移住者がもっていた、しょせん利己的で征服的であるとはいえ、それでも人間味ある剛毅な要素に代わって、先住民族を絶滅させ、別のある人種を奴隷にして搾取し、近隣諸国を屈従させ、領土を奪い取った要素が、おとなしくなるどころか、政治上も宗教上も専制的な政治のもと、ヨーロッパから爆発的に送り出される大量の移住者の流入とあいまって勢力を増しているということである。これらヨーロッパからの移住者に唯一共通するのは、自分たちに浴びせられた収奪の仕組みをほかのだれかにぶつけようという積りつもった欲望である。この人々は、必要性がすべてに勝る権利だと信じている。このようなめちゃめちゃな権利の信奉者なのである。「これは、われわれのものである。なぜなら、われわれに必要だからだ」と。この人々は「ラテン人よりもアングロサクソン人のほうが」圧倒的に優れていると信じている。この人々は、かつて奴隷として扱い、いまは侮辱している黒人や、絶滅に追いやっているインディアンを下等な人間だと信じている。この人々は、イスパノアメリカの国は、主に、インディオと黒人で出来ていると信じている。合衆国がイスパノアメリカのことを知らず、われわれに敬意を示さない現状において――この人々は、われわれを構成している要素や資源について、間断なく、早急に、さまざまなかたちで、工夫をこらして説明するなどすれば、われわれをもっと尊敬するようになるだろう――合衆国は、イスパノアメリカにたいし、誠実で、われわれにとって有用な同盟を結ぼうという誘いかけをするだろうか？　合衆国との政治的・経済的同盟は、イスパノアメリカにとって好ましいものなのだろうか？

経済的結びつきを口にする人は、政治的結びつきを口にしている。買い手国は命令し、売り手国は仕える。自由を守るには、貿易を均衡させることである。国を滅ぼしたければ、ただひとつの国にものを売ればよい。国を滅ぼしたくなければ、ひとつの国以外の国にも売ることである。自国の貿易にたいする他国の影響力は、それが過大になれば、政治的影響力に変貌する。政治は人間のすることである。人間は、おのれの感情を利害関係に合わせもすれば、利害関係のために感情の一部を犠牲にすることもする。ある強国が他国を援助するのは、その国を支配下に置くためである。ある強国が他国に戦争を仕掛けようとするとき、その強国を必要とする国々にたいし、自分と同盟を結び、仕えるよう強要する。ある国が他国を支配しようとするとき、まずすることは、その国をほかの国から切り離すことである。国として自由でありたいと願うなら、貿易において自由でなければならない。貿易先を同じようないくつもの強国にふり分けることである。いずれかの国を選ばなければならないときは、自分たちを必要とする度合いがもっとも少ない国を、自分たちに威圧的な態度をとる度合いがもっとも少ない国を選ぶことである。ヨーロッパに対抗してアメリカ大陸が結束するのでもなければ、アメリカ大陸のある国に対抗してヨーロッパと手を組むのでもない。アメリカ大陸でともに暮らしているという地理的事情があるからといって、どこかの大統領候補や学者が考えるように、政治の面でも手を組まなければならないというわけではない。貿易は、海と陸を越え、相手国が王制であろうと共和制であろうと、交換するものを持っている国についてゆく。手を組むのは世界とであって、世界の一部とでもなければ、世界の一部に背をむけて別の一部と手を組むのでもない。アメリカ大陸の諸国にたいし家族の一員としてすべきことがあるとすれば、共和国の明日の利益を損なうかたちである国に追従することではない。

同じく、貿易の道具である通貨について言えば、分別ある国であれば、これまで一度も自分たちに援助したことがないか、他国との競争上やむなく援助する国への気兼ねがあろうと、自分たちが必要とする資金を融資し、自分たちの信念を理解し、苦しいときは返済の猶予に応じ、危機を克服する方策を提供し、横柄でなく、対等に接し、自分たちの産品を購入する国を切り捨てることなどできるはずがない。世界じゅう、どこでも、通貨が共通であるに越したことはない。通貨はひとつになるだろう。通貨が異なるといった原始的状況は、原始的人間がいなくなった暁に消滅するだろう。大地を植民し、貿易においても、政治においても、対等で、気持ちよい友好関係を築くことである。共通通貨制度はめざすべき方向である。そのための道をつけるものは、なんであれ、実行すべきである。そのために必要不可欠な金属を法律で定めるべきである。金と銀の固定相場を定めるべきである。人と人を近づけ、人々の暮らしをより健康で豊かにするものは、なんであれ、望ましく、その実現にむかって努力すべきである。国と国を近づけるものは、なんであれ、実行すべきである。だが、国と国を近づけるその方法とは、たがいに反目させることでもなければ、アメリカ大陸の大多数の国を誕生させ、その商品を購入し、扶養する国々を向こうにまわし、この大陸を武装させて世界平和をめざすことでもなければ、ヨーロッパに債務があるアメリカ大陸の国々を招集し、これらの国をいちども支援したことのない国と組んでなにかしらの通貨制度を創設することでもない。いま話題の通貨制度のねらいは、アメリカ大陸の諸国を信頼する債権者であるヨーロッパにたいし、ヨーロッパが拒否すると分かっている通貨を受け入れるよう強要することにある。

アメリカ大陸通貨会議でのマルティ

貿易で使用される通貨は、貿易にかかわる各国が受け入れるものでなければならない。通貨にかんする変更は、すべて、少なくとも、貿易量がもっとも多い国の同意を得たうえでなされるべきである。売り手国は、大口の買い手であり信用の供与者である国を怒らせてはならない。同じように、自分たちの商品をほとんど購入しないか、購入することをあたまから拒否し、信用も供与しない国にへつらうようなこともしてはならない。また、資金に事欠く国は、自分たちに信用を供与する国の感情を損なったり、警戒心をいだかせるようなこともしてはならない。貿易関係がほとんどない国、でなければ、通貨を口実にして貿易関係を停止する国のために、貿易量の多い国を混乱させる恐れのある通貨を無理矢理導入するようなこともしてはならない。銀貨を国際通貨として承認し、その価値を固定させるうえで最大の障碍になっているのが、合衆国では銀が野放図に生産されるのでないかという懸念であり、合衆国は国内法に則り銀貨の名目価格を自由に決めるのではないかという懸念であるとすれば、このような懸念を増幅させるものは、すべて、銀の値打を損なうものである。銀の将来は銀生産者の良識に委ねられている。銀貨の使用を強制することは銀貨を切り下げることになる。イスパノアメリカの銀は、世界の銀市況に見合って、上昇することもあれば下落もする。イスパノアメリカ諸国は自分たちの商品の全量を、独占的とまではいわないものの、主としてヨーロッパに売り、ヨーロッパから借款や信用を受けていることから、われわれが、ヨーロッパの通貨制度を混乱させようとする制度に与《くみ》し、ヨーロッパが受け入れるのを拒否するか、受け入れたとしても、切り下げられるのが明らかな通貨を軸にした制度に加わることにどのような利益があるというのだろうか？　銀貨を国際通貨に格上げし、金貨との交換率を固定するうえで最大の障碍になっているのが、合衆国で銀が野放図に生産されるのではないかという懸念であり、銀貨に付けられる名目価格にたいする疑念であるとすれば、合衆国産の銀により大なる支配と流通を約束する通貨を創設することによって、銀を生産するイスパノアメリカ諸国に、そして、合衆国自身に、どのような利益がもたらされるというのだろうか？

ところで、パンアメリカン会議は、今回は見るべきものを見たものの、アメリカ大陸の国々の将来を縛るようなことは回避すべきであったが、そこまではできなかった。今回の通貨会議に盛られた議題についても、この会議が開催されるにいたる政治的経緯や合衆国の国内事情——過度の保護貿易政策による生産過剰、共和党を支持する保護貿易主義者を満足させなければならない党の事情、策士であるひとりの政治家による、ある帝国理念に国策の色づけをほどこす大統領候補としての腕前披露とばかり、市場を求める製造業者の利益と合衆国の血の中に一貫してながれるほぼ完熟状態の征服欲を同時に満足させるという策略——をふまえたうえで採択すべきであった。パンアメリカン会議は、する必要のない譲歩をするという浅はかな考えがもともとあったためか、決断する勇気がなかったためか、それとも、根回しに明け暮れ、時間が足りなくなって決断できなかったか、決断するのに間に合わなかったためか、国際通貨同盟なるものの結成、一種類もしくは数種類の国際通貨の創設、および、それなる国際通貨の種類や規約を定めるための会議の開催を勧告した。アメリカ大陸の国々は、この勧告をすなおに受け入れた。アメリカ大陸の大半の国の代表がワシントンに集まった。メキシコ、ニカラグア、ブラジル、ペルー、チリ、アルゼンチンはワシントン駐在の大使を代表に任命した。アルゼンチン大使は代表を辞退したため、別の人物が代表になった。そのほかの国は特別代表を派遣した。パラグアイは代表を送らなかった。中央アメリカからは、ニカラグアとホンジュラスだけが代表を送った。ホンジュラスの代表は、合衆国の提督だった人物の子息で、スペイン語ができなかった。会議の議長には全会一致でメキシコ大使が選出された。定例会が開かれ、事前折衝がおこなわれ、規約が起草された。会議が進むうちに共通の認識となり、議論をやりとりするなかではっきりしたのは、通貨うんぬんよりも、この会議そのものが合意に達しそうにないという懸念、というより確信であった。ある代表は「現実の貿易」について話した。別の代表は、早手回しで「実現不可能な例の案」に反対すると表明した。合衆国代表は

「銀貨の自由鋳造法案にかんする合衆国下院の見解を見きわめるため」長期の休会を要請した。そして、合衆国代表によるこの異例の要請を、儀礼上、妥当と思われる期間に短縮することができたとき、ある代表は、「この休会措置は、会議の主催国として準備を十全にするためのものであり、会議として採択する事柄は合衆国下院の見解にいささかも影響されるものでないことを了解したうえのもの」であると念を押したのだった。

休会期間が明け、合衆国下院が銀貨の自由鋳造法案について採決することなく散会したあと、各国代表団はふたたび会議のテーブルについた。おそらく、代表団の何人かは、合衆国の有力筋から忌憚のない意見を耳にしていたことであろう。その内容とは、推測するに、政府内の友人と見なす大多数の人はこの通貨会議を快く思っていないこと、合衆国政府は、政府内の少数派が、政府に言わせれば、下手な小細工を労して大陸膨張政策を進めようとしていることに不快感を覚えていること、このあぶなっかしい大陸膨張政策を動かしているのは、政府内の少数派どころか、たったひとりの人物であること、意味のないこの会議は、目的のためには手段を選ばず、針小なものを棒大なものに見せる腕前をもつ、ひとりの大統領候補の政治ショーとして利用されないために、閉会すべきであること、共通銀貨の話をちょっとしただけで共和党執行部をおさえている金擁護派の神経を逆なでして憤激させること、イスパノアメリカの国々は、そのお人好しさから、でなければ、自国の発展を誤った方法で性急に求めるあまり、心地よい言葉と巧みな策略を駆使して提示される魅惑的な政策を受け入れる人々の思いとは別の意図から誘いをかける人間が仕組む同盟関係に入ることがいかに危険であるか、自分の目で見れば、目が開いていればであるが、間違いなく気づくだろうということであった。共通銀貨を創設するために合衆国が招集した会議の席で、合衆国代表団のひとりが立ち上がり、国際通貨を創設する案は「夢物語」であり、一種類、もしくは数種の共通銀貨を鋳造するのは時期尚早であると発言したうえ、すべての国が承認する換算率による金と銀の二重平価制度を創設することが共通通貨の創設を促す道であり、会議に代表を送り込んだ各国は、互いに協力して、自国の政府を通じて、金貨と銀貨をセットにした均衡ある通貨制度を創設するための国際会議を開催するという勧告案を提出した。「あとひとつの世界が」――その代表は言った――「海のむこうに位置する大きな世界が銀貨と金貨を同列にすることはできないと言っている。このことが、銀貨を国際通貨にするうえでいかんともしがたい大きな障碍として、現在、立ちはだかっている」と。合衆国は、なにも知らないアメリカ大陸の諸国にたいし、合衆国の提案にあまりにも素直に同意していたなら冒すことになったであろう危険を教えているのである！

会議は、五カ国、すなわち、チリ、アルゼンチン、ブラジル、コロンビア、ウルグアイに合衆国案の検討を付託した。委員会は、全会一致で、合衆国の提案を採択するよう勧告した。すなわち、「会議は、合衆国の代表自らも認め、会議として、いずれ、認めることになる事実を認めることに異論はなく」「会議は、ごく自然な理として、世界のすべての国にたいし、それぞれの国がおこなう貿易において使用される通貨の素材と品位にかんする提案は、すべての国の合意に委ねられるべきとの原則を尊重し」「自然法にもとづく利益、ならびに、人間としての責務と利益を侵害し、直接的であれ、間接的であれ、世界のすべての国との自由な貿易を禁止するのは愚行であり、共和国に求められる寛容と偉大さに似つかわしくない」と。しかし、会議は、合衆国の意向とは異なり、「十分な理由もなく招請したとして、また、招請状にはわからないよう巧みに隠しておこうとも、先方にその気があれば、自分の方から間違いなく提案するであろう解決策へ性急に向かわせようとする意図を見抜かせ、結果として、あらぬ疑念をいだかせる危険を冒しかねず、また、これにこだわり、ヨーロッパの列強の感情を刺激するとか誇りを傷つけることになれば、通貨問題に新たな局面は開かれず、新たな情報ももたらされないため」世界の列強を新たな国際会議に招請しようと提案しなかった。「銀は金に近づいてゆくべきであり」「銀が節度を欠いて生産されれば、銀は金から遠ざかることになり」「銀は消滅してはならず、また、消滅させてはならず」「共通通貨の創設をめざすべきではあるが、世界のすべての国が信頼してこころから同意することによって、はじめて、永続的な基盤をもつわけであり、怨みを助長し、報復を誘発するような乱暴な手法を経済に持ちこむかたちでおこなわれるべきではなく」「会議として、列強にたいし、新たな国際通貨会議に招請すべきとは勧告しない」ことに決した。そして、通貨をめぐる細目を検討するなかで、通貨会議は、イスパノアメリカの国々がこれらの細目をどのような精神で理解すべきであるか、各国それぞれの個々独立した生活にかかわるもろもろの事柄についてつぎのように統括した。

「この会議のために各国が当地に参集したのは、海のものとも山のものともわからない新奇なものに浅はかに魅せられたためでもなければ、この会議が招集されるにいたる経緯を知らないためでもなく、おのれの進む道を知り、その道を自信をもって進んでゆく国にはわけないこととして、人と人のあいだにおいても、国と国のあいだにおいても、愉しく、有用であるおつき合いを実行するためであり、善意をもって提案されたと思うものには、いつでも、快く応じる用意があることを、人類の平和に貢献するものには、すべて、合衆国とも、世界のどの国とも気持ちよく協力する意志があることを示すためであり」「国と国のあいだでは、自然や現実から遊離した不要な合意は性急に求めるべきでも、取り決めるべきでもなく」「アメリカ大陸の国としてなすべきことは、敵愾心や不和に与して世界を揺るがすことでも、共和国を腐敗と死へ導く帝国制度を新たな方法や名称でもって復活させることでもなく、独立が危うかった時期にわれわれのために兵を送り、国づくりで混乱した時期にはわれわれのために金庫を開け放しにしてくれた国々と平和で誠実な関係を保つことであり」「各国は、言葉の障壁や海洋の隔たりを越え、友情をもって可能なかぎり頻繁に会合し、王朝や帝国といった永久に滅びさった制度に代わる、世界の発展のための制度を築いてゆくべきであり」「各国は、実りゆたかな真の自由のため、すべての国に門戸を開けておかねばならない。各国は、それぞれ独自の出自と独自の要素にしたがって国をのびのびと発展させてゆくため、手は、つねに、動かせる状態にしておかねばならない」と。

主人が席を立てば、客はいつまでも席にとどまるべきでない。客として遠路はるばる足を運んだのは、食欲のためというより、礼儀を重んじたからである。主人が戸口に立ち、食事はないと言えば、客は、主人を押しのけて力ずくで屋敷のなかに入ろうとしたり、食堂に通せと声を荒げてはならない。客は礼儀を重んじて来たのであって、隷属しているから来たわけでも、用件があって来たわけでもないと大声で告げなければならない。陳情のために来たわけではないからであり、人形使いが左に右に自由自在に操る人形と同一視されないためである。そして、立ち去るのである。そのさいの歩き方にもかたちがある。背筋をぴんと伸ばして歩くのである。こうすることによって体が大きくなる。イスパノアメリカのある代表は――通貨会議の使命はただ「勧告されていることを決議する」だけであると理解し――いかなる勧告決議も、それを実行するには、先立つ討議と合意が必要であることを知らず、どこから出たかは不明であるが、代表団のあいだに流れていたある見解、すなわち、通貨会議の任務は、会議の音頭をとった合衆国が考えたように、国際通貨の創設が可能かどうか、国際通貨を創設すべきかどうかを検討するのではなく、合衆国自身が現時点で不可能と認めている国際通貨を、それもいま、創設することであると発言した。その代表は、ラテン通貨連合の通貨を土台にした〈コロンブス〉と名づけたアメリカ大陸の通貨にかんする詳細な計画と、別に、「ワシントンに設置する」監視委員会にかんする提案をおこなった。

合衆国の説明によれば、国際通貨の創設を妨げているのは、銀貨の自由鋳造法案に合衆国下院が難色を示しているからではなく、海の向こうの強大な世界が金貨と固定相場をもつ銀貨を受け入れることに反対しているためであった。しかし、あるイスパノアメリカの国の代表はつぎのような質問をした。「新しく招集される下院での審議において、年内にも銀貨の自由鋳造法案が採決されることが考えられるため、会議を、たとえば一八九二年一月一日まで、つまり、本件にかんする合衆国政府の決定が出るまで、休会にするのがよいのではないか」と。そして、別の代表が、客としての誇りから、合衆国の提案を、世界通貨会議うんぬんは別にして、すなおに受け入れることを求めたとき、スペイン語ができない、別のイスパノアメリカの国の代表が発言し、会議を休会にする動議を提出し、採択するよう求めた。合衆国の音頭で開かれたこの会議を、合衆国自身の明確な意向に反してまで続けようとする利害関係とは、イスパノアメリカの各国代表にはその気がないことから、どこから出てくるのだろうか？　イスパノアメリカの国が大多数を占める会議で、どこの国が、合衆国の提案に反対するようにと、お先棒をかつぐだろうか？　アメリカ大陸に共通通貨を創設するアイデアが、これを実現させるために合衆国自身の手で招集された国際会議において実現不可能と宣告されて損をするのは、合衆国がもくろむ大陸膨張政策の旗ふりをする国以外に、どの国が、あるというのだろうか？　参加国の大多数がイスパノアメリカの国である通貨会議で、イスパノアメリカの代表たちが、ほぼ一様に、実現は不可能だとはっきり表明した計画について協議するために集まった会議を閉会することに異議を唱える利害関係とは、どこから、それも、臆面もなく出てきたのだろうか？　それは自国の利益のためでないとすれば、どのような利益関係が、代表団のなかに忍び込み、そのあふれんばかりの善意を取り込み、おのれの利益のために使ったのだろうか？　それとも、政治の内情にくわしい人々が話すように、合衆国のとある政治グループが、でなければ、ひとりの執拗で大胆な政治家が、目に見えないバネと個人的影響力を駆使して、明確な合衆国の意思に反してこの国際会議を開いたとでもいうのだろうか？　イスパノアメリカの諸国が一堂に会したのは、自国の利益なり国際間の均衡に配慮して、危険から逃れるようにと扉を開ける人々の忠告を無視して、わけのわからない同盟、危険な同盟、ありえない同盟に押しやろうとするある政治家の利益に奉仕するためだったのだろうか？

会議は、熟考し、危惧し、迅速に行動した。もう少しのところでしてはならないことをするところだった。自分たちのものでない政策に翻弄されるがまま会議を続けるところだった。イスパノアメリカの多くの国と合衆国の関係が複雑で微妙であるだけに、合衆国大統領の座をねらうひとりの強引な政治家の策略のまえにイスパノアメリカの尊敬と安全を無用の危険に晒すところだった。

相手の言うがままになるのは、弱いという評判ができ、強大で破壊力のある国から国を守るうえで最良の方法とはいえないだろう。頭を使うのである。頭を使って、弱いという評判を認めず、危険を冒すことなく強くふるまうことである。その危険についてであるが、もっとも危険が少ないのは、ときを選び、細心の注意をはらったうえで、このときとばかり強い自分を見せることである。とぐろを巻くヘビの上に国を興す人など、いるだろうか？ ところで、この会議に参加した国々は一戦交えることになったかどうか、あるいは、いまだ国づくりを終えていない国が、発展を夢みるあまり、でなければ、とほうもない妄想にとりつかれたためか、奴隷根性からか、自分たちの要素に見合って自分たちの要素から生まれた方法によって成長すべきであるにもかかわらず、自分たちのものでない他国のもので、自分たちとは異質で敵対する要素から生まれた方法や文物を浅はかにも求めることにしたかどうか、あるいは、合衆国と地理的に近接する国々は、当然の警戒心から、ほかの国々にもまして、まさに合衆国に近接しているからこそ、自分たちの利害にかかわる問題は議論すべきでないと考えたかどうか、あるいは、各国は、それぞれ事情があることから理解できる手堅さを選んだために、あるいは、恐怖からか、でなければ、いたしかたないお家の事情からか、イスパノアメリカの独立と創造のために結束すべき以上に合衆国のために気遣いしたかどうか、通貨会議の場では確認されなかった。なぜなら、そのまえに会議は閉会になったからである。

「ラ・レビスタ・イルストラーダ」、ニューヨーク、一八九一年五月号

訳注

＊1――Stephen Grover Cleveland, 1837-1908. 合衆国第二十二代、および第二十四代大統領（在任一八八五－八九、九三－九七）。

青木康征・訳

原始時代のアメリカ大陸の人間と芸術

原始時代、人類は、生存のためのたたかいをつづけながら移動生活から定住生活へ移行し、つれて洞窟壁画や美術装飾、彫刻などの知的活動を発達させていった。マルティは、こうした人類の発展は、さまざまな要因による地域差や時間差はあるものの、人類にひとしく内在する力の発露であり、人は皆、基本的には、人類共通の歴史をおのれの中に保持していると理解する。そして、豊穣な可能性に満ちたアメリカ大陸独自の生を獰猛に止めてしまったスペインによる征服は歴史的犯罪であると告発したうえ、連続性は失われたとはいえ、その特性はいまも引き継がれ、〈われらのアメリカ〉を特徴づける一要素であると位置づける。

第四紀[*1]、アメリカ大陸の人間は狩りと漁を営み、石斧をふり回してヤマネコやピューマやゾウなどの大型動物を追い払い、ゾウの牙で大木をくり抜いた穴で雨露をしのぎながら森を移動していた。当て所のないその日ぐらしの生活は、おそらく、愛することと身を守ることで精一杯だっただろう。そのような生活も第四紀の動物が滅びるとともに終わりを告げ、定住生活がはじまった。生活が落ちつくと、シカ狩りで使っていた石刃で硬いシカの角を加工して斧、釣針、小刀を作った。角や骨や石の道具も作った。そして、考える余裕ができたとき、まず思いついたのが装飾することであり、保存することであった。前者は芸術の、後者は歴史のはじまりである。獣から解放されるや、ただちに創作にとりかかった。こうして、人は出来あがった自分の作品だけをもっぱら愛し、他人の作品には関心がなかった。芸術活動は、時代が下って複雑な時代になると、美を追求する制作活動となるが、最初は、ただ、ものを創って勝利の気分を味わいたいという人間くさい欲求以外のなにものでもなかった。生きものの創造者に嫉妬し、生きものの姿かたちを岩に刻み、生命をふきこんだとき、喜悦を覚えた。自分の手で細工された岩は足もとにひれ伏す神のようであった。作品を見つめるとき、片足を雲の上に乗せたかのような満ち足りた気分になった。おのれの力を示すこと、おのれの生きたしるしを残すことは、人間だれしもが抱く切なる願望である。

フランスのヴェゼール川沿いの洞窟[*2]で暮らしていた人々は、鋭くとがらせた火打ち石を使ってゾウの牙やクマの歯に、トナカイの肩胛骨やシカの脛骨に巨大なマンモスや無気味なアザラシ、獰猛なワニや友であるウマの絵を刻んだ。線画によるこれらの動物は疾走し、吠え、威嚇している。強調するときは、線を深く、太く刻んだ。真実を追求する情熱は常に烈しかった。芸術作品に見られる真実は作者の魂である。

ヴェゼール川沿いの洞窟人が動物を描いたあとの空間を魚の絵でうめ、ロージェリーバセ人がシカの角に、剛い髪をもち、きりっとした顔だちをした、裸体の、さわやかな若者が、豊かな胸とせりあがった尻をもつ女たちを従え、シカめがけて矢を放っている躍動的な狩りの情景を描いていたとき、定住生活を送っていたアメリカ大陸の人間は、もう、粘土で作った柔らかな壺にブドウの葉やアシの茎を押しつけて図柄を入れ、貝の先端を当てて曲線を描き、一再ならず色貝をはめ込んだのち、天日で乾かしていた。

第四紀の動物の骨のあいだからでも金属器のあいだからでもなく、樹木が密生する大地のはるか下、グアノ[*3]の地層から原始時代のアメリカ大陸の暮らしを伝える最古の遺物が見つかっている。これら原始時代のささやかな芸術見本が、厚い土と、現在でも、かの勇猛で華麗なマヤパン人[*4]の手になる絵が描かれている外壁と装飾された室内をもつ神殿が垣間見えるだけという樹林に覆われているからといって、当時のアメリカ大陸の人間に芸術的本能が乏しかったと考えてはならない。そうではなく、われわれも見て知っているように、洗練され歴史をもつ豊かな人間と、未開で野蛮状態の人間が同時代に生きていたということである。高架鉄道が空を駆け、進歩発展の妨げとなる岩が、空に向かって放り投げたテキーラグラスから滴が霧となって飛び散るように、こっぱみじんに吹き飛んでしまう現代においても、未開部族のあいだでは、火打ち石が使われ、岩がくり抜かれ、偶像が崇められ、絵文字が使用され、太陽の神官像が彫られているのではないだろうか？　人間の精神は、限定されたある種の地層や地域からとか、ある特定の土壌から湧き出るようにして発生したのでもなければ、ある特殊な地質の産物でもない。さまざまな道をとおってここまで発展してきたのである。現代という最新の地層においても、密林で生をうけた人は、いまも、ロージェリーバセの狩人のように、イベリア半島の記念碑に描かれた美男戦士のように、アフリカの岬で暮らす未開人のように、そして、だれもが自分自身の原始時代にそうであったように、獣とたたかい、狩りと漁をして命をつなぎ、丸い小石を環にした首飾りをつけ、石や角や骨を加工し、裸で歩き、剛い毛をしている。人間の精神には、ひとりひとりの精神のなかには、自然が歩んできたすべての時代が内在しているのである。

　岩は、ペルー人が用いた結縄《キープ》[*5]よりも以前に、アラウコ人[*6]が首にかけた焼きものの飾りよりも以前に、絵文字が描かれているメキシコの羊皮紙よりも以前に、マヤ人が石に碑文を刻むよりも以前に、うっそうとしげる樹林のなかにそびえ立つ岩は、インディオの身に起こった事件や天変地異を、彼らの偉業や信仰を記した最初の記録簿であった。記号を描いたり刻む場所として、つねに、威風堂々として風光明媚な場所を、自然のままの神々しい場所を選び、森羅万象を動きと記号で表わした。表現力は豊かだった。大地が揺れれば、湖が氾濫すれば、人種が移動すれば、外部から侵入をうければ、ただちに、手つかずの岩を探し、花崗岩や閃長石の岩肌に事件の模様を刻み、絵を描いた。やわらかな岩は使わなかった。相手にしなかった。アメリカ大陸と同じような発展段階にある未開部族の芸術のなかで、数が多く、雄弁で、凛々しく、独創的で、装飾が凝っている点においてアメリカ大陸の芸術に匹敵するものはない。彫刻は黎明期にあったが、建築は最盛期にあった。最初、岩に線を刻んでいたころは、線を描くだけだった。しかし、図画と色つけが自由にできるようになると、あらゆるものに縁取りを付け、画を重ねては組み合わせ、装飾を施した。住居を建てるようになると、床や天井に一カ所でも飾りがないと物足りなく感じた。そこで、石の断面や梁の先端に、けばだった羽根、戦士の冠、髭をのばした翁、月、太陽、ヘビ、ワニ、オウム、トラ、単純で大きな葉をつけた花、松明といった飾りを付け、巨大な石の壁に高級絨緞も及ばないほど豪華絢爛たる装飾を施した。気高く、瞬時もじっとしていられない人種であった。目的に駆られて書物を読みはじめる人と同じ人種である。小さなものに興味がなく、そのころから大きなものに向かっていた。装飾を愛でる心は、つねにアメリカ大陸の息子たちの持ち味であった。この持ち味のゆえに、アメリカ大陸の国々の熱しやすくさめやすい性格は、未成熟であるその政治は、装飾にみちたその文学は、光彩を放ち、この持ち味のゆえに失敗するのである。

テスコンシンゴやコパン[*7]やキリグア[*8]の美しさや、ウシュマル[*9]やミトラ[*10]の溢れんばかりの豊かさは、形が不揃いなガリアのドルメンにも、自分たちの旅の様子を描いたノルウェー人の粗野な絵にもなければ、インスピレーションをうけた南イタリアの人間が原始時代に生きる自分たちを描いた、あのおぼろで、ためらいがちで、おずおずした線にもない。アメリカ大陸の人間の知性は、自然の特別の恵みをうけ、太陽に向かって開かれている聖杯でなくて、なんであろうか？　ある人間は、ゲルマン人がそうであるが、探求する。ある人間は、サクソン人がそうであるが、建設する。フランス人がそうであるが、ある人間は悟性を働かせる。また、ある人間は、イタリア人がそうであるが、彩りを付ける。ただ、アメリカ大陸の人間だけが、確かな観念のうえに、自然の衣を着せるように、素直で、華麗で艶やかな装飾を雑作なく付けることができる。成長の途にあった民――なぜなら、どの民も、同じ道のりを歩んで出来あがるわけでもなければ、出来あがるのに二、三百年あれば十分というわけでもないからである――に、球根の状態にあった民に、老獪な人間なればこその巧妙な手口を使って獰猛な征服者が侵入し、強力な鉄器をふり回した。これは歴史にのこる不幸であり、だれの目にも明らかな犯罪であった。すっと伸びたアメリカ大陸の茎は、完全で可能性に満ちた自然の営みのなか、成長しつづけ、いつの日にか満開の花を咲かせて人々の前に姿を現わすべきだった。征服者は、宇宙から一ページを奪い取ったのだ！　アメリカ大陸の人間は、銀河を「魂の道」と呼んでいた。この人々が考える宇宙は偉大な精神が充満し、その内側では、羽根の冠を付けた虹が放つ光は、眠ったままの太陽と身動きひとつしない山のあいだで星たちの精神を連れ歩く巨大なクジャクのような誇り高い彗星たちに囲まれ、すべて、封じ込められていた。この人々は、ヘブライ人のように女は一本の骨から、男は土から作られたとは考えず、男も、女も、ヤシの実から同時に生まれたと考えていた。

「ラ・アメリカ」、ニューヨーク、一八八四年四月

訳注

＊1――地質学上の時代区分のひとつ。いまから約百六十～百八十万年前から現在につづく時代。氷河期と間氷期が何十回となくくり返されるなか、人類はおおきく進化した。

＊2――フランス南西部ドルドーニュ県ヴェゼール溪谷には、カンバレ、ラスコー、ロージェリーバセなど、石器時代中期の洞窟が数多く発見されている。

＊3――熱帯地方の海岸や島に群生する海鳥の糞尿が堆積したもの。

＊4――メキシコのユカタン半島の州都メリダの南方に位置する後期古典期マヤ文明の祭祀センター。十一世紀初頭に建設され、隆盛を迎える十三世紀中頃、人口は一万二千人に達したといわれる。十五世紀中頃、内部抗争が原因で衰退した。

＊5――インカ文明で用いられた縄のれん状の記録用具。キープ。縄の色や結び目の位置によって情報が特定される。

＊6――スペイン人が征服する以前のチリの先住民のこと。
＊7――ホンジュラス西部に位置するマヤ文明の祭祀センター。五世紀頃から建設がはじまり、その後、二世紀にわたって急速な発展をとげた。解読済みの碑文で日付が最後のものは八〇〇年五月二十六日で、こののち、同センターは放棄されたと推測される。
＊8――グアテマラ北西部、モタグア渓谷に位置するマヤ文明の祭祀センター。八世紀中頃から九世紀はじめに建設された。解読済みの碑文で最後のものは八一〇年。
＊9――メキシコのユカタン半島北西部に位置するマヤ文明の祭祀センター。八世紀から十一世紀にかけて建造された。
＊10――メキシコの南部オアハカ地方の先住民サポテカ族の祭祀センター。八世紀中頃以降、興隆をみせ、スペイン人が来るまで存続した。

青木康征・訳

ホンジュラスと外国人たち

ラテンアメリカは、スペインから独立したあと、ヨーロッパや合衆国の近代的諸制度を採り入れて国づくりを進めたが、これらの試みはことごとく失敗した。マルティは、メキシコで暮らした一八七五年当時から、北のアメリカは、〈われらのアメリカ〉とは本質的に異なるばかりか、われらのアメリカに脅威をもたらす存在であることをみてとり、北の脅威にたいしつねに警鐘をならしてきた。マルティの死に先立つわずか一年前の作品である本編では、アメリカ大陸には、ただ、ふたつの国があるのみと断言するとともに、北のアメリカに対抗するには、自主独立の気概を放さず、自分たちの本性に忠実で、労働に励む、国づくりの必要性と重要性をあらためて説いた。

われらのアメリカには、人々が思う以上にはるかに深い意味がある。小国とみなされている国々——国の面積や人口からみれば小国だが、めざす目標や価値観でいえばそうではない——は、国のかじ取りを正しくすることによって、かつての植民地時代の悪弊から、また、外国の制度のまばゆさに愚かにも魅せられてアメリカ主義を履き違え——それも犯罪的に、である——一時、向かいはじめた従属と隷属の道から抜け出している。正しいアメリカ主義が求めるものは、アメリカ大陸に生きる各国が、健康であるために必要なこととして、自分の意思を大切にして主体的に発展してゆくことであり、たとえ川を渡る際に服が濡れ、坂道をのぼる際につまずいたとしても——こうしたことがきっかけになって外国が入り込み、国の自由が損なわれるのだ——同じアメリカ大陸の兄弟国の自由を損なうようなことはせず、もし、どこかの貪欲で獰猛な国が、ビジネスとか、なにかの話を持ちかけて兄弟国を取り込み支配しようとしても、そうさせないことである。アメリカ大陸にはふたつの国がある。それも、たった、ふたつだけである。これらふたつの国は、起源も、歴史も、習慣も、大いに異なっている。ただひとつ、共通するものがあるとすれば、国をつくっているのは、ともに、人間だということである。一方には、われらのアメリカがある。このアメリカに属する国は、皆、同じ本性をもち、出自は似ているか同じで、同じような要素から出来ている混血の国である。他方には、われらのものでない別のアメリカがある。この国の敵意を刺激するのは、賢明でもなければ、得策でもない。この国とは、毅然とした態度で接し、頭を使い、自信をもって対応すれば、友人になることは不可能でもなければ、有用でもある。とはいえ、われわれは、間違った思い込みや傲慢に陥ることなく、分不相応な贅沢に心を奪われることなく自分たちの精神に忠実に生きてゆくべきである。自分たちの道を進んでゆくのである。病いは自分で汗をかいて直すのだ。国の真の偉大さとは、国土がどれほど大きいかでもなければ、文明の利器をどれほど多く有しているかでもない。文明の利器は、どの国にも、その国の必要に応じてある。富み栄える国により多くあるのは、その国の民族になにか特別の能力があるためというより、文明の利器を求める度合いがより強いためである。真に偉大な国とは、他を圧倒するほどゆたかな富がありながら、粗野で貪欲な男性と、軽薄で利己的な女性を産み出すような国ではない。偉大な国とは、国土の大きさはどうあれ、こころゆたかな男性と、純粋無垢な女性を産み出す国である。社会の文明度は、その社会で産み出される男女の質で評価されるのである。

以前からアメリカ大陸の観察者を悲しませてきたことは、ホンジュラスが、はっきりした理由もないまま、自国民より外国人をより信用し、発展のうわさを耳にして北からやってきた金髪の人間に、異様なまでに簡単に門戸を開けたことである。これらの人間がやってきたのは、彼らの国では金儲けのチャンスがなくなってしまったか、閉ざされてしまったために、見入りのいい収入を、元手なしで、ちゃっかり手に入れるためである。汗をながして働く人であれば、だれでも、歓迎である。ものを作る人は国を支える根である。有用な仕事とこの国に愛情を抱いてやってくる人には、暑い国の人であれ、寒い国の人であれ、新しく根づく樹木と同様、大きな未来が用意されるだろう。しかし、まじめに働くとか、アメリカ主義に賛同するからと口先で言おうと、財布の中は空で、心の中ではこの国の人々と交際するつもりのない流れ者や泥棒は、われわれの、この国の大地に腰をおろすべきではないのだ。

「パトリア」、ニューヨーク、一八九四年十二月十五日

青木康征・訳

第6章　英雄たちとともに

サン・マルティン

北のシモン・ボリーバルとならんで、南からラテンアメリカの独立運動を指導した英雄のひとり、サン・マルティンの生涯とその功績を述べた文である。数学的思考、自ら先頭にたつ気概、人を束ねる度量など、指導者たるにふさわしい資質を備え、古代カルタゴの武将ハンニバルのアルプス越えを想起させる一大軍事作戦を敢行したサン・マルティンにマルティが格別の思いを寄せたのも、ともに、ラテンアメリカを一体のもの、ひとつの家族としてとらえ、一国の独立が損なわれ、脅かされることは、全体の独立が損なわれ、脅かされることだという認識をもっていたからにほかならない。

フランス兵の進駐[*1]でスペインの石ころがはじけていたある日、ナポレオンは青と白の軍服に身をつつんだひとりの痩せぎすで日焼けした将校に目を留めた。ナポレオンは男に近づき、服のボタンから連隊名を読みとった。ムルシア連隊！　この人物[*2]は、イエズス会の所領であったヤペユー村の生まれで、子供のころ、インディオやメスティーソを遊び友達にして自由闊達に育った。この人物は、二十二年間スペイン軍人として生きたあと、ブエノスアイレスに戻り、分裂状態にあった独立運動を束ね、同志の誓いを交わして意気盛んなクリオーリョを指導した。この人物は、サン・ロレンソに上陸した王党軍を撃破[*3]し、クーヨ[*4]で解放軍を組織し、アンデス越えを敢行してチャカブーコ[*5]で夜明けを迎えた。この人物は、おのれの剣によって自由になったチリから、マイプー[*6]を経て、ペルーの解放へと向かい、リマで自ら護民官《プロテクトール》に就任し、金色のシュロで縁どりされた軍服をまとった。だが、日の出の勢いで進軍してきたボリーバルの前にみずから身を引き、轡《くつわ》を返した。[*7] この人物は、その後、権力を返納し、ブエノスアイレスからひとり外国へ渡り、太陽と草花に満ちたフランスの小家で愛娘に看取られて死去した。この人物は、アメリカ大陸に国王を迎えることを提案する一方、国内資源を巧みに利用しておのれの栄光を求めた。この人物は、陰に陽に独裁政治を行い、おのれの不徳から、おのれが作りあげた自然な帝国をあらためてそれぞれの国へ自らの手で解体するという崇高な功績をあげるに至らなかった。しかし、クリオーリョとして燃やしつづけたその壮大な想いは、アメリカ大陸の独立を速め、均衡あるものにした。

この人物にはレオン[*8]出身の軍人の血と征服者の孫娘の血が流れていた。ヤペユー村の代官を父にもち、大陸有数の大河のほとりで生まれた。アンデスの麓で文字を習い、町では坊っちゃんとしてヤシとウルンディ[*9]の木陰で成長した。その後、家族とともにスペインに渡り、貴族神学校[*10]でダンスとラテン語を学んだ。十二歳のとき、「めったに笑顔を見せない」少年は士官候補生になった。そして、三十四歳のとき、スペインと戦うため、スペイン軍中佐の肩書きで帰国したこの人物は、アメリカ大陸の奥地でパンパの風と雨にうたれて成長した男ではなく、ふる里の思い出に胸を熱くし、秘密結社ラウタロ[*11]を動かし、計画性と組織力を用いてアメリカ大陸の独立のために行動する気概をマドリード出身の貴族や意気盛んなクリオーリョにふき込む軍人であった。この人物は、ダオイス[*12]の指揮のもとナポレオン軍と戦ったこともあれば、スペイン軍を撃破する方法を当のスペイン軍から学んだ。老獪で独創的な戦いをするモーロ軍とも、見かけだけのポルトガル軍とも、華麗なフランス軍とも戦った。また、死にもの狂いで戦ったときのスペイン軍や、自分の死体が進軍する仲間の邪魔にならないようにと、軍服のボタンをきちんとはめ、会釈して死ぬイギリス軍に付いて戦ったこともあった。[*13] アルホニージャ[*14]、バイレン[*15]、アルブエラ[*16]の戦いでふりまわしたモーロ風のサーベルを付けてブエノスアイレスに着いたとき、持ち合わせていたのは勇猛な男という評判だけであった。サン・マルティンがなによりも求めたのは「団結と戦略」、「無秩序に陥らない組織」、「先頭に立って兵を率いる指揮官」であった。当時の戦争は確固たる政治戦略がないまま行われていた。それは戦争というより陣取り合戦であり、圧制者を産む温床であった。「将校のいない軍隊など存在しない」「兵士は頭のてっぺんから足の先まで兵士でなければならない」のだ。サン・マルティンと連れ立って、由緒ある家柄の出で、野心家である愛国者アルベアール[*17]も帰国した。一週間後、サン・マルティンは騎馬連隊を編成せよとの命令を受けた。アルベアールが副官であった。てきぱきと作業を進める職業軍人の手際のよさに、革命戦争で敗走した英雄たちは、考えを迅速に実行できない不完全な英雄たちは驚嘆した。当たり前のことが魔法に見えた。無知で無邪気な英雄たちは通常の芸を名人芸と混同した。一介の大尉も新兵のあいだでは将軍であった。サン・マルティンは馬に乗っていた。つぎに馬を降りるのはペルー副王の宮殿に入ったときである。将校には友人を起用し、友人は上流階級から見つけた。工兵は中尉以上に任用せず、士官候補生には名家の子弟を、兵士には背が高くがっしりした体格の者を集めた。全員、いつも、「顔をあげ！」「そこの兵、顔をあげ！」の声が飛ぶなか、行動した。声をかけるときは、本名ではなく、各人につけたあだ名で呼んだ。アルベアールや、ペルー人であるモンテアグード[*18]とともに、秘密結社ラウタロを作った。「計画性と組織力を用いて、アメリカ大陸の独立と幸福のため、名誉を重んじ、正義にもとづいて行動するため」であり、「同志のだれかが権力を掌握した際、外交官や将軍を、知事や判事を、教会や軍隊の主要人事を独断で決めることがない」ためであり、「国民の信を得るよう励み」、「互いに助け合い、おのれに立てた誓いを命を賭けて果たすため」であった。兵士はひとりひとり自ら集めた。兵士にはサーベルの使い方を指南し、「目の前にスペイン兵が現れたなら、敵の頭をスイカと思ってまっぷたつに割るのだ！」と教えた。将校団は秘密裏に編成した。将校には互いに過ちを指摘させ、多数意見に従うよう教育する一方、将校と一緒になって戦法や陣形について議論した。待ち伏せに怖じけづいた兵士や婦女子に手を出した兵士は追放した。各人の長所を伸ばし、軍隊生活に教会の雰囲気と神秘性を付与した。兵士ひとりひとりを手塩にかけて育て、宝石のように磨いた。これらの兵士を率いて広場に現れ、秘密結社ラウタロの同志とともに三頭政治[19]に叛旗を翻した。これらの兵士を率い、見事な栗毛の馬に乗り、サン・ロレンソに上陸した王党軍を攻撃した。両側から攻めて敵の動きを封じ、「槍とサーベルで」敵を鞍から引きずりおろしていった。馬の下敷きになり身動きできなくなっても、命令を出しつづけ、サーベルをふりまわした。ひとりの騎兵がスペイン軍の旗を握りしめて倒れ、馬の下敷きになったサン・マルティンを助け起こした別の騎兵が足下に倒れた。スペイン軍は大砲と死体の山を残して敗走した。

一方、アルベアールはサン・マルティンを妬んだ。「政府を動かしていた」秘密結社ラウタロの内部では、アルベアール派がサン・マルティン派を制していた。サン・マルティンは政治家たちと書簡を交わした。「存在することがまず第一で、どう存在するかは、そのあとのことです」「必要なのは、軍隊、それも数学的思考をする将校をそろえた軍隊が必要です」「アメリカ大陸からスペイン兵をひとり残らず追い払うのです」「アメリカ大陸の国民の前から敵がいなくなれば、わたしは身を引くつもりです」「力を合わせて一斉に行動するのです。そうすれば、われわれは自由を手にすることができるのです」「この革命は人間のしていることとは思えません。リャマの争いです」「わたしは心底からの共和主義者ですが、祖国のためなら、こうしたことはどうでもよいことです」と述べた。アルベアールはモンテビデオに駐屯するスペイン軍を攻略するため将軍として出かけ、サン・マルティンは将軍としてアルト・ペルーへ派遣された。同地では、サン・マルティンの愛国心といえど、人を動かすことはできなかった。そのあと、監察総監《インテンデンテ・ヘネラール》[20]としてクーヨに派遣された。この地こそ、サン・マルティンが派遣されるべき地であった。この地こそ、サン・マルティンの国だった。左遷されたこの地を城にして、この高原の地からアメリカ大陸の人民の前に躍り出るのである！　この辺境の地で、アンデスの山々を助言者とも証人にして、アンデス越えをすることになる軍勢をひとりで作り、おのれの剣で守られた家族としての国々を作ろうとひとり夢み、アメリカ大陸では、すべての国が自由にならないかぎり、どの国の自由も脅かされることをひとり見てとった。アメリカ大陸に奴隷状態の国がひとつでもあれば、すべての国の自由が危険にさらされるのだ！　人は、だれでも、独力で力を貯えようとするとき、頼りにするのは地元である。サン・マルティンも、心の通じあうこの地を組織化した。自分のためであり、アメリカ大陸のためであった。なぜなら、これこそがサン・マルティンの栄光であり、その純金の性格によるものであるが、サン・マルティンは、アメリカ大陸の問題については、どの国も、個々別々のものと考えたことは一度もなく、その熱い胸のなかでは、アメリカ大陸にはただひとつの国があるのみ、と考えていたからである。本能的に行動する人はだれもがそうであるが、サン・マルティンも、土地には土地独自の歴史があり、どの行為にも隠された意図や目的があるということはおおよそ承知していたが、この種の人はだれもがそうであるように、サン・マルティンも、また、犯した過ちとは、成功に酔い、おだてられ、慢心し、本能によるおのれの洞察力を、天分と研鑽が合わさったうえで最高の知者だけが手にする能力、すなわち、国民の行動を決定する目に見えない諸要素を把握し運用する能力と混同したことである。サン・マルティンはアメリカ大陸を救出すると考え、この考えにしたがい、精神的に姉妹であるアメリカ大陸の国々をひとつにするという大望に向かって邁進したのであるが、この考えは、また、どの国にも、自由にとって有用なもの、すなわち、実際問題としてアメリカ大陸の一体化を妨げるお家の事情があるという現実をサン・マルティンの目から覆い隠してしまった。サン・マルティンは、遠謀深慮な政治家とは異なり、国というものを、長い歳月のすえに出来上がったものとは考えず、陣痛の苦しみにもだえながら生まれ成長してゆくものと観念的に捉え、家長がわが子を思い通りに動かすように国を思うがままに動かした。熱血の人と、何世紀もの時間をかけて積み上げられた現実との衝突は、すさまじいものである！

しかし、クーヨ監察総監として赴任した時点のサン・マルティンの胸中には、アメリカ大陸を独立させること以外、なにもなかった。独立の日を信じて統治した。サン・マルティンと同じく気高いこの地の心を独力で摑み、住民はサン・マルティンの統治に満足した。こうしてサン・マルティンは、王冠こそいだかなかったが、元々からそうであったかのようにこの地の王になったのである。完璧な政治は、統治される民と、民を深い愛情と高い志をもって治める者とがひとつになったとき、実現する。気高さはいずれの民にも生来的に備わっていることから、統治する者に高い志がなければ政治は完璧なものにならない。サン・マルティンは、一時、権力の高みに立っておのれを失い、おのれの栄光を失うまいとして雑念にかられてペルーを治めたことがあった。揺らぎだしたおのれの権威を守るため、アメリカ大陸には君主が必要だと考え、その実現のために動いた。国づくりや改革の時代に生きる公人の為すべきことは、なににもまして、私欲を捨て、国のためにわが身を捧げることであるにもかかわらず、慢心し、ときに、アメリカ大陸の利益よりも私利に走ったことがあった。文化は高くとも、自由も独創性もない国で言葉だけの政治をおこなったこともあった。しかし、正義を愛する心と清新な自然はいまも健在であるクーヨで、サン・マルティンは、日々の暮らしのなかから土地の信頼を着実に集めていった。朝食は自分で作り、労働者の隣に腰をおろし、ラバにやさしく焼き印がつけられるよう気遣い、炊事場で――煮込みと黒タバコのけむりがたちこめるなか――訴えを聴き、毛皮を敷いて野外で寝た。クーヨでは、人が往来する大地が庭であった。オリーブとブドウ畑のあいだに清潔な家並みが白く輝き、男は毛皮を叩いてなめし、女はそれを縫い合わせていた。山々の峰は見るからに力強く燦然と輝いていた。土地の労働者のあいだを、だれよりもよく働く男が、弓の名手のなかの名手であった男が、早起きの住民を毎朝欠かさず戸口で起こして歩いた男が、争いは自然の理にしたがって裁定し、口の重いことは黒雲のごとく、口を開けば雷光であった男が兵を集め歩いた。司祭には「ここでは司祭はわたしだけだ。貴殿には、アメリカ大陸の独立を勝ちとるのは神の御心であると説教してほしい」と要請し、スペイン人には「信用してほしければ、証人としてクリオーリョ六人を連れてくるよう」命じ、口の悪い物売りの女には「愛国者の悪口を言った罰として、靴十足、軍に納めるよう」命じた。拍車を付けたまま火薬工場に入ろうとした兵士を押し戻した歩哨を「あっぱれなやつ」と讃え、スペイン軍にたてた誓いを破るわけにゆかないと話すスペイン兵には「いずれ後悔するぞ」と諭し、敵の捕虜になった仲間の身代金を払わず、「その費用でほかの人びとを救い出すのだ！」と述べ、遺言執行人には「故人は、革命のため、さらなる額の寄付をされたであろう」と話して寄付を求めた。再征服を図るスペインの攻勢により、サン・マルティンのまわりでアメリカ大陸の独立戦争は瓦解していった。モリージョ[*21]が兵を率いてやって来たのだ。クスコは陥落し、チリは敗走した。大聖堂は、メキシコからサンティアゴまで、勝利を祝うテ・デウムの鐘を鳴らした。崖にはちぎれた布のように敗走する兵士の姿が見えた。破局が大陸をおおうなか、サン・マルティンは、一握りのクーヨ人を率いて挙兵することを決意した。宴をもうけて将校を招き、乾杯の音頭をとると、ラッパのように響きわたる声で「チリの抑圧者に向かって、アンデスのこなたから発射される最初の銃弾のために！」と叫んだ。

クーヨはサン・マルティンの国だった。サン・マルティンは、男として軟弱であるが政敵である独裁者アルベアールに叛旗を翻し、アルベアールは任務を全うするサン・マルティンから届いた辞表を無造作に受理した。だが、クーヨは自分たちの統治者を引き止めた。サン・マルティンは後任に地位を譲るように見えた。何度も市会へ出かけ、口頭で辞任を伝えた。にもかかわらず、兵士たちが私服で広場に出て、アルベアールの退陣を要求するのを止めはしなかった。クーヨは、自然が辞令を授けた男、クーヨをおのれのものにしている男、おのれの肩にアメリカ大陸の救出がかかっていることから自分で自分を辞めさせることのできない男、命令により国に供出した鞍が無傷で戻ってきた皮職人たちの、同じく、供出した馬が戻ってきた馬喰たちの、軍のためならと種用のトウモロコシを誇らしく持ち寄る農夫たちの、家畜や財産をスペイン人から守ることができると期待して誠実な監察総監を信頼する有力者たちの友である男、すなわち、サン・マルティンの後任として一片の辞令をもって赴任してきた人物を憤怒して追い返した。サン・マルティンは、クーヨの住民から息をしただけで税金をとり、根が地表に出ただけで寄付を集めた。住民には、前もって、自由への夢と郷土にたいする誇りを植え付けていたため、どのような税金も乱暴とは思われなかった。そのうえ、人間を知り抜いていたサン・マルティンは、土地の慣習をふみにじることなく、昔ながらの方法で、すなわち、市会の同意を得て税金を徴収したため、抵抗はさらに少なかった。クーヨはアメリカ大陸を救うだろう。「わたしにクーヨを預けてください。クーヨとともにリマへ上ります！」と訴えた。こうして、クーヨは自分を信頼する男におのれの運命を託し、おのれが見込んだ男を天上に載せるとともに自らを天上に載せたのだった。サン・マルティンはチリへの入口であるクーヨで、靴から帽子までもろもろの品を、そして、チリを救出するための軍勢を整えた。兵士は敗残兵から、資金はクーヨの住民から集めた。食糧は一週間の保存がきく麺状の乾し肉、靴は甲のところで折り返して紐を結ぶ皮袋、服は叩いてなめした皮、水筒は牛の角、サーベルは床屋で研いだ鉄片、音楽はラッパ、大砲は教会の鐘であった。サン・マルティンは武器庫で銃を数えているうちに朝を迎えた。弾薬庫で弾丸をひとつずつ点検した。重いと感じた弾丸を摑むと、火薬を抜き、慎重に棚に戻した。発明家である修道士[*22]に武器工場を任せた。その働きで砲台車、蹄鉄、水筒、薬莢《やっきょう》、銃剣、道具類を装備した軍が誕生した。中尉として月二十五ペソの給金を受けたこの修道士は、終生、がらがら声になった。サン・マルティンは硝石製造所と火薬工場を建て、軍法規を定め、医療班、憲兵隊を設け、士官学校を作った。「数学的思考をする将校のいない軍隊は軍隊でない」からである。毎朝、アンデスの山々を太陽が照らすと、森を開いた野営地ではサン・マルティンは水筒の水を飲んでは言った。「よいか、銃はこう構えるのだ」「よし、いいぞ、命中だ」「さあ、ガウチョ、わたしと決闘だ！」と。かと思うと、ラッパの音とともに颯爽と馬に乗り、班から班へ、帽子もかぶらず、満面の笑みを浮かべて駆け巡った。「気合いを入れて。気合いを入れるんだ。すぐに日が暮れてしまうぞ。勝ちたければ、これくらいのことで音をあげるな！」と檄を飛ばした。将校も訓練に加わった。「このような勇猛な兵がいてこそ、スペイン軍に勝てるのだ！」チリからきた敗残兵、解放奴隷、志願者、無為徒食の徒らを集め、訓練のすえ、六千の兵に仕立てた。そして、ある晴れた日、この軍勢を率いて花の咲きにおうメンドーサ市に入城し、指揮杖を聖母カルメンの手のひらに奉納した。太鼓が鳴り響いたあと、静かになったところで水色の軍旗を三度ふって言った。「諸君。この旗はアメリカ大陸の独立を祝う最初の旗である。この旗を守り抜くことを、わたしは、命を賭けて誓う。諸君らも、誓うのだ！」と。

四隊に分かれて四千の騎馬隊――騎兵二十人ごとに歩兵が一人付いた――と千二百人の民兵、それに、二百五十人の砲兵が二千発の砲弾と九十万発の銃弾とともにアンデス山脈を登っていった。二隊が中央を進み、残る二隊は左右に分かれて進んだ。先頭をベルトラン修道士が百二十人の工兵を率いて進んだ。工兵は、てこ棒を肩にかけ、二十一門の大砲を運ぶ台車、天秤棒、川を渡るための綱、谷に転落した兵を引き上げるための錨と太綱を装備していた。ときに崖に背をつけて進み、ときに崖に胸をくっつけて登っていった。このようにして、太陽の近くで一夜を明かし、全員一丸となって稲妻のごとくチャカブーコの谷に攻めこむのだ。雪原の上にアコンカグア山[*23]が燦然と輝き、たなびく雲の下でコンドルが舞っていた。サン・マルティンは、スペイン軍の兵力を分散させるため、スパイ作戦と陽動作戦を巧みに展開した。その結果、スペイン軍は、合流するサン・マルティンの軍勢に攻撃を仕掛けようとも手許に兵がいないうえ、敵がどこから攻めてくるかわからず、戦々兢々としていた！　知将サン・マルティンはラバから降り、マントに身をくるみ、石を枕にしてアンデスの山々に囲まれて夜を過ごした。

作戦を開始して二十四日目の夜明け、ソレール[*24]の部隊に遅れてなるものかと、オヒギンス[*25]の部隊は、太鼓の音とともに、スペイン軍の逃げ場となる山頂を制した。サン・マルティンの頭の中では、まだクーヨにいたときから、スペイン軍は包囲されていた。そのため戦いは一瞬のうちに終わった。戦いに出る者は戦いの場となる土地の地形を把握しておくのだ。その日の正午、谷を攻めのぼってくる軍勢にスペイン軍が狼狽し後退したところを、山頂を制する騎馬隊が攻撃した。騎馬隊はつむじ風のように敵のまっただ中を駆け抜け、大砲に陣取っていた兵を撃滅した。サン・マルティンは農園の壁を一気に破壊した。中に立てこもっていた王党軍は、丘へ、川へ、散りぢりになって敗走した。草の上には、五百の死体にまじって、銃が一丁、まっぷたつに折れて光っていた。こうして、サン・マルティンは勝利を収め、チリを救出し、アメリカ大陸の自由を確かなものにした。そして「栄光のクーヨ」に手紙を送り、軍から退くことを伝えたのだった。

チリはサン・マルティンに総督になるよう懇願した。だが、サン・マルティンはこれを断り、軍司令官の地位をブエノスアイレス市当局に返納した。「軍務であれ、政治であれ、いかなる地位にも就かないと公言していたから」である。ブエノスアイレス市当局は勝利の栄光で縁取りされたサン・マルティンの肖像画を描いたほか、その栄誉を讃えるため、ピラミッドを建てるよう同郷のベルグラーノ[*26]に指示した。だが、サン・マルティンがブエノスアイレス市当局に求めたものは、自分が陸路でリマを包囲するのと並行して海路でリマへ攻めあがる別隊であり、そのための武器、資金、船舶であった。サン・マルティンは、チリからの帰路、アイルランド人武官を帯同してチャカブーコの戦場に立ち寄り、アメリカ大陸の独立のために倒れた「勇敢な黒人たち！」に涙を流した。ブエノスアイレスでは、秘密結社ラウタロを動かし、チリ総督に就けた友オヒギンスを政敵カレーラ[*27]の策略から守った。また、サンティアゴの自宅——「銀の食器」も特別の功労金も求めなかった——からペルー副王の力を弱めるために行動し、「なにもない陰気な暮らしのなかで」「爽やかなメンドーサ市で二カ月静養すること」を夢見ては嘆息し、大司教の戸口に馬で乗りつけ、カンチャラジャーダの戦い[*28]で敗北したチリ人に檄を飛ばし、リマへ向かう途中、激戦となったマイプーの戦いで勝利を収めた。

サン・マルティンは軍馬からアンデスのラバに乗り換え、ブエノスアイレス市当局にたいし、辞任をちらつかせてペルーに攻めのぼるための資金を出すよう、秘密結社ともども圧力をかけた。また、信頼するアルゼンチン長官プエイレドン[*29]と書簡を交わし、秘密結社の同志をヨーロッパの宮廷に派遣して国王を迎えるべく画策した。そして、

「自国が」王政によって「虫けらのように扱われるのを見たくないため」国を離れたイギリス人コクラン[*30]が太平洋で手柄を立てチリ艦隊司令官になったとき、ボリーバルが共和国の軍旗を各地に打ち立てながら進軍していたとき、チリとブエノスアイレス市当局は、サン・マルティンの巧みな政治手腕により、オヒギンスをあえて孤立無援の状態においてまでも、チリ人とアルゼンチン人の間隙を縫ってスペイン軍がペルーに侵入するのを承知の上で、兵を率いてふたたびアンデス越えをしたいというサン・マルティンの強談判に屈し、資金を出すことにした。そして、コクランが海戦で勝利を収めペルー遠征のための海路を開き、サン・マルティンが軍勢を率いてリマの副王宮殿に攻めのぼり、アメリカ大陸の独立とおのれの栄光を確かなものにする夢がついに叶うというそのとき、ブエノスアイレス市当局は、サン・マルティンを呼び出し、すでに沖合いに迫ったとみたスペイン軍を撃退するように、叛旗を翻した連邦主義者から政府を防衛するように、サン・マルティン自身が推奨した君主政治の実現に力を尽くすよう求めたのであった。サン・マルティンはこれを無視した。そして、祖国の援助があればこそ整えることができた軍勢を率いて、ランカグアの地でサン・マルティンだけが唯一の指揮官だと宣言することになる軍勢を率いて出発した。いまや糸がきれた凧となった隊長は、チリの旗の下、崩壊した祖国をあとにして、ペルーをスペイン軍から解放するために出かけたのだった。「リマを攻略しないかぎり、戦いは終わらないのだ!」「この戦いに広大なこの大陸の未来が懸かっているのだ!」「運命が定めたおのれの道を進むだけだ!」

金色に輝く軍服をまとい、華やかなリマの街に六頭立ての馬車を走らせる男は、だれなのだろうか? ペルー護民官である。自ら最高統治者であると宣言した男、おのれの権限と法律を布告に明記した男、人びとを救出し、むち打ちの刑を廃し、拷問をなくし、忠実な部下モンテアグードによれば、過ちを正し、正鵠を射る男、布告を出した日に貴族の騎士団、すなわち、太陽騎士団を創立した男、リマの貴婦人連の肩章に「もっとも感性ある愛国心を」と織り込むよう命令した男、国民が口ずさむ歌謡のなかで「皇帝陛下様」とからかわれた男、ラウタロ秘密結社の同志から軍旗の保管室で「ホセ陛下」と揶揄《やゆ》された男、サン・マルティンである。コクランに見放され、おのれの部隊から否定され、ブエノスアイレス市当局とチリから忌み嫌われ、国王を求める修道士の演説に拍手して「愛国者協会」でひんしゅくを買った男、ヨーロッパに同志を派遣し、ペルーのため、オーストリア人の、イタリア人の、でなければ、ポルトガル人の国王を物色させた物乞いである。ボヤカーからスペイン軍を蹴散らかしながら南進してきたまごうことなき将ボリーバルとの会見のあと、ボリーバルが、勝利の光につつまれ、騒々しい兵士たちにまじって淑やかな貴婦人連とワルツを踊る舞踏会から、ひとり、おそろしい形相をして立ち去る男は、だれなのだろうか？　サン・マルティンである。ペルーで最初の制憲議会を召集し、議会の前で掛けていた赤と白の肩章をはずした男、「幸運にも勝利した軍人は新生国家には無用であり、わたしは国王になりたがっているという噂をいやというほど耳にしたため」、護民官に不満をいだくペルーで護民官の馬車から降りた男、「ペルーには、ボリーバルか、わたしのどちらかがいれば十分で、ふたりが争えば大変なことになる。いつの日かスペイン軍のために宴を催すのはサン・マルティンではないため」「実力で勝ちとった」ペルーをボリーバルに譲った男である。サン・マルティンは、夜、暗闇のなか、静かに、ひとりの忠実な将校に別れを告げ、百二十オンスの金塊を持ってチリに着いた。しかし、嫌われた。ブエノスアイレスでは、街頭に出ると、人びとは、この男は不運を素直に受け入れたからこそ、野心にかられて徒労に求める栄光よりも確かな栄光を手にしたことがわからず、サン・マルティンに向かって口笛を鳴らした。

いま、権力の誘惑と追従から解放され、自然が与えた定めを全うし、大陸内が不均衡であることによって全体の発展が危険にさらされないようにと大陸各地に勝利を分け与えたこの男の志がこのうえなく美しく光っている。そのするどい眼差しで三つの自由な国を樹立したこの男は、宗門に入ったかのように、浮世のことにはいっさいかかわらず、流浪の地で暮らした。サン・マルティンは、頭領たる者の偉大さとは、器の大きさによると思われているが、そうではなく、祖国のためにいかに尽くしたかによるということを、国民とともに歩くときは立ち、国民を制しようとすれば倒れるということを、自らのこととして知った。ブエノスアイレスに思いを馳せ、海を眺める、この白髪の、おだやかな心持ちの男は、ひじ掛け椅子に座ったまま、息を引きとった。その死には、静まりかえったアンデス山脈にそびえる雪のアコンカグア山に劣らぬ威厳があった。

「エル・ポルベニール」アルバム、ニューヨーク、一八九一年

訳注

＊1――フランス革命後の混乱のなかから権力の座に就いたナポレオン（Napoléon Bonaparte, 1769-1821）はヨーロッパ全域の支配を目論み、「大陸封鎖令」（一八〇六）を発し、イギリスの孤立化を図った。〇八年、フランスと友好関係にあったスペインの国王とその皇太子（カルロス四世と、のちのフェルナンド七世）をフランス領内のバヨンヌに監禁し、スペイン王位を簒奪した。そして、実兄ジョゼフをスペイン王に任命するとともに、イギリス封鎖の要となるポルトガルを押さえるため、スペインに兵を進めた。これにたいし、スペイン国民はゲリラ戦を主体にした抵抗運動――「スペイン独立戦争」――をくりひろげた。同年五月二日と三日に行われたマドリード市民による壮絶な戦いの模様はゴヤによって描かれている（プラド美術館蔵）。

＊2――ホセ・デ・サン・マルティン（José de San Martín, 1778-1825）は、一七七八年二月二十五日、リオ・デ・ラ・プラタ副王領内の、ウルグアイ川の岸辺（現在のアルゼンチン共和国コリエンテス州）に所在した元イエズス会の布教村ヤペユーで生まれた。父フアン・デ・サン・マルティン（Juan de San Martín）はスペインのレオン地方の生まれで、村の代官を務め、母グレゴリア・マトーラス（Gregoria Matorrass）は元チャコ地方の征服者（コンキスタドーレス）のひとりの姪であった。ヤペユー村は、一八一七年、ポルトガル人の焼き討ちによって破壊され

た。このため、サン・マルティンの出生に関する記録は消失している。

＊3――サン・マルティンは、一八一三年一月二十八日、百二十五名の騎馬軍団を率いてブエノスアイレスを出発し、同年二月三日の早朝、パラナ川の支流のひとつに位置するサン・ロレンソ（San Lorenzo）の入り江に上陸していた約二百五十名の王党軍を急襲し、勝利をおさめた。

＊4――アルゼンチン西部の地方。

＊5――サン・マルティンはアンデス越えを敢行し、一八一七年二月十二日、チャカブーコ（Chacabuco）の谷でスペイン王党軍と戦い、勝利をおさめた。そして、二日後の二月十四日、チリの都サンティアゴに入った。

＊6――一八一八年四月五日、サン・マルティンはマイプー（Maipú）の戦いでスペイン王党軍を撃破し、チリの解放を決定づけた。このあと解放軍はサンティアゴ市に入城し、ベルナルド・オヒギンス（Bernardo O'Higgins）がチリ総監（Director Supremo）に就任した。

＊7――グアヤキルの会議は一八二二年七月二十五日に行われた。

＊8――スペイン北部に位置する。その中心レオンはかつてのレオン＝アストゥーリアス王国の都で、壮麗なカテドラルを擁する。

＊9――ウルシ科アストロニウム属の高木。

＊10――一七二五年、マドリードに設立された貴族の子弟のための学校。十八世紀をとおして多くの俊才を輩出した。

＊11――ラウタロ（Lautaro）とは、十六世紀中ごろ、スペイン人によるチリ征服に抵抗したアラウカ族の指導者の名前。

＊12――Luis Daoiz y Torres, 1767-1808. スペインの軍人。一八〇八年五月二日、マドリード市民はナポレオン軍にたいして蜂起した。このとき、武器庫の警護にあたっていたダオイスは、武器庫に押しかけた市民の意気に呼応して扉を開けて武器を渡すとともに、フランス軍と激しい銃撃戦を繰りひろげた。この戦闘で負傷し、死亡した。

＊13――サン・マルティンは、一八〇八年、スペイン、ポルトガル、イギリスの連合軍の一員としてナポレオン軍と戦った。

＊14――グアダルキビール川沿いに位置するアンダルシア地方の村（Arjonilla）。一八〇八年七月十三日、カスターニョス将軍率いるスペイン軍の一翼はこの地に駐留し、バイレンの戦い（同月十九日）に備えた。

＊15――一八〇八年七月十九日、サン・マルティンも加わったスペイン軍はバイレン（Bailén）の戦いでナポレオン軍を破った。

＊16――スペインのアンダルシア地方とエストレマドゥーラをむすぶ交通の要所であるアルブエラ村（Albuera）の近郊で、

一八一一年五月十六日、イギリス・スペイン・ポルトガルの連合軍三万とフランス軍二万が交戦し、激戦のすえ、連合軍の勝利におわった。

＊17——Carlos María de Alvear, 1789-1852. アルゼンチンの軍人、政治家。制憲議会議長（一八一四）。ブラジルに宮廷を移したポルトガルの南進を阻止することに腐心した。アメリカ合衆国駐在アルゼンチン全権代表の在任中、病死。

＊18——Brnardo Monteagudo, 1787-1825. アルゼンチンの政治家。法学博士。チュキサカでラテンアメリカ最初の独立運動（一八〇九）、ブエノスアイレスの蜂起（同年十月）に参画、制憲議会議員（一四）、アメリカ、ヨーロッパを旅行（一五―一七）したのち、サン・マルティンと行動を共にした。軍事法廷裁判官、護民官が統治するペルーでは国防大臣、国務大臣兼外務大臣を務めた（二一―二二）。暗殺された。

＊19——Juan José Paso, Feliciano Chinclana, Manuel de Sarrtea による集団統治体制のこと。

＊20——インテンデンシア（Intendencia）制。啓蒙君主カルロス三世の治下、十九世紀後半、新大陸にも導入されたフランス渡来の統治・行政制度。新制度のねらいは、硬直した旧来の統治・行政の枠を超えて、効率的な中央集権行政をすすめ、王室歳入の増加を図ることにあった。

＊21——Pablo Morillo, 1778-1837. スペインの軍人。一八一五年、アメリカ大陸に派遣され、マルガリータ島、カタルヘナ、カラカス、サンタフェボゴタへ軍を進め、トゥルヒージョの休戦協定成立（一八二〇年十一月）を機に帰国した。のち、マドリード軍務総督、ガリシア軍務総督などを歴任した。

＊22——司祭の名はルイス・ベルトラン（Luis Beltrán）。

＊23——アンデス山脈の峰のひとつ。南アメリカ大陸最高峰。標高六九五九メートル。アルゼンチン領内に位置する。

＊24——Miguel Estanislao Soler, 1783-? アルゼンチンの軍人。モンテビデオの戦い（一八一二）、コイマ（Coima）の戦いやチャカブーコの戦いなどを指揮した。外交官にもなった。

＊25——Bernardo O'Higgins, 1778-1842. チリ総監。軍人、政治家。ロンドンでフランシスコ・ミランダ、サン・マルティンらと親交を結び、ラテンアメリカの独立運動に参加する。

＊26——Manuel Bergrano, 1770-1820. アルゼンチンの政治家。スペインで法学を修めたのち、ブエノスアイレス領事館長として教育の普及と経済の振興に力を尽くした。一八一〇年の独立運動に加わり、軍功をたてたのち、サン・マルティンの指揮下に入った（一四）。その後、リバダービアらとともにヨーロッパに渡り、自国での君主擁立の可能性を探るなど、もっぱら政治面で活躍した。

＊27――José Miguel Carrera Verdugo, 1785-1831. チリの軍人。実業家になるためスペインに渡った（一八〇七）が、本来の気性から軍人の道に進んだ。スペインに侵攻したフランス軍と何度も戦ったのち、一一年に帰国し、チリの独立のため、兄弟とともに尽くした。しかし、政敵オヒギンスと対立し、サン・マルティンにも理解されず、ブエノスアイレスでの銃殺刑でその波乱に満ちた生涯を終えた。

＊28――一八一八年一月はじめ、オソーリオ将軍率いるスペイン軍は海路によるチリ奪回を企て、海路でチリ南部の海岸に上陸した。そして、同年三月十九日夜、カンチャラジャーダ（Cancha Rayada）平原でチリのオヒギンス軍を撃破した。

＊29――Juan Martín de Pueyrredón, 1777-1850. アルゼンチンの政治家、軍人。ラプラタ（現代のアルゼンチン）地方の独立運動には初期から関わり、事実上の初代大統領を務めた（在任一八一六―一九）。また、陸路でリマに攻めあがろうとするサン・マルティンの企てを助けた。

＊30――Lord Thomas Alexander Cochrane, 1775-1860. イギリスの貴族、海軍武官。チリの初代副総督。イギリス海軍武官として多くの功績を挙げたが、持ち前の性格と人間関係から軍を去り、英国下院議員となって海軍を見つめた。その後、チリ海軍の指揮をとるよう求められ、応諾（一八〇八）。太平洋方面においてスペインの艦船相手に軍功をたてたのち、一八二〇年、サン・マルティンとともに「ペルー解放遠征」を行い、カリャオ港を海上封鎖し、敵船エスメラルダ号を捕獲して名を上げた。その後、ブラジル皇帝ペドロ一世の要請を受け、ポルトガルの脅威からブラジルの独立を防衛するとともに、同国海軍の整備に貢献した。一八二七年にはギリシアの独立に加勢したあと、イギリス海軍に復帰し（一八三〇）、外国における数々の功績によって英国総督の地位に就いた。

青木康征・訳

シモン・ボリーバルを偲んで

ラテンアメリカの独立運動は、植民地社会の特権階層であるクリオーリョがヨーロッパから流入した啓蒙思想や北アメリカの独立などに刺激されて起こしたものではなく、マルティによれば、啓蒙思想が流入する以前からスペインアメリカのさまざまな地域で、人種、身分、性別などを超えた、さまざまな社会階層の人々が自由をもとめて立ち上がり、たたかってきたものにほかならなかった。キューバの独立運動のはじまりを記念するこの講演で、マルティは、アメリカ大陸の自由のために倒れた先人たちに敬意を表すとともに、〈われらのアメリカ〉の創出のために行動した「自由の王」ボリーバルの功績を讃えた。これら先人が行進し、ボリーバルが観閲するというマルティが得意とするこの手法は今回も感動的な効果を生み、キューバの独立を実現させ、この未完の事業を完成させようという呼びかけがひしひしと伝わる。

皆さん

われらのアメリカに帰ることが未だままならぬ我らが同胞の心情を察しつつ、どこからとなく自然に発生し、豊かな広がりをみせたアメリカ大陸の独立革命において、偉大なるカラカス人[*1]が果たした真の役割と意義について思いを馳せれば、華麗にして寛大なることは平原に育つサマンの木にして、その怒濤の勢いは山の頂から流れくだる激流、その熱き心は閃光と轟音をあげて地の底から噴き出る溶岩であったこの先人が、いま、わたしの前に立ち、わたしを問いただしていることに驚きと畏敬の念を覚えざるを得ません。ピサロ[*2]がクスコに立てた軍旗を引き抜いた先人を偲び、思うところを述べさせていただきます。しかしながら、その思いは、わたしごときの言葉ではとうてい言い表すことはできず、黙すほうが、より深く、より雄弁に伝えることができると思う次第であります。

さまざまな欠点や批判を超え、称賛と否定の渦を超え、コンドルの胸に染みる黒点に比すべき自由の王の柔弱さを超えて、この人物の真の姿が燦然と輝いています。ボリーバルは、人を焦がし、人を魅了しました。ボリーバルについて思いをめぐらし、その生涯にふれ、演説を読みかえし、恋文のなかに傷つき悲しみに暮れる姿に出会うとき、思いは黄金で縁どりされる心地がします。ボリーバルの夢は、わたしたちを解放することでした。ボリーバルの言葉は、わたしたちの自然でした。ボリーバルの栄光は、わたしたちの大陸の栄光でした。ボリーバルの失脚は、わたしたちの心臓を止めるほどのものでした。

ボリーバルと口ずさめば、前方に山が現われ、その頂きには、白雪以上に似つかわしいものとして、マントをひるがえす騎馬の軍人が立っているでしょう。あるいはまた、湖が現われ、ひとつの世界の救出に向かう解放者たちが、三つの共和国が入った背嚢を背負って進軍する光景が見えるでしょう。ああ、もうだめです。ボリーバルについて語るのは、くつろいだ気分では不可能です。ボリーバルには落ちついた時間など、ただの一瞬もなかったからです。ボリーバルについて語るときは、山を演壇にするか、雷鳴がとどろき稲妻が走るなかか、解放された国々を握りしめ、断首された圧制を足もとにころがして語るべきだからです。ある種の人々のあいだでは、いつの時代でもそうですが、偉大なものを敬遠する風潮がありますが、称賛に値するものを称賛することに気兼ねは無用です。また、拍手喝采を得たいあまり、美辞麗句にはしり、厳正な評価を控える必要もありません。カサコイマ[*3]で敗北を喫し、高熱にうなされ、兵士が逃亡してしまったあとの孤独のなか、アンデスの尾根の彼方にペルーとボリビアの谷に自由を伝える道を目にしたときの、あの、崇高で、神々しい額の輝きを、なんと表現すればよいか、言葉が見当たりません。しかし、今宵は、わたしたちがなにを言おうと、また、それが言い過ぎであろうと、お許しいただけると思います。なぜなら、今日、ここに集うわたしたちは、皆、ボリーバルの剣によって生まれた子だからです。

また、我らが同胞である女性の皆さんもお見えになっておられますが、ご婦人方からお叱りをうけるのではないかと案じるあまり、ボリーバルにたいする気持ちをおさえる必要もありません。なぜなら、アメリカ大陸の女性の前では、自由についてこころ置きなく話すことができるからです。女性といえば、ファン・デ・メナの娘で、パラグアイの気骨ある女性がいます。この女性は、同郷であるアンテケーラ[4]がクリオーリョだという理由で絞首刑に処せられたのを知るや、夫の死を悼んでまとっていた喪服を脱ぎ、晴れ着に着替えました。「今日は、ひとりの善良な男が祖国のために命を捧げためでたい日ですから」というわけです。また、粗末な綿の服を着たコロンビアの女性[5]がいます。この女性は、コムネーロたちが反乱する前に、ソコーロで理不尽な徴税を告げる高札を引き抜きました。この布告に反対して二万人の男が戦いました。女性といえば、アリスメンディ夫人[6]がいます。この女性は、マルガリータ島のどの真珠[7]にも劣らぬほど純粋な人でした。敵の手に落ちた夫人は、包囲する夫の目にふれるよう屋上を引き回されたのですが、夫が要塞の扉に銃弾を浴びせるあいだも、「わたしの身がどうなろうと、夫には義務を果たしてもらうだけです」と言いました。また、あの気丈なポラ[8]がいます。この女性は、婚約者に武器を持たせて戦場へ送り出し、婚約者とともに絞首台の露と消えました。また、メルセデス・アブ[9]がいます。美しい三つ編みをしたこの女性は、その見事な金髪で解放者《リベルタドール》の軍服に刺繍をほどこしたため、首をはねられました。ほかにも、ボリーバルに付き従っていた勇猛不屈の女性たちがいます。ボヤカーの解放[10]に向かっていたとき、アンデスの嶺から流れくる激流に兵士たちは胸まで浸かり、体を寄せ合って渡河したとき、心やさしきボリーバルが馬の背に乗せた女性たちです。

ボリーバルは、まさに超人でした。炎のなかに生き、自分自身が炎でした。人を愛しました。その言葉は灼熱の焼きごてでした。友情に厚く、愛する誠実な友を亡くしたとき、周囲のいっさいのものに向かって「止まれ」と命じました。体つきはひ弱でしたが、新兵ばかりの隊を率いて、健脚を誇るどの飛脚《チャスキス》も及ばぬ速さでテネリフェからククタまで駆け抜け、道中、出会うものすべてを平定しました。[*11] また、絶体絶命の窮地に陥り、だれもが哀願のまなざしを向けたとき、おのれの馬から鞍を下ろすよう命じたのです。ボリーバルは文を書きました。ボリーバルの文は、山の頂上付近でにわかに嵐となり、空はかきくもり、谷はすっぽり靄《もや》に覆われて暗くなったとき、暗雲を引き裂く天の光でした。雲ははぎれのように嶺の左右に垂れ、下界にひろがる谷はみずみずしい極彩色にたなびくのです。ボリーバルは、山に例えれば、裾野がひろく、大地に深く根をおろし、頂は、荒天の空に向かって突き刺すように鋭く尖っています。黄金の柄を付けたサーベルで栄光の扉を叩くボリーバルの姿が見えます。ボリーバルは信じました。天を、神々を、不滅を、コロンビアの神を、アメリカ大陸の英知を、そして、おのれの運命を。ボリーバルは、おのれの栄光につつまれ、燃え、熱中したのです。勝利することは神たる者のしるしではないでしょうか？　ボリーバルは、人間に勝ち、増水した川に勝ち、火山に勝ち、世紀に勝ち、自然に勝ったのではないでしょうか？　世紀に勝ったのです。世紀を壊すことができずに、どうして新たな世紀を開くことができるでしょうか？　ボリーバルは、人びとを解放し、大陸を魔法から解き、国民に生気をふきこみ、圧制の旗をひるがえしたどの征服者も及ばぬほど広大な大地を救いの旗とともに駆け、チンボラーソ山[*12]で永遠と話を交わし、ポトシでは、コンドルがついばむコロンビアの旗の下、人類史上もっとも野蛮で執拗な悪のひとつを制圧したのではないでしょうか？[*13]　都市で、政治権力で、政治家で、知識人で、女性で、ボリーバルを畏敬しないものがいるでしょうか？　太陽は氷を溶かし生命を育むように、ボリーバルは、人を照らし、人を焦がしたがゆえに、信を得るにいたりました。もし天上に元老院があるとすれば、ボリーバルは、まさしく、その一員でありましょう。ボリーバルが見つめた、はるか天上の世界は、太陽の光が凝固して金色に輝き、創造の岩を台座に据え、雲が床となり、稲妻が天井になっています。稲妻が飛び交い火花を散らすたびに、ボリーバルの槍の穂先に真昼のアプレの戦い[*14]の模様が反射してよみがえり、天上から人びとへの贈り物として幸福と秩序が舞い降りるのです。

しかし、現実の世界は、そのようなものではなく、もろもろの人びとの犠牲と試練のうえを血まみれになって痛々しく昇ってゆく虚栄の塊でした。このため、ボリーバルは、不滅と信じたおのれの世界が瓦解してしまったことに驚愕動転したまま、サンタマルタの地で生涯を終えました。ボリーバルの過ちといえば、ボリーバルのなかでとどまることなく大きくなっていく、神からの贈り物であり、ボリーバルの額からなんぴとも取り外すことのできない王冠というべき「人のために尽くす」という栄光と、偶然による権力、恩恵、でなければ、見識も能力もないにもかかわらず権力を求める人によく見られる不純な野心とを、あるいは、内部抗争に勝ったという不毛の勝利や、土壇場になるといつも知恵者や強者に付くという利害と感情に左右される不忠な分銅とを、あるいはまた、自分は危険に近づかず自分に都合のいい主張や甘言におもねる身勝手な国民の打算とを見分けることができなかったことです。いまも、ボリーバルは、アメリカ大陸の天上で、創造の岩に座り、いかめしい目で見守っています。隣にインカ皇帝が控え、足もとに軍旗の束が並んでいます。ボリーバルはいまも軍靴をはいています。ボリーバルが仕残した作業は、まだ完結していないからです。ボリーバルには、いまも、アメリカ大陸のために為すべき仕事があるのです。

アメリカ大陸は、今世紀の初め、激動の時期を迎えました。ボリーバルはその炉心でした。体がおおきいだけで、とらえどころがなかった当時のアメリカ大陸は、いまも、古い根っこにひそむウジ虫のように頭をふり、もぞもぞしています。教会参事の法衣の下に隠れて、あるいは、教養豊かな旅行者の口を通して、革命を呼びかける思想がフランスや北アメリカから流入し、スペインの支配と統治に甘んじていた見識も学問もあるクリオーリョの不満を掻き立てました。このような上からの革命に加え、二、三男坊であるがゆえに家督相続権をもたないスペイン人の、反逆的で、ある面で民主的でもあるパン種は、底辺の人々、すなわち、ガウチョ[15]、ロト[16]、チョロ[17]、リャネーロ[18]の人たちの怒りとあいまって、ふくれあがりました。だれも、皆、人間であるということで気持ちは通じていました。インディヘナの群れは、おとなしい顔に涙のあとをつけ、戦うことに慰めを覚える波となり、巨大な墓場の上を飛び交う鬼火のように森をさまよいました。

アメリカ大陸の独立は、一世紀も前から血を流してきた結果です。われらのアメリカが誕生したのは、ルソー[19]のおかげでも、ワシントン[20]のおかげでもありません。わたしたちの手で産み出したのです。ボリーバルは、サンハシント[21]の屋敷の庭での甘い夜、でなければ、若くして他界した妻と歩いた美しいアナウコ川[22]の川縁で、こぶしを胸に当て、アメリカ大陸の独立のために戦った先人たちが行進する勇壮な光景を目にしたことでしょう。死者が空を徘徊しています。彼らがはじめた事業が完成するまで徘徊するのです。ボリーバルは、まちがいなく、黄昏のアビラ山[23]で血まみれになって進む行列を見たことでしょう。

先頭をゆくのはアンテケーラです。パラグアイの人です。切り落とされた頭を高々と掲げています。哀れなインカの一族が通ります。皆、縛られていた父親の前で惨殺されました。ばらばらになった肉体を拾っています。トゥパック・アマルー[24]が通ります。ベネズエラのメスティーソの王が通りましたが、幽霊のように消えてしまいました。そのあと、血まみれになって眠るサリーナス[25]が、食卓の皿の上で息絶えたキロー[26]ガが、血だらけのモラーレス[27]が通過します。この人たちはキトの牢獄で自分の祖国を愛しました。そのあとに来るのがレオン[28]です。家に塩をまかれて帰るところがなくなり、身を寄せた洞窟で瀕死の状態になっていました。鉤にひっかかっている手と足が通ります。ホセ・エスパーニャ[29]の手と足です。この人は絞首台で笑いながら死んでゆきました。ガラン[30]の胴体はいまはくすぶっています。絞首台の前で焼き殺されたのです。ベルベオ[31]が通ります。だれよりも生気がありません。彼らコムネーロたちを恐れ、首切り人はこの人を殺さなかったのです。祖国の名誉のためにたたかう幸せを知った人にとって、祖国への辱めが続くなか、ただ手をこまねいていることほどむごい死はありません。

このように、インディオとメスティーソと白人がひとつの炎となり、その炎にボリーバルは身をつつみ、そのねばり強さと類のない豪胆さをもって、ひとつの目標に向かって栄光めざして走り出したさまざまな要素を結集したのです。ボリーバルは、おのれに張り合う競争者を無力にするか抑えながら、荒れ野を駆け、山を走り、アンデスの大地に共和国を打ち立てていったのです。このようなボリーバルならではの手法にたいし、アルゼンチンが主導する独立革命では全員による民主的手法が採られたことによって独立革命の進行が止まったとき、アヤクチョの谷でスペインの十四人の将軍が降伏し、剣を捨てたのでした。[*32]

ボリーバルに捧げる永遠の賛歌に合わせるように、大地は、ヤシの木が立ち並ぶ海岸地帯から、金と銀の段々模様をみせながら、アメリカ大陸の独立革命が血で染めたいくつもの平原へとのぼってゆきます。天はこれほど美しい光景を見たことはまずないでしょう。自由になるという決心がこれほど多くの人を動かしたことはかつてなく、人がこれほど偉大な自然の舞台に立つ幸せに恵まれたこともなければ、ひとつの大陸の心がひとりの人間の心とこれほど完璧にとけ合ったこともないでしょう。天自身も役者であったように思われます。なぜなら、あの戦いでは、どの場面も役を務めるにふさわしいものだったからです。自由を求めるすべての英雄と地球上のすべての殉教者があの丸天井に鈴なりになって、窮地に陥り苦闘するわたしたちの兵士を巨大な盾となって守ることもあれば、戦況が不利になったときは、血相を変え、不正な天から逃げ出したように思われます。天自身、まちがいなく、この実に美しい光景を見ようと立ち止まったはずです。万年雪が融け、激流となり、谷には真っ黒の短い毛か縮れ毛のように樹齢数百年の樹木が茂り、廃虚となったインディオの神殿が深閑とした湖を見守っています。谷をおおう靄《もや》のあいだからスペインの大聖堂の塔がいかめしい顔をのぞかせ、火山は噴煙をあげ、火口から地球のはらわたが見えます。同時に、この大陸のすみずみで、アメリカ大陸の人びとが自由のためにたたかっている光景が見えます。平原に馬に走らせ、敵と撃突し、閃光とともに飛び散るように馬の群れのなかに倒れる人、増水した川を、手綱を口にくわえ、軍旗を浮き沈みさせて泳ぎ渡る人、歩きだした森のように頭上高く槍をかざして隊列を組んで進む人、火山を登り、その燃えさかる火口に自由の旗を打ち込む人がいます。しかし、山のかたちをした額をもち、まなざしがなによりも印象的で、健脚を誇る若駒のうえでマントをひらめかせ、銃弾の雨にも嵐にもひるまず、胸を張り、ふりかざす剣の光で五つの国を獲得した人ほど、美しい人は、ほかにありません。

勝利の嵐のなか、ボリーバルは、髪を乱したまま、愛馬である濃い栗毛の馬を御し、圧政を放逐するためともに戦った無数の人びとの行進を見つめています。行進する人のなかに、リーバス[*33]の戦闘帽が、スクレ[*34]のすなおな馬が、ピアール[*35]の縮れ毛が、パエス[*36]の赤い上着が、コルドバ[*37]の房飾りのある鞭が、兵士たちが運ぶ軍旗にくるまれた大佐の遺体がありました。ボリーバルは、鐙《あぶみ》にふんばって身を乗り出し、岩のように身動きひとつせず、パエスがケセーラス[*38]の地で一握りの槍兵を率いて戦いをしかけ、馬を全速で走らせ、隊を開いては閉じ、土ぼこりと闇のなかに雲霞のごとき敵を囲い込んでゆくさまに見入っています。カラボボの戦いにのぞむ盛装した軍勢に、空にひるがえるさまざまな色ものと軍旗に、石垣で囲まれた歴戦のテントに、ありとあらゆる楽器がいっせいに鳴り響く音に、陽気な鋼に反射する太陽に、赤子がいままさに生まれようとする家をおおう喜びが野営地全体にただようありさまに目をうるませ、見入っています。なかでも美しいのは、フニン[*39]で、夜のとばりにつつまれたボリーバルの勇姿です。あのとき、青白い沈黙のなか、意気揚々たるアメリカ大陸の腕のまえにスペインの最後の槍が砕け散ったのです。

……そして、どれほどか、時間が経過したあとのこと、やつれ、痩せこけた額に髪を垂らし、世捨て人のような干からびた手をした英雄は臨終の床で言うのでした。「ホセ、ホセ。出かけるぞ。ここには長居するわけにゆかないのだ。だが、どこへ行けばよいのだ」と。

ボリーバルの政治は、たしかに、崩壊していました。しかし、ボリーバルの頭の中では、崩壊したのは共和国の方だったのではないでしょうか？　独立という目標があるあいだは、各地域の思惑や、さまざまな人間関係は、ボリーバルの指導力によっておとなしくしていましたが、目標が達成されてしまうと、確執がふたたび頭をもたげたのです。ボリーバルはこうした現実を無視するか、危険のないもの、でなければ、軽微なものと受けとめたのではないでしょうか？　もしかして、ボリーバルは、誕生したばかりの国が自分と意見を異にする勢力によって統治されるのを恐れ、強圧という人として避けるべき手段を取ることによって政治的均衡を求めたのではないでしょうか？　政治的均衡は、発展が期待されるあいだは確かに維持されます。また、法が支配する社会では、政治勢力の分散は無謬で、束縛が少なければ少ないほど国は安定します。おそらく、ボリーバルは、アメリカ大陸のために、また、自分自身の栄光を夢みて、戦線の統一を図ったのでしょう。統一は、われらのアメリカの国々の救出と幸福にとって必要不可欠でしたが、現実の状況をふまえない机上の人工的なものであったため、たがいに助け合うというより、いずれ壊れる運命にありました。ボリーバルはこのことに気がつかなかったのではないでしょうか？　われらのアメリカを救出する策は、世界との関係においても、自分たちの将来と全体像にかんしても、それぞれの共和国がたがいに力を合わせて緊密に行動することに在ると訴えるほど先見の明があるボリーバルですが、調整力としての国民の意志の存在については、すべての国民が自由に意見を述べることのもつ調整力については、心得がなかったのではないでしょうか？　この力は真の自由とともに国を救うものですが、ボリーバルには持ち合わせのないものであり、生活の中からも、受けた教育からも思い浮かびませんでした。おそらく、ボリーバルは、国づくりをする政治家がいずれは迎える決定的な局面に立ったとき、権力の簒奪者になりさがって新生国家をけがしたり危険にさらすことのないよう、国を新しい権力にゆだねるべきだという声を耳にする一方で、国づくりに取り組む政治家の高度の政治判断という神秘によって、でなければ、権力の簒奪者という汚名を受けようとも、自らが作りあげた国の先頭に立って進むべきだという声を耳にして、苦悩し、結果的に判断を誤ったのかもしれません。

事はどうあれ、共和国は、ボリーバルの愛から生まれました。その共和国は、ボリーバルを抜きにして、ながくて不毛の抗争に明け暮れました。共和国は、ボリーバルのひろい心と不屈の精神によって誕生しました。その共和国は、血も未来もおのれのものと考え、この大陸を思うがまま自由に統治する権力を獲得しました。その結果、天体同士の結びつきよりも永続する独立をめざすボリーバルとアメリカ大陸との結合に終止符がうたれ、革命によって誕生した国々を遠くの中央政府が束ねることに執念を燃やすボリーバルと、幾人もの頭領《カウディーリョ》がそれぞれ自分の国民をもつ地方政治を求めるアメリカ大陸の独立革命との不一致が露呈したのでした。「ホセ、ホセ。出かけるぞ。ここは、われわれの居場所ではないのだ。だが、どこへ行こうか」……。

ボリーバルは、どこへ行くのでしょうか？　世界の尊敬を受けに行くのです、アメリカ大陸の人びとのまごころを受けに行くのです。愛にみちたこのアメリカ大陸の家へ行くのです。その家で、男性は、皆、アメリカ大陸の息子の腕の中にいながら、ボリーバルの腕の中にいるような喜びが熱くこみあげるのを感じ、女性は、皆、美しきものへの感謝のしるしに冠や花を捧げるべく、栄光の馬から降りたボリーバルをいつもいとおしく思い出すのです。ボリーバルは、国民の審判を受けに行くのです。ボリーバルが犯したかも知れない過ちとは、手法が強引であったということでしょうが、それはまた、ボリーバルの持ち味であったのです。ボリーバルは、まさにおのれのやり方で、どろどろの溶岩を強力な力で押し出し、アメリカ大陸の土台となる思想を生み出したのであり、その功績は評価されるでしょう。ボリーバルは、どこへ行くのでしょうか？　人類がより幸せに、より美しく生きてゆく国を新たな強欲と旧来の陋習から守る人のもとへ、黙したままの国民のもとへ、父親のように口づけしに行くのです。目先のことにこだわる定見のない人のもとへ、表うらのない村人のもとへ、気さくなハープ弾きのもとへ行くのです。おのれの命を松明にして、この大陸に不可欠な兄弟愛を、アメリカ大陸の未来に待ち構える危険を、アメリカ大陸の偉大さを教えに行くのです。ボリーバルは、どこへ行くのでしょうか。……いま、スペインの最後の副王が傷を五カ所負って横たわっています。三世紀にわたる歴史がリャネーロの馬の尾に結わえられて通過しました。そして、解放者《リベルタドール》が、勝利のえんび服の下に華麗なズボン吊りをつけ、兵士を連れ、舞踏会に出かけるかのようにやってきます。丘のバルコニーから人びとが顔を出し、旗の束が、花瓶に盛られた花のように丘のふちに飾られています。ポトシは、ついに、嚙みつかれ、血にまみれています。新しい国の五つの旗が、炎につつまれ、再生したアメリカ大陸の頂ではためいています。英雄の到着を告げる臼砲が轟いています。ボリーバルを尊敬することも畏敬することも知らない人びとのうえをいつまでも轟音が響き、山々は嶺から嶺へ英雄に挨拶を送っています。このように、子から子へ、アメリカ大陸が在るかぎり、ボリーバルの名を呼ぶこだまは、わたしたちの心のなかの、もっとも凜々しく誠実なところで響きつづけることでしょう。

「パトリア」、ニューヨーク、一八九三年十一月四日

訳注

＊1――ラテンアメリカの独立運動の指導者のひとり、シモン・ボリーバル（Simón Bolívar, 1783-1830）のこと。

＊2――インカ帝国の征服者（コンキスタドール）フランシスコ・ピサロ（Francisco Pizarro, 1475-1541）のこと。一五三二年、アンデス山中の町カハマルカでインカ皇帝アタウアルパを生け捕りにし、翌三三年、都クスコに入城した。

＊3――一八一七年七月四日、ボリーバルの軍勢はカサコイマ湖のほとりでスペイン軍に包囲された。ボリーバルは泥まじりの水中にもぐって窮地を脱した。このとき、熱を出したボリーバルは、うわごとで、ペルーを解放する日は近い

と言いつづけたという。

＊4――José de Antequera y Castro, 1690-1731. ペルーの法曹。チャルカス司法行政院（アウディエンシア）の検事であったとき、パラグアイ総督レージェス（Diego de los Reyes）にかけられた容疑を審理するため、アスンシオンへ出かけた。審理を進めるうちに、アンテケーラは訴えを起こした住民側に理解を示し、自らが総督に就いただけでなく、「民の権威は国王のそれに勝る」と表明し、住民の先頭にたってペルー副王相手の闘い（一七二三―三五）を指揮した。その途中の一七三一年、逮捕され、斬首刑に処せられた。

＊5――スペインは一七七八年、独立を求めるアメリカ十三州を支援するためフランスと同盟を結び、イギリスに宣戦を布告した。その戦費を調達するため、スペインは一七八一年、植民地にたいし、通常の販売税（アルカバラ）のほかに、戦時特別税（バルボレント）を復活させることにした。この措置に反対していち早く行動を起こしたのがペルーの町ソコーロの住民であった。同年三月十六日、新税の復活を告げる高札を倒したのは、マヌエラ・ベルトラン（Manuela Beltrán, 1724-?）というメスティーソ（スペイン人とインディオの混血）、もしくはムラート（インディオと黒人の混血）の女性であった。

＊6――この女性の夫、フアン・バウティスタ・アリスメンディは、一七七〇年ごろ、ベネズエラのマルガリータ島で生まれた。自主独立派の軍人。ボリーバルに協力したが、そののち、ボリーバルに対抗する勢力に推されて共和国副大統領になる。しかし、ボリーバルがボヤカーの戦いで勝利をおさめて復活したあと、東部方面軍司令官の地位に退いた。

＊7――マルガリータは真珠を意味し、先住民は、すでにコロンブスの時代から、素潜りによる真珠貝採りを強制された。

＊8――Policarpa Salavarrieta, 1790/96-1817. 〈ポラ〉の名で知られるコロンビアの独立運動の活動家。弟ビビアーノとともに、ボゴタでスペイン軍の動静にかんするスパイ活動をしていた。一八一七年逮捕され、同年十一月十四日、銃殺刑に処せられた。

＊9――Mercedes Abrego de Reyes, ?-1813. コロンビアの独立運動の活動家。一八一三年、ククタの地で斬首に処せられた。

＊10――ボリーバルが率いる軍勢は、一八一九年七月、ベネズエラの平原（ジャーノ）を突っきってアンデス越えを敢行し、ボヤカー平原に出た。同地で陣取っていたバレイロ将軍指揮のスペイン軍と、八月七日、戦いをまじえた。戦いは午後二時にはじまり、四時にはボリーバル軍の圧勝に終わった。八月十日、ボリーバルはヌエバグラナダ王国の都

サンタフェデボゴタに入城した。

＊11――テネリフェもククタも、ともにコロンビアの地名。ボリーバルは一八一二年十二月二十三日にテネリフェに到着し、翌年二月二十八日にククタに到着した。約二カ月で、事実上、コロンビアを解放したわけである。

＊12――チンボラーソ山はエクアドル領内のアンデス山脈の最高峰。標高六三一〇メートル。ボリーバルはこの山を一日で登り、文を認めたという伝説があるが、後世の創作と考えられている。

＊13――ポトシ（Potosí）には一五四五年に発見された南米随一の銀山がある。この銀鉱床を採掘するため、一五七三年、時のペルー副王フランシスコ・デ・トレドによって導入されたのがミタ労働（インディオによる強制輪番労働）である。この労働制度を最終的に廃止したのがボリーバルで、一八一九年のことであった。

＊14――一八一八年二月五日、ボリーバルはパエス（José Antonio Páez, 1790-1873）とともに、アプレ川を渡り、スペイン軍の陣地サンフェルナンドの攻略を開始した。

＊15――アルゼンチンの草原（パンパ）で牛追いをして生活する人びとのこと。

＊16――チリでは最下層の人びとを指す。

＊17――南アメリカではメスティーソ（スペイン人とインディオの混血）の別称。しかし、都市生活の習慣を身につけたインディヘナの人びとを指すこともある。

＊18――ベネズエラの平原（ジャーノ）に暮らす人びとのこと。

＊19――Jean-Jacques Rousseau, 1712-78. フランスの啓蒙主義家。文学者。『社会契約論』（一七六二）で有名。

＊20――George Washington, 1732-99. 合衆国初代大統領（在任一七八九―九七）。

＊21――ボリーバルの生家はカラカス市内のサンハシント広場に隣接していた。

＊22――ベネズエラのカラカスに流れる川。

＊23――ベネズエラの首都カラカスを見下ろす山。標高二一五九メートル。

＊24――Túpac Amaru, 1740-81. ペルーのティンタ県の首長（カシケ）。母方の先祖は第八代インカ皇帝トゥパク・アマルーにたどりつく。一七八〇年、代官アリアガを待ち伏せして捕らえて処刑し、反乱の口火をきった。インディオを中心にした反乱者たちは都クスコに攻め込んだが、入城はしなかった。その後、スペイン軍の反撃にあい、翌八一年、捕えられ、処刑された。

＊25――Juan Salinas, ?-1810. コロンビアの独立運動の指導者のひとり。軍人。

＊26――Manuel Rodríguez de Quiroga, 1771-1810. フランスに幽閉されているスペイン国王フェルナンド七世を擁護する一八〇九年八月十日の宣言にはじまるエクアドルの独立運動の指導者のひとり。弁護士。

＊27――Juan de Dios Morales, 1767-1810. エクアドルの独立運動の指導者のひとり。

＊28――Juan Francisco de León, ?-1755? ベネズエラの愛国者。スペイン生まれ。若いころベネズエラにわたり、農園を経営した。一七四九年、ギプスコア＝カラカス会社を解雇されたことに抗議するため、武装した仲間八百名とともにカラカスに押しかけた。スペイン当局は実力行使によって事態を収拾することに決し、レオンは反乱の罪で逮捕され、本国へ送還された（一七五二年）。本国で数カ月牢獄暮らしをしたあと、釈放された。そののち、志願してアフリカ作戦に参加し、帰国後、死去した。

＊29――José María España, 1761-99. ベネズエラのクリオーリョ。未遂に終わった独立革命を計画したひとり。警察署長代理を務めていた一八九六年末、本国から港市グイアラの収容所に移送されてきた啓蒙主義者ピコルネール（Juan Bautista Picornell, 1759-1825）やコルテス・カンポマーネス（Manuel Cortés Campomanes）らと接触するなか、持ち前の自由主義思想に火がつき、これら政治犯の脱獄を助けるとともに、退役軍人マヌエル・グアル（Manuel Gual, 1759-1800）らと組んでベネズエラの独立をめざす反乱（「グアルとエスパーニャの反乱計画」と呼ばれる）を計画した。が、決行直前に発覚し、一八九七年七月十四日、当局による一斉捜索がおこなわれた。エスパーニャはグアルとともにカラカスを脱出し、西インド諸島に逃れた。一七九九年、エスパーニャはひそかにカラカスに戻ったが、密告により逮捕され、絞首刑に処せされた（同年五月四日）。エスパーニャが処刑された場所に、現在、シモン・ボリーバルの銅像が建っている。

＊30――José Antonio Galán, 1749-82. 一七八一年、スペイン本国が新大陸の植民地に課した増税策に反対して、ヌエバグラナダ国王（現在のコロンビア）のソコーロの住民が起こした反乱の指導者のひとり。処刑された。

＊31――Juan Francisco Berbeo, 1731?-1795. ヌエバグラナダ王国（現在のコロンビア）のソコーロの住民が起こした反乱の指導者のひとり。クリオーリョで、裕福な商人であった。スペイン本国が復活した課税政策に反対であったため、反乱軍の指揮官に担ぎ出されたが、本国の統治体制をくつがえす考えはなかった。反乱が鎮圧されたあと、多くの首謀者が処刑されたが、ベルベオは、命を奪われることなく、代官職を与えられ、治安の回復に協力する身となった。

＊32――アヤクチョの戦いは一八二四年十二月九日。スクレが指揮する独立軍はペルー副王ラ・セルナ（José de la Serna,

て南アメリカの独立が事実上確定した。

在任一八二一―二四）率いる王党軍を撃破した。捕らえた副王とのあいだで作成された「アヤクチョ文書」をもっ

＊33――José Félix Ribas, 1775-1815. コロンビアの軍人。一八一〇年ベネズエラが独立を宣言したときの議員のひとり。ボリーバルの母方の叔母の夫。コロンビアの独立のため、数多くの戦いに加わった。一八一四年十二月ウリカの戦いで敗北し、翌年一月三十一日斬首刑に処せられた。油で焼かれたあとカラカスに送りつけられた首はリーバスが愛用していたフリジア帽にくるまれて市内に安置された。

＊34――Antonio José de Sucre y de Alda, 1795-1830. ベネズエラの軍人。一八一〇年から一貫して南アメリカの独立のための戦い、アヤクチョの戦い（一八二四）で勝利をおさめた。ボリビア初代大統領（在任一八二六―二八）。

＊35――Manuel Carlos Piar, 1782-1817. ベネズエラの軍人。ボリーバルの部下としてその勇猛ぶりをならした。ピアールには黒人の血が一部流れているためか、クリオーリョであるボリーバルへの対抗心が強く、ボリーバルと袂を分った。これがもとで逮捕され、銃殺刑に処せられた。

＊36――José Antonio Páez, 1790-1873. ベネズエラの軍人。カウディーリョのひとり。ボリーバル配下の指揮官としてジャネーロ（ベネズエラの平原の住民）を率いた騎馬によるゲリラ戦を指揮して数々の勝利をおさめた。コロンビアから分離して誕生したベネズエラの初代大統領（在任一八三〇―三四）を務めた。その後、再度、大統領（一八三九―四三）となり、独裁者（四六）ともなったが、政争に破れ、亡命生活（五〇―五八）ののち、帰国し、実権を握った（六一）が、二年後、ふたたび国外に逃れ、最後はニューヨークで生涯を終えた。

＊37――José María Córdoba, 1799-1829. アンティオキア（コロンビア）出身の軍人。ボリーバルの部下として数々の戦いに勝利をおさめ、アヤクチョの戦いでも武勲をたてた。その後、コロンビアの国づくりを進めるボリーバルに反旗をひるがえし、一八二九年オレアリ（Daniel Florencio O'Leary, 1801-54）将軍の軍勢に破れ、死亡した。

＊38――ケセーラス・デル・メディオ（Queseras del Medio）の戦いは一八一九年四月二日。騎馬隊を巧みに操るパエスの見事な作戦により、王党軍は四百人の死者を出したが、パエス軍はわずか四名を失っただけだった。

＊39――フニン（Junín）の戦いは一八二四年八月六日。激戦のすえ、ボリーバル軍はカンテラック（Canterac）将軍率いる王党軍を破った。

青木康征・訳

十月十日を迎えて

本編は、〈ヤラの叫び〉が発せられた十月十日を記念して一八九一年十月十六日に開催された年次大会での演説である。ニューヨークのハードマンホールをうめた満員の在米キューバ人を前にして、マルティは、自分たちは、キューバの独立をかちとるためつねに臨戦態勢に入っていると述べ、キューバの独立運動が遅々として進まないために弱気になっている人々に安心と自信を与えた。そして、失敗に終わった前回の戦争を教訓にしてすべてのキューバ人が参加できる協和のかたちが整いつつあることから、自ら、たたかいの先頭に立つつもりであると宣言した。

キューバ人である皆さん

わたしたちがこの会場にやって来たのは、ウジ虫のように勇壮なヤナギの木の上で仁王立ちするためでも、マネシツグミのようにヤナギの枝でのど自慢をするためでもありません。また、仏僧のように、座したまま、わたしたちの愛する祖国の運命を肉が腐敗するのを待つハゲタカの好き勝手にさせるためでもなければ、砂時計を頭上にかざし、たたかいは終わった、解散だ、と宣言するためでも、開く気のないバルコニーに向かって愛国的なセレナーデをマンドリンで奏でるためでもありません。わたしたちは、昨年と同じく、馬に乗って来ました。それは、馬はいまも元気であるということを、闇のなかを進むことも行軍だということを、馬が耳を垂らし口を飼葉桶に入れたままでは国を興すことはできないということを、いまは騎馬隊を繰り出すときではないものの、腹帯はすでに締め、眼帯ははずし、鞍はこれから置くところだということを、そして、騎手は、いくらでもいる！　ということを報告するためであります。逆境が勇猛な騎手を育てるのです。栄光につつまれた父親の姿が息子を騎手に育てるのです。善良で虐げられた世代が自分たちの力に気づかないまま企てたことを、勤勉で虐げられた世代は成し遂げるでしょう。自分たちの力を知っているからです。わたしたちは、昨年と同じく、今年も馬に乗って来ました。この騎馬行軍は着実に勝利の道を進んでいます。わたしたちの動きに敵が気づいていないだけなのです！

本年の集まりで、まず最初に申し上げたいことは、かつてなく熱く燃える一方、いまほど優しさにつつまれていることはないということです。ゆりかごに入っていたときから奴隷にかしずかれていた一家の主人が、奴隷のために命を捧げようと決心し、わたしたちの父親になりました。なにひとつ不自由のない生活を送り、生まれてまもない赤子と妻のある農園主が、崇高な回心をして、きらめく星座を追って森の奥に入りました。世事から遠ざかっていた裁判官が、ひとすじの落雷にうたれ、甘美な法服を捨て、軍馬に飛び乗りました。自由を謳歌する若者が、結婚式の祭壇から、あるいは、華やかな宴を後にし、至福にふるえ、水も枕も持たず、人間としての誇りに燃え、血を恐れず、命を捧げるために旅立ちました。これらの人は、わたしたちの肉、わたしたちの内臓、わたしたちの誇り、わたしたちの自由の源、わたしたちの父、わたしたちの空にして正義の空に昇る太陽、だれもが畏敬と感謝を込めて接する影であります。革命のために奉仕した人は、皆、神聖です！　戦争に加わった人、おのれの費用でキューバ人を武装させた人、心から救済を求めておのれの将来と財産を捧げた人。これらの人の顔には、その瞳には、たとえ過ちを犯したとしても、終生消えることのないしるしが、輝きが満ちています。勇気を示したすべての人に乾杯。百回の乾杯を。たとえ、その志が萎み、過ちを犯すことがあったとしても！

このような革命への思いがあればこそ、それも前回の過ちを知り、浄化したからこそ、わたしたちは、穏やかで冷静な信念を、断固たる不屈の決意を、兄弟愛と海容の精神を、理解と平等を大切にする思慮を身につけることができたのです。このようなわたしたちの考えは、性急に決起するようにとスペインの支配者が願おうと、物欲が跋《ばっ》扈《こ》する彼の地キューバで英雄的精神を燃やしつづける人々が失望し、闘争心が萎えてしまった者は当てにならないと非難しようと、揺らぐことはありません。わたしたちがこの会場に集まったのは、この機に決起して、明日、ランチェーロ[*1]になって祖国の土地をわがものにするためでも、わたしたちと考えを異にする人々を排除してキューバ党なるものを結成してキューバ人を侮辱するためでもありません。また、さもしいガウチョ[*2]になって住民を追い出して土地を奪うためでも、ほかのだれかが起こす戦争は、わたしたちが準備したものではないという後ろめたさから支援しないと決議するためでも、わたしたちから愛と光を奪った人々を非難するためでもありません。この地に暮らすわたしたちが夢みる祖国とは、打算や時流にのって自由を手にした人々が、わたしたちのように死刑台を恐れずに革命に忠誠を尽す人々を踏みつけて権力をふるうといった下司な国ではありません。わたしたちがこの会場に集まったのは、過去の過ちをあげつらうためでなく、わたしたちがおこなってきた努力について報告するためです。わたしたちは、いまではだれも口にすることのない愛しい人々の名前を覚えています！　わたしたちは、いまではだれもその名を書きしるすこともない人々に向かって腕を広げています！　わたしたちは、心の中に、この会場に来られなかった大勢の人々のための席を用意しています！　ある人は、わたしたちが窮地に陥ったとき、無理もない恐怖から、あるいは、勇気がかじかみ、わたしたちの旗を守るために駆けつけなかった人を勝利者名簿から外すでしょう。また、ある人は、勝利の利益を自分の命令に忠実であった部下にこっそり分配するでしょう。また、しっかりした政治教育をうけなかったため、忍耐なり勇気が足りず、ながいあいだ見て見ぬふりをしてきた人に見られることですが、おのれの力を信じることができず、道を誤り、富に救いを求めた人をきびしく責める人もいるでしょう。また、主人癖が抜けず、勇敢に戦って命を落とした黒人と白人とが同じ旗につつまれて葬られている墓と墓のあいだを、エナメル靴に傷がつかないように、つま先歩きで歩く人もいるでしょう。しかし、この会場にやって来たわたしたちは、キューバの心です。キューバ人であれば、だれもが中に入ることができるのです！

この地に暮らすわたしたちは、前回の革命がなぜ失敗したか、複雑に絡みあった本当の原因を究明しました。前回の革命のなかで生起し、革命後も存続し、来るべき決戦で妨げとも助けともなると考えられるさまざまな要素を明らかにしました。前回の戦争では方針が定まらず中途半端であったために敵方にまわった諸要素を、一、二の要素は例外的に残っているでしょうが、ひとつにまとめました。わたしたちは、性急に走りそうになったり、脇道に逸れそうになったことが何度かありましたが、苦しくても養生に努め、無謀な行動は控えました。祖国は、髪がすっかり伸びれば、健康を取り戻すでしょう。そのためには、さまざまな要素の協力が不可欠であり、わたしたちは、それぞれがもつ権利と特性を十分に尊重しながら、日々の活動のなかに取り込んできました。解放をめざすわたしたちの運動にアメリカ大陸の兄弟国が敵意をいだかないように、無関心でいないように、わたしたちの行動に愛情と親しみをいだくように、家族としての絆が強く完全になるよう努めてきました。わたしたちは、怒りや恐怖にとらわれることなく、その発生においても、方法においても、結果においても祖国には不要である分派行動に走る危険を排除しました。また、無謀な行動にたいして健全な嘲笑と有用な怒りをぶつける以外に策がないときも、また、キューバの国民にもキューバの国体にもなじまない体制を受け入れざるをえなかった人々とわたしたちをつなぐ一時の か細い糸が切れ、重くて陰鬱な沈黙が、でなければ、新たな奴隷制を求める声だけが残ったときも、わたしたちは、このような精神的大混乱を引き起こした人々を検針棒をふりかざして槍玉にあげることはせず、いましばらくは冷静な戦いを進めることに専心していずれ来る決戦に備えるべきであったにもかかわらず、行動を起こして悲しみをもたらした人々を恨みがましく責めることもしませんでした。わたしたちは、ただ、わたしたち全員がひとつになっても人数が少ないということだけを考え、失った時間を取り戻すべく、逡巡している人に自信を与えてもういちど燃えあがらせ、皆の心を一本の神秘の糸で結び合わせようと腕をひろげているのです。わたしたちと同じく祖国の苦しみを感じるすべての人にむかって、わたしたちと同じく祖国を立ちあがらせようと願うすべての人にむかって、すべての人にむかって言うのです。わたしたちはここで徹夜の見張りをしました、ここで待機しました、ここで前進してゆきました、ここで隊列を整えました、ここで人々の心をかち得ました、ここでばらばらになった心をすべての人々のために結集し、融合し、昇華させ、引き寄せました！と。

わたしたちは、キューバのすべての人々と苦しみを分かち、キューバのすべての人々の幸せのために国を興すのです。人を排除する革命や、党派争いに明け暮れる革命は、わたしたちの望むところではありません。発奮しすぎて冷静さを失うことも、罪深い内部抗争に陥ることもありません。なにもかも承知しており、避けるべきものは避けます。理性と情熱がひとつになって進むのです。とまどうことも、恐れることもありません。人を強要することも、排除することもしません。最高の自由とは、わたしたちよりも自由でない人のために自由を行使する義務でなくて、何でしょうか？　信仰は、信仰のない人を勇気づけるためでなければ、何のためにあるのでしょうか？　キューバの外で暮らし、困難に耐えたわたしたちは、恐怖にとらわれおののく人をわたしたちの体で守らないのなら、何のために生きているのでしょうか？　立ち止まったままでは、思いきって前進する力も萎えてしまいます！　いつまでも行動しない意気地のない人は、革命の邪魔をしなかった聡明な人に道を譲るのです！　冷静な思慮による解放にたいしても、力による解放にたいしても、いまだに同じ心で結ばれていないとすれば、わたしたちは、何のために生きているのでしょうか！　砂上に楼閣を建て、岩にしるしを付けたわたしたちは、キューバの愛国心は敗北を繰り返さないための政治学を学んだということを証明しないのなら、何のために生きているのでしょうか？　わたしたちは、当地の冷静なキューバ人と彼の地の血気盛んなキューバ人のあいだに乖離がなく、首都の傲慢も、地方の恐怖もない——このようなものはあってはならないのです——将来のたくましい国をつくるための実動部隊でなくて、何なのでしょうか！　キューバの外に暮らすわたしたちは、幸福になる共和国の国民がそうであるように、成熟した、勤勉で、寛容な人間でなくて、何なのでしょうか？　虚栄家とは、当人は身につける気などさらさらない徳を否定したり非難する人です！　生まれようとしている共和国の最初のしるしを見分け、そのしるしのあとをついてゆくことができるのは、共和主義を愛する人だけなのです！

まさに、このことを、わたしたちはこの地で実行しているのではないでしょうか？　わたしたちは、すべての人々が同じひとつの環の中に入る未来を着実に建設しているのではないでしょうか？　わたしたちに耳を傾けない人もわたしたちの仲間として迎え、わたしたちを好まない人も愛する優しさをわたしたちは持とうとしないのでしょうか？　この会場に集うわたしたちは、何なのでしょうか？　キューバ人なのでしょうか、キューバの敵なのでしょうか？　一攫千金を夢みる流れ者なのでしょうか、愛国者なのでしょうか？　略奪めあてなのでしょうか、救済者なのでしょうか？　わたしたちは、何をもって、ある人のことを、わたしたちを嫌っていると決めつけるのでしょうか？　もしかして、その人は、わたしたちに気持ちが傾いていることに気づいていないのではないでしょうか、あるいは、わたしたちを好いていることをどう伝えてよいかわからず、黙ったまま、わたしたちを支持しているのではないでしょうか？　顔を上げて、少しずつ、前進すればいいのです。わたしたちは、この地で、皆さんと歩幅を合わせて進んで行きます。わたしたちが進んでゆくところに道ができないというのでしょうか？　妻は顔を真っ赤にして夫に言うでしょう。「行きなさい。進むのです。クリオーリョよ。正義のために進むのです。仕事をするのです」と。さもしいパンにとりつかれた人は、そのようなパンのために多くのものを犠牲にする人は、悲惨の影、廃屋に住みつく亡霊以外のなにものでもありません。裕福な家庭に生まれた息子が、農園主として満たされない生活を送ったあと、生きる喜びを自分とは異なった人々のなかに求めるなど、ありえないとでもいうのでしょうか？　いまの人が、新しい世代の人が、かつての栄光の日々、恐怖よりも強い名誉の法則にしたがい、太陽に顔を向けて行軍した人々を肩車して勝利の行進をするなど、ありえないとでもいうのでしょうか？　スペインの総督が狼狽し、外で遊ぶ子供の手からおもちゃの鉄砲を取り上げるなど、ありえないとでもいうのでしょうか？　わたしたちが進む道に大地はついてきます。彼の地の人々と、この地の人々が、思慮深く、心をひとつにすればよいのです。

わたしたちを生かし、わたしたちを支えているこの抑制された炎が、キューバの人々のあいだにも広がることを！　この冷静な信念について、不断の警戒について、わたしたちの兄弟愛について考えてくれることを！　そして、知ってほしいのです。邪悪な支配者が勝利をおさめ、島に暮らす人々が空虚で現実にもとづかない政治を信用しすぎたために嘗めている苦悩の横で、彼らのため、不寝番を務め、ともに血を流し、精神を律し、事には理性的に対処し、現実を直視し、祖国を興すのは、十年にわたる学習と犠牲のすえ、十年にわたる平等と準備のすえ、勇猛このうえない英雄的行為を切望する気概と、純粋このうえない無私の心がひとつに溶け合った、キューバを離れて暮らすわたしたちであるということを！

わたしたちのことを知ろうと思っても、かつてのような無邪気な革命組織があると思わないでください。そのようなものは、かつては大いに意味がありましたが、いまは諜報機関に付けねらわれた死刑台への道にほかならないからです！　わたしたちは新しいキューバ人を心から愛しています！　この人たちを危険にさらしたくないのです。そのときになれば、そういうわけにゆかないことは、当地にいるわたしたちも承知しています。しかし、これみよがしの行動を控え、活動していないように思わせることの方が、活動していると見せびらかすことによってキューバの命がひとつでも失われることに比べれば、望ましいと考えます。わたしたちは、各自、わたしたちに希望を託す人を見つけようではありませんか！　援助できる人はわたしたちに援助してください。援助できるものがない人は、勇気をください。勇気にまさるものはないからです。わたしたちの願いは、現に目にしていることですが、キューバの人々が、新たな希望に燃え、胸が高鳴り、決心することです。わたしたちのもとに来たいと思うキューバの人は、自分の力で、自分がよいと思う方法でやって来るでしょう。精神的に結ばれた倶楽部《クラブ》！ これこそ、わたしたちの望むものです。勇気で署名された辞令や良心に誓った約束にはスパイや暗殺者が付け入る隙はありません。わたしたちはそのような用心深さを、そのような逞しい心意気を身につけるのです！ 気をひきしめるのです。キューバの片方を島に届けるときのために！

危険といえば、たしかに、わたしたちの前に危険は待ちかまえています。どの危険も、わたしたちの知らないものはなく、大きなものばかりです。しかし、危険の正体がわかっているということは、危険を克服するための第一歩をすでに踏み出しているということではないでしょうか？ それぞれの要素は、それぞれに見合った適切な方法で接すれば、正しい関係を得て満足するでしょう。前回はそうした関係づけがなされなかったために敵対したのであれば、このようなことは二度と起こらないのではないでしょうか？ このように、足もとをしっかり固め、意志の疎通を欠かさず、現実に即した行動をとることによって、わたしたちの新たな戦争のための精神と、勝利への道が開けるでしょう。内外に横たわる障害でわたしたちの知らないものはなく、わたしたちにとって有利となる事柄でわたしたちの知らないものはありません。危険に立ち向かうか、恐れをなしてひるむかの分かれ目に立ち、風に吹かれるオオギバヤシのように名誉を求めた人々を、どのような過ちを犯したとしても、わたしたちは愛します。わたしたちは、事の性格を歪め、均衡を乱すことになる、様子見するあまり行動に出ないキューバの人々の弱さ――とはいえ、批判力があり統治術を冷静に研究していることから将来的には有用です――をそれなりに理解しています。わたしたちは、出自や肌の色に関係なく、すべてのキューバ人のなかに、すばらしい勤労精神が、はげしい批判精神が、自我の発露が、国を守り救おうとする頼もしい誇りがあるのを知っており、自分自身のことのようにうれしく思っています。このような特性は、メキシコ人であるミナ、[*3] グアテマラ人であるガインサ、[*4] キューバ人であるビジャミル[*5]、そして、ニューヨーク在住のガリシア人であるインスア[*6]を思い浮かべれば、容易にわかるのではないでしょうか？　わたしたちは、スペイン人のなかにも、自由に味方し、自由が勝利するのを反対せず、自由のために道を開け、場合によっては、自由を守るため、白日のもとで行動するだけの政治的勇気のある人々を知っています。善きスペイン人を称賛するわたしたちは、邪悪なスペイン人がわたしたちを腐らせようとしてさし向ける悪習や破廉恥を、大地が悲鳴をあげようとも、その根っこから引き抜く気持ちも持ち合わせています。また、わたしたちは、わが身を犠牲にして行動する習慣を身につけ、自分の中に沈着冷静な力が育ってゆくのを感じています。恐れるものはありません。わたしたちは知っています。わたしたちが犯した過ちは、わたしたちが持っている善をおこなう力よりも小さいということを。危険が満ちていると盛んに囁かれていますが、たじろぐことはありません。わたしたちは、そのような危険のあとから来たからです。アメリカ大陸も、わたしたちも、無駄に生きてきたわけではありません。わたしたちは経験を積んでいるのです！

うつろな夢でも、言葉だけの幻想でもない、ひとつの情景がわたしの目の前に見えます。それは実際に起こる情景、現実のものとなる予言です。ああ、すばらしい日々。解放されたあとの労働の日々。平等を謳歌し、たたかいのあとの平和の作業にいそしむ熱い日々。大理石のシュロが玄関に立ち並ぶ法の宮殿。英雄たちの像——聡明であった英雄と、同じく有用であった熱血漢の英雄が、善良な英雄の隣に、善良な英雄を憤激させ、決起させ、火花を散らせるうえで必要であった無頼の英雄が並んでいます——のあいだを散策しながら、ふたつのアメリカ、すなわち、われらのアメリカと、もうひとつのアメリカが犯した過ちについて談笑しています。二度と同じ過ちに陥らないために、です。法をわたしたちの土地に根ざしたものに、わたしたちの歴史からくる特性に、わたしたちの国の欠点に、わたしたちの国の特性に合わせるのです。さもしい不満や偏狭な郷土愛といった、専制者が策略をこらして分裂させようとしたものは、犠牲を払ってひとつにまとめ上げて作ったみんなの国という至高の考えのなかで霧散していいます！　ああ、解放されたあとの労働に、笑顔に満ちた労働に精を出し、甘い汁を吸おうと虎視眈々と機会を狙っている人が目の前にいるため、野心を抱く閑人や傲慢な野心家や、美しい言葉や勇気を安売りする人々によって政治が必要以上にかき乱されないよう、国民の無知につけこみ、わたしたちに自信を喪失させた不平等で受け身であった長い時代を正していいます。ああ、なんとすばらしい毎日でしょう……！　英雄たちの像のうえに、大理石のシュロが立ち並ぶ玄関のうえに、太陽がまぶしく照りつけています！

わたしたちの行く手には多くの危険が待ちうけていると言われています。それはその通りですが、言い過ぎです。なぜなら、わたしたちが暮らすこの地も、三世紀前は、大砲と女性を乗せ、飢えと嵐のなか、わたしたちが味わったよりもさらにひどい貧しさに苦しみ、自由を享受できなかった土地を飛び出した一隻の船でなくて、何だったのでしょうか？　信仰の自由を求めたこの不退転の行動がこの船を政治の舞台に乗せ、自由を獲得する道へいざなったたった一つの種子であったと歴史は教えています。それは、熱血漢で、意気に燃える人々を率い、死者の山を残しながら進んでいった、ギターをかかえた修道士によって実現したのではないでしょうか？　安逸をむさぼる人よ。なまくらな自由主義者よ！　望みは、血を流してこそ、叶うのです！　真実に真っ正面から立ち向かわないのなら、何のために生きているのでしょうか！　納めるべきものは納めるのです。そうすれば、それ以上求められることはありません。人間であることが恐いのなら、おのれを野心家に貸し、賃料を受け取りなさい。おのれの地位とけちな財産を守りなさい。そうでない人にとって、最大の喜びは、人が贖われ、成長する姿を見ることです！　変わりようのないものは、どうすることもできません。人間の欲望と徳のあいだで、無私と私利のあいだでくりひろげられる、自然で、あたりまえの葛藤を、人間の願望と臆病のあいだの不可避の対立をどうして恐れるのでしょうか？　自信のない人は、自然界では均衡がとれたかたちで勝利が謳歌している姿をよく見てください。コモクラディアは働き者の野に生まれ、ヘビは自分の穴に隠れて喉をならし、フクロウは塔の上で目を瞬かせています。しかし、太陽は世界をくまなく照らし、真理は傷つくことなく世界をかけめぐっています。

ところで、このようなエネルギーなり、わたしたちの政策は、目に見えるかたちでどこにあるのか、聡明な人を不愉快にさせる浅はかで見栄っぱりな行動は、人々に猜疑心を起こさせ争いの種となる権力は、野営地の位置を敵に教える軽率なたき火はどこにあるのか、と尋ねられれば、その返答として、ある勝利の本に書かれているひとつのすばらしい話をご紹介します。その話とは、ある大佐は、夜明けを待ってサーベルをふりかざして敵の部隊を急襲しました。だが、一発の砲弾が飛んできて大佐の頭は吹き飛ばされてしまいました。それでも、大佐は、落馬せず、ふりかざしたサーベルも落とさなかったということです。頭がふきとばされても、驚愕して逃げまどう敵のまっただなかに切り込んでいったのです！　このように、わたしたちも、冷静な心と、犠牲を厭わぬ気概を友にするのです。わたしたちの馬は、敵の陣地に突入し、敵を蹴散らし、撃破するのです。たとえ、騎手の頭がなくても、です！

ニューヨーク、ハードマンホールでの演説。一八九一年十月十六日

訳注

＊1――ランチョの所有者、農園主のこと。

＊2――アルゼンチンの平原（パンパ）で牛追いをして生活する人々のこと。

＊3――Francisco Javier Mina, 1789-1817. スペインのナバラ地方の生まれ。スペインに進駐するナポレオン軍にたいしてゲリラ戦を展開して名をあげた。ナポレオン軍が去り、フランスからもどった国王フェルナンド七世が反動的な復

古政治を行うと（一四）、フランス、イギリスへ逃がれた。その後、王制打倒の場としてメキシコの独立運動を支援するため合衆国に渡った（一六）。翌年春、同志三百人とともにメキシコへ向かい、スペイン軍をなんどか撃破したのち、同年十月、捕虜となり、翌月十一日、銃殺刑に処せられた。

＊4——Gabino Gaínza, 1753-1829. スペインのパンプローナの生まれ。軍人。グアテマラ総督。一八二一年九月十五日、グアテマラは中央アメリカ連合のひとつとしてスペインからの独立を宣言し、グアテマラ初代大統領に就任した（在任一八二一—二二）。グアテマラは、ガインサ大統領の考えに反し、イトゥルビーデが統治するメキシコ帝国との合体を決議した（二二年一月）。しかし、中央アメリカ連合の一員であるエルサルバドルが反旗をひるがえしたため、イトゥルビーデはガインサ大統領を更迭し、後任のフィリーソラ将軍をグアテマラに派兵し、反乱を鎮圧した。

＊5——Francisco Villamil, 1823/43-1873. スペインのガリシア地方の生まれ。軍人。キューバの独立運動に加わり、一八七三年八月、カマグエイ海岸でのたたかいで戦死した。

＊6——Pablo Insua, ?-1892. ガリシア出身のスペイン人。ニューヨークで事業を営みながら、キューバの自由回復のため、キューバ出身の従業員や常連の客らを元気づけ、資金援助もした。マルティは、一八九二年五月十四日号の「パトリア」紙でインスアの死亡を報じたほか、同年十二月五日号には同氏の追悼文を書いている。

青木康征・訳

訳者あとがき

日も陰りはじめた競技場に最後のランナーが帰ってきた。疲れた足取りでトラックを周回し、ゆっくりテープを切った。こうして『ホセ・マルティ選集』第二巻は、いま、ゴールインした。スタート直後からピッチの上がらない走りになってしまったが、孤独感はなかった。ある人物のことを考え、その人物にかかわるさまざまな情景を思い浮かべながら走っていた。最後のシーンは、サトウキビ畑がひろがる平原で、その人物は、万感の思いをこめて馬を走らせたとたん、その熱き胸を一発の銃弾が貫き、おおきくのけぞり、太陽に顔を向け、いままさに落馬するところであった。映像はここで切れた。ゴール直後の騒音で乱れてしまった。以下、記憶として残っているいくつかのクリップを再生しよう。

マルティの思想の原点は一八六四年七月の出来事に見出される。当時、キューバのオリエンテ州ハナパナ地区駐在署員であった父マリアーノは、その日、上司から目をつぶるように言われていたにもかかわらず、マタンサス海岸へ出動し、奴隷として密かに運ばれてきた黒人が大挙して上陸する現場を押さえた。この手入れに同行したマルティは骨と皮だけの痩せこけた黒人の群れを見て言葉を失った。海岸近くでは木に吊るされたひとりの黒人の死体も目撃した。この出来事について、マルティは、後年、つぎのように詩に綴っている。「まるで砂漠に出るような／赤い太陽が水平線から昇り／山のディコの木に吊るされた／死んだ奴隷を照らしだす。／それを見た少年は呻き泣く／人たちと共に身を震わせて／命をかけて仇を討つと／死者の足もとで誓った！」（第一巻「素朴な詩」作品XXX)。

少年マルティの胸に刻まれた思いがその後のマルティにどのように繋がっていったか確証するすべもないが、少なくとも、このときすでに、マルティには、父マリアーノとおなじく、人としてわきまえるべき法《のり》を感じとる資質が開花していたと理解してよい。

だが、マルティの人生を決めたのはハバナの政治犯収容所である。棍棒と鞭と罵声が支配する毎日であったが、いつしか不思議な世界へ導かれていった。「どれほど多くの、さまざまな不思議な考えがぼくの頭の中を駆け巡ったことか!」マルティは驚きの声を、感激の声をあげている。そして、考え、考えたすえ、「精神はどんなに過酷な奴隷状態に置かれようと自由である」ことを知り、「苦しみをうけるのは歓びを得ることだ」と悟り、「苦しみをうけるのは、われわれが作り出した物欲の生に別れを告げ、善なる生、唯一の真実の生のために生きる」ことだと得心した。以前なら一喜一憂したものも、いまは「平然と見遣る」マルティに変身したのだった。ハバナの政治犯収容所の生活はマルティにとって「神とすごした栄光の時間」であった。こうしていまは善の実践者となったマルティは、正義あふれる自由なキューバを夢みて、世界巡礼の旅に出る。

マルティには収容所の仲間が証人として精神的に同行した。リノ・フィゲレード、フアン・デ・ディオス、トマース、アルバレスなど、同行者はいくらでもいた。そのなかに「髪は一本もなく、顔は骸骨のようで、胸がくぼんだニコラス・デル・カスティーリョがいた。「あの人こそ、あの人こそ、神なのです。あの人が神なのです」(「キューバの政治犯収容所」)とマルティがなんども叫んだ七十六歳の老人である。マルティは断言する。ドン・ニコラスがいるかぎり、スペインは自由になることができない、と。

ハバナの政治犯収容所を出たあと、スペインへ強制送還されたマルティは、スペインからの独立を求めて血みどろの戦争をつづけているキューバのため、マドリードで二編の小冊子を著した。そのひとつ、「キューバの政治犯収容所」では、政治論争は控え、スペインによるいまわしくも悲惨なキューバ統治の実情を知らせ、一刻もはやく国の名誉を取り戻すようスペイン人の良心に訴えた。それはまさに「神の名による」諭しであった。また、「キューバ革命を前にした共和制スペイン」では、新生の共和制スペインにむかって、おなじ共和主義の考えを信奉するキューバが、国民の総意にもとづき、戦争という手段に訴えてまで求めている独立を承認するよう理詰めの議論を展開した。しかし、国益にしがみつくスペインの前にマルティの言葉は心情的にも、理性的にも無力であった。が、マルティは憎むことも、呪うこともしなかった。マルティにはできないのだ。ただ、スペイン人のこころの貧しさを憐れむだけだった。

そうしたマルティにも、ときに自分を抑えきれないときがある。「人々の自由意志が愚弄され、良心が忘れ去られ、個人の信仰信条が蹂躙され」たとき——ポルフィリオ・ディアスがメキシコで政権を簒奪したときである——、マルティは「人智を超えた神の声」に耳を傾け、神との「終身契約にもとづく義務」(「状況」)に服し、憤怒して席を立った。そのあと、グアテマラで、ついでベネズエラで暮らし、それぞれ清新な気風で国づくりにはげむ姿をたのもしく思い、おおいに声援したが、自由主義を標榜するこれらの国も、一皮むけば、権力者(カウディーリョ)がおのれの意のままに統治する国にほかならないことを思い知らされた。それでも挫けず、「高きにしかと目を据えれば、イバラの道も、砂利の道も、旅人の心を乱すことはありません。熱く燃える理想と、その実現のために邁進する熱情は、いかなる逆境にあおうと、誠実な心の中で細ることはありません」と述べたあと、高らかに宣言するのだ。「私はアメリカ大陸の人間です。私がいま在るのはアメリカ大陸のおかげです。私は、アメリカ大陸のため、アメリカ大陸がおのれを知り、おのれを解き放ち、一日も早く国造りに邁進するよう、一身を捧げる所存です。……ベネズエラよ、わたしとしてなにを為すべきか、申し付けてください。ベネズエラよ、私はあなたの息子のひとりです」(「ファウスト・テオドーロ・アルドゥレイ宛の書簡」)。

一八八〇年、マルティは合衆国にいた。在米キューバ人を前にして講演し、スペインにはキューバを手放す考えがないため、キューバが自由を勝ち取るにはあらたな戦争が必要不可欠であるとの現状認識を述べた。その二年前、キューバはスペインと休戦協定（サンホン協定）を結んだばかりだった。また、戦争だとは！　マルティは戦争主義者ではない。穏健な自由主義者で、力による問題の解決には与しなかった。メキシコで新聞記者として労働争議に直面したさいも、労使双方の自然な協調による解決を期待し、合衆国で書いた一八八三年のマルクスの追悼集会にかんする記事においても、階級闘争に賛成していない。だが、マルティが望むような「悪を正すための穏やかな方法」による問題解決の可能性がまったくない場合、どうすればよいのだろうか。マルティは言う。「紐で首を絞められ、このままでは死んでしまうとき、紐がひとりでにほどける見込みがなければ、その紐を引きちぎるしかありません」（第三巻「ステック・ホール講演」）「力に訴える方法は、権利を要求するだけではどうにもならないとき、要求をなんとしても認めさせようとすれば、危険ではあるが、考えられる方策ではないだろうか」と（「壮絶なドラマ」）。そして、最後の手段として戦争が許される場合でも、その戦争は「自分たちの統領を大統領にするための戦争ではなく、「あるゆる革命に反対する革命」「平和を愛するすべての人々が一度だけ兵士になり、立ち上がる」戦争であり、その目的は「この人々が、そして、誰ひとりとして、二度と兵士にならないため」である、と（「賽は投げられた」）。

一八八九年、いわゆる第一回「パンアメリカン会議」が開かれ、その二年後には「アメリカ大陸通貨会議」が開かれた。合衆国は、マルティがいち早く見抜いたように、国内にだぶつく在庫商品のための市場を求めて「われらのアメリカ」への経済的・領土的拡張の動きをあらわにしだしたのである。「これまで一度も他国を助けたことのない」合衆国の動きにたいし、マルティは、〈われらのアメリカ〉の自覚と団結を声を大にして呼びかけ、「スペインアメリカにとって、まさに第二の独立宣言をするときが来た」と言い放った。第二の独立宣言を！　われわれとは目的も方法も異にする〈もうひとつのアメリカ〉の触手から防衛するためだけではない。〈われらのアメリカ〉が真に独立し自立するために、である。われわれの国を構成するすべての要素を調和させた国づくりを、自分たちの土地に根ざした真の国づくりをするために、である。創造するのだ！　これは大事業である。マルティにはどのような政策論があったのだろうか？　しかし、マルティは詩人であった。一幅の絵を描くことはできた。詩を謳うことはできた。だが、政治家でなかった。政治の各論については、ついにその口から聞くことができなかった。キューバを愛し、〈われらのアメリカ〉を愛するマルティは、〈北方の巨人〉に対抗するために、〈われらのアメリカ〉にむかって、国内的にも対外的にも、ひとつになるのだ、団結するのだ、となんども繰り返す。その声にはときに哀願にも似た悲壮感が漂う。が、マルティにはそのような感傷にひたるまはなかった。というのも、キューバの領有に関して、合衆国とスペインのあいだで水面下の交渉が行われているという憶測が飛び交っていたからである。合衆国との交渉でスペインがキューバを合衆国に移譲する前に、キューバは、独力に、スペインから独立しなければならない！　合衆国の進出にブレーキをかけながら、他方、スペインからの独立を急ぐのだ！　時間はどのくらい残されているのだろうか？　マルティは、ただちに、来るべきあらたなキューバ独立戦争の準備に専念するのだった。

かろうじて再生できたクリップは少なく、その解像度もじつに貧弱なものだった。このありさまでは、マルティの思想をふり返るには、〈飛翔する思想〉と題された本巻をあらためていちから読み直す以外に手はない。自分自身、手垢にまみれたような前知識を捨て、清新な気持ちでもう一度、マルティを読んでいきたい。実に勝手ですが、読者の方々、お付き合い、お願いできませんでしょうか？

本選集第二巻は、当初の刊行予定を大きく裏切る年月を要したすえ、ようやく刊行にこぎつけました。すべては私たち訳者の非力によるものです。本選集の出版意義をお認めくださり、忍耐のうえに忍耐をかさね本巻の刊行をお待ちくださった方々に、また、いまとなってはお詫びの仕様もありませんが、待ちきれずしびれをきらしてしまわれた方々にもこころからお詫び申し上げます。また、既に刊行されている第一巻および第三巻において当初の予定どおりに仕事を完遂された諸先生方に、本企画の推進者である同僚の後藤政子氏に、本企画がつつがなく進行するようにといろいろご配慮してくださったおおくの関係者の方々に、訳者の仕事ぶりをみかねて声をかけてくれた友人たちに、スペイン語を読み解くうえで快く協力してくださった同僚のヴィクトル・カルデロン・デ・ラ・バルカ氏に、そして、訳者のわたしたちと組んだがため途方もない心配と苦悩の日々を送る羽目になった出版部の奥田のぞみ氏にたいし、かさねてお詫びするとともに、おおくの友情あふれるご叱責と励ましの言葉をかけてくださったことにたいし、ふかく感謝するところです。このようなかたちで誕生した本巻が、既刊の二巻に劣らず、ホセ・マルティ研究のため、いささかなりとも役立ってくれるなら、これにまさる慰めはありません。最後に、本巻の製作仕様について付言すれば、本選集全三巻は後藤政子氏の基本設計にしたがって製作され、本巻についても同様です。本巻では柳沼孝一郎と青木康征が作業を分担し、最終的には青木が訳者代表として全体的に関与したため、本巻の責任は青木にあります。もとより、訳者の非力により、いたらぬところ多々あるかと恐れています。大方のご教示、ご叱正をお願い申し上げます。

二〇〇五年一月二十日

訳者を代表して

青木康征

マ行

ラ行

ワ行

ナ行

ハ行

サ行

タ行

索　引

ア行

カ行

〔訳者略歴〕

青木康征（あおき・やすゆき）
上智大学大学院文学研究科史学専攻（西洋史）博士課程修了．現在，神奈川大学外国語学部教授．専門はラテンアメリカ史．
主な業績：『コロンブス―大航海時代の起業家』中央公論社，1989年，『完訳　コロンブス航海誌』平凡社，1993年，『海の道と東西の出会い』山川出版社，1998年，『南米ポトシ銀山―スペイン帝国を支えた“打出の小槌”』中央公論新社，2000年ほか．

柳沼孝一郎（やぎぬま・こういちろう）
メキシコ国立自治大学哲文学部大学院修士課程修了．現在，神田外語大学外国語学部教授．専門はメキシコ近現代史．
主な業績：「太平洋への道―日西交渉史のあけぼの」『インディアスの迷宮 1492-1992』勁草書房，1992年，『ガルシア＝マルケス　ジャーナリズム作品集』（共訳）現代企画室，1992年，『ユネスコ世界遺産』全13巻（共訳）講談社，1997年ほか，日本人の中南米移住史に関する論文多数．

〔協力〕
在日キューバ共和国大使館　是永礼子　キューバ文化庁対外関係局長ペドロ・モンソン

ホセ・マルティ選集 第2巻

2005年2月20日　第1刷発行

定価(本体6500円＋税)

訳　者　青　木　康　征
　　　　柳　沼　孝一郎

発行者　栗　原　哲　也

発行所　株式会社 日本経済評論社
〒101 東京都千代田区神田神保町3-2
電話 03-3230-1661　FAX 03-3265-2993
URL: http://www.nikkeihyo.co.jp

装丁・板谷成雄　　シナノ印刷・協栄製本

Printed in Japan　　ISBN4-8188-1036-3